KB187095

한 권으로 읽는

셰익스피어

4대비극 · 5대희극

셰익스피어 지음
셰익스피어연구회 옮김

한 권으로 읽는 셰익스피어 4대비극·5대희극

초판 1쇄 발행 | 2021년 12월 10일
      3쇄 발행 | 2024년 12월 31일

지은이 | 윌리엄 셰익스피어
옮긴이 | 셰익스피어연구회
펴낸이 | 김형호
펴낸곳 | 아름다운날
편집책임 | 조종순
디자인 | 디자인표현

출판 등록 | 1999년 11월 22일
주소 | (05220) 서울시 강동구 아리수로 72길 66-19
전화 | 02) 3142-8420
팩스 | 02) 3143-4154
E-메일 | arumbooks@gmail.com

ISBN 979-11-6709-008-9 (03810)

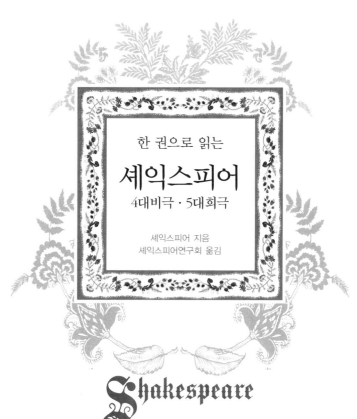

한 권으로 읽는

셰익스피어

4대비극 · 5대희극

셰익스피어 지음
셰익스피어연구회 옮김

Shakespeare

아름다운날

머리말

　　고전이란 당대를 대표하면서도 후세 사람들에게 모범이 될 만한 가치를 지닌 문학작품을 뜻합니다. 세대가 지나면 드높았던 인기도 덧없어지고 마는 대중문학과 달리 고전 문학은 시공간을 초월하여 변함없이 많은 사람들에게 깊은 감동과 울림을 전합니다. 세계의 다양한 고전 문학 가운데서도 셰익스피어의 작품은 나라와 언어와 인종을 초월하여 누구에게나 사랑받는 명작이며, 한 편 한 편 모두가 곱씹을수록 깊은 맛이 우러나오는 고유한 삶의 철학과 세계관을 담고 있습니다.

　　셰익스피어가 세상을 떠난 지 수백 년이 지난 지금 그의 희곡들은 문학적 위대성을 뛰어넘어 하나의 문화로 자리잡았습니다. 실천에 앞서 지나치게 심사숙고하여 우유부단해보이기 십상인 인간을 햄릿형 인간이라 일컬으며, "사느냐 죽느냐, 그것이 문제"라는 유명한 대사가 햄릿의 독백임을 알아차리는 것은 더 이상 대단한 지식이 아닙니다.

　제국주의의 열기가 한창이던 19세기에 영국인들이 가장 소중히 여기던 식민지 인도와도 바꿀 수 없는 존재로 극찬했던 셰익스피어는 싫든 좋든 서양 문화와 함께 전 세계인의 삶에 깊은 울림을 주는 문화로 침투했습니다. 우리는 미처 출처도 알지 못하면서 셰익스피어의 주옥같은 대사들을 일상에서 읊조리게 된 것이지요. 물론 문화로 정착했으니 무작정 받아들여야 한다는 의미는 아닙니다. 비판을 하거나 배척을 하더라도 제대로 실체를 알 필요가 있으며, 그러기 위해 좀처럼 감탄을 금할 수 없는 문학 자체로서의 아름다움까지 감상하는 기회를 갖자는 것입니다.

　37편에 달하는 셰익스피어의 희곡 가운데서도 4대 비극은 문학적·극적 완성도와 비장미 면에서 정점에 오른 작품으로 손꼽힙니다. 이상주의자이자 사유하는 몽상가로서 복수를 앞두고 고뇌하는 인간의 깊은 내면 심리를 아름다운 언어로 그린 〈햄릿〉, 자식과 부모의 관계를 새삼 돌아보게 하면서 선과 악의 본성을 들여다볼 기회를 제공하는 〈리어왕〉, 사랑과 질투라는 인간적인 감정의 애틋함과 함께 누구나 갖고 있을 법한 인간 내면의 섬뜩한 악마성을 묘사한 〈오셀로〉, 권력을 향한 인간의 욕망이 불러일으킨 고통과 비극을 어둡게 그려낸 〈맥베스〉에 이르기까지 주인공들의 처절한 운명은 여전히 우리들의 마음을 사로잡습니다.

　또한 5대 희극 역시 문학적·극적 완성도 면에서 완벽에 가장 가까운 작품을 모았습니다. 천방지축인 두 주인공이 결혼을 통해 어떻게 변모하는가를 다룬 〈말괄량이 길들이기〉, 극한의 어려운 상황 속에서 우

Shakespeare

정과 사랑을 지키기 위해 어떻게 위기를 모면하는지를 그린 〈베니스의 상인〉, 가족에게 버림 받은 두 남녀가 벌이는 유쾌한 사랑 이야기 〈뜻대로 하세요〉, 젊은이들의 사랑의 변덕스러움과 비이성적 속성, 그리고 인간의 어리석음이 진실한 사랑 앞에서 어떻게 변화하는지를 다룬 〈한여름 밤의 꿈〉, 일란성 쌍둥이를 사이에 두고 벌이는 위트와 해학의 결정판 〈십이야〉에 이르기까지 작품 속의 주인공들은 시종일관 우리의 얼굴에 밝은 미소를 띠게 합니다.

셰익스피어가 왜 그토록 위대한 작가로 칭송되며, 무대에서나 문학 작품으로 현대인들에게 사랑을 받는지는 읽어본 사람만이 알 수 있을 것입니다. 〈한 권으로 읽는 셰익스피어 4대 비극 5대 희극〉은 셰익스피어 작품을 맨 처음 접하는 청소년이나 초보 독자라도 쉽게 몰입할 수 있도록 딱딱한 문어체를 가능한 한 입에 익은 말투로 둥글려 다듬어, 읽기 쉬울 뿐만 아니라 연극적인 느낌에도 손색이 없도록 기획하였습니다. 상상력을 최대한 동원하여 주인공들의 절박한 심정을 마음으로 접한다면, 독자 여러분도 이내 셰익스피어와 깊은 교감을 나눌 수 있으리라 믿습니다.

셰익스피어연구회

작가 소개

영국이 낳은 세계적인 대문호. 인간의 오욕칠정을 주무르고 영혼을 후려치는 깊고 광대한 그의 작품은 시대와 공간을 넘어 재해석되고 재음미되는 불멸의 울림을 낳았다. 셰익스피어의 희곡은 영문학사를 뛰어넘어 세계 문학사의 한 정점으로서 세상을 오연(傲然)하게 굽어볼 뿐더러, 창조의 원천이자 영감의 바이블로서 지상의 무대를 굳건하게 떠받치고 있다.

생애

셰익스피어는 영국 르네상스가 만개했던 엘리자베스 1세 통치기인 1564년 4월 26일, 영국 중부에 자리한 스트랫퍼드어폰에이번에서 태어났다. 홍성한 상업도시이자 비옥한 농경지대였던 이곳에서 그는 세례를 받았고, 또한 영면(永眠)에 들었다.

　아버지 존 셰익스피어는 농산물과 모직물 중개업으로 성공해 신분 상승을 이룬 인물이었고, 어머니 메리 아든은 워릭셔의 명문가에서 태어나 자란 귀족이었다. 결혼을 통해 사회적 지위를 더욱 굳건히 다진 존은 1568년 스트랫퍼드어폰에이번의 시장으로 선출되기에 이른다. 이런 유복한 환경에서 셰익스피어는 장남으로 태어났다. 위로 두 명의 누나가 있었으나 모두 어린 나이에 죽었고, 밑으로는 세 명의 남동생과 두 명의 여동생을 두었다.

　셰익스피어는 네 살 때부터 아버지를 따라 연극 구경을 했으며, 마을의 문법학교에 들어가 수학했다. 그러나 이후 아버지의 계속되는 사업 실패로 가세가 기울면서 대학에 진학하지 못한 것으로 보인다(그의 소년 시절에 대한 기록은 많지 않으며, 연극과의 연관 관계도 불분명하다).

　1582년 셰익스피어는 유복한 농가의 딸로 여덟 살 연상인 앤 해서웨이와 결혼해 1남 2녀를 낳았다. 그런 그가 청운의 꿈을 품고 가족과 고향을 떠나 런던으로 옮겨간 정확한 연대나 이유는 분명치 않다. 다만 1580년대 말 무렵부터 배우로서 생활한 듯 보이며, 1592년 연극계의 신예로서 좋은 평을 얻었다는 기록이 전할 따름이다. 1596년 셰익스피어는 아들을 잃는 아픔을 겪었고, 이듬해 스트랫퍼드어폰에이번에 호화 주택을 구해 그곳에서 가족과 함께 만년을 보내다가 숨을 거두었다.

　극작 활동

　런던에서 체류하던 셰익스피어가 극작 활동을 시작한 것은 1590년 무렵으로 보인다. 처음에는 릴리·말로·필·그린 등과 같은 선배작가의 희곡을 부분적으로 손질하는 것에 만족해야 했던 그가 처녀작으로 내놓은 것이 3부작 역사극인 〈헨리 6세〉(1590~92)이다. 이때부터 1600년까지 셰익스피어는 왕성한 필력을 보여주게 된다.

먼저 영국의 장미전쟁을 배경으로 한 역사극인 〈리처드 3세〉(1592)를 비롯해, 로마의 극작가 플라우투스의 작품을 번안한 〈실수 연발〉(1592), 피를 피로 갚는 로마의 잔혹한 복수극 〈티투스 안드로니쿠스〉(1593), 그리고 드센 여인을 아내로 맞아 정숙하게 길들인다는 내용의 익살극 〈말괄량이 길들이기〉(1593) 등이 발표되었다.

1590년대 초반은 런던에 페스트가 창궐한 시기였다. 이 때문에 많은 극장들이 폐쇄되었는데, 이 무렵 셰익스피어는 두 편의 서사시 〈비너스와 아도니스〉(1593)·〈루크리스의 겁탈〉(1594)을 통해 든든한 후원자인 사우샘프턴 백작을 만나게 된다.

한편 극장 폐쇄의 여파로 대규모 재편성이 이루어진 런던의 연극계에 1594년 새로 두 극단이 창설되면서 신진작가들에게 우호적인 환경이 조성되었다. 그중 하나인 체임벌린스 멘 극단에 소속된 셰익스피어는 배우이자 극작가로서 본격적인 활동을 시작했다.

그는 평생 이 극단을 위해서 희곡을 썼는데, 초기 작품들로는 원수 집안의 남자와 여자 사이의 열렬한 사랑과 비극적인 파국을 그린 〈로미오와 줄리엣〉(1594)을 비롯해 왕국의 통치자이면서도 강렬한 시적 감성과 나르시스트적인 품성으로 고난에 찬 역경을 헤쳐 나가는 인물을 그린 역사극 〈리처드 2세〉(1595), 그리고 아테네 교외에 자리한 숲을 무대로 펼쳐지는 환상적인 밤의 세계를 그린 낭만적 희극 〈한여름 밤의 꿈)(1595) 등이 있다.

인간에 대한 예리한 관찰력과 서정성이 돋보이는 이 작품들에 이어서, 1590년대 후반으로 오면서 삶의 뛰어난 통찰력을 발휘한 역사극과 희극들이 만들어진다. 그중 대표적인 작품으로는 사악한 유대인 악덕 고리대금업자 샤일록의 횡포와 더불어 연인들의 감미롭고 희생적인 사랑의 힘을 가미한 〈베니스의 상인〉(1596)과 리처드 2세에게서 권력을 찬탈한 헨리 4세 치하의 음모와 혼란에 찬 암흑기를 배경으로 한 〈헨리 4세〉(1597) 등을 들 수 있다.

1599년에 이르러 셰익스피어는 템스강 남쪽 연안에 〈글로브 극장〉을 건축하고 자신이 속해 있던 극단의 상설극장으로 삼았다. 이 무렵 셰익스피어의 창의력도 최고조에 이르렀다. 이때 발표된 작품으로 궁정에서 추방된 공작과 가신(家臣)의 목가적인 생활을 배경으로 젊은 남녀의 연애를 낭만적으로 그린 〈뜻대로 하세요〉와 궁정에서 상연할 목적으로 쓴 〈십이야(十二夜)〉 등을 꼽을 수 있다.

특히 〈십이야〉의 경우는 셰익스피어 최고의 희극으로 명성이 자자한 작품이다. 낭만적인 사랑과 결혼을 소재로 한 서정적 분위기에다 익살과 재담 그리고 해학 등 희극적인 요소들이 작품 전체에 잘 녹아 흐르고 있다.

비극 시대의 개막

1599년 봄, 아일랜드에서 일어난 타이론의 반란을 진압하기 위해 출정하는 에식스 경의 원정군에는 셰익스피어의 절친한 후원자였던 사우샘프턴 백작도 함께 있었다. 그러나 원정이 실패로 돌아가면서 영국 왕실의 분노를 사게 되자, 에식스와 사우샘프턴은 공격의 목표를 아일랜드의 반란군에서 런던의 왕실로 바꿔 회군하기 시작했다.

여론의 지지를 얻지 못한 반란은 곧 실패로 돌아갔으며, 지도부는 체포되어 재판에 회부되었다. 에식스는 반역죄로 몰려 런던탑에서 참수되었으며, 사우샘프턴은 종신형을 언도받고 런던탑에 갇히게 되었다.

이는 엘리자베스 여왕의 치세가 막을 내리고 있음을 보여주는 상징적인 사건이었는데, 실제로 사건 발발 2년 후인 1603년 3월에 여왕은 숨을 거두었다. 이런 일련의 불행한 사태는 셰익스피어에게도 커다란 충격을 안겨주었다. 그 영향으로 1600년 이후 그의 작품 세계의 면모가 확연하게 달라지면서 이름하여 비극시대가 개막되었다.

셰익스피어의 4대 비극으로 널리 알려진 〈햄릿〉(1600)·〈오셀로〉(1604)·〈리어왕〉(1605)·〈맥베스〉(1606) 등은 바로 이 시기에 씌어진 작품들이다. 인간의 고뇌와 절망과 죽음 등 무거운 주제를 다룬 이 작품들 안에는 시대를 아파하는 셰익스피어의 우울한 심사와 염세적이고 절망적인 세계관이 깊이 아로새겨져 있다.

〈햄릿〉은 사랑과 존경을 바치던 대상인 아버지를 잃은 왕자 햄릿이 숙부와 결탁해 지아비를 죽인 어머니의 도덕적 타락과 배신, 그리고 용서 받을 수 없는 숙부의 죄악과 그에 대한 증오, 곤경에 처한 나라 사정, 연인 오필리아의 죽음 등으로 인해 극심한 고통과 절망감에 시달리다가 마침내는 비극적인 최후를 맞게 되는 이야기이다.

〈오셀로〉는 악인 이아고의 간계에 빠진 무어인 장군 오셀로가 정숙하고 착한 아내 데스데모나의 정절을 의심하고 질투하다가 급기야는 아내를 죽여버리고 마는 이야기이다.

〈리어왕〉은 탐욕스럽고 간교한 큰딸과 둘째딸에게 왕국을 넘긴 왕이 결국에는 딸들에게 버림을 받아 분노에 찬 광인이 되어 광야를 떠돌고, 자신을 진정으로 사랑했던 막내딸 코델리아도 결국에는 가련하게 죽음을 당하게 된다는 이야기이다.

〈맥베스〉는 사악한 마녀들의 꾐에 빠진 맥베스 장군이 왕좌에 오르기 위해 아내와 함께 왕을 죽인 대가로 비참하고 가련한 최후를 맞게 되는 이야기이다.

이상과 같이 각기 다른 소재들을 가지고 다른 방식으로 전개되고 있는 4대 비극을 한데 묶어 정리하기는 쉽지 않지만, 인간의 삶에 편재하는 거대한 악에 의해 개인의 선량한 의지와 행위들이 속절없이 유린되고 파괴당하는 비극적 상황에 대한 작가의 침울하고 침통한 시선이 네 작품 모두에서 고스란히 관철되고 있음을 볼 수 있다. 진실을 얻기 위해 반드시 그에 갚음할 만한 커다란 대가를 치르는 인간 세상의 비극성을 제시하고, 죽음에 대한 감수성을 내내 견지하면서 인간적인 가치 탐구의 긴장감을 놓지 않는 셰익스피어의 창작력은 세계 연극사상 최고의 비극을 만들어낸 것이다.

또한 셰익스피어는 〈트로일루스와 크리시다〉(1601)와 〈끝이 좋으면 모두 좋다〉(1602), 그리고 〈법에는 법으로〉(1604) 등의 희극도 썼다. 그런데 이런 작품들에서조차 음산한 절망감이 배어 나오는 것을 보면, 당시 셰익스피어의 영혼에 깃들인 어둡고 침울한 기운이 얼마나 강렬했는지를 짐작할 수 있다. 사실 이러한 침울함의 원인이 셰익스피어의 내면에서만 찾아지는 것은 아니다. 당대의 연극적 유행의 변화도 셰익스피어의 비극시대를 추동하고 끌어가는 동력으로 작용하고 있는 것이다. 당시 관객들은 기존의 낭만적이고 유쾌한 희극과 역사극 따위에 식상해하면서, 그것을 대신할 사실적이고 풍자적인 희극과 비극적인 인간 존재극에 열광했다. 이런 대중적 열망의 반영과 아울러 인간 세계의 본질을 꿰뚫어본 셰익스피어의 깊은 성찰과 인식의 발현이 곧 인류 문학사에 축복과도 같은 비극들을 선사했다고 할 수 있을 것이다.

왕의 후원과 로맨스극의 발표

엘리자베스 1세의 뒤를 이어 왕위에 오른 제임스 1세는 스튜어트 가문의 군주답게 예술을 애호하는 사람이었다. 1603년 5월 제임스 1세는 런던에 도착하자마자 연극을 육성하는 일에 착수했다. 그는 궁내부 극단을 국왕 극단으로 개편하고 스스로 극단의 후원자가 되었다. 극단 단원들에게는 연봉이 지급되었고, 왕실 가문의 문장이 새겨진 보랏빛 의상과 모자를 착용토록 하는 조치가 취해졌다.

또한 셰익스피어와 그의 단원들에게는 '그룸 오브 더 체임버(groom of the chambers)'라는 명예로운 계급을 수여하는 한편, 셰익스피어의 후원자인 사우샘프턴 백작도 감옥에서 풀어주었다.

이런 연극 육성 조치와 맞물려 관객의 기호가 변화하면서 영국의 연극계에도 변화의 바람이 불기 시작했다. 주인공을 중심으로 격렬하게 감정들이 대치하며 긴장을 증폭해 나가던 대작극에서 가정비극과 풍자희극, 그리고 감상적인 희비극과 퇴폐적인 비극으로 그 축이 바뀐 것이다.

Shakespeare

셰익스피어도 이때부터 새로운 경향을 띤 작품들을 무대에 올려 발표하기 시작했다. 그것은 로맨스극이라는 희비극이었는데, 그 가운데 대표적인 작품으로는 〈겨울 이야기〉(1610)와 〈템페스트〉(1611) 등이 있다.

운문 문학의 최고 절정

셰익스피어는 살아 생전에 자신의 전체 희곡 37편 가운데 절반에 가까운 작품들이 출판되는 것을 지켜보았다. 또한 정확한 창작 시기는 불분명하지만 1609년에 〈소네트집〉도 발간되었는데, 이것은 영국 소네트의 정수라는 찬사를 얻었다. 셰익스피어는 1610년 〈겨울 이야기〉가 초연되던 해에 귀향한 것으로 짐작되는데, 그가 고향의 홀리 트리니티 교회에 안장된 지 3년이 지난 1619년에 토머스 파비어가 그의 희곡 선집을 기획·발간했으나 완간을 보지는 못했다.

총 10권이 나온 파비어의 셰익스피어 선집은 〈헨리 6세〉(제2부)·〈헨리 6세〉(제3부)·〈헨리 5세〉·〈윈저의 즐거운 아낙네들〉·〈베니스의 상인〉·〈페리클레스〉·〈한여름 밤의 꿈〉·〈요크셔의 비극〉·〈서 존 올드캐슬〉·〈리어왕〉 등이었다.

그리고 1622년 〈오셀로〉가 출판되었으며, 1653년에는 이전에 셰익스피어의 동료 배우였던 존 헤밍과 헨리 콘델의 편집으로 최초의 셰익스피어 단권 전집이 출판되었다. 셰익스피어의 희곡은 연극이라는 매개체를 통해 인간 내면에 도사린 다양한 면모들을 극적이면서도 시적으로 잘 드러내보인 뛰어난 운문 문학의 절정이었다고 할 수 있다.

차 례

Shakespeare

머리말 · 5

작가 소개 · 8

셰익스피어 4대 비극 · 19

햄릿 · 21

오셀로 · 127

리어왕 · 217

맥베스 · 311

셰익스피어 5대 희극 · 385

베니스의 상인 · 387

말괄량이 길들이기 · 469

한여름 밤의 꿈 · 531

뜻대로 하세요 · 587

십이야 · 665

연보 · 742

SHAKESPEARE

셰익스피어
4대 비극

햄릿

오셀로

리어왕

맥베스

SHAKESPEARE

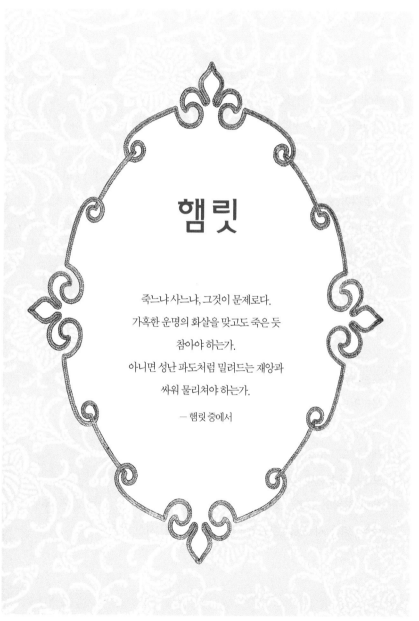

햄릿

죽느냐 사느냐, 그것이 문제로다.
가혹한 운명의 화살을 맞고도 죽은 듯
참아야 하는가.
아니면 성난 파도처럼 밀려드는 재앙과
싸워 물리쳐야 하는가.

— 햄릿 중에서

1. 등장인물

햄릿 아버지가 숙부한테 독살당했다는 사실을 알고 복수의 칼을 갈던 중 레어티스와 펜싱 시합을 하다 죽는 왕자.

오필리아 폴로니어스의 딸로 햄릿을 사랑하지만 결국 햄릿의 손에 아버지가 죽자 미쳐서 시냇물에 빠져 죽음.

거트루드 남편을 독살한 시동생 클로디어스와 재혼하는 햄릿의 어머니.

클로디어스 햄릿의 숙부로 거트루드와 간통하고 형을 독살한 뒤 왕이 됨.

폴로니어스 클로디어스 왕의 고문관이며 재상으로 레어티스와 오필리아의 아버지. 결국 햄릿에게 죽임을 당함.

레어티스 프랑스 유학 중 아버지가 살해당했다는 소식을 듣고 귀국해서 햄릿과 펜싱 시합을 하다 죽음.

호레이쇼 햄릿이 죽으면서 자신의 이야기를 후세에 전해줄 것을 부탁할 정도로 햄릿의 절친한 친구.

로즌크랜츠, 길든스턴 햄릿의 친구

볼티먼드, 코닐리어스, 오즈릭 시종

마셀러스, 버나도, 프랜시스코 경호병들

레이날도 폴로니어스의 하인

포틴브라스 2세 노르웨이 왕자

햄릿 부왕의 유령, 그 밖의 배우들, 어릿광대들, 무덤 파는 일꾼, 부대장, 영국 사신들, 남녀 귀족들, 군인, 선원, 사신, 시종들

2. 줄거리

감수성이 예민한 덴마크의 왕자 햄릿은 갑작스럽게 아버지를 잃는다. 그리고 사랑했던 어머니마저 평소 자기가 싫어하던 숙부와 결혼을 해 충격을 받는다. 그러던 어느 날 아버지의 유령을 만나게 되면서 아버지가 독살당했다는 사실을 알게 된다. 더욱이 아버지의 유령은 자신에게 복수해줄 것을 요구한다. 이에 햄릿은 그 사실을 확인하기 위해 일부러 미친 척하며 사랑하는 여자 오필리아와도 거리를 둔다.

그러면서도 실행을 하지 못하는 자신이 우유부단하게 느껴지는데, 마침 어머니의 방에 들렀다가 커튼 뒤에 숨어 자신을 관찰하는 사람이 클로디어스 왕인 줄 알고 칼로 찌르지만 정작 죽은 사람은 폴로니어스 경이다. 그러자 클로디어스 왕은 햄릿을 영국에 사신으로 보내는 한편, 영국 왕에게는 밀서를 보내 죽일 것을 요구한다. 하지만 밀서를 중간에서 가로챈 햄릿은 왕의 계략을 알고 몰래 귀국해 결국 복수를 다짐한다.

한편 오필리아는 아버지가 불의의 사고로 죽게 되었다는 사실을 알고 노래를 부르다가 시냇물에 빠져 죽게 되고, 졸지에 아버지와 동생을 잃은 레어티스가 귀국해 궁으로 쳐들어온다. 클로디어스 왕은 레어티스를 달래 아버지를 죽인 건 햄릿이므로 레어티스가 가장 잘하는 펜싱 시합으로 햄릿을 죽이는 게 어떠냐고 제안한다.

드디어 시합 당일, 레어티스는 햄릿이 마시는 술에 독극물을 타고 칼에는 독을 묻힌 다음 결투를 하게 된다. 그러나 햄릿이 마셔야 할 술을 거트루드 왕비가 마심으로써 숨을 거두는 끔찍한 상황이 벌어지고, 이미 독 묻은 칼에 찔린 햄릿은 레어티스의 칼을 빼앗아 그 칼로 레어티스를 찌른다. 결국 독이 묻은 칼에 찔려 죽게 된 레어티스는 모든 음모를 밝히고, 이 사실을 안 햄릿은 클로디어스 왕을 죽이지만 자신도 온몸에 독이 퍼져 숨을 거둔다.

제 1 막

제 1 장 엘시노 성 망대

보초병 프란시스코가 보초를 서는데, 무장한 버나도가 등장.

버나도 거기 누구냐?

프랜시스코 너야말로 누구냐? 거기 서서 신분을 밝혀라!

버나도 국왕 만세!

프랜시스코 버나도?

버나도 그렇다.

프랜시스코 제시간에 맞춰 왔군.

버나도 막 자정을 알리는 종소리가 울렸어. 가서 자게나, 프란시스코.

프랜시스코 교대해줘서 고맙네. 심장까지 얼어붙어 죽는 줄 알았다고. 무슨 추위가 이리 혹독하담.

버나도 별일 없었나?

프랜시스코 쥐새끼 한 마리도 얼씬거리지 않았네.

버나도 그랬군. 호레이쇼와 마셀러스를 만나거든 빨리 나오라고 전하게. 오늘 나와 함께 보초를 서기로 했거든.

호레이쇼 와 마셀러스 등장.

프랜시스코   정지! 거기 누구냐!

호레이쇼   이 나라 백성.

마셀러스   국왕의 신하.

프랜시스코   수고하게. 난 그만 가겠네. (퇴장)

마셀러스   이봐, 버나도! 호레이쇼는 우리 말을 도무지 믿지 않네. 우리가 그렇게 끔찍한 모습을 두 번이나 봤는데 말야. 그래서 오늘밤 함께 망을 보자고 했지. 만일 그 헛것이 나타난다면, 우리의 말을 믿을 게 아니겠는가.

호레이쇼   쯧쯧, 나오긴 뭐가 나온다고 그러나.

버나도   거기 앉아서 우리 말을 들어보게. 바로 어젯밤, 북극성이 지금처럼 하늘을 비추고 있을 때였지. 마침 한 시종이…….

완전 무장 차림을 한 유령이 사령관의 홀을 들고 등장.

마셀러스   쉿, 조용히 해. 또 나타났네.

버나도   승하하신 선왕의 모습 그대로지 않나?

마셀러스   호레이쇼, 자넨 학자니까 학자답게 말을 걸어보게.

호레이쇼   정말 똑같군. 놀랄 만큼 똑같아 가슴이 오그라들 것 같네.

마셀러스   어서 말을 걸어봐, 호레이쇼.

호레이쇼   넌 누구냐? 무엄하게도 돌아가신 선왕께서 즐겨 입으시던 갑옷 차림으로 한밤중에 나타나다니! 대답하라. 어서 대답하라.

마셀러스　화가 난 모양이야.

버나도　저것 봐! 그냥 가버리잖아!

호레이쇼　서지 못하겠느냐! 멈춰라! 명령한다! 멈춰라! (유령 퇴장)

마셀러스　사라졌어. 한마디도 하지 않는군.

버나도　이봐, 호레이쇼. 자네 얼굴이 백지장이군. 부들부들 떨고 있어. 그래, 아직도 이게 우리의 망상이라고 생각하나?

호레이쇼　내 두 눈으로 똑똑히 보았는데, 어떻게 망상이라고 하겠나.

마셀러스　선왕의 모습 그대로지?

호레이쇼　정말 꼭 닮았어. 뱃속이 시커먼 노르웨이 왕과 단신으로 결투하러 가셨을 때에도 저런 차림이셨지. 또 협상에 임했다가 깨지자 화가 나서 폴란드 놈들을 빙판 위에 때려눕혔을 때에도 바로 저런 표정이셨고. 참으로 해괴한 일이야.

마셀러스　이런 일이 지난밤에도 일어났었네. 바로 이 시각에 갑옷을 걸치시고 우리 앞을 성큼성큼 두 번이나 지나가셨어.

호레이쇼　이 나라에 큰 변이 일어나려는 흉조인 것 같아.

마셀러스　자, 이러지 말고 앉아서 얘기하세. 도대체 매일 밤 백성들을 괴롭히면서까지 이토록 삼엄하게 경비를 서게 하는 이유가 뭔가? 또 날마다 대포를 만든다, 외국에서 무기를 사들인다 하며 야단법석을 떠는 이유를 아는 사람이 있으면 말해보게.

호레이쇼　나도 소문을 들었을 뿐이네. 자네들도 알다시피 선왕께서는 야심에 찬 노르웨이 왕 포틴브라스의 도전을 받으셨지. 결국 선왕은 엄격한 기사도에 따라 포틴브라스의 목숨뿐 아니라 영토까지 차지했지. 두 사람이 싸움을 할 때 각자 자기 영토를 걸었으니, 만일 포틴브라스가 이겠다면 선왕 역시 땅을 고스란히 빼앗겼을 거야. 이렇게 해서 햄릿 왕은 포틴브라스의 땅을 차지하게 되었어. 그런데 문제는 포틴브라스의 아들이 이 상황을 받아들이지 않고 부랑자들을 끌어모아 모반을 꾸미고 있다네. 전쟁준비를 하는 것도, 우리가 여기서 망을 보는 것도, 나라가 온통 야단법석인 이유 역시 모두 그 때문이라네.

버나도 그럴 듯한 얘기로군. 선왕의 유령이 우리 앞에 나타난 것도 다 그 때문이군. 선왕이 예나 지금이나 전쟁의 단초였으니.

호레이쇼 그 유령은 그야말로 눈에 박힌 티와 같군. 그 옛날 번영을 자랑하던 로마제국도 위대한 영웅 시저가 살해되기 전날 무덤들이 텅텅 비고, 수의를 몸에 휘감은 시체들이 나와 길거리를 걸어다녔다지 않던가. 하늘의 별은 화염의 꼬리를 달고, 이슬은 핏물이 되어 내렸으며, 태양은 빛을 잃고, 밀물과 썰물의 바다를 지배하는 달조차도 말세가 온 듯 사그라졌다더군. 선왕의 유령도 앞으로 우리에게 닥칠 재앙의 서곡을 알려주기 위해서 나타난 것이 아닌가 싶네.

유령 다시 등장.

호레이쇼 쉿! 저것 봐, 유령이 다시 나타났어! (유령이 팔을 벌린다) 벼락을 맞더라도 한번 막아봐야겠어. 허깨비야, 게 섰거라. 입이 있거든 말을 해봐. 혹시 이 나라의 재앙을 알고 있는 건 아니냐? (닭울음 소리가 들린다) 이봐, 마셀러스! 자네가 좀 막아보라고!

마셀러스 이 창으로라도 찔러볼까?

호레이쇼 그래, 안 서면 그렇게라도 해봐.

버나도   여기다!

호레이쇼   이놈! (유령 퇴장)

마셀러스   사라져 버렸어. 그래도 존엄한 분의 혼령인데, 어리석은 짓을 한 것 같아.

버나도   입을 열 것 같았는데 그놈의 닭이 하필 그때 울 게 뭐람.

호레이쇼   닭이 울자 죄인이 호출당하기라도 한 것처럼 깜짝 놀라더군. 새벽에 닭이 날카로운 울음소리로 해의 신을 부르면 동이 트는 것과 동시에 공기와 땅위를 떠돌던 헛것들이 모두 자신의 거처로 도망간다는 말이 틀리지 않나봐.

마셀러스   크리스마스 때가 되면 새벽을 알리는 닭이 밤새도록 울어서 유령들이 얼씬도 하지 못한다는 말이 있어. 그러면 별들도 마력을 잃고, 요정들도 장난기를 거두고, 마녀들도 신통력을 잃게 된다는 거야. 그래서 그때가 되면 정결하고 복스러운 기운이 넘친대.

호레이쇼   나도 그런 소릴 들었네. 정말 거짓말이 아닌가 보군. 자, 저길 보게나. 해가 붉은 망토를 걸치고 이슬을 밟으며 동녘 산마루로 솟아오르고 있군. 우리도 그만 보초를 끝내세. 내 생각에는 아까 본 일을 햄릿 왕자님께 아뢰는 게 좋겠네. 비록 그 유령이 우리에게는 입을 다물었지만, 왕자님께는 후련하게 털어놓을지도 모르잖아.

마셀러스   좋아. 오늘 아침 그분을 만날 수 있는 곳을 내가 아네.

제 2 장 성 안의 회의실

나팔소리. 클로디어스 왕과 거트루드 왕비, 궁신들, 폴로니어스와 그의 아들 레어티스, 볼티먼드와 햄릿 왕자 등장.

왕 존경하는 형인 햄릿 왕의 죽음이 아직도 생생한 지금, 온 나라가 애통해하고 슬픔에 빠져 있는 것은 당연한 일이오. 하지만 이제 우리도 정신을 차려야 할 때가 된 것 같소. 짐은 덴마크를 더욱 강성하게 하기 위해 한때 형수님이셨던 분을 왕비로 맞아들였소. 그야말로 한쪽 눈에는 눈물을, 다른 쪽 눈에는 웃음을 띤 채 장례식은 즐겁게, 결혼식은 슬프게, 기쁨과 슬픔을 똑같이 저울질하면서 왕비를 맞아들인 셈이오. 기꺼이 진언을 아끼지 않은 경들에게 한없는 고마움을 전하오. 그런데 포틴브라스 2세가 자꾸 우리들을 괴롭히고 있소. 그래서 짐은 노르웨이 국왕에게 칙서를 보낼 작정이오. 노르웨이 국왕은 지금 병환 중이어서 조카의 야심을 잘 모르고 있는 것 같소. 자, 이제 코닐리어스 경과 볼티먼드 경은 짐의 뜻을 잘 유념해 노르웨이 왕께 이 사실을 전하시오. 이제 경들은 신하로서 충성과 의무를 다하기를 바라겠소.

코닐리어스 · 볼티먼드 폐하께서 분부하신 명을 받들겠습니다.

왕 경들만 믿겠소. (볼티먼드와 코닐리어스 퇴장) 자, 레어티스, 무슨 일이라도 있느냐? 말해보거라. 나한테 무슨 소원이 있다고 한 것 같은데, 네 소원이라면 이 덴마크 왕이 못 들어줄 게 뭐가 있겠느냐? 나와 네 부친의 사이는 뇌수와 심장처럼 떼어놓을 수 없는 사이고, 손과 입처럼 더할 수 없이 소중한 사이니라. 그래, 바라는 게 무엇이냐, 레어티스?

레어티스　존경하옵는 폐하, 프랑스로 돌아가도록 윤허해주십시오. 제가 귀국한 것은 폐하의 대관식에 참석하기 위해서였습니다. 이제 그 의무를 다한 지금 솔직히 프랑스로 가고 싶은 마음뿐입니다.

왕　부친의 허락은 받았는가? 폴로니어스 경의 생각은 어떠오?

폴로니어스　자식놈이 어찌나 졸라대는지 내키지 않았지만 허락해주었습니다. 폐하께서도 부디 윤허하여주옵소서.

왕　좋다, 레어티스. 적당한 날을 택해서 떠나도록 하라. 가서 마음껏 즐기되 열심히 공부해서 네 자질을 아낌없이 발휘하도록 하라. 이제 내 조카이며 아들인 햄릿 차례인데…….

햄 릿　(방백) 핏줄은 통해도 마음은 통하지 않아.

왕　어찌된 일이냐? 요즘 네 얼굴엔 먹구름이 가시질 않는구나.

햄 릿　천만에요, 햇볕을 너무 많이 쬐어서 그렇습니다.

왕 비　햄릿, 이제 어두운 상복은 벗어버리고 폐하께 좀 더 부드러운 눈길을 보여드려라. 언제까지 눈을 내리깔고 돌아가신 아버지를 생각하겠느냐. 누구든 한 번은 세상을 떠난다는 걸 잊었느냐?

햄 릿　네, 물론 저도 잘 알고 있습니다.

왕 비　그런데 왜 유독 너만 특별하게 구는 것처럼 보이느냐?

햄 릿　보이는 게 아니라 사실이 그렇습니다, 어머니. 착하신 어머니, 이새까만 외투나 이 검은 상복이나 억지로 내쉬는 과장된 한숨으로 어찌 제 심정을 드러낼 수 있겠습니까? 냇물처럼 흐르는 눈물과 슬픔으로 일그러진 표정은 그저 꾸밀 수도 있는 것이지요. 그러나 제 마음속에 있는 것은 그렇게 꾸밀 수 있는 것이 아닙니다. 드러내는 슬픔은 겉모습을 장식하는 옷이나 다를 바가 없지요.

왕　부왕의 죽음을 그토록 애도하다니, 참으로 가상하구나. 하지만 생각해봐라. 네 아버지도 그 아버지를 여의셨고, 네 할아버지 또한 그 아버지를 여의셨다. 그래서 유족들은 자식 된 도리를 하느라 일정 기간 동안 상복을 입고 애도를 표하지. 그러나 그것도 도가 지나치면 오히려 조상을 모독하는 행위이며, 남자답지 못한 태도다. 인간이라면 죽음을 피할 수 없는 일, 어찌 부질없이 반항하며 슬픔에만 빠져 있느냐? 제발 부탁하노니, 그 부질없는 슬픔은 거두고 나를 친아버지처럼 생각해다오. 이 자리에서 공포하건대 너야말로 내 뒤를 이을 왕위 계승자다. 내가 친아버지 못지않게 너를 사랑하는 것도 다 이러한 이유 때문이다. 그런데도 너는 다시 비텐베르크 대학으로 돌아가겠다니, 내 뜻과는 전혀 상반되는구나. 제발 부탁하노니, 이곳에 남아서 부디 내 신하, 내 핏줄, 내 아들로 있어다오.

왕 비　이 어미의 부탁도 들어다오, 햄릿. 제발 내 곁에 있어다오.

햄 릿　알겠습니다, 어머님. 분부대로 따르겠습니다.

왕　오, 듣던 중 참으로 반가운 소리구나. 이 덴마크 땅에서 나와 함께 지내도록 하자. 자, 갑시다, 거트루드. 솔직하고 부드러운 햄릿의 대답을 들으니 내 마음이 가벼워지는구려. 우리, 오늘 축하하는 의미에서 축배를 들어야겠소. 오늘 덴마크 왕이 잔을 들 때마다 축포를 쏘아 올려 온 하늘과 이 나라에 찌렁찌렁 울리게 하라. 자, 가자. (나팔소리 울리고 햄릿을 제외한 사람들 모두 퇴장)

햄 릿　아아, 이 더러운 육체여! 차라리 녹아버려 이슬이 되거라. 전능하신 신은 왜 자살을 금하는 율법을 정해서 자살을 못하도록 하시는가! 아, 지루하고 멋없고 살 가치도 없는 세상이여! 정말 지긋지긋하구나. 에잇, 더러운 세상! 황폐한 뜰에는 잡초만 자라고 주위는 온통 악취로 숨을 쉴 수 없구나. 그토록 훌륭하셨던 아버지, 지금의 왕과 비교하면 태양과 암흑의 차이지. 어머니를 끔찍이 사랑하신 아버지, 어머니가 바람을 맞는 것조차 아까워하시던 아버지셨는데. 오, 신이시여! 어머니는 언제나 아버지에게 매달려 사랑을 갈구했지. 그런데 한 달도 못 되어……. 약한 자여, 그대 이름은 여자이니라! 온몸이 눈물에 젖어 아버지의 상여를 따라가던 분이 신발이 채 닳기도 전에 숙부의 품에 안기다니. 오, 신이시여! 이성이 없는 짐승이라 해도 그분보다 더 오래 슬퍼했으련만. 오, 어머니! 어쩌면 이렇게 빠르게 결정하셨나요?

호레이쇼, 마셜러스 그리고 버나도 등장.

호레이쇼　안녕하십니까, 왕자님.

햄 릿　자네 호레이쇼가 아닌가? 한데 이곳엔 무슨 일로 왔는가?

호레이쇼　실은 부왕의 장례식에 참례하러 왔습니다.

햄 릿　여보게들, 제발 농담은 그만두게. 어머니의 혼례식을 보러 왔겠지.

호레이쇼　하긴 연이어진 행사가 아닙니까.

햄 릿　그게 다 절약 아니겠나. 제삿상 음식으로 잔칫상을 차리니 얼마나 경제적인가. 이런 꼴을 볼 바에야 차라리 천당에서 원수를 만나는 게 낫지. 호레이쇼, 난 지금도 아버님의 모습이 선하게 떠오른다네. 아, 아버님을 뵌 듯해.

호레이쇼   왕자님, 저는 어젯밤에 뵈었습니다.

햄 릿   나의 아버님을?

호레이쇼   잠시 진정하시고 제 얘기를 들어주십시오. 듣기에 따라 좀 망측한 일이라서 말입니다. 물론 여기 이 사람들이 증인이지만요.

햄 릿   뜸을 들이지 말고 어서 말해보게.

호레이쇼   실은 여기 마셀러스와 버나도 이 두 사람이 이틀 밤 연이어 보초를 섰다가 겪은 일입니다. 한밤중이 되면 부왕을 꼭 닮은 형체가 나타난 것입니다. 머리끝에서부터 발끝까지 단단히 무장한 모습으로 이들 앞에 나타나 위엄 있는 걸음걸이로 지나가신 것입니다. 그것도 세 번씩이나 말예요. 그 말을 듣고 저도 사흘째 되던 날 밤 가서 같이 망을 보았습니다. 그랬더니 이 사람들 말대로 똑같은 시각에 똑같은 차림을 하고 정말 나타난 것입니다. 틀림없이 부왕이셨습니다. 이 오른손과 왼손도 그렇게 똑같지는 않을 겁니다.

햄 릿   그래, 그게 어디였나?

마셀러스   저희가 보초를 서고 있는 망대입니다.

햄 릿   심상치 않은 일이구나.

호레이쇼   맹세코 이건 틀림없는 사실입니다. 그래서 이 일을 왕자님께 아뢰는 것이 저희의 의무라고 생각했습니다.

햄 릿   그렇고말고. 하지만 내 마음이 어지럽구나. 너희들은 오늘밤에도 보초를 서는가?

마셀러스·버나도   네, 왕자님.

햄 릿   머리끝부터 발끝까지 무장을 하고 있단 말이지?

마셀러스·버나도   그렇습니다, 왕자님.

햄 릿 얼굴은 보았는가?

호레이쇼 다행히 투구 안대가 올려져 있어서 보았습니다.

햄 릿 수염은 희끗희끗하던가?

호레이쇼 예, 생시에 뵈었던 모습 그대로였습니다.

햄 릿 오늘밤엔 나도 망을 봐야겠다. 다시 나타날지도 모르니까.

호레이쇼 틀림없이 나타날 겁니다.

햄 릿 정말 아버지의 모습 그대로라면 지옥이 아가리를 벌리고 내게 침묵을 명한다 하더라도 말을 걸 것이다. 너희들에게 부탁하노니 이 일은 없었던 일로 하거라. 그리고 어떤 일이 일어나더라도 절대로 입 밖에 내지 마라. 너희들의 호의에 보답할 날이 있을 거다. 그럼 오늘밤 열한 시와 열두 시 사이에 내 망대로 가겠다.

일 동 왕자님을 위해 충성을 다하겠습니다.

햄 릿 충성이 아니라 우정일세. 그럼, 내 다정한 친구들, 잘 가게. (햄릿만 남고 모두 퇴장) 무장을 하신 아버님의 유령이라……. 이건 예삿일이 아니구나. 뭔가 흉측한 일이 움튼다는 증거야. 밤이 어서 왔으면 좋겠구나! 그때까진 내 마음아, 좀 더 침착해지려무나. 비록 온 땅이 악행을 덮어 눈가림한다 해도 결국 우리는 보게 될 것이다. (퇴장)

제 3 장 폴로니어스의 저택

레어티스와 오필리아 등장.

레어티스   이제 배에 짐을 다 실었으니 작별을 해야겠구나. 오필리아야, 너도 잠만 자지 말고 편지 좀 써라.

오필리아   알았어요.

레어티스   그리고 햄릿 왕자가 너한테 호의를 보이신 모양인데, 한때의 바람기라는 걸 잊지 말거라. 그야말로 이른봄에 피는 나리꽃과 같은 거지. 한순간의 달콤한 향기요, 일시적인 희롱일 뿐이야.

오필리아   정말 그럴까요?

레어티스   물론이지. 인간은 키와 육체만 자라는 것이 아니라 정신과 마음도 성장하는 법이거든. 지금은 왕자님이 너를 사랑하실지도 모르지. 그분은 마음이 순수해서 속임수를 쓰거나 더러운 짓을 하지는 않아. 하지만 문제는 그분의 신분이 너무 높아, 무엇이든 자기 마음대로 일을 처리할 수 없는 입장이라는 거야. 왕실의 체통을 지켜야 하고, 보통 사람들처럼 제멋대로 행동할 수 없는 분이지. 그러니 자신의 배우자를 간택하는 것도 백성의 의사에 따라 좌우된다는 거야. 오필리아, 단단히 마음을 단속해야 해. 기분에 좌우되지 말고, 정욕의 위험한 화살이 닿지 않도록 해야 한단다. 정숙한 처녀는 달빛에 얼굴을 드러내는 것조차 부끄럽게 여겨야 한다고 하지 않더냐. 아무리 정숙한 여인도 비껴가기 어려운 것이 이 세상의 험담이란다. 첫째도 조심, 둘째도 조심, 그저 조심하는 게 상책이야. 물론 젊을 땐 유혹의 손길이 닿지 않아도 저절로 유혹에 빠져들지만 말이다.

오필리아　오라버니의 충고 마음속 깊이 간직할게요. 하지만 오라버니, 방탕한 사제들처럼 입으로는 험한 가시밭길을 천당 가는 길이라 알려주고, 정작 자신은 환락의 꽃밭을 거닐 듯이 하면 안 돼요.

폴로니어스 등장.

레어티스　아버님이 오신다. 축복을 두 번 받으면 행복도 두 배가 된다는데, 작별 인사를 두 번이나 받는 행운을 얻었구나.

폴로니어스　아직도 가지 않았느냐? 서둘러 배를 타거라! 사람들이 모두 널 기다리고 있어. 자, 축복해주마. 그리고 이 아비의 충고를 명심하거라. (아들의 머리에 손을 얹는다) 함부로 입을 놀리지 말 것, 엉뚱한 생각을 실천으로 옮기지 말 것, 잡스러운 친구를 사귀지 말 것, 일단 사귄 친구들이 진실하다면 놓치지 말 것, 햇병아리들과 너무 친하게 지내지 말 것, 싸움판에 끼어들지 말 것, 하지만 일단 끼어들면 철저히 해치우도록 해라. 다시는 너를 얕보지 않도록 말야. 그리고 남의 말에 귀를 기울이되 말을 삼갈 것, 어떠한 판단이든 신중할 것, 옷맵시를 내되 눈에 띌 정도로 내지 말 것, 품위가 있도록 말야. 옷은 인격을 나타내니까. 돈은 빌리지도 말고 꾸지도 말 것, 돈을 빌려주면 돈도 잃고 친구도 잃는다는 걸 명심하거라. 게다가 돈을 빌리면 절약하는 마음이 무뎌진다는 걸 잊지 말고. 무엇보다도 네 자신에게 충실할 것, 그렇게 하면 밤이 지나 낮이 오듯이 다른 사람에게도 충실해지게 마련이란다. 그럼 잘 가거라. 내 충고가 네 마음속에 무르익기를 기도하마.

레어티스 안녕히 계십시오, 아버지. 오필리아, 너도 잘 있고. 내가 한 말 절대로 잊지 말거라.

오필리아 이 마음속을 단단히 채웠으니 열쇠는 오빠가 가져가세요.

레어티스 아버지, 다녀오겠습니다. (퇴장)

폴로니어스 오빠가 너에게 무슨 말을 하더냐?

오필리아 햄릿 왕자님에 관해서요.

폴로니어스 음, 알아들었구나. 소문에 따르면 요즘 왕자님과 단둘이 시간을 많이 보낸다는 말이 있던데 사실이냐? 그게 사실이라면 나도 한마디 안 할 수가 없구나. 내 딸로서 네 명예를 생각해야 해. 그래, 왕자님과는 어떤 관계냐? 이 아비에게 사실대로 털어놓아라.

오필리아 저, 왕자님께서 저에게 여러 번 사랑을 고백하셨어요.

폴로니어스 사랑이라고? 너도 참 순진하구나. 하긴 험악한 꼴을 당해봤어야 알지. 그래, 왕자님의 고백이 진짜처럼 들리더냐?

오필리아 실은 어떻게 받아들여야 할지 그저 난감할 뿐입니다.

폴로니어스 그렇겠지. 내 말을 잘 들어라. 왕자님이 다정하게 대해주었다고 진정으로 여겼다니, 어리석구나. 좀 더 몸가짐을 조심하도록 하여라. 안 그러면 속된 말로 나를 웃음거리로 만들게 될 거다.

오필리아 그분은 명예로운 방식으로 제게 사랑을 고백했습니다.

폴로니어스 방식에 현혹하기 십상이지. 다들 그래.

오필리아 게다가 자기 말이 진심임을 거듭 맹세했어요.

폴로니어스 그게 바로 덫이 아니고 무엇이겠니? 애야, 맹세란 불길처럼 활활 타오르다가 금세 사라지는 거야. 그 불길을 진심으로 받아들였다가는 낭패를 당하기 십상이야. 앞으로는 순결한 처녀답게 그분과 쓸데없이 만나는 일은 삼가는 게 좋겠구나. 왕자님은 너와 달리 아주 자유로우신 분이야. 그러니 왕자님의 맹세를 믿어선 안 돼. 그런 맹세는 겉과 속이 다르단다. 가당찮은 청원을 하는 사람들처럼 입으로는 그럴 듯하게 말을 하지만, 실상은 자기들의 욕망을 채우기에 급급할 뿐이야. 여자에게 불륜을 권하는 뚜쟁이 같다고나 할까. 그러니 앞으로 단 한순간이라도 햄릿 왕자님과 시간을 보내면서 허비하지 말거라. 알겠지? 단단히 조심해야 해.

오필리아 　아버님 분부대로 따르겠습니다. (두 사람 퇴장)

제 4 장 망대의 한 통로

햄릿, 호레이쇼, 마셀러스 등장.

햄 릿 　바람이 살을 에는 것 같구나. 날씨 한번 고약하군.
호레이쇼 　온몸이 얼음장입니다요.

이때 궁에서 나팔소리와 축포 소리가 들린다.

호레이쇼　왕자님, 이게 무슨 소란인가요?

햄 릿　폐하께서 밤새도록 주연을 베풀고 있다네. 요란하게 춤을 추며 한마디로 난장판을 벌이고 있는 셈이지. 폐하가 포도주를 한 잔 비울 때마다 북을 치고 나팔을 불어 왕의 만수무강을 백성들에게 알린다는 걸세.

호레이쇼　그게 관습인가요?

햄 릿　그렇다네. 저런 관습은 차라리 없애버리는 것이 좋겠어. 엄청나게 술을 마셔대니까. 전 세계가 우리나라를 비난하고 있어. 돼지처럼 주정을 부린다고 욕을 해대는 거야. 참으로 망신스런 관습이지.

유령 등장.

호레이쇼　왕자님, 드디어 나타났습니다!

햄 릿　하느님, 우리를 지켜주소서! 누구냐? 천사냐, 악마냐? 하늘에서 왔는가, 지옥에서 왔는가? 우리를 구하러 왔는가, 멸망시키러 왔는가? 그대의 모습을 보니 차마 말을 걸지 않을 수가 없구나. 오, 덴마크의 왕, 햄릿이시여, 대답하라. 나를 의혹에 빠뜨리지 말고. 죽어서 땅 속에 묻힌 시체가 어찌하여 수의를 벗고 나타났는가? 싸늘한 시체가 되어버린 그대가 어찌하여 갑옷을 걸치고 이 밤에 나타나 사람들을 떨게 만드는지 말해보라. 또한 왜 어리석은 우리 인간들의 머리로는 도저히 풀지 못할 문제를 던져주고 공포에 떨게 하는지 그 이유를 말하라. 어떻게 하라는 것이냐? (유령이 햄릿에게 손짓을 한다)

호레이쇼　함께 가자고 손짓하는군요. 왕자님께만 알려드릴 것이 있는 모양입니다.

마셀러스 왕자님, 따라가지 마십시오.

호레이쇼 그래요, 가시면 절대로 안 됩니다.

햄 릿 이제 와서 내가 무엇이 두렵겠느냐? 내 목숨은 바늘 하나만큼의 가치도 없어. 따라가야겠다.

호레이쇼 바다로 끌고 가면 어떻게 하시려고 그러세요? 아니면 낭떠러지로 끌고 간 뒤 끔찍한 모습으로 돌변하여 왕자님의 이성을 마비시켜 혼백을 빼버리면 어떻게 해요? 왕자님, 이성을 찾으세요. 인간이란 절벽 위에서 짙푸른 바다를 내려다보며 울부짖는 파도 소리만 들어도 죽음의 유혹을 느끼는 법입니다.

햄 릿 운명이 나를 부르고 있어. 온몸의 핏줄이 네메아 사자(헤라클레스가 죽였다고 전해지는 무서운 사자)의 힘줄처럼 팽팽해지고 있는걸. 제발 날 붙잡지 마라. 만일 방해하면 모두 죽이겠다. 비켜라, 비켜! 유령이여, 가거라. 내 기꺼이 따를 것이다. (유령과 햄릿 퇴장)

호레이쇼 유령에 홀려 넋이 빠졌구나.

마셀러스 명령에만 복종할 때가 아닙니다. 어서 따라가 봅시다. (퇴장)

제 5 장 망대 아래의 빈터

유령과 햄릿 등장.

햄 릿 어디로 가느냐? 말하지 않으면 더 이상 따라가지 않겠다.

유 령 잘 들어라. 나는 네 아비의 혼령이다. 밤이 되면 잠깐 동안 돌아다닐 수가 있지만 낮이 되면 불길 속에서 고통을 받고 있다. 생전에 저지른 죄악이 다 타서 정화될 때까지 그래야 할 운명이다. 만일 내가 금단의 계율을 깨뜨려 저승의 비밀을 털어놓는다면, 너의 영혼은 상처를 입고 젊은 피조차도 얼어붙으며 두 눈은 별똥처럼 튀어나와 사라지고 곱슬곱슬한 머리칼은 성난 고슴도치처럼 곤두설 것이다. 그러니 저승 세계의 영원한 비밀을 이승의 인간에게 털어놓을 수는 없다. 자, 듣거라. 네가 아버지를 단 한 번이라도 사랑한 적이 있다면, 비겁하기 짝이 없는 살인자에게 복수하라.

햄 릿 살인이라고요?

유 령 살인이란 어떤 것으로도 합리화될 수 없는 잔학한 행위지만 이번 살인은 정말 흉측하고 무도한 짓이었다.

햄 릿 어서 말씀을 하시지요. 사랑의 화살보다 빠르게 날아가 살인자를 해치우겠습니다.

유 령 암, 그래야지. 내 말을 듣고도 분개하지 않는다면 저승에 흐르는 망각의 강변에 번성하는 잡초보다도 못한 인간이겠지. 햄릿아, 잘 듣거

라. 세상에 알려진 바로는, 내가 정원에서 낮잠을 자다가 독사에게 물려 죽은 것으로 되어 있을 것이다. 덴마크의 모든 백성들은 그 날조된 얘기에 감쪽같이 속고 있지만, 네 아비를 죽인 독사는 지금 머리 위에 왕관을 쓴 자이니라.

햄 릿　오, 내 예감대로 숙부가?

유 령　그렇다. 근친을 간음한 자, 그놈은 짐승보다 못한 놈이다. 정숙한 체하던 나의 왕비에게 간악한 지혜와 재주를 부려 음란한 자리로 끌어들였다. 오, 햄릿! 이 얼마나 천박한 배신이냐. 마음속 깊이 사랑을 하고 백년가약의 맹세를 굳세게 지켜온 나를 배반하고, 형편없이 비열한 녀석과 배를 맞추다니! 진정 정숙한 여인이라면 욕망이 천사의 탈을 쓰고 유혹할지라도 결코 흔들릴 수 없을 텐데. 반대로 음탕한 여인이라면 천사와 관계를 맺는다 해도 썩은 고기를 탐내는 법이겠지. 오, 벌써 새벽이 밝아오는구나. 내 간단히 말하마. 나는 그날 늘 하던 버릇대로 정원에서 낮잠을 자고 있었다. 그런데 네 숙부가 몰래 숨어들어 인체를 썩게 하는 헤보나를 내 귓속에 부은 것이다. 그래서 난 목숨뿐만 아니라 왕관, 왕비마저도 한꺼번에 빼앗기고 말았다. 게다가 죄업이 한창일 때 죽는 바람에 성찬식도 못하고 최후의 참회 기도도 없이 하느님 앞에 끌려가가 심판대에 오르게 된 것이다. 오, 정말로 끔찍한 일이다! 만일 너에게 조금이라도 효심이 남아 있다면, 덴마크 왕실의 거룩한 침상을 패륜과 정욕 속에 버려두지 말거라. 그리고 아무리 화가 나더라도 어머니를 해치지 말고 하늘의 심판에 맡겨둬라. 자, 이제 이별의 시간이다. 잘 있거라, 내 아들. 나를 잊지 말거라. (퇴장)

햄 릿　오, 하늘과 땅의 신들이여! 그리고 지옥도 불러낼까? 오, 심장이여, 견디어라. 내 몸의 근육들이여, 갑자기 늙지 말고 나를 튼튼히 설 수 있게 하라. 잊지 말라고? 그러마, 불쌍한 유령이여. 기억이라는 것이 내 흐트러진 머릿속에 존재하는 한 내 잊지 않으마. 내 기억의 여백에서 하찮은 기억들일랑 지워버리자. 격언이며 지식, 과거의 인상들은 지워버리고 오로지 그대의 명령만을 기억의 갈피에 남겨두리라. (무릎을 꿇고 칼자루에 손을 얹으며 맹세한다) 자, 이제 맹세까지 했다.

호레이쇼와 마셀러스 등장.

호레이쇼 · 마셀러스 왕자님, 왕자님!

마셀러스 왕자님!

호레이쇼 하늘이여, 왕자님을 보호하소서!

햄 릿 그리하여 주소서.

마셀러스 왕자님!

햄 릿 어이, 여길세, 여기! 여기야!

마셀러스 귀하신 왕자님, 괜찮으십니까?

호레이쇼 도대체 어떻게 됐습니까, 왕자님?

햄 릿 아, 놀라운 일이다.

호레이쇼 왕자님, 어서 말씀을 해주시지요.

햄 릿 안 돼. 말이 새어나가면 절대로 안 될 일이네.

호레이쇼 제가요? 왕자님, 맹세코 입을 다물고 있겠습니다.

마셀러스 저도 하늘에 걸고 맹세합니다.

햄 릿 도대체 상상조차 할 수 없는 일이야. 그래, 비밀을 지키겠지?

호레이쇼 · 마셀러스 왕자님, 하늘에 걸고 맹세합니다.

햄 릿 덴마크의 악당치고 극악무도하지 않은 놈은 없단 말야.

호레이쇼 왕자님 말씀을 도무지 알아듣지 못하겠습니다.

햄 릿 미안하네. 기분이 상했다면 용서해주게. 사실 아까 우리가 본 유령은 악귀가 아니라는 것만은 말해두지. 유령과 무슨 얘기를 주고받았는지 알고 싶겠지만, 제발 참아주게.

호레이쇼 왕자님, 말씀만 하시지요. 기꺼이 들어드리겠습니다.

햄 릿 우리가 본 일을 절대로 입 밖에 내지 말게.

호레이쇼 · 마셀러스 절대로 발설하지 않겠습니다.

햄 릿 (칼을 빼들고) 그럼 내 칼에 대고 맹세해주게.

마셀러스 왕자님, 이미 맹세했습니다.

유 령 (지하에서 소리친다) 맹세하라.

햄 릿 저 유령 좀 보라지! 말을 다 하네. 아직 거기 있나보군. 자, 친구들, 지하에서 하는 말을 들었지?

호레이쇼 왕자님께서 선창하시지요.

햄 릿 '오늘밤 본 것을 절대로 발설하지 않겠노라.' 자, 이 칼에 대고 맹세하라.

유 령 (지하에서 소리친다) 맹세하라.

호레이쇼 오늘밤 본 것을 절대로 발설하지 않을 것을 맹세합니다.

햄 릿 참으로 신기하군. 장소를 한 번 바꿔보자. 다시 한 번 '오늘밤 본 것을 절대로 발설하지 않겠노라'고 이 칼에 대고 맹세하라.

유 령 (지하에서 소리친다) 그의 칼에 대고 맹세하라.

햄 릿 참, 대단해. 두더지처럼 아주 민첩하게 움직이는군.

호레이쇼   참으로 해괴한 일도 다 있군요.

햄 릿   호레이쇼, 세상에는 우리들의 학식으로는 도저히 해결할 수 없는 일들이 많다네. 그러니 아무것도 묻지 말게. 자, 다시 한 번 맹세하게나. 그리고 앞으로 내가 해괴한 행동을 하거나 경우에 따라서는 미친 척할지도 모르네. 어떤 경우도 자네들은 내 비밀을 알고 있는 척해선 안 되네. 그렇게만 하지 않으면 자네들에게 설령 위태로운 고비가 오더라도 반드시 신께서 도와주실 거야. 자, 어서 맹세하게.

유 령   (지하에서) 맹세하라. (그들은 칼에 대고 맹세한다)

햄 릿   이제 그만 진정하라, 유령이여! 그럼 그대들, 잘 부탁하네. 지금은 이처럼 능력이 없는 햄릿이지만 하느님이 은혜만 내린다면 그대들의 우정에 보답할 날이 올 거야. 자, 이제 들어가지. (모두 퇴장)

제 2 막

제 1 장 폴로니어스의 저택

폴로니어스와 레이날도 등장.

폴로니어스 너라면 귀신도 곡할 만큼 잘 해낼 수 있을 거야. 레이날도, 반드시 명심해. 내 아들놈을 만나기 전에 그놈이 어떻게 지내는지 낱낱이 조사부터 해야 한다는걸.

레이날도 그러잖아도 그럴 참이었습니다.

폴로니어스 좋아. 우선 파리에 도착하면 덴마크 사람들이 어디에 있는지부터 조사해야 돼. 누가 어디에 살면서 어떤 생활을 하는지, 누가 누구와 사귀며 돈은 얼마나 쓰는지도 알아봐야 하지. 그렇게 하나하나 알아가다 보면 필경 레어티스를 안다는 사람이 나올 거야. 그럼 자네도 레어티스를 약간 안다고 하며 말을 붙이는 거지. 그러니까 부친과 그분의 친구들을 안다고 해야겠지. 그렇게 따지고 들어가다 보면 레어티스를 안다고 말할 수도 있다고 하겠지. 내 말뜻 알겠나, 레이날도?

레이날도 알겠습니다, 영감마님.

폴로니어스 '본인도 좀 알기는 하지만 잘은 모르죠'라며 접근하는 거야. 그리고 약간의 험담은 늘어놔도 좋지만, 명예를 손상시키는 말은 하지 말게. 그 점을 각별히 조심해야 해. 젊은이에게 으레 따라다니는 방탕이나 환락에 빠져 사는 행동 따위의 실수쯤이야 상관없겠지.

레이날도 도박 같은 것도요?

폴로니어스 그렇지. 그리고 음주, 결투, 욕설, 싸움질이나 오입질 정도는 괜찮아.

레이날도 영감마님, 그런 것은 명예에 관한 일인뎁쇼.

폴로니어스 상관없어. 자네가 말하기 나름이야. 말을 꺼낸 뒤 적당히 얼버무리면 돼. 하지만 더 이상의 험담을 하지는 마. 이를테면 '그 녀석은 여자라면 사족을 못 씁니다'라는 식의 돌이킬 수 없는 말을 하지는 말게. 하여튼 내가 원하는 것은 험담을 하되 살짝 내비치는 것으로 해서 젊은 혈기에 충분히 있을 수 있는 탈선쯤으로 인식하게 하면 돼.

레이날도 하지만 저…….

폴로니어스 도대체 무슨 이유로 그렇게까지 하냔 말이지? 이 방법이 최상의 방법이라고 믿기 때문이지. 우선 자네가 레어티스의 흉을 보면서 슬쩍 물고늘어지면, 아마 상대방은 맞장구를 치거나 반박을 할 거야. 그리고 자기가 아는 얘기를 술술 털어놓겠지. 다시 말해 자네는 거짓말을 미끼로 진짜 대어를 낚는 셈이지. 원래 지혜롭고 선견지명이 있는 사람들은 으레 먼발치에서 뒤통수를 치는 방법을 통해 진실을 알아내는 법이야. 자, 이제 내가 가르쳐준 방법으로 내 아들의 행적을 파악해주게. 무슨 뜻인지 알겠지?

레이날도 예, 소인 잘 알아들었습니다.

폴로니어스 좋아. 그러면 가보게나.

레이날도 알겠습니다, 나리.

폴로니어스 그럼 다녀오게. (레이날도 퇴장)

오필리아가 황급히 달려온다.

오필리아 아, 아버지! 큰일났어요. 무서워 죽을 것 같아요!

폴로니어스 도대체 무슨 일이길래 이렇게 호들갑이냐?

오필리아 제가 방에서 바느질을 하고 있는데, 햄릿 왕자님께서 나타나셨어요. 웃옷을 풀어헤치고 모자도 벗어버린 채였어요. 그리고 더러운 양말을 신고 대님도 매지 않은 채였어요. 왕자님은 창백한 얼굴에 무릎까지 떨면서 마치 지옥에서 금방 빠져나온 사람처럼 비통한 표정을 짓고 있었어요.

폴로니어스 드디어 상사병으로 미치셨구나. 그래, 뭐라고 하시더냐?

오필리아 제 손목을 꼭 붙잡고 꽉 껴안은 뒤 왕자님의 팔 길이만큼 몸을 뒤로 젖히셨다가 다른 손으로 이마를 짚으시면서 마치 초상화라도 그리려는 듯 물끄러미 제 얼굴을 들여다보시는 거예요. 그러더니 이번엔 제 팔을 가볍게 흔드신 다음 고개를 세 번 흔들고 나서 괴로운 듯한 한숨을 푹 내쉬셨어요. 그런 다음 제 손목을 놓고 문 쪽으로 가셨어요. 마치 보지 않아도 방향을 아는 사람처럼 제게서 시선을 떼지 않은 채 걸음을 문으로 옮기셨어요.

폴로니어스 자, 나랑 함께 가자. 국왕 폐하께 이 사실을 아뢰어야겠다. 상사병에 걸리신 게 분명해. 일단 사랑에 빠지면 누구든 패가망신을 당하지. 인간의 마음을 짓기기는 격정이란 어디 한두 가지뿐이겠냐만, 사랑만큼 우리를 엉망진창으로 만드는 것도 없단다. 큰일났구나. 너 요즘 왕자님께 냉랭하게 대했니?

오필리아   아니에요, 아버지. 그저 분부하신 대로 편지를 모두 돌려보내고, 다시는 찾아오지 마시라고 한 것뿐이에요.

폴로니어스   그래서 실성하셨구나. 내가 경솔했다. 좀 더 주의 깊게 관찰했어야 했는데, 난 그분이 일시적으로 너를 농락하려는 줄 알았지. 빌어먹을! 늙으면 괜스레 사서 걱정을 한다더니, 의심부터 했던 게 잘못이야. 정반대로 젊은이들은 너무 분별이 없어서 탈이지. 어서 국왕 폐하를 뵙고 말씀을 드려야겠다. 진노가 두려워 숨기려다가 오히려 병이 깊어지면 큰일이니까. (모두 퇴장)

제 2 장 성 안 알현실

나팔소리, 왕과 왕비, 로즌크랜츠, 길든스턴 그 밖의 궁신들 등장.

왕   오, 로즌크랜츠, 그리고 길든스턴, 어서 오너라. 이번에 짐이 너희를 부른 이유는 보고 싶은 마음도 있었지만, 긴히 부탁할 게 있어서다. 제군들도 소문을 들어 알고 있을 것이다. 햄릿이 완전히 딴사람이 되었어. 변했다고 해야겠지. 겉모습이나 생각하는 것이나 모두 옛날과는 완전히 딴판이야. 물론 선친을 여의었기 때문이겠지만, 그렇게까지 이상해진 것은 도무지 이해할 수가 없단 말이다. 그래서 제군들을 부른 것이다. 어릴 적부터 그 애와 함께 자랐으니 아마 그 애의 기질을 잘 알고 있을 거야. 다시 말해 제군들이 잠시 왕궁에 머무르면서 그 애와 말벗을 하며 우리가 모르는 그 애의 고민의 정체를 알아보는 거다. 그 원인을 알게 되면 치료 방법도 자연히 생기지 않겠느냐?

왕 비 햄릿은 늘 그대들에 관한 이야기를 했었소. 그대들을 날마다 그리워했었지. 그러니 우리의 바람대로 이곳에 머무르면서 우리에게 힘이 되어주시오. 그렇게만 한다면 폐하께서 마땅한 보상을 내리실 거요.

로즌크랜츠 부탁이시라니, 황공하기 그지없사옵니다. 국왕 폐하께서 소신들에게 명령을 내리시는 것이 마땅하옵니다.

길든스턴 소신들은 몸과 마음을 바쳐 충성을 다하겠습니다.

왕 고맙구나! 로즌크랜츠, 길든스턴.

왕 비 고맙소, 로즌크랜츠, 길든스턴. 부탁하건대 내 아들한테 지금 가시오. 얘들아, 누구든 이분들을 햄릿 왕자께 모셔다드려라.

길든스턴 신이시여, 우리가 이곳에 머무르는 것이 국왕 폐하께 위로가 되고 우리의 하는 일이 폐하께 도움이 되도록 하옵소서.

왕 비 아멘! (로즌크랜츠, 길든스턴, 시종들 퇴장)

폴로니어스 등장.

폴로니어스 폐하, 노르웨이에 파견했던 사신 일행이 만족할 만한 결과를 가지고 돌아왔습니다.

왕 경은 언제나 좋은 소식만을 갖고 오는구려.

폴로니어스 그랬습니까, 폐하? 그거야 제가 당연히 해야 할 의무지요. 하느님이나 왕실에 똑같이 은혜를 입었으니까요. 실은 새로 알아낸 사실이 있습니다. 혹시라도 사실과 다르다면 제 머리가 아둔해진 탓이라고 해야겠지요. 햄릿 왕자님이 발작한 이유를 알아냈사옵니다.

왕 오, 말하라! 그게 무엇이냐?

폴로니어스 먼저 사신들을 맞으시지요. 저는 사신들의 좋은 소식을 마음껏 들은 뒤 디저트로 말씀드리겠습니다.

왕 경이 사신들을 들여보내라. (폴로니어스 퇴장) 여보, 폴로니어스가 햄릿의 발작 원인을 알아냈다고 하는구려.

왕 비 그저 짐작을 했다는 거겠지요. 이유야 부왕의 죽음이라든지 우리들의 성급한 결혼 따위가 아니겠어요?

왕 어디 얘기를 들어봅시다.

폴로니어스, 볼티먼드, 코닐리어스 등장.

왕 그래, 어서들 오게. 볼티먼드, 노르웨이 왕의 회신은 무엇인가?

볼티먼드 지극히 정중한 답신을 주셨습니다. 폐하의 칙서를 보시고 노르웨이 왕께서는 즉시 조카의 군사 모집과 모금 행위를 중단하도록 명령을 내리셨습니다. 그리고 병석에 있는 자신을 속였다 하여 몹시 노하셔서 포틴브라스 2세를 힐책하셨습니다. 그 결과 포틴브라스 2세께서는 두 번 다시 덴마크 왕가에 창칼을 휘두르지 않겠다고 숙부인 노르웨이 왕 앞에서 맹세했습니다. 이에 노르웨이 왕은 매우 만족하여 연금 3천 크라운을 그에게 주었고, 모집한 병사들은 폴란드 원정에 써도 좋다는 권한을 주셨습니다. 그리고 자세한 내용은 여기 적혀 있습니다만,(칙서를 바친다) 이 원정을 위해 폐하의 영토를 무사히 통과할 수 있도록 국왕 폐하의 허락을 요청하셨습니다. 또한 통과할 때 우리 측의 치안과 그쪽의 행동 규율에 관해서도 여기에 적혀 있습니다. (서류를 바친다)

왕 잘 되었소. 이 서한은 나중에 천천히 검토해보겠소. 오늘 저녁에는 주연을 베풀어야겠군. 무사히 돌아온 것을 진심으로 환영한다. (볼티먼드 와 코닐리어스 퇴장)

폴로니어스 국왕 폐하, 그리고 왕비 마마, 도대체 왕권이란 무엇이며 신하의 본분은 무엇인지, 어째서 낮은 낮이며 밤은 밤인지, 시간은 왜 있는 것인지 따지는 것은 낮과 밤과 시간의 낭비일 뿐입니다. 다시 말해 간결한 건 지혜의 핵심이요, 외관상의 장황함은 포장일 뿐입니다. 따라서 소신도 간단히 말씀드리겠습니다. 왕자님은 정신이상입니다. 정신이상이라고 제가 말씀드린 까닭은 정신이상자를 규정하는 데 다른 적당한 용어가 없기 때문입니다! 그리고……

왕 비 말재주는 그만 부리고 요점만 말하시오.

폴로니어스 왕비 마마, 소신 감히 뒤 앞에서 말재주를 부리겠습니까? 왕자님께서 정신이상이 된 것은 사실입니다. 절대로 말재주를 부리는 게 아닙니다. 왕자님이 머리가 이상해졌다는 것은 분명합니다. 이제 우리가 할 일은 그렇게 된 것은 반드시 어떤 이유가 있다는 것입니다. 세상에 원인 없는 결과는 없기 때문이지요. 여기서 문제는 바로 이것이옵니다. 소신에게는 딸이 하나 있습니다. 그 딸애가 효심이 지극하여 제게 이것을 건네주었습니다. 들으시고 마마께서 판단을 내리시지요. (읽는다) 천사와 같은 내 영혼의 우상, 나의 어여쁜 오필리아에게. 매우 점잖지 못한 말투로 왕자님다운 화법은 아니지요. '어여쁜'이란 말은 더욱 그렇습니다. 하지만 다음 구절을 들으시지요. 이렇습니다. 그대의 순결한 가슴속에 이 편지를, 운운······.

왕 비 햄릿이 정말 오필리아에게 보냈다는 거요?

폴로니어스 왕비 마마, 잠시만 기다려주십시오. 제가 하나도 숨김없이 읽어드리겠습니다. (읽는다) 밤하늘에 별들이 반짝이는 걸 의심할지라도, 저 하늘에 태양이 움직이는 걸 의심할지라도, 설령 진실을 거짓이라 의심할지라도, 내 사랑만은 의심하지 마시오. 사랑하는 오필리아! 나는 시를 잘 쓰지 못한다오. 따라서 어떤 말로 이 뜨거운 가슴을 표현할 수 있겠소. 하지만 세상 어느 누구보다도 그대를 사랑한다는 걸 믿어주시오. 이 생명 다할 때까지 목숨처럼 사랑하는 그대여! 그대의 영원한 종 햄릿으로부터. 효성이 지극한 소신의 딸애가 보여준 편지입니다. 뿐만 아니라 햄릿 왕자님이 언제 어디서 어떻게 사랑을 속삭였는지 모조리 다 저에게 실토했습니다.

왕 그런데 딸애는 햄릿의 사랑을 어떻게 받아들였는가?

폴로니어스 소신을 어떻게 보고 그런 말씀을 하십니까?

왕 충성스러운 신하인데다 존경할 만한 인물로 보지.

폴로니어스 저 또한 그렇게 되기를 바랍니다. 폐하가 소신을 어떻게 생각하실지 몰라도 소신은 딸애가 실토하기 전부터 이미 이 모든 사실을 알고 있었습니다. 그래서 저는 즉시 딸을 불러 타일렀습니다. '햄릿 왕자님은 너와 신분이 다르다'고 말이지요. 그리고 나서 앞으로는 왕자님이 다니시는 장소에는 얼씬도 하지 말고, 심부름 온 사람도 들이지 말고, 선물을 주시더라도 절대로 받지 말고 거절하라고 일러두었습니다. 딸애는 제 말을 받아들여 그대로 실행에 옮겼고요. 다시 말해 햄릿 왕자님께서 사랑의 고배를 마신 셈이 된 것입니다.

왕　왕비는 어떻게 생각하오?

왕 비　듣고 보니 그럴 법도 하네요.

폴로니어스　소신이 단정지은 일이 어긋났던 적이 단 한 번이라도 있었습니까?

왕　그런 일은 없었지.

폴로니어스　(자기 머리와 어깨를 가리키며) 만일 소신의 말에 조금이라도 어긋나는 게 있다면, 이것과 이것을 떼어버리십시오. 단서만 잡힌다면 이 사건의 진상이 지구 한가운데 숨겨져 있더라도 반드시 알아내고야 말겠습니다.

왕　그걸 어떻게 알아낸단 말인가?

폴로니어스　아시다시피 왕자님께선 가끔씩 복도를 오랫동안 거닐 때가 있습지요. 그때 왕자님 눈앞에 소신의 딸애가 거닐도록 하겠습니다. 그리고 폐하와 소신은 커튼 뒤에 숨어서 둘이 만나는 것을 지켜보는 겁니다. 만일 왕자님께서 소신의 딸애를 사랑하지 않는다면, 소신에게서 이 모든 직책을 거두어주십시오. 저는 시골로 내려가 농사나 지으며 살겠습니다.

왕　그렇게 하는 것도 좋을 것 같군.

햄릿, 책을 읽으며 등장.

왕 비　오, 불쌍한 햄릿! 시름에 잠긴 얼굴로 오고 있네요.

폴로니어스 자, 모두들 저쪽으로 비켜주세요. 제가 직접 만나보겠습니다. (왕과 왕비, 그리고 시종들 퇴장) 왕자님, 기분이 어떠십니까?

햄 릿 덕분에 아주 좋다네.

폴로니어스 왕자님, 소신이 누군지 알겠습니까?

햄 릿 물론이지. 자네, 생선장사 아닌가?

폴로니어스 무슨 가당치 않은 말씀입니까?

햄 릿 자네가 그만큼이라도 정직한 사람이라면 얼마나 좋겠나. 하긴 요즘 세상에 만 명 중에 하나라도 정직한 사람이 있으면 다행이지.

폴로니어스 옳으신 말씀입니다.

햄 릿 만일 죽은 개의 살덩어리에 햇볕이 내리쬐어 구더기가 끓는다면, 햇볕이 썩은 고깃덩이에 키스하는 게 아니고 뭐겠는가. 그런데 자네한테 딸자식이 있던가?

폴로니어스 네, 있습니다.

햄 릿 햇볕을 쬐며 거닐지 못하도록 하게. 머릿속에 지혜가 늘어나는 건 좋은 일이지만 뱃속에 뭐가 들어가 불러오면 큰일이니까.

폴로니어스 (방백) 이것 봐, 여전히 내 딸 타령을 하지 않나. 하지만 나를 생선장사라고 하는 것을 보면, 머리가 돌아도 보통 돈 게 아니야. 하기야 나도 젊었을 땐 상사병으로 고생깨나 했지. 왕자님과 다를 바가 없었는 걸. (햄릿에게) 왕자님, 무엇을 읽고 계십니까?

햄 릿 말, 말, 말들일세. 어떤 재담가가 이렇게 쓰고 있군. 늙은이들은 머리가 희끗희끗하고 얼굴이 주름투성이에다 눈에는 누리끼리한 송진 같은 눈곱이 끼고 노망이 들어 정신이 오락가락하고 무릎을 떤다는 거야. 나도 이 점에 대해서는 동감이지만 이렇게까지 적을 필요는 없잖아.

안 그래? 자네도 나처럼 젊어질 수가 있어. 게처럼 자네가 뒷걸음질 칠 수만 있다면 말일세. (책을 다시 읽는다)

폴로니어스 (방백) 돌긴 했어도 일리 있는 말인걸. (햄릿에게) 왕자님, 안으로 드시지요.

햄 릿 무덤 안으로?

폴로니어스 (방백) 하긴 무덤도 방은 방이지. 때로는 미치광이가 기가 막힐 정도로 의미심장한 말을 할 경우도 있단 말야. 분별 있고 제정신을 가진 사람으로서는 엄두도 못 내는 말을 해대니 말야. 자, 이쯤 해두고 딸년이나 만나게 할 방법을 짜내보자. (햄릿에게) 왕자님, 황송하오나 소신은 이만 물러가겠습니다.

햄 릿 물러간다는 데야 내가 뭐라고 하겠나! 내가 허락할 것이라곤 그것뿐이구먼. 이 목숨을 빼놓으면 말야.

폴로니어스 왕자님, 안녕히 계십시오. (절을 한 뒤 퇴장)

햄 릿 귀찮고 따분한 늙은이 같으니라고. (책을 읽는다)

로즌크랜츠와 길든스턴 등장.

로즌크랜츠 · 길든스턴 왕자님!

햄 릿 오, 친구들! 어서 오게나! 그래, 어떻게들 지내고 있나?

로즌크랜츠 그럭저럭 잘 지내고 있습니다.

길든스턴 지나치게 잘 지내는 것이 행복이라면 행복이겠지요. 그렇다고 행운의 여신의 모자 깃을 잡은 것은 아니고요.

햄 릿 그렇다고 여신의 발바닥에 있는 것도 아니지 않나?

로즌크랜츠   왕자님, 사실 어느 쪽도 아닙니다.

햄 릿   그럼 중간쯤에 걸쳐 있다는 뜻이군. 혹시 여신의 가장 소중한 곳인 가운데쯤인가?

길든스턴   실은 여신의 은밀한 곳이라고 할 수 있죠.

햄 릿   여신의 은밀한 곳이란 말이지? 아, 정말이지 여신은 화냥년이야. 그런데 무슨 새로운 소식이라도 있나?

로즌크랜츠   세상이 점점 더 부패해진다는 것을 제외하고는 별다른 게 없습니다.

햄 릿   말세가 가까워져서 그렇네. 그런데 자네 말은 거짓말이야. 내 한 마디 묻겠네. 도대체 자네들은 무슨 죄가 있어서 행운의 여신이 이 같은 감옥으로 보냈단 말인가?

길든스턴   왕자님, 감옥이라뇨?

햄 릿   덴마크는 감옥이야.

로즌크랜츠   그렇다면 이 세상도 감옥이겠군요.

햄 릿   훌륭한 감옥이지. 독방도 있고, 감방도 있고, 지하 감방도 있지만 그중에서도 덴마크가 가장 지독한 감옥이지.

로즌크랜츠   저희들은 그렇게 생각하지 않습니다.

햄 릿   자네들에게는 그렇지 않은 모양이지? 하긴 좋고 나쁜 것도 생각하기 나름이지. 나에겐 이 나라가 감옥인데 말야.

로즌크랜츠   그건 왕자님께서 야망이 커서 그런 것 아닌가요? 왕자님의 야망에 비하면 이 땅은 좁쌀과도 같을 테니까요.

햄 릿   천만에! 나는 호두껍데기 속에 갇혀 있더라도 무한한 우주의 왕이라고 자처할 수 있네. 이 고약한 꿈만 꾸지 않는다면 말야.

길든스턴   그 꿈은 바로 왕자님의 야망 때문이 아니겠습니까? 야망의 본질은 결국 꿈의 그림자일 테니까요.

햄 릿   아니, 꿈이 바로 그림자야.

로즌크랜츠   그렇습니다. 야망은 허망한 거죠. 그리고 그림자의 그림자에 지나지 않을 뿐이고요.

햄 릿   어, 그렇다면 거지가 진짜배기겠군. 왕과 영웅들은 거지의 그림자이고. 어쨌든 이런 토론은 그만두고 어전에나 가볼까?

로즌크랜츠 · 길든스턴   저희들이 모시겠습니다.

햄 릿   아냐, 괜찮네. 자네들을 시종처럼 부리고 싶지는 않아. 솔직히 말해서 시종들한테 진력이 났거든. 아, 자네들은 무엇 때문에 이곳까지 왔는가?

로즌크랜츠   왕자님을 뵈러 왔습니다. 다른 이유는 없습니다.

햄 릿   내 신세가 이러니 감사할 마음조차 바닥이 났다네. 그러나 고맙다는 말은 할 수 있네. 하긴 내 고마움이 반 페니의 가치가 있는지 모르겠지만. 자네들, 혹시 소환되어 온 건 아닌가? 자, 솔직히 말해보게.

길든스턴   왕자님, 뭐라고 말씀드려야 할까요?

햄 릿   뭐든지 사실대로만 말하게. 자네들 얼굴에 소환당했다고 씌어 있는걸. 능청을 떨기에는 아직 미숙해. 왕과 왕비께서 자네들을 불러들인 게 분명해.

로즌크랜츠   (길든스턴과 슬그머니 상의한다) 어떡해야 하지?

햄 릿   누가 속을 것 같나? 내가 시퍼렇게 눈을 뜨고 보고 있는걸. 나를 진정 아낀다면 제발 숨기지 말게나.

길든스턴   왕자님, 실은 부름을 받고 왔습니다.

햄 릿 내가 말해야겠군. 그래야 자네들이 비밀을 누설하지 않아도 되고, 폐하의 신임에 손상을 입히지 않아도 될 테니까. 요즘 나는 어떤 일을 해도 기쁘지가 않아. 평소에 해오던 오락에서도 손을 떼고 말았어. 그저 마음이 울적하다네. 인간이 하찮아졌어. 여자들도 물론 마찬가질세. 웃는 걸 보니 자네들 생각은 그렇지 않나보군.

로즌크랜츠 왕자님, 절대로 그런 게 아닙니다.

햄 릿 그럼 왜 웃었나. 인간이 하찮다고 했을 때 웃었잖나!

로즌크랜츠 인간이 하찮다면 문득 배우들이 대우받기는 글렀구나 싶어서 웃었습니다. 오는 길에 배우 일행을 만났는데, 왕자님께 연극을 보여드리려고 이곳으로 온다고 했습니다.

햄 릿 물론 대환영이지. 왕의 역을 맡는 자라면 더욱 환영이고. 기사 역들에게는 창과 방패를 실컷 휘두르게 하고, 연인들은 공연히 한숨짓지 않도록 하고, 까다로운 배우들도 조용히 역할을 끝내게 하겠네. 광대역은 웃기 좋아하는 사람들로 하여금 마음껏 웃음보를 터뜨리게 하고, 숙녀 역은 수다를 떨도록 내버려두어야지. 안 그러면 대사가 엉망이 될 테니까. 자, 어떤 배우들이라고 하던가?

로즌크랜츠 왕자님께서 늘 아끼시던 도시의 비극 배우들입니다.

햄 릿 어째서 그들이 방랑을 한단 말인가? 한 곳에 머물며 공연할 때 평판과 수입이 더 나았을 터인데. 그나저나 여전히 인기가 높은가?

로즌크랜츠 예전 같지 못합니다.

햄 릿 어째서? 연기가 녹슬었나?

로즌크랜츠 그게 아니라 요즘엔 어린 배우들이 나와서 꽥꽥 소리를 질러대야만 박수갈채를 받지요. 그게 유행이죠. 이제 예전 연극들은 통속극이라 해서 배척을 당하고 있죠. 점잖은 신사들도 비평가들의 악담이 두려워 극장 근처엔 얼씬도 하지 않는답니다.

햄 릿 뭐라고? 어린 배우들? 그래, 누가 운영하고 재정 후원을 하지? 그렇다면 배우들은 변성기가 오기 전까지만 배우 노릇을 할 수 있단 말인가? 언젠가는 그 아이들도 나이 먹을 게 아닌가. 그때가 되면 지금 작가들을 원망하지 않을까? 자기들의 장래를 망쳐놨다고 말야.

로즌크랜츠 아닌 게 아니라 양쪽은 싸우고 있답니다. 세상 사람들은 좋아라 하며 부채질하고요. 한때는 작가와 배우의 싸움을 소재로 다루지 않은 연극은 상연되지도 않을 정도였답니다.

햄 릿 그게 정말인가? 하기야 이상할 것도 없지. 부왕 생존시에는 숙부의 험담을 늘어놓던 자들이 이젠 서로 숙부의 초상화를 못 사가서 난리인 세상이니 말일세. 어쨌든 이 부조리를 철학자인들 설명할 수 있겠는가. (나팔소리 들린다)

길든스턴 배우들이 도착했나봅니다.

햄 릿 여보게들, 정말 잘들 왔네. 자, 우리 서로 악수를 나누세. 사람을 환영하는 데는 이것이 최상의 예의요, 격식 아닌가. 자네들에겐 이런 식으로 예의를 갖추겠네. 자네들, 정말 환영하네.

폴로니어스 등장.

폴로니어스 알려드릴 말씀이 있습니다. 배우들이 도착했습니다.

햄 릿 배우들이 각자 나귀를 타고 왔으렷다……

폴로니어스 이 사람들은 최고의 명배우들입니다. 비극, 희극, 역사극,

목가극은 물론이고 목가적 희극, 역사적 목가극, 비극적 목가극, 완벽한 고전극, 로맨스극 등 무엇이든 척척 해낸답니다. 세네카의 비극도 부담스럽지 않게, 플로티스의 희극도 경망스럽지 않게 잘 연기해내는 명배우들입니다.

햄 릿   이스라엘의 재판관인 입다여(자기 딸을 제물로 바친 히브리의 재판관에 관한 시 제목), 그대는 얼마나 훌륭한 보물을 갖고 있는가!

폴로니어스   보물을 갖고 있다뇨? 어떤 보물 말입니까?

햄 릿   노래말대로지. "오직 하나뿐인 딸을 아버지는 극진히 사랑했네."

폴로니어스   (방백) 여전히 내 딸 타령이군.

햄 릿   입다 영감, 내가 읊은 시가 틀렸소?

폴로니어스   입다라고 부르시니 신에게도 극진히 사랑하는 딸이 있긴 합니다만…….

햄 릿   노래의 다음 구절은 이렇지. "어떤 인연인지 알 순 없지만 이 세상 운명처럼 되어 갔네." 자, 배우들이 때맞춰 밀어닥치는구먼. (배우들 등장) 어서들 오게. 정말 잘들 왔네. 아, 자네도 왔구먼. 자넨 수염까지 길렀군. 덴마크에 자랑하러 왔나? 아가씨도 오셨군. 아가씨께선 지난번보다 구두 뒤축만큼 하늘에 가까워졌는걸. 목소리가 갈라져서 쓸모 없는 금화처럼 되지 않도록 기도하게나. 여보게들, 프랑스의 매사냥꾼들처럼 당장 들어보고 싶네. 대사 한 장면만 나에게 보여봐.

배우 1   어떤 장면으로 할까요, 왕자님?

햄 릿   언젠가 한 번 들려준 일이 있지 않은가? 너무 고상해서 상연되지 않았을 거야. 공연되었더라도 재공연이 가능했을 거야. 내가 보기엔 아주 훌륭한 작품인데 말야. 구성도 훌륭하고 기교도 절제되어 쓸데없이 멋을 부리지도 않으면서 우아하다는 평을 들었지. 그 작품 가운데 한 구절을 난 특히 좋아했다네. 아이네이아스가 디도와 이야기를 나누는 대목 말야. 특히 트로이의 왕 프리아모스를 살해하는 장면이 좋았어. 아직도 그 대목을 기억하지. 여기부터 시작해주게. "영웅 피로스, 갑옷을 입고 캄캄한 밤에 불길한 목마 속에 숨었도다. 이제 그 검고 무시무시한 모습은 머리끝에서 발끝까지 붉은 피로 물들어 보기에도 처참하구나. 지옥의 등불이 살인마의 만행을 비추고 치솟는 분노의 불길이 타오르는 가운데 살기 등등한 악마 같은 피로스는 트로이의 늙은 왕 프리아모스를 찾아나섰노라." 자, 다음을 이어주게.

폴로니어스 탁월한 이해력과 훌륭한 발성이십니다.

배우 1 "이윽고 발견된 프리아모스, 그리스 군을 물리치고자 보검을 휘둘렀건만 허공만 가를 뿐 칼을 땅에 떨어뜨린다. 어찌 상대가 되리오! 피로스가 늙은 왕을 향해 분노의 칼을 내리치자 왕이 힘없이 쓰러졌도다. 무심한 트로이 성이여, 타오르는 불길 속에 하늘이 무너지듯 땅 위에 허물어져 피로스의 귓청을 때리는구나. 보라! 노쇠한 프리아모스 왕의 머리 위로 내리쳐지던 칼날이 허공에서 꼼짝도 하지 않는다. 그러나 폭풍이 오기 직전 하늘과 대지가 고요함에 휩싸였다가 느닷없이 천둥이 내리치듯 잠시 망설이던 피로스, 사정없이 프리아모스를 찌른다. 외눈박이 거인 키클로프스의 철퇴가 이랬을까. 사라져라, 매춘부 같은 운명의 여신이여! 여신의 수레바퀴를 산산조각으로 부숴 지옥의 밑바닥까지 굴러 떨어지도록 해다오."

폴로니어스 그건 너무 긴 듯하옵니다.

햄 릿   그럼 이발소에 가서 자네 수염을 밀어버리지그래. (배우들에게) 계속해다오. 이 노인은 웃음거리나 음담패설 따위가 아니면 잠들어버린다네. 자, 이번에는 헤카베(프리아모스의 아내)의 대목을 읊어라.

배우 1   "아, 애처롭구나. 휘장으로 얼굴을 감싼 여왕의 모습을 보라."

햄 릿   '얼굴을 감싼 여왕'이라고?

폴로니어스   그건 좋군요. '얼굴을 감싼 여왕'은 마음에 듭니다.

배우 1   "맨발로 이리저리 허둥대고 흐르는 눈물은 타오르는 불길도 끌 것 같구나. 왕관이 얹혔던 머리엔 초라한 보자기 한 조각, 숱한 아이를 낳느라 앙상한 허리엔 황망히 주워 걸친 누더기 한 장, 누군들 오만한 운명의 여신에게 저주의 독설을 퍼붓지 않으리. 피로스의 손에 남편의 사지가 토막나는 광경에 늙은 왕비는 절규한다. 이 광경을 보고 밤하늘에 빛나는 별들도 눈시울을 적시고, 신들의 마음조차 뒤흔드누나."

폴로니어스   저런, 왕자님 안색이 좋지 않군. 제발, 그만하게나.

햄 릿   (배우에게) 훌륭했네. 나머지는 곧 다시 듣기로 하세. 영감, 배우들을 잘 보살펴주시오. 자고로 배우는 시대의 축소판이야. 죽은 후에 고약한 묘비명을 얻는 것보다는 살아 생전에 배우들의 혹평을 듣는 게 더 괴로운 법이니까.

폴로니어스   알겠습니다, 그들의 신분에 맞게 접대를 하겠습니다.

햄 릿   무슨 말씀이오? 더더욱 융숭히 접대해주오. 신분에 알맞게 접대를 한다면 부랑자 다루듯 매질을 하겠다는 거요? 경의 명예와 위엄에 어울리게 대접을 해주라는 거요. 그들의 가치가 적을수록 경의 환대가 더욱 빛나지 않겠소. 안내를 해주시오. 친구들, 따라가게. 내일 공연을 하게 될걸세. (첫 번째 배우를 붙들고) 여보게 부탁이 있네. (폴로니어스와 다른 배우들 퇴장) 〈곤자고의 살인〉을 공연할 수 있겠나?

배우 1 예, 물론입니다.

햄 릿 내일 밤 그걸 공연해주게. 필요한 경우 내가 직접 쓴 대사 열대여섯 줄을 끼워넣고 싶은데, 해줄 수 있겠지?

배우 1 그럼요.

햄 릿 좋아. 그럼 저 사람을 따라가게. 그를 놀려대면 안 돼. (배우 퇴장, 로즌크랜츠와 길든스턴에게) 친구들, 오늘밤에 다시 만나세. 엘시노에 온 걸 환영하네.

로즌크랜츠 · 길든스턴 안녕히 계세요. (둘 다 퇴장)

햄 릿 잘들 가게. 아, 이제야 나 혼자 남았구나. 난 어쩌면 이렇게 못났을까! 저 배우는 한낱 꾸며낸 얘기에 몰입해 갖은 감정을 표출해내는데 난 내 감정 하나 다스리지 못하다니. 아, 나는 욕을 먹어도 싸구나. 비둘기처럼 용기라곤 약에 쓸려 해도 없으니까. 아냐, 가만, 어디 생각을 가다듬어보자. 맞아, 죄인들이 연극을 보다가 깊이 감동되어 자신의 죄과를 자백한 일도 있다지 않은가? 살인죄는 비록 입은 없어도 행동으로 실토한다지 않은가? 저 배우들로 하여금 아버지의 살해 장면을 숙부 앞에서 재현해보는 거야. 그때 안색을 살펴 급소를 찔러보자. 움찔할 때는 망설일 필요가 뭐 있겠어. 그렇지 않다면 그 유령은 악마인 게야. 그러니까 유령보다 더 확실한 증거가 필요해. 연극이야말로 가장 좋은 방법이군! 연극을 통해 왕의 본심을 알아내야겠어. (퇴장)

제3막

제1장 엘시노 성

왕과 왕비, 폴로니어스, 로즌크랜츠, 길든스턴, 오필리아 등장.

왕 여러 방법을 써도 이유를 알아낼 수 없었다는 건가? 왜 미친 척하면서 허구한 날 소란을 피우는지 단서도 못 잡았단 말이오?

로즌크랜츠 스스로 정신착란을 시인하면서도 그 원인에 대해서는 함구하고 계십니다.

길든스턴 게다가 캐묻는 것을 싫어하십니다. 저희들이 유도해보았지만 미친 척하시고 교묘하게 빠져나가십니다.

왕 비 그대들을 어떻게 맞으시던가?

로즌크랜츠 정중하게 맞아주셨습니다. 스스로 말문을 열지는 않으셨지만 묻는 말에는 흔쾌히 대답해주셨습니다.

길든스턴 그러나 내키지 않는데 억지로 기분을 내는 듯하셨습니다.

왕 비 오락거리엔 흥미를 보이던가?

로즌크랜츠 오는 길에 배우 일행과 만나게 되었기에, 그 일을 말씀드렸더니 무척 기뻐하셨습니다. 배우 일행은 궁전에 와 있습니다. 아마 그들은 오늘밤 공연하라는 왕자님의 명령을 받았을 것입니다.

폴로니어스　그렇습니다. 왕자님께서는 국왕 폐하와 왕비 마마께서 꼭 이 공연을 구경해주십사며 소신에게 분부하셨습니다.

왕　기꺼이 구경하겠다. 연극에 관심이 있다니, 듣던 중 반가운 소리구나. 그대들은 앞으로 이런 일에 흥미를 가지도록 계속 권유해보라.

로즌크랜츠　예, 알겠습니다. (로즌크랜츠와 길든스턴 퇴장)

왕　여보, 당신도 이만 물러가시오. 실은 햄릿을 이리로 은밀히 불렀소. 이곳에서 오필리아와 우연히 만나도록 일을 꾸몄다오. 나는 폴로니어스와 함께 몸을 숨기고 살펴볼 참이오. 자유로이 만나는 두 사람을 지켜보며 햄릿의 고민이 상사병 때문인지 아닌지를 판단해보아야겠소.

왕비　분부대로 하겠습니다. 그런데 오필리아야, 햄릿이 네 아름다움 때문에 미쳤다면 얼마나 다행이겠느냐? 그렇다면 네 상냥한 마음씨로 햄릿을 정상으로 돌려놓을 수 있을 텐데…….

오필리아　왕비 마마, 저도 그렇게 되기를 간절히 바랍니다. (왕비 퇴장)

폴로니어스　애야, 넌 여기서 거닐며 이 기도서를 읽고 있거라. 폐하, 자리를 피하소서. 애야, 신앙심 깊은 표정을 지어야 돼. 악마는 본성을 사탕발림으로 감추지. 하지만 세상에 흔히 있는 일이니라.

왕　(방백) 저 한 마디가 내 양심을 찌르는구나. 분칠한 창부의 얼굴이라 해도 내 행실보다는 추악하지 않으리라. 오, 죄악의 무거운 짐이여!

폴로니어스　이리로 오시는가봅니다. 폐하께서도 숨으시지요. (왕과 폴로니어스 퇴장)

햄릿, 우울한 표정으로 등장.

햄 릿　사느냐 죽느냐, 그것이 문제로다. 가혹한 운명의 화살을 맞고도 죽은 듯 참아야 하는가. 아니면 성난 파도처럼 밀려드는 재앙과 싸워 물리쳐야 하는가. 죽는 건 그저 잠자는 것일 뿐, 잠들면 마음의 고통과 육신에 따라붙는 무수한 고통은 사라지지. 죽음이야말로 우리가 간절히 바라는 결말이 아닌가. 그저 칼 한 자루면 이 모든 것을 깨끗하게 끝장낼 수 있는데. 그 미지의 세계에 대한 불안 때문에 우리는 이 세상에 남아 현재의 고통을 참고 견디는 것이다. 결국 분별심은 우리를 겁쟁이로 만드는구나. 가만, 아름다운 오필리아! 기도하는 미녀여, 나의 죄를 위해서도 빌어주시오.

오필리아　햄릿 왕자님, 그동안 어떻게 지내셨습니까?

햄 릿　덕분에 아주 잘 지내고 있소.

오필리아　왕자님, 저에게 보내주신 많은 선물들을 오래 전부터 돌려 드리려고 했습니다. 노여워하지 마시고 부디 받아주세요.

햄 릿　아니오. 아무것도 선물한 일이 없으니 받을 수가 없소.

오필리아　잘 아시면서 농담하시는 거지요? 아무리 훌륭한 선물도 보낸 이의 마음이 식으면 볼품이 없어진답니다. 왕자님, 여기 있습니다.

햄 릿　하하! 당신은 정숙한 여자요? 아니, 당신은 아름답소?

오필리아　왕자님, 그게 무슨 말씀이신지?

햄 릿　만약 당신이 정숙하고 아름답다면, 그 둘 사이가 서로 친하지 않도록 조심하시오. 아름다움이 정숙한 여인을 타락시키는 것은 정숙함의 능력으로 아름다움을 숭고하게 이끄는 것보다 쉬운 법이오. 한때는 궤변처럼 들렸겠으나 요즘 같은 세상엔 더욱 그렇소. 나도 한때는 당신을 사랑했었지.

오필리아   왕자님, 저도 그렇게 믿고 있었습니다.

햄 릿   믿지 말았으면 좋았을걸. 나는 당신을 사랑하지 않았소.

오필리아   그렇다면 제가 속은 거로군요.

햄 릿   더 이상 죄 짓지 말고 수녀원이나 가시오. 나 역시 지금으로선 깨끗한 편이지만 차라리 어머니께서 나를 낳지 말았으면 좋았다고 할 정도로 많은 죄악을 범하고 있소. 거만하고 복수심에 불타서 어떤 죄를 저지를지도 모르고, 하여간 분별력도 모자라고. 나 같은 녀석이 이 세상을 꿈틀거리며 기어다닌들 도대체 무슨 일을 할 수 있겠소? 그러니 당신은 수녀원에나 들어가시오. 그나저나 아버지는 어디 계시오?

오필리아   집에 계십니다.

햄 릿   그럼 바깥 세상에 나와 미친 수작을 하지 못하도록 집에 가둬두시오. 잘 있어요, 오필리아.

오필리아   오, 하느님! 저분을 구해주소서.

햄 릿   만약 당신이 굳이 결혼한다면 지참금 대신 나의 저주를 보내리다. 비록 눈송이처럼 결백하다 할지라도 이 세상 구설은 피할 수 없는 법이오. 수녀원으로 어서 가시오. 그래도 굳이 결혼해야겠다면 바보하고 하시오. 똑똑한 녀석들은 결혼하고 나면 괴물로 변하거든. 수녀원으로 빨리 가시오. 잘 가요, 오필리아.

오필리아   오, 하느님! 왕자님에게 맑은 정신이 깃들게 하소서.

햄 릿   난 잘 알고 있다. 너희 여자들은 덕지덕지 분을 처발라 하느님께서 주신 낯짝을 영 딴판으로 만들어버린단 말야. 춤추며 날뛰고, 요염하게 걸으며 알랑대고, 신의 창조물에 별명이나 붙이고. 또 순진한 탈을 쓰고 음탕한 짓을 하지 않나. 빌어먹을! 더 이상 참을 수가 없군. 어서 수녀

원으로 가! (퇴장)

오필리아 아, 그토록 고상하던 분이 저렇게 실성하다니! 귀인의 눈매,
군인다운 기량, 학자다운 언변은 이 나라의 꽃이고 풍속의 거울이었는
데, 만인이 우러러보던 분이 완전히 폐인이 되셨구나. 나는 이 세상에서
가장 불행한 여자가 되었어. 아, 어쩌면 좋아! 옛날 그 아름다운 왕자님
을 보았던 눈으로 참혹하게 변한 왕자님을 봐야 하다니. 아아, 이 불행이
여! (엎드려 흐느낀다)

왕과 폴로니어스 등장.

왕 뭐, 사랑 때문이라고? 그게 아니잖나. 횡설수설 대중이 없긴 하지만
미치광이의 소리는 아냐. 무언가가 마음속 깊은 곳에 도사리고 있기에
저렇게 우울한 거야. 이럼 어떨까? 햄릿을 영국으로 보내는 거야. 밀린
조공을 재촉한다는 명분으로 말야. 아마 바다를 건너 이국 땅에 가서 색
다른 풍물을 구경하다 보면 가슴속에 맺힌 괴로움도 사라지겠지. 경은
어떻게 생각하오?

폴로니어스 좋은 생각이십니다. 하지만 오늘밤 연극이 끝난 다음 왕비
마마께서 조용히 왕자님을 만나서서 친히 물으시는 것이 어떨는지요?
그렇게 하시면 제가 두 분의 말씀을 엿들어 아뢰겠습니다. 그때도 알아
내지 못하시면 영국에 보내시든지 아니면 어디 적당한 장소에 가두어두
든지 하시지요.

왕 그렇게 하지. 높은 지위에 있는 자의 광란은 그대로 방치할 수 없는
일이지. (퇴장)

제 2 장 성 안의 홀

홀 양쪽에 객석이 있고, 햄릿과 세 명의 배우가 등장.

햄 릿   내가 해보인 것처럼 대사는 자연스럽게 해야 하네. 만약 어느 배우들처럼 소리나 고래고래 지르며 수선을 떨 바엔 차라리 거리의 약장사를 데려다 시키겠어. 그리고 손을 움직일 땐 이렇게 허공을 휘젓지 말고 자연스럽게 해야 하네.

배우 1   그런 일이 없도록 주의하겠습니다.

햄 릿   그렇다고 너무 점잖게 해서도 안 돼. 그러니 각자 자신의 역할을 신중히 생각하여 스스로 연구하라. 연기는 대사에, 대사는 연기에 조화시켜야 되느니라. 특히 명심해둘 건 절도를 벗어나지 말아야 해. 무엇이든지 지나치면 연극의 목적을 벗어나는 법, 연극의 목적은 예나 지금이나 말하자면 자연을 거울에 비추어보이는 일이지. 옳은 건 옳은 대로, 그른 건 그른 대로 고스란히 비추어, 그 시대의 시대상과 양상을 보여주는 것이니까. 그리고 광대들은 특히 제 대사보다 더 떠벌리지 않도록 주의하게. 얼마 안 되는 우둔한 관객을 웃기려고 자기가 먼저 웃어보이는 패들도 있는데, 참으로 기가 막힌 노릇이지. 배우가 그따위 짓을 하면 속이 말끄러미 들여다보인다는 거야. 자, 준비하게. (배우들 퇴장)

폴로니어스, 로즌크랜츠, 길든스턴 등장.

햄 릿 어떻게 되었소? 폐하께서 이 연극을 보신답니까?

폴로니어스 왕비 마마께서도 보신답니다. 곧 납실 것입니다. (폴로니어스 퇴장)

햄 릿 자네들이 배우들에게 서두르라고 이르게.

로즌크랜츠 · 길든스턴 네, 알겠습니다. (로즌크랜츠와 길든스턴 퇴장)

호레이쇼 등장.

햄 릿 호레이쇼, 어서 오게. 내가 믿는 사람은 오로지 자네뿐이네.

호레이쇼 왕자님, 별말씀을.

햄 릿 내가 무슨 득이 있다고 자네에게 아첨을 떨겠는가. 가진 것 없는 자에겐 아첨할 이유가 없지. 내 스스로의 판단에 의해 자네를 진정한 벗으로 정했다네. 실상 허다한 고난을 겪으면서도 자네는 조금도 마음의 동요가 없었어. 운명의 고난과 영광을 똑같이 감사하게 받아들이고 있지. 격정의 노예가 되지 않는 그런 사람이 나에게는 필요하네. 자네가 그런 친구야. 부질없는 넋두리는 집어치우세. 실은 오늘밤 어전에서 연극이 공연된다네. 그 가운데 한 장면은 내가 지난번 자네에게 얘기했던 선친의 살해 장면과 아주 비슷해. 그 장면이 시작되면 정신을 바짝 차리고 숙부의 안색을 살펴주게. 만일 숙부의 숨겨진 죄악이 드러나지 않는다면 우리가 보았던 그 유령은 악귀였음이 분명하네. 그러니 주의를 집중하여 봐주게. 그런 다음 서로 의견을 종합하여 판단을 내려보세.

호레이쇼 알았습니다. 단 한 순간이라도 제가 한눈을 판다면 그 벌을 달게 받겠습니다. (나팔소리와 북소리가 안에서 들린다)

햄 릿 구경꾼이 오는군. 실성한 척해야지. 자네도 자리를 잡게.

왕과 왕비를 선두로 폴로니어스, 오필리아, 로즌크랜츠, 길든스턴 그 밖의 궁신들 등장. 호위병들은 횃불을 들고 있다.

왕 요즘은 어떠냐, 햄릿?

햄 릿 아주 좋습니다. 카멜레온처럼 거짓 약속으로 꽉 찬 공기만 마시고 있지요. 거세된 수탉인들 이렇게 기를 수는 없을 거예요.

왕 도무지 무슨 소린지 알 수가 없구나. 아예 동문서답을 하고 있으니.

햄 릿 하지만 입 밖으로 나왔으니 이젠 제 말도 아니죠. (폴로니어스에게) 나리께선 대학시절에 연극을 하셨다던데, 어떤 역을 했습니까?

폴로니어스 브루터스에 의해 신전에서 살해당한 줄리어스 시저 역을 했습니다.

햄 릿 그토록 어리석은 바보를 죽이다니, 브루터스란 놈도 참으로 잔인한 놈이었군요. 배우들 준비는 어떻게 되었는가?

로즌크랜츠 네, 왕자님의 명령만을 기다리고 있습니다.

왕 비 햄릿, 이리 와서 내 곁에 앉거라.

햄 릿 아닙니다, 어머니. 여기 저를 더 매혹시키는 이가 있군요. 아가씨, 당신 무릎에 누워도 되겠소? (오필리아의 발 밑에 눕는다)

오필리아 왕자님, 이러시면 안 됩니다.

햄 릿 내 말은 그저 머리를 좀 기대자는 얘기요. 내가 음탕한 생각을 한다고 생각한 거요?

오필리아 전 아무 생각도 안 했어요.

햄 릿 처녀 허벅지 사이에 눕는다는 건 꿀맛 같은 일이지. 저기 어머니를 좀 봐. 아버지가 돌아가신 지 두 시간도 못 되었는데 아주 명랑한 얼굴이시군.

오필리아 아니에요. 두 달이나 되었는걸요.

햄 릿 벌써 그렇게 되었어? 그럼 검은 상복은 악마에게나 돌려주고, 수달피 옷이나 입어야겠군. 돌아가신 지 두 달이나 지났는데도 아직 잊지 못하다니. 위인의 기억은 죽어도 반 년쯤은 더 계속될 희망이 있군.

나팔 소리와 함께 무언극이 시작된다.

무언극

왕과 왕비가 아주 정답게 나타나 포옹한다. 왕비는 무릎을 꿇고 왕에게 사랑을 맹세한다. 왕은 왕비를 일으켜 안은 뒤 꽃이 만발한 둑에 드러눕는다. 왕비는 왕이 잠든 것을 보고 그 자리를 떠난다. 이윽고 한 남자가 나타나 왕관에 키스한 뒤 잠들어 있는 왕의 귓속에 독약을 부어 넣고 퇴장한다. 왕비가 돌아와서 왕이 죽은 것을 알고 슬퍼한다. 독살자가 서너 명의 시종을 데리고 다시 나타나서 왕비와 함께 슬픔을 나누는 척한다. 시체는 밖으로 옮겨진다. 독살자는 예물을 들고 왕비에게 구애한다. 얼마 동안 왕비는 아랑곳하지 않다가 이윽고 그의 사랑을 받아들인다. (모두 퇴장)

오필리아 이 연극은 무슨 뜻이옵니까. 왕자님?

햄 릿 엉큼한 장난질을 쳐보는 게지. 음모 같은 거라고나 할까.

오필리아   아마 이 무언극이 연극의 골자인 것 같사옵니다만.

해설을 맡은 배우 등장.

햄 릿   이 배우가 가르쳐주겠지. 배우들이란 비밀을 지키지 못하고 모든 걸 지껄여버리거든.

오필리아   그럼 무언극의 의미도 가르쳐주겠군요?

햄 릿   (거친 어조로) 그뿐이겠소, 그대가 해보이는 무언극도 해설해줄 거요. 그대가 창피스럽다고 생각지 않고 엉큼한 무언극을 해보이면 저 배우들은 창피한 생각 없이 그 엉뚱한 의미를 해설해줄 거요.

오필리아   망측한 말씀만 하십니다. 전 연극이나 구경하겠습니다.

해 설   저희 배우들을 대표하여 여러분 앞에 간곡한 감사의 말씀을 드립니다. 이 비극을 끝까지 성원해주시기 바랍니다. (퇴장)

무대에 왕과 왕비의 역을 맡은 두 배우 등장.

극중 왕   오! 그대와 내가 성스런 결혼식을 올린 뒤로 태양의 꽃수레가 바다 신의 바다 길과 대지 여신의 둥근 땅을 돌기를 꼬박 서른 번을 했소. 그 빛을 빌린 달님이 서른 번의 열두 곱절을 하고 말이오.

극중 왕비   참으로 기나긴 세월의 여로, 앞으로도 우리의 사랑이 계속되게 해주소서. 하지만 요즘 폐하께서 병환이 잦으시어 저는 슬프답니다. 하지만 폐하! 언짢아하지 마소서. 여인들의 근심과 사랑은 비례하므로 양쪽 모두 없거나 있다면 극으로 치닫게 마련이지요. 사랑이 깊을수록 근심도 깊어지는 법이니 말이에요. 사랑이 커지면 사소한 염려도 근심 걱정이 되지요.

극중 왕 아, 나는 얼마 안 있어 떠나야 할 몸, 이제 내 몸은 쇠잔할 대로 쇠잔해져 기능이 약해져 있소. 하지만 그대는 이 아름다운 세상에 살아남아 백성의 사랑과 존경을 받으며 배필도 만나 여생을 즐기시오.

극중 왕비 아, 무정도 하셔라. 그런 말은 하지 마세요. 그런 사랑은 제 마음의 추악한 반역일 뿐입니다. 남편을 살해한 여자가 아니고서야 어찌 재혼을 꿈꾸겠습니까?

햄 릿 (방백) 입맛이 쓸 거다, 쓸 거야.

극중 왕비 재혼을 바라는 것은 욕정일 뿐 진정한 사랑은 아니옵니다. 어찌 죽은 남편을 두 번 죽이는 일인 재혼을 하여 다른 남자와 잠자리를 같이하며 입을 맞출 수 있단 말입니까?

극중 왕 당신의 말이 진정임을 의심치 않소. 하지만 인간이란 아무리 결심을 해도 그걸 깨뜨리기는 쉬운 법이오. 의지는 단지 기억의 노예에 불과하기 때문이오. 격정에 사로잡혀 한 맹세도 격정이 사그라지면 함께 꺼져가듯 세상에 영원이란 없는 것이오. 그러니 우리의 사랑도 운명과 더불어 변할 수 있는 것이니 전혀 이상한 일이 아니오. 다만 사랑이 운명을 이끄느냐, 아니면 운명이 사랑을 이끄느냐의 문제일 뿐이오. 권력자가 몰락하면 수하의 무리도 떠나가고, 미천한 사람도 출세하면 어제의 원수가 변하여 친구가 되는 게 현실이오. 이처럼 우리의 의지와 운명은 한 배에 탈 수 없는 거라오. 그러니 당신도 지금

은 재혼할 생각이 없겠지만, 내가 죽고 나면 그런 생각도 따라서 죽고
말 것이오.

극중 왕비 아, 비록 대지가 양식을 베풀지 않고 하늘이 빛을 내리지
않는다 해도, 낮의 즐거움과 밤의 휴식을 빼앗긴다 해도, 평생 감옥에
갇혀 고생을 한다 해도, 온갖 기쁨을 박탈당해 재앙으로 멸망한다 해
도 영겁의 고뇌가 현재뿐 아니라 내세에까지 쫓아온다 해도, 어찌 폐
하를 잃은 몸이 재혼할 수 있겠습니까?

극중 왕 군은 맹세 고맙구려. 잠시 나를 좀 혼자 있게 해주오. 심신이
피곤하구려. 한숨 자고 나면 개운할 것 같소. (잠이 든다)

극중 왕비 잠으로 심신의 피로를 푸소서. 우리 두 사람 사이에 불행
한 일이 일어나지 않기를 바랍니다. (퇴장)

햄릿 (왕비에게) 연극이 마음에 드십니까?

왕비 저 여인은 지나치게 맹세하는 것 같구나.

햄릿 아, 하지만 그 맹세를 꼭 지킬 겁니다.

왕 연극의 줄거리를 들었느냐? 해괴한 장면은 없겠지?

햄릿 아뇨. 이건 그저 장난일 뿐입니다. 독살하는 흉내만 내고 있을 뿐
해괴한 장면은 없습니다.

왕 연극의 제목이 무엇이냐?

햄릿 〈곤자고의 살인〉입니다. 비유가 놀랍지요? 비엔나에서 있었던
암살 사건을 재현해본 것입니다. 공작의 이름은 곤자고이고, 부인은 뱁
티스타죠. 곧 보시게 될 겁니다. 끔찍한 내용이지만, 뭐 어떻습니까? 폐
하나 저희처럼 무고한 영혼에는 해가 없지요. 죄를 지은 놈은 찔리겠지

만 우리는 떳떳하죠.

루시어너스 역을 맡은 배우 등장.

루시어너스　마음은 시커멓고 손은 날렵하다. 약효는 빠르고 때는 무르익었다. 다행히 아무도 없구나. 하늘도 나를 도운 거야. 심야에 캐낸 약초에 마녀의 주문을 세 번 곁들이고 독기를 세 번 쐬어 만든 무서운 독약이여, 당장 저 건강한 생명을 빼앗아라. (독약을 왕의 귀에 붓는다)

햄 릿　왕위를 빼앗기 위해 정원에서 왕을 독살하고 있습니다. 왕의 이름은 곤자고로, 실화를 빼어난 이탈리아어로 표현했지요. 저 살인자가 조금 있으면 왕비를 농락하는 것을 볼 것입니다.

오필리아　폐하께서 일어나시네요!

햄 릿　왜 그러시지? 거짓 불길에 겁을 먹으셨나?

왕 비　무슨 일이십니까, 폐하?

폴로니어스　연극을 중지하라.

왕　등불을 가져오너라. 그만 가야겠다!

일 동　등불, 등불, 등불을! (햄릿과 호레이쇼만 남고 모두 퇴장)

햄 릿　어때, 호레이쇼! 나중에 내 팔자가 기구해지면 나도 배우들 틈에 낄 수 있지 않겠는가?

호레이쇼　반 사람 정도 급료는 받을 수 있겠네요.

햄 릿　무슨 말인가. 나도 한 사람 몫을 충분히 해낼 수 있어. 그건 그렇고, 정말 유령의 말이 옳았어. 자네도 보았지? 독살 장면 때?

호레이쇼   예, 똑똑히 보았습니다.

햄 릿   자, 피리를 불어라! 폐하께서 연극이 싫으시다면, 그야 싫으신 거겠지. 자, 풍악을 울려라!

로즌크랜츠와 길든스턴, 빠른 걸음으로 등장.

길든스턴   왕자님, 한마디 여쭙겠습니다. 폐하께서…….

햄 릿   그래, 폐하께서 어떻다고?

길든스턴   방 안에서 꼼짝도 않으시고 몹시 언짢아하십니다.

햄 릿   과음하셨나?

길든스턴   아닙니다. 노하셨습니다.

햄 릿   그렇다면 전의한테 알리는 것이 더 현명한 일 아닌가. 내가 나서면 폐하의 노여움이 더욱 커질지도 모른다.

길든스턴   왕비 마마께서도 무척 상심하고 계십니다. 소신을 보낸 것도 왕비 마마이십니다.

햄 릿   반갑구려.

길든스턴   왕자님, 제발 저를 희롱하지 말아주십시오. 진지하게 말씀하신다면 왕비 마마의 전갈을 올리겠습니다. 그게 싫으시다면 저는 이만 물러가겠습니다. (절을 하고 돌아서려 한다)

햄 릿   좋아, 쾌히 응답할 테니 요점을 말해보게나.

로즌크랜츠   왕비 마마께선 왕자님의 행동에 깜짝 놀라셨다 하옵니다.

햄 릿   어머니를 놀라게 하다니, 참으로 훌륭한 아들이로다! 놀란 어머니의 뒤를 따르는 속편은 없는가? 말해보거라.

로즌크랜츠 또한 주무시기 전에 왕비 마마께서 할말이 있으시니 내실로 드시랍니다.

햄 릿 그렇게 하지. 지금보다 열 배 더 훌륭하신 어머니라고 생각하면서 복종하겠네. 또 무슨 용건이 남았나?

로즌크랜츠 왕자님은 한때 저를 극진히 아끼셨지요. 왕자님께서 그렇게 우울해하시는 원인이 무엇인지 알고 싶습니다. 저를 친구라 여기신다면 제발 알려주십시오.

햄 릿 출세길이 막혔기 때문이다.

로즌크랜츠 그건 또 무슨 말씀입니까? 덴마크의 왕위를 계승하실 왕자님께서.

햄 릿 그렇긴 하네만 옛말에 '풀이 자라기를 기다리다 말이 굶어죽고'란 말이 있지?

배우들이 피리를 들고 등장.

햄 릿 아, 나한테도 피리를 주게. (피리를 받아들고 길든스턴을 한쪽 구석으로 데리고 간다) 저리 좀 가세. 어쩌자고 자넨 그처럼 날 떠보려고 그러나? 날 함정에 몰아넣어야 속이 시원하겠나?

길든스턴 죄송합니다. 왕자님, 신이 지나치게 행동했다면 그건 모두 왕자님에 대한 신의 충정 때문이옵니다.

햄 릿 무슨 소릴 하는지 참 모르겠군. 이 피리를 불어보게.

길든스턴 용서하십시오. 저는 피리엔 재주가 없습니다.

햄 릿 예끼, 이 사람아! 그렇다면 자넨 날 무엇으로 알고 있었나! 날

피리로 불 작심이었나? 누르는 구멍을 잘 아는 척하고선 내 마음속에 비밀을 빼내려고 저음에서 고음에 이르기까지 소리를 울려보려는 심사였군. 이 작은 악기엔 아름다운 가락과 절묘한 소리들이 들어 있지. 이 사람아, 그래 날 피리보다 불기 쉬운 줄 알고 호락호락 덤벼들었나? 날 무슨 악기로 취급해도 상관없네만 소리 나게는 못할 걸세.

폴로니어스 등장.

햄 릿 어서 오시오, 영감.

폴로니어스 왕비 마마께서 하실 얘기가 있으시니 오시라는 분부십니다.

햄 릿 곧 가겠다고 여쭈시오.

폴로니어스 그렇게 전하겠습니다. (햄릿만 남고 모두 퇴장)

햄 릿 무덤이 입을 쫙 벌리고, 지옥이 세상을 향해 독기를 뿜어대는 지금이라면 나도 능히 사람의 뜨거운 피를 흘리게 할 수 있을 것 같다. 하지만 기다려라. 지금은 어머니께 가볼 시간, 천륜을 어겨선 안 된다. 말로는 칼끝처럼 날카롭게 찌를지라도 진짜 칼을 휘둘러서는 안 되지. 혀와 마음을 따로 분간하자. 말로 어머니를 매질하더라도 행동으로 옮겨서는 안 되지. (퇴장)

제 3 장 같은 장소

왕과 로즌크랜츠, 길든스턴 등장.

왕 난 그애 낯짝도 보기 싫다. 미치광이를 이렇게 방치한다는 건 매우 위험해. 위임장을 써줄 테니 그대들이 그애를 데리고 영국으로 출발하라. 나의 안위를 위해서라도 시시각각 커지는 위험을 곁에 둘 순 없도다.

길든스턴 곧 떠날 준비를 하겠습니다. 폐하의 은덕에 의지하여 살고 있는 수많은 백성의 안위를 위한 참으로 자상한 배려라 생각되옵니다.

로즌크랜츠 하잘것없는 우리들 개인의 생명도 일단 위험에 처하면 전력을 다하는 게 도리입니다. 하물며 이 나라 백성의 생명이 걸린 국왕의 안녕에는 더욱 조심해야 할 줄로 압니다.

왕 어서 준비하여 떠나도록 하라. 그토록 위험한 건 쇠사슬로 묶어놓아야 안심이 되는 법이다.

로즌크랜츠·길든스턴 알겠습니다. (두 사람 퇴장)

폴로니어스 등장.

폴로니어스 폐하, 지금 왕자님께서 왕비마마의 내실로 향하고 있습니다. 소신이 커튼 뒤에 숨어서 이야기를 엿듣겠습니다. 왕비마마께서 엄히 질책하실 것은 틀림없을 것이옵니다. 하오나 폐하의 말씀 또한 참으로 지당하신 말씀이라 사려되옵니다. 폐하께서 침소에 드시기 전에 다시 뵙고 결과를 아뢰겠습니다.

왕 수고하시오, 폴로니어스. (폴로니어스 퇴장) 아, 내 죄의 악취가 하늘을 찌르는구나. 인류 최초의 무서운 저주를 받은 카인의 형제 살인죄. 아, 기도 드리고 싶은 마음은 굴뚝같지만 정작 기도를 드릴 수는 없구나. 아, 하늘이 은혜로운 비를 내려 이 손을 눈처럼 희게 해줄 수는 없을까? 죄인을 구제해주지 못한다면 어찌 자비라 할 수 있는가? 썩어빠진 이 세상에선 죄로 물든 부정한 손도 황금으로 덧칠하면 정의를 밀쳐낼 수 있을 것이다. 아냐, 천상에서는 그것이 통하지 않아. 우리의 모든 죄상을 일일이 실토해야 돼. 그럼 어떡하지? 그래, 참회하자. 하지만 참회할 수 없는 경우에는 어떡하지? 오, 이 비참한 심정! 덫에 걸린 새 같은 내 영혼이여! 몸부림칠수록 더욱 죄어드는구나. 천사들이여, 날 도와주소서! 그래, 굳어버린 무릎이여, 꿇을 지어다. (무릎을 꿇는다)

이때 햄릿이 등장해 기도하고 있는 왕을 보자 멈춰 선다.

햄 릿 (방백) 기도 중이니 해치우기에는 지금이 가장 좋구나. 해치우자. (칼을 뺀다) 가만, 지금 죽이면 저자는 천당에 가고 나는? 아냐, 아버지를 죽인 악당을 천당으로 보낸다? 그러면 복수라고 할 수 없지. 저 악당이 스스로의 영혼을 깨끗이 씻으며 죽음을 준비하고 있을 때 해치우는 일은 복수가 아니다. 저자에게 나의 아버님이 살해당하셨을 땐 아버님의 죄악이 5월의 봄꽃처럼 활짝 폈을 때다. (칼을 칼집에 도로 넣는다) 칼이여, 제자리에 들어가 숨을 죽이고 있거라. 저 악당이 쾌락을 탐닉할 때, 혹은 도박을 하거나 욕설을 퍼부을 때, 그 밖에 무엇이든 구제받을 수 없는 못된 짓에 빠져 있을 때 복수를 하리라. 어머니가 기다리시겠다. 너를 지금 살려 두는 것은 네 고통을 연장시키기 위해서다. (퇴장)

왕 (일어서며) 나의 기도는 하늘로 날아갔지만, 나의 마음은 지상에 남아 있구나. 마음이 따르지 않는 빈말이 어찌 하늘에 닿겠는가!

제 4 장 왕비의 내실

왕비와 폴로니어스 등장.

폴로니어스 곧 오실 테니 따끔하게 꾸중을 하십시오. 왕자님은 도가 지나치셨습니다. 저는 여기 숨어서 있겠습니다.

왕 비 염려 말고 숨으시오. 오는가보오.

폴로니어스, 커튼 뒤에 숨는다. 햄릿 등장.

햄 릿 어머니, 무슨 일이십니까?

왕 비 너 때문에 아버지가 진노하셨다.

햄 릿 제 아버님은 어머니 때문에 진노하셨죠.

왕 비 너, 그게 무슨 말도 안 되는 소리냐?

햄 릿 왕비님은 시동생의 아내이시고 제 어머니이기도 하죠.

왕 비 아, 나 혼자 이런 일을 감당하기에는 벅차구나. 너를 꾸중할 만한 사람을 데려와야겠다. (퇴장하려 한다)

햄 릿 (팔을 붙들면서) 진정하시고 여기 앉으세요. 거울로 어머니의 마음 속을 환히 비춰보여 드릴 테니 꼼짝 말고 계세요.

왕 비 너 무슨 짓을 하려는 거냐? 너, 나를 죽일 셈이냐? 사람 살려!

폴로니어스 (커튼 뒤에서) 이크, 큰일났구나. 누구 없느냐?

햄 릿 (칼을 뺀다) 너는 뭐냐! 쥐새끼다! 쥐새끼다! 뒈져라, 뒈져! (커튼 속을 칼로 찌른다)

폴로니어스 (커튼 뒤에서 쓰러지며) 앗! 사람 살려! 아이고, 나 죽는다.

왕 비 세상에, 이게 무슨 짓이냐?

햄 릿 전 모르죠. 왕입니까? (커튼을 들춘다)

왕 비 이게 무슨 잔인하고 포악한 짓이냐? 오, 하느님!

햄 릿 글쎄요. 잔인한 일이긴 하죠. 왕을 죽이고 그 동생과 결혼한 것처럼요.

왕 비 왕을 죽였다고?

햄 릿 그렇습니다, 어머니. (폴로니어스의 시체를 가리키며) 아무 데나 끼여 드는 쓸개빠진 녀석 같으니라고. 잘 가거라. 네 상전인 줄 알았더니! 주제넘게 나서면 신상에 해로워. 어머니, 애꿎은 손만 쥐어뜯지 마시고 조용히 앉으세요. 제가 어머니의 마음을 쥐어짜 드릴 테니까요. 그 가슴이 무쇠덩어리가 아니라면 말입니다.

왕 비 이 어미에게 무슨 시건방진 짓거리냐.

햄 릿　어머니는 간악한 행동으로 여인의 정숙함을 짓밟았고, 정결한 부덕을 위선으로 불리게 했습니다. 아, 어머니께서는 부부로서 신에게 맹세한 혼약을 한낱 헛소리에 불과하도록 하셨습니다. 그 때문에 하늘도 격분해서 낯을 붉히고 이 반석 같은 대지도 최후의 심판일이 온 것처럼 수심에 잠겨 떨고 있답니다.

왕 비　도대체 소란을 피우는 이유가 뭐냔 말이다.

햄 릿　(벽에 걸린 두 초상화 쪽으로 향하며) 자, 보세요. 이 두 초상화를, 한 핏줄을 나눈 형제의 초상화를 보세요. 자, 이분의 고귀한 모습을 보시란 말이에요. 아폴론의 머리카락, 주피터 같은 훤칠한 이마, 전쟁의 신 마르스의 눈, 신의 전령 헤르메스가 막 내려앉은 듯한 모습을요. 온갖 아름다움을 한 몸에 지닌 탓으로 신들이 인간의 본보기로 삼았던 어머니의 전 남편을 보세요. 자, 그럼 이번에는 이 초상화를 보세요. 어머니의 현재의 남편이죠. 건강한 형을 병든 보리 이삭처럼 말려 죽인 인간입니다. 눈이 있으면 한 번 보세요. 저 아름다운 산등성이를 버리고, 이처럼 더러운 수렁에서 먹이를 찾아 헤매다니, 어머니한테 과연 눈이 있기라도 합니까? 행여 사랑 때문에 눈이 멀었다고 하지 마세요. 어떤 미치광이라도 이런 실수를 저지르지는 않을 것입니다. 아무리 눈이 멀었다 해도 이런 차이를 구분 못할 만큼 판단력을 잃진 않았을 거예요.

왕 비　오, 햄릿. 그만해라. 너의 말은 내 영혼을 꿰뚫어보게 하는구나. 아무래도 지워지지 않을 시커멓게 멍든 내 영혼의 얼룩을 말이다.

햄 릿　뿐만 아니라 더럽고 역겨운 땀내가 뒤범벅이 된 이불 속에 들어가 썩은 것이 들끓는 속에 더러운 돼지 같은 놈과 시시덕거리며 몸을 섞다니…….

왕 비 제발 그만해. 네 말은 마치 비수처럼 내 가슴을 찌르는구나.

햄 릿 살인자, 악당. 선왕의 발가락 때만도 못한 놈. 왕위와 왕국을 가로채어 슬쩍 주머니에 집어넣은 날도둑놈……

왕 비 그만!

햄 릿 누더기를 걸친 가짜 왕.

유령이 잠옷 차림으로 등장.

왕 비 저 애가 미쳤구나!

햄 릿 (유령에게) 저를 책망하러 오셨군요. 걱정에 사로잡혀 우물쭈물하며 때를 놓치는 불초한 자식을 꾸짖으러 오셨습니까?

유 령 잊지 마라. 내가 지금 널 찾아온 것은 무디어진 네 결심의 칼날을 갈아주기 위해서다. 하지만 겁을 먹고 떨고 있는 네 어머니의 얼굴을 보거라. 어머니를 돌봐드려라.

햄 릿 어머니, 괜찮으십니까?

왕 비 너야말로 괜찮으냐? 무섭게 허공을 노려보며 말하다니? 햄릿, 진정해라. 제발 평정심을 되찾아다오. 누구에게 말을 하는 거냐?

햄 릿 저분을! 저 모습을 보십시오. 창백한 얼굴로 이쪽을 노려보고 계십니다. 저 슬픈 모습을 보고 가슴에 멍든 원통한 사연을 들으면 목석도 울 겁니다. 피를 보아야 할 때 눈물을 흘릴 것만 같습니다.

왕 비 누구를 보고 중얼대는 거냐?

햄 릿 저기, 보이지 않습니까?

왕 비 아니, 아무것도. 내 눈은 아직 멀쩡한데. 보이지 않는구나.

햄 릿   저기, 저기를 보세요. 지금 사라지고 있네요. 생존에 늘 입으시던 차림을 하고 아버지께서 지금 나가십니다. (유령 퇴장)

왕 비   네가 실성한 탓이야. 정신이 나가면 망상을 보는 법이거든.

햄 릿   실성했다고요? 제 맥을 짚어보세요. 어머니의 맥박과 조금도 다르지 않을 테니까요. 제가 실성해서 헛소리를 한 것이 아닙니다. 어머니, 제발 부탁드리오니 양심에다 그렇게 위안의 고약을 바르지 마세요. 어머니, 더 늦기 전에 하느님께 죄를 고백하고 참회하세요. 저의 솔직한 진언을 용서하세요. 하긴 요즘같이 타락한 세상에서는 정의가 부정에게 용서를 빌어야 하지만요. 뿐만 아니라 옳은 일을 하는데도 굽실거리며 눈치를 살펴야 하는 세상이지요.

왕 비   오, 햄릿. 네가 내 가슴을 두 동강 내는구나.

햄 릿   그렇다면 더러운 쪽은 버리시고, 나머지 반쪽으로 깨끗하게 살아가세요. 안녕히 주무세요. 그러나 숙부의 침실에는 가지 마세요. 정절이 없더라도 있는 척하세요. 습관이라고 하는 괴물은 악습에 대한 감각을 죄다 먹어버리지만 또한 천사와 같은 일면도 있어 항상 점잖고 착한 행동을 하게 되면 처음에는 어색한 옷 같아도 어느새 몸에 어울리게 해준답니다. 어머니께서 신의 축복을 구하고 싶으실 때 저를 부르세요. 저도 어머니를 위해 함께 기도드릴 테니까요. (폴로니어스의 시체를 가리키며) 이 늙은이를 죽인 것은 저도 안타깝습니다. 그러나 이 모든 게 하늘의 뜻이겠죠. 신은 이 늙은이를 통해 저에게 벌을 주시고, 또한 저를 이용하려 했던 이자에게 벌을 주신 겁니다. (나가려다 다시 돌아서서) 한 마디만 더 드리겠습니다, 어머니.

왕 비   나더러 어찌하라고?

햄 릿 지금 소자가 여쭌 말은 모두 잊어버리세요. 돼지 같은 왕이 유혹하거든 다시 이불 속으로 들어가세요. 냄새나는 입술을 갖다 대게 하든지 징그러운 손가락으로 목덜미를 애무받으면서 전부 고해 바치세요. 햄릿은 정말 미친 것이 아니라 미친 척한다고 말예요. 왕에게 사실대로 일러바치는 게 좋을 겁니다.

왕 비 염려 말아라. 만일 말이 숨결에서 나오고, 숨결이 목숨에서 나온다면 네가 한 말을 입 밖에 낼 목숨이 내겐 없단다.

햄 릿 아, 제가 영국으로 가는 걸 아세요?

왕 비 아 참, 깜박했구나. 그렇게 결정되었나보더라.

햄 릿 독사 같은 친구 두 놈이 이미 왕명을 받들고 있다는군요. 해볼 테면 해보라죠. 내 꼭 그놈들이 묻어놓은 지뢰밭을 그놈들로 하여금 걷도록 만들 테니까요. 생각만 해도 신나는 일입니다. (폴로니어스의 시체를 가리키며) 하여튼 이놈 때문에 우물쭈물할 시간이 없게 되었군요. 시체는 옆방으로 끌어다놓겠습니다. 살아 생전에는 어리석은 수다쟁이에 악당이더니 이젠 조용히 입을 다물고 엄숙해졌구나. 자, 이리 오너라. 너하고 마지막 일을 끝내자꾸나. 안녕히 주무세요, 어머니. (시체를 끌고 햄릿 퇴장, 왕비는 침대에 엎드려서 흐느껴 운다)

제 4 막

제 1 장 같은 장소

왕이 로즌크랜츠와 길든스턴을 거느리고 등장.

왕　당신의 깊은 탄식을 들으니 필시 무슨 일이 있었구려. 나한테 하나도 숨기지 말고 자세히 말해주오. 햄릿은 어디 갔소?

왕 비　폐하, 잠시 두 사람을 나가 있게 해주세요. (로즌크랜츠와 길든스턴 퇴장) 오늘밤 참으로 끔찍한 일이 벌어졌습니다!

왕　도대체 무슨 일이오? 햄릿이 일을 저지른 모양이군.

왕 비　파도와 바람이 서로 다투듯 광기를 부리는 거라고나 할까요. 햄릿이 한참 미쳐서 날뛰는데 커튼 뒤에서 인기척이 나자 칼을 빼어 들고 '쥐새끼, 쥐새끼다'라고 외치면서 그 착한 노인을 찔러 죽였습니다.

왕　오, 세상에, 이럴 수가! 짐도 그 자리에 있었더라면 똑같은 봉변을 당할 뻔했구려. 햄릿을 더 이상 방치해두었다간 큰일나겠소. 당신에게도 나에게도 다른 모든 이에게도 위험하오. 도대체 이 참사에 대해 뭐라고 변명을 한단 말인가? 이 모두가 과인의 책임이오. 앞을 내다보고 그 미치광이를 미리 경계하여 감금했어야 했는데……. 햄릿을 너무 사랑하다 보니 화를 키우고 말았구려. 그래서 지금 햄릿은 어디로 갔소?

왕 비　노인의 시체를 끌고 갔어요. 미치긴 했어도 돌 속에도 순금이 있는 것처럼 자기가 저지른 일에 참회의 눈물을 흘리더군요.

왕　오, 갑시다. 날이 밝는 대로 즉시 그애를 배에 태웁시다. 이번 불상사는 내 권위를 이용해서라도 마무리지어야겠소. 여봐라, 로즌크랜츠, 길든스턴! (로즌크랜츠와 길든스턴 등장) 너희 두 사람은 지금 즉시 햄릿을 찾아보아라. 햄릿이 미쳐 날뛰다가 폴로니어스를 죽여 끌고 나갔다 하니 서둘러 인부를 불러 시체를 교회로 옮겨놓아라. 어서들 서둘러라. (로즌크랜츠와 길든스턴 퇴장) 자, 이제 곧 심복들을 불러 수습책을 마련해봅시다. 남을 헐뜯는 말이 이 세상 끝까지 날아가 퍼뜨린다 해도 우리의 명성만은 상처를 입히지 못할 것이오. 나갑시다! 불안과 놀라움으로 심장이 터질 것 같소. (모두 퇴장)

제 2 장 궁성 안의 다른 방

햄릿 한숨을 돌리는데 로즌크랜츠와 길든스턴 등장.

로즌크랜츠　왕자님, 시체를 어떻게 하셨습니까?

햄 릿　흙과 섞었다네. 둘은 서로 친척이거든.

로즌크랜츠　어디 있는지 알려주십시오. 교회로 모셔야 합니다.

햄 릿 내가 말할 것 같은가? 해파리 같은 녀석들에게 왕자 된 몸으로서 함부로 대답할 수는 없지.

로즌크랜츠 해파리 같은 녀석들이라고요, 왕자님?

햄 릿 그렇다. 국왕의 총애를 쭉쭉 빨아들이는 해파리들이지. 하기야 자네들 같은 패거리가 왕에게도 필요하겠지.

로즌크랜츠 왕자님, 무슨 말씀이신지요?

햄 릿 차라리 잘됐군. 머저리 귀엔 독설도 우이독경이지.

로즌크랜츠 왕자님, 시체 있는 곳을 알려주시고 어전으로 가십시다.

햄 릿 시체는 왕과 함께 있지만, 왕은 시체와 함께 있지 않지. 왕이란 어떤 물건인고 하니…….

로즌크랜츠 물건이라뇨?

햄 릿 아무것도 아니다. 자, 날 어전으로 안내하라. (퇴장)

제 3 장 궁성 안의 홀

왕과 두세 명의 신하들이 탁자 주위에 앉아 있다.

왕 햄릿을 찾아내어 그 시체를 찾아오도록 일러두었소. 햄릿을 그대로 방치해두는 것은 매우 위험한 일이오! 한데 경박한 백성들의 사랑을 받고 있으니 엄벌을 내릴 수도 없고. 도대체 백성들이란 자들은 이성이 아닌 눈으로만 판단한단 말이야. 그러니 일을 원만하게 처리하기 위해서는 햄릿을 즉시 해외로 보내지 않으면 안 되겠소. 이것도 신중히 고려한 결과인 것처럼 꾸며서 말이오. 요컨대 위험한 병은 어려운 치료법으로 고치는 법. 달리 길이 없지 않겠소.

햄릿, 로즌크랜츠, 길든스턴 등장.

왕　햄릿, 폴로니어스는 어디 있느냐?

햄릿　식사 중입니다.

왕　식사 중이라? 어디서?

햄릿　먹고 있는 중이 아니라 먹히고 있는 중입니다. 지금 구더기 같은 정치꾼들이 모여 그 늙은이를 먹어대는 중이지요. 구더기란 먹는 일에는 제왕이거든요. 우리가 다른 동물들을 살찌게 해서 잡아먹듯이 우리 자신을 살찌우는 것은 바로 구더기를 위해서죠. 살찐 왕이나 야윈 거지나 결국은 둘 다 같은 식탁에 오르지요. 그렇게 끝장이 나는 겁니다.

왕　아, 저런, 저런!

햄릿　왕을 뜯어먹은 구더기를 미끼로 물고기를 낚아, 그 구더기를 먹은 물고기를 먹는 인간도 있습니다.

왕　도대체 무슨 소리를 하는지 모르겠구나.

햄릿　별 것 아닙니다. 왕이라 해도 거지의 뱃속으로 행차하시는 경우도 있으시다 이런 말씀입니다.

왕　폴로니어스는 어디 있느냐?

햄 릿 천당에 사람을 보내서 찾아보세요. 천당에서도 발견하지 못한다면 딴 장소를 찾아보시고요. 이 달 안으로 발견하지 못하면 복도로 가는 계단을 오르실 때 거기서 냄새가 날 겁니다.

왕 (시종들에게) 거기 가서 찾아보아라.

햄 릿 너희들이 돌아올 때까지 나도 기다리마. (사람들 퇴장)

왕 햄릿, 이번 일은 네가 지나쳤구나. 무엇보다도 네 신변의 안전을 위해서 즉시 이곳을 떠나거라. 시종들과 배가 기다리고 있으니 곧 준비하거라. 영국으로 떠날 준비는 완전히 갖추어졌다.

햄 릿 영국으로요?

왕 그렇다, 햄릿.

햄 릿 원하신다면 가지요, 영국으로. 안녕히 계십시오, 어머니.

왕 아버지라고 해야지, 햄릿.

햄 릿 아버지와 어머니는 일심동체인 부부지간이니 어머니라고 해도 되지요. 자, 가자. 영국으로! (호위를 받으며 퇴장)

왕 어서 뒤쫓아가라. 지체하지 말고 오늘밤 안으로 배에 타거라. 자, 급히 가거라. 그 밖의 일은 완벽하게 준비되어 있다. 부탁한다. 급히 서둘도록. (로즌크랜츠와 길든스턴 퇴장) 영국 왕이여, 그대는 이 엄명을 소홀히 다루지는 못하리라. 아직 덴마크 군대의 창과 칼이 휩쓸고 간 상처가 생생할 터이므로 자진해서 충성을 표시해야 마땅하다. 영국 왕이여, 서한에 적힌 대로 햄릿을 즉각 사형에 처하라. 열병처럼 그는 내 핏속에서 발악하고 있으니, 그대만이 이걸 치료할 수 있노라. 이 일이 이루어지기 전까지는, 어떤 행운이 온다 해도 결코 기뻐할 수 없다. (퇴장)

제 4 장 엘시노 근처의 평야

항구로 향하던 햄릿, 로즌 크랜츠, 길든 스턴이 부대장을 만난다.

햄 릿 어보게, 자네들은 어느 나라 군대인가?

부대장 노르웨이 군입니다.

햄 릿 어디를 공략하기 위해 진군하는가?

부대장 폴란드를 공격하기 위해서입니다.

햄 릿 지휘관은 누구시오?

부대장 노르웨이 왕의 조카 포틴브라스 2세입니다.

햄 릿 폴란드의 중심을 공격하는가, 아니면 변경 지대를 공격하는가?

부대장 사실대로 말씀드리자면 아무런 이익도 없는 명분 싸움일 뿐이죠. 소작료로 5더컷만 내라 해도 붙여먹지 않을 척박한 땅입니다. 실제로 노르웨이 왕이건 폴란드 왕이건 사유지로 그 땅을 팔아먹건 그 이상은 받기가 힘들 겁니다.

햄 릿 아, 그렇다면 폴란드 쪽에서도 별로 방어하지 않겠군.

부대장 아닙니다. 수비 태세가 대단합니다.

햄 릿 비록 2천 명의 귀한 인명과 2만 더컷의 돈을 희생한다 하더라도, 이 하찮은 문제는 해결되지 않겠군. 나라가 지나치게 번영하면 이런 종기가 생기게 마련이지. 겉으로는 아무렇지도 않지만 속으로 곪아터져 사람의 목숨을 빼앗는 것 말야. 여러 가지로 고맙소.

부대장   그럼 실례합니다. (퇴장)

로즌크랜츠   자, 가실까요?

햄 릿   곧 뒤따를 테니 먼저들 가게. (로즌크랜츠, 길든스턴, 그 밖의 사람들 모두 퇴장) 아, 눈에 보이는 모든 것이 나를 책망하며 무디어진 복수심에 불을 지르는구나! 도대체 인간이란 무엇인가? 인간의 하루하루가 단지 먹고 자는 것뿐이라고 한다면 도대체 짐승과 다를 게 무엇인가? 신이 인간에게 이토록 위대한 사고력을 주신 것은 미래와 과거를 내다보라고 한 것이 아닌가? 그렇다면 난 짐승들처럼 건망증이 심한 탓인가, 아니면 소심함 때문인가? 정말 알 길이 없구나. 사고력을 넷으로 나누었을 때 하나가 지혜고 나머지 셋은 두려움인가? '이 일은 꼭 해야 한다'고 하면서 입으로만 떠들어대고 허송세월하고 있으니 말이다. 저토록 계란 껍데기만한 사소한 일 때문에 젊은 청춘들이 일어나거늘, 도대체 내 꼴은 뭔가? 아버님은 살해당하고, 어머님은 더럽혀지고, 복수를 위해 이성도 정열도 폭발해야 할 지경인데, 사생결단을 못 내고 죽치고만 있다니. 보라, 지금도 저 2만 명의 군사들이 죽음의 길을 가고 있지 않는가. 그것을 보고도 부끄럽지 않은가! 아, 내 마음아! 이제부터는 잔인해져야 한다. 복수심 외에는 아무것도 생각하지 말자. (퇴장)

제 5 장 궁성 안의 홀

왕비와 호레이쇼와 시종 한 명 등장.

왕 비 지금은 그애를 만나고 싶지 않구나.

시 종 하지만 뵙고 싶다며 저렇게 조르고 있습니다. 정말 정신이 나간 모양입니다. 차마 눈뜨고는 볼 수 없을 정도로 참혹합니다.

왕 비 그래서 나더러 어떡하란 말이냐?

시 종 자꾸 부친에 관해서 넋두리를 늘어놓습니다. 고개를 끄덕이며 눈짓과 몸짓을 통해 얘기하는 것을 들어보면 분명하지는 않지만 뭔가 불행한 일이 일어난 것 같습니다.

호레이쇼 만나서 얘기를 들어보는 것이 좋을 듯합니다. 괜히 남의 말 좋아하는 사람들에게 억측의 씨앗을 뿌릴지도 모르니까요.

왕 비 그렇다면 데리고 오라. (시종 퇴장, 방백) 죄의 시달림을 받는 자들은 하찮은 일조차도 큰 재앙의 전주곡처럼 들리지. 그래서 죄진 마음은 숨기면 숨길수록 더욱 훤히 드러난단 말야.

류트를 든 오필리아 머리칼이 헝클어진 채 광란 상태로 등장.

오필리아 덴마크의 아름다운 왕비 마마는 어디 계세요?

왕 비 오필리아, 어찌된 일이냐?

오필리아   (노래한다) "사랑하는 내 님을 어떻게 알아볼까? 죽장에 미투리에 파립 쓴 순례자가 바로 내 님이라네."

왕 비   오필리아, 그 노래가 무슨 뜻이냐?

오필리아   뭐라고요? (노래한다) "내 님은 갔어요. 죽어서 이승을 떠났어요. 머리맡엔 초록빛 잔디, 발치에는 묘석이 하나. 오호라!"

왕 비   그렇지만 오필리아……

오필리아   잘 들어보시라니까요. (노래한다) "수의는 산에 내린 눈처럼 희구나."

왕 등장.

왕 비   아, 저 애를 보세요.

오필리아   (노래한다) "꽃상여 타고 향기로운 내 님은 떠나가는데 사랑의 눈물은 비 오듯 흐르네."

왕   이게 웬일이냐, 오필리아?

오필리아   고맙습니다. 올빼미는 원래 빵집 딸이었대요. 오늘 일은 알지만 내일 일은 알 수 없지요. 당신의 식탁에 축복이 내리소서.

왕   죽은 아비 생각을 하는 모양이군.

오필리아   제발 그 얘긴 그만 접어두세요. 하지만 혹시 사람들이 까닭을 묻거든 이렇게 말하세요. (노래한다) "내일은 성 발렌타인 명절, 동녘 하늘 동트면 사랑하는 님 창가에 서서 그대 기다리리. 내 님은 일어나 새 옷을 갈아입고 방문을 열어주니 들어간 처녀 나올 땐 처녀의 꽃잎은 떨어졌으리."

왕 오, 가여운 오필리아! 언제부터 이 꼴이 되었소?

오필리아 그때까지 참아야 해요. 그러나 싸늘한 땅속에 묻힐 것을 생각하면 하염없이 눈물이 나는걸요. 오빠도 알게 되겠지요. 그러니 두 분의 조언에 감사드립니다. 가자, 마차야! 안녕히 주무세요. (퇴장)

왕 바짝 뒤쫓아 철저히 감시하라. (호레이쇼와 시종 급히 퇴장) 슬픔이 무리를 지어 와서 덜미를 잡는구려. 아버진 살해되고, 햄릿은 사라지고. 그러나 이같은 불행의 장본인이 그애였으니 추방하는 게 당연한 일 아니오. 폴로니어스의 죽음에 관해 무성한 소문이 분분하니 어떻게 해야 할지 모르겠소. 과인이 경솔했던 거요. 그 시체를 암매장하다니. 오, 가련한 오필리아! 인간도 저 모양이 되면 짐승과 다를 바가 없구려. 게다가 레어티스가 프랑스에서 돌아왔을 텐데 도무지 모습을 나타내지 않는구려. 오, 비난이 죽음의 화살처럼 날 겨누어 벌집으로 만들 모양인가보오.

(밖에서 요란한 소리)

왕 비 이게 무슨 소린가요?

왕 여봐라! 호위병들은 문을 단단히 지키도록 하라.

시종 등장.

시 종 폐하, 자리를 피하소서! 해일이 단숨에 육지를 삼켜버리듯 레어티스가 폭도를 이끌고 호위병들을 위협하고 있습니다. 폭도들은 마치 새로운 세상이 시작되기라도 한 듯 그를 왕이라 부르고 있답니다. 그들은 손뼉을 치며 "레어티스를 왕으로!"라고 외치고 있습니다.

왕 비 기세 등등하게 짖어대지만 냄새를 잘못 맡았어! 얼빠진 덴마크의 사냥개들이여, 도대체 짖어야 할 방향조차 알지 못하는구나!

레어티스 문을 부수고 들어서자 군중들이 그의 뒤를 따른다.

레어티스 왕은 어디 있느냐? 제군들은 밖에서 기다려주게.

군중들 아닙니다. 저희들도 들어가겠습니다!

레어티스 제발 이 일은 나에게 맡겨주게.

군중들 그러지요.

레어티스 고맙소. 문을 잘 지켜주오. (군중들 퇴장) 오 더러운 악당, 클로디어스 왕! 내 아버지를 내놔라.

왕 비 진정해라, 레어티스.

레어티스 침착해질 수 있는 피가 내 몸에 한 방울이라도 남아 있다면 나는 내 아버지의 아들이 아니고, 내 아버지는 창녀의 남편이고, 어머니의 순결한 이마 한복판에는 창녀의 낙인이 찍혀 있을 것이다. (레어티스가 앞으로 다가가자 왕비가 가로막는다)

왕 왕비, 그의 손을 놓으시오. 왕은 신의 보살핌을 받는 법, 내게는 손끝 하나 댈 수 없다오.

레어티스 내 아버지는 어디 있소?

왕 돌아가셨다.

왕 비 폐하가 하신 일이 아니다.

레어티스 어떻게 돌아가셨소? 날 속일 생각은 추호도 하지 마시오. 충성이고 뭐고 없으니까. 나는 다만 아버지를 위해서 철저히 복수하겠소.

왕 누가 자넬 막을 수 있겠나? 그럼 네 아버지의 사인이 밝혀지면 상대가 누구든 상관없이 복수하겠다는 거냐?

레어티스 상대는 아버지의 원수일 뿐이다.

왕 그 원수를 알고 싶겠지?

레어티스 아버지 편이면 얼마든지 반기겠다. 자기 가슴의 피로 새끼를 기른다는 펠리컨처럼 내 피를 쥐어짜서라도 환대하겠소.

왕 옳거니, 이제야 진정 자식답고 신사다운 말을 하는구나. 난 네 아버지의 죽음과는 무관하다. 오히려 그 죽음을 마음속 깊이 애도할 뿐이다. 햇살이 눈에 비치듯 확실하게 너도 이 사실을 알게 될 것이다.

군중들 (바깥에서) 이 여잘 들여보내라!

레어티스 웬일이냐, 왜 소란들이냐?

오필리아 등장.

레어티스 아, 뜨거운 불길이여! 나의 뇌수를 태워버려라! 눈물이여, 일곱 배나 더 짜서 시력을 없애버려라! 널 이렇게 만든 원수는 뼈가 부서지는 한이 있어도 갚아주마.

오필리아 (노래한다) "얼굴도 덮지 않고 관에 떠매어 갔지. 헤이, 헤이, 무덤에는 눈물이 억수같이 쏟아지고⋯⋯" 그대여 안녕, 나의 님!

레어티스 네가 제정신으로 복수를 조른다 해도 이처럼 내 가슴이 무너지진 않았을 것이다.

오필리아 (노래한다) "묘비는 젖어들고" 라고 노래해요. 빙글빙글 도는 물레바퀴에 장단이 어울리네요!

레어티스　횡설수설하는 소리가 정말 뼈아프게 들리는구나.

오필리아　(레어티스에게) 이것은 로즈마리, 저를 잊지 말라는 뜻이에요. 제발 저를 잊지 마세요. 이것은 팬지꽃, 저를 생각해달라는 뜻이지요.

레어티스　미쳤어도 뼈 있는 말을 하는구나. 잊지 말아달라니……

오필리아　(노래한다) "다시 오지 않으실까. 다시 오지 않으실까. 망각의 강을 건너셨으니 다시는 오지 못하리라. 백설 같은 흰 수염, 삼단 같은 백발 나부끼면서 말없이 떠나시었네. 하느님 그분에게 축복을 내리소서." 안녕히. (퇴장)

레어티스　똑똑히 보았겠지, 저 꼴을?

왕　레어티스, 네 슬픔을 함께 나누자. 만일 내가 이 사건에 티끌만큼이라도 관련된 사실이 밝혀지면, 이 왕국과 왕관, 목숨 그리고 나의 전부를 너에게 넘겨주겠다. 그러나 아무런 관계가 없다는 것이 밝혀지면 그땐 힘을 합쳐, 너의 원한을 풀어보자.

레어티스　좋소. 그렇게 하겠소. 내 아버지가 돌아가신 까닭과, 시신 위에 유품이나 칼, 문장도 없이 격에 맞는 의식도 치르지 않고 초라한 장례를 치른 이유가 무엇인지 그 진상을 규명하겠소.

왕　그래야지. 죄 있는 곳에는 응징의 철퇴를 내리쳐야지. (모두 퇴장)

제 6 장 같은 장소

호레이쇼와 시종, 선원들 등장.

선원 1   문안드리옵니다.

호레이쇼   안녕하시오?

선원 2   네, 여기 나리께 드릴 편지가 있는뎁쇼. 영국으로 가던 사신께서 호레이쇼 나리란 분께 전하라 하셨습니다.

호레이쇼   (편지를 읽는다) "호레이쇼, 이 편지를 보거든 이 사람을 왕께 안내해주게. 왕에게 보내는 편지가 있네. 우린 출범한 지 이틀도 채 안 되어 해적선의 침탈을 당해 포로가 되었다네. 그러나 해적들은 나에게 호의를 베풀어주었네. 여하튼 또 한 통의 편지가 왕의 손에 들어가도록 힘써주게. 그리고 나서 급히 할 말이 있으니 내가 있는 곳으로 와주게. 선원들이 자네를 내가 있는 곳까지 안내해줄 거야. 마음의 벗 햄릿." 날 따라 오시오. 왕에게 안내해줄 테니, 그리고 빨리 일을 끝내고 날 햄릿 왕자님께 안내해주시오. (모두 퇴장)

제 7 장 같은 장소

왕과 레어티스 등장.

왕 자, 이제 혐의를 벗었으니 앞으로는 나와 한 편이 되어야 한다. 너는 총명하니 잘 알아들었겠지만 네 선친을 살해한 자는 나의 목숨까지 노리고 있다.

레어티스 잘 알겠습니다. 그런데 어찌하여 그런 사악한 행위를 즉시 처벌하지 않으셨습니까? 폐하 자신의 안전과 권위, 지혜 등을 감안할 때 처벌을 내려야 했습니다.

왕 거기엔 두 가지 특별한 이유가 있네. 자네에겐 하찮게 보일지 몰라도 과인에겐 아주 중대한 이유지. 햄릿의 생모인 왕비가, 내 생명이며 내 영혼인 왕비가 오로지 아들을 바라보는 걸 커다란 낙으로 삼고 있단 말일세. 별이 궤도를 벗어나면 움직일 수 없듯이 과인도 왕비가 없으면 살아갈 수가 없네. 또 하나는 백성들이 햄릿을 몹시 사랑한다는 거야. 그들은 그의 결점까지도 사랑해.

레어티스 그 바람에 저는 훌륭한 부친을 잃고, 단 하나밖에 없는 여동생은 실성하게 되었군요. 세상 사람들의 모범이 되었던 여동생이 저 지경이 될 줄이야! 이 원수를 반드시 갚고야 말겠습니다.

왕 그렇다고 밤잠을 설치지는 마라. 난 자네 부친을 무척 좋아했지. 나 자신을 아끼듯, 이 정도 얘기하면 자네도 알아듣겠지.

시종이 편지를 들고 들어온다.

시 종 햄릿 왕자님으로부터 편지가 왔습니다.

왕 햄릿으로부터? 누가 갖고 왔느냐?

시 종 저는 만나보지 못했습니다만 선원들이라고 합니다.

왕 레어티스, 자네도 들어보게나. (시종에게) 물러가라. (시종 퇴장, 편지를 읽는다) "삼가 아뢰옵니다. 소자는 맨몸으로 폐하의 왕국에 상륙했습니다. 내일 폐하를 뵙도록 허락해주소서. 허락해주신다면 그때 불시에 귀국한 사정을 아뢰올까 합니다. 햄릿 올림." 이게 어찌된 영문이냐? 시종들도 함께 귀국했을까? 거짓 편지로 속이려는 것은 아니겠지?

레어티스 필체를 아십니까?

왕 햄릿의 필체가 맞아. '맨몸으로'라고 씌어 있어. 자네가 생각하기에 어떻게 된 것 같은가?

레어티스 글쎄요. 올 테면 오라죠! 복수할 일을 생각하니 한결 마음이 가벼워집니다. 정면으로 맞서서 대결할 수 있으니까요.

왕 그렇다면 레어티스, 그가 어떻게 돌아왔는지 모르지만 과인의 지시를 따르겠는가?

레어티스 물론입니다. 화해하라는 분부만 아니라면 좋습니다.

왕 자네 한을 풀어주기 위한 것이네. 오래 전부터 생각해온 일인데, 여기에 걸리기만 하면 그놈도 사망이지. 뿐만 아니라 그의 죽음에 대해서 아무도 비난할 수 없을 거야. 왕비 또한 진상을 알 턱이 없으니 사고라고 체념하겠지.

레어티스 폐하의 분부대로 따르겠습니다. 제가 폐하의 수족이 되어 움직일 수 있다면 그보다 기쁜 일이 어디 있겠습니까?

왕 좋아. 자네가 유학 간 뒤로도 자네의 그 솜씨에 대해 칭찬이 자자했지. 햄릿도 소문을 들어 알고 있어. 자네의 그 솜씨에 대해서만은 무척 부러워하더군.

레어티스 그 솜씨라뇨?

왕 노르망디 사람이 자네의 솜씨를 극구 칭찬하더군. 자네가 검술에 매우 능숙하다고 말이야. 자네와 승부를 겨룰 수 있는 사람이 있다면 그 시합은 볼 만한 구경거리가 될 거라고 했네. 프랑스 검객들도 자네와 상대할 사람은 하나도 없을 거라고 장담했지. 이 말을 듣고 있던 햄릿은 금세 질투심에 사로잡혀 자네가 하루 속히 귀국하기를 바라는 눈치였어. 그래서 말인데 이것을 이용해서…….

레어티스 그것을 이용해서 무엇을 하란 말씀이십니까?

왕 난 자네가 선친을 진정으로 사랑했다는 걸 아네. 따라서 일단 마음먹은 것은 즉시 실행에 옮겨야 해. 조금 지나면 하고픈 마음도 해야 한다는 결심 자체도 변하니까. 세상 사람들의 말과 행동 또는 여러 가지 사건으로 약해지고 흔들리기 때문이지. 어쨌거나 이보다 중요한 것은 햄릿이 돌아오는데 자네는 어떻게 하겠느냐 하는 거야. 자식된 자의 도리를 진정 보여줄 때가 온 것 같으니 말야.

레어티스 설령 교회 안이라도 당장 그의 목을 자를 것입니다.

왕 아무리 신성한 장소라도 살인죄는 없어지지가 않지. 복수를 하는 데 때와 장소를 가릴 필요는 없지. 하지만 레어티스, 자네는 집에 가 있게. 햄릿이 돌아오면 자네의 귀국을 알릴 테니. 그리고 자네의 탁월한 솜씨를 극구 칭찬해서 햄릿이 대결에 나설 수 있도록 할 테니까. 그때 자네는 끝이 아주 날카로운 칼을 집어들면 돼. 그것으로 능숙하게 한 번만 찌르면 자네 선친의 원수를 갚을 수 있을 거야.

레어티스 그렇게 하겠습니다. 그리고 기왕이면 칼끝에 독을 발라놓겠습니다. 약장수로부터 독약을 사둔 게 있는데 피부가 살짝 긁히기만 해도 효과가 있지요. 이 독약을 칼끝에 발라놓겠습니다. 닿기만 해도 그 놈은 끝장입니다.

왕 그 점에 대해선 좀 더 신중히 생각해보자. 어떻게 해야 우리의 계획을 이룰 수 있지. 만일 그 일이 실패할 경우를 대비해 차선책을 강구해야 해. 자, 그렇지! 격렬하게 싸우다 보면 목이 타겠지. 그렇게 되면 그는 물을 청할 것이고, 그때 준비해두었던 잔을 내미는 거야. 요행히 독검을 피했다 하더라도 한 모금만 마시면 우리의 목적은 달성되겠지. 그런데 가만 웬 소동이냐? 왕비, 무슨 일이오?

왕비, 울면서 등장.

왕 비 불행한 일이 꼬리를 물고 일어나는군요. 레어티스, 네 동생이 물에 빠져 죽었다는구나.

레어티스 물에 빠져 죽었다고요! 어디서요?

왕 비 버드나무가 비스듬히 서 있는 강가에서. 그곳에 미나리아재비, 쐐기풀, 실국화, 자란 따위를 섞어 만든 이상한 화관을 쓰고 나타났다는 거야. 그 애가 화관을 걸려고 버드나무 가지에 올라갔다가 가지가 부러져 그만 화관과 함께 강물에 빠지고 말았다는 거야. 그런데도 그 애는 옷자락을 활짝 펼친 채 인어처럼 잠시 물 위에 떠 있었대. 마치 자신이 위험에 처했다는 걸 모르는 사람처럼 노래를 부르면서 물 속으로 휘말려 들어가 죽고 말았다는구나.

레어티스 가여운 오필리아, 그만하면 물은 이제 지긋지긋할 테니 난 더 이상 눈물은 흘리지 않으마. 그러나 사람의 정이란 어쩔 수 없는 것, 흐르는 눈물은 막을 수가 없구나. 폐하, 소신은 이만 물러갑니다. 불덩이처럼 분노가 타오르지만, 지금은 어리석은 눈물 때문에 아무 말도 할 수가 없군요. (퇴장)

왕 뒤쫓아갑시다. 저 애의 분노를 진정시키느라 내가 얼마나 애썼는데……. 그런데 다시 이 일이 저 애의 마음을 뒤집어놓았소. 자, 뒤를 따라가야겠소. (왕과 왕비, 레어티스를 쫓아간다)

제5막

제1장 엘시노의 묘지

어릿광대인 인부 두 명이 삽과 곡괭이로 무덤을 파고 있다.

광대 1 이봐, 이렇게 기독교식으로 장사를 치러주어도 될까? 자살한 사람인데 말야.

광대 2 그렇대두. 그러니 어서 파기나 하게. 검시관이 조사하고 허락을 했다지 않은가. 어쨌거나 이 여자가 귀족 가문이 아니었다면, 격식을 차린 매장은 어림도 없었겠지.

광대 1 하긴 평민들보다 귀족들이 목매달고 물에 빠져 죽는 것도 편리하게 되어 있지. 뭐, 솔직히 말해서 버젓한 귀족 가문치고 그 조상들이 정원사나 산역꾼, 도랑치기 따위의 일을 하지 않은 경우는 없었잖아. (구덩이로 들어간다)

광대 1 조선 기술자나 석수장이나 목수보다도 물건을 더 튼튼하게 만들 수 있는 사람이 누군 줄 아는가?

광대 2 물어보나마나 교수대 만드는 놈이지. 1,000명이 그걸 쓴다 해도 끄떡없잖아.

광대 1 흠! 그럴 듯하군. 자네 말대로 교수대는 정말 튼튼하지. 그 때문에 악질들을 목 조르는 데는 그만이야. 하지만 정답은 우리처럼 무덤을 파는 사람들이라네. 우리가 파놓은 집은 이 세상이 끝장나도 끄떡없잖아. 자, 이제 자네는 주막집에 가서 술이나 받아오게. (광대 2 퇴장)

햄릿과 호레이쇼, 묘지로 접근.

광대 1 (땅을 파며 노래한다) "젊은 시절엔 모든 게 달콤했었지. 당장 죽어도 여한이 없을 만큼 사랑도 했어. 하지만 이리 늙고 보니 모든 게 허망한 꿈이 되었다네." (해골을 들어올린다)

햄 릿 저 해골에도 한때는 헛바닥이 있어 노래를 불렀겠지. 저 작자, 무슨 카인의 턱뼈라도 다루듯이 해골을 마구 내던지는군. 지금 저 바보 같은 위인에게 천대받는 저 해골의 주인공도 한때는 잘 나가던 정치가였을지도 모르지. 안 그래?

호레이쇼 그랬을지도 모르죠.

햄 릿 아니면 궁정의 아첨꾼이었는지도 모르지.

호레이쇼 예, 그럴지도 모르죠.

햄 릿 틀림없이 그럴 거야. 하지만 지금은 구더기의 밥이 되고 산역꾼들의 삽날에 얻어맞는 신세가 되었군. 눈에 뵈지 않아서 그렇지 참으로 오묘한 변화야! 인간의 유골이 던지고 노는 장난감의 값어치밖에 안 된단 말인가? 생각만 해도 머리가 지끈지끈 아프구나.

광대 1 (노래한다) "곡괭이 한 자루에 삽 한 자루, 그리고 수의 한 벌. 오호라! 이건 손님들을 모시기에 딱 그만인 무덤이군." (또 하나의 해골을 들어올린다)

햄 릿 저기 또 하나 나왔군. 저것은 변호사의 해골일지도 모르네. 온갖 궤변과 술책, 소송과 판례는 모두 어디로 갔는가? 무식한 작자에게 골통을 얻어맞으면서도 폭행죄로 소송을 걸겠다는 말조차 못하는군. (해골을 손에 들고) 홍, 이 녀석은 부동산업자였는지도 모르겠군. 땅투기니 담보증서니 토지 양도 소송이니 하면서 온갖 술수를 부리고 다녔겠지. 하지만 지금은 머리통 속에 이렇게 진흙만 가득 차 있는걸! 저 작자한테 말 좀 붙여봐야겠다. (앞으로 나서며) 여보게, 이건 누구의 무덤인가?

광대 1 제 무덤입니다요. (노래한다) "흙으로 돌아가서 흙 속에 누웠네. 흙집이 손님께 꼭 맞지요."

햄 릿 그 안에 들어가 있는 걸 보니 정말로 자네 것이겠군.

광대 1 맞습니다요. 나리는 밖에 계시니까 분명 나리 것은 아니죠. 저는 거짓말을 모릅니다요. 그러니 이것은 제 것이죠.

햄 릿 그 속에 있으니 자기 무덤이라니, 말도 안 돼. 무덤은 죽은 자의 것이니까. 그러니 네 말은 거짓이렷다.

광대 1 이런 걸 새빨간 거짓말이라고 하죠. 다시 나리 차례입니다.

햄 릿 자네가 파고 있는 것은 어떤 남자의 무덤인가?

광대 1 남자가 아니라 살아 생전엔 여자였지만 지금은 혼령이 된 자의 무덤입니다.

햄 릿 정말 까다로운 놈이군! 허투루 말을 걸었다간 말꼬리가 잡혀 곤욕을 치르겠어. 호레이쇼, 지난 3년 동안 내내 느껴온 것이지만 신분 고하가 무너지려 하니 정말 말세야. 이봐, 무덤 파는 일은 언제부터 해왔나?

광대 1 소인이 이 일에 처음 손을 댄 날은 바로 선대 햄릿 왕께서 포틴브라스를 무찌르던 날이었지요.

햄 릿 그게 언젠데?

광대 1 천하의 바보들도 다 아는 날인데, 그걸 물으시다뇨. 바로 햄릿 왕자님께서 태어나던 날입니다요. 지금은 미쳐서 영국으로 유배를 갔지만 말이죠.

햄 릿 왜 유배를 갔다던가?

광대 1 그야 미쳤으니 그렇지요. 거기 가면 제정신을 차리겠지만, 못 차린다 해도 거기서라면 상관없죠.

햄 릿 시체는 무덤 속에 얼마나 있으면 썩지?

광대 1 어떤 놈은 죽기 전부터 썩는 고약한 경우도 있지요. 요즘엔 매독에 걸려 죽은 놈이 많아서요.

햄 릿 알렉산더 대왕도 땅속에서 이런 꼴이 되었겠지?

호레이쇼 그럴 테죠.

햄 릿 이렇게 냄새나고! 퉤! (해골을 땅에 놓는다) 호레이쇼, 인간은 죽어서도 천대를 받는구나! 알렉산더 대왕의 유해도 결국 한줌 흙이 되어 술통 마개가 될지도 모를 일이 아닌가?

호레이쇼 그렇게까지 비약하시는 것은 좀 지나치신 듯합니다.

햄 릿 아니, 조금도 지나치지 않아. 말하자면 이런 거야. 알렉산더 대왕이 죽어 땅속에 묻힌다, 그래서 결국 흙이 되고, 흙은 진흙이 되고. 그래서 알렉산더 대왕이 결국 술통 마개가 될 수도 있다, 그 말이야. 황제 시저도 죽어 흙이 되어 벽의 구멍을 막는 바람막이가 되었을지도 몰라. 아, 한때 세상을 호령하던 그 사람들이 고작 흙이 되어 모진 겨울바람 막는 흙담이 되다니! 쉿, 저기 왕이 오는구나.

장례식 행렬 등장. 뚜껑 없는 관 속에는 오필리아의 유해가 들어 있고, 그 뒤로 레어티스, 왕, 왕비, 궁신들, 그리고 사제가 뒤따르고 있다.

햄 릿   왕비와 궁신들도 오고 있군. 누구의 장례식인지 저렇듯 초라한 걸 보니 스스로 목숨을 끊었나보군. 하지만 신분은 상당히 높았던 모양이야. 잠시 숨어서 살펴보자. (햄릿과 호레이쇼, 나무 뒤에 숨는다) 저건 레어티스군. 훌륭한 청년이지. 잘 보게.

레어티스   의식은 이게 다란 말입니까?

사 제   교회의 법규가 허락하는 한 최대한 정중한 의식으로 모신 겁니다. 의심쩍은 죽음이었기에 왕의 칙명으로 관례를 깨뜨렸으니 망정이지 그렇지 않았다면 분명 최후의 심판날까지 부정한 땅에 매장되었을 겁니다. 그리고 자비로운 기도 대신 사금파리나 돌멩이를 던져 넣었겠죠. 그러나 이번에는 처녀에게 어울리는 꽃장식에다 특별히 조종까지 울리며 명복을 비는 것을 허용했습니다.

레어티스   그럼 그 이상의 의식은 할 수 없단 말이오?

사 제   더 이상은 할 수 없습니다. 평화롭게 세상을 떠난 사람의 장례처럼 진혼가를 부르며 미사를 드린다면 신성한 장례 의식을 모독하는 일이 됩니다.

레어티스   좋다, 관을 내려라. 아름답고 깨끗한 저 애의 몸에서 나리꽃이 피어날 것이다. (관이 무덤 속에 내려진다) 야박한 사제여, 내 말을 듣거라. 네놈이 지옥에서 울부짖고 있을 때쯤 내 여동생은 하늘의 천사가 되어 있을 거다.

햄 릿   아, 아름다운 오필리아가!

왕 비 (관 위에 꽃을 뿌리면서) 아름다운 처녀에게는 아름다운 꽃을! 고이 잠들거라. 널 햄릿의 아내로 삼아 신방을 꽃으로 장식해주고 싶었는데, 너의 무덤 위에 꽃을 뿌리고 있다니, 어찌된 일인가.

레어티스 아, 이 재앙이 30배가 되어 저주스러운 그놈의 머리 위에 쏟아져라. 섬세하고 영리한 너의 감각을 미치게 만든 그놈에게! 잠깐만, 멈추어라. 한 번만 더 이 팔로 동생을 안아보자. (무덤 속으로 뛰어든다) 자, 이젠 흙을 덮어라. 산 사람과 죽은 사람의 머리 위에 똑같이 흙을 덮어라. 하늘을 찌르는 올림포스 산보다 더 높이 흙을 쌓아 올려라.

햄 릿 (앞으로 나선다) 도대체 저토록 요란스럽게 한탄하는 자는 누구냐. 슬픔을 가장해서 아우성을 치고 있구나. 저 자는 도대체 누구냐? 난 덴마크의 왕자 햄릿이다. (무덤 속으로 뛰어든다)

레어티스 이놈, 지옥에나 떨어질 놈! (햄릿의 멱살을 움켜쥔다)

햄 릿 무엄하구나. 이 손 놓지 못할까! 비록 나는 화낼 줄도 모르고 난폭한 사람도 아니다만 무슨 일을 저지를지 모르니 이걸 순순히 놓는 게 좋을 거다. 이 손 놓아라.

왕 둘을 뜯어 말려라.

모두들 자, 두 분!

호레이쇼 진정하세요, 왕자님. (궁신들, 두 사람을 떼어놓자 둘은 무덤 밖으로 나온다)

햄 릿 내 눈에 흙이 들어간다 해도 이 문제만은 그냥 넘어가지 않겠다.

왕 비 햄릿, 이 문제라니 그게 뭐냐?

햄 릿 나는 오필리아를 사랑했다. 오빠가 4만 명이나 되어 그 사랑을 몽땅 합친다 해도 내 사랑에는 미치지 못할 것이다. 너 따위가 도대체 오필리아에게 뭘 할 수 있단 말이냐?

왕 레어티스, 미친 사람이니 개의치 말아라.

왕 비 제발 좀 가만히 있어요.

햄 릿 말해봐, 이놈아. 도대체 뭘 해줄 수 있는지. 울 거냐, 싸울 거냐, 굶어 죽을 거냐. 네 옷을 갈기갈기 찢을 거냐? 식초를 마시겠느냐? 악어를 집어삼키겠느냐? 그따위 짓은 나도 얼마든지 할 수 있다. 네놈이 산 채로 묻히겠다면 나도 그렇게 하마.

왕 비 레어티스, 지금은 쟤가 발작해서 소란을 피워대지만, 곧 진정할 거야. 암비둘기가 황금빛 새끼를 낳을 때처럼 얌전해지겠지.

햄 릿 이봐, 레어티스. 날 이렇게 대하는 이유가 뭔가? 난 자네를 좋아했네. 하긴 이젠 쓸데없는 말이 되었지만. (퇴장)

왕 호레이쇼, 왕자의 뒤를 따라가 주게. (호레이쇼 퇴장, 레어티스에게 소곤댄다) 꾹 참게나. 간밤의 얘기는 잊지 않았겠지? 곧 일을 착수해야겠다. 왕비, 당신 아들을 단속하시오. 이 무덤에는 기념비를 세우리라. (모두 퇴장)

제 2 장 궁성 안의 홀

햄릿, 호레이쇼와 이야기를 나누며 등장.

햄 릿 이 얘기는 이쯤 해두고 다음으로 넘어가세. 그 당시 상황은 자네도 기억하고 있겠지?

호레이쇼 물론입니다, 왕자님!

햄 릿 마음속에서 갈등이 일어 밤잠을 설쳤지. 반란죄로 붙잡혀 족쇄를 찬 선원들보다 더 비참했어. 나는 선실에서 빠져나가 선원용 외투를 걸치고 어둠을 틈타 바라던 것을 손에 넣었지. 그리고 꾸러미를 빼내 내 방으로 돌아왔다네. 아주 대담한 행위였지. 그리고 불길한 생각이 들어 예절도 잊은 채 그 친서의 봉인을 뜯어보았지. 그렇게 해서 왕의 무서운 흉계를 알게 된 거야. 글쎄 나에 대해 덴마크 왕뿐만 아니라 영국 왕의 목숨까지도 위태롭게 할 인물이라고 써놓았더군. 편지를 읽는 즉시 도끼로 내려치라고 써 있었네.

호레이쇼 그럴 수가!

햄 릿 이것이 그 친서니 틈이 나면 읽어보게. 그 다음에 내가 어떻게 했는지 아나? 나는 책상머리에 앉아 새로운 친서를 쓰기 시작했지. 한번 들어보겠나, 내가 위조한 친서를?

호레이쇼 예, 왕자님.

햄 릿 왕의 친서답게 우선 최대한 격식을 갖추었네. 영국은 덴마크의 충실한 속국이니만큼이라든가, 양국간의 우의가 종려나무처럼 날로 번창하길 바라느니만큼이라든가 등 그 밖에도 '니만큼'이란 문구들을 수없이 나열한 뒤 이 친서를 읽는 즉시 1초도 주저하지 말고 이 친서를 지참한 자들을 사형에 처하되 참회의 기회를 주지도 말라고 썼지.

호레이쇼 봉인은 어떻게 하셨습니까?

햄 릿 아, 그것 역시 하느님께서 도와주셨지. 마침 선왕의 인감이 주머니에 들어 있었거든. 그리고 봉인한 뒤 아무도 눈치채지 못하도록 본래의 장소에 갖다두었어. 그런데 바로 그 다음 날 해적의 습격을 받은 거야. 그 이후의 일은 자네도 이미 알고 있는 대로이고.

호레이쇼 그렇다면 길든스턴과 로즌크랜츠는 죽겠군요?

햄 릿 그야 자청해서 달라붙었으니 양심의 가책을 추호도 느끼지 않네. 아첨꾼들에겐 마땅한 징벌이지. 강자들 사이의 불꽃 튀는 싸움판에 그따위 하찮은 작자들이 끼여드는 건 위험한 일이야.

호레이쇼 왕으로서 그런 짓을 저지르다니!

햄 릿 이쯤 되었는데도 물러서야 하겠는가? 아니지. 그놈은 선친을 살해했고, 어머니를 더럽혔고, 또 내 목숨까지 빼앗으려고 했네. 그런 놈을 이 손으로 처치하는 것은 당연해. 벌레 같은 그런 인간을 방임해 악행을 계속하도록 할 수는 없어. 그 방임이야말로 죄악이고말고. 여보게, 호레이쇼. 레어티스한테 사과해야겠네. 그만 흥분해서 이성을 잃었던 탓이지. 내가 일을 당하고 보니 그의 심정도 알 것 같아. 화해를 청해야겠어. 갑자기 슬픔을 과장하는 걸 보니 울화가 그만 치밀어올라 나도 모르게 그랬네.

호레이쇼 쉿, 누가 옵니다.

젊은 궁신 오즈릭 등장.

오즈릭 (모자를 벗고 절하며) 왕자님의 귀국을 충심으로 환영합니다.

햄 릿 고맙소이다. (호레이쇼에게 귓속말로) 자네, 이 쇠파리 같은 놈이 누군지 아나? 짐승을 많이 부려 귀족이 된 수다쟁이로 땅부자라네. 모두 비옥한 땅이지. 아무튼 저 녀석의 여물통이 왕의 식탁까지 점령한 상태라네.

오즈릭 (다시 절하며) 왕자님, 지금 시간이 있으시다면 폐하의 분부를 전해 올릴까 합니다.

햄 릿 좋소. 말해보시오.

오즈릭 그분은 빈틈없는 신사이며, 뛰어난 기예 솜씨도 한두 가지가 아니고, 풍채도 당당해 신사도의 표본이요, 지침서라 할 수 있지요. 다시 말해 신사로서 갖추어야 할 품격을 모두 갖추고 있는 분이지요. 레어티스님이 귀국하셨습니다.

햄 릿 그대가 찬사를 늘어놓으니 그로서도 손해볼 일은 없겠구려. 하지만 재고품 정리하듯 나열해댄다면 머리가 어지러워 아무리 빠른 닻을 달고 쫓아가도 놓치기 십상이겠군. 그나저나 말하려는 요점이 뭐요? 그 신사를 그토록 조잡한 말로 욕보이는 이유가 뭐냔 말이오?

오즈릭 레어티스에 관한 말씀이신가요?

호레이쇼 (햄릿에게 귓속말로) 저 자의 이야기 주머니가 벌써 텅 비어버렸나보군요. 금싸라기 미사여구가 바닥났나봐요.

햄 릿 그래, 레어티스 말이오.

오즈릭 왕자님께서도 그분이 뛰어나다는 것은 알고 계시리라……

햄 릿 그 점에 대해선 말하고 싶지 않소. 나 자신도 모르면서 어찌 남을 안다 하겠소?

오즈릭 전 그분의 칼 솜씨를 말하는 것입니다. 그분과 대적할 만한 사람이 천하에 없다고 사람들은 말하고 있죠.

햄 릿 어떤 칼을 쓰나?

오즈릭 장검과 단검이옵니다.

햄 릿 옳아, 쌍칼잡이라 그 말이군. 흠, 좋지. 아, 그래서?

오즈릭 국왕 폐하께서는 바바리산 말 여섯 필을 그에게 거시면서 왕자님과 내기할 것을 권했습니다. 그리고 레어티스는 여섯 자루의 프랑스제 장검과 단검, 혁대, 칼걸이 등 부속품을 걸었고요. 그중 세 쌍의 칼걸이는 매우 아름다워 칼자루와도 조화를 잘 이루고 있죠.

햄 릿 바바리산 말 여섯 필과 프랑스제 칼과 부속품이라, 그야말로 덴마크 대 프랑스의 내기로군. 왜 그런 물건을 내기에 거는 거요? 그리고 내가 거절하면 어떻게 되오?

오즈릭 왕자님, 제 말은 왕자님께서 그 시합에 상대해주실 경우에 한해서입니다.

햄 릿 여보게, 자네는 가서 폐하께서 원하시는 대로 하라고 하시오. 마침 운동시간도 되었으니 한판 붙는 것도 좋을 것 같소. 레어티스도 하고 싶어 하고 폐하께서도 바라는 일이라 하니, 폐하를 위해 이 시합을 이겨 보리다. 만일 시합에 지면 창피나 좀 당하고 몇 대 얻어맞으면 되니까.

오즈릭 폐하께 그대로 전하리까?

햄 릿 그러시오. 미사여구로 포장하는 건 자네 맘대로 하고.

오즈릭 (절을 한다) 앞으로도 잘 부탁드리겠습니다.

햄 릿　알았소. (오즈릭 퇴장) 그래, 자기 자신에게 부탁해야겠지. 저따위 놈의 부탁을 누가 들어주겠어.

호레이쇼　저 햇병아리 같은 놈, 머리에 알 껍데기를 뒤집어쓴 채 달아나고 있습니다.

햄 릿　제 어미젖을 빨기 전에 젖가슴에 인사부터 올렸을 놈이야. 하기야 요즘 세상에 저런 놈이 어디 한둘인가. 세태의 파도타기를 하면서 뺀지르르한 사교술과 거품 같은 미사여구로 사려 깊은 사람들을 기만하며 살아가는 놈들이 수두룩하지. 저놈들은 한 번만 훅 불어도 꺼져버리는 거품 같은 놈들이라네.

호레이쇼　왕자님, 이번 내기에는 승산이 없을 것 같습니다.

햄 릿　아냐, 그렇지 않아. 그가 프랑스로 유학 간 이래로 나는 끊임없이 연습을 해왔거든. 그만큼 유리한 고지를 점령한 거지. 지금처럼 내 불안한 마음 상태만 아니라면……. 하지만 뭐 어떤가.

호레이쇼　마음이 내키시지 않으면 무리할 필요는 없습니다. 제가 가서 왕자님의 기분이 좋지 않다고 전하고 오겠습니다.

햄 릿　그럴 것 없네. 난 징조 같은 것을 두려워한 적이 없어. 공중에 나는 참새 한 마리 떨어지는 것도 하느님의 뜻 아닌가. 죽음이 지금 찾아오면 나중에 찾아오지 않고, 나중에 찾아오면 지금 찾아오지 않는 거야. 그러니 마음의 각오가 중요해. 어차피 언제 끊어질지 모르는 목숨인데 될 대로 되라지.

나팔수, 고수, 궁신, 왕과 왕비 등장. 이어 장검과 단검을 가진 오즈릭과 궁신, 경기복 차림의 레어티스 등장.

왕 햄릿, 이리 와서 악수하거라. (왕이 레어티스의 손을 햄릿 손에 쥐어주며 악수를 나누게 한다)

햄 릿 용서해주게, 레어티스. 내가 잘못했네. 자네도 들은 바 있겠지만 나는 심한 정신착란으로 시달리고 있네. 내가 한 짓에 자네의 효성과 명예, 감정이 몹시 상했을 거야. 하지만 그것은 어디까지나 내 광기로 인해 빚어진 거였네. 여기 참석하신 여러분들 앞에서, 내가 자네에게 고의로 그러지 않았다는 걸 관대한 마음으로 받아들이길 바라네.

레어티스 자식된 도리로서 본다면 지금 복수심을 최대한 발휘해야겠지만, 그렇게 말씀하시니 받아들이겠습니다. 그러나 제 명예에 관해서만큼은 결코 화해할 생각이 없습니다. 물론 왕자님께서 보여주신 우정은 우정으로 받아들이겠습니다.

햄 릿 그 말을 들으니 나도 기쁘군. 그럼 우리 형제처럼 정직하게 시합을 해보세. 자, 나에게 검을 달라.

레어티스 자, 나에게도 한 자루를 주시오.

햄 릿 내 무딘 검은 자네를 돋보이게 할 걸세. 레어티스, 미숙한 나에 비하면 자네 솜씨는 밤하늘의 별처럼 빛을 뿜겠지?

레어티스 놀리지 마십시오.

왕 오즈릭, 두 사람에게 검을 주어라. (오즈릭, 몇 자루의 시합용 검을 갖고 오자 레어티스가 그 가운데 한 자루를 집어들어 한두 번 휘둘러본다) 햄릿, 내기를 했다는 건 알고 있느냐?

햄 릿 잘 알고 있습니다, 폐하. 친절하시게도 약한 쪽에 유리한 조건을 붙이셨더군요.

왕 두 사람의 솜씨를 잘 아니까. 하지만 레어티스의 실력이 아주 향상

되어 네 쪽에 좀 유리하게 조건을 걸었지.

레어티스　이건 너무 무겁구나. 다른 것을 보여다오. (탁자로 가서 칼끝이 뾰족한, 독이 칠해진 검을 골라잡는다)

햄 릿　(오즈릭으로부터 검을 받아들고) 이게 마음에 드는군. 어느 검이든 길이는 다 같겠지?

오즈릭　그렇습니다, 왕자님.

두 사람, 시합 준비를 한다. 시종들이 포도주잔을 들고 들어온다.

왕　그 포도주잔들을 탁자 위에 놓아라. 그리고 햄릿이 1차전이나 2차전에서 득점을 하거나 3차전에서 비기거든, 모든 성벽에서 축포를 터뜨려라. 그때 과인은 햄릿의 건투를 위해 축배를 들고 술잔에는 진주를 넣겠다. 4대째 덴마크 왕의 왕관에 달았던 진주보다도 더 훌륭한 것이다. 술잔을 달라. (왕 곁에 술잔이 놓인다. 나팔소리. 햄릿과 레어티스, 각각 갈라선다)

햄 릿　자, 간다.

레어티스　좋습니다, 오시오. (1회전이 시작된다)

햄 릿　하나…….

레어티스　아닙니다.

햄 릿　심판, 판정하게.

오즈릭　한 대 먹이셨습니다. 아주 깨끗한 한 방이었습니다. (북소리, 나팔소리가 퍼지는 가운데 축포가 한 발 울린다)

레어티스　자, 다시 시작합시다.

왕　잠깐, 술을 따르라. 햄릿, 이 진주는 네 것이다. 자, 너를 위해 건배하

자. 햄릿에게 이 잔을 들게 하라.

햄 릿   이 승부부터 가리고 들겠습니다. 술잔은 거기 두시지요. (2회전이 시작된다) 또 한 대 들어간다. 어떠냐?

레어티스   약간 스쳤습니다. 인정하겠소.

왕   우리 햄릿이 이길 것 같군.

왕 비   저기 숨을 헐떡이는 것 좀 봐요. 땀이 비 오듯 쏟아지네요. (자리에게 일어나면서) 햄릿, 손수건으로 이마를 닦아라. (햄릿 술잔을 들며) 햄릿, 너를 위해서 내가 건배하마.

햄 릿   감사합니다, 어머니.

왕   왕비, 마시면 안 되오.

왕 비   제발 허락해주세요. (술을 마시고 햄릿에게 잔을 건넨다)

왕   (방백) 저건 독을 탄 술인데! 너무 늦었구나!

햄 릿   어머니, 저는 나중에 들지요.

왕 비   이리 오너라, 내가 네 얼굴을 닦아주마.

레어티스   폐하, 이번엔 제가 찌르겠습니다. (방백) 아무래도 양심이 찔리는구나.

햄 릿   자, 덤벼라! 3회전이다. 나를 놀릴 셈이냐? 힘껏 찔러봐.

레어티스   그러시다면 자, 한 대 받으시지요. (싸운다)

오즈릭   무승부. (두 사람이 떨어져 선다)

레어티스   (갑자기) 자, 한 대 받아라! (옆을 보는 틈을 노려 레어티스가 햄릿을 가볍게 찌른다. 상대방의 비겁한 행동에 햄릿은 격분하여 덤벼들고, 격투하는 동안 우연히 서로 검을 바꿔 쥔다)

왕   둘을 뜯어말려라. 흥분해 있다.

햄 릿 아니다, 다시 덤벼라. 다시! (왕비 쓰러진다)

오즈릭 왕비 마마를 보살펴서야겠습니다!

호레이쇼 양쪽이 피를 흘리고 있습니다! 왕자님, 왜 그러십니까?

오즈릭 (레어티스를 일으키며) 왜 그러시오, 레어티스?

레어티스 내가 친 덫에 스스로 걸리고 말았네. 오즈릭, 나 자신의 흉계에 내가 목숨을 잃게 됐으니 할 말이 없군.

햄 릿 왕비님은 어찌 되신 거냐?

왕 피를 보고 기절하신 거야.

왕 비 아니다, 아냐. 저 술, 저 술! 오, 햄릿! 저 술! 독을 탔어. (죽는다)

햄 릿 여봐라, 이 문을 잠가라. 반역이다! 범인을 찾아라!

레어티스 범인은 이 안에 있습니다. 왕자님도 곧 죽을 것입니다. 이 세상의 어떤 묘약을 써도 30분을 넘기지 못할 겁니다. 흉기는 바로 당신 손에 쥐어진 칼, 칼끝에 독이 묻어 있습니다. 저의 비열한 음모는 결국 제 자신에게 돌아와 이제 일어나지 못할 것입니다. 왕비님께서도 독살되셨고요. 범인은 폐하입니다. 바로 저 폐하!

햄 릿 칼끝에 독을? 그렇다면 독이여, 네 역할을 다하라. (칼로 왕을 찌른다)

일 동 반역이다! 반역이다!

왕 이놈들아, 날 좀 구해라. 아직은 상처만 입었을 뿐이다.

햄 릿 (독배를 왕에게 억지로 먹이며) 자, 살인마, 색마, 저주 받을 덴마크 왕아, 이 독주를 마셔라. 그리고 어머니를 따르라. (왕 죽는다)

레어티스 스스로 준비한 독이니 천벌이다! 왕자님, 우리 서로 용서합시다. 저와 아버지의 죽음이 왕자님의 죄가 아니고 왕자님의 죽음 또한

저의 죄가 되지 않도록! (죽는다)

햄 릿 하늘이 너의 죄를 용서하시기를! 호레이쇼, 나도 이제 끝장이다. 가련한 어머니, 안녕히. 모두들 창백한 얼굴로 떨고 있구나. 아, 죽음의 잔인한 사자가 나를 끈질기게 쫓아오는구나. 나에게 시간이 있으면……이 모든 걸 말해줄 수 있으련만. 호레이쇼, 자네는 살아서 나를 비난하는 사람들에게 내 입장을 올바로 전하게나. (멀리서 군대의 진군 소리. 포성이 들린다) 저 떠들썩한 소리는 무엇인가?

오즈릭 포틴브라스 2세께서 폴란드를 정복하고 개선하는 도중, 영국 사절을 만나 축포를 터뜨린 것입니다.

햄 릿 아, 호레이쇼. 나는 죽는다! 독기가 무섭게 번지는구나. 영국의 소식도 듣지 못하다니. 오, 예언하건대 왕으로 선출될 사람은 포틴브라스 2세밖에 없구나. 난 포틴브라스 2세를 왕으로 추대하고 싶다. 그에게 내 뜻과 이 모든 사정을 빼놓지 말고 전하라. (숨을 거둔다)

호레이쇼 이제 고귀한 정신은 사라지고 말았구나. 왕자님이여, 편히 잠드소서.

병사들, 시체를 운구하는 가운데 장송곡과 조포가 울려퍼진다.

SHAKESPEARE

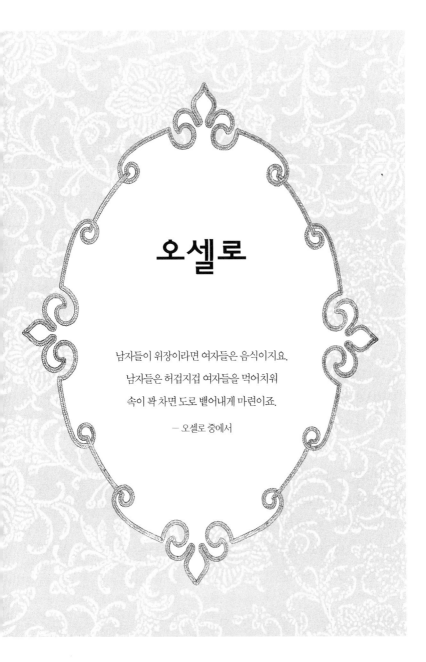

오셀로

남자들이 위장이라면 여자들은 음식이지요.

남자들은 허겁지겁 여자들을 먹어치워

속이 꽉 차면 도로 뱉어내게 마련이죠.

— 오셀로 중에서

1. 등장인물

오셀로　베니스의 흑인 장군. 아름다운 여자 데스데모나와 결혼을 하지만 이아고의 간계에 빠져 아내를 죽이고 자살함.

데스데모나　소박한 흑인 장군 오셀로와 결혼하지만 질투에 눈이 먼 남편에게 죽임을 당함.

이아고　오셀로의 기수. 교활하고 야망이 크며 오셀로로 하여금 아내 데스데모나를 죽이도록 이간하는 악인.

카시오　오셀로의 부관. 데스데모나와 바람을 피웠다는 누명을 쓰지만 끝까지 살아남아 키프로스를 맡게 됨.

에밀리아　이아고의 아내로 데스데모나의 하녀. 자신의 주인이 끔찍한 변을 당하자 모든 사실을 폭로해 남편의 손에 죽임을 당함.

로데리고　베니스의 신사로 데스데모나를 짝사랑함. 이아고의 꾐에 빠져 재산을 탕진하고 이아고한테 죽임을 당함.

브라반쇼　베니스의 원로원 의원, 데스데모나의 아버지

그라반쇼　브라반쇼의 아우

로도비코　브라반쇼의 조카

비앙카　카시오의 정부

몬타노　키프로스의 전 총독

어릿광대　오셀로의 하인

베니스의 공작, 원로원 의원, 전령, 전령관, 해병, 관리들, 신사들, 시종들, 그리고 악사들

2. 줄거리

아름답고 착한 마음씨를 가진 데스데모나는 흑인 장군 오셀로의 힘들었던 과거 이야기를 들으며 어느새 자신도 모르게 오셀로를 사랑하게 된다. 그래서 그녀는 아버지의 허락도 받지 않은 채 결혼을 한다. 이 사실을 안 아버지 브라반쇼는 노발대발하지만, 마침 터키 군의 침공을 받아 오셀로 장군이 꼭 필요한 터여서 마지 못해 결혼을 허락한다. 한편 오셀로는 키프로스 섬으로 아내를 데리고 출발한다. 오셀로의 기수 이아고는 바라고 있던 부관 지위를 카시오에게 빼앗기자 앙심을 품고 두 사람에게 복수를 계획한다. 이아고는 언제나 데스데모나를 짝사랑했던 로데리고를 부추겨 키프로스 섬으로 데리고 간다. 이때 로데리고로 하여금 전 재산을 팔도록 부추긴다.

키프로스 섬에 도착한 날 밤, 이아고는 자기가 계획했던 일을 하나씩 착수하기 시작한다. 평소 카시오의 술버릇을 꿰뚫고 있던 그는 일부러 카시오에게 술을 마시게 한 뒤 소동을 일으켜 오셀로로부터 파면당하게 한다.

그런 다음 카시오한테는 오셀로의 아내인 데스데모나한테 가서 복직운동을 하라고 귀띔을 한다. 그리고 오셀로에게는 카시오와 데스데모나가 밀애 중인 것처럼 거짓 보고를 하여 아내를 의심하도록 꼬투리를 제공한다. 아무것도 모르는 오셀로와 데스데모나, 카시오는 이아고의 계략에 말려들게 된다. 결국 오셀로는 순결한 데스데모나를 침대 위에서 목 졸라 죽인다. 그러나 이아고의 아내를 통해 진실이 밝혀지자 오셀로는 슬픔을 이기지 못해 자살하고 이아고는 가장 잔혹한 처형을 당한다.

제 1 막

제 1 장 베니스의 거리

이아고와 로데리고 등장.

로데리고   그런 말일랑은 하지 말게. 내 지갑을 제 지갑인 양 여기던 자네가 모른다니, 그걸 나보고 믿으란 말인가?

이아고   제발 좀 믿으세요. 꿈에도 그런 생각을 못했다니까요.

로데리고   자네가 그놈을 싫어하는 건 확실한가?

이아고   물론이죠. 장안에서 힘깨나 쓰는 분들이 나를 그 녀석의 부관으로 천거했답니다. 녀석이 뽑은 부관은 플로렌스 출신의 마이클 카시오란 작자죠. 계집 때문에 혼쭐이 나고 있는 팔푼이죠. 게다가 싸움은커녕 군대 사열조차도 모르는 얼간이고요. 그런 형편없는 녀석도 고속 승진을 하는데, 사방팔방에서 무공을 세운 이놈은 겨우 그 무어 놈의 기수 노릇이나 해야 된다니, 이게 말이나 되는 겁니까?

로데리고   말이 안 되지! 나 같으면 그 녀석을 아예 끝장냈을 거네.

이아고   남의 수발을 들려면 별별 수모를 다 겪어야 하는 법이죠. 출세를 하려면 줄을 잘 타야 하는 게 세상 이치니, 능력대로 순서대로 승진한다는 건 다 흘러간 유행가일 뿐이지요. 하지만 너무 걱정하지 마세요. 나도 다 꿍꿍이속이 있으니까요. 누구나 다 주인 노릇을 할 수는 없듯이, 아랫놈이라고 해서 모두 쩔쩔매며 살란 법도 없단 말이죠. 내가 그렇게 만만한 물건은 아니거든요.

로데리고 자네 말대로라면 그 입술 두꺼운 놈 단단히 터지겠군!

이아고 그녀의 아버지를 불러 깨우세요. 한창 재미 보고 있을 때 산통을 깨자고요. 길 한복판에서 마구 떠들어대는 거예요. 그럼 파리 떼처럼 사람들이 몰려들어 아주 귀찮아지겠지요. 불이라도 난 것처럼 크게 소리를 질러요.

로데리고 여보세요! 브라반쇼 나리! 여보세요!

이아고 일어나세요, 브라반쇼 나리! 도둑이다, 도둑! 집안 단속을 하십시오. 따님을 조심하세요! 돈 주머니도요! 도둑입니다, 도둑!

브라반쇼, 2층 창가에 등장.

이아고 큰일났습니다, 나리! 도둑이 들었습니다. 지금 늙고 검은 숫염소가 나리 댁의 흰 암양을 겁탈하고 있습니다. 일어나세요! 종을 쳐서 사람들을 부르세요. 악마한테서 외손자를 보기 싫으시다면!

브라반쇼 아니, 이 무슨 정신 나간 소리들이냐?

로데리고 나리, 제 목소리를 기억하시겠습니까?

브라반쇼 모르겠다. 대체 넌 누구냐?

로데리고 로데리고입니다.

브라반쇼 로데리고! 아니, 네놈은 내 눈앞에 얼씬대지도 말라고 했거늘 그새 간덩이가 부어 이리 나타났단 말이냐? 네 이놈, 감히 내 딸에게 무슨 수작을 부릴 속셈이라면, 어림 반푼어치도 없으니 썩 물러가거라.

로데리고 저, 저, 저······.

브라반쇼 내가 누군지 잊었단 말이냐. 도둑이라니? 여기는 베니스다. 내 집 또한 외딴 벌판에 있지 않으니 헛소리하지 말라.

로데리고 나리, 고정하십시오. 전 그저 순수한 충정으로 이곳에 온 것뿐입니다.

이아고 나리, 저희들을 이처럼 박대하시다뇨? 저희들이 찾아온 진실을 알게 되신다면, 상을 내리셔도 시원찮을 텐데 말이죠. 지금 무어 놈이 따님을 덮치고 있습니다.

브라반쇼 이런 천하에 발칙한 악당들 같으니라고! 도대체 네놈은 또 누구냐?

이아고 저는 말이죠, 나리의 귀하신 따님하고 천하디 천한 무어 놈이 서로 붙어서 몸은 하나인데 잔등이 둘인 짐승의 짓거리를 벌이고 있단 걸 귀띔해드리려고 온 사람입니다요.

브라반쇼 발칙한 놈이구나!

이아고 나리는 원로원 의원이시고요.

브라반쇼 로데리고, 네놈 짓이지? 네놈이 또 뭔가 흉계를 벌이는 거 내 다 안다.

로데리고 그리 여기신다면 달리 할 말은 없습니다. 만일 나리께서 어여쁜 따님을 음탕한 무어 놈이 범하고 있다는 사실을 알고 계시다면 저희들이 쓸데없이 나댄다고 하지는 않겠지요. 지금 따님께서 방 안에 계시다면, 저희는 나리를 속인 죄로 달게 벌을 받겠습니다.

브라반쇼 오, 이런! 여봐라, 불을 켜라! 식솔들을 모두 깨워라! 왠지

꿈자리가 뒤숭숭하다 했더니 네 말이 사실인가보구나. (2층에서 퇴장)

이아고　저는 예서 물러가야겠습니다. 현재 제 처지로서는 앞으로 나서기가 곤란하거든요. 괜히 여기 남아 있다가 그 무어 놈과 원수지간이 될 필요는 없거든요. 이만한 일로 해서 그놈이 파면될 리 없을 테니까요. 알다시피 지금 키프로스에서 한창 전쟁 중인데, 그 녀석이 그곳 총독으로 부임할 것이 확실한 상황이랍니다. 그러니 그놈이 지옥의 사자처럼 밉긴 해도, 우선 제가 살아남으려면 겉으로라도 충성을 보여야겠죠. 그럼 전 이만! (퇴장)

아래층에서 잠옷 바람의 브라반쇼가 하인들과 함께 등장.

브라반쇼　이게 웬 날벼락이란 말이냐, 딸년이 보이지 않다니! 이런 꼴을 보자고 여태 살아왔단 말인가! 여보게 로데리고, 내 딸을 어디서 봤는가? 오, 불쌍한 것! 내 딸이 분명 무어 놈하고 같이 있다고 했지? 아, 앞으로 어찌 낯을 들고 다니겠나? 햇불을 가져오너라! 사람들을 모조리 깨워라. 아우를 깨우거라! 이럴 줄 알았으면 차라리 자네에게 시집이나 보낼 것을! 여봐라, 모두들 일어나라. 어디로 가면 내 딸과 무어 놈을 찾을 수 있는지 자네 아는가?

로데리고　쓸 만한 호위병을 데리고 따라오시지요.

브라반쇼　그럼 가세. 집집마다 샅샅이 뒤져야겠네. 무기를 가져와라! 야경꾼을 깨우거라. 선량한 로데리고, 내 사례는 두둑이 하겠네. (퇴장)

제 2 장 세지터리 여관 앞

오셀로, 이아고, 횃불을 든 수행원들 등장.

이아고   저도 전쟁터에서는 사람들을 많이 죽였습죠. 그러나 계획적으로 사람을 죽인다는 건 도저히 양심이 허락지 않는군요. 이렇게 마음이 약해서 손해를 볼 때가 많죠. 저도 로데리고 놈의 갈빗대를 숱하게 부러뜨리고 싶었지만 꾹 참았답니다.

오셀로   잘 참았네.

이아고   잘 참다뇨? 그놈이 장군님을 얼마나 험담하고 다니는 줄 아십니까? 그걸 참아내느라 진땀 좀 뺐습니다. 참! 그런데 장군님, 결혼식은 이미 올리셨겠죠? 그 의원 나리께서는 후덕하셔서 장군님보다도 더 큰 힘을 가지고 있다고들 하거든요. 그러한 분이 마음먹고 힘을 쓰신다면 결혼을 취소시킬 수도 있어서 드리는 말씀입니다.

오셀로   어디 한 번 힘을 써보라지. 내가 이 나라에 기여한 공로에 비하면 그 양반의 힘쯤은 새 발의 피야. 그리고 나 또한 왕족이니 내 수중에 넣을 행복을 요구할 만한 권리 정도는 있지. 이봐, 그런데 저 불빛은 뭐지?

이아고   의원 나리와 그 친척들인 듯합니다. 일단 숨는 게 좋을 것 같은데요.

오셀로   천만에! 난 당당히 맞서겠네. 나의 무공과 신분, 그리고 결백함으로 떳떳하게 행동하는 게 옳아. 어디 보자, 그 사람들이 맞느냐?

이아고　아닌 것 같은데요.

카시오가 횃불을 든 관리들과 함께 등장.

오셀로　공작님의 부하와 내 부하들이로군. 그래, 이 밤중에 웬일인가?

카시오　장군님, 지금 즉시 등청해주십사 하는 공작님의 말씀을 전하러 왔습니다.

오셀로　무슨 일인가?

카시오　키프로스 섬에서 급한 보고가 날아온 모양입니다. 밤새 문턱이 닳도록 전령들이 들락거리고 있습니다. 대다수 의원님들도 공작님 댁에 모여 회의중이십니다.

오셀로　그렇다면 잠시만 기다리게. 안에 들어가서 준비를 좀 하고 나올 테니. (퇴장)

카시오　여보게, 기수! 장군님께서 여태껏 무얼 하고 계셨는가?

이아고　오늘밤 장군님이 큼직한 보물선 한 척을 수중에 넣으셨답니다. 만일 합법적인 것이 된다면, 영원히 운이 트일 정도로 대단한 전리품이 되겠지요.

카시오　무슨 소린지 모르겠군.

이아고　결혼하셨단 말입니다.

카시오　아니, 누구와?

오셀로 등장하자 반대쪽에서 브라반쇼, 로데리고, 호위병 등장.

이아고　브라반쇼 나리입니다. 앙심을 품고 온 듯하니, 조심하세요.

오셀로　여봐라, 거기 서라!

로데리고　나리, 무어 놈입니다.

브라반쇼　저놈을 잡아라! (로데리고와 호위병들, 양쪽에서 덤벼든다)

이아고　로데리고, 덤벼라! 내가 널 상대해주마.

오셀로　칼을 집어넣어라. 밤이슬에 닿으면 녹이 슬 테니. 연세와 공로가 지극하신 의원님께서는 굳이 창검을 휘두르지 마시고 말로 하셔도 되지 않겠습니까?

브라반쇼　이 더러운 도둑놈 같으니! 내 딸을 어디에 숨겼느냐? 네놈은 내 딸에게 사악한 주술을 건 악마다. 어서 내 딸을 내놔라! 네놈이 마법을 부리지 않았다면, 이 나라에서 내로라 하는 귀공자들도 거들떠보지 않던 순박한 내 딸애가 아비 눈을 피해 이리로 뛰어들었을 까닭이 없지. 내 딸을 꾀어내다니, 네놈을 풍기문란죄로 체포하겠다. 여봐라, 당장 저놈을 잡아라. 반항하면 사정없이 족쳐라.

오셀로　아무도 움직이지 마라! 의원님께서 이렇게 나오신다면, 나도 그냥 당하고만 있지는 않을 겁니다. 그러니 불행한 사태가 벌어지기 전에 진정하시고, 잠깐 조용한 곳으로 가서 내 말부터 들으시지요.

브라반쇼　네놈이 갈 곳은 감옥밖에 없다. 법정에서 널 호출할 때까지 거기서 기다려라.

오셀로　유감스럽게도 그러기는 힘들겠군요. 공작님께서 사람을 보내 저를 부르셨거든요.

관 리　사실입니다. 나리께도 연락이 간 줄로 압니다만.

브라반쇼　뭐라고? 공작께서 회의를? 무슨 일로 이런 심야에 소집한다

더냐? 하지만 저놈을 잡는 일을 포기할 순 없다. 이 일도 내겐 회의만큼이나 중요하니까 말이다. 만일 누군가가 나를 방해한다면, 차라리 노예나 이교도들에게 나랏일을 맡기는 것이 나을 것이다. (퇴장)

제 3 장 회의실

공작과 의원들이 둘러앉아 회의하는데, 해병 등장.

해 병 터키 함대가 로즈 섬으로 향하고 있다는 전갈입니다.

공 작 음, 여러분은 이 일을 어찌 생각하시오?

의원 1 이해할 수 없는 일이군요. 혹시 눈속임이 아닐까요? 터키의 입장에서 보면 로즈 섬보다는 키프로스가 공략하기 쉬울 뿐만 아니라 전략적으로도 훨씬 중요한 지역이죠. 아무래도 무슨 계략이 있지 않나 싶습니다.

공 작 그렇소. 어느 모로 보나 터키 함대가 로즈 섬으로 향하고 있는 것은 아닐 거요.

관 리 또 다른 보고가 들어왔습니다.

사령 등장.

사 령　아룁니다. 로즈 섬으로 향하던 터키 함대가 키프로스 쪽으로 방향을 바꾸었다는 전갈을 몬타노 총독께서 하셨습니다. (퇴장)

공 작　키프로스로 향하고 있음이 분명하다.

의원 2　저기 브라반쇼 의원과 무어 장군이 오십니다.

브라반쇼, 오셀로, 카시오, 이아고, 로데리고, 그리고 관리들 등장.

공 작　용맹스런 오셀로 장군, 아무래도 지금 당장 터키인들을 무찌르러 떠나셔야겠습니다. (브라반쇼에게) 어서 오시오. 마침 의원의 고견이 필요하던 참이오.

브라반쇼　저 역시 공작 각하의 의견이 필요합니다. 제가 이토록 황급히 각하께 달려온 것은 나라를 걱정해서가 아니라 오로지 제 사사로운 개인적 걱정 때문입니다. 그 점에 대해서 우선 용서를 빌겠습니다.

공 작　대체 무슨 일이오?

브라반쇼　글쎄, 제 딸년이, 아아, 제 딸년이 말입니다.

의원들　죽었소?

브라반쇼　숨은 붙어 있으나 죽은 것이나 진배없죠. 도둑놈의 꾐에 넘어가 결국 능욕까지 당했으니까요.

공 작　따님을 홀려 정조까지 짓밟아버린 도둑놈이라면, 반드시 국법에 비추어 그대가 엄중하게 처벌하시오. 설령 그 도둑놈이 내 자식이라 해도 그건 용서할 수 없는 중죄라오.

브라반쇼　각하께서 그리 말씀하시니 제 억울함이 조금은 풀리려나봅니다. 바로 여기 온 이 무어인이 제 딸을 꾀어낸 범인입니다.

일 동 이런! 참으로 유감입니다.

공 작 (오셀로에게) 장군은 뭐 할 말이 없소?

브라반쇼 사악한 죄인이 무슨 할 말이 있겠습니까?

오셀로 존경하는 공작님, 그리고 현명하신 여러 의원님들께 한 말씀드리겠습니다. 제가 이 어른의 딸을 데려간 것은 사실입니다. 물론 결혼도 했고요. 제가 저지른 죄는 바로 이것뿐입니다. 저는 말주변이 없어 미사여구에는 능숙하지 못합니다. 저는 일곱 살 때부터 지난 9개월만 빼고는 줄곧 전쟁터에서만 굴러먹던 놈입니다. 그래서 전쟁에 관한 것을 제외하고는 저 자신을 변명하는 일조차 여간 어려운 게 아닙니다. 그러나 여러분께서 허락하신다면 제가 결혼하게 된 자초지종을 말씀드리고 싶습니다.

브라반쇼 성격으로 보든 나이나 국적으로 보든, 그 애가 보기만 해도 소름이 돋는 인간과 사랑에 빠진다는 것은 어불성설이죠. 분명히 마음을 매혹시키는 마약을 딸애에게 먹였음이 틀림없습니다.

공 작 그러한 추측으로 이 사람의 죄를 논한들 무슨 소용이 있겠소? 그러니 확실한 증거를 제시해야 할 것 같소.

의원 1 오셀로 장군, 진정 귀관은 비열한 방법으로 그 여자를 유혹했소? 아니면 정말 마음이 통해 사랑을 얻은 거요?

오셀로 지금이라도 그녀를 이곳으로 불러 물어보소서. 만일 그녀가 나더러 극악무도한 놈이라고 말하거든 내 지위뿐만 아니라 목숨을 거두어도 좋습니다.

공 작 데스데모나를 이리로 불러오너라.

오셀로 (이아고에게) 기수, 자네가 그곳을 알고 있으니 안내하라. (이아고가 시종들과 함께 퇴장) 그럼 제 처가 올 때까지 하느님 앞에서 속죄하는 마음으로 그토록 아름다운 그녀의 사랑을 어떻게 얻었는지, 또한 그녀는 제 사랑을 어떻게 차지했는지 말씀드리겠습니다.

공 작 오셀로, 이야기하시오.

오셀로 여기 계신 어른께서는 저를 끔찍이 아껴주셨습니다. 이따금 저를 댁으로 초대하여 그동안 겪어온 일들을 물으셨습니다. 그래서 전 지금껏 제가 보고 듣고 겪었던 모든 이야기를 남김없이 들려드렸지요. 예컨대 바다와 육지에서 벌어졌던 놀라운 사건들, 천신만고 끝에 성벽을 뚫고 나와 겨우 목숨을 구한 이야기, 적에게 붙들려 노예로 팔려갔다가 돈을 주고 풀려났던 이야기, 국경을 넘나들면서 벌였던 무용담, 거대한 동굴과 불타는 사막, 깎아지른 낭떠러지와 하늘 끝까지 닿을 듯한 산봉우리 등에 관한 이야기를 해드렸습니다. 데스데모나는 집안일을 하느라 바쁜 와중에도 언제나 제가 하는 얘기를 열심히 들었습니다. 저는 젊은 시절에 겪은 고난을 털어놓아 그녀의 눈물샘을 자극했죠. 얘기가 끝나자 그녀는 저의 수난에 동정을 표시하며 깊은 한숨을 내쉬더군요. 상상도 못할 이야기라느니, 믿어지지 않을 정도로 신기하다느니, 가슴이 미어질 정도로 불쌍하다느니 그런 말들까지 늘어놓았답니다. 그러고 나서 자신의 친구들에게 이런 이야기를 하면 마음을 송두리째 얻을 수 있을 거라고도 말했습니다. 이 암시에 저는 용기를 얻어 고백했지요. 이것이 제가 쓴 유일한 마법입니다. 마침 그녀가 저기 오니까 직접 들어보시지요.

데스데모나, 이아고, 시종들 등장.

공 작 내 딸이라도 그런 얘기를 들으면 마음이 흔들리겠군. 브라반쇼 의원, 이왕 엎질러진 물이니 최선의 방법을 택하는 게 좋을 것 같소. 옛말에 맨주먹보다는 부러진 칼이라도 있는 게 낫다고 하지 않소.

브라반쇼 제 딸년의 말을 들어주십시오. 저애가 원해서 한 짓이라면, 이 사람을 욕되게 한 본인을 처벌해주십시오. 애야, 여기 계신 여러 어른들 앞에서 묻겠다만, 너는 누구에게 먼저 복종해야 한다고 생각하느냐?

데스데모나 우선 저를 낳아주고 길러주신 아버님의 은혜에 대한 의무를 저버리지 말아야겠지요. 하지만 지금은 여기 제 남편이 있습니다. 어머님이 외할아버지보다 아버님을 더 소중히 여기셨듯이 저 역시 무어인을 제 남편으로서 정성껏 섬기려 하옵니다.

브라반쇼 잘됐구나. 네 멋대로 잘 살려무나. 공작님, 회의를 진행시키시지요. 자식을 낳으니 차라리 얻어 기르는 편이 나을 뻔했군. 무어 장군, 이리 오시오. 이렇게 된 이상 딸을 주지 않을 수 없구려. 너 말고 다른 자식이 없는 게 천만다행이구나. 제가 할 일은 이제 끝났습니다.

공 작 나도 한마디만 하겠소. 이 말로 두 분이 화해한다면 더할 나위 없이 좋겠소. 슬퍼하는 것도 희망이 있을 때 가능한 일이오. 모든 일이 끝나면 그것도 같이 끝나는 법이오. 도둑을 맞았어도 낙천적으로 생각하면 언제든 그것은 보충하는 것 아니겠소?

브라반쇼 그러니까 키프로스 섬을 터키 놈들에게 빼앗기고도 웃는다면 다시 찾아진다는 말씀입니까? 충고도 충고 나름으로, 마음의 여유가 있을 때나 받아들일 수 있지, 마음의 고통을 참을 수 없는 사람에겐 듣기 거북한 말에 불과하지요. 이제 국사에 관해 말씀하시죠.

공 작 터키 군이 매우 우수한 장비를 갖추고 키프로스로 돌진하고 있다고 하오. 오셀로 장군, 수고스럽겠지만 신혼의 기쁨을 잠시 미뤄두고 이 어려운 토벌 작전에 참가해주었으면 좋겠소.

오셀로　여러 의원님들, 습관의 힘은 참으로 무서운 것이라 제게는 오히려 험한 싸움터가 푹신한 안락처 같습니다. 게다가 어려운 일을 피하지 못하는 성미이니만큼 터키 정복에 최선을 다하겠습니다. 하지만 한 가지 제 아내를 잘 보살펴달라는 간청을 드리고 싶습니다. 가문과 환경에 맞게 과히 누추하지 않은 거처를 마련해주셨으면 좋겠습니다.

공 작　그대가 괜찮다면 그녀의 아버지께 부탁하는 게 어떻겠소?

브라반쇼　그건 사양하겠습니다.

오셀로　저도 그건 원치 않습니다.

데스데모나　저 역시 싫습니다. 아버지 댁에 살면서 아버지의 신경을 건드리면서 불쾌하게 해드리고 싶지는 않습니다. 공작님, 제 말씀을 들으시고 소원을 들어주소서.

공 작　소원이란 게 뭔가? 말해보라.

데스데모나　이미 세상이 다 알다시피 제가 무어 장군님을 사랑하고 그분과 함께 살기로 한 것은 운명의 험한 물결에 저 자신을 맡기는 일이었습니다. 여러 의원님들이여, 남편이 전쟁터에 나가 있는 동안 저 혼자 이곳에 남아 빈둥거린다면 참으로 쓸쓸할 것입니다. 그러니 제발 함께 갈 수 있도록 허락해주십시오.

오셀로　아내의 소원을 허락해주십시오. 이렇게 말씀드리는 것은 결단코 저의 욕망을 채우기 위해서가 아닙니다. 다만 그녀의 소원을 들어주고 싶어서입니다. 아내가 동행하면 중대한 임무를 소홀하게 되리라는 걱정은 하지 마십시오.

공 작 아내를 데리고 가는 건 그대가 알아서 결정하시오. 어쨌든 사태가 분초를 다투는 일이니 서둘러 출발하시오.

의 원 오늘밤이라도 당장 떠나시오.

데스데모나 오늘밤에 떠나란 말씀입니까?

공 작 그렇소. 그리고 오셀로 장군, 장교를 한 명 남겨두시오. 그래야 사령장을 전달할 수 있을 테니까. 이 명예로운 임무에 수반되는 그대의 권한과 기타 사항을 함께 전달하겠소.

오셀로 분부대로 기수를 남겨두겠습니다. 정직하고 충실해서 믿을 수 있는 자입니다. 제 아내도 그에게 부탁하겠습니다.

공 작 알겠소. 편히들 쉬시오. (브라반쇼에게) 브라반쇼 의원, 덕이 있으면 인물도 빼어난 법인데, 댁의 사위는 피부만 검을 뿐이지 인물은 잘났소이다.

의원 1 용맹한 무어 장군, 잘 가시오. 아내도 잘 위해주고.

브라반쇼 오셀로, 눈이 제대로 박혔으면 조심하게나. 아비를 속인 여자가 남편인들 못 속이겠나. (공작, 의원들, 시종들 퇴장)

오셀로 그녀의 정절은 의심할 바가 없죠! 정직한 이아고, 내 아내 데스데모나를 부탁하네. 나중에 형편이 나아지는 대로 모셔 오도록 하고. 데스데모나, 그대에게 참으로 할 말이 많았는데, 고작 함께 있을 시간은 한 시간밖에 없구려. (오셀로와 데스데모나 퇴장)

로데리고 이아고! 어떻게 하면 좋겠는가? 당장이라도 물에 빠져 죽고 싶구나.

이아고 그런 짓을 하시겠다면 앞으로 인연을 끊읍시다.

로데리고 이처럼 사는 게 고통스러울 바에야 차라리 죽는 게 나아.

이아고 별 소리를 다 하시네요! 소생 스물하고도 여덟 해 동안 세상 구경을 두루 해봤습니다만, 손해와 이익을 구별하기 시작한 이래로 자기를 아낄 줄 아는 사람은 아직 만나보질 못했습니다. 나 같으면 그까짓 계집년 때문에 물 속에 뛰어들 바에야 차라리 원숭이가 되는 걸 택할 겁니다.

로데리고 하지만 어떻게 하면 좋겠느냐? 멍청하게 좋아하다가 이렇게 당한 내 꼴이 수치스럽지만 난들 어떻게 하겠느냐? 이 모두가 내 수양이 모자란 탓인걸.

이아고 수양이라고요? 나 참, 이 팔자 저 팔자 따지지만 모두가 내 탓이죠. 우리의 육체가 정원이라면, 우리의 의지는 정원사랍니다. 쐐기풀을 심든 상추를 심든 우슬초를 심어서 백리향을 내든 모두 우리 의지의 소산이란 말씀입니다. 인생을 저울이라 칩시다. 그 저울 한쪽에 정욕의 접시가 매달려 있고, 다른 쪽에는 이성의 접시가 매달려 있는데, 이것들이 서로 균형을 이루지 못한다면, 우리는 비열한 본능에 사로잡혀 비참한 최후를 맞이하기 쉽죠. 어쨌든 주머니에 돈이나 듬뿍 넣어가지고 나하고 같이 전쟁터로 떠납시다. 가짜 수염을 붙이면 사람들이 몰라볼 거예요. 데스데모나도 밤낮없이 무어 놈에게 사랑을 바치지는 않을 거예요. 시작이 뜨거웠으니 식는 것도 마찬가지로 빨리 식겠지요.

로데리고 내 지금 가서 땅뙈기 있는 거 몽땅 팔아버릴 거야. (퇴장)

이아고 이렇게 해서 저 바보녀석 돈을 좀 털어먹는 거지. 저런 멍청이와 상대해서 시간을 허비할 바에야 돈이나 듬뿍 뜯어내야 한단 말야. 그렇지 못하면 여태 간직했던 내 머리에 대한 모욕이고말고. 게다가 나는 무어 놈을 증오해. 무어 놈이 내 이불 속에 들어와 내 아내와 무슨 짓을 했다는 소문이 있는데, 그대로 놔둬선 안 되지. (퇴장)

제 2막

제 1 장 키프로스 섬의 항구, 부둣가 광장

몬타노와 두 신사 등장.

몬타노　저 바다 위에 보이는 게 있는가?

신사 1　아무것도 안 보입니다.

몬타노　바람이 이젠 육지에서 기승을 부리는군. 성벽이 그토록 세게 흔들린 적은 없었는데. 아마 바다를 그런 식으로 들쑤셔놓았다면 참나무로 만들어진 배라도 산산조각 났을 거요.

신사 2　터키 함대도 뿔뿔이 흩어졌나봅니다. 해변에 가보았더니 거친 파도가 구름이라도 칠 듯 하늘로 치솟고 있었습니다. 그렇게 거친 파도는 처음입니다.

몬타노　터키 함대가 무사히 항구에 정박하고 난 뒤라면 모를까, 그렇지 않았다면 수장됐을걸. 이런 폭풍우에 배가 무사할 리가 없지.

신사 3 등장.

신사 3　여러분, 속보가 있소! 전쟁이 끝났습니다. 무시무시한 폭풍이 터키 함대를 박살냈답니다. 결국 그들의 기도가 물거품이 됐다는 얘기죠. 베니스에서 온 우리 배가 그 광경을 목격했다는군요.

몬타노 뭐라고! 그게 사실인가?

신사 3 우리 군함인 베로나 호가 이곳에 정박해 있습니다. 용감한 무어인 오셀로 장군의 부관 카시오님은 벌써 상륙했답니다. 키프로스 섬 수비의 전권을 위임받으신 무어 장군께서는 아직도 항해 중이고요.

몬타노 듣던 중 반가운 얘기군. 총독으로는 그가 적임자지.

신사 3 카시오 부관은 무어 장군의 안전을 몹시 걱정하고 있었습니다. 그들은 사나운 폭풍우 속에서 서로 헤어졌다는군요.

몬타노 무사하기를 빌 수밖에. 자, 함께 바다로 가자! 정박 중인 배도 보고, 바다를 다 뒤져서라도 오셀로 장군을 찾아내야지.

신사 3 그럼 어서 가시죠.

카시오 등장.

카시오 요새를 잘 지켜주시는 용맹한 총독께서 우리 무어 장군님을 제대로 예우해주시니 참으로 감사합니다. 부디 장군님께서 이 거친 풍파를 벗어나셔야 할 텐데…….

몬타노 장군이 타고 계신 배는 튼튼한 거요?

카시오 좋은 목재로 건조된 것이라 매우 튼튼합니다. 선장과 선원들도 경험이 많고요. 저 역시 희망을 잃지 않고 있습니다만. (안에서 "배다, 배다, 배가 들어온다!" 하며 떠드는 소리)

사신 등장.

몬타노 그래, 대체 누가 입항한 거요?

사 신 장군님의 기수로 있는 이아고라는 사람입니다.

카시오 거센 폭풍우나 파도치는 드높은 바다도, 죄 없는 배를 붙잡아 좌초시키는 바위와 모래도 미인을 보는 눈은 있는지 어여쁜 데스데모나를 안전하게 통과시켜주었군요.

몬타노 어느 분 말씀이오?

카시오 제가 장군 중의 장군님이라고 방금 말씀드린 오셀로 장군님의 부인입니다. 용감한 이아고에게 인도해드리라고 부탁했는데, 우리 예상보다 일주일이나 빨리 상륙했군요. (데스데모나, 에밀리아, 이아고, 로데리고, 시종들 등장) 오, 보십시오! 배 안의 보화가 뭍으로 올라왔습니다! 키프로스 섬의 주민 여러분, 무릎을 꿇고 장군님의 부인께 인사를 드리시오! (무릎을 꿇으며) 잘 오셨습니다, 부인! 하늘의 은총이 부인에게 두루 내리시기를!

데스데모나 고마워요, 부관님. 장군님 소식은 들으셨나요?

카시오 아직 도착하시지는 않았지만, 무사히 오실 겁니다.

데스데모나 오, 걱정되는군요. 두 분은 어떻게 해서 헤어지게 되었죠?

카시오 바다와 하늘이 격돌한 듯 풍파가 심해 선단에서 떨어졌습니다.

("배다, 배다!" 하고 외치는 소리와 예포 소리가 들린다)

신사 2 요새 쪽으로 예포를 쏘는군요. 이번에도 역시 아군입니다.

카시오 가서 확인해보시오. (신사 2 퇴장) 어서 오게, 기수. (에밀리아에게) 잘 오셨습니다, 부인. 이아고, 내가 예절을 지나치게 차린다고 화내지는

말게. 교양이 있는 탓에 이렇게 과감히 예의를 차리는 거니까. (에밀리아에
게 키스한다)

이아고   그녀가 저를 향해 놀려댄 헛바닥을 부관님께 똑같이 구사한다
면, 부관님께서도 아마 진저리를 치실 겁니다.

에밀리아   그런 쓸데없는 말은 소리 그만해요.

이아고   이것 봐. 당신은 문 밖에 나오면 그림처럼 조용하지만, 방 안에
만 들어갔다 하면 방울처럼 시끄러워지고, 부엌에선 아예 살쾡이같이 굴
잖아. 그리고 집안일은 제대로 하는 것도 없으면서 잠자리에서는 더없이
부지런하지.

데스데모나   어머, 무슨 험담을 그렇게 하세요!

이아고   사실이랍니다. 그렇지 않다면 저를 터키 놈이라고 부르셔도 괜
찮습니다. 어쨌든 당신은 일어나면 놀고, 잠자리에만 들어가면 부지런히
일하는 여자잖아.

에밀리아   죽어도 칭찬하는 법은 없죠.

이아고   물론이지!

데스데모나   만일 정말 훌륭한 여자라면 어떤 식으로 트집 잡을 건가
요? 아무리 욕을 퍼부으려 해도 진실한 가치로 인해 칭찬할 수밖에 없는
그런 여자 말이에요.

이아고   아름다우면서도 결코 오만하지 않으며, 말을 잘하면서도 절대
떠벌리지 않고, 궁색하거나 인색하지 않으면서도 사치스럽지도 않고, 원
망을 멈추고 분노를 날려보낼 줄 알고, 남자들이 꽁무니를 줄줄 좇아와
도 뒤돌아보지 않는 여자에게는 구혼자들이 따르게 마련이지요. 하지만
설사 그런 여자가 있더라도 그 여자는……

데스데모나 어떤 일을 할까요?

이아고 바보 같은 아기에게 젖먹이며, 가계부나 적고 있겠죠.

데스데모나 참 엉터리 같은 결론이군요! 에밀리아, 아무리 남편이라고는 하지만 그 말을 그대로 받아들여서는 안 되겠어. 카시오 부관님은 어떻게 생각하세요? 저 사람, 정말 떠버리가 분명하죠?

카시오 그럴 듯한 말이기는 하지만, 이아고를 학자라기보다는 군인으로 생각하시면 그의 말이 재미있게 들리실 성싶습니다.

이아고 (방백) 저 녀석이 부인의 손을 잡네. 옳지, 귓속말을 속삭이잖아. 이렇게 작은 거미줄로 카시오라는 큼직한 파리를 낚는단 말이지. 옳지. 여자를 향해 미소를 지으라고. 이 악당아, 너의 그 잘난 예절을 미끼로 너를 낚아버릴 테니까. 자꾸 키스나 해라, 이놈아. (안에서 나팔소리, 큰 소리로) 무어 장군입니다! 제가 나팔소리를 알거든요.

카시오 정말 그런 것 같습니다.

데스데모나 어서 그분을 맞으러 나갑시다.

오셀로와 시종들 등장.

오셀로 오, 아름다운 나의 동지여!

데스데모나 오, 사랑하는 오셀로!

오셀로 나보다 먼저 도착하리라곤 생각지도 못했는데, 내 앞에 선 그대를 보노라니 정말 놀랄 지경이오. 오, 내 영혼의 기쁨이여! 나는 지금 여기서 죽는다 해도 여한이 없소. 폭풍우가 휘몰아친 뒤에 이 같은 평온이 찾아온다면 천국에서 지옥의 구렁텅이로 곤두박질친다 해도 괜찮소. 내 지금 죽더라도 이 이상의 기쁨은 없으리. 이 키스가, 또 이 키스가 (키스한다) 우리 두 사람의 앞날에 생겨날 가장 큰 불화였으면……

이아고 (방백) 흥, 잘 조율된 악기처럼 본색을 드러내는군. 하지만 두고 보라지, 이 몸이 그 줄을 풀어 어떻게 할지.

오셀로 자, 성으로 갑시다. 여러분, 전쟁은 이제 다 끝났고 터키인들은 모두 바닷속에 수장되었소. 갑시다, 데스데모나! 키프로스에서 다시 만나다니 정말 기쁘오! (이아고와 로데리고만 남고 모두 퇴장)

이아고 (로데리고에게) 이봐요, 오늘밤 부관이 초소에서 야경을 돌 거요. 내 한마디 말해주는데 데스데모나가 그 녀석을 좋아한다는 사실을 잊지 마시오.

로데리고 그럴 리가? 아니, 그런 터무니없는 소리를!

이아고 쉿, 가만히 생각해보시지. 그 여자가 무어인을 사랑하게 된 것은 다 그 꿈 같은 황당한 거짓말 때문이 아니겠소? 처음에야 격렬하게 사랑했겠지만, 그런 것도 시간이 지나면 다 헛소리라는 걸 깨닫게 마련이죠. 그때 떠오를 인물이 누구겠소? 바로 카시오 녀석이 아니겠소? 게다가 그 녀석은 말도 썩 잘하는 천하의 바람둥이란 말씀이에요. 음탕한 녀석 같으니라고! 입으로는 예의니 친절이니 나불대지만, 제 욕정을 채우기 위해서라면 양심 같은 건 헌신짝처럼 내버리는 놈이죠. 능글맞은 놈! 기회주의자!

로데리고 믿을 수 없어. 누구보다 깨끗하고 착한 여인인데.

이아고 착한 여인 좋아하시네. 그 여자가 마시는 포도주는 뭐 우리가 마시는 거랑 다르답니까? 그리 깨끗하고 착한 여자가 왜 하필 무어인에게 반했답니까? 그 여자가 카시오의 손바닥을 만지작거리는 걸 보지도 못했단 말이오?

로데리고 그거야 나도 봤지만 예의상 그러는 줄 알았지.

이아고 그럼 그게 음란한 짓이 아니면 다 뭐겠소. 두 사람은 입술과 입술이 맞닿을 정도로 얼굴을 가까이 갖다대서 숨결로 포옹을 나누지 않던가요? 아마 얼마 안 있어 본격적으로 살을 섞는 짓으로 발전시킬 거요. 제기랄! 그리고 내가 당신을 여기로 불렀으니 내 말을 따르세요. 당신도 오늘밤 보초를 서세요. 어떻게 해서든 카시오의 비위를 건드릴 기회를 잡으라고요. 큰소리를 지르든지 그에게 욕을 하든지 하는 방법을 찾으라고요.

로데리고 그럼 해야지. 이 일로 기회만 잡을 수 있다면야.

이아고 그건 염려 마세요. 나는 그 녀석의 짐을 날라야 하니까. 이따가 성에서 만나요. 그럼 잘 가세요.

로데리고 잘 가게. (퇴장)

이아고 카시오가 그 여자를 사랑하는 건 분명해. 그 여자 역시 마찬가지겠지. 그리고 그 무어 놈은 내 맘에는 안 드는데다 단순 무식하지만 정이 두텁고 고귀하고 후덕한 것만은 틀림없어. 그놈의 음탕한 무어 놈이 아무래도 내 안장에 올라탄 것 같거든. 그 일만 생각하면 마치 독약이라도 마신 듯 속이 확 뒤집힌단 말야. 결국 마누라엔 마누라로 되갚기 전까지는 그 무엇으로도 내 멍든 영혼이 만족할 리가 없지. (퇴장)

제 2 장 같은 장소

전령이 포고문을 읽으면서 등장하면 시민들이 뒤따른다.

전 령 다음은 고귀하고 용감하신 오셀로 장군님의 뜻입니다. 장군께서는 터키 함대의 전멸을 알리는 확실한 통지를 받으시고 전승 축하연을 베푸시겠다고 하셨습니다. 여러분은 화톳불을 피우고 맘껏 춤을 추며 잔치를 즐기시고 기쁨을 누리기 바랍니다. 또한 장군님의 결혼 축하연도 있을 예정이라는 것을 기쁜 마음으로 공포하는 바입니다. 모든 창고를 개방할 터이니 양껏 음식을 드시고 즐기십시오. 하느님은 키프로스 섬과 우리 오셀로 장군님께 축복을 내려주소서! (퇴장)

제 3 장 성 안의 총독관사 대청

오셀로, 데스데모나, 카시오, 시종 등장.

오셀로 카시오, 오늘밤 경계를 부탁하네. 마음껏 놀고 마시는 것도 좋지만 무분별한 것은 질색이니 자제하는 법을 배우세.

카시오 이아고에게 지시를 내렸습니다만, 저 역시 제 두 눈으로 잘 감시하겠습니다.

오셀로 그럼 내일 아침 가능한 한 일찍 만나 이야기를 나누세. (데스데모나에게) 여보, 이리 와요. 결혼식도 끝났으니 열매를 거둬야지. 당신과 나는 아직 그 맛을 못 봤잖소. (카시오에게) 수고하게. (오셀로, 데스데모나, 시종들 퇴장)

이아고 등장.

카시오 어서 오게, 이아고. 우린 야경을 돌아야 하네.

이아고 열 시가 되려면 아직 한 시간이나 남았는데요, 부관님. 장군님께서는 데스데모나에 대한 사랑 때문에 우릴 일찍 내쫓으셨군요. 하지만 그분을 원망하지는 맙시다. 아직도 신부와 허니문을 즐기지 못하셨으니까. 게다가 부인은 제우스도 반할 만한 미인이 아닙니까?

카시오 정말 눈이 부시더군. 그렇게 빼어나게 청초하고 섬세한 숙녀는 처음이오.

이아고 눈은 또 얼마나 아름답습니까! 그 눈이야말로 사람을 홀리는 도발적인 눈 아닙니까?

카시오 매혹적인 눈이지만, 그래도 꽤 정숙해보이던데.

이아고 목소리도 사랑을 불러일으키는 종소리 같지요.

카시오 부인은 정말 완벽한 분이네.

이아고 부디 그 두 사람의 잠자리에 행복이 흘러넘치기를! 저, 부관님.

저기 키프로스의 한량 두 명이 오셀로 장군의 건강을 비는 의미로 축배를 들고 싶다고 기다리고 있습니다. 마침 포도주도 한 통 남았고요.

카시오 오늘밤은 안 되겠네. 나는 술에 약해서 금세 취해버리는 데다 실수를 잘하거든. 다른 접대법을 알면 결례가 안 될 텐데 딱하게 됐네.

이아고 그래도 우리 친구들인데 딱 한 잔만⋯⋯. 부관님 대신 제가 마시죠.

카시오 아까도 딱 한 잔만 했는데, 그나마 몸 생각해서 물에 탄 술을 마셨는데 벌써 이렇게 된 거라네.

이아고 참, 부관님도! 경사스런 잔칫날 밤이 아닙니까. 친구들도 한잔하고 싶다는데 이러실 겁니까?

카시오 내키진 않지만 할 수 없군. (퇴장)

이아고 놈에게 한 잔만 더 먹이면 이미 마신 술기운도 있으니 허연 이를 드러내고 싸우려고 덤비겠지? 그리고 상사병에 걸린 바보 같은 로데리고 녀석도 오늘밤 데스데모나를 위한답시고 야경을 돌러 나갔겠다⋯⋯. 게다가 명예를 목숨처럼 여기는 키프로스의 귀공자 세 명을 잔뜩 취하게 만들어놨으니, 이 주정꾼들 틈에 카시오를 풀어놓으면 온 섬을 발칵 뒤집어놓겠지. 아, 마침 한량들이 오는구나.

카시오, 몬타노, 신사들 등장. 하인들이 술을 들고 등장.

몬타노 보나마나 한 홉도 안 되는 작은 잔이었을 텐데? 군인답게 큰잔으로 마셔야지.

이아고 술을 가져와라. 술! 여러분, 어서 술이나 듭시다.

카시오　자, 그럼 장군님의 건강을 위하여!

몬타노　나도 건배하지, 부관. 내가 상대가 되어주겠네.

이아고　아아, 아름다운 영국이여! (노래한다) "스티븐 국왕은 귀하신 몸, 금화 한 닢으로 바지 한 벌 해 입으시고는 그것도 비싸다고 그놈의 양복쟁이한테 사기꾼이라고 하셨지. 높으신 어른도 그렇거늘 비천한 그대는 헌 옷으로 참고 견딜 수밖에. 사치는 나라를 망치는 법이라니 어떻소." 자아, 술을 가져와라, 포도주를!

카시오　거 참 노랫말 한번 재미있구나. 어쨌든 여러분, 우리의 본분을 지킵시다. 내가 취했다고 생각하지는 마시기를…… 이 사람은 내 기수고, 이것은 내 오른손이고, 이건 왼손인 걸 보더라도 난 취하지 않았소. 아직은 똑바로 설 수도 있고 말도 제대로 하잖소.

일 동　네, 정말 잘하십니다.

카시오　그럼 됐소. 내가 취했다고는 생각 마시오. (퇴장)

몬타노　여러분, 이제 초소로 갑시다. 자, 야경 돌 준비를 합시다.

이아고　지금 나간 그 친구 보셨죠? 시저 옆에 서 있더라도 손색이 없는 군인이지만 유감스럽게도 눈여겨볼 악덕이 있답니다. 미덕과 길이가 똑같은 게, 마치 춘분과 추분의 밤낮과 같지요. 하필 오셀로 장군이 신임을 하고 계신 판에 그 병이 도져서 이 섬을 시끄럽게 하지나 말았으면 좋겠군요.

몬타노　종종 저러는가?

이아고　저건 일종의 전주곡이랍니다. 저러고 잠들면 시계가 두 바퀴를 돌아도 괜찮습니다. 술 때문에 곯아떨어져서 뒹굴지만 않는다면 꼬박 하루를 보초 선다 해도 끄떡하지 않을 양반이죠.

몬타노   장군께 그런 사실을 미리 일러드리는 게 좋겠군. 워낙 본성이 선하셔서 카시오의 단점은 안 보실지도 모르니까. 안 그런가? (안에서 "사람 살려! 사람 살려!" 하고 외치는 소리가 들린다)

카시오가 로데리고를 몰 듯이 쫓아온다.

카시오   젠장, 이 망할 자식! 깡패 같은 놈!

몬타노   부관, 대체 무슨 일인가?

카시오   네놈이 건방지게도 내게 임무를 가르치겠다고? 그전에 곤죽이 되도록 손을 봐줄 테다.

로데리고   나를 때리겠다고?

카시오   이놈, 주둥아리를 놀리는 것 좀 보게! (로데리고를 친다)

몬타노   여보게, 부관. 제발 그만두게나.

카시오   놓으시지요. 안 놓으시면 당신 머리통을 부숴버리겠어.

몬타노   자, 자, 자네 취했군그래.

이아고   (로데리고에게 방백) 어서 나가서 폭동이 났다고 떠들란 말야. (로데리고 퇴장) 부관님, 그만하시죠. 세상에, 이게 대체 무슨 꼴입니까? (종이 울린다) 누구야? 경종을 울리는 자가 누구냐? 악마란 말이냐? 온 마을 사람들이 다 깨잖아. 세상에! 부관님, 부탁입니다. 멈추세요! 영원히 후회하실 겁니다!

오셀로와 무기를 든 시종들 등장.

오셀로   여보게들, 어째서 이런 일이 생긴 건가? 우리가 지금 터키인으로 변해버린 건가? 이 야만스러운 소동을 멈춰라. 여보게, 대체 이 무슨 일인가? 정직한 이아고, 얼굴에서 수심을 거두고 말해보게. 누가 이 사건을 일으킨 건가? 자네의 충정을 걸고 바른 대로 말하라!

이아고   모르겠습니다. 조금 전까지만 해도 모두가 친구였고, 두 사람은 마치 신방에 들어가는 신랑 신부처럼 서로 사이 좋게 침대로 가는 것처럼 보였는데, 갑자기 혹성이 사람들의 혼이라도 빼놓았는지 칼을 빼어들더니 살벌하게 서로의 가슴을 겨누고 덤벼들었죠. 저도 이 어이없는 싸움이 어떻게 시작된 건지 경위를 모르겠습니다.

오셀로   카시오, 자네는 왜 자제력을 잃었는가?

카시오   죄송하지만 뭐라 드릴 말씀이 없습니다, 장군님.

오셀로   몬타노, 그대는 젊었을 때부터 예의가 바른데다 신중하고 침착해서 세인들의 주목을 받아오지 않았소. 그런데 이 밤중에 불량배나 저지를 짓을 하다니, 대체 어찌 된 일이오? 대답해보시오.

몬타노   오셀로 장군님, 저는 심하게 다쳤습니다. 이 모든 경위는 장군님의 부하 이아고가 다 말씀드릴 것입니다.

오셀로   세상에, 화가 치밀어 도저히 참을 수 없군. 이성이 지배당하기 시작하고 격정이 최상의 판단을 흐려놓으니 말이야. 내가 이 팔을 드는 순간 아마 이곳 최고의 장수도 쓰러질 것이다. 이 추한 소동을 누가 어떻게 벌였는지 보고하라. 이아고, 누가 싸움을 시작했는가?

몬타노   자네가 편견과 동료애 때문에 진실을 늘리거나 줄여서 보고를 하면 군인이 아닐세.

이아고   그렇게 윽박지르지 마십시오. 제 입으로 카시오 부관님에게 불리한 증언을 할 바에야 차라리 이 혓바닥을 뽑아버리고 싶습니다. 하지만 사실대로 얘기해야겠지요. 몬타노 나리와 제가 이야기를 하고 있는데 누군가 살려달라고 비명을 지르며 달려나왔고, 카시오 부관이 그를 뒤쫓아와 죽일 듯 칼을 휘둘렀습니다. 그래서 이 양반이 나서서 말린 겁니다.

오셀로 알겠다. 이아고, 성실하고 인정이 많은 자네가 카시오를 두둔하느라 이 일을 축소했구나. 카시오, 지금까지 자네를 아껴왔지만 이제부터는 인연을 끊어야겠네.

데스데모나, 시종 몇 명을 데리고 등장.

오셀로 저런, 내 아내까지 일어나지 않았느냐! 자네는 벌을 받아야겠네.

데스데모나 무슨 일이에요?

오셀로 다 해결됐으니까 걱정할 것 없소. 잠자리로 갑시다. (몬타노에게) 그대의 상처는 내가 의사처럼 돌봐드리겠소. 이분을 모시고 가게. (이아고와 카시오만 남고 모두 퇴장)

이아고 부관님, 어디 다치지는 않았습니까?

카시오 수술로도 어쩌지 못할 정도라네. 명예, 난 명예를 잃은 거야! 이아고, 난 내 안에 있는 것 중 가장 귀한 것을 잃어버렸다네.

이아고 너무 고지식한 말씀인지는 모르겠지만 몸을 조금 다치신 걸로 아는데, 명예보다는 몸의 상처가 더 아프지 않습니까? 명예라는 건 그저 헛된 짐이며, 공도 없이 얻기도 했다가 이유도 없이 잃기도 하는 것이죠.

장군님은 그냥 일시적인 기분으로 그러신 것이지, 부관님이 미워서 면직시키신 게 아닙니다. 정책상 내리신 처벌이지요. 한번 장군님에게 사정해보시지요. 꼭 들어주실 겁니다.

카시오 차라리 나를 경멸해달라고 사정하겠네. 이렇게 경솔한 주정뱅이가 그렇게 훌륭하신 지휘관을 속일 수는 없지. 오, 눈에 보이지 않는 술귀신아, 이제부터 너를 악마라고 불러주마!

이아고 칼을 빼들고 따라왔던 그놈은 누굽니까? 부관님께 무슨 짓을 했습니까?

카시오 모르겠는데? 왜 싸웠는지조차 이유를 모르겠어. 원 참, 입 안에 원수 같은 적을 집어넣고 정신을 홀랑 빼앗기다니, 인간이란 이해 못할 종자지. 흥청망청 즐기며 박수치는 사이에 짐승으로 변하니.

이아고 됐어요, 그건 너무 가혹한 말씀입니다. 그런데 부관님, 제 생각이지만 제가 부관님을 좋아한다고 생각하시죠?

카시오 그거야 그렇지. 다만 술 취한 탓에…….

이아고 부관님뿐만 아니라 살아 있는 사람이라면 누구나 이따금 취하게 마련입니다. 그러니 어떻게 해야 할 건지 제가 말씀드리지요. 지금은 장군님의 부인이 바로 장군님이시니까 부인에게 가서서 솔직하게 털어놓고 도와달라고 청하세요. 그녀는 너무나 인정이 많은 탓에 누군가에게 부탁을 받으면 못 들어줘서 미안해할 분이세요. 장군님과 부관님의 관계를 다시 회복시켜줄 분은 그 부인밖에 없지요.

카시오 그거 좋은 충고일세.

이아고 그러면 저는 이만 야경이나 돌아야겠습니다.

카시오 수고하게, 정직한 이아고. (퇴장)

이아고   이 정직한 바보가 행운을 되찾으려고 데스데모나를 조르고, 그녀가 그에 응하는 동안 나는 무어인의 귓속으로 독을 부어 넣겠어. 즉, 그를 복직시켜달라고 그녀가 청하는 까닭은 카시오에 대한 욕정 때문이라고 살짝 귀띔만 하는 거야. (퇴장)

제 3 막

제 1 장 성 앞

카시오, 악사들 및 어릿광대와 등장.

카시오　여기서 연주를 해주게나. 수고에 대한 보답은 내 톡톡히 할 테니. 짧은 걸로 장군님께 아침 인사를 드려주게. (악사들 연주한다)

어릿광대　아니, 악사님들! 악기가 나폴리 뒷골목에 갔다가 몽땅 감기라도 걸렸나보네요? 어째 코맹맹이 소리가 나는군그래!

악사 1　거, 무슨 말이오?

어릿광대　그나저나 이 돈이나 받으시오. 장군님께서 음악이 너무나 마음에 드셨던지 제발 그 잡소리를 그만 내라고 하십니다.

악사 1　알겠습니다. 그만두죠.

어릿광대　그럼 악기를 챙겨서 어서 꺼지라고! (악사들 모두 퇴장)

카시오　정직한 친구, 내 말 좀 들어주려나?

어릿광대　정직한 친구인지 아닌지는 몰라도 말해보시오.

카시오　제발 말꼬리는 잡지 말게! 이거 적지만 금화 한 닢이니 받아두게. 그리고 장군님의 부인을 모시는 시녀가 일어났거든 카시오라는 사람이 잠깐 이야기를 나누기를 원한다고 좀 전해주게.

어릿광대　만일 그녀가 이곳에 나오면 그렇게 전해드리죠. (퇴장)

이아고 등장.

카시오　마침 잘 만났네, 이아고. 정숙한 데스데모나 부인과 만날 수 있도록 자네 부인에게 주선해달라고 하게.

이아고　제가 이곳으로 보내드리겠습니다. 또한 장군님의 방해를 받지 않고 자유롭게 대화를 나누실 수 있는 방법을 생각해보지요.

카시오　참으로 고맙네. (이아고 퇴장) 플로렌스 출신 중에 저보다 친절하고 정직한 사람이 또 있을까?

에밀리아 등장.

에밀리아　안녕하세요, 부관님! 이번 일로 지장을 받으셨겠지만 다 잘될 거예요. 지금 장군님께 마님이 부관님을 변호하고 계시거든요. 하지만 장군님께서는, 부관님이 상처를 입히신 분이 높으신 분이라 당신을 파면시킬 수밖에 없다고 하시는군요. 그러나 부관님을 아끼고 좋아하시니 적당한 시기에 다시 불러주시겠노라고 말씀하셨습니다.

카시오　그래도 부탁인데, 가능하면 잠깐이라도 좋으니 데스데모나 부인과 단둘이 얘기할 수 있도록 편리를 봐주셨으면 하오.

에밀리아　그럼 안으로 들어오세요. 속마음을 시원히 털어놓고 얘기하실 수 있는 장소로 모시지요.

카시오　정말 고맙소. (퇴장)

제 2 장 같은 장소

오셀로, 이아고 및 다른 신사들 등장.

오셀로 이아고, 이 서류들을 선장에게 전해주고 그를 통해 원로원에 경의를 표하게. 그리고 나서 그곳으로 오게. 나는 성곽을 둘러볼 테니까.

이아고 네, 알겠습니다. (퇴장)

오셀로 여러분, 요새를 한 바퀴 둘러볼까요?

신사들 네, 좋으실 대로. (일동 퇴장)

제 3 장 같은 장소

데스데모나, 카시오, 에밀리아 등장.

데스데모나 카시오 부관님, 당신을 위해 최선을 다하겠어요.

카시오 감사합니다, 너그러우신 마님. 이 마이클 카시오는 앞으로 어떤 일이 일어나더라도 당신의 종노릇을 하겠습니다.

데스데모나 오, 고맙군요. 저도 부관님이 복직되기 전에는 남편이 잠깐도 쉬지 못할 정도로 들볶겠어요. 매처럼 길들기 전에는 재우지 않고 못 참을 때까지 얘기를 할 거예요. 그러니 용기를 잃지 마세요, 카시오 부관님.

오셀로와 이아고 등장.

에밀리아 마님, 장군님께서 오십니다.

카시오 부인, 저는 이만 가보겠습니다. (퇴장)

오셀로 방금 내 아내와 헤어진 자는 카시오가 아닌가?

이아고 카시오 부관님이라고요? 그럴 리가 있겠습니까? 그분이라면 장군님이 오시는 걸 보고서 마치 죄지은 사람처럼 몰래 도망칠 리가 없잖습니까?

오셀로 틀림없이 카시오였어.

데스데모나 여보, 기분은 좀 어떠세요? 전 여기서 당신에게 밉보인 죄로 시들어가는 사람과 얘기를 나누고 있었어요.

오셀로 누구를 말하는 거요?

데스데모나 물론 카시오 부관이죠. 그를 용서해주세요. 그는 잠시 실수를 저지른 것뿐이지, 결코 고의로 그런 게 아니잖아요? 제발 부탁이니 그를 다시 불러주세요.

오셀로 음, 하지만 지금은 안 되니 나중에 얘기합시다.

데스데모나 나중이라고요?

오셀로 당신 부탁이니 가능한 한 빨리 하겠소.

데스데모나 오늘 저녁 식사 때는 어떨까요?

오셀로 오늘 저녁은 안 되겠소.

데스데모나 내일 점심때는요? 제발 시간을 내요. 사실 카시오 부관은 깊이 뉘우치고 있다고요. 오셀로, 저라면 당신이 이토록 간절히 부탁을 하시면 절대로 거절하지 않을 거예요. 당신이 제게 구애할 때, 제가 당신을 탐탁잖게 말할 때마다 그는 언제나 당신 편을 들었다는 걸 잊지 마세요. 저라면 당장……

오셀로 그만 좀 하시오. 그럼 아무 때나 오라고 하시오. 당신 말을 모두 들어줄 테니까.

데스데모나 그렇지만 이건 청탁은 아니에요. 이건 제가 당신에게 장갑을 끼시라든지, 아니면 영양분 있는 음식을 드시라든지, 그것도 아니면 따스한 옷을 입으시라든지 하는 식의 당신 몸에 좋은 일을 특별히 하라고 권하는 그러한 간청에 지나지 않아요.

오셀로 내가 어찌 당신 청을 거절하겠소. 그러니 이번엔 당신이 내 청을 들어 잠시만 혼자 있게 좀 놔두시오.

데스데모나 저라고 당신 청을 거절하겠어요? 아니에요. 가볼게요.

오셀로 잘 가요, 나의 데스데모나. 곧 뒤따라가겠소.

데스데모나 가자, 에밀리아. (데스데모나, 에밀리아 퇴장)

오셀로 오, 귀여워서 미치겠군! 내가 그대를 사랑하지 않는다면 내 영혼은 파멸되어도 좋소. 만일 내가 당신을 사랑하지 않게 된다면 그때는 세상에 혼돈이 올 거요.

이아고 고귀하신 장군님, 부인께 구혼하실 무렵 마이클 카시오가 장군님의 심중을 알고 있었습니까?

오셀로 그래, 아는 사이야. 중간에서 애를 많이 썼지. 왜 무슨 의문이라도 생긴 건가? 자네 말에 무슨 다른 뜻이 있는 것 같은데 말해보게. 지금도 카시오가 내 아내 곁을 떠날 때 자넨 언짢은 표정을 지었잖아. 무슨 끔찍한 상상이라도 한 것처럼 말이야. 진정 자네가 나를 아낀다면 속시원하게 생각을 털어놓게.

이아고 장군님, 제가 장군님을 진심으로 존경한다는 사실은 알고 계시겠죠?

오셀로 알고 있지. 자네의 충성심과 정직성 또한 잘 알고 있네. 게다가 말의 무게를 달아보고 입을 열 정도로 입이 무겁다는 것도 알고 있네. 그래서 더욱 신경 쓰이는 것 아닌가. 거짓되고 불충한 축에게는 흔한 속임수지만, 정직하고 충실한 사람들은 마음의 분노를 조절할 수 없을 때 곧잘 그런 법이거든.

이아고 카시오 부관은 추측건대 정직한 사람입니다. 그런데 인간이란 겉과 속이 같아야 합니다. 정직하지 않은 놈이 겉으로만 정직한 척해선 안 되죠!

오셀로 돌리지 말고 솔직하게 말하게. 최악의 생각을 최악의 단어로 표현해도 좋으니.

이아고 장군님, 저를 용서하십시오. 제가 비록 직무 때문에 매어 있는 몸이지만, 자신의 생각을 낱낱이 털어놔야 할 의무는 없는 법입니다. 그런데 제 생각을 그대로 털어놓으라는 말씀이시죠?

오셀로 이아고, 자네는 지금 음모에 가담한 셈이야. 친구가 부당한 취급을 받는 걸 알면서도 침묵한다면 친구를 배반하는 게 아닐까?

이아고 장군님, 이렇게 간청을 드리겠습니다. 제 짐작이 틀릴지도 모르니 장군님께서는 들을 생각을 하지 마십시오. 전 타고난 경계심 때문에 때로는 있지도 않은 남의 결점을 찾아내고 만들어내는 나쁜 버릇이 있습니다. 따라서 제 생각을 장군님께 말씀드린다는 건 장군님의 마음만 심란하게 만들 뿐 아무런 도움도 되지 않을 겁니다. 또한 저 자신의 인간성과 정직성, 그리고 분별력에도 좋지 않은 일입니다.

오셀로　그게 도대체 무슨 말인가?

이아고　장군님, 명예는 남녀를 불문하고 소중한 법입니다. 우리 영혼의 값진 보배니까요. 지갑이야 도난당해봤자 별겁니까? 돈이란 있다가도 없어지는 것이니까요. 그렇지만 명예라는 것은 한번 도둑 맞으면 훔친 놈은 부자가 되지 못하지만 빼앗긴 쪽은 가난해지게 마련입니다.

오셀로　자네 생각을 알아내고야 말겠어.

이아고　제 심장을 장군님께서 손 안에 쥐고 계시더라도 어려운 일입니다. 더구나 제가 그걸 가지고 있는 한 더욱 안 되겠지요. 아, 장군님, 부디 질투심을 경계하십시오! 질투심이란 희생물을 맘대로 조롱하고 잡아먹는 푸른 눈의 괴물이랍니다. 그러나 사랑에 푹 빠진 상태에서 상대를 의심하면서도 강렬하게 사랑할 수밖에 없는 사람은 저주받은 시간이 얼마나 길게 여겨지겠습니까?

오셀로　오, 비참한 얘기로다!

이아고　가난하나 만족하고 사는 사람은 어떤 부자도 부러워하지 않는 법이지만, 제아무리 부자라도 가난해질까봐 항상 두려워하는 사람의 마음은 한겨울처럼 쓸쓸하게 마련입니다. 하느님, 제발 우리 일가친척들을 질투로부터 지켜주소서!

오셀로　왜 그런 말을 하는 건가? 자네는 내가 질투나 하며 사는 줄 아는가? 아냐. 난 의심이 생기면 단번에 해결할 거야. 이아고, 나는 의심이 들면 증거를 찾을 거야. 증거를 찾으면 답은 한 가지, 사랑이 아니면 질투심을 당장 버리든지, 이 둘 중 하나겠지!

이아고　됐습니다. 이제야 장군님께 품고 있는 제 사랑과 존경심을 좀 더 솔직하게 표현해도 될 것 같군요. 아직 증거가 있는 건 아닙니다만, 제가 보여드리겠습니다. 부인을 잘 살펴보십시오. 특히 카시오와 함께 계실 때 말입니다. 베니스에서는 여자들이 남편에게만은 감히 보여주지 못하는 나쁜 짓을 신에게는 보여준답니다. 그녀들의 도덕관이라는 건 안 하는 게 아니라 안 들키는 거니까요. 부인은 장군님하고 결혼하기 위해 부친을 속였던 분이 아니십니까? 그렇게 젊은 여자가 시치미를 뚝 떼고 아버지를 감쪽같이 속였으니, 아버지는 마술을 쓴 줄 안 겁니다. 제가 말을 너무 지나치게 했습니다만 장군님을 사랑하는 탓에 그런 거니 부디 용서해주십시오.

오셀로　내 자네한테 큰 빚을 졌네.

이아고　장군님, 제 얘기는 뜻밖의 좋지 않은 결과를 불러올지도 모릅니다. 카시오는 제가 믿는 소중한 친구거든요.

오셀로　나도 데스데모나가 정숙하다고 생각해. 하지만 본성이 빗나간다면…….

이아고　바로 그겁니다. 감히 말씀드리자면, 부인께서는 같은 나라, 같은 피부색, 같은 신분의 수많은 혼처를 모조리 외면했단 말씀입니다. 우리는 그런 인간들의 욕망에서 가장 부패하고 추하게 일그러진 비정상적인 생각을 읽어낼 수 있죠. 하지만 용서하십시오. 장군님의 부인을 지목해서 말씀드린 것은 아닙니다. 다만 부인께서 차차 판단력을 회복하게 되면 장군님의 얼굴을 자기 나라 남자들과 비교해보고 혹시나 후회하실까봐 그런 겁니다.

오셀로 이만 헤어지세. 잘 가게. 뭐 더 알아낸 게 있으면 알려주고 자네 처를 감시자로 세워주게.

이아고 장군님, 저는 그만 물러가겠습니다. (퇴장)

오셀로 내가 왜 결혼했을까? 저 정직한 녀석은 필시 감추고 있는 게 더 많을 거야. 만일 데스데모나가 도저히 길들일 수 없는 야성의 매라면 설령 그 발목에 맨 끈이 내 소중한 마음일지라도 나는 그녀를 풀어줘 자유롭게 살아가게 하리라. 아, 이까짓 게 무슨 원앙의 쌍이람! 난 속은 거야. 이제 나의 위안이란 그녀를 증오하는 것이야. 내 차라리 한 마리 두꺼비가 되어 어둡고 깊은 동굴 속의 썩은 공기나 마시며 살지언정 사랑하는 여자를 남이 마음껏 갖고 놀게 하지는 않으리라. 저기 데스데모나가 오는군.

데스데모나와 에밀리아 등장.

데스데모나 여보, 무슨 일이에요? 이 섬의 초대 받은 귀족들이 저녁 식탁 앞에서 당신이 참석하기를 기다리고 있어요.

오셀로 미안하오, 두통이 좀 있어서.

데스데모나 잠을 못 주무셔서 그러신 거니까 한 시간도 못 돼서 없어질 거예요. 제가 머리를 동여매 드릴게요.

오셀로 그 손수건은 너무 작군. (데스데모나, 손수건을 떨어뜨린다) 내버려두고 저녁이나 들러 함께 갑시다.

데스데모나 당신, 정말 많이 안 좋으신가봐요. (오셀로와 데스데모나 퇴장)

에밀리아 이 손수건을 이렇게 쉽게 얻다니, 웬일이람. 무어 장군님께서 마님한테 주신 이 첫 번째 선물을 남편이 훔쳐오라고 그토록 사정했건만 어디 틈이 생겨야지. 마님이 한시도 손에서 떼지 않고 여기에 입을 맞추면서 말을 건네곤 하니 말이야. 이 정표를 항상 몸에 간직해달라는 장군님의 엄명에 따라 정말 애지중지하셨지. 남편이 이걸로 뭘 할지는 하늘이나 아시겠지. 나야 그이가 변덕스럽다는 것 외에는 아는 게 없으니까.

이아고 등장.

이아고 아니, 여기서 혼자 뭘 하는 거야?

에밀리아 그런 식으로 날 나무라지 말아요. 당신에게 줄 게 있으니까요.

이아고 내게 줄 게 있다고? 보나마나 흔해빠진 거겠지.

에밀리아 말 다했수? 그토록 부탁한 손수건이라면?

이아고 그걸 훔쳐냈다고?

에밀리아 그게 아니라 마님이 바닥에 떨어뜨린 걸 내가 운 좋게 주운 거죠. 여기 봐요.

이아고 잘됐다. 어서 이리 줘. (손수건을 빼앗은 다음 에밀리아에게 키스를 한다)

에밀리아 이걸 대체 어디에 쓰려고 그렇게 조른 거죠?

이아고 그건 알아서 뭐 하려고?

에밀리아 그리 중요한 목적이 아니라면 그냥 돌려주세요. 마님이 없어진 것을 아시면 미쳐버릴지도 몰라요.

이아고 쓸 데가 있어서 그런 거니까 모르는 척하고 있어. 어서 가봐. (에밀리아 퇴장) 이 손수건을 카시오의 숙소에 슬쩍 떨궈 그가 줍게 해야지.

아무리 공기처럼 가볍고 보잘것없는 물건일지라도 질투심에 사로잡힌 자에게는 성경 말씀만큼이나 강력한 확증이 될 수 있는 법, 무어 녀석은 벌써 내가 준 독약에 맛이 갔어. 억측이라는 건 독약과도 같아서 처음에는 고약한 맛을 거의 느끼지 못하다가도, 차츰 핏속으로 퍼지면 온몸이 유황불처럼 타오르게 되는 거지. (오셀로 등장) 저길 보라니까! 그 어떤 아편이나 최면제, 이 세상의 온갖 잠 오는 약을 다 먹는다 해도 이젠 당신이 지난밤에 맛봤던 그 달콤한 잠을 다시는 즐기지 못하리라.

오셀로 허허! 나를, 나를 배신해?

이아고 아니, 장군님, 무슨 일이십니까? 그 얘기는 이제 그만하세요.

오셀로 비켜! 꺼져버려! 넌 나를 고문대에 올려놨어. 차라리 크게 속는 것이 조금 알고 있는 것보다는 낫겠지.

이아고 왜 그런 말씀을?

오셀로 아내가 나 몰래 욕정의 순간을 즐겼는지 생각지도 않은 채 잠을 잤어. 다음 날 밤에도 잘 자서 마음이 개운해졌지. 난 그녀의 입술에서 카시오의 키스 자국도 못 봤다니까. 도둑을 맞아도 본인이 진상을 모르고 있다면 알려주기 전까지는 도둑맞은 것이 아니란 말일세.

이아고 이런 말씀까지 듣고 보니 죄송합니다.

오셀로 아무것도 몰랐더라면, 설사 군대 안의 졸병을 포함하여 모든 군인들이 그녀의 육체를 맛보았다 하더라도 나는 행복했을 텐데. 아! 마음의 평화와는 이젠 영원히 헤어져야 하는구나! 가슴을 그득 채웠던 만족감도 이제는 사라져 버렸구나! 깃털 투구를 쓴 부대도, 야망을 미덕으로 바꾸어주는 전쟁도 이제는 다 끝장났구나!

이아고 그 무슨 말씀을!

오셀로 이놈, 내 사랑 데스데모나가 창녀라는 사실을 확실히 증명해봐라. 한치의 의심도 품을 수 없도록 확실한 증거로 빈틈없이 입증을 못할 땐 슬픈 여생을 각오하게.

이아고 장군님, 격정에 사로잡히셨군요. 제가 그 원인이 되었으니 정말 후회가 되는군요. 어떤 장면을 보셔야 확신을 가지시겠어요? 장군님이 구경꾼처럼 입을 딱 벌린 채 그 녀석이 부인을 올라타고 있는 모습이라도 보시겠단 말씀인가요?

오셀로 이런, 빌어먹을! 그녀가 부정하다는 증거를 대봐!

이아고 저 역시 이 임무가 달갑지는 않습니다. 하지만 여태껏 충정으로 이 일에 관여해온 이상 어리석은 정직성으로 남은 얘기를 모두 털어놓겠습니다. 최근 저는 카시오와 함께 잠자리에 든 적이 있는데, 이런 잠꼬대를 하더군요. '아름다운 데스데모나, 우리 사랑을 들키지 않도록 조심합시다.' 그러더니 제 손을 꼭 움켜잡는 것이었습니다. 그러고는 '당신을 사랑해' 하더니 제 입술을 뿌리째 빨아들일 것처럼 힘껏 키스를 퍼부었죠. 그러더니 '잔인한 운명이여, 당신을 무어인에게 주다니!' 하고 큰소리로 외치더군요.

오셀로 오, 정말 끔찍한 얘기로구나! 그년을 갈가리 찢어야겠군.

이아고 이럴 때일수록 현명하셔야지요. 아직 무슨 짓을 하는 걸 직접 본 건 아니니까요. 그런데 혹 부인께서 딸기 무늬가 있는 손수건을 갖고 계신 걸 보신 적이 있습니까?

오셀로 내가 아내에게 첫 번째 선물로 준 것이지.

이아고 그 사실은 전혀 몰랐지만, 부인 것이 분명한 그 손수건으로 카시오가 수염을 닦고 있는 걸 봤습니다.

오셀로 만일 그게 바로 그 손수건이라면…….

이아고 그렇다면 부인에게 불리한 증거가 되는 거죠.

오셀로 이 천하에 못된 놈의 모가지가 사천 개쯤 있었다면! 복수를 하기에 한 개는 너무 부족해. 이아고, 이제야 그 이야기가 사실이라는 걸 깨달았으니, 내 모든 어리석은 사랑을 허공에 날려보내겠네. 검은 복수여, 지옥의 동굴에서 뛰쳐나오너라. 오, 사랑이여! 너의 왕관과 마음의 옥좌를 그 폭군 같은 증오심에게 넘겨줘라! 살무사 혓바닥으로 꿈틀거리는 가슴이여, 독으로 부풀어올라라!

이아고 진정하시고 참으시죠. 마음이 변할지도 모르니까요.

오셀로 그런 일은 결코 없을 거야. 내 잔인한 복수심은 지금 맹렬한 기세로 온몸을 흐르고 있다네. 기필코 복수할 때까지는, 저 변치 않는 빛나는 하늘에 걸고 맹세컨대 (무릎을 꿇는다) 절대로 물러서지 않겠네.

이아고 (같이 무릎을 꿇는다) 영원히 빛나는 천상의 찬란한 별들이여, 이 별을 둘러싼 대기여, 굽어살피소서. 나 이아고는 몸과 마음을 다해서 부당하게 배신당한 오셀로 장군님을 돕겠습니다. 장군님의 명령이라면 어떤 일이 있어도 복종하겠습니다. (두 사람 일어선다)

오셀로 이아고, 자네의 사랑을 진심으로 받아들이면서 즉시 시험에 붙이겠네. 사흘 안으로 카시오가 죽었다는 소식을 내게 전하라.

이아고 분부대로 제 친구는 죽이겠지만, 부인만은 살리시는 게…….

오셀로 망할 년! 음탕한 년! 자, 여기서 헤어지세. 나는 집으로 가서 그 아름다운 악마를 해치울 궁리를 해야겠네. 이제 내 부관은 자네인 줄 알게나.

이아고 저야 언제나 변함없는 장군님의 부하가 아닙니까.

제 4 장 같은 장소

데스데모나, 에밀리아, 어릿광대 등장.

데스데모나 이보게, 카시오 부관님이 어디 거주하시는지 알고 있는가?

어릿광대 그건 감히 말씀드릴 수 없지요.

데스데모나 이유가 뭐지?

어릿광대 그분이 군인이라 그렇습니다. 군인의 거주지를 밝히는 건 칼 맞을 일이 아닙니까?

데스데모나 그럼 수소문을 좀 해줄 수 있겠나? 그분을 찾아서 이리로 좀 오시라고 전해주게. 내가 그분을 위해 장군님을 설득했으니까 모든 일이 잘될 것이라는 것도 말씀드리고.

어릿광대 그런 일이라면 제가 시도해보지요. (퇴장)

데스데모나 에밀리아, 내가 그 손수건을 어디서 잃어버렸을까?

에밀리아 마님, 저도 모르겠네요.

데스데모나 차라리 금화가 가득 든 지갑을 잃어버리는 편이 이보다는 나았을 거야. 고귀한 장군님이 질투심이 많지 않아서 다행이야.

에밀리아 장군님께선 질투심이 없는 편이세요?

데스데모나 누가? 그이가? 그분이 태어난 곳의 태양이 그런 성질을 모조리 말렸나봐.

에밀리아 저기 오시네요.

오셀로 등장.

데스데모나 여보, 기분은 좀 어떠세요?

오셀로 괜찮소. (방백) 감정을 감추기가 정말 어렵군. 데스데모나, 당신은 어떻소?

데스데모나 좋아요, 여보.

오셀로 손 좀 주시오. 손이 촉촉하구려.

데스데모나 아직 세월도 슬픔도 겪지 않은 손이죠.

오셀로 이건 아낌없는 사랑과 풍요를 나타내는 증거요. 따뜻하면서도 촉촉한 당신의 이쪽 손은 방종을 멀리하도록 금식과 기도와 경건한 예배가 필요하다는 걸 보여주고 있소. 바로 여기에 젊은 악마 한 놈도 보이는군. 하지만 이건 착하고 인정이 많은 손이오.

데스데모나 맞는 말씀 같네요. 제 마음을 전해드린 것도 바로 이 손이니까요.

오셀로 아낌없이 주는 손이지! 옛날에는 마음이 서로 통해야만 손을 주곤 했는데, 요즘에는 마음도 없이 손만 주나보군.

데스데모나 무슨 말씀인지 잘 모르겠군요. 그런데 그 약속은 어떻게 되었죠?

오셀로 무슨 약속 말이오?

데스데모나 당신께 직접 말씀드리는 게 나을 것 같아 카시오를 부르러 사람을 보냈어요.

오셀로 자꾸 콧물이 나오는군. 손수건 좀 빌려주시오.

데스데모나 여기 있어요, 여보.

오셀로 내가 당신에게 준 그 손수건 있잖소.

데스데모나 지금은 없는데요.

오셀로 없다고?

데스데모나 네, 없어요.

오셀로 그 손수건은 이집트의 한 여자 마술사가 내 어머니께 드린 것이오. 사람들 생각을 잘 읽어내는 여자였는데, 그녀는 어머니께 이런 말을 한 적이 있소. 그 손수건을 갖고 있는 동안 여자는 남편의 사랑을 독차지할 수 있지만, 그걸 잃어버리거나 다른 사람에게 선물로 주면 남편은 아내를 혐오하게 되고, 외도를 하게 된다고 말이오. 어머니는 임종 때 그걸 내게 주시면서 내가 아내를 맞으면 그녀에게 주라고 이르셨소. 그래서 그것을 애지중지하라고 당부했던 거요. 당신의 보배 같은 눈처럼 주의를 기울여달라고 말이오. 그것을 잃어버리거나 누구에게 줘버리면 틀림없이 커다란 파멸을 맞을 거요.

데스데모나 어떻게 그런 일이?

오셀로 모두 사실이오. 마법으로 짠 손수건이니까. 태양이 200번이나 공전하는 동안 죽지 않고 살아온 마녀가 예언자의 광기로 한 올 한 올 짠 작품이라오. 그 명주실을 뽑아낸 누에도 신성할 뿐더러 물감은 어떤 도사가 처녀들의 심장을 달여낸 진액으로 만든 거라더군.

데스데모나 그게 정말이에요? 차라리 이야기를 듣지 않았다면 좋았을걸! 그런데 왜 그렇게 무서운 어조로 말씀하세요?

오셀로 잃어버린 거요? 사라진 거요? 없어졌다는 말은 아니오?

데스데모나 잃어버린 건 아니지만, 만약 잃어버렸다면요?

오셀로 하!

데스데모나   잃어버린 건 아니라니까요.

오셀로   그럼 갖고 오시오. 내 눈으로 봐야겠소.

데스데모나   나중에 보여드릴게요. 제 부탁을 얼버무리려고 그러시는 것 같은데, 부탁이에요. 카시오를 그 자리에 다시 불러주세요.

오셀로   손수건이나 갖고 와요. 왠지 불안하군.

데스데모나   아이, 참! 카시오 얘기나 해보시라니까요.

오셀로   손수건!

데스데모나   오랫동안 당신의 사랑으로 당신과 위험을 나누었던…….

오셀로   젠장! (퇴장)

에밀리아   저분이 질투심이 없으시다고요?

데스데모나   저러신 적은 한번도 없었는데. 분명히 그 손수건에 무언가 신비로운 게 있나본데, 그걸 잃어버렸으니 어떡하면 좋지!

에밀리아   남자들의 속은 한두 해 겪어서는 결코 알 수 없답니다. 남자들이 모두 위장이라면 여자들은 음식이니까요. 결국 남자들은 허겁지겁 여자들을 먹어치우고는 속이 꽉 차면 도로 뱉어내게 마련이죠. 어머, 카시오 부관님과 제 남편이 오는군요.

카시오와 이아고 등장.

이아고   별 도리가 없잖아요. 마님만이 하실 수 있는 일이니 부탁해보는 수밖에. 아, 정말 운이 좋군요. 가서 사정해보세요.

데스데모나   안녕하세요, 카시오 부관님?

카시오   부인, 일전에 부탁드린 일로 이렇게 찾아왔습니다. 부인께서 저를 생각해주셔서 제가 다시 살아갈 수 있도록, 또한 제가 그 누구보다 극진히 여기는 장군님의 사랑 받는 일원으로 돌아갈 수 있도록 모쪼록 애써주십사고 간청드리는 바입니다.

데스데모나　카시오 부관님, 아무리 간청해봤자 소용이 없네요. 남편이 겉모습은 그대로지만 기분이 옛날 같지 않아요. 조금만 더 참으셔야겠어요. 제가 할 수 있는 일은 다 할 생각이니까요.

이아고　장군님께서 화가 나셨다고요?

에밀리아　방금 떠나셨는데, 분명히 예전과는 다르셨어요.

이아고　그분도 화를 내실 때가 다 있습니까? 대포가 당신의 부하들을 공중 분해시킬 때도 그토록 침착하시던 분이 화를 내시다니, 뭔가 큰일이 생긴 거로군. 제가 가서 뵙겠습니다.

데스데모나　그래주세요. (이아고 퇴장) 틀림없이 나랏일 때문일 거야. 바로 그거야. 그래, 남자들을 신으로 알아서도 안 되지만, 신혼에나 어울리는 자상함을 언제나 기대해서도 안 되지. 에밀리아, 내가 잘못한 것 같아. 투정만 한 내가 잘못이야.

에밀리아　마님 생각대로 질투 같은 게 아니라 나랏일로 기분이 상하신 거라면 좋겠네요.

데스데모나　어쩌지? 하지만 난 의심받을 짓을 하진 않았잖아.

에밀리아　의심이 많은 사람들에게는 그런 대답이 통하지 않는 법이죠. 이유가 있어서 의심하는 게 아니라 의심 때문에 의심하는 거니까요. 의심이란 스스로 생겨나거나 태어나는 괴물이랍니다.

데스데모나　카시오 부관님, 나는 그이를 찾아볼 테니 이 근처를 떠나지 마세요. 기회를 봐서 당신 얘기를 해볼게요.

카시오   허리 숙여 감사를 표합니다. (데스데모나와 에밀리아 퇴장)

비앙카 등장.

카시오   미안해, 비앙카. 그간 우울한 일이 좀 있어서 그랬어. 그러나 때가 되면 그동안 빚진 것을 모두 갚을게. 사랑스런 나의 비앙카, 이 무늬를 (데스데모나의 손수건을 주면서) 그대로 좀 베껴주겠어?

비앙카   카시오, 이건 어디서 났죠? 새로운 애인이 준 정표 같은데? 그동안 못 만난 이유를 이제야 알겠군. 정말 그런 거야?

카시오   엉뚱한 소리는 하지도 마. 내 방에서 주운 거야. 이 딸기 무늬가 마음에 들어서 갖고 있는 것뿐이야. 당신이 돌려달라고 하기 전에 베껴두고 싶으니 가지고 가서 좀 해줘요. 그리고 오늘은 그만 가보라고.

비앙카   날더러 가라고? 왜?

카시오   장군님이 곧 오실 건데 당신과 있는 걸 보이고 싶지 않아. 곧 당신을 찾아갈게.

비앙카   알았어. 다 때가 있는 법이니 까. (퇴장)

제 4 막

제 1 장 성 앞

오셀로와 이아고 등장.

오셀로 놈이 뭐라던가? 허, 그놈이 무슨 말을 했는데?

이아고 했다고요……. 뭘 했는지는 모르지만.

오셀로 내 아내와?

이아고 '와'든 '위'든, 그건 좋으실 대로 생각하세요.

오셀로 내 아내와 잤다는 건가, 내 아내 위에서 잤다는 건가? 제기랄, 그런 역겨운 말을! 남자들은 여자를 헐뜯고 싶을 땐 같이 자지도 않고서 잤다고 우기는 법이지만, 내 아내 위에서 잤다니! 손수건, 자백, 손수건! 먼저 자백을 시킨 다음 수고한 대가로 놈을 교수형에 처하게. 아냐, 먼저 교수형에 처한 다음 고백을 시키게. 아, 치가 떨리는구나. 딱히 집히는 것도 없는데 내가 이렇게 마음이 헝클어질 리가 없지. 내가 그까짓 말만 듣고 이렇게 떠드는 건 잘못이야. 제기랄! 두 연놈이 코와 코, 귀와 귀, 그리고 입술과 입술을 서로 비벼댔다니! 그럴 수가! 자백이라고? 손수건은! *(기절해서 쓰러진다)*

이아고 내 약이 드디어 약효를 발하는구나. 남의 말을 쉽게 믿는 바보들은 이렇게 무너지고, 수많은 정숙한 귀부인들은 또 아무런 죄도 없이 이런 식으로 치욕을 당하고 쓰러지는 거지. 장군님! 정신차리시라니까요, 오셀로 장군님!

카시오 등장.

카시오 무슨 일인가?

이아고 장군님께서 간질로 발작을 일으키셨어요. 어제도 한 번 그러셨는데, 이번이 두 번째죠.

카시오 관자놀이께를 문질러드려.

이아고 아닙니다. 이렇게 혼수 상태에 빠졌을 땐 가만히 놔둬야지, 잘못 건드리면 게거품을 물고 사나운 광기를 보일 것입니다. 보세요, 몸을 움직이시는군요. 부관님은 잠시만 뒤로 물러나 계십시오. 장군님이 회복되어 돌아가시고 나면 꼭 드릴 말씀이 있습니다. (카시오 퇴장) 장군님, 괜찮으세요? 머리는 안 다치셨습니까?

오셀로 지금 나를 놀리는 건가?

이아고 장군님을 놀리다뇨? 천만에요. 장군님께서 사나이답게 불운을 잘 견디시기만을 빌 뿐입니다.

오셀로 그렇겠지.

이아고 그럼 잠깐만 저쪽으로 가서서 가능한 한 자제력을 발휘하며 기다리고 계십시오. 조금 전 장군님께서 비탄을 못 이기신 나머지 여기 쓰러지셨을 때 카시오 부관이 왔거든요. 제가 정신을 잃으신 이유를 적당히 둘러대서 얼버무린 뒤 할 말이 있으니 잠시 후에 다시 오라고 보냈습니다. 그러니 몸을 숨기신 뒤 그 녀석의 표정을 자세히 관찰해보십시오. 제가 부인을 어디서, 어떻게, 언제부터, 얼마나 자주 만났는지, 그리고 언제 또 만날 건지 물어볼 테니 그의 표정과 몸짓을 지켜보십시오. 저런, 참으셔야 하는데. 안 그러시면 화만 내실 줄 알았지 남자다운 데는 하나도 없는 분으로 알고 있겠습니다.

오셀로   염려 말게, 이아고. 아주 교묘하게 참을 테니까. 하지만 누구보다 더 잔인한 사람이 될 수도 있지.

이아고   그거야 좋습니다만 자제력을 잃지는 마셔야죠. 저기, 저쪽에 가 계시는 게 어떻겠습니까? (오셀로, 볼 수는 있지만 들을 수는 없는 곳에 몸을 숨긴다) 이젠 카시오 녀석한테 매춘부 비앙카 얘기를 꺼내야지. 아마 카시오는 비앙카 얘기라면 웃음을 참지 못할걸? 옳지, 마침 나타났구나.

카시오 다시 등장.

이아고   기분이 어떠십니까, 부관님?

카시오   그 호칭을 들으니 더욱 기분이 나빠지는군. 그 직위를 잃은 뒤엔 죽을 맛이라네.

이아고   데스데모나 부인께 잘 부탁드리면 다시 찾으실 수 있을 겁니다. (작은 소리로) 물론 그 일이 비앙카의 입에 달렸다면 벌써 해결됐을 터이지만!

카시오   허허, 딱한 계집!

오셀로   (방백) 저런, 벌써 웃고 있네!

이아고   그 여자하고 곧 결혼할 거라는 얘기가 들리던데, 그게 사실입니까?

카시오   하 하 하!

오셀로   (방백) 로마인처럼 승리를 거뒀다, 이건가?

카시오   결혼이라고? 그 매춘부하고? 내 판단력이 그 정도인 줄 아나? 날 너무 얕잡아보지는 말게. 하 하 하!

오셀로   (방백) 그래, 그래. 나중에 웃는 자가 승자니까. 그래, 나를 능멸했겠다? 좋다.

카시오   고것이 방금 전에도 여길 다녀갔네. 내가 어디를 가든 뒤를 쫓아다니니까. 하루는 내가 해변에서 베니스 사람 몇 명과 얘기를 나누고 있는데, 그 잡것이 거기까지 따라와서는 내 목을 이렇게 팔로 꼭 끌어안고는……

오셀로   (방백) '아, 사랑하는 카시오!'라고 외쳤겠지! 몸짓을 보아하니 그런 뜻인가본데?

카시오   매달려서 찔끔거린 적도 있었지. 나를 이렇게 힘껏 껴안더라니까. 하 하 하!

이아고   어이쿠! 그 여자가 오네요.

비앙카 등장.

카시오   향수 냄새가 진동하는군! (비앙카에게) 족제비 같은 게 무슨 생각으로 날 이렇게 좇아다니는 거야?

비앙카   당신은 악마한테 쫓겨다녀도 싼 위인이야. 조금 전엔 또 무슨 생각으로 내게 그 손수건을 준 거지? 내가 그런 걸 다 받다니, 지지리도 못난 바보지. 딸기 무늬를 모조리 베끼라고? 손수건이 방에 떨어져 있었는데도 누가 떨어뜨렸는지조차 모른다고? 그럴 듯한 변명이지만 어떤 음탕한 년의 정표가 아니라면 뭐겠어? 그런데 내가 왜 그걸 베껴야 하냐고! 자, 도로 가져가서 그 쌍년한테나 돌려줘.

카시오   사랑하는 나의 비앙카! 도대체 무슨 일이야?

오셀로   (방백) 맙소사, 저건 내 손수건이잖아!

비앙카   오늘밤 저녁 먹으러 올 테면 오고, 안 그러면 다음에 오겠다는 꿈도 꾸지 마. (퇴장)

이아고   따라가셔야죠. 따라가시라니까!

카시오   그래야겠지? 그냥 내버려두면 길 한복판에서 내게 악담을 퍼부을 테니까. (퇴장)

오셀로   (앞으로 나오면서) 이아고, 저놈을 어떻게 죽여버릴까?

이아고   보셨죠? 그가 얼마나 악행을 즐기는지? 그리고 그 손수건도 보셨겠죠?

오셀로   내 것이 맞지?

이아고   네, 맹세할 수도 있습니다. 게다가 그는 장군님 부인을 어리석은 여자 취급을 하더군요! 부인은 손수건을 그에게 주셨는데, 그는 그것을 창녀한테 줘버렸으니.

오셀로   놈을 9년에 걸쳐 괴롭히면서 죽여야겠다! 망할 년! 난 그녀를 있는 그대로 말했던 거라고. 바느질 솜씨도 그만이고 음악에도 뛰어난 여자니까. 사나운 곰조차 그녀의 노래를 들으면 야수성을 잊어버릴걸! 게다가 재치도 뛰어난 편이고 창의력도 풍부했지!

이아고 그러니까 더욱더 나쁘죠.

오셀로 천 배 만 배나 나쁘지. 그 위에다 성품은 또 얼마나 온순한가.

이아고 지나치게 유순하셨죠.

오셀로 간통을 저지르다니, 그년을 갈아 마셔도 시원치 않을 거야!

이아고 더러운 짓이죠.

오셀로 그것도 내 부하와! 독약 좀 갖다주게, 이아고. 오늘밤 당장! 난 그녀와 오래 얘기하지는 않을걸세. 그녀의 아름다운 얼굴과 육체 때문에 결심이 무너질지도 모르니까. 이아고, 오늘밤일세.

이아고 독약을 쓰시지 말고 침대에서 목을 조르시죠. 그녀가 더럽힌 바로 그 침대에서 말입니다.

오셀로 좋아, 좋아! 그게 더 정당한 것 같군. 아주 좋아!

이아고 그리고 카시오의 처형은 제게 맡겨주십시오. 자정 무렵에 소식을 전하겠습니다.

오셀로 그게 좋겠네. (안에서 나팔소리) 그런데, 이 시각에 웬 나팔소리인가?

로도비코, 데스데모나 및 시종들 등장.

이아고 베니스에서 무슨 일이 생긴 것 같습니다. 공작님이 보내신 로도비코가 부인과 함께 오셨네요.

로도비코 장군님께 신의 가호가 있기를!

오셀로 고맙소, 잘 오셨습니다.

로도비코 공작님과 베니스 의원들이 전한 문안 인사를 올리겠습니다.

(오셀로에게 편지를 준다)

오셀로   그분들의 뜻을 기쁜 마음으로 받아들이겠습니다. (편지를 펴고 읽기 시작한다)

데스데모나   오라버니, 무슨 소식이라도 있나요?

이아고   어른을 뵙게 되어 대단히 반갑습니다. 키프로스에 정말 잘 오셨습니다.

로도비코   고맙네. 카시오 부관은 잘 지내시겠지?

이아고   무사하십니다.

데스데모나   오라버니, 부관님과 장군님 사이가 요즘 벌어졌어요. 오라버니가 다 알아서 해결해주실 거죠?

로도비코   장군과 카시오 사이가 벌어졌다고?

데스데모나   유감스럽게도 그렇게 됐어요. 저는 무슨 일이 있더라도 두 분을 화해시키고 싶어요. 카시오 부관님을 좋아하니까.

오셀로   빌어먹을!

데스데모나   왜 그러세요, 여보?

오셀로   지금 제정신이오?

데스데모나   화가 나셨나봐요, 여보?

로도비코   편지 때문이겠지. 내 생각이지만 장군에게는 귀국을 명하고, 통수권을 카시오에게 위임하라는 내용인 듯싶던데.

오셀로   이 악마 같으니라고! (그녀를 때린다)

데스데모나   제가 뭘 잘못했죠?

로도비코   장군, 만일 베니스에서 이랬다면 아무도 믿지 않았을 거요. 너무 심한 행동을 했소. 동생을 달래주시오. 지금 울고 있잖소.

오셀로　오, 악마가 따로 없군! 이 대지가 여자의 눈물로 잉태할 수 있다면, 네년이 흘리는 눈물 방울방울마다 악어가 태어나겠지. 어서 썩 꺼지지 못할까?

데스데모나　저 때문에 기분이 상하셨다면 가보겠어요. (퇴장)

오셀로　카시오에게 제 지위를 넘겨주겠소. 로도비코, 키프로스에 잘 오셨소. 오늘 저녁식사나 함께 합시다. 에잇, 염소나 원숭이 같은 것들!

(퇴장)

로도비코　저 고결한 무어인이 바로 우리 상원 전체가 이구동성으로 완벽하다고 격찬했던 바로 그분인가? 빗발치는 총알이나 난데없이 날아드는 환란의 화살로도 해칠 수 없었다는 바로 그 대단한 덕망을 갖췄다는 그분이 맞는가?

이아고　많이 변하셨습니다.

로도비코　정신이 온전한 것 같지 않군. 혹시 머리가 돈 건 아닌가?

이아고　두 눈으로 보신 대로 그렇습니다. 앞으로 또 어떻게 더 변하실지 전혀 예측할 수가 없습니다만, 아직 그렇게 되신 게 아니라면 차라리 그렇게 되시는 게 나을 듯싶기도 합니다.

로도비코　혹시 편지에 자극받은 나머지 저러는 건가? 내가 정말 사람을 잘못 본 것 같군. (두 사람 퇴장)

제 2 장 성 안의 방

오셀로와 에밀리아 등장.

오셀로 그래, 아무것도 못 봤단 말인가?

에밀리아 보고 들은 것도, 수상하다고 느낄 만한 것도 없었습니다.

오셀로 하지만 내 아내와 카시오가 함께 있는 건 봤겠지?

에밀리아 그렇긴 하지만 수상한 행동은 하지 않으셨는걸요. 두 분이 주고받으신 얘기는 한마디도 빠뜨리지 않고 들었으니까요.

오셀로 뭐야, 둘이서 속삭인 적도 없었다고?

에밀리아 전혀 없었습니다.

오셀로 너를 밖으로 내보낸 적은?

에밀리아 전혀요, 장군님.

오셀로 가서 마님더러 이리 오라고 말해주게. (에밀리아 퇴장) 저것도 말은 제법 하는 축이지만 단순한 뚜쟁이라 정작 중요한 얘기는 할 줄 몰라. 어쩌면 교활한 창녀일지도 모르지. 자물쇠와 열쇠를 모두 갖춘 사악한 비밀 금고거나.

데스데모나와 에밀리아 등장.

데스데모나 여보, 무슨 일이세요?

오셀로　이리 가까이 오시오. (에밀리아에게) 자넨 나가서 할 일이나 하게. 우리는 그 짓을 할 거니까 문을 꼭 닫아주게. 그리고 누가 오면 헛기침을 하고. 자, 어서 나가! (에밀리아 퇴장)

데스데모나　그게 무슨 뜻이죠? 당신 말에 노기가 담겨 있는 건 알겠지만, 무슨 뜻인지 전혀 알아들을 수가 없군요.

오셀로　대체 넌 뭐냐?

데스데모나　당신의 아내, 진실하고 충실한 부인이지요.

오셀로　그럼 그렇게 맹세를 하고 지옥에나 떨어지지그래. 얼굴이 천사같이 생겼으니 악마들이 안 잡을지도 모르지. 그러니까 정절을 맹세하고 지옥을 두 번 가보시지.

데스데모나　하늘이 진실을 보고 있어요.

오셀로　물론 하늘은 진실을 알고 계시지. 지옥 같은 너희 죄를.

데스데모나　누구에게, 여보? 누구와 무슨 죄를 저질렀다는 거예요?

오셀로　아, 데스데모나! 저리 가! 저리 가! 저리 가라니까!

데스데모나　고귀한 당신께서는 제가 정숙하다는 것을 누구보다 잘 아실 텐데요.

오셀로　오, 맞아. 없애자마자 바로 나타나는 여름철 쉬파리처럼 그대는 정숙하지. 오, 잡초 같은 여자여! 그대는 왜 그리 향기롭고 아름다운가? 냄새가 너무 달콤하여 코를 찌르는구나. 아예 태어나지 말았더라면 좋았을걸!

데스데모나　아아, 저도 모르게 제가 무슨 죄를 저질렀나요?

오셀로　이 깨끗한 종이로 멋진 책을 만들어 그 안에 '창녀'라고 적어 넣으라고? 당신이 무슨 죄를 저질렀느냐고? 죄를 저질렀지! 이 뭇 남자들의 노리개야! 네 행실을 입에 담는 것만으로도 내 뺨은 불타는 용광로로 바뀌고 도덕심은 모조리 잿덩이로 변할 것이다. 죄를 저지르다니! 이 뻔뻔한 창녀 같으니라고!

데스데모나   저를 정말이지 오해하고 계십니다.

오셀로   네가 창녀가 아니란 말이지?

데스데모나   물론이죠. 저는 기독교인이니까요. 모든 더럽고 불미스런 접촉으로부터 남편을 위해 몸을 깨끗하게 지켜온 여자가 창녀가 아니라면, 저는 당연히 창녀가 아닙니다.

오셀로   미안하오. 난 당신이 이 오셀로와 결혼한 베니스 출신의 영악한 창녀인 줄 알았소. (퇴장)

에밀리아 등장.

에밀리아   저런, 마님 괜찮으세요? 저분이 대체 무슨 생각으로 저러시지? 착한 마님, 왜 그러세요?

데스데모나   꼭 악몽을 꾸는 것 같아. 눈물이 나도 울 수도 없고, 대답할 말도 없으니까. 부탁이 있는데, 오늘밤에는 잊지 말고 결혼식날 덮었던 이불을 준비해줘. 그리고 자네 남편을 좀 불러주고.

에밀리아   정말 변하셨네! (퇴장)

이아고와 에밀리아 등장.

이아고   부르셨습니까, 마님?

에밀리아　글쎄, 장군님께서 마님더러 창녀라고 욕을 하시더니 진실한 사람이라면 도저히 견디기 어려운 악담과 독설을 퍼부으셨답니다.

데스데모나　이아고, 그게 나의 호칭인가?

이아고　어떤 호칭을 말씀하시는 겁니까?

데스데모나　그이가 나를 불렀던 바로 그 호칭 말일세.

에밀리아　마님더러 창녀라고 하셨다니까요. 아무리 술 취한 거지라도 제 계집에게 그런 말을 안 할 텐데.

이아고　울지 마세요. 울지 마세요. 이 일을 어떻게 풀어야 한담!

에밀리아　우리 마님께서 창녀라는 소리나 들으시려고 그토록 수많은 귀족들과 아버님과 친구들을 버리신 건가요? 어떻게 눈물이 나오지 않겠어요?

데스데모나　비참한 내 운명을 탓해야겠지.

이아고　몹쓸 양반이시군요! 어째서 그런 변덕을 부리셨을까요?

에밀리아　틀림없이 남의 일에 쓸데없이 나서고 속여먹고 사기나 치는 어떤 흉악한 놈이 한자리 얻어볼까 하고 꾸며낸 험담일 거예요. 내 말이 틀렸으면 목을 매달아도 좋아요.

이아고　그런 바보 같은 놈이 어디 있겠어? 불가능한 일이야!

데스데모나　그런 악한이 있다면 하늘이여, 용서해주소서!

에밀리아　용서를 해도 목을 매단 다음에 해야겠죠. 지옥으로 떨어져 썩어문드러져라! 오, 하늘이시여! 그런 불한당들을 가려내어 밝고 환한 곳에서 발가벗긴 다음 정직한 사람들이 이 세상 끝에서부터 끝까지 질질 끌고 다니며 채찍질하게 해주소서!

이아고　누가 들을라.

에밀리아　재수 없는 놈들! 당신이 나랑 장군님 사이를 의심하도록 만든 것도 다 그 비슷한 불한당일 거야.

이아고　바보 같은 소리는 하지도 마.

데스데모나　오, 이아고. 어떻게 해야 그이의 마음을 되돌릴 수 있을까? 한번 그이에게 가주게. 이 자리에서 무릎 꿇고 맹세라도 할 수 있네. 난 그이의 사랑을 내 의지나 행동으로 어긴 적이 한 번도 없고, 내 눈이나 귀의 즐거움을 위해 한눈 판 적도 없다네.

이아고　안심하세요. 감정적인 문제니까요. 나랏일 때문에 감정이 상하셔서 마님께 그러셨을 거예요.

데스데모나　정말 그것 때문이라면······.

이아고　틀림없이 그럴 겁니다. (안에서 나팔소리) 들어보십시오. 저녁 식사 시간을 알리는 나팔소립니다. 베니스의 높으신 양반들께서 기다리고 계시니 눈물을 닦고 들어가시지요. 다 잘될 겁니다. (데스데모나와 에밀리아 퇴장)

로데리고 등장.

로데리고　이아고, 자넨 잔머리를 굴리며 나를 자꾸 요리조리 피하고 있잖아. 나에게 일말의 희망을 주기는커녕 생각해보니, 자네는 나를 위해 일하는 척하면서 오히려 제 잇속만 챙기고 있는 거야. 나도 더 이상 참을 순 없네. 여태껏 바보 취급을 당한 것만 해도 너무 괘씸해서 조용히 입을 다물 생각도 없다고.

이아고　이것 보세요, 내 말 좀 들어보시라고요.

로데리고 자네 말이야 이미 너무 많이 들었네. 자넨 언행이 일치하지 않잖아?

이아고 너무 지나친 비난이십니다.

로데리고 그게 사실이니 어쩌겠나? 난 전 재산을 날려버렸네. 자네가 데스데모나에게 전해주겠다고 내게서 가지고 간 보석이라면 수녀라도 구워삶을 수 있을 정도가 아닌가.

이아고 지금 잘 되어가고 있습니다.

로데리고 잘 되어간다고? 이봐! 난 지금 이 모양 이 꼴이고, 잘 되어가는 건 하나도 없어! 그래서 비로소 속았다는 걸 깨닫게 된 거지. 내가 직접 데스데모나를 만나야겠어. 그녀가 내 보석들을 돌려주면 나도 구애를 포기하고 앞으로는 이런 짓을 안 할 생각이지만, 만일 안 돌려주면 자네에게 배상을 요구할 테니 그리 알아두게.

이아고 이제부턴 당신을 달리 평가해야겠군요. 당신은 방금 제게 아주 정당한 반론을 제기하셨습니다. 그러나 분명히 말해둘 것은 나 역시 당신 일을 똑바로 처리했다는 것입니다.

로데리고 그렇게 보여야 말이지.

이아고 그래요. 그렇게 보이지 않았다는 것은 시인합니다. 하지만 로데리고, 만일 당신이 진정으로 용기와 결심을 갖고 있다면, 오늘 저녁에 그걸 보여주십시오. 만일 내일 밤에 당신이 데스데모나와 즐기지 못한다면 제 생명을 앗아가도 좋습니다. 제 말을 잘 들으십시오. 오늘 베니스로부터 특명이 떨어졌는데, 오셀로 자리에 카시오를 대신 앉히라는 분부였습니다.

로데리고 정말인가? 그럼 오셀로와 데스데모나는 베니스로 돌아가야 하잖아?

이아고   천만의 말씀. 그 녀석은 아름다운 데스데모나를 데리고 고향인 모리타니아로 갈 겁니다. 만일 뜻밖의 사건이라도 터져서 결정된 걸 바꾸지 못하는 한 그렇다는 겁니다. 이를테면 카시오를 없앨 수 있다면 이야기가 백팔십도 달라지겠죠.

로데리고   무슨 뜻인가, 없앤다는 게?

이아고   그건 카시오 놈이 오셀로 자리를 차지하지 못하도록 손을 쓴다는 뜻이죠. 머리통을 박살내면 되니까.

로데리고   그런데 지금 그 일을 나더러 하라는 건가?

이아고   그렇습니다. 당신을 위해서 정당한 일을 감행할 수 있으시다면 말입니다. 놈은 오늘밤 창녀와 저녁을 먹을 건데, 적당한 때 처치해버리십시오. 저도 가까운 데 있다가 옆에서 도와드릴 테니까요. 결국 놈은 우리 둘 사이에서 최후를 맞는 거죠. 자, 그렇게 서 있지 말고 함께 갑시다. 그놈이 당신을 위해서라도 죽어야 할 이유를 설명해드릴 테니까요. (모두 퇴장)

제 3 장 성 안의 다른 방

오셀로, 로도비코, 데스데모나, 에밀리아 및 시종들 등장.

로도비코 데스데모나, 잘 있거라. 정말 고맙구나.

데스데모나 천만에요, 오셔서 정말 기뻐요.

오셀로 그럼 가실까요? 아 참, 데스데모나, 당신은 잠자리에 드시오. 내 곧 돌아올 테니, 시녀도 내보내시오. 잊지 말고.

데스데모나 네, 그럴게요. (오셀로, 로도비코, 시종들 함께 퇴장)

에밀리아 무슨 일일까요? 아까보다 부드러워보이시는 게…….

데스데모나 그이가 곧 돌아올 모양이야. 나더러 먼저 잠자리에 들라고 하시는구나. 그리고 너는 내보내야 할 것 같아.

에밀리아 절 내보내시려고요?

데스데모나 에밀리아, 지금은 그이의 비위를 거슬리고 싶지 않아.

에밀리아 차라리 마님이 그분을 안 만나셨더라면!

데스데모나 난 그렇지 않아. 그분을 진정 사랑하기 때문이겠지만 거친 성품도, 고집과 찡그린 얼굴조차 멋있어보이고 매력으로 보여. 핀이나 뽑아줘.

에밀리아 아까 말씀하신 그 이불은 침대에 갖다놨어요.

데스데모나 그건 됐어. 나 참 바보 같지? 혹시 내가 너보다 먼저 죽게 되면 저 이불로 내 몸을 좀 감싸줘.

에밀리아 아니, 그게 무슨 말씀이세요?

데스데모나 우리 어머니의 하녀 중에 바바라란 처녀가 있었는데, 어느 날 사랑했던 남자가 미쳐서 그녀를 버렸다는구나. 그날 이후 바바라는 〈버드나무의 노래〉라는 곡을 즐겨 부르곤 했대. 오래된 곡이지만 노랫말이 그녀의 운명을 예언해준 듯싶었지. 결국 그녀는 그 노래를 부르면서 죽었다는데, 오늘밤엔 웬일인지 그 노래가 생각나는구나. 나도 불쌍한 바바라처럼 고개를 푹 숙이고 그 노래를 부르게 될 것만 같아. 이제 가봐, 에밀리아. 그런데 갑자기 눈이 가렵네. 울 일이 생기려나?

에밀리아 그런 말은 믿지 마세요.

데스데모나 아냐, 맞는 것 같아. 오, 세상 남자들이란! 대답해봐, 에밀리아. 세상에 자기 남편들을 그렇게 추잡한 방식으로 속이는 여자들이 정말 있을까?

에밀리아 그야 있기는 있죠.

데스데모나 이 세상을 몽땅 준다면 그런 짓을 하게 될까?

에밀리아 어둠 속에서라면 저도 할 수 있을 것 같아요.

데스데모나 이 세상을 몽땅 준다면 정말 그럴 거야?

에밀리아 이 세상은 이토록 엄청나게 큰데, 작은 죄의 대가로는 괜찮은 게 아닐까요? 저는 할 수 있을 거예요. 끝낸 다음 취소할 수도 있잖아요? 물론 그까짓 쌍가락지나 비단 몇 필, 또는 옷가지나 모자 따위를 준다면 안 하겠지만 세상 전부를 준다면야 할 수 있죠.

데스데모나 이 세상을 다 준다고 해서 그런 짓을 할 바에는 차라리 죽고 말겠어.

에밀리아 나쁜 일이라 해봐야, 이 세상에서 저지른 일에 불과하죠. 수고의 대가로 세상을 얻는다면 어차피 자기 세상이니, 퍼뜩 제대로 만들어 놓으면 되잖아요.

데스데모나   그런 여자는 없을 거라고 생각해.

에밀리아   세상을 다 준다면 적어도 수십 명은 나설걸요? 그러나 부인이 타락하는 건 결국 남편들 잘못이라고 생각해요. 우리들도 자기들과 똑같다는 걸 남편들도 알아야 해요. 그들이 잘못 행동한 결과로 우리도 잘못할 수 있다는 것을 그들에게 알려줘야 한다고요.

데스데모나   잘 자, 에밀리아. 하늘이시여, 비록 악행을 보고 듣더라도 그것을 본뜨지 말고 오직 선행을 하도록 도와주십시오. (퇴장)

제 5 막

제 1 장 거리

이아고와 로데리고 등장.

이아고   여기, 이 가게 뒤에 서 계세요. 놈이 곧 올 테니까 단검을 들고 계시다가 푹 찌르시면 돼요. 겁내실 것도 없습니다. 제가 곁에 있을 테니까. 우리 일이 되느냐 안 되느냐는 바로 이 일에 달렸다고 생각하시고 단단히 마음먹으세요.

로데리고   가까이 있어줘. 실패할지도 모르니까.

이아고   그래야죠. 용기를 내서 칼을 잡으세요. (뒤로 물러난다)

로데리고   좋아, 눈 딱 감고 사람 하나 없애는 거야. 이왕 칼을 빼 들었으니 그 녀석을 죽이자.

이아고   저 풋고추 같은 놈을 약올려서 화를 돋웠더니 이제야 제대로 성을 내는구먼. 저놈이 카시오를 죽이든지, 카시오가 저놈을 죽이든지, 아니면 둘이 함께 죽든지 해야 내 판이 되겠구나. 하지만 두 놈이 다 살아남으면 나한테 좋을 게 하나도 없거든. 만일 로데리고가 살아남으면 데스데모나에게 선물한다는 구실로 내가 속여 뺏은 황금과 보석을 당장 배상해달라고 요구할 게 아닌가. 그건 안 되지. 그렇다고 카시오가 살아남으면 그의 삶과는 대조적인 내 꼴이 더욱 추하게 보일 수 있거든. 게다가 무어인이 그에게 내 얘기를 털어놓을 수도 있으니, 내가 위험해진단 말씀이야. 안 돼. 그는 반드시 죽어야 돼.

카시오 등장.

로데리고 발소리를 들으니 알겠다, 그놈이야. 이놈아, 내 칼을 받아라! (카시오를 찌른다)

카시오 나를 찌르다니, 내 적이 분명하군. 하지만 내 조끼가 생각보다는 두꺼울걸? 어디, 네놈은 얼마나 두껍게 입었는지 시험해보자. (칼로 로데리고를 찌른다)

로데리고 오, 난 이제 죽었구나! (이아고가 뒤에서 카시오의 다리를 찌르고 퇴장)

카시오 윽! 난 불구가 되겠구나. 햇불을 밝혀라! 사람 살려! 살인, 살인이다! (쓰러진다)

오셀로 등장.

오셀로 카시오의 목소리다. 이아고가 약속을 지켰나보군.

로데리고 아, 내가 정말 나쁜 놈이지!

오셀로 쉿, 과연 그렇구나.

카시오 사람 살려! 햇불을 밝혀라! 의사를 불러줘!

오셀로 정직 공평하고 충성스러운 이아고, 친구의 고통과 치욕을 자기

일처럼 절실하게 여기고 발 벗고 나서다니, 정말 배울 게 많구나. 이 못된 것아, 네 애인은 죽어서 쓰러졌고, 저주받은 네 운명도 종말을 향해 치달리고 있는 줄 알아라. 기다려라, 매춘부야! 환상적인 너의 두 눈은 이미 내 마음에서 지워진 지 오래고, 욕망으로 물든 네 잠자리 또한 욕망의 피로 얼룩질 테니까. (퇴장)

로도비코와 그라반쇼 등장.

카시오　아니, 보초도 행인도 없느냐? 살인이다, 살인!

그라반쇼　어디서 사고가 났나? 비명 소리잖아.

카시오　오, 사람 살려!

로도비코　쉿! 두세 명이 신음하는 소리 같지만, 캄캄한 밤인데다 속임수일지도 모르는데 우리끼리만 다가가는 건 안전치 못합니다.

로데리고　사람은 아무도 안 보이네. 이젠 다 틀렸어. 나는 이렇게 피를 흘리며 죽어가고 있는데.

이아고가 횃불을 들고 등장.

로도비코　쉿!

그라반쇼　누군가 잠옷바람으로 횃불과 무기를 들고 오는군.

이아고　거기 누구요? 사람 살리라고 외친 사람이 누구요?

로도비코　난 모르겠소.

이아고　고함소리를 못 들었단 말이오?

카시오 　여기요, 여기! 제발 도와주시오!

이아고 　이게 어떻게 된 일이오?

그라반쇼 　저 양반은 오셀로의 기수가 아니오?

로도비코 　그렇습니다. 아주 용감한 친구지요.

이아고 　큰 소리로 고함을 지르는 당신은 누구요?

카시오 　이아고가 아닌가? 아, 나는 악당들 때문에 죽게 됐네! 어서 나
좀 도와주게.

이아고 　아니, 부관님이시군요! 어떤 놈이 그랬습니까?

카시오 　두 놈 중 하나는 이 근처에 쓰러져 있는 듯싶네.

이아고 　이런 나쁜 놈들이! (로도비코와 그라반쇼에게) 거기 서 계신 양반들,
이리 와서 좀 도와주시지요.

로데리고 　여기, 나 좀 살려주시오!

카시오 　저놈이 바로 그 패거리야. (이아고 로데리고를 찌른다)

로데리고 　이 괘씸한 놈! 냉혹한 개 같은 놈이 나를! 으윽. (쓰러진다)

이아고 　어두운 데서 사람을 죽이다니! 그런데 잔인한 살인자는 대체
어디로 도망친 거야? 마을은 또 왜 이렇게 쥐 죽은 듯이 조용할까! 여기
살인이야! 그리고, 당신들은 누구요? 선한 편이오, 악한 편이오?

로도비코 　우리를 잘 보고 나서 말하게나.

이아고 　아니, 로도비코 어른이 아니십니까?

로도비코 　그렇다네.

이아고 　죄송합니다. 카시오 부관이 악당에게 당했습니다.

그라반쇼 　카시오 부관이라고?

이아고 　상처가 심한가요, 부관님?

카시오 다리가 두 동강이 났네.

이아고 맙소사! 여기 불 좀 비춰주세요. 다친 데는 제 속옷으로 싸매야 겠군요.

비앙카 등장.

비앙카 무슨 일이라도 생겼나요? 누가 소리를 질렀어요?

이아고 누가 소리를 질렀냐고?

비앙카 아, 내 사랑 카시오군요! 사랑하는 카시오! 카시오!

이아고 오, 바로 소문난 매춘부로군! 카시오 부관님, 누가 당신을 이렇게 마구 찔렀는지 짐작이라도 가나요?

카시오 전혀 짐작이 가지 않아.

그라반쇼 이런 데서 이렇게 당신을 뵙게 되다니, 유감이오. 당신을 찾고 있던 참이었소.

비앙카 아, 기절했어요! 오, 카시오, 카시오, 카시오!

이아고 여러분, 저는 이 쓰레기 같은 여자가 이 사건에 관련이 있는 것 같다는 의문이 드는군요. 카시오 부관님, 잠깐만 참으세요. 횃불을 이리 쥐보시오. 이자가 누군지, 아는 얼굴인지 아닌지 확인을 해봐야겠소. 아니, 이 사람은 내 고향 친구가 아닌가! 로데리고? 로데리고가 틀림없어. 이런, 로데리고!

그라반쇼 뭐라고? 베니스 사람 말인가?

이아고 네, 그렇습니다. 그라반쇼 어른, 용서해주십시오. 끔찍한 사고 때문에 어른을 몰라뵙는 실수를 저지르고 말았습니다.

그라반쇼 로데리고라니!

시종들, 들것을 들고 등장.

이아고 오, 마침 들것이 왔구먼. 조심해서 실어 나르도록. 저는 장군님의 의사를 모셔올 테니까요. (비앙카에게) 아가씨는 수고를 하지 않아도 되겠어. 카시오 부관님, 지금 여기서 살해당한 사람은 내 친한 친구인데, 이 사람에게 무슨 원한이라도 있습니까?

카시오 아니, 전혀 알지도 못하는 사람이네.

이아고 (비앙카에게) 뭐라고? 안색이 창백해? 찬바람을 쐬면 안 되지. (카시오와 로데리고, 들것에 실려 옮겨진다) 신사분들께서는 잠시 계셔주십시오. 아가씨, 얼굴이 창백해보이는데? 그리고, 두 분께서는 이 여자의 눈빛에서 무언가를 알아내셨는지요? 아마 얼마 안 있어 무언가를 알아내시리라 믿습니다. 이 여자를 찬찬히, 잘 살펴보십시오. 보이십니까, 두 분? 네, 비록 혓바닥이 굳어지더라도 죄의식은 알아서 스스로 말을 하게 마련이니까요.

에밀리아 등장.

에밀리아 아니, 여보! 이게 대체 무슨 일이죠? 여기서 무슨 일이라도 일어난 거예요?

이아고 카시오 부관님이 습격을 당하셨어. 로데리고와 도망친 일당 소행이야. 부관님은 거의 돌아가실 뻔했지. 로데리고는 이미 죽었고.

에밀리아   아, 어떻게 카시오 부관님이!

이아고   모두가 저 매춘부와 사건 탓이지. (비앙카에게) 왜 그 말에 몸을 떠는 걸까?

에밀리아   기분 나쁘게 매춘부라니!

비앙카   나는 매춘부가 아니에요. 나를 욕하는 당신 부인보다는 정숙하게 살고 있으니까.

에밀리아   흥! 정말 기분 더럽군!

이아고   친절하신 어르신들, 이제 불쌍한 카시오 부관이 치료받는 곳으로 가보시지요. 이봐 아가씨, 우리한테는 모두 털어놓아야지. 에밀리아, 당신은 성으로 뛰어가서 장군님과 부인께 이 사건을 알려드려. 자, 이젠 가보실까요? (방백) 흥하느냐, 망하느냐, 오늘밤이야말로 일의 성패가 확실히 판가름나는 아슬아슬한 고비가 되겠구나. (퇴장)

제 2 장 성 안의 침실

데스데모나, 침대에서 자고 있는데 오셀로가 촛불을 들고 등장.

오셀로   내가 공연히 이러는 건 아니란다. 순결한 별들아, 밝히지는 못해도 다 이유가 있단다. 그래도 난 아내의 피를 흘리거나 눈보다 더 희고 대리석 조각처럼 매끄러운 살결에 상처를 내지는 않으리라. 하지만 그녀를 살려둘 순 없어. 살려두면 더 많은 남자들을 배신할 테니까. 먼저 촛불을 끄자. 그리고 나서 생명의 불을 끄자. 그리고 숨이 붙어 있는 동안 향기나 맡아보자. (키스한다) 이 향기로운 숨결 정의의 여신조차 향기에 홀려 칼을 꺾을 법하구나. 한 번만 더……. 이렇게 치명적인 향기가 세상에 또 있을까? 울어야 마땅하지만 나의 눈물은 잔인한 것. 이 슬픔은 사랑하기 때문에 받아야 하는 천벌과 같구나. 오, 그녀가 눈을 떴네.

데스데모나 누구세요? 오셀로, 당신이에요?

오셀로 그렇소, 데스데모나. 오늘 저녁 기도는 드렸소?

데스데모나 네.

오셀로 하늘의 자비를 얻지 못한 죄가 남아 있으면, 지금 당장 기도해서 용서를 구하시오. 준비도 안 된 영혼을 어떻게 죽일 수가 있겠소? 말도 안 되지. 난 당신의 영혼을 죽이고 싶진 않소.

데스데모나 지금, 죽인다고 하셨나요?

오셀로 그랬소.

데스데모나 오, 하늘이여! 제게 자비를 베풀어주소서! 제가 왜 겁을 내는지는 모르지만, 왜 이렇게 두려울까요?

오셀로 당신이 지은 죄를 생각해보면 되겠군.

데스데모나 당신을 사랑한 죄밖에 없어요.

오셀로 그 때문에 죽어야겠소.

데스데모나 사랑하기 때문에 죽음을 당하는 거라고요?

오셀로 내가 그토록 애지중지하다 네게 준 손수건을 넌 카시오에게 주었잖아.

데스데모나　아니에요. 생명과 영혼을 걸고 맹세할 수 있어요. 그분을 불러와서 확인해보세요. 저는 지금껏 당신께 죄를 지은 적은 한 번도 없어요. 카시오 부관을 사랑한 적도 없었고, 그저 하늘이 허락하는 정도의 호감을 표했을 뿐이에요.

오셀로　그자가 내 손수건을 손에 들고 있는 걸 봤다는 것을 맹세해도 좋아. 위증을 하는 여자여, 넌 돌 같은 심장으로 내가 하려는 이 일을 살인이라 칭하고 있구나. 난 희생이라 생각하고 있는데. 어쨌든 난 그 손수건을 봤어.

데스데모나　그럼 그 사람이 어디서 주웠겠죠. 전 결코 준 적이 없어요. 그 사람을 이리로 불러내 진실을 고백시키세요.

오셀로　그자는 고백했어. 너를…… 가졌다고 하더군.

데스데모나　어떻게요? 부정한 방법으로요? 그런 말은 못할걸요.

오셀로　못하겠지. 입을 막아버렸으니까. 정직한 이아고가 처리했지.

데스데모나　아아, 그분은 배신을, 나는 파멸을 당한 거야.

오셀로　닥쳐, 이 매춘부야! 내 눈앞에서 그놈을 위해 우는 건가?

데스데모나　오, 여보. 저를 내쫓으시되 죽이진 마세요.

오셀로　무릎이나 꿇어. 매춘부야!

데스데모나　내일 죽여주세요. 오늘밤에는 제발 살려주세요.

오셀로　안 돼! 만약 몸부림이라도 치면…….

데스데모나　오, 주님, 주님! (오셀로가 데스데모나의 목을 조른다)

에밀리아　(밖에서) 주인님, 주인님!

오셀로　이게 무슨 소리지? 죽은 게 아닌가? 아직 안 죽었어? 잔인하긴 하지만 나도 자비심은 있으니 오래 고통을 주진 않겠다.

에밀리아   (밖에서) 보세요, 주인님! 드릴 말씀이 있습니다.

오셀로   에밀리아로구나. 곧 가마. 여자는 죽었군. 아마 카시오의 죽음을 보고하러 왔나보지? 조금 전까지만 해도 소리를 내더니, 이젠 꼼짝하지 않는구나. 무덤처럼 조용하군. 시녀를 들여도 괜찮겠지? 시녀가 들어오면 아내에게 말을 걸 텐데. 오, 내 아내, 내 아내, 내 아내……. 참, 난 아내가 없지. 오, 견딜 수 없이 슬프구나. 거대한 일식과 월식이 일어나 태양과 달이 빛을 잃고, 놀란 지구가 입을 딱 벌릴 것만 같군.

에밀리아   (밖에서) 꼭 드릴 말씀이 있어서 이러는 겁니다! 부탁입니다, 주인님.

오셀로   (문을 연다) 그래, 무슨 일이냐?

에밀리아 등장.

에밀리아   주인님, 끔찍한 살인 사건이 일어났습니다!

오셀로   뭐라고?

에밀리아   카시오 부관님이 젊은 베니스 사람을 죽였습니다, 주인님. 이름은 로데리고랍니다.

오셀로   로데리고가 죽었다고? 그럼 카시오는?

에밀리아   카시오 부관님은 안 죽었고요.

오셀로   카시오는 안 죽었다고? 그럼 살인은 불협화음이 되어버렸군. 달콤한 복수는 거친 음악이 되어버렸고.

데스데모나   아, 잘못된 거야. 잘못 살해된 거야!

에밀리아   주인님, 이게 무슨 소립니까?

오셀로   소리라니? 무슨 소리를 말하는 건가?

에밀리아   아니, 마님의 목소리가 아닙니까! (커튼을 연다) 사람 살려! 사람 살려! 아, 마님! 착하신 데스데모나 마님, 말씀해보세요!

데스데모나   난 죄를 저지르지 않았단다.

에밀리아   누가 이런 짓을 했습니까?

데스데모나   아무도 아냐, 스스로 한 거야. 잘 있어. 친절하신 장군님께 안부나 전해주렴! (죽는다)

오셀로   왜 내 아내가 살해당했지? 스스로 했다는 얘기를 들었지? 내가 한 짓은 아냐.

에밀리아   그렇게 말씀하셨지만 전 진실을 보고해야겠어요.

오셀로   지옥에 떨어질 거짓말쟁이 여자 같으니라고. 그녀를 죽인 건 나야.

에밀리아   아, 그렇다면 마님은 더욱더 천사이시고, 당신은 더욱더 흉악한 악마군요!

오셀로   음란한 여자였어, 창녀였다고. 물처럼 지조가 없었다니까.

에밀리아   그렇게 말씀하시는 주인님은 불처럼 급하신 양반이로군요. 마님은 신의를 지키는 분이셨어요!

오셀로   카시오에게 내줬다니까. 네 남편에게 물어봐. 내가 정당한 근거도 없이 이 같은 극형을 저질렀다면 지옥의 심연에서 저주를 받겠지. 네 남편은 다 알고 있는 일이야.

에밀리아   제 남편이요?

오셀로   그래, 네 남편 말야. 만일 이 여자가 신의를 지켰더라면 하늘이 나를 위해 순수하고 완전무결한 황옥으로 또 하나의 세상을 만들어준다

해도 난 그녀와 바꾸지 않았을 텐데.

에밀리아　제 남편이요?

오셀로　그래, 그가 가장 처음으로 말해주었지. 사람이 워낙 정직해서인지 진흙같이 추한 죄악을 증오하더군.

에밀리아　제 남편이요?

오셀로　왜 자꾸 그 말만 반복해? 네 남편이라니까!

에밀리아　아, 마님. 악이 사랑을 조롱했군요! 마님이 부정을 저질렀다고 제 남편이 말하던가요? 그놈이 만일 그렇게 말했다면, 그 더러운 영혼은 날마다 아주 조금씩만 썩어 없어져라! 새빨간 거짓말이에요. 마님은 이 추잡한 혼인을 그토록 기뻐하셨건만.

오셀로　하!

에밀리아　주인님 뜻대로 해보세요. 주인님은 분에 넘치는 부인에게 결코 해서는 안 될 짓을 한 거니까요.

오셀로　닥치지 못해?

에밀리아　주인님이 나를 해칠 수 있는 힘이라 해봤자 내 인내력의 절반에도 못 미칠걸요? 이 얼간이 같으니라고! 이 멍청이! 흙처럼 무식한 녀석! 그래, 칼을 빼라고. 내가 열 번, 스무 번 죽더라도 그따위 칼을 무서워할 줄 알고? 당신이 한 짓을 온 세상에 알리고 말 테니, 어디 나를 죽여보라고! 사람 살려! 사람 살려! 무어인이 마님을 죽였어요! 살인이요! 살인이다!

몬타노, 그라반쇼, 이아고 및 그 밖의 다른 사람들 등장.

몬타노 무슨 일이냐? 장군께 무슨 일이라도?

에밀리아 이아고, 마침 잘 나타났군요. 다른 사람들의 살인죄를 당신이 덮어쓰게 되었으니.

일 동 무슨 일로?

에밀리아 당신도 남자라면 이 악당의 거짓말을 밝혀줘요. 마님이 부정한 일을 저지르셨다고 귀띔을 했다는데, 설마 그런 말을 한 건 아니겠죠? 당신이 그런 악당일 리는 없으니! 가슴이 터질 것 같군요.

이아고 근거가 있어서 사실로 확인된 것만 말씀드렸을 뿐이야.

에밀리아 그럼 마님이 부정한 짓을 저질렀다는 말은요?

이아고 했지.

에밀리아 거짓말을 했군요. 역겹고 저주받을 거짓말을 한 거예요. 맹세하건대, 사악한 거짓말이에요. 마님이 카시오하고 정을 통했다고요? 카시오와 그러셨다는 말인가요?

이아고 그래, 카시오와 그랬어. 자, 이젠 입 닥치고 있어.

에밀리아 입을 다물라니? 말을 해야죠. 마님께서 여기 이 침대에서 살해당하셨는데.

일 동 맙소사!

에밀리아 이 죽음은 당신 탓이에요. 당신이 한 말 때문이라고요.

오셀로 여러분, 놀라지 마시오. 사실이니까.

그라반쇼 이렇게 끔찍한 일이!

몬타노 정말 흉악한 짓이군!

에밀리아 그래, 이건 악행이야, 악행! 생각해보니 이제야 감이 잡히는군. 오, 이건 정말 악행이야. 그때도 이상하다고 생각은 했었지.

이아고　왜 이래! 당신, 미쳤어? 집으로 가, 명령이라고!

에밀리아　여러분, 제가 한 말씀 드릴 테니 꼭 들어주세요. 지금은 남편에게 복종할 때가 아니니까요.

오셀로　오! 오! 오! (침대에 쓰러진다)

에밀리아　그래요, 누워서 실컷 울부짖으세요. 하늘마저 우러러봤던, 세상에서 가장 순결한 분을 당신이 죽였으니까.

오셀로　(일어나면서) 그녀는 더러운 짓을 했다니까. 어르신, 미처 못 알아뵈었습니다. 저기에 쓰러져 있는 당신 질녀의 숨을 이 손으로 끊어버렸다는 건 사실입니다. 제 행동이 끔찍하게 보이시겠죠.

그라반쇼　가엾은 데스데모나, 네 아버지가 세상을 뜬 게 다행이다. 네 결혼에 충격을 받은 나머지 순전히 슬픔 때문에 숨을 거두었던 게 차라리 다행이구나. 살아서 지금 이 광경을 보았다면 절망한 끝에 천사마저 저주했을 것이다.

오셀로　애석한 일이기는 하지만, 이아고도 잘 알고 있는 바와 같이 데스모나는 카시오와 추잡한 행위를 수천 번이나 해왔습니다. 여기에 대해선 카시오도 자백했습니다. 게다가 그녀는 제가 사랑의 정표이자 약속으로 처음 준 물건을 그 남자에게 애욕의 대가로 건네주었습니다. 카시오가 손에 들고 있는 걸 저도 보았는데, 그 손수건은 제 아버님이 어머님에게 정표로 드렸던 것이기도 합니다.

에밀리아　오, 신이시여! 신이시여! 어쩌면 좋습니까?

이아고　입 닥쳐! 젠장!

에밀리아　입을 닥치라고요? 아뇨, 나는 바람처럼 자유롭게 말을 할 거예요. 하늘과 인간과 악마들 모두가 나를 말려도 말을 할 거라고요. 무슨 일이 있더라도 밝혀내고 말 거예요.

이아고   정신 차리고 집에 가라니까!

에밀리아   안 갈 거야. (이아고, 칼을 빼어 에밀리아를 찌르려고 덤빈다)

그라반쇼   여자에게 칼을 들이대다니, 이 무슨 짓인가!

에밀리아   이 어리석은 무어인아! 그 손수건은 내가 우연히 주워서 남편에게 준 거였어. 하찮은 손수건을 갖고 너무나 간곡하게 부탁하는 게 이상하다고는 생각했는데, 이런 일이 벌어지다니.

이아고   이 치사한 화냥년이!

에밀리아   마님이 카시오에게 줬다니? 내가 주워서 남편에게 주었는데.

이아고   이 미친년아, 거짓말하지 마!

에밀리아   맹세코 거짓말이 아니에요, 여러분. 오, 이 멍청한 살인마야, 분에 넘치는 부인을 어떻게 죽일 수 있었지?

오셀로   하늘이여, 천둥과 벼락 외에는 이 땅에 더 내려칠 게 없습니까? 이 간악한 놈아! (이아고에게 달려들자 몬타노가 그의 칼을 빼앗고, 이아고는 에밀리아를 칼로 찌른다)

그라반쇼   여자가 쓰러졌다. 저놈이 제 아내를 죽였어!

에밀리아   아아, 저를 마님 곁에 눕혀주세요. (이아고, 도망친다)

그라반쇼   놈이 아내를 죽이고 도망쳤어.

몬타노   천하에 둘도 없는 악당이오. 자, 이 칼을 받아두시오. 내가 무어인에게서 뺏은 거니까. 그리고 문을 지키시오. 무어인을 죽이더라도 여기서 빠져나가지 못하도록 잘 감시하시오. 나는 놈을 뒤쫓겠소. (몬타노와 그라반쇼 퇴장)

오셀로   내 용기는 사라지고 시시한 애송이 녀석이 내 손에서 칼을 빼앗아가네. 하지만 허울뿐인 명예가 무슨 소용이람! 다 버리련다.

에밀리아　마님, 그 노래가 예언한 게 뭐였죠? 제 목소리, 들리시나요? 저도 백조처럼 노래하며 죽을래요. (노래한다) "버들아 버들아." 이 무어인아, 마님은 정말 순결하셨고, 당신을 사랑했는데. 잔인한 무어인아, 내 진실을 다 말했으니 내 영혼은 천복을 받으리라. 난 이대로 죽으련다. (죽는다)

오셀로　이 방 안에 무기가 또 있을 텐데, 얼음물로 담금질한 스페인제 칼 말이야. 오, 여기 있구나.

그라반쇼 등장.

그라반쇼　대체 무슨 일인가?

오셀로　보십시오. 여기 무기가 있습니다. 이보다 더 좋은 칼을 찬 군인은 세상에 아무도 없었지요. 저도 한때는 이 팔뚝과 이 훌륭한 칼로 당신이 막고 있는 것보다 스무 배나 더 두꺼운 장애물을 뚫고 종횡무진 달린 적도 있었지요. 하지만 모두가 헛된 자랑이지요. 자기 운명을 뜻대로 다스리지 못했으니 모든 게 끝장난 거지요. 오, 이제 오셀로는 어디로 가야 하나요? 그리고 그대는 지금 어떤 모습으로 있는가? (데스데모나가 쓰러져 있는 침대로 가면서) 아, 불운한 사람! 속옷처럼 창백하구나! 오, 그대는 지금 그대의 정조만큼이나 차디차구려. 오, 저주받은 노예놈아! 악마들아, 나를 내쫓아라! 이 거룩한 모습을 간직하지 못하도록 나를 찬바람 속에 내던지고 유황불로 지글지글 태워버리고 불타는 심연 속으로 깊이 깊이 처넣어라! 아, 데스데모나! 데스데모나가 죽었다니! 아! 아!

로도비코, 몬타노, 이아고를 담당한 장교들과 들것에 탄 카시오 등장.

로도비코   성급한 행위로 지극히 불행해진 그 사람은 어디에 있는가?

오셀로   그건 지난날의 오셀로요. 나는 여기 있소.

로도비코   그 독사 같은 놈은 어디 있느냐? 여기에 대령하라.

오셀로   그놈의 발을 쳐다봤자 소용없을 거요. 네놈이 정말 악마라면 이걸로도 너를 죽일 수는 없겠지. (이아고를 찌른다)

이아고   피만 날 뿐 죽지는 않았소.

오셀로   차라리 다행이구나. 네놈을 살려두는 게 나을 테니까. 죽는 것이 오히려 행복한 일로 여겨질 것이다.

로도비코   한때는 그토록 훌륭했던 오셀로 장군이여, 한데 이런 저주받을 천한 놈의 간계에 빠지다니, 당신을 어떻게 대하면 좋겠소? 이 철면피가 범행을 대충 자백했소. 당신은 놈과 공모해서 카시오를 죽이려 했다면서?

오셀로   그렇소.

카시오   존경하는 장군님, 전 죽어야 할 일을 하진 않았습니다.

오셀로   그 말을 믿네. 용서를 빌겠네. 이젠 저 악마 같은 놈에게 무엇 때문에 내 영혼과 육체를 덫에 몰아 넣었는지 물어봐 주시겠소?

이아고   물어보실 것도 없습니다. 아실 만한 건 다 아신 셈이니까. 난 이제부턴 입을 열지 않겠습니다.

로도비코   장군, 진상을 잘 모르는 것 같으니, 내 설명해드리겠소. 살해당한 로데리고의 주머니에서 두 통의 편지가 나왔는데, 그중 하나에 카시오를 죽여달라는 내용이 적혀 있었소. 또 한 통의 편지 속에는 온갖 불만이 담겨 있었는데, 로데리고가 이 저주받을 놈에게 전하려 쓴 것 같소. 그런데 보내기도 전에 이놈이 눈치를 채고 감언이설로 구워삶은 것 같소.

오셀로　오, 저 죽일 놈! 카시오, 자네는 내 아내의 손수건은 어떻게 갖게 되었나?

카시오　제 방에서 주웠습니다. 이놈이 실토한 바에 따르면, 그걸 일부러 떨어뜨려놨답니다. 그러고는 소원을 이루었다는군요.

오셀로　아, 난 바보였어! 난 바보 천치야!

카시오　야경을 보던 저에게 로데리고가 시비를 건 것도 이아고의 농간이었습니다. 그 때문에 저는 쫓겨난 거고요. 로데리고가 숨을 거두기 직전 가까스로 정신을 차리고는 자기를 해친 자도 선동한 자도 이아고라고 말해주었습니다.

로도비코　오셀로 장군, 장군은 우리하고 같이 가야겠소. 당신의 권한과 지휘권을 이 자리에서 모조리 박탈하고, 카시오 부관에게 키프로스의 통치를 맡기겠소. 자, 이젠 그를 데려가라.

오셀로　잠깐, 한마디만 해야겠소. 이 불행한 사건을 편지로 보고하실 때 사태를 있는 그대로 전해주시오. 그리고 언젠가 머리에 터번을 두른 터키놈이 베니스인을 때리면서 나라를 비방했을 때 내가 그 할례한 개 같은 놈의 목을 찔렀다는 걸 전하시오. 바로 이렇게 말이오. (칼로 자기를 찌른다) 그대를 죽이기 전에도 입을 맞추었는데. 이 길밖에 없어. 자살하고 키스하며 죽는 길밖에는 없구나. (데스데모나 위에 쓰러져 죽는다)

카시오　의기가 넘쳤던 분이라 이런 일을 염려했습니다만 장군님께서 무기를 갖고 계신 줄은 몰랐습니다.

로도비코　(이아고에게) 이 스파르타의 개 같은 놈아! 고뇌와 굶주림과 성난 바다보다도 더 잔인한 놈아! 이 침대 위의 처절한 비극을 똑바로 보아라. 모두가 네놈의 소행이다. 차마 두 눈 뜨고는 볼 수 없는 광경이다. 시체를 보이지 않게 덮어라. (모두 퇴장)

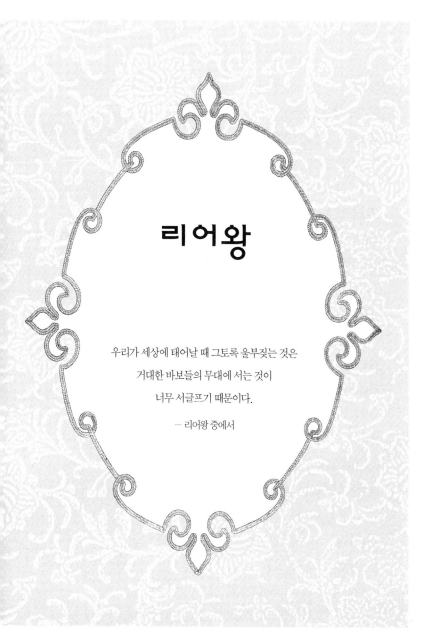

리어왕

우리가 세상에 태어날 때 그토록 울부짖는 것은

거대한 바보들의 무대에 서는 것이

너무 서글프기 때문이다.

— 리어왕 중에서

1. 등장인물

리어왕   성미가 급한 브리턴의 늙은 왕으로 첫째딸과 둘째딸에게 배신을 당하고 말년을 비참하게 마치는 인물.

고네릴   리어왕의 첫째딸로 가식적이고 욕심이 많은 공주이며 결국 질투에 눈이 멀어 동생을 독살하고 자신은 자살함.

리건   리어왕의 둘째딸로 잔혹한 성격의 공주로 에드먼드를 사이에 두고 언니와 경쟁하다가 언니한테 죽임을 당함.

코델리아   리어왕의 막내딸로 지참금 없이 프랑스 왕에게 시집을 가지만 나중에 사랑하는 아버지를 구함.

알바니 공작   고네릴의 남편으로 비교적 공정하지만 우유부단함.

콘월 공작   리건의 남편으로 권력욕이 많고 글로스터 백작의 눈을 도려내는 등 잔학한 짓을 하다 시종의 칼에 찔려 죽음.

켄트 백작   충직한 신하로 끝까지 리어왕을 보필함.

글로스터 백작   리어왕을 두둔하다가 콘월 공작 부부에게 두 눈을 도려내는 고통을 당함.

에드가   동생의 이간질에 아버지에게 쫓겨나 들판에서 거지생활을 하다 아버지를 죽음에서 구해냄.

에드먼드   머리가 좋고 사악함. 리건과 고네릴을 죽게 하며, 자신의 아버지를 밀고해 두 눈을 뽑게 하는 상황을 초래함.

프랑스 왕   마음씨 고운 코델리아와 결혼을 함.

오스왈드   고네릴의 하인

버건디 공작   코델리아의 구혼자

시종, 큐런, 노인, 그 밖에 의사, 광대, 정령관, 콘월의 하인들, 리어왕의 기사들, 부대장, 장교들, 사신들, 병사들, 시종들

2. 줄거리

　늙은 리어왕은 고네릴과 리건, 코델리아라는 세 딸에게 국토를 나누어주기로 결정하되 딸들이 자기를 얼마나 사랑하는지에 따라 땅을 배분하겠다고 말한다. 그러자 고네릴과 리건은 세상의 누구보다 아버지를 사랑한다는 말로 과장되게 표현을 해서 땅을 차지하고, 거짓말을 하지 못하는 셋째딸 코델리아는 자식으로서 효성을 다할 뿐이라고 말해 지참금 없이 프랑스 왕에게 시집을 가게 된다.

　리어왕은 자신이 그토록 사랑하던 딸의 입에서 너무나 평범한 대답을 듣자 충격을 받는다. 그러나 국토를 물려받자마자 두 딸은 리어왕을 냉대하고, 서로 모시지 않으려고 집을 비우는 등 공공연하게 모욕을 한다.

　한편 글로스터 백작은 서자인 작은아들의 모함하는 말만 믿고 큰아들 에드가를 내쫓는다. 이때 리어왕을 피해 자기 집으로 들이닥친 콘월 공작 부부에게 정중한 예를 갖춰 맞이했으나 리어왕을 따라가서 도움을 줬다 하여 두 눈을 잃게 된다. 그것도 에드먼드의 밀고에 의해서 그런 일을 당한다. 에드먼드는 고네릴과 리건의 은밀한 유혹을 받아 야심을 더욱 키워나가며, 결국 코델리아가 아버지를 구하기 위해 이끌고 온 프랑스 군을 맞아 전쟁을 치른다.

　이제 리어왕은 반미치광이 상태가 되어 딸들을 저주하며 폭풍우 속에서 들판을 헤매다 코델리아 공주가 있는 곳으로 가서 눈물의 재회를 한다. 하지만 에드먼드가 이끄는 영국군에게 리어왕과 코델리아는 포로로 잡히고 만다. 에

드먼드는 두 사람을 감옥에서 살해할 것을 명령하고, 에드가는 에드먼드에게 결투를 신청해 쓰러뜨린다.

이런 가운데 고네릴은 에드먼드를 독차지하기 위해 동생 리건을 독살하지만 모든 게 폭로되자 자살을 한다. 이때 코델리아를 죽인 자객을 맨손으로 때려죽인 늙은 리어왕이 코델리아의 시체를 들고 슬피 울며 나오다가 결국 자신도 딸을 따라 숨을 거둔다.

제 1 막

제 1 장 리어왕의 궁전

켄트, 글로스터, 에드먼드 등장.

켄 트 (에드먼드를 바라보며) 이분이 아드님이신가요?

글로스터　내가 길렀던 아이임에는 분명하지요. 하지만 내 아들이라고 선뜻 밝히기가 부끄럽답니다. 지금은 익숙해졌지만요.

켄 트　무슨 말씀을 하시는 건가요?

글로스터　글쎄, 말하자면 이 녀석의 어미가 내 씨를 받아 침상에서 결혼도 하기 전에 이 애를 떨구어낸 거죠. 정말 부끄러운 실수였죠.

켄 트　이토록 훌륭한 아들을 얻는다면 실수가 문제겠습니까?

글로스터　하지만 내게 이 녀석말고 또 아들이 있습니다. 이 녀석보다 한 살 더 많은 형인데, 적자이지요. 뭐 그렇다고 해서 그 녀석을 더 귀여워하는 것은 아닙니다. 물론 이 녀석은 좀 뻔뻔하게 세상에 나오긴 했지만 어미는 아주 미인이었습니다. 우린 이 녀석을 만들 때 매우 뜨거웠지요. 그러니 이 녀석을 내 자식으로 당연히 인정해야겠지요. 에드먼드야, 너 이 어른을 알겠느냐? 이분은 켄트 백작이시다. 내가 존경하는 어른이니, 앞으로 잘 모시거라.

에드먼드   잘 부탁드립니다.

켄트   이렇게 만나게 되어 반갑네. 앞으로 잘 지내세.

글로스터   이 아인 9년 동안 외국에 나가 있었습니다. 또 나갈 거고요. 아, 저기 폐하께서 나오시는군요.

나팔소리. 왕관을 든 시종, 리어왕, 콘월, 알바니, 고네릴, 리건, 코델리아, 시종들 등장.

리어왕   글로스터, 프랑스 왕과 버건디 공작을 들게 하라.

글로스터   분부대로 하겠습니다, 폐하. (글로스터와 에드먼드 퇴장)

리어왕   자, 이제 내가 은밀히 계획해왔던 것을 말하겠다. 거기 지도 좀 다오. 이미 왕국을 3등분해놓은 것은 너희들도 알 것이다. 젊고 활기에 찬 너희들에게 왕국을 넘겨주고 나는 이제 여생을 깃털처럼 가볍게 살고 싶다. 난 훗날 분쟁의 씨를 없애기 위해 딸들에게 미리 재산을 상속하려고 한다. 그리고 사랑하는 막내딸의 애정을 얻기 위해 오랫동안 이곳에 머물러 있는 프랑스 왕과 버건디 공작이 있는 이 자리에서 결정을 하고 싶구나. 자, 사랑하는 딸들아! 너희들은 아버지의 사랑이 어느 정도이냐? 그것에 따라 재산을 나누어줄 것이다. 고네릴, 네가 맏딸이니 먼저 말해보아라.

고네릴   네, 아버님. 아버님에 대한 제 사랑을 어찌 말로 표현할 수 있겠습니까? 저는 아버님을 온 우주와 값비싼 보석보다 덕망과 명예, 건강과 아름다움을 지닌 목숨보다 사랑합니다. 저는 일찍이 자식이 부모에게 바친 적이 없는 지극한 효심으로 아버지를 모실 것입니다. 세상 어느 것과도 비교할 수 없을 정도로 아버지를 사랑합니다.

코델리아 (방백) 난 뭐라고 말하지? 진심으로 사랑을 하는데.

리어왕 (지도를 가리키며) 좋다. 이 경계선에서 저 경계선까지 울창한 삼림과 기름진 들판, 그리고 물고기가 넘실대는 강과 드넓은 목장을 너에게 주겠다. 자, 내 사랑하는 둘째딸, 리건도 말해보아라.

리 건 저도 언니와 같습니다. 다만 언니의 말에서 부족한 부분을 느껴 덧붙여 말씀드리겠습니다. 세상의 어떠한 즐거움이 아버지를 향한 제 효심보다 즐거울 수가 있을까요? 저는 아버지에 대한 효심에서 세상의 기쁨과 행복을 찾는답니다.

코델리아 (방백) 다음은 내 차례로구나! 뭐라고 말씀드려야 한담? 아버지에 대한 내 효심은 말로 표현할 수 없을 만큼 큰데.

리어왕 너와 네 자손들에게 이 훌륭한 왕국의 3분의 1을 물려주마. 넓이나 가치, 즐거움 등 어느 것에 비교해도 고네릴에게 준 영토보다 결코 적지 않다. 자, 이번엔 내 사랑하는 막내딸 코델리아, 네 차례구나. 애정으로 보면 결코 막내라고 할 수 없는 코델리아야, 지금 넓은 포도밭을 가진 프랑스 왕과 기름진 목장을 가진 버건디 공이 네 결정을 기다리고 있는 걸 알고 있지? 코델리아야, 말해보거라.

코델리아 드릴 말씀이 없습니다, 아버지.

리어왕 뭐, 없다고?

코델리아 네, 아무 말도 생각나지 않습니다.

리어왕 할 말이 없다면 받을 것도 없다. 그러니 어서 말해라.

코델리아 불행하게도 저는 제 속마음을 입 밖에 낼 줄 모릅니다. 아버지를 극진히 모시는 것을 어떻게 말로 표현할 수 있겠습니까. 그저 딸로서 마땅히 해야 할 도리인걸요.

리어왕 뭐라고? 어떻게 그따위 소리를 감히 할 수 있단 말이냐? 다시 한 번 말해보아라.

코델리아 아버지, 아버지는 저를 낳으시고 기르시고 사랑해주셨습니다. 그런 아버지를 사랑할 것입니다. 하지만 제가 결혼한다면, 남편에게 제 사랑의 반을 바쳐야 할 것입니다. 그러니 결혼하면 언니들처럼 아버지를 온전히 사랑할 수는 없습니다.

리어왕 지금 그 말 진심이냐?

코델리아 네, 아버지.

리어왕 좋다, 네 진심을 지참금으로 삼아라. 이제 나는 성스러운 태양에 걸고, 지옥의 여신 헤커트의 비법과 대우주에 걸고 맹세하노니 너와 부모 자식간의 혈연관계를 부인할 뿐만 아니라 앞으로는 너를 영원히 타인으로 취급하겠다.

켄 트 폐하……

리어왕 조용히 하시오, 켄트! 나는 저 애를 가장 사랑했소. 그래서 저애의 보살핌을 받으면서 여생을 보내고 싶었지. (코델리아를 향해) 썩 물러가라, 꼴도 보기 싫구나! 프랑스 왕과 버건디 공작을 불러라. 자, 콘월과 알바니, 막내딸에게 주려던 권력과 재산을 두 딸에게 넘겨주겠다. 저 애는 오만함을 정직함이라고 부르는가 본데 오만과 결혼하라고 해라. 나는 자네들이 마련해줄 100명의 기사를 거느리고, 매달 번갈아가며 자네들의 성에 머무를 것이다. 다만 국왕의 칭호와 보좌는 갖고 있되, 그 밖의 집행권은 사랑하는 자네들에게 넘겨주겠다. 그 증거로서 이 왕관을 줄 테니 번갈아가며 사용토록 하라. (왕관을 준다)

켄 트   폐하, 잠깐 그 뜻을 거두시옵소서. 저는 폐하를 항상 아버님처럼 여겼사옵고, 왕으로 모셨사온데……

리어왕   활시위는 이미 당겨졌다. 과녁을 피해 서시오.

켄 트   차라리 쏘아주십시오. 화살촉이 제 심장을 꿰뚫어도 좋습니다. 폐하께서 제정신이 아니신데, 신하인 제가 예의를 지켜 무엇하겠습니까? (리어왕이 격노하여 채찍을 잡고 휘두른다) 폐하, 지금 하신 말씀을 철회하십시오. 매사에 신중하시어 경솔한 처사는 중지하십시오. 막내따님이라고 폐하에 대한 사랑이 결코 부족한 게 아닙니다. (채찍을 맞고 쓰러진다)

리어왕   켄트, 목숨이 아깝거든 아무 말도 하지 마라.

켄 트   제 목숨은 언제나 폐하의 적들에게 바칠 각오가 되어 있습니다.

리어왕   꼴도 보기 싫다.

켄 트   폐하, 제발 사물을 냉철하게 보십시오.

리어왕   이 못된 놈! 제 분수도 모르고! (칼에다 손을 가져다 댄다)

알바니·콘월   폐하, 참으십시오.

켄 트   어서 저를 죽이십시오. 폐하께서 결정을 거두시지 않으면 저는 폐하의 잘못된 처사를 계속 외쳐대겠습니다.

리어왕   이놈아, 나에 대한 충성이 있다면 내 말을 들어라! 넌 여태껏 한 번도 깨뜨린 적이 없는 맹세를 깨뜨리려고 하였다. 5일간 시간을 주겠다. 그리고 6일째 되는 날에는 네 가증스런 등을 돌려 이곳에서 떠나라. 만약 10일 후에도 이곳에서 네 몸뚱이가 발견된다면 즉각 사형에 처하겠다. 자, 가라! 이 명령은 절대로 취소하지 않겠다.

켄 트   폐하, 안녕히 계십시오. 폐하께서 끝내 그렇게 하시겠다면 이 나라엔 자유 대신 추방만이 남겠군요. (코델리아에게) 공주님의 마음과 말씀은 그지없이 훌륭하셨습니다. 신하들이 부디 피난처로 인도해주기를 기원합니다. (고네릴과 리건에게) 두 분 공주님, 제발 그 말씀대로 실천하시기를 바랍니다. (일동에게) 이 켄트는 이제 여러분에게 작별 인사를 드립니다. (퇴장)

글로스터, 프랑스 왕, 버건디 공, 시종들 등장.

글로스터   폐하, 프랑스 왕과 버건디 공이 오셨습니다.

리어왕   버건디 공, 공은 우리 딸을 얻기 위해 프랑스 왕과 경쟁하셨는데, 딸의 지참금을 얼마나 원하시오?

버건디   폐하, 소신은 폐하께서 하사하시는 것 이상을 바라지 않사오며, 또한 폐하께서 적게 주시리라고도 생각지 않습니다.

리어왕   버건디 공, 짐도 그렇게 하려고 했소만, 지금은 줄 것이라고는 분노밖에 없소. 그러니 저 애가 마음에 든다면 알몸으로 데리고 가시오.

버건디   뭐라 답변을 드려야 할지 모르겠습니다.

리어왕   저 애는 결점투성이인데다가 이 애비의 미움까지 샀으니, 내 저주를 지참금으로 가져가야 하오. 나와 남남이 되기로 맹세까지 한 저 애를 아내로 삼겠소?

버건디   폐하, 매우 황송하오나, 그런 조건으로는 어떠한 말씀도 드릴 수가 없습니다.

리어왕   그렇다면 포기하시오. 하느님께 맹세하오만, 저 애의 재산은 지금 내가 말한 그대로요. (프랑스 왕에게) 왕이여, 나는 귀하가 나에게 베푼 호의를 배반할 수가 없기에 내가 미워하는 딸과 결혼해주십사고 감히 청할 수가 없구려.

프랑스 왕 참으로 해괴한 일이군요. 연로하신 폐하의 위로가 되었던 착하고 사랑스런 공주님이 죄를 범했다면 분명히 악마의 짓이거나 아니면 폐하께서 거짓 말씀을 하신 것으로 의심할 수밖에 없습니다.

코델리아 폐하, 제발 제가 마음에 없는 소리를 못한다는 것을 말씀해주세요. 하지만 저는 일단 마음을 먹으면 꼭 실천을 한답니다. 제가 아버지의 총애를 잃은 까닭은 무슨 악덕이나 불미스런 행실 때문이 아니라 아첨을 하지 못하기 때문이라는 것을 말씀해주세요.

리어왕 너 같은 것은 애당초 태어나지도 말았어야 했다. 마음에 들고 안 들고는 나중 문제야.

프랑스 왕 그것뿐입니까? 아첨을 하지 못하는 것, 그것이 죄란 말씀입니까? 버건디 공, 이제 어떻게 하시겠습니까? 공주와 결혼하시겠소?

버건디 폐하, 처음에 제의하신 영토만이라도 주십시오. 그러면 지금 이 자리에서 코델리아 공주를 버건디 공작 부인으로 선포하겠습니다.

리어왕 아무것도 주지 않겠다고 나는 이미 맹세했소.

버건디 (코델리아에게) 매우 죄송합니다. 공주께서는 아버지와 동시에 남편을 잃게 되었군요.

코델리아 버건디 공은 안심하십시오! 재산을 탐내어 결혼하기를 원하는 사람에게는 저도 시집가는 걸 원치 않으니까요.

프랑스 왕 아름다운 코델리아 공주, 그대는 가난하지만 더욱 풍요롭고, 버림을 받았으므로 더욱 소중하며, 경멸을 당했으므로 더욱 사랑스러운 분이 되셨습니다. 따라서 나는 이 자리에서 당신과 당신의 미덕을 꼭 붙잡겠습니다. 오, 참으로 이상한 일입니다. 모두 차갑게 등을 돌렸는데,

제 사랑은 오히려 뜨겁게 타오르니 말입니다. 국왕 폐하, 지참금도 없이 내동댕이쳐진 따님, 코델리아 공주를 이제부터 프랑스 왕비로 삼겠습니다. 코델리아 공주, 여기 비록 인정이라곤 눈곱만치도 없는 사람들이지만, 작별인사를 하시오. 여기보다 더 좋은 나라가 그대를 기다리고 있답니다.

리어왕 저 애는 지금 이 순간부터 당신 것이오. 내게는 이제 그런 딸이 있지도 않았고, 두 번 다시 얼굴을 보고 싶지도 않소. 그러니 빨리 가시오. 자, 갑시다, 버건디 공. (트럼펫의 화려한 연주와 함께 리어왕, 버건디, 알바니, 콘월, 글로스터, 시종들 퇴장)

프랑스 왕 언니들에게 작별인사를 하시오.

코델리아 아버지의 보석인 언니들, 아버지를 잘 모시세요. 언니들이 말한 대로 지극한 효심을 믿고 아버지를 부탁드릴게요. 그럼, 안녕히 계세요.

리 건 네 말 따위는 듣고 싶지 않아.

고네릴 네 남편이나 정성껏 모시거라. 운명의 여신이 은혜를 베풀어 널 구제한 분이라는 것을 잊지 말고. 넌 아버지를 배반했으니까 남편한테 버림을 받아도 불평하지 못할 거야.

코델리아 시간이 흐르면 진실은 밝혀지겠지요. 안녕히 계세요.

프랑스 왕 자, 갑시다, 코델리아 공주. (프랑스 왕과 코델리아 퇴장)

고네릴 애, 나랑 얘기 좀 하자. 아버지가 오늘밤 여길 떠나실 것 같아.

리 건 아마 언니한테 가서서 다음 달에 내게로 오실 거예요.

고네릴 너도 보았다시피 보통 일이 아냐. 아버지한테 망령기가 있나 봐. 그렇게 사랑했던 막내를 내치시다니.

리 건 노망 때문이죠. 아직도 그것에 대해선 잘 모르시는 것 같아요.

고네릴 젊으셨을 때도 성질이 불 같으셨는데, 이젠 고집불통에 노망까지 부리시니, 정말 걷잡을 수 없을 것 같아. 우린 각오해야 해.

리 건 하긴 우리도 켄트 공처럼 언제 날벼락을 맞을지 몰라요.

고네릴 당장 무슨 수를 써야겠어. (두 사람 퇴장)

제 2 장 글로스터 백작의 성

에드먼드, 편지를 들고 등장.

에드먼드 나의 여신 자연이여, 무엇 때문에 내가 관습의 희생양이 되어 재산권을 박탈당해야 하는가? 내가 형님보다 열두 달에서 열네 달쯤 늦게 태어나서 그런 거냐? 아니면 내가 사생아이기 때문에 그런 거냐? 내 육체는 적자처럼 건장하고 마음씨는 온순하며, 모습 또한 아버지를 빼닮아 준수하지 않은가. 그런데도 손가락질을 받는 이유가 뭔가? 천하다고? 야비하다고? 지루한 잠자리에서 생긴 이 세상 바보 녀석들과는 달리, 자연의 본능에 따라 생겨난 내가 더 강한 생명력을 이어받았을 게 아닌가. 좋아, 정실 자식 에드가야, 네 재산을 내가 차지해야겠다. 아, 하늘의 신들이시여, 우리 사생아들을 돌보아주소서.

글로스터 등장.

글로스터 켄트가 그렇게 추방되다니! 프랑스 왕은 화가 난 채로 떠났고! 폐하께서는 왕권을 이양하시고 생활비만을 받으며 궁색하게 여생을 보내신다? 그런데 이 모든 일이 순식간에 일어났단 말이지! 에드먼드야, 무슨 일이냐? 그게 뭐냐?

에드먼드 (일부러 당황한 척하며 편지를 숨긴다) 아무것도 아닙니다, 아버지.

글로스터 아무것도 아니라면서 감출 필요가 있느냐? 어디 보자, 아무것도 아니라면 안경을 쓰고 주의해서 볼 필요도 없겠구나.

에드먼드 아버지, 용서하십시오. 이 편지는 형님이 보낸 것으로, 읽지 않으시는 편이 나을 듯합니다.

글로스터 편지를 이리 다오.

에드먼드 아버지께서 읽으시면 역정을 내실 내용입니다. 이 편지는 형님이 제 효심을 떠보기 위해 쓴 것인 듯합니다.

글로스터 (읽는다) "노인을 존경하는 관습은 우리 젊은 청춘을 얼마나 괴롭히고 고달프게 하는가. 우리가 재산을 양도받을 때쯤이면 이미 늙은이가 되어 인생을 즐길 수조차 없다. 노인은 우리에게 맹목적인 복종을 바라지. 이 문제에 대해서 너와 얘기를 나누고 싶구나. 이곳으로 와다오. 만일 아버지께서 내가 깨울 때까지 주무신다면, 너는 아버지의 수입 중 반을 차지하게 될 것이다. 그리고 너는 내 사랑스러운 동생이 되겠지. 에드가가." 음, 이걸 내 자식 에드가가 썼단 말이지? 이 편지가 언제 왔더냐? 누가 가져왔더냐?

에드먼드 누가 들고 온 게 아닙니다, 아버지. 참으로 해괴하게도 제 창문 앞에 던져져 있었습니다.

글로스터 네 형의 필체가 확실하냐?

에드먼드 필체는 분명히 형님의 것이지만 마음은 아닐 것입니다.

글로스터 몹쓸 놈 같으니라고! 천하에 악당이구나. 짐승만도 못한 놈. 그놈을 당장 찾아서 내 앞에 대령하거라. 그놈 지금 어디 있느냐?

에드먼드 잘 모르겠습니다. 하지만 잠시 노여움을 거두시고 기다리세요. 제가 단언하건대 이 편지는 형님께서 제 효심을 시험하려고 쓴 것이지 다른 의도가 있었던 것은 아닐 것입니다.

글로스터 정말 그렇게 생각하느냐?

에드먼드 만일 아버지께서 원하신다면, 저희가 주고받는 대화를 직접 들으시고 판단하시지요. 더 미룰 것 없이 오늘밤이 어떻습니까?

글로스터 하긴 그놈이 그런 짓을 할 리가 없어.

에드먼드 물론 저도 그럴 것이라 생각합니다.

글로스터 요즘 일어난 일식과 월식이 모두 불길한 징조였구나. 천재지변은 언제나 민심을 들뜨게 하는 법이다. 에드먼드야, 그 악당을 찾아내어라. 네 수고가 헛되지 않도록 용의주도하게 하는 것도 잊지 말고. 기품 있고 고결한 켄트가 추방되다니! 그것도 정직하다는 죄목으로! 참으로 해괴한 일이로다. (퇴장)

에드먼드 참으로 우스꽝스럽구나. 인간이 재난을 당하는 걸 해나 달, 별 등 자연 탓으로만 돌리니 말야. 아버지와 어머니가 큰곰자리 밑에서 서로 사랑해서 내가 태어났기 때문에 내 성정이 거칠고 음탕하다 이거지. 하긴 사생아가 태어날 때 하늘에서 가장 순결한 처녀성이 빛나고 있었다 하더라도, 나는 여전히 요 모양 요 꼴이 될 수밖에 없었겠지. (에드가 등장)

아, 에드가 형님이 오는구나. 옛날 희극의 마지막 장면처럼 잘 나타났군. 내 역할은 거짓된 한숨을 지으며 우울한 표정을 짓는 역할이지.

에드가   에드먼드, 뭘 그렇게 골똘히 생각하고 있니?

에드먼드   요즘 일어난 일식, 월식 뒤에 무슨 일이 일어날까 생각하는 중이었어요. 전에 그것에 대한 예언서를 읽은 적이 있거든요.

에드가   너 설마 그런 걸 좋아하는 건 아니겠지?

에드먼드   거기 씌어 있는 예언서대로 일이 벌어지는걸요. 자식과 부모 간의 불화, 변사, 기근, 배신, 국론 분열, 귀족에 대한 협박, 모략, 중상, 의심, 친구의 추방, 반역, 이혼 등 여러 가지 조짐이 보여요.

에드가   너 언제부터 그런 점성술 공부를 했니?

에드먼드   그보다 아버지를 가장 최근에 뵌 것이 언제예요?

에드가   지난 밤에 뵈었지.

에드먼드   혹시 아무 일도 없었나요? 아버지의 비위를 거슬리게 한 적이 없나요?

에드가   아니, 아무 일도 없었는데.

에드먼드   잘 생각해보세요. 아버지의 비위를 거슬리게 한 일이 있었는지. 제 생각엔 당분간 아버지를 뵙지 않는 게 좋을 것 같아요. 지금 아버지가 몹시 분노해 계시거든요.

에드가   어떤 몹쓸 녀석이 나를 모략한 모양이군.

에드먼드   제가 봐도 그래요. 아버지의 노여움이 가라앉을 때까지 잠시 제 방으로 가시죠. 그럼 아버지의 말씀이 들리는 곳으로 안내해드릴 테니까요. 자, 가시죠. 그리고 외출하실 때에는 무기를 잊지 마세요.

에드가   무기를 갖고 다니라고?

에드먼드 형님, 지금 형님에게 호의를 가진 사람은 단 한 사람도 없어요. 자, 어서 가세요.

에드가 그럼 네가 소식을 전해주겠지?

에드먼드 염려 마세요. 제가 최선을 다할 테니까요. (에드가 퇴장) 남을 잘 믿는 아버지, 그리고 고상한 성격의 형님은 천성적으로 남을 해칠 줄을 몰라 의심할 줄 모르지. 그러한 성격을 노리는 거야. 결말이 눈에 훤히 보이는구나. 혈통으로 안 되면 머리를 써서 땅을 차지해야지. 일만 잘되면 무슨 상관이야. (퇴장)

제 3 장 알바니 공작 저택의 어느 방

고네릴과 집사 오스왈드 등장.

고네릴 광대를 나무랐다고 아버지가 너를 때리셨단 말이냐?

오스왈드 예, 그렇습니다.

고네릴 기가 막히는군. 밤낮으로 나를 골탕먹이시니 집안이 온통 난장판이야. 이젠 나도 더 이상 참을 수 없어. 사냥에서 돌아오시면 내가 아프다고 전하거라. 예전처럼 시중을 정성껏 들 필요도 없고, 모든 뒷감당은 내가 할 테니까 걱정 말고. (안에서 트럼펫 소리)

오스왈드 지금 오시는 소리가 들리는데요.

고네릴 가능하면 게으름을 피우거라. 아버지가 그것을 문제삼도록. 그게 못마땅하시면 동생한테 가겠지. 하지만 동생도 마찬가지일 거야. 내 말을 명심하도록 해.

오스왈드 잘 알겠습니다.

고네릴 아버지의 기사들한테도 친절하게 대하지 마. 무슨 일이 일어나도 좋아. 아니, 일어나도록 해야겠어. 그래야 하고 싶은 말을 다할 수 있거든. 동생에게는 곧 편지를 보내 나와 같은 행동을 하도록 일러둬야겠어. 가서 저녁식사를 준비하거라. (두 사람 퇴장)

제 4 장 같은 집의 큰 방

켄트 백작, 변장을 하고 등장. 잠시 후 리어왕, 많은 기사들과 시종들을 거느리고 등장.

리어왕 잠시도 기다릴 수 없구나. 자, 즉시 식사를 대령시켜라. (시종 한 명 퇴장) 아니, 너는 누구냐?

켄트 남자입니다요.

리어왕 내게 무슨 용건이라도 있는 거냐?

켄 트 보시다시피 행색은 이렇지만 저를 믿어주시는 분께는 신명을 다해 봉사하고, 정직한 분을 사랑하며, 현명하고 말수가 적은 분과 사귑니다. 그리고 신의 심판을 두려워하며, 부득이한 경우에는 싸우기도 하는 충실한 종입니다.

리어왕 네 몰골이 왜 그 모양이냐?

켄 트 이 나라의 국왕처럼 가난해서 그렇지요.

리어왕 자네의 가난한 처지가 내 처지와 같다면, 자네는 정말 가난뱅이인가보구나. 여긴 무슨 일로 왔는가?

켄 트 당신을 섬기고 싶습니다. 당신을 모르지만, 당신에게는 뭔지 모를 느낌이 있습니다.

리어왕 나이는 몇이냐?

켄 트 노래를 잘하는 여자를 사랑할 만큼 젊지도 않고, 여자라면 무조건 좋아할 만큼 늙지도 않았습니다. 이제 마흔여덟 살이 좀 지났을 뿐입니다.

리어왕 나를 따라오너라. 저녁식사 후에도 내 마음에 들면 너를 내 곁에 두겠다. 여봐라, 식사를 가져오너라! 시종은 어디 갔느냐? 광대는? 가서 광대를 불러오너라. 내 광대는 어디 갔느냐? 온 세상이 잠든 것 같구나. (기사 퇴장했다가 돌아온다) 그 들개 같은 놈은 어디 갔느냐?

기 사 그자 말이 공작 부인께서 몸이 편치 않으시다고 합니다.

리어왕 누가 불렀는데 감히 오지 않는 거야?

기 사 아주 무례한 말투로 오기 싫다고 합니다.

리어왕 아니! 무엇이 어째?

기 사 폐하, 소신이 잘못 생각했다면 용서해주십시오.

리어왕   아니다. 나 역시 짚이는 데가 있다. 요즘 들어 나도 그러한 생각이 들긴 했지만, 내 자신이 옹졸해서 의심하는 줄로만 알았다. 자, 너는 가서 내 딸한테 할 말이 있다고 전해라. (시종 한 사람 퇴장) 그리고 광대를 불러와라. (다른 시종 한 사람 퇴장)

오스왈드 등장.

리어왕   여봐라, 넌 내가 누구라고 생각하느냐?

오스왈드   주인아씨의 아버지시죠.

리어왕   주인아씨의 아버지라! 이 개자식이! 이 노예 놈아!

오스왈드   황송하옵니다만 저는 개자식이 아닙니다.

리어왕   이놈이! 이놈이 누굴 노려봐! (오스왈드를 때린다)

오스왈드   때리지 말아요! (오스왈드, 국왕의 채찍을 잡고 돌린다)

켄 트   (다리를 걸어 넘어뜨린다) 이 개자식아! 어디서 개수작이야?

리어왕   잘했다! 내 마음에 드는구나.

켄 트   (오스왈드에게) 이자식, 네놈의 처지를 알았으면 썩 꺼져버려! 개자식아, 내 가랑이 사이로 기어나가란 말야! 깨갱거리며 기어가! (오스왈드 기어나간다)

리어왕   잘했다. (돈을 조금 주며) 우선 네 보수를 선불로 주겠다.

광대 등장.

광 대   저도 이 사람을 고용하겠습니다. 자, 이 모자를 써봐. (켄트에게 닭

털모자를 준다) 내 빨강모자를 쓰는 게 좋을 거야.

켄 트 왜 그렇다는 거야?

광 대 왜냐고? 쪼그라드는 사람의 편을 들어 바람 부는 대로 흔들리는 신세가 될 테니까. 자, 이 빨강모자를 받아라. (리어왕 쪽을 향해) 이 사람은 두 딸을 쫓아내고 셋째딸에게는 마음에도 없는 축복을 주었단 말야. 이 사람을 따라다니려면 모자를 써야 돼.

리어왕 말조심해, 이놈아!

광 대 충실한 개는 개집에서 쫓겨나 매질만 당하고 아첨쟁이 암캐는 따뜻한 난롯가에 누워 냄새를 폴폴 풍기고 있지요.

리어왕 이놈이, 아픈 데만 찌르는구나!

광 대 (켄트에게) 어이, 내 교훈 하나 말해줄까? 속을 다 보이지 말고, 아는 걸 다 말하지 마라. 가진 것 이상으로 꿔주지 말고 걷느니보다는 말을 타라. 들어도 전부 믿지 말고 내기엔 적게 걸어라. 주색을 가까이 하지 말고 집에 들어앉으면 열의 두 배인 스물보다 돈이 더 많이 모인다.

켄 트 쓸데없는 소리 작작해라, 이 바보야.

광 대 아저씨, 쓸데없는 소리는 해선 안 되나요?

리어왕 그렇지. 아무것도 생기지 않으니까.

광 대 당신의 꼴도 그렇다는 걸 알아두세요.

리어왕 광대 놈이 입버릇 참 고약하구나!

켄 트 이놈은 완전히 바보는 아닌 것 같습니다.

광 대 맞아요. 영주님이나 훌륭한 분들이 내가 혼자서 바보 노릇 하는 것을 내버려두지 않잖아요. 혼자서 광대의 전매특허를 가지려고 하면, 그 양반들도 한몫 끼겠다고 야단이죠. 부인들도 마찬가지고요. 나 혼자 광

대 노릇을 하게 내버려두지 않는다 이 말씀이에요. (노래한다) 올해는 바보가 실속 있는 해! 지혜로운 자가 멍청이가 되어 하는 짓이 숙맥 같구나!

리어왕 언제부터 그런 노래를 부르게 됐지?

광 대 아저씨가 딸들에게 어머니 노릇을 시켰을 때부터죠. 그때 당신은 딸들에게 회초리를 주고 때려달라고 바지를 걷어올렸죠. 아저씨, 저에게 거짓말을 가르쳐줄 선생님을 하나 붙여줘요. 거짓말을 배우고 싶어 죽을 지경이거든요.

리어왕 거짓말을 하면 맞을 줄 알아.

광 대 아저씨하고 아저씨 딸들은 정말 이상한 사람들이에요. 딸들은 내가 진실을 말한다고 때리려 하고, 아저씨는 내가 거짓말을 한다고 때리려고 하니까요. 게다가 말을 안 하면 안 한다고 때리겠지? 저기 잘라낸 조각 하나가 오네요.

고네릴 등장.

리어왕 무슨 일이냐? 요즘엔 계속 찌푸리고 있으니.

광 대 딸이 인상을 쓰든 말든 신경 쓸 필요가 없었을 때가 행복한 시절이었죠. (고네릴에게) 알았어요, 입 다물죠. 당신 얼굴에 입 다물라고 씌어 있네요. (노래한다) 세상만사가 싫다고 빵 껍질과 빵 부스러기를 다 버린 사람도 배고프면 먹어야 해. (리어왕을 가리키며) 저 작자는 알맹이 빠진 콩깍지야.

고네릴 아버지, 아무 말이나 닥치는 대로 지껄이는 이 광대도 그렇고, 기사들까지 틈만 나면 싸워대니 도저히 견딜 수가 없어요. 그런데 가만히 보니 아버지가 오히려 선동하시는 게 아닌가 하는 생각이 드는군요. 만일 이게 사실이라면 대책을 강구해야겠어요.

리어왕 너, 내 딸 맞냐?

고네릴 아버지, 제발 머릿속에 꽉 찬 지혜를 활용하세요. 어울리지도 않는 광기는 그만 부리시고요.

리어왕 여보게들, 내가 누구냐? 너희들이 나를 아느냐? 이 사람은 리어가 아냐. 리어가 이렇게 걷고 이렇게 말을 하다냐? 눈은 어디 있지? 지혜는 어디로 갔냐고? 내가 누구인지 말해줄 사람이 없느냐?

광 대 희미한 옛 사랑의 그림자지 뭐.

리어왕 그래, 바로 그거야. 난 국왕이었지. 귀부인, 당신의 고결한 이름은 무엇인가요?

고네릴 그렇게 놀라신 척하는 것도 아버지께서 요즘 자주 나타내는 망령기예요. 제발 제 뜻을 오해하지 마세요. 아버지께서는 100명의 기사와 시종들을 거느리고 계세요. 그런데 그자들은 하나같이 난폭하고 방탕하며 뻔뻔한 자들이죠. 이 훌륭한 저택이 술집처럼 되었다고요. 그러니 아버지가 그들의 수를 좀 줄여주세요. 그러지 않으시겠다면 제 마음대로 줄일 거예요. 아버지의 처지와 신분을 잘 아는 사람으로요.

리어왕 악마 같은 년! 내 말에 안장을 얹고 시종들을 불러라. 썩어 문드러진 사생아 같으니라고! 더 이상 네 신세를 지지 않겠다. 내게는 또 하나의 딸이 있다고.

알바니 등장.

알바니   폐하, 제발 고정하십시오.

리어왕   (고네릴에게) 흉악한 년! 거짓말쟁이! 내 기사들은 신하의 의무에 대해서는 빠짐없이 알고 있다. 그들의 작은 허물이 어찌 너에게는 그토록 추하게 보였단 말이냐! 그 작은 결함이 고문도구처럼 인간의 정을 뽑아내고 가혹한 마음만을 덧붙였구나. 오, 리어, 리어, 리어! (자신의 머리를 때린다) 어리석음을 불러들이고, 소중한 판단력을 쫓아버린 이 머리통을 때려부숴라! 가자, 시종들아. (기사들과 켄트 퇴장)

알바니   폐하, 전 죄가 없습니다. 무슨 일로 그토록 화를 내십니까?

리어왕   그럴지도 모르지. 자연의 여신이여, 내 말을 들어라! 이년의 배를 불모지로 만들어 어미의 명예가 될 아이를 낳지 못하게 하라! 만일 부득이 애를 낳게 될 경우에는 미움으로 뭉쳐진 아이를 낳게 해 한평생 불효하도록 하라! 그리하여 부모의 은혜를 모르는 자식을 두는 건 독사의 이빨에 물리는 것보다 더 아프다는 걸 깨닫게 하라! 자, 가자! (황급히 퇴장)

알바니   무슨 까닭으로 역정을 내시는지 모르겠군.

고네릴   애써 알 필요가 없어요. 망령이 들어 기분 내키는 대로 성질을 부리시니까요.

리어왕 다시 등장.

리어왕   이게 무슨 짓이냐! 내 시종을 한꺼번에 50명씩이나 줄여? 그것도 보름도 안 됐는데!

알바니   그게 무슨 말씀이십니까?

리어왕   말해주지. (고네릴에게) 참으로 부끄럽구나. 대장부인 내가 너 때문에 이렇게 뜨거운 눈물을 흘려야 하다니! 독기를 뿜은 안개여, 휘감아버려라. 아비의 저주로 생긴 병이 너의 모든 감각기관을 마비시킬 것이다. 어리석고 망령된 눈아, 이런 일로 두 번 다시 눈물을 흘리는 날에는 네 눈동자를 도려내어 헛되이 흘리는 눈물과 함께 내던져 땅을 적시리라. 하지만 내겐 딸이 또 하나 있어. 그 애는 친절하고 상냥해. 그러니 반드시 나를 위로해줄 거야. 두고 봐. 그 애는 네가 한 짓을 들으면 이리 같은 네 얼굴 가죽을 벗겨버릴 거야. 반드시 그렇게 해보일 거야. (리어왕, 켄트, 광대, 시종들 퇴장)

고네릴   내가 왜 이러는지 알겠죠?

알바니   당신을 깊이 사랑하지만 이번에는 당신 편만 일방적으로 들 수가 없구려.

고네릴   제발 가만히 좀 계세요. 무장한 기사를 100명씩이나 두다니? 하긴 그렇게 거느리고 있으면 매우 안전하겠죠. 그래요, 부질없는 소문을 들을 때마다 아버지는 저들을 배경 삼아 우리를 쥐고 흔들려고 할 거예요. 오스왈드, 오스왈드?

알바니   당신은 지나친 걱정을 하는구려.

고네릴   과신하는 것보다는 백 배 안전하죠. 애당초 근심의 뿌리를 뽑아버리는 게 좋아요. 아버지의 속셈은 제가 다 알아요. 아버지가 말씀하신 것을 동생에게 편지로 썼어요. 내 편지를 읽고도 동생이 아버지의 편을 들지는 않겠지. (두 사람 퇴장)

제 5 장 같은 저택의 앞뜰

리어왕, 켄트, 광대 등장.

리어왕 너는 어서 콘월 공작한테 가서 이 편지를 딸애에게 전하거라. 딸애가 이 편지를 읽고 묻는 것 외에는 대답하지 말고.

켄 트 잠도 자지 않고 가서 이 편지를 전하겠습니다. (퇴장)

광 대 사람의 두뇌가 뒤꿈치에 붙어 있다면 맨날 터져서 피가 나겠지. 하지만 아저씨의 알량한 지혜는 뒤꿈치에 없으니 안심하세요.

리어왕 이 녀석, 못하는 소리가 없구나. (코델리아를 생각하며 독백) 내가 그 애한테 정말 잘못했어.

광 대 달팽이가 왜 집을 머리에 이고 다니는지 아세요?

리어왕 왜 그러는데?

광 대 제 머리를 쑤셔박기 위해서예요. 제 머리를 쑤셔둘 곳을 달팽이는 딸들에게 주지 않지요.

리어왕 이제 아버지로서 정을 끊어야 해. 말은 대령시켜놓았느냐?

광 대 당나귀 같은 시종들이 준비해놓았을 거예요. 아저씨가 광대였다면 난 때려주었을 거야. 미리 늙어버렸으니까. 현명해지기 전에 늙어 버리면 안 되잖아요.

리어왕 오, 신이시여! 저를 미치게 하소서. 아냐, 제가 정신을 잃지 않도록 도와주소서. 절대로 미치광이가 되고 싶지는 않습니다! (모두 퇴장)

제 2 막

제 1 장 글로스터 백작의 저택 뜰

에드먼드와 큐런, 양쪽에서 등장.

큐 런 안녕하십니까? 지금 당신 아버지를 뵙고 콘월 공작과 공작 부인께서 오늘밤 이곳에 오신다는 것을 전해드리고 오는 길이오.

에드먼드 무슨 일로 이곳까지 오시나요?

큐 런 글쎄요. 하지만 소문은 들으셨겠죠? 소문이라야 수군거리는 정도에 지나지 않지만요. 콘월 공작과 알바니 공작 사이에 전쟁이 터진다는 소문이 있어요.

에드먼드 금시초문인데요.

큐 런 조만간 듣게 될 거요. 그럼 안녕히 계시오. (퇴장)

에드먼드 공작이 오늘밤 이곳에 온다고? 일이 척척 돌아가는군! 아버지께서 형님을 잡으라는 지령을 내리셨지. 우선 골치 아픈 문젯거리부터 처리하자! 제발 행운이여, 나를 위해 일해다오. (2층을 향해) 형님, 잠깐만 내려오세요. 드릴 말씀이 있어요. (에드가 등장) 아버지가 감시하고 있으니 빨리 도망치세요. 이 칠흑 같은 어둠을 틈타 달아나세요. 혹시 콘월 공작의 험담을 한 적은 없으세요? 공작께서 부인과 함께 이곳에 오신답니다. 그분들과 한 패가 되어 알바니 공작을 험담하진 않으셨어요?

에드가   맹세코 그런 말을 한 적이 없다.

에드먼드   아버지가 오시나봐요. 용서하세요. 형님을 칼로 찌르는 척할 테니까 형님도 칼을 뽑아 방어하세요. 그러다가 달아나세요. (큰 소리로) 칼을 버리고 당장 나오너라. 불을 밝혀라. (작은 소리로) 안녕히 가세요. (에드가 퇴장) 피를 흘리고 있다면 내가 싸움을 치열하게 했다고 생각하겠지. (자기 팔에 상처를 낸다) 주정꾼들은 이것보다 더 심한 장난을 하던데 뭘. (큰 소리로) 아버지! 아버지! 여기예요!

글로스터와 횃불을 든 하인들 등장.

글로스터   에드먼드, 그놈은 어디 있느냐?

에드먼드   이 깜깜한 어둠 속에서 칼을 들이대며 괴상한 주문을 뇌까리며 달의 여신에게 빌고 있었어요.

글로스터   어디 있느냐니까!

에드먼드   이것 보세요, 제 팔에서 피가 나고 있어요. 이쪽으로 달아났어요. 끝까지 제가 말려…….

글로스터   그놈을 쫓아가서 잡아와! (하인들 몇 명 퇴장) 끝까지 말렸는데도 어떻게 했다고?

에드먼드   아버지를 죽이자는 말에 제가 동의하지 않으니까 달아난 것입니다. 저는 형님에게 아버지를 죽이면 복수의 신들이 불벼락을 칠 것이라고 했죠. 그랬더니 미리 준비했던 칼로 제 팔을 푹 찔렀습니다. 그러나 제 소리에 놀랐는지 금세 줄행랑을 치고 말았습니다.

글로스터　제놈이 뛰어봤자 어디 가겠느냐. 내 이놈을 반드시 잡고 말 것이다. 잡히는 날이면 그날로 죽음이다. 오늘밤 이 땅의 주인이시자 내 소중한 은인이신 공작께서 이곳으로 오신다. 그분의 이름을 빌려 포고령을 내리겠다. 그 잔인한 악당을 찾아내는 자에게는 상을 주고, 숨겨주는 자는 사형에 처하겠다고 말이다.

에드먼드　저도 형님의 그런 사악한 계획을 중지시키려고 애썼습니다. 그래서 형님한테 모든 걸 폭로하겠다고 윽박질렀지요. 그랬더니 형님은 이렇게 말하더군요. '상속도 못 받을 첩의 자식인 주제에, 내가 너와 싸운다면 누가 네 편이라도 들어줄 줄 아니? 네가 아무리 신용이 있고 덕행이 바르다고 해도 아무도 네 말을 믿지 않을 거야. 그렇지, 설령 네가 내 필적을 증거로 내놓는다 하더라도 나는 너에게 모든 것을 뒤집어씌울 수가 있지.' 이러면서 윽박지르더군요.

글로스터　오, 천하에 나쁜 놈 같으니! 그놈은 내 자식이 아니다. (안에서 우렁찬 트럼펫 행진곡이 들려온다) 아, 공작 각하가 오시나보다! 왜 오시는지 모르겠다. 아무튼 그놈의 사진을 방방곡곡에 붙여야겠다. 내 영토는 비록 서자지만 충직하고 효심이 지극한 너한테 물려주도록 해놓겠다.

콘월, 리건, 그리고 시종들 등장.

콘　월　오, 백작! 어떻게 된 일이오? 이상한 소문이 나돌던데.

리　건　소문이 사실이라면, 어떤 엄벌을 내려도 부족할 거예요.

글로스터　오, 공작 부인! 이 늙은이의 가슴은 터질 것 같습니다.

리　건　아니, 바로 우리 아버지가 이름을 지어준 그 아들이 당신 생명을 노렸다는 거예요? 그 에드가가?

글로스터 오, 창피해서 더 이상 말을 할 수가 없습니다.

리 건 혹시 그가 아버지를 수행하는 기사들과 한패가 아닐까요?

글로스터 모르겠습니다. 너무나 악독해서 할 말을 잃었습니다.

에드먼드 그렇습니다. 형님은 그들과 친하게 지냈습니다.

리 건 그렇다면 뭐 이상할 게 없네요. 그놈들이 그렇게 하라고 부추겼을 테니까요. 나도 언니한테 자세한 내용을 들었어요. 어쩌면 그놈들이 우리 집에 와서 묵을지도 모르니까 저더러 피해 있으라고 하더군요.

콘 윌 나도 집에 있으면 안 될 것 같아서 온 거요. 이번에 에드먼드가 아버지께 효자 노릇을 톡톡히 했다죠?

에드먼드 그저 자식으로서 도리를 한 것뿐입니다.

글로스터 이 애가 그놈의 음모를 폭로해주었죠. 그놈을 잡으려고 하다가 이렇게 부상까지 당했답니다.

콘 윌 그놈을 잡으면 다시는 경거망동하지 못하도록 하겠소. 내 이름을 팔아서라도 체포하기 바라오. 에드먼드, 내 유순하고 효성이 지극한 널 부하로 삼겠다. 너야말로 내가 신뢰할 수 있는 신하구나.

에드먼드 비록 부족한 점이 있더라도 있는 힘을 다해 공작님을 섬기겠습니다.

글로스터 아들놈을 대신해 감사 인사를 드립니다.

콘 윌 우리가 백작을 찾아온 이유를 알고 있소?

리 건 글로스터 백작, 이렇게 예고도 없이 밤길에 온 까닭은 급한 일이 일어나서예요. 아버지와 언니가 서로 싸운 이유를 서찰로 보내왔답니다. 자제분 일로 심기가 불편하다는 건 알고 있습니다만, 우리를 위해서 조언을 아끼지 말고 해주세요. 그대로 따를 테니까요.

글로스터 분부대로 거행하겠습니다, 공작 부인. 두 분께서 오신 것을 진심으로 환영합니다. (나팔소리, 일동 퇴장)

제 2 장 글로스터 백작의 저택 앞

켄트, 오스왈드 양쪽에서 따로 등장.

오스왈드 어디에다 말을 매야 하지?

켄트 수챗구멍에 매는 게 좋겠지.

오스왈드 여보시오, 그러지 말고 가르쳐주시오.

켄트 싫소. 난 당신이 싫어.

오스왈드 나도 당신 따위와 상대하긴 싫어. 그런데 날 알지도 못하면서 왜 싫어하지?

켄트 나는 당신을 알아. 악당에다 비겁하며 음식 찌꺼기나 처먹는 놈이지. 야비하고 주제넘게 거만하고 거지꼴에 옷은 세 벌, 수입은 백 파운드나 되는 나쁜 놈이지. 1년 내내 더러운 털양말을 신고 다니며, 간이 콩알만해서 얻어터져도 싸울 생각은 하지 않고 소송이나 거는 놈이지. 내 말이 하나라도 틀렸으면 반박해봐라, 이놈아!

오스왈드　참으로 괘씸한 놈 다봤구나. 잘 알지도 못하면서 별의별 욕을 다 퍼붓다니!

켄 트　이 철면피 같은 놈아, 나를 모른다고? 폐하 앞에서 내가 너를 두 들겨 패준 것이 바로 이틀 전이 아니냐? 이놈아, 칼을 뽑아라. 네놈을 죽여 내장탕을 끓여 먹어야겠다. (칼을 빼면서) 자, 기생오라비처럼 아양이나 떠는 놈아, 칼을 빼라고!

오스왈드　비켜라! 나는 너 따위는 상대하지 않으니까.

켄 트　칼을 빼라, 이 노예 놈아. 폐하의 못된 딸의 꼭두각시 노릇이나 하는 놈아, 칼을 빼! 자, 덤벼라! (오스왈드를 친다)

오스왈드　사람 살려! 이놈이 사람을 죽이네. 사람 살려!

에드먼드, 긴 칼을 든 글로스터, 리건, 콘월, 하인들 등장.

글로스터　아니, 무슨 소동이냐?

콘 월　목숨이 아깝거든 조용히 해라. 칼을 빼면 사형이다.

리 건　언니와 아버지께서 보내신 심부름꾼들이로군요.

콘 월　왜 싸웠느냐? 말해봐라.

오스왈드　저는 숨도 쉴 수 없을 지경입니다.

켄 트　그럴 테지, 시건방을 떨면서 덤벼들었으니. 너처럼 비겁한 악당은 하느님도 만들지 않았다고 부인할 거다. 빨리 말해. 왜 싸웠는지?

오스왈드　저 늙은 놈의 흰 수염이 불쌍해서 살려줬더니…….

켄 트　뭐라고? 쓸모 없고 천한 놈아! 공작 각하가 허락만 해주신다면, 이놈을 당장 짓이겨서 화장실의 벽에 처바를 것입니다. 흰 수염 때문에 나를 살려줬다고? 천하에 빌어먹을 놈!

콘 월 입 닥쳐! 감히 여기가 어디라고 싸움질이냐?

켄 트 물론 알지요. 하지만 화가 치밀 때는 보이는 게 없는 법이죠.

콘 월 왜 화가 났느냐?

켄 트 염치라곤 눈곱만치도 없는 노예 놈이 칼을 차고 있으니 기가 막힐 일 아닙니까? 성실성이라고는 약에 쓰려 해도 찾아볼 수 없는 악당 놈이 쥐새끼처럼 부자간의 핏줄까지도 물어뜯지요. (오스왈드를 향해서) 미친놈 같은 얼굴로 페스트에 걸려 죽어버려라!

콘 월 이놈이 미쳤나?

글로스터 어쩌다 싸우게 되었는지 낱낱이 말하라.

켄 트 솔직히 말씀드리자면 아무리 원수지간이라 해도 이 악당과 저만큼 맞지 않는 경우도 드물 것입니다.

콘 월 왜 악당이라고 하지?

켄 트 이놈의 낯짝이 마음에 안 들어요.

콘 월 나와 아내, 그리고 백작의 얼굴도 네놈 마음에 들지 않겠구나.

켄 트 솔직하게 말씀드리자면, 지금 이곳에 계신 분들의 어깨 위에 얹힌 얼굴보다 훌륭한 얼굴을 본 적이 있습니다.

콘 월 오만방자한 놈이로구나. 이런 녀석은 아첨할 줄도 모르고, 정직하여 진실만을 이야기하지! 내가 알기론 이런 부류의 악당들은 솔직하네 하면서, 뱃속은 더 시커먼 놈들이지. (오스왈드에게) 넌 저자한테 무엇을 잘못했지?

오스왈드 잘못한 거라뇨? 천만에요. 2, 3일 전 일입니다요. 국왕께서 무슨 오해를 하시어 저를 때린 적이 있는데, 그때 저놈이 뒤에서 다리를 걸어 넘어뜨렸습니다. 실은 제가 일부러 져준 것인데 그것에 맛을 들였는지 칼을 빼들고 저한테 마구잡이로 달려들었습니다.

켄 트 하긴 로마군이라도 건달한테 걸리면 속수무책이지.

콘 월 족쇄를 가져오너라! 이 망령 든 늙은이에게 따끔한 맛을 좀 가르쳐 줘야겠다.

켄 트 저는 뭘 배워야 할 정도로 젊은 나이가 아닙니다. 그러니 족쇄를 가져올 필요는 없지요. 게다가 저는 폐하의 심부름꾼으로 저에게 족쇄를 채운다면 폐하의 위엄과 인격을 모독하는 것일 뿐만 아니라 적의를 나타내시는 거겠지요.

콘 월 족쇄를 가져와! 누가 뭐래도 저놈을 정오까지 채워놔야겠다.

리 건 정오까지라뇨? 밤까지 채워놓아야 해요.

켄 트 마님, 제가 아버님의 개라도 그런 대우는 할 수 없을 겁니다.

리 건 아버지의 하인이니까 그렇지.

콘 월 이놈은 당신 언니 편지에 적힌 녀석들과 한 패거리일 거야. 자, 족쇄를 가져와. (시종들이 족쇄를 들고 들어온다)

글로스터 공작님, 참으십시오. 저놈의 죄가 크긴 하지만 국왕 폐하께서 마땅히 문책하실 것입니다. 국왕께서 자신의 심부름꾼이 이토록 모욕을 당했다는 것을 아시면 크게 화를 내실 겁니다.

콘 월 그 책임은 내가 지겠소.

리 건 언니도 자기 시종이 모욕을 당했다는 걸 알면 화를 낼 거예요. 저놈의 다리를 채워놓아라. (켄트의 다리에 족쇄를 채운다)

콘 월 자, 갑시다. (글로스터와 켄트만 남고 일동 퇴장)

글로스터 미안하네. 하지만 공작님의 분부니 난들 어쩌겠나. 하지만 내가 당신을 위해 다시 부탁을 하리다.

켄 트　그만두시지요. 밤새 달려왔더니 잠이 쏟아지는구려. 세상에는 착한 사람이라도 불행을 겪을 때가 있는 법입니다.

글로스터　누가 봐도 이 일은 공작님의 잘못이야. 폐하께서 이 일을 아시면 얼마나 화를 내실까. (퇴장)

제 3 장 숲 속

에드가 등장.

에드가　나를 잡으라는 포고령을 들었다. 항구란 항구는 모두 폐쇄되고 어디든지 나를 잡으려고 혈안이 되어 있다. 아, 어떻게든 살아남아야 해. 차라리 거지꼴로 변장을 해서라도 살아야 해. 얼굴에는 진흙을 검게 칠하고, 허리에는 남루한 담요자락을 감고, 머리칼은 쑥대머리를 만들고, 옷을 걸치지 않은 알몸뚱이로 비바람과 온갖 어려움을 견뎌내야 해. 이곳엔 좋은 게 있지. 수용소에 있는 거지들처럼 소리를 질러가면서 바늘과 나무꼬챙이, 못, 들장미의 잔가지 등을 팔뚝에다 꽂아야겠다. 미친 듯이 저주도 하고, 동냥을 달라고 떼를 쓰는 거야. 가엾은 거렁뱅이! 불쌍한 톰! 그런 이름이라면 몰라도 에드가로서는 이제 살아갈 수가 없지. (퇴장)

제 4 장 글로스터 백작의 저택

켄트가 족쇄를 찬 채 앉아 있다. 리어왕, 광대, 시종 등장.

리어왕   (켄트를 발견한 뒤 한참 들여보고 나서) 아니, 넌 이런 모욕을 당하면서도 웃음이 나오느냐?

켄 트   천만의 말씀입니다, 폐하.

광 대   말은 머리를, 개와 곰은 목을, 원숭이는 허리를, 그리고 인간은 다리를 묶어 매는구나. 다리를 함부로 놀려 걸어차기를 좋아하더니 끝내 나무양말을 신었구나.

리어왕   네 신분을 무시하고 네게 족쇄를 채운 놈이 누구냐?

켄 트   폐하의 따님과 사위입니다.

리어왕   그럴 리가 없다.

켄 트   사실입니다.

리어왕   아냐, 그 애들이 감히 그랬을 리가 없어. 그럴 수도 없는 일이고, 또 그러려고 하지도 않았을 거야. 국왕의 심부름꾼에게 이런 짓을 저지른다는 것은 살인보다 더 악랄한 짓이야. 자, 말하라. 네가 어째서 이러한 처벌을 받아야 했는지를 말이다.

켄 트   폐하, 제가 저택에 도착해 폐하의 친서를 드리려고 무릎을 꿇었을 때입니다. 갑자기 땀으로 범벅이 된 그놈이 뛰어들어오더니 고네릴 공주님의 서찰을 전하더군요. 두 분께서는 그 자리에서 그 서찰을 읽으신 뒤 별안간 하인들을 모두 불러모아 말을 타고 떠나셨습니다. 저한테는 기다리라는 말씀만 하시고서요. 그래서 뒤를 따라왔는데 여기서 그놈을 또 만난 겁니다. 그놈은 지난번에 폐하께 오만불손하게 굴던 놈으로 그놈을 보자 갑자기 부아가 끓어올랐죠. 그래서 칼을 뺐더니 그놈이 겁에 질려 비명을 지르면서 온 집안 사람들을 깨운 거예요. 결국 공작 내외분께서 저와 제 죄를 물으며 이렇게 족쇄를 채웠습니다.

광 대 당신은 따님들 덕택에 1년 내내 근심주머니를 얻게 되었네요.

리어왕 아냐, 그랬을 리가 없어. 오, 울화가 치밀어오르는구나. 치솟는 슬픔이여, 네 자리는 저 아래다. 내 딸은 어디 있느냐?

켄 트 글로스터 백작님과 함께 안에 계십니다.

리어왕 아무도 따라오지 말고 여기 있으라. (퇴장)

리어왕이 글로스터와 함께 등장.

리어왕 면회 사절이라고! 나한테? 몸이 아프다고? 간밤에 밤새워 여행을 해서 피곤하다고? 순전히 변명이야. 아비를 거역하고, 아비를 버리려는 징조가 아니고 뭔가. 좀 더 그럴 듯한 대답을 가지고 와.

글로스터 말씀드리기 황송합니다만 폐하, 공작님의 성질은 불같아서 한번 그렇게 결정을 하면 바뀌는 적이 없습니다.

리어왕 경을 칠 놈! 염병에 걸려 뒈져버려라! 뭐, 성질이 불같다고? 여봐라, 글로스터! 콘월 공작 내외를 만나야겠다.

글로스터 예, 폐하. 그렇게 말씀드렸습니다만…….

리어왕 여보게, 자네가 내 말뜻을 알고 있기나 한가? 국왕이 콘월과 애기를 하려는 거야. 아비가 사랑스런 딸에게 얘기하려는 거라고. 내 명을 전했느냐? 아니, 지금 말하지 않아도 좋다. 사람은 더러 지치면 제정신이 아닐 수도 있으니까. 참아야겠다. 급한 성미 때문에 나도 이 지경이 되었으니까. (켄트를 보면서) 무엇 때문에 너를 족쇄로 채웠단 말이냐! 이 꼴을 보니 공작 내외가 무슨 계략을 꾸미는지 알겠구나. 내 하인을 풀어 주어라. 내가 할 말이 있다고 전하라. 지금 당장 말이야. 만일 그러지 않으면 북을 쳐서라도 잠을 깨울 것이다.

글로스터   어떻게든 원만하게 잘 해결되었으면 좋겠습니다. (퇴장)

리어왕   아, 끓어오르는 가슴이여! 그러나 진정하자!

광 대   아저씨, 가슴에 대고 호통을 치세요. 아저씬 칠칠맞은 부엌데기가 만두 속에 산 뱀장어를 넣고 구시렁거리는 것 같아요.

콘월, 리건, 하인들과 함께 글로스터 다시 등장.

리어왕   잘들 있었나?

콘 월   안녕하십니까. (시종들이 켄트를 풀어놓는다)

리 건   폐하를 뵈오니 기쁩니다.

리어왕   당연히 그래야지, 리건. 네가 기쁘지 않다고 하면, 그런 딸의 어미는 분명히 화냥년일 거야. 그렇다면 나는 무덤을 헤쳐서라도 네 어미와 이혼하겠지. (켄트에게) 아, 이제야 풀려났구나. 이 일에 대해서는 나중에 따지기로 하자. 사랑하는 리건, 네 언니는 내 딸이 아니다. 흉측한 년이다. 그년은 독수리처럼 예리하고 매정한 부리로 여기를 물어뜯었다.

(자기 가슴을 가리킨다)

리 건　제발 진정하세요. 제 생각에는 언니가 효성을 다하지 않은 게 아니라 아버지가 뭔가 오해를 하신 것 같군요.

리어왕　그게 무슨 소리냐?

리 건　언니가 소홀히 했다는 사실을 도저히 믿을 수가 없어요. 만일 그랬다 해도 거기에는 그만한 이유가 있었겠지요.

리어왕　난 그년을 저주해!

리 건　아버지, 이제 아버지는 늙으셨어요. 그러니 나라 사정에 정통한 사람에게 나랏일을 맡기고 그 사람의 의견을 따를 필요가 있어요. 그러니 제발 언니한테 돌아가셔서 미안하다고 사과하세요.

리어왕　그년에게 사과하라고? '사랑하는 딸이여, 이 아비는 늙어빠져 쓸모가 없으니 이렇게 무릎을 꿇고 (무릎을 꿇는다) 부탁하니, 옷과 먹을 것과 잠자리를 주시오' 하고 애걸해야 한다고?

리 건　제발 그런 실없는 장난은 그만하시고 언니한테로 돌아가세요.

리어왕　(벌떡 일어나면서) 리건, 난 절대로 안 간다. 그년은 내 시종을 반으로 줄였어. 무서운 낯짝으로 나를 노려보며 독사 같은 독설로 나한테 퍼부었어. 하늘에 저장해놓은 벌이라는 벌은 은혜도 모르는 그년의 뻔뻔스런 낯짝 위에 모두 쏟아지소서! 하늘의 질병이여, 그년한테서 태어나는 자식들의 뼈가 오그라지도록 하소서!

콘 월　폐하, 어찌 그리 끔찍한 저주를 내리십니까!

리어왕　날쌘 번개여, 그년의 눈을 멀게 하소서. 강렬한 햇살을 받아 늪에서 피어나는 독기여, 그년의 젊음을 시들게 하소서.

리 건　오, 하느님 맙소사! 화가 나신다면 저에게도 똑같은 저주를 퍼부으시겠군요?

리어왕   아니다, 리건. 너를 저주하는 일은 결코 없을 것이다. 너는 천성이 부드러우니까 가혹한 짓을 할 리가 없겠지. 누가 내 시종에게 족쇄를 채웠느냐? (안에서 나팔소리)

콘 월   저 나팔소리는 뭐지?

리 건   언니가 오는가봅니다. 곧 오겠다고 편지에 적혀 있었어요.

오스왈드 등장한 후 조금 있다 고네릴 등장.

리어왕   오, 하늘이시여! 만일 당신이 이 늙은이를 불쌍히 여기신다면, 효행을 덕으로 여기신다면, 하늘의 천사를 내려보내시어 제 편을 들어주소서. (고네릴에게) 너는 이 아비의 수염을 보고도 부끄럽지 않단 말이냐? (리건이 고네릴과 악수한다. 리어왕 이 광경을 보고) 오, 리건! 네가 저년의 손을 잡다니!

고네릴   어째서 손을 잡으면 안 되나요? 제가 잘못한 게 있나요? 망령이 난 노인이 주장하는 무례를 어찌 다 받아들일 수 있겠어요?

리어왕   아직도 네년은 오만불손하기 짝이 없구나! 하여튼 내 하인에게 족쇄를 채운 자가 누구냐?

콘 월   제가 그랬습니다. 저자의 난동을 생각하면 더 지독한 형벌을 받았어야 마땅했습니다.

리어왕   자네가! 자네가 그랬다고?

리 건   아버지, 진정하세요. 언니한테 가서서 시종을 반으로 줄이신 뒤에 이 달 말까지 머물러 계신 다음 오세요. 보다시피 저는 현재 여행 중이라 대접해드릴 수가 없어요.

리어왕 저년한테로 돌아가라고? 시종을 반으로 줄이라고? 그럴 바엔 차라리 들판에 나가 이리와 올빼미의 벗이 되고, 가난의 괴로움을 맛보는 게 낫겠다. 저년한테 돌아갈 바에야 지참금도 없이 막내딸을 데려간 프랑스 왕한테 가서 무릎을 꿇고 비천한 부하처럼 근근히 살아가는 것이 낫겠다. 저년한테 돌아가라고? 그럴 바에는 (오스왈드를 가리키면서) 차라리 저 구역질나는 종놈의 노예나 말이 되라고 해라.

고네릴 좋을 대로 하세요.

리어왕 애야, 제발 나를 미치게 만들지 마라. 이제 네 신세는 더 이상 지지 않겠다. 너희들은 내 핏줄이요 내 딸이다. 혹은 내 살 속에 박힌 병균인지도 모르지. 그러나 그것도 내 것이라고 부를 수밖에 없는 것 아니냐. 하지만 나는 너희들을 책망하지 않겠다. 마음을 고쳐 착한 사람이 되도록 애써라. 리건아, 나는 100명의 기사와 너의 집에 머무를 것이다.

리 건 그럴 순 없어요. 저는 아버지를 받아들일 준비를 전혀 못했어요. 언니의 말을 들으세요. 지금 아버지의 노여움을 우리가 받아들이는 것은 어른을 존경하는 마음에서 그런다는 걸 알아두세요.

리어왕 그 말이 진담이냐?

리 건 그렇습니다. 시종이 50명이면 되지 않아요? 그 이상 무슨 필요가 있어요? 아니, 그것도 많아요. 시종이 많으면 비용도 그렇고 위험도 크지요. 한 집에 두 주인 밑에서 그 많은 사람들이 어떻게 평화롭게 지낼 수 있겠어요? 불가능한 일이지요.

고네릴 동생의 하인이나 저희 집 시종들이 아버지를 돌봐드려도 되잖아요.

리 건 그래요. 만약 저희 집 하인이 아버지를 소홀히 모시면 제가 단속하지요. 그러니 저희 집에 오시려면 시종은 25명만 데려오세요. 그 이상 오게 되면 방도 없고 돌봐드릴 수도 없어요.

리어왕 난 너희에게 모든 것을 주었는데……

리 건 적당한 시기에 잘 주신 거지요.

리어왕 너희들을 나의 후견인으로 삼아 일체의 권력을 맡겼다. 대신 나는 시종 100명을 거느린다는 단서를 붙였는데, 시종을 25명만 데려오라니, 어림없는 소리다. 리건아, 그 말 진심이냐?

리 건 거듭 말씀드립니다만, 그 이상은 곤란해요.

리어왕 악한 자 옆에 더 흉악한 자가 있으면, 그 악한 자가 선하게 보일 수도 있다더니. 최악이 아니라는 것이 위안이 될까. (고네릴에게) 너한테로 가겠다. 너는 50명이라고 말했으니 25명의 두 배가 아니냐. 네 효심은 저 년의 두 배인 셈이구나.

고네릴 잠깐만요, 아버지. 아버지의 시종이 25명이든 10명이든 2명이든 왜 필요해요? 갑절이나 더 많은 시종들이 아버지의 뒤를 돌봐드리고 있는데요.

리 건 한 사람도 필요 없죠.

리어왕 하늘이여, 저에게 인내를 주소서. 인내가 필요합니다! 오, 신이시어! 저를 우롱하지 마소서. 저를 노여움으로 분기탱천하게 하시옵고, 여자의 무기인 눈물이 이 늙은이의 뺨에 흐르지 않도록 하소서. 이 짐승 같은 년들아, 너희 두 년에게 기필코 복수를 하겠다. (멀리서 폭풍우 소리 들린다) 오, 광대야, 나는 미치고 말겠구나? (리어왕, 글로스터, 켄트 그리고 광대 퇴장)

콘 월 안으로 들어갑시다. 폭풍우가 일 것 같소.

리 건 이 집은 너무 비좁아서 노인과 시종들이 머물 수가 없어요.

고네릴 자업자득이야. 스스로 안락한 생활을 버리셨으니까. 어리석은 소행이 어떤 것인지 맛 좀 보셔야 해. 글로스터 백작은 어디 계시지?

콘 월 늙은이를 쫓아갔나보군.

글로스터 다시 등장.

글로스터 폐하께서는 화가 머리끝까지 치미셨습니다.

콘 월 어디로 가셨소?

글로스터 말을 타고 계신데 어디로 가실는지는 저도 모르겠습니다.

콘 월 마음대로 하시라고 내버려둡시다.

고네릴 백작, 절대로 말리지 마세요. 백작, 문을 닫으세요. 고집불통인 사람을 고치는 데에는 재앙이 필요해요. 문을 꼭 닫으세요. 아버지의 시종들은 난폭한 사람들뿐이어서 무슨 일을 저지를지 모르니까요. 우리 모두 지혜롭게 대처해야 해요.

콘 월 글로스터 백작, 리건의 말이 맞소. 자, 폭풍우를 피해 안으로 들어갑시다. (일동 퇴장)

제3막

제1장 황량한 들판

폭풍우, 번개, 천둥 치는 가운데 켄트와 기사가 양쪽에서 등장.

켄 트 거, 누구요? 이토록 사나운 날씨에.

기 사 이 날씨처럼 마음이 아주 사나운 사람이오.

켄 트 난 또 누구라고. 폐하께서는 어디 계시오?

기 사 사나운 비바람과 맞서 싸우고 계십니다. 오늘 같은 밤에는 아무리 미련한 곰이라 해도 굴속에서 나오지 않고, 사자나 굶주린 이리라 해도 비를 맞기 싫어할 텐데 폐하께서는 모자도 쓰시지 않은 채 뛰어다니시며 모두 끝장이라고 소리치고 계십니다.

켄 트 누가 모시고 있겠지요?

기 사 광대뿐입니다. 심장이 찢어지는 국왕의 아픔을 광대는 익살로 위로하려고 애쓰고 있습니다.

켄 트 당신의 인품은 이미 알고 있소. 그래서 부탁을 드리는데 들어주지 않겠소? 알바니 공작과 콘월 공작은 사이가 좋지 않소. 더욱이 그 두 사람 수하엔 프랑스 첩자가 있어 나라의 정보를 팔고 있소. 그들은 노왕에 대한 무자비한 학대와 고난 등을 모조리 정탐해 프랑스에 보내고 있소.

조만간 프랑스 군대가 분열된 이 나라에 쳐들어올 거요. 이미 저들은 우리의 무관심을 틈타 쓸만한 항구에 진을 치고 기선을 제압할 태세를 갖추고 있소. 그래서 부탁인데, 나를 믿고 급히 도버까지 가주실 수는 없겠소? 폐하께서 두 딸들의 천륜을 벗어난 행실에 얼마나 크게 노하시고 슬퍼하시는지 가서 전하면 깊은 감사와 함께 사례를 받을 수 있을 거요. 내가 겉보기와는 다른 인물이라는 증거로 이 지갑을 열고 안에 든 것을 가지시오. 코델리아 공주님을 만나면 이 반지를 보여드리시오. 그럼 내가 누구인지 아실 거요. 웬 폭풍우가 이리 심하담! 나는 폐하를 찾으러 가야겠소.

기 사   악수나 합시다. 더 하실 말씀은 없소?

켄 트   한마디만 더 덧붙이겠소. 당신은 저쪽으로, 나는 이쪽으로 가다가 누구든 먼저 폐하를 발견한 사람이 큰소리를 질러 신호를 해줍시다.

(두 사람 따로따로 퇴장)

제 2 장 들판의 다른 쪽

폭풍우 치는 속에 리어왕과 광대 등장.

리어왕   바람아 불어라, 내 뺨이 갈기갈기 찢어지도록! 미쳐 날뛰어라! 불어라! 폭포처럼 쏟아지는 호우여, 땅에 이는 회오리바람이여, 높은 탑에 세운 바람개비가 물 속에 잠길 때까지 쏟아져라! 머리에 번뜩이는 생각처럼 재빠른 유황불이여! 참나무를 쪼개는 벼락을 알리는 번개여! 내 흰 머리를 태워라! 그리고 천지를 진동시키는 천둥이여, 두껍고 둥근 이 세상을 납작하게 짓이겨라. 자연의 틀을 깨어 은혜도 모르는 인간을 태어나게 하는 모든 종자들을 없애버려라!

광 대 아저씨, 방 안에서 아첨하는 것이 들판에서 비 맞는 것보다 나아요. 그러니 아저씨, 돌아가서 딸년들의 신세를 집시다. 칠흑같이 캄캄한 이런 밤에는 현명한 사람이나 바보나 똑같이 보인다니까요.

리어왕 실컷 으르렁거려라. 불을 뿜어라. 비를 퍼부어라. 비도 바람도 천둥도 번개도 내 딸이 아니다. 나는 너희 우주를 향해 비난하지는 않겠다. 나는 결코 너희들에게 왕국을 주지도 않았고 딸이라고 부르지도 않았다. 그러니 내게 복종할 필요는 없다. 너희들 멋대로 해라. 나는 너희들의 노예며, 지치고 나약한 멸시받는 늙은이에 불과하다.

광 대 머리를 넣어둘 수 있는 집 한 칸이라도 있는 사람은 현명한 사람이지. (노래한다) 집은 없어도 음낭을 넣을 바지가 있다면 음낭에 이가 들끓는다오. 마음속에 맺힌 분노를 발가락에 매고 다닌다면 발가락이 아파서 뜬눈으로 밤을 지새우지. 아무리 예쁜 여자라도 거울 앞에서는 입을 삐죽거리지.

켄트 등장

리어왕 내가 참자. 아무 말 하지 말고 무조건 참자.

켄 트 거기 누구냐?

광 대   넌 누구냐? 여기 왕관과 바지가 있다. 현명한 사람과 바보가 있다는 말이다.

켄 트   아, 폐하! 여기 계셨군요. 아무리 밤을 좋아하는 동물이라도 이런 밤은 싫어할 것입니다. 제가 철든 이후로 하늘을 가득 타오르는 번갯불과 끔찍한 천둥소리, 미친 듯 몰아치는 비바람의 신음소리는 들은 적도 없습니다. 인간으로서는 도저히 감당할 수 없는 고통입니다.

리어왕   이토록 무서운 혼란을 불러일으키는 위대한 신들로 하여금 내 원수를 찾아내게 하라. 적은 어디 있느냐? 가슴속 깊숙이 죄악을 숨겨둔 채 아직 정의의 채찍을 받지 않은 자들이여! 거짓 증언을 한 자여! 어디 숨어 있느냐? 네 몸이 산산조각나도록 떨어라.

켄 트   아, 왕관도 안 쓰시고! 폐하, 바로 이 근처에 오두막이 있습니다. 비바람을 피해 잠깐만 쉬고 계십시오. 그동안 저는 그 몰인정한 집에 가보겠습니다. 돌로 지었지만 돌보다 더 냉혹한 집으로 들어가서 그들이 효도할 수 있도록 해보겠습니다.

리어왕   함께 오두막으로 가자. (일동 퇴장)

제3장 글로스터의 성 안, 어느 방

글로스터와 횃불을 든 에드먼드 등장.

글로스터 아, 슬프다! 에드먼드야, 이런 몰인정한 처사는 처음 보았구나. 가여운 국왕을 위로해드리려고 했더니, 공작 내외께서는 내 집을 사용하지 못하도록 했을 뿐만 아니라 어떤 방법으로든 국왕을 도와주기만 하면 나와 영원히 절교할 것이라고 경고하시더구나.

에드먼드 정말 잔악하고 인정머리라곤 눈곱만큼도 없는 불효자군요.

글로스터 하지만 걱정할 필요는 없다. 두 공작은 사이가 좋지 않을 뿐만 아니라 그보다 더 나쁜 일들이 지금 벌어지고 있다. 이제 그들에게도 불행이 닥칠 거다. 오늘밤 나는 밀서를 받았다. 쉿! 입 밖에 내면 위험해. 프랑스 병사들이 이미 이 땅에 상륙해 있어. 우린 국왕 편에 서지 않으면 안 돼. 국왕을 찾아서 은밀히 구조할 테니, 너는 공작 부인의 말상대나 하고 있거라. 만일 공작께서 나를 찾으면 아파서 누워 있다고 해라. 설사 목숨을 잃는 한이 있어도 나의 주인이신 왕을 구해드려야 해. 에드먼드, 무서운 세상이다, 몸조심해라. (퇴장)

에드먼드 이런 아버지, 당신은 그만 큰 실수를 하고 말았군요. 자, 아버지의 왕에 대한 비밀스런 충성을 공작 부인에게 알려야 해. 그럼 아버지의 재산이 모두 내 것이 되겠지. 이것이야말로 천재일우의 기회야. 노인이 쓰러지면 젊은이가 일어나는 법이지. (퇴장)

제 4 장 황량한 들판, 오두막 앞

리어왕, 켄트, 광대 등장.

켄 트 제발 안으로 들어가십시오.

리어왕 넌 내 가슴을 찢어놓을 작정이냐?

켄 트 차라리 제 가슴을 찢고 싶습니다. 제발 안으로 들어가십시오.

리어왕 너나 들어가 쉬어라. 난 이 폭풍우로 인해 생각을 안 해도 되겠구나. (광대에게) 이 집도 없는 가난뱅이야, 안으로 들어가거라. 나는 기도를 올리고 나서 들어가겠다. (광대, 안으로 들어간다) 가난하고 헐벗은 사람들아, 이 몰인정한 폭풍우를 맞으면서도 굶주린 배를 졸라매고 누더기를 걸친 채 밤낮 없이 유랑을 했겠구나. 그동안 내가 너희들에게 너무 무심했구나! 영화를 누리는 자들아, 이 일을 교훈으로 삼아라. 남은 것이 있거든 이들에게 나눠주어라.

에드가 (안에서) 물이 깊구나. 불쌍한 톰!

광 대 (오두막에서 뛰쳐나온다) 들어가지 마세요, 아저씨. 귀신이야. 사람 살려, 사람 살려!

에드가 (안에서) 같은 처지야! 난 불쌍한 톰이라고!

켄 트 호들갑을 떨지 말고 가만 있어봐. 거기 누구냐? 어서 나와라. (미치광이로 변장한 에드가가 밖으로 나온다)

에드가 썩 꺼져라! 악마가 쫓아온다!

리어왕 자네도 두 딸에게 모든 것을 양도했는가? 그래서 이 꼴이 되었는가?

에드가 누가 이 불쌍한 톰에게 그런 걸 주겠어요? 그 더러운 악마들이 날 여기저기 끌고 다녀요. 불꽃 속으로, 물 속으로, 늪 속으로, 시궁창 속으로 이리저리 마구 끌고 다녀요. 악마에게 사로잡혀 있는 불쌍한 톰에게 적선하세요. (폭풍우 계속)

리어왕 뭐야! 이놈도 딸년들 때문에 이 지경이 되었나? 너도 네 몫을 남겨두지 않고 몽땅 줬느냐?

광 대 아뇨, 담요 한 장은 남겨놓았죠. 그것조차 없었으면 눈뜨고 볼 수 없었겠죠.

리어왕 머리 위를 떠도는 모든 재앙들이 네 딸년들 머리 위에 떨어지도록 빌거라!

에드가 악마를 조심해요. 부모 말은 잘 듣고 약속은 반드시 지키세요. 맹세를 함부로 하지 말고, 남의 부인을 범하지 말고 좋은 옷에 한눈 팔지 말아요. 톰은 추워요.

리어왕 넌 전에 무엇을 했느냐?

에드가 시종이었죠. 교만으로 가득 찬 여주인의 비위를 맞추면서요. 머리를 지지고 모자에 장갑을 붙이고 다니는 마님의 색정을 채워주느라 컴컴한 곳에서 정사도 했죠. 술도 몹시 좋아했고 도박도 즐겼어요. 마음은 거짓되고, 귀는 여리고, 손은 잔학하고, 돼지처럼 게으르고, 여우처럼 교활하고, 사자처럼 남을 헐뜯었지요. (폭풍우 여전하다)

리어왕 알몸으로 혹독한 시련을 겪느니 차라리 무덤 속에 있는 게 낫겠다. 인간이 겨우 이런 존재밖에 안 된단 말이냐? 이 사람을 보아라. 여기 있는 우리는 모두 자신을 숨기느라 옷을 입고 있는데, 태어날 때의 모습 그대로구나. 옷을 입지 않으면 인간은 모두 너처럼 두 발 달린 짐승에 불과해. 벗어버리자. 이따위 빌려 입은 옷들은 벗어버리자. 여봐라. 이 단추를 끌러라. (자기 옷을 찢는다)

광 대　제발 진정하세요. 오늘밤은 수영할 만한 날씨가 못 된다고요. 이런 때에는 황량한 들판에 불이 있다 해도 음탕한 늙은이의 정열과 같아. 불똥만 있을 뿐 온몸은 차디차거든. 보세요, 불덩이 하나가 걸어오네요.

글로스터가 횃불을 들고 등장.

켄 트　거기 누구요? 누굴 찾고 있소?

글로스터　너는 누구냐? 이름을 대라!

에드가　불쌍한 톰이에요. 이놈은 헤엄치는 개구리, 두꺼비, 올챙이, 도마뱀, 물에 사는 도롱뇽을 먹고 산답니다.

글로스터　폐하, 이런 놈들하고 같이 계셨습니까? 폐하, 피를 나눈 자식들까지 얼마나 악독한지 자기들을 낳아준 부모들까지 증오하는 세상이 되었습니다. 자, 제가 안내하죠. 전 폐하의 신하된 몸으로서, 따님들의 그 냉혹한 명령을 받아들일 수 없습니다. 이제 폐하를 불과 따뜻한 식사가 있는 곳으로 안내하겠습니다.

리어왕　잠깐 저 철학자와 얘기하고 싶다. 천둥의 원인이 무엇이냐?

켄 트　폐하, 저분의 권유대로 안으로 들어가시지요. (글로스터에게) 한 번만 더 권해보십시오. 폐하의 정신이 좀 이상해진 듯합니다.

글로스터　무리가 아니오. 그런 일을 당하고 제정신이라면 오히려 이상

하지. 딸들이 노왕을 죽이려고 하니 말이오. 아, 훌륭한 켄트! 가엾게도 그는 이 같은 사태를 경고하는 바람에 추방까지 당했어. 하긴 나도 국왕 못지 않게 미칠 지경이라오. 내 아들놈이 글쎄 내 목숨을 노렸지 뭐요. 세상의 어떤 아비가 나처럼 자식을 사랑했겠소? 사실 지금 나는 미칠 것만 같소. 정말 끔찍한 밤이로군! 폐하, 제발⋯⋯.

리어왕 아, 용서하시오. (에드가에게) 학자 선생, 함께 들어갑시다.

에드가 톰은 추워요.

글로스터 다들 움막 안으로 들어가서 몸을 녹입시다. (모두 퇴장)

제 5 장 글로스터의 저택, 어느 방

콘월과 에드먼드 등장.

콘 월 이 집을 떠나기 전에 기필코 원수를 갚을 거야.

에드먼드 부자간의 천륜을 어기면서까지 공작님께 충성을 바쳤다고 세상이 얼마나 비난할까요? 그것만 생각해도 왠지 두려워집니다.

콘 월 이제 생각해보니 자네 형이 백작을 죽이려고 한 것도 성질이 포악해서 그런 것만은 아닌 것 같아. 자네 아버지에겐 아들이 살의를 일으킬 만한 충분한 약점이 있었던 거야.

에드먼드   제 운명도 참으로 기가 막히지요. 옳은 일을 하면서도 뉘우쳐야 하니까요. (편지를 꺼내면서) 이것이 저희 아버지께서 말씀하시던 그 밀서입니다. 아, 아버지가 프랑스군을 위해 일한 첩자였다니! 신이시여, 이런 반역을 아들이 고발하다니, 이 무슨 얄궂은 운명입니까! 만일 이 내용이 사실이라면 공작님의 신상에 중대한 일이 일어날 것입니다.

콘 월   사실이든 거짓이든 이제 너는 글로스터 백작이 되었다. 네 아버지의 행방을 찾아 즉시 체포하라.

에드먼드   (방백) 아버지가 국왕을 돕고 있는 현장이 발각되면 혐의는 더욱 짙어지겠지. (콘월에게) 충성과 효성 중 하나를 골라야 한다면 저는 충성의 길을 선택하겠습니다.

콘 월   그래, 잘 선택했다. 네 부친이 너에게 베풀었던 것 이상으로 너에게 애정을 쏟겠다. (두 사람 퇴장)

제 6장 성 부근에 있는 농가의 방

글로스터와 켄트 등장.

글로스터   그래도 바깥보다 이곳이 한결 낫구려. 될 수 있는 대로 폐하를 위로해드립시다. 난 잠깐 동태를 살피러 성에 다녀오겠소.

켄 트　국왕의 모든 분별력은 분노와 함께 사라졌습니다. 친절하신 백작님께 하느님의 축복이 내리시길 바랍니다. (글로스터 퇴장)

리어왕과 에드가, 광대 등장.

에드가　악마가 나를 부르고 있어. 저 양반 말을 들어보니 황제 네로가 지옥의 호수에서 낚시질을 하고 있는 모양이지? (광대에게) 너는 착한 사람이지? 악마가 붙지 않도록 조심해야 해.

리어왕　수천이나 되는 악마들이 벌겋게 단 쇠꼬챙이를 들고 그년들한테 덤벼들었으면…….

에드가　악마가 내 잔등을 깨물어요.

광 대　늑대의 온순함을 믿고, 말의 건강을 믿고, 또 소년의 사랑이나 창녀의 맹세를 믿는 사람은 정말 미친놈이지.

리어왕　그년들을 즉시 법정에 소환하라. (에드가에게) 박식한 재판장님, 여기 앉으시오. (광대에게) 현명하신 분, 넌 여기에 앉고. 그런데 요 암여우들아, 너희들은 거기 꼼짝 말고 앉아 있어. 우선 저년들의 재판부터 해야겠다. 저년들을 탄핵할 증인을 불러라. (에드가에게) 재판장님, 자리에 앉아주시지요. (광대에게) 너는 배심원 자격으로 그 옆에 앉아라. (켄트에게) 너는 증인으로 거기 앉고.

에드가　공평하게 재판을 해보자.

리어왕　우선 저년부터 소환해. 고네릴 말야. 저명하신 재판장님, 제가 감히 맹세하건대 저년은 자기 아비인 부왕을 발길질한 년입니다.

광 대　앞으로 나오시오. 당신 이름이 고네릴이오?

리어왕　아니라곤 못하겠지.

광 대　아, 미안하오. 난 당신을 고급의자로 생각했소.

리어왕　저 찌그러진 상판을 보면 심보가 얼마나 고약한지 알 수 있을 거요. 저년을 칼로 쳐라! 불을 밝혀라! 뇌물을 받았나? 법정이 부패했군! 부정한 재판장아, 저년을 풀어준 이유가 뭐요?

에드가　제발 정신을 차리세요!

켄 트　아, 슬픈 일이구나! 그토록 자랑하시던 인내심은 어디에다 갖다 버렸단 말인가. 자제심만은 잃지 않겠다고 하셨으면서.

에드가　(방백) 이렇게 눈물을 흘리다가는 변장한 게 탄로나겠구나. 자, 춥구나. 잔치에 가자. 불쌍한 톰, 네 술잔이 비었구나.

리어왕　자, 이제 리건 저년을 해부해주시오. 저년의 심장에 무엇이 자라고 있나봅시다. 이토록 냉혹한 마음을 만들었을 때에는 필시 창조주에게 이유가 있었을 것이다. (에드가에게) 너를 내 100명의 시종 가운데 끼워주마. 한데 네 차림새가 그게 뭐냐? 넌 페르시아 복장이라고 우겨대겠지만 바꾸어 입는 것이 좋겠다.

켄 트　폐하, 잠깐만 누워서 쉬시지요.

리어왕　부산 떨지 마라. 커튼을 쳐라. 저녁식사는 아침에 들겠다.

광 대　나는 대낮에 잠자리에 들어야지. (모두 퇴장)

제 7 장 글로스터의 성

콘월, 리건, 고네릴, 에드먼드, 그리고 시종들 등장.

콘 월 (고네릴에게) 알바니 공작에게 가서 이 편지를 보이세요. 프랑스 군이 침략해왔소. (시종들에게) 반역자 글로스터 놈을 찾아라. (시종 몇 사람 퇴장)

리 건 체포하는 즉시 교수형에 처하세요.

고네릴 두 눈을 뽑아버리는 게 좋을 것 같아요.

콘 월 처벌은 나에게 맡기시오. 에드먼드, 자네는 처형을 모시고 가도록 하오. 우리는 반역자인 그대 부친을 처형할 텐데 눈뜨고 볼 수 없을 거요. 알바니 공작한테 가서 빨리 전쟁 준비를 하라고 하오. 우리도 재빨리 전쟁 준비에 착수해 연락하겠소.

오스왈드 등장.

오스왈드 글로스터 백작이 왕을 모시고 갔습니다. 왕의 기사 서른대여섯 명과 함께 백작이 왕을 모시고 도버를 향해 갔답니다. 그곳에서 군대가 그들을 기다리고 있다고 큰소리를 치면서 말이죠.

콘 월 공작 부인이 타실 말을 준비하거라.

고네릴 안녕히 계십시오, 공작님. 리건, 너도 잘 있어.

콘 월 에드먼드, 다녀오시오. (고네릴, 에드먼드, 오스월드 퇴장) 반역자 글로스터를 당장 찾아와. 강도처럼 뒤로 묶어 끌고 오너라. (다른 시종들 퇴장) 재판도 하지 않은 채 교수형에 처하는 것이 꺼림칙하지만 홧김에 하는 걸 누가 막겠는가.

시종들이 글로스터를 체포하여 등장.

글로스터 이게 어찌된 일이십니까? 당신들은 우리 집의 손님들이신데 어찌 주인인 제게 이 같은 행패를 부리십니까?

콘 월 이놈을 포박하라! (시종들, 그를 묶는다)

리 건 단단히, 꼼짝하지 못하도록 묶어라. 이 더러운 반역자!

글로스터 잔혹한 부인이시여, 저는 반역자가 아닙니다.

콘 월 의자에다 포박하라. 이 악당아, 내 오늘 본때를 보여주겠다. (리건, 글로스터의 턱수염을 잡아 뽑는다)

글로스터 하느님, 맙소사! 수염을 뽑다니, 세상에 이보다 더한 치욕은 없습니다!

리 건 수염은 흰 놈이 뱃속은 시커멓구나.

글로스터 부인은 참으로 잔인하기 이를 데 없군요. 부인이 뽑은 턱수염은 하나하나 다시 살아나 부인을 저주하게 될 거요. 나는 여러분을 환대한 이곳의 주인이오. 그 주인의 얼굴에 도둑과 다를 바 없는 손으로 이런 짓을 감행한다는 건 하늘이 용서치 않을 거요.

콘 월 이봐, 최근 프랑스에서 어떤 편지를 받았느냐?

리 건 솔직히 대답해! 이미 다 알고 있으니까.

콘 월 요즘 이 땅에 상륙한 반역자들과 무슨 음모를 꾸몄느냐?

리 건 미치광이 왕을 누구한테 넘겼는지 실토하라고!

글로스터 추측에 불과한 편지를 받기는 받았습니다만, 그것은 어느 쪽에서 온 것이 아니라 중립적 입장에 선 제삼자로부터 온 것입니다.

콘 월 간사한 놈이구나.

리 건 거짓말이야!

콘 월 국왕을 어디로 보냈냐고?

글로스터 도버로 보냈소.

콘 월 왜? 국왕을 보내지 말라는 엄명을 받았을 텐데!

글로스터 (중얼거린다) 말뚝에 매인 곰처럼 개떼의 공격을 받을 수밖에 없구나.

리 건 무엇 때문에 보냈느냐? 만일 그런 짓을 하면 목숨을 내놓아야할 텐데…….

글로스터 네 잔인한 손톱이 늙은 폐하의 눈알을 후벼파고 포악한 네 언니의 산돼지 같은 어금니가 폐하의 신성한 옥체를 물어뜯는 것을 차마볼 수 없었기 때문이다. 폐하께서는 심한 폭풍우를 맨몸으로 맞으시면서도 오히려 비가 더 쏟아지기를 바라셨다. 그렇게 무서운 상황이라면 늑대가 너의 집 앞에서 짖어댄다 해도 문을 열었을 것이다. 다른 일은 몰라도 날개 달린 복수의 여신이 분명 너희들한테 복수하는 것을 나는 기필코 보게 될 것이다.

콘 월 흥! 절대로 못 보게 해줄 것이다. (시종들에게) 여봐라, 의자를 꽉붙들고 있어라. 이놈의 눈깔을 뽑아 내 발로 직접 짓이겨주겠다. (글로스터의 한쪽 눈을 도려내 발로 짓이긴다)

글로스터 오래 살고 싶은 사람이 있다면 나를 좀 도와다오! 오, 신이시여! 어찌 이토록 잔인하단 말인가!

리 건 다른 쪽 눈마저 뽑아버리세요.

콘 월 당신이 복수의 여신을 보고 싶겠지만…….

시종 1 공작님, 참으세요. 저는 어릴 때부터 공작님을 모셔왔습니다만, 시종으로서 마땅히 말려야겠습니다.

리 건 뭐라고? 이 개 같은 놈이!

시종 1 마님의 턱에 수염이 났다면, 제가 뽑았을 것입니다.

리 건 뭐라고?

콘 월 이 종놈이! (두 사람 칼을 빼들고 싸운다)

시종 1 자, 덤벼라. 분노의 칼을 받아라. (콘월, 손에 상처를 입는다)

리 건 (다른 시종에게) 칼을 이리 좀 다오. 종놈이 감히 어디라고 대들어!

(리건, 칼을 들고 시종을 등뒤에서 찌른다)

시종 1 아이쿠, 나는 죽는구나! (글로스터에게) 백작님, 남은 눈 하나로 제가 저자에게 입힌 상처를 보십시오. 으윽! (죽는다)

콘 월 마저 뽑아버려 더 이상 볼 수 없게 해주마. 야앗! 아직도 빛이 보이느냐? (글로스터의 남은 눈을 도려내 짓이긴다)

글로스터 아, 온통 암흑 천지구나. 내 아들 에드먼드는 어디 있느냐? 에드먼드, 남은 효성에 불을 붙여 이토록 끔찍한 일에 복수하거라.

리 건 닥쳐라, 반역자! 네가 그토록 찾는 아들이 밀고했느니라. 누가 너따위를 동정하겠느냐?

글로스터 뭐라고? 아아, 내가 어리석었구나! 에드가가 모략에 걸려든 거로구나. 자비로우신 신이시여, 에드가에게 행운을 허락하소서!

리 건   저놈을 문 밖에 갖다 버려라. 도버까지 냄새를 맡으며 가도록. (글로스터 시종의 부축을 받으며 퇴장) 당신, 얼굴빛이 왜 그래요?

콘 월   손에 상처를 입었소. 저 노예놈을 똥통에 갖다 버려라. 피가 많이 나는군. 나를 부축 좀 해주시오. (부축을 받으며 콘월 퇴장)

시종 2   저런 것들이 잘 산다면 나도 무슨 악행이든지 저지르리라.

시종 3   저런 여자가 오래 산다면 여자들은 모두 괴물이 될 거야. 하느님, 저분을 도와주소서! (좌우로 퇴장)

제 4 막

제 1 장 거친 들판

에드가 등장.

에드가   이렇게 드러내놓고 바보 취급을 당하는 게 속으로 욕을 얻어먹으며 입에 발린 아첨을 받는 것보다 낫지. 불행의 밑바닥까지 떨어져 가장 비천한 처지에 빠지면 다시 올라갈 수 있는 게 아닌가. 누가 오는 걸까? (글로스터가 노인의 손에 이끌려 등장) 오, 아버지시구나. 초라한 옷차림으로 부축을 받으면서 오시다니. 아, 이 무슨 변고인가! 세상아, 이러한 혼란이 일어나니 오래 살고 싶지 않구나.

노 인   오, 백작님! 저는 선대 때부터 80년 동안 백작님 댁에서 하인으로 일해왔습니다.

글로스터   날 내버려두고 가게. 자네까지 화를 당하는 걸 보고 싶지 않아.

노 인   그렇지만 앞도 못 보시면서⋯⋯.

글로스터   마땅히 가야 할 곳도 없으니 눈도 필요 없네. 눈이 보일 때에도 나는 헛디딘 적이 많았어. 하지만 의지할 게 없으면 오히려 더 강해지지. 아, 사랑하는 내 아들 에드가야, 너는 속아넘어간 이 아비의 분노 때문에 희생되었구나! 내가 살아 생전에 너를 한번이라도 만져볼 수만 있다면, 다시 눈을 얻은 거나 다름없을 거야.

노 인 누구요! 거기 있는 사람은 누구요?

에드가 (방백) 오, 신이시여! 누가 '지금이 최악의 상태'라고 말할 수 있겠는가? 조금 전보다 더 최악의 상태에 놓인 것을.

노 인 미친 거지 톰이로군.

에드가 (방백) 더 나빠질 수도 있으니, '이것이 최악이다'라고 말할 수 있는 한은 최악이 아니다.

글로스터 거지 노릇을 할 수 있다면 정신이 남아 있는 모양이구나. 어젯밤 그런 놈을 보았는데, 그때 난 인간이 구더기와 다를 것이 없구나 생각했지. 갑자기 아들놈 생각이 났어. 에드가야, 널 보고 싶어도 이젠 볼 수가 없겠구나. 신은 아이들이 파리를 장난삼아 죽이듯 우리 인간을 죽이는구나.

에드가 (방백) 어쩌다 저렇게까지 되셨을까? 슬픔을 억누르며 바보 노릇을 해야 하다니. (글로스터에게 큰 소리로) 안녕하세요, 아저씨!

글로스터 저놈이 말하는 건가?

노 인 예, 그렇습니다.

글로스터 자넨 이제 돌아가 주게. 여기서부터 도버까지는 3킬로미터쯤 되니까 걱정하지 말고. 그리고 자네에게 부탁 좀 하겠네. 저 녀석한테 옷이나 좀 갖다주게. 길을 안내해달라고 부탁할 참이니.

노 인 하지만 저 녀석은 미친놈입니다.

글로스터 미친놈이 장님의 길잡이가 되는 것도 이 시대의 저주 아니겠나? 내가 시키는 대로 해. 어서 집으로 돌아가.

노 인 그럼 얼른 가서 제가 갖고 있는 옷 중에 가장 좋은 걸 갖고 오겠습니다. (퇴장)

글로스터 이 녀석아, 이리 와봐.

에드가 불쌍한 톰은 추워요. (방백) 더 이상은 숨길 수가 없구나. 하지만 속여야 해. 아아, 저 눈에서 피가 흐르고 있어.

글로스터 자, 이 돈주머니를 받아라. 하늘의 재앙을 묵묵히 견뎌내는 넌 운명을 이겨낸 놈이구나. 내가 처참한 꼴이 되고 보니, 네가 오히려 행복해보인다. 신이시여, 언제나 이렇게 해주십시오! 호의호식하는 자들, 하늘의 뜻을 가볍게 여기는 자들, 인간의 쓰라림을 외면하는 자들에게 하늘의 위력을 즉시 느끼도록 해주소서. 이렇게 하면 불평등의 세상은 사라질 것입니다. 넌 도버로 가는 길을 알고 있느냐?

에드가 네, 압니다요.

글로스터 거기 가면 절벽이 있다. 그 절벽까지만 나를 데려다다오. 그러면 내가 너를 가난에서 벗어나도록 해주겠다.

에드가 제 손을 잡으세요. 안내하겠습니다. (두 사람 퇴장)

제 2 장 알바니 공작의 저택 앞

고네릴과 에드먼드 등장.

고네릴 이상하네요. 마음씨 좋은 우리 남편이 마중을 나오지 않다니.

(오스왈드 등장) 공작님은 어디 계시냐?

오스왈드　안에 계십니다만 아주 딴사람이 되셨습니다. 적군이 상륙했다 해도 웃으시기만 하더군요. 또 마님께서 돌아오셨다고 해도 시큰둥하시고요. 글로스터 노인과 그 아들에 대한 이야기를 말씀드렸더니, 오히려 저를 바보 같은 놈이라고 욕을 하며 야단을 치셨습니다.

고네릴　(에드먼드에게) 그럼 당신은 들어갈 필요가 없겠군요. 남편은 간이 작아서 모욕을 당해도 복수할 생각을 못한답니다. 우리가 오는 도중에 얘기를 나누었던 것은 실현될 수 있을 듯하군요. 에드먼드님, 콘월 공작 한테 가서서 군대를 소집하고 지휘해주세요. 나는 남편 대신 칼과 창을 쥐겠어요. (오스왈드를 가리키며) 그리고 이 시종이 우리의 연락책이 될 거예요. 만일 당신이 출세하고 싶다면, 당신 연인의 말을 들으세요. 그리고 이걸 몸에 지니세요. (반지를 건네주며 키스한다) 이 키스가 당신의 용기를 북돋워줄 거예요. 내 말을 깊이 명심하도록 하세요.

에드먼드　당신을 위해서라면 이 목숨도 바치리라.

고네릴　아아, 나의 사랑 에드먼드! (에드먼드 퇴장) 같은 남자라도 어쩌면 저렇게 다를 수가 있단 말인가! 당신에게 몸과 마음을 다 바치고 싶은데, 우리 집 얼간이가 내 몸을 가로채고 있군요. (알바니 등장) 전에는 제가 오면 최소한 아는 척은 했잖아요.

알바니　오 고네릴, 당신은 바람이 세게 부는 날 얼굴에 붙은 먼지보다 못한 사람이오. 자기를 낳아준 부모를 멸시하는 여자는 결국 시들어서 땔감밖에 쓸 데가 없을 거요.

고네릴　듣기 싫어요! 잠꼬대 같은 소리는 그만해요.

알바니　악한 여자에게는 지혜롭고 선한 가르침도 악하게만 들릴 거요.

더러운 것들이 더러운 맛밖에는 모르는 것처럼. 도대체 당신들은 무슨 짓을 한 거요? 인자하신 노인을, 자신을 낳아주신 아버지를 미친 사람으로 만들다니. 설령 콘월 공작이 그런 짓을 해도 말렸어야 할 당신이 오히려 장단을 맞추다니! 국왕의 가장 큰 은혜를 입은 자가 극악무도한 짓을 저지른 거요.

고네릴　당신은 허수아비예요! 당신이야말로 뺨은 맞기 위해서 가지고 다니고, 머리는 모욕을 당하기 위해서 달고 다니는군요.

알바니　악마야, 네 꼴을 보아라! 악마의 모습이야 원래 흉측하지만 여자의 탈을 쓰니 더 끔찍하구나.

고네릴　멍청이 바보!

알바니　이 악마야, 부끄러움을 알거든 네 낯짝을 드러내지 마라! 만약 격정에 못 이겨 이 두 손을 움직이는 날엔 네 살과 뼈를 갈가리 찢어발기겠다만, 계집의 탈을 쓰고 있으니 목숨만은 건진 줄 알아라.

고네릴　흥, 정말 용기 한번 가상하구려!

리건의 사신 등장.

알바니　무슨 일이냐?

사 신　콘월 공작님께서 돌아가셨습니다. 글로스터 백작님의 한쪽 눈을 도려내려다 그것을 말리는 시종의 칼에 찔려 돌아가셨습니다.

알바니　글로스터 백작의 눈을?

사 신　어렸을 때부터 곁에서 시중을 들던 시종이 말리다 치명상을 입힌 겁니다. 노한 공작님과 결전을 벌이다 시종은 죽었고 공작님도 그만 죽음의 길을 걷게 되었습니다.

알바니 하늘도 무심치 않다는 증거구나. 요즘은 하늘도 속전속결로 해결을 하시지. 아, 불쌍한 글로스터, 한쪽 눈을 잃었다니!

사 신 양쪽 다 잃으셨습니다. 이건 마님 동생분께서 보내신 편지로 즉시 답장을 주십사 하고 말씀하셨습니다.

고네릴 (방백) 생각하기에 따라선 안된 일도 아니야. 하지만 동생이 과부가 되면 나의 에드먼드를 빼앗기게 될지도 모르지. (사신에게 큰소리로) 읽고 난 뒤에 답장을 주겠소. (퇴장)

알바니 그들이 글로스터의 눈을 도려낼 때 그의 아들은 어디 있었지?

사 신 마님을 모시고 이곳으로 오셨습니다.

알바니 그럼 아들은 이 잔혹한 행태를 알고 있는가?

사 신 알고 있는 정도가 아닙니다. 밀고한 사람이 바로 그 아들이죠. 그래서 아버지에게 마음껏 형벌을 주라고 의도적으로 자리를 비켜주었답니다.

알바니 살아 생전 국왕에게 극진했던 글로스터여, 내가 당신의 복수를 반드시 하리다. (사신에게) 자, 자네가 알고 있는 것을 낱낱이 말해주게. (두 사람 퇴장)

제 3 장 도버 근처의 프랑스 군 진영

켄트와 신사 한 사람 등장.

켄 트 그 편지를 보시고 왕비님께서 슬픔에 잠기시던가요?

신 사 네, 왕비님께서는 그 편지를 읽으시며 하염없이 우셨습니다. 왕 비님께서는 품위를 유지하려고 슬픔을 억누르셨지만 눈물이 반역자처 럼 주르륵 흘러내렸습니다. 인내와 슬픔이 서로 힘겨루기를 하는 듯했습 니다.

켄 트 왕비님께서 아무 말씀도 안 하셨나요?

신 사 실은 한두 번 있었습니다. 비통하게 '아버님' 하고 부르짖으셨습 니다. 그리고 '언니들, 언니들! 여자의 수치예요! 언니들! 켄트! 아버 님! 언니들! 아, 폭풍우 속을? 한밤중에? 이 세상엔 자비심이란 없단 말인가!' 하시며 흐느끼다가 안으로 들어가셨습니다.

켄 트 별들아, 하늘의 별들아, 우리 인간의 성품을 너희들이 지배하지 않는다면, 어떻게 한 배에서 그렇게 다른 자식이 나오겠는가! 그리고 다 른 말씀을 안 하셨소?

신 사 예.

켄 트 불쌍하고 비참한 리어왕께선 지금 이 고을에 계십니다. 이따금 정신이 드실 때에는 우리의 처지를 걱정하시지만, 코델리아 왕비님을 만 나는 일은 한사코 거절하시고 계십니다. 알바니와 콘월의 군사에 대해서는 소식을 듣지 못했소?

신 사 이미 출동했다고 합니다.

켄 트 그럼 폐하께 안내해드릴 테니 잠깐 곁에 있어주시오. 나는 중요한 일이 있어서 잠시 자리를 비웁니다. 훗날 내 이름을 밝힐 때가 오면 당신이 날 알게 된 걸 후회하지 않을 것입니다. 자, 나와 같이 가십시다. (두 사람 퇴장)

제 4 장 같은 장소, 천막 속

북소리, 기수들과 함께 코델리아 등장. 의사와 군사들이 뒤따른다.

코델리아 바로 그분이 저의 아버님이세요. 지금 아버님은 거친 바다처럼 노래를 부르며, 머리에는 잡초로 만든 관을 쓰고 계시다고 해요. 어서 수색대를 파견해 잡초가 우거진 들판을 구석구석 뒤져 아버님을 찾아 모시고 오세요. (장교 한 명 퇴장) 사람의 지혜를 다 짜내면 아버님의 흐트러진 이성을 되찾을 수 있을까요? 아버님의 병을 고치는 사람에게는 내가 가지고 있는 것을 모두 다주겠소.

의 사 방법은 있습니다. 사람의 생명을 지탱해주는 것은 오로지 충분한 수면입니다. 폐하께서는 지금 그것이 부족합니다. 다행히 사람의 눈을 스르르 감겨주는 효과 만능의 약초는 얼마든지 있습니다.

코델리아　고마운 이 땅의 약초들이여, 내 눈물을 먹고 돋아나거라! 그래서 착한 우리 아버지의 병을 고치는 데 도움이 되어라. 찾아와요, 빨리. 아버님을 저대로 방치하면 끝내 목숨을 잃을지도 몰라요.

사자 등장.

사 자　왕비 마마, 영국 군대가 진격해오고 있다는 소식입니다.

코델리아　이미 알고 있소. 그들을 맞을 태세는 준비되어 있소. 오, 가여운 아버님, 이 전쟁은 오직 아버님을 위해서 하는 거예요. 위대하신 프랑스 왕인 제 남편은 제가 울며 애원하자 그들을 응징하려 선전포고를 했습니다. 오, 어서 빨리 아버님을 뵙고 싶구나. (일동 퇴장)

제 5 장 글로스터의 성 안, 어느 방

리건과 오스왈드 등장.

리 건　알바니 공작의 군대도 출정했느냐?

오스왈드　예, 하지만 언니께서 더 적극적이시죠.

리 건　집에서 에드먼드 백작과 공작께서 서로 말씀을 나누셨느냐?

오스왈드　아뇨.

리 건　언니가 무슨 일로 그에게 편지를 보냈을까? 어쨌든 눈을 멀게 한 글로스터를 살려둔 건 큰 실수였어. 우리 군대도 내일 출정하니 우리와 같이 행동하거라. 길도 위험하니라.

오스왈드　그럴 순 없습니다. 마님의 명을 받들어야 합니다.

리 건　언니가 무슨 일로 에드먼드에게 편지를 썼을까? 너에게 직접 용건을 전하지 않았단 말이지? 내가 모르는 무슨 사연이 있나보군. 사례는 충분히 할 테니 어디 편지 내용 좀 보자.

오스왈드　마님, 그것은 좀…….

리 건　언니는 형부를 사랑하지 않아. 지난번 여기에 왔을 때도 언니가 에드먼드 공에게 이상한 추파를 던지면서 의미심장한 표정을 짓는 걸 보았느니라. 그래서 하는 말인데, 내 남편은 세상을 떠났다. 그리고 에드먼드님과 나는 서로 언약이 되어 있는 사이야. 더 이상 얘기하지 않아도 짐작할 수 있겠지. 그분을 만나게 되면 이것을 전하거라. (반지를 건넨다) 언니에게도 이런 사정을 말한 다음, 현명한 판단을 내리라고 전해. 잘 가거라. 눈먼 반역자가 있는 곳을 찾아내 목을 베어 온다면 출세할 거다.

오스왈드　그 늙은이를 만나고 싶군요. 그러면 제가 어느 편인가를 확실히 보여드릴 수 있을 테니까요. (두 사람 퇴장)

제 6 장 도버 근처의 들판

농부 차림의 에드가가 글로스터를 이끌고 등장.

글로스터 절벽 꼭대기에는 언제면 다다르냐?

에드가 지금 오르는 중입니다. 보세요, 정말 길이 험하잖아요?

글로스터 아니, 편평한 것 같은데. 너 거짓말하는 거지?

에드가 거짓말이라뇨? 눈이 멀어 다른 감각마저도 둔해졌나봐요.

글로스터 하긴 그럴지도 모르지. 그런데 네 목소리가 변한 것 같구나. 전보다 말하는 품도 훨씬 나아졌고, 조리 있게 하는 것 같기도 하고.

에드가 잘못 느끼신 거예요. 변한 것이라곤 걸친 옷뿐입니다.

글로스터 아냐. 말투가 많이 달라졌어.

에드가 자, 다 왔습니다. 가만히 서 계세요. 밑을 내려다보면 눈알이 핑핑 돌 정도로 어지러울 테니까요! 헤아릴 수 없이 많은 조약돌에 부딪히는 파도소리는 여기서는 전혀 들려오지 않네요. 이제 그만 봐야겠어요. 저야말로 떨어지면 큰일나니까요.

글로스터 네가 서 있는 곳까지 나를 데려가다오.

에드가 손을 이리 주세요. 한 발짝만 옮기면 바로 벼랑 끝입니다. 이 세상을 다 준다 해도 저는 여기서 뛰어내릴 수는 없어요.

글로스터 이 손을 놔라. 자, 너한테 내 지갑을 주겠다. 그 속에는 거지가 감당하기 힘들 만큼의 보석이 들어 있다. 요정들과 신들의 도움으로 네가 부자가 되기를 바란다! 자, 내게서 멀리 떨어져 있어라. 내게 작별 인사를 한 뒤 네가 떠나가는 발소리를 들려다오.

에드가 그러면 영감님, 안녕히 계십쇼.

글로스터 그래, 고맙다.

에드가 (방백) 아버님의 절망을 이토록 우롱하는 것도 아버님을 구해드리려는 마음에서야.

글로스터 (무릎을 꿇고) 위대하신 신이시여! 이제 저는 전능하신 당신 앞에서 이 벅찬 번뇌에 찬 삶을 떨쳐내려고 합니다. 비록 제가 이 고통을 더 견뎌내고 신들의 거역할 수 없는 뜻에 따른다 해도 이 몸은 언젠가는 타다 남은 양초의 심지처럼 결국은 타고 말 것입니다. 만일 에드가가 살아 있다면 그에게 축복을 내려주소서! 자, 너는 그만 가거라.

에드가 저는 멀리 왔습니다. 그럼 안녕히 가십시오. (글로스터 앞으로 고꾸라진다) 인간이 제 목숨을 간절히 끊고 싶어하면 정말 귀중한 목숨을 잃을 수도 있다. 아버님도 정말로 여기가 당신이 생각하시는 그 장소라고 믿고 계시다면 의식을 잃으셨을지도 몰라. (목소리를 바꾸어서 옆으로 다가가) 여보세요, 노인장! 내 말 안 들리세요! 말 좀 해보세요.

글로스터 저리 가. 나를 죽게 내버려둬.

에드가 당신은 거미줄이오, 새털이오, 공기요? 그렇지 않다면야 그 수십 미터 절벽 아래로 떨어졌으니 달걀처럼 산산조각이 나야 하는 것 아니오? 그런데 아직도 숨을 쉬고 몸도 끄떡없고 피도 나지 않고 말도 하는군요. 당신은 돛대 열 개를 이어도 모자랄 만큼 높은 곳에서 뛰어내렸는데 기적적으로 이렇게 살아 있소. 자, 말을 해보시오.

글로스터 내가 떨어진 것 맞소?

에드가 물론 떨어졌소. 저 무시무시한 절벽 꼭대기에서 굴러떨어졌소. 아무튼 위를 한번 쳐다보오.

글로스터 아, 슬프게도 나는 눈이 없어. 불행한 자는 스스로 고통스런 목숨을 끊는 혜택조차 받을 수 없단 말인가? 자살로 폭군의 분노를 비웃어 그의 오만한 뜻을 꺾을 수 있었던 때가 큰 위안이었거늘.

에드가 당신 손을 이리 주시오. 자, 일어나세요. 다리는 괜찮소? 혼자서 걸을 수 있겠소?

글로스터 물론 설 수 있소. 너무 멀쩡하군.

에드가 매사에 공평하신 하느님께서 당신을 구한 것 같소. 이제 걱정하지 말고 마음을 차분히 가라앉히시오. 그런데 저기 누가 오고 있군. (들꽃으로 괴상하게 치장한 리어왕 등장) 제정신이라면 저런 모습을 하고 있을 리가 없어.

리어왕 그래, 내가 가짜 돈을 만들었다고 해서 그놈들이 내게 손댈 수는 없어. 내가 바로 국왕이니까.

에드가 아, 저 모습을 보니 가슴이 찢어질 것 같구나!

리어왕 (글로스터를 보고) 핫, 흰 수염이 난 고네릴이구나! 저것들은 나한테 알랑거리면서 내게 수염도 나기 전에 흰 수염이 난 늙은이처럼 지혜롭다고 했지. 내가 하는 말에는 무턱대고 맞장구치면서 말야. 하지만 폭풍우가 몰아치던 날 나는 그년들의 정체를 알았어. 낌새를 알아차렸지. 저들은 못 믿을 인간들이야. 그들은 날 만물박사라고 했지만 새빨간 거짓말이었어. 나는 오한도 못 견뎌.

글로스터 저 말을 똑똑히 기억한다. 오, 폐하가 아니십니까?

리어왕 그래, 난 틀림없는 왕이다. 내가 눈을 내리뜨면 신하들은 벌벌

떨었어. 나는 네놈의 목숨만은 살려주겠다. 네 죄목은 뭐냐? 간통을 했느냐? 하지만 죽이지는 않겠다. 간통 정도로 죽일 수는 없지! 없고말고. 글로스터의 서자 에드먼드는 정실 자식인 난 내 딸들보다 훨씬 낫지 않느냐.

글로스터 제발 그 손에 입을 맞출 수 있는 영광을 주소서!

리어왕 우선 손부터 씻어야겠어. 송장 냄새가 나니까.

글로스터 아, 부서지는 자연의 한 조각이여! 이 거대한 세상도 닳아서 없어지겠지. 폐하, 저를 아시겠습니까?

리어왕 자네 눈동자를 기억하고 있지. 곁눈질로 나를 흘겨보아라. 눈먼 큐피드! 나는 상사병엔 걸리지 않을 테니. 이 결투장을 읽어봐.

글로스터 글자 하나하나가 태양이라 할지라도 저는 볼 수 없습니다.

리어왕 읽어라.

글로스터 아니, 눈알도 없는 눈꺼풀만으로요?

리어왕 어헛! 정말 그렇단 말이지? 얼굴에는 눈이 없고, 지갑에는 돈이 없다는 말이구나. 그래도 세상 돌아가는 낌새는 알 수 있겠지.

글로스터 느낌으로 압니다.

리어왕 그럼 넌 미치광이냐? 사람은 눈이 없어도 세상 돌아가는 일쯤은 볼 수 있는 법이야. 귀로 세상을 들어봐. 나의 이 불행을 그대가 슬퍼해준다면 내 눈을 주겠다. 나는 그대를 잘 알아. 이름이 글로스터지? 우린 참아야 해. 우리 모두 울면서 세상에 태어났잖아.

글로스터 아아, 슬픈 일이로다!

리어왕 우리가 세상에 태어날 때 그토록 울부짖는 것은 이 거대한 바보들의 무대에 서는 것이 너무 서글펐기 때문이야. 이 모자 꼴은 좋군! 이 모자와 천으로 기마대 말들의 발을 싸서 소리나지 않게 하는 거야. 그리고 몰래 숨어들어 그 사위놈들을 죽이는 거지. 죽여, 죽여, 죽이라고!

여러 명의 시종들과 함께 신사 등장.

신 사   아, 여기 계시는군. 왕을 부축해. 폐하, 폐하의 따님인 사랑스런 공주님께서…….

리어왕   그렇다면 나는 아직도 희망이 있어. 붙잡으려거든 어서 날 잡아봐. 자, 어서 붙잡아봐. (리어왕이 뛰어나가자 시종들이 뒤를 따른다)

신 사   하찮은 종놈도 저렇게 되면 몹시 불쌍한 법이거늘 국왕께서 저 모양이 되셨으니 비통함이 이루 말할 수 없구나! 그래도 폐하께는 막내 따님 한 분이 계셔서 참다운 인간으로 되돌아올 수 있겠지.

에드가   아, 안녕하십니까? 혹시 전쟁이 일어났다는 소문은 듣지 못하셨습니까?

신 사   그건 누구나 아는 일이 아닙니까? 귀머거리가 아니면 누구나 다 그 소문을 들었을 거요.

에드가   그건 그렇고, 미안하오만 적군은 어디까지 진군해 왔습니까?

신 사   가까이까지 와 있소. 머잖아 주력부대도 보일 거요.

에드가   고맙습니다. (신사 퇴장. 글로스터 무릎을 꿇고 기도 드린다)

글로스터   언제나 자비로운 신이시여, 저의 목숨을 거두어가소서. 당신이 뜻하시기 전에 스스로 죽을 마음을 갖지 못하도록 하소서!

에드가   아저씨, 훌륭한 기도를 드리는군요.

글로스터   이봐, 도대체 너는 누구냐?

에드가　저는 운명에 시달릴 대로 시달린 하찮은 몸이지요. 여러 가지 슬픔을 겪은 탓에 남의 불행에도 쉽게 동정심을 갖게 되었소. 손을 주시지요. 쉴 만한 곳으로 모셔다 드리겠습니다.

글로스터　진심으로 고맙구나. 신이시여, 온갖 은총과 축복을 이 사람에게 내려주소서!

오스왈드 등장.

오스왈드　현상금이 붙은 지명수배범이구나! 운수 대통이군! 눈알 없는 네 머리통은 본래부터 내 출세를 위해 만들어졌나보구나. 불행한 이 늙은 반역자야, 내 칼을 받아라. 네 목숨은 내 것이다.

글로스터　듣던 중 반가운 소리구나. 자, 힘껏 찔러라. (에드가, 이들 사이에 끼여든다)

오스왈드　겁 없는 촌놈아, 무엇 때문에 반역자를 편드는 거냐? 그자의 불행을 함께 맞고 싶진 않겠지. 자, 그자의 팔을 놓거라.

에드가　절대로 못 놓겠소. 마음씨 좋은 나리 양반, 가던 길이나 가시고, 이 가엾은 노인은 내버려두시오. 내가 공갈 협박에 죽을 놈이면, 벌써 반 달 전에 뻗었을 겁니다. 이 노인 곁에 얼씬도 하지 마시오. 그렇지 않으면 나리 대갈통이 단단한가, 이 몸뚱이가 단단한가 시험해볼 거요.

오스왈드　닥쳐라, 이 노예 놈아!

에드가　죽고 싶어 환장을 하셨구려. 자, 덤빌 테면 덤벼라. 나리의 앞니를 몽땅 뽑아버릴 테요. (에드가가 오스왈드를 때려눕힌다)

오스왈드　이 악당아, 내가 네놈 손에 죽다니. 내 지갑을 받고 제발 내 시체를 묻어다오. 길거리에서 까마귀밥이 되기는 싫다. 그리고 이 편지를 글로스터 백작인 에드먼드님에게 전해다오. 영국 진영에 있을 테니까 꼭 찾아내. 아, 생각지도 못한 놈에게 죽다니. (죽는다)

에드가 나는 네놈을 잘 알고 있지. 악한 일에 앞장서던 놈, 네 주인의 악행에 빠짐없이 참여하던 놈이었지.

글로스터 그놈이 죽었느냐?

에드가 아저씨는 좀 쉬고 계세요. 이놈이 부탁한 편지가 우리에게 도움이 될지도 모르니까 뜯어봐야겠어요. (편지를 읽는다) "서로 맹세한 우리의 언약을 잊지 마세요. 그이를 죽일 기회는 얼마든지 있으실 거예요. 그이가 개선장군으로 돌아오는 날에는 저는 그의 포로가 되고 그의 잠자리는 저의 감옥이 되겠지요. 진절머리나는 그와의 잠자리에서 저를 구출해주세요. 수고하신 보답으로 그 잠자리를 당신께 드릴 테니까요. 당신을 남편으로 맞게 되기를 학수고대하는 당신의 애인. 고네릴" (오스왈드의 시체를 보면서) 자, 네놈을 모래 더미 속에 묻어주마. 흉악한 간부 사이를 오가며 온통 더러운 심부름을 도맡아 해온 네놈. 언젠가 시기가 되면 이 추잡한 편지를 공작에게 보여주어 깜짝 놀라게 해줘야겠다. 중간에 흉측한 계략을 알게 된 건 공작을 위해서는 정말 다행이구나.

글로스터 폐하께서는 실성하셨는데, 내 하찮은 목숨은 얼마나 모질기에 이렇게 엄청나게 큰 슬픔을 뼈저리게 느끼면서도 버티고 있단 말인가! 차라리 나도 미치는 게 훨씬 낫겠구나. 그렇게 되면 슬픔에 빠지지도 않을 것이고, 숱한 괴로움에 빠지지도 않을 텐데. (북소리 울린다)

에드가 아저씨, 손을 주세요. 멀리서 북소리가 들리는군요. 자, 가시지요. 친절한 사람들에게 모셔다드릴게요. (일동 퇴장)

제 7 장 프랑스 군 진영의 천막 속

코델리아, 켄트, 시의, 시종 등장.

코델리아   오, 착하신 켄트 백작님! 백작님의 은혜를 갚으려면 저는 얼마나 오래 살아야 할까요? 제 인생은 너무나 짧고 백작님의 은혜는 너무 깊어서 잴 수도 없군요.

켄 트   그렇게 알아주시는 것만으로도 저는 이미 과분하게 받은 셈입니다. 제 모든 보고는 전혀 과장되거나 축소되지가 않았습니다.

코델리아   좀 더 나은 옷으로 갈아입으세요. 그 옷을 보니 제가 못 견디겠어요. 제발 벗으세요.

켄 트   용서하십시오, 왕비님. 제 정체가 밝혀지면 모든 계획이 수포로 돌아갑니다. 때가 되어 제 정체를 드러내도 될 때까지 저를 모른 체해주세요. 그것을 은혜로 생각하겠습니다.

코델리아   그럼, 그렇게 하지요. (시의에게) 폐하께선 어떠세요?

시 의   아직도 주무시고 계십니다.

코델리아   아아, 자비로운 신이시여, 아버님의 마음에 있는 커다란 상처를 고쳐주소서. 불효자식 때문에 불협화음을 내는 악기처럼 흐트러진 마음의 줄을 다시 죌 수 있도록 도와주소서!

시 의   깨우시는 것이 어떻겠습니까? 충분히 주무신 것 같습니다.

코델리아   시의의 판단에 따라 하도록 하시오.

시 의   왕비님, 폐하께서 잠에서 깨어날 때 옆에 계시기를 바랍니다. 반드시 기분이 정상으로 돌아오실 겁니다.

리어왕, 침대에 잠든 채 시종에 의해 운반되어 등장. 음악이 깔린다.

시 의   왕비님, 가까이 오십시오. 악기를 좀 더 크게 켜라.

코델리아   아, 사랑하는 아버님! 제 입술에 묘약이 묻어 있다면, 두 언니들한테서 받은 상처를 깨끗이 치료해드릴 수 있을 텐데! (키스한다)

켄 트   착하고 효성이 지극하신 왕비님!

시 의   왕비님께서 말씀하시는 것이 좋겠습니다.

코델리아   폐하, 기분이 어떠십니까?

리어왕   무덤 속에서 나를 끌어내지 마라. 너는 천국의 축복받은 영혼이지만 나는 지옥의 바퀴에 결박당해 있어. 내 눈물은 납처럼 녹아 흘러 얼굴을 태우고 있단다.

코델리아   폐하, 저를 알아보시겠습니까?

리어왕   지금 내가 살아 있는 거라면, 내 딸 코델리아인 것 같은데.

코델리아   그렇습니다, 아버지. 코델리아예요.

리어왕   눈물을 흘리고 있느냐? 그렇구나. 눈물을 흘리고 있구나. 제발 울지 말거라. 네가 독약을 마시라면 내가 기꺼이 마시마. 네가 나를 사랑하지 않는다는 것을 안다.

코델리아   아뇨, 아버지. 안으로 드시지요.

리어왕   같이 들어가자. 제발 과거를 잊고 나를 용서하려무나. 난 어리석은 늙은이야. (켄트와 신사만 남고 모두 퇴장)

신 사 콘월 공작이 살해되었다는 게 사실입니까?

켄 트 그런가보오.

신 사 그럼 누가 공작의 부하들을 통솔하고 있습니까?

켄 트 소문에는 글로스터 백작의 서자 에드먼드라고 하오.

신 사 피비린내나는 전쟁이 될 것 같소. 그럼 잘 가시오. (모두 퇴장)

제5막

제1장 도버 근처의 영국군 진영

에드먼드, 리건, 부대장, 장교들 그리고 그 밖의 병사들 등장.

에드먼드   공작께 가서 예전대로 하실 것인지 아니면 변경이 된 것은 없는지 알아보고 오너라. (부대장 퇴장)

리 건   언니의 시종에게 뭔가 문제가 생겼나봐요.

에드먼드   아무래도 그런 것 같군요.

리 건   에드먼드, 내가 당신에게 호의를 갖고 있다는 걸 아시죠? 진심을 말해주세요. 혹시 언니를 사랑하는 건 아닌가요?

에드먼드   공경하는 마음이죠.

리 건   그런 뜻이 아니에요. 당신은 형부만 드나들 수 있는 금단의 처소에 들어가신 적이 있죠?

에드먼드   당치 않은 억측이십니다.

리 건   당신과 언니가 이미 정을 나눈 사이가 아닌지 걱정돼요.

에드먼드   제 이름을 걸고 그런 일은 없습니다.

리 건   그런 일이 있다면 언니라고 해도 내가 용서하지 않을 거예요.

에드먼드   그런 걱정은 마십시오. 저기 언니와 알바니 공작께서 오시는군요!

북과 군기를 앞세우고 고네릴, 알바니 공작, 그리고 병사들 등장.

고네릴 (방백) 에드먼드와 내가 멀어질 바에야 전쟁에서 지는 게 나아.

알바니 처제, 잘 있었소? (에드먼드에게) 국왕께서는 막내딸한테로 가면서 도처에 불만을 품은 세력들과 합세했다고 하오. 나는 프랑스 왕이 전쟁 선포를 해와 응전하는 것뿐이오.

에드먼드 훌륭하신 말씀이군요.

리 건 그런 걸 따져서 뭐 하겠어요.

고네릴 맞아요. 힘을 모아 적을 무찔러야죠. 불만은 접어두고요.

알바니 그럼 노련한 장군들과 작전을 짜야겠소.

에드먼드 저도 즉시 공작님의 막사로 가겠습니다.

리 건 언니, 우리와 함께 가시는 거죠?

고네릴 아니.

리 건 함께 가요.

고네릴 (방백) 홍, 이유를 모를 줄 알고? (리건에게) 그래, 가자꾸나.

그들이 밖으로 나가려 하는데 변장한 에드가 등장.

에드가 공작님, 미천한 사람에게 잠시 시간을 내주십시오. 말씀드릴 게 있습니다.

알바니 곧 뒤따라갈 테니 먼저들 가시오. (알바니와 에드가만 남고 모두 퇴장, 에드가에게) 말해보라.

에드가 전쟁을 시작하기 전에 이 편지를 뜯어보십시오. 만일 전쟁에서 승리를 거두시면 나팔을 불어 저를 불러주십시오. 비록 몰골은 이렇지만 이 편지 속에 든 내용은 거짓이 아니라는 걸 이 칼로써 입증하겠습니다. 만일 공작님께서 전쟁에 패하시면 공작님의 운명도, 그리고 이 음모도 끝나겠지요. 행운을 빕니다!

알바니 아니다, 편지를 읽을 때까지 기다려라.

에드가 그건 안 됩니다. 때가 오거든 저를 불러주십시오. 반드시 다시 공작님 앞에 대령하겠습니다.

알바니 그럼 잘 가거라. 네 편지를 읽어보마. (에드가 퇴장)

에드먼드 다시 등장.

에드먼드 적군이 바로 코앞까지 진격해오고 있습니다. 명령을 내려주십시오. 사태가 시급하니 급히 서두르셔야 합니다.

알바니 알았다. 곧 출정하도록 하지. (퇴장)

에드먼드 두 자매에게 사랑을 맹세했는데, 누구를 내 것으로 만들어야 하나? 둘은 독사에 물린 사람이 독사를 경계하듯 서로 경계를 하고 있지. 둘 다 내것으로 할까? 하나만? 둘 다 살아 있으면 어느 쪽도 내 것으로 만들 수가 없어. 과부를 택하면 언니인 고네릴이 미친 듯 화를 낼 테고, 그렇다고 그녀를 선택하면 남편이 버젓이 살아 있지 않은가. 그럼 그 자의 명성과 수완을 이용한 다음 전쟁이 끝나면 그녀에게 감쪽같이 없애라고 해야겠다. 자, 지금은 내 자신부터 방어해야 해. (퇴장)

제 2 장 양 진영 사이의 들판

진군 나팔소리와 함께 에드가와 글로스터 등장.

에드가 영감님, 어서 달아나세요! 자, 손을 이리 주세요. 도망가셔야 해요. 리어왕과 코델리아 공주님이 잡혔어요. 자, 갑시다.

글로스터 더 이상 갈 수 없네. 난 여기서 죽겠네.

에드가 왜 그러세요, 인간의 생과 사는 마음대로 안 되는 것이니 참으세요. 때가 무르익어야 하죠. 자, 갑시다.

글로스터 그것도 맞는 말이군. (두 사람 퇴장)

제 3 장 도버 근처의 영국군 진영

북소리와 함께 에드먼드, 리어왕, 코델리아, 장교, 병사 등장.

에드먼드 장교들은 이 포로들을 끌고 가라. 상부의 지시가 있을 때까지 이들을 엄격히 감시할 것을 명심하고.

코델리아　최선을 다하고도 최악의 사태를 맞는 것은 우리가 처음이 아닙니다. 학대를 받으신 아버님을 생각하면 기운이 빠지지만 저 혼자라면 운명의 시련과 맞설 수 있답니다. 언니들을 만나보시겠어요?

리어왕　아니, 아니다! 자, 감옥으로 가자. 거기서 우리 둘이 새장 속의 새들처럼 노래를 부르며 살아가자. 네가 나를 용서하고 축복을 빌어주면 나는 무릎을 꿇고 기도를 하겠다. 그곳에서 노래하며 옛 이야기를 하고 궁중 소식을 전해 들으며 지내자꾸나.

에드먼드　포로들을 끌고 나가라!

리어왕　코델리아야, 너 같은 희생양에 대해서는 신들도 향을 피워줄 것이다. 자, 눈물을 닦아라. 그자들 때문에 울어선 안 돼. 그들이 병에 걸려 썩어 문드러지기 전에는 울지 마라. 자, 가자. (리어왕과 코델리아가 호위를 받으며 퇴장)

에드먼드　부대장, 이리 가까이 오라. (쪽지를 주며) 이대로 포로를 쫓아가라. 만일 이 쪽지에 지시된 대로 네가 실행한다면 넌 출세가도를 달릴 것이다. 사람은 시기를 쫓아 살아야 한다는 것을 잊어서는 안 돼. 인정 같은 건 칼을 찬 군인에겐 전혀 필요 없다는 걸 명심하고.

부대장　명령대로 따르겠습니다. (퇴장)

나팔소리와 함께 알바니, 고네릴, 리건, 장교들과 병졸들 등장.

알바니　백작은 오늘 용감한 혈통의 우수성을 유감없이 보여주셨소. 물론 운도 따랐지만 말이오. 더욱이 이번 전쟁의 목적인 두 사람을 포로로 잡은 건 굉장한 수훈이오. 이제 그들에게 적당한 죄를 물어 우리가 편히 지낼 수 있도록 하시오.

에드먼드   실은 노왕을 적당한 곳에 유폐시켜 감시병을 붙여두는 것이 적당하다고 생각합니다. 나이가 드신데다 국왕이라는 칭호로 인해 백성들의 동정을 받을 수 있고, 따라서 병졸들의 창끝이 우리를 향할 수도 있기 때문입니다. 프랑스 왕비도 같은 이유로 감금시켜놓겠습니다. 두 사람은 내일이나 또는 그 이후에 공작님께서 재판을 하신다면 언제든지 출두하게끔 조처해놓았습니다.

알바니   미안한 얘기지만 나는 이번 전쟁에서 백작을 형제로 여기지는 않았소이다. 그저 부하라고 생각했을 뿐이오.

리 건   그렇게 말씀하시지 마세요. 그 자격은 제가 드렸으니까요. 이분은 제 군사를 지휘했을 뿐만 아니라, 제 지위와 신분을 위임받으셨습니다. 이토록 가까운 사이니 형제라 불러도 상관없을 겁니다.

고네릴   그렇게 흥분하지 마라. 네가 자격을 드리지 않아도 이분은 자기 자신의 가치로도 충분히 높은 곳에 올라갈 수 있는 분이니까.

리 건   언니, 지금은 몸이 아파서 말을 못하겠어. (에드먼드에게) 장군, 난 당신에게 군대와 포로와 재산을 모두 바칠 테니까 자유롭게 쓰세요. 뿐만 아니라 나 자신도 당신께 바칩니다. 이 세상을 증인으로 나는 여기서 당신을 내 군주요, 남편으로 모시겠어요.

고네릴   이 사람을 네 남편으로 모신다고?

알바니   고네릴, 당신에겐 이들을 제지시킬 아무 권한이 없소.

에드먼드   알바니 공에게도 없을걸요.

알바니   이 사생아 녀석, 내게 당연히 권리가 있느니라.

리 건   (에드먼드에게) 북을 울려서 내 권리가 당신에게 이양된 사실을 어서 알리세요.

알바니　잠깐 기다려, 에드먼드. 너를 반역죄로 체포하겠다. 그리고 동시에 (고네릴을 가리키며) 금빛 독사도 체포하겠다. 처제, 이놈은 내 아내와 이미 약혼한 몸이오. 그러니 그 선언은 거두어야 할 거요. 정 결혼하고 싶으면 결투를 신청하라.

고네릴　정말 웃기는 일이군.

리건　(고통스럽게) 아아, 괴로워!

고네릴　(방백) 네년이 아프지 않다면 독약도 믿을 수 없게?

에드먼드　자, 내 대답은 이거다! (장갑을 땅에 던진다) 날 반역자라고 입을 놀린 자가 누구냐? 그놈이야말로 거짓말쟁이 사기꾼이다. 나팔을 불어서 그놈을 불러내라. 감히 나를 대적하는 자가 당신이라 해도 나는 기필코 싸워서 내 진실과 명예를 지켜보이겠다.

알바니　이봐, 전령!

에드먼드　(군대를 향해) 어이, 병사들!

알바니　네가 믿을 사람은 너밖에 없다. 네 병사들은 모두 내 녹을 받는 자들이니 내가 해산시켰다.

리건　더 이상 견딜 수가 없어!

알바니　고통이 심한가보군. 처제를 내 막사로 데려가라. (리건, 부축을 받으며 퇴장)

전령 등장

알바니　(전령에게) 전령은 이리 오라. 이봐, 나팔을 불어라! 그리고 이것을 소리 높어 읽어라.

장 교 나팔수, 나팔을 불어라. (나팔소리)

전 령 (읽는다) 아군 병사로서 글로스터 백작이라 자칭하는 에드먼드의
반역죄를 폭로할 자는 세 번째 나팔소리가 울리면 즉시 출두하라.

첫 번째 나팔소리, 두 번째 나팔소리가 울리고 세 번째 나팔소리가 울리
자 무장한 에드가 등장. 투구를 써서 얼굴이 보이지 않는다.

알바니 왜 저 자가 출두했는지 물어보아라.

전 령 그대는 누구요? 이름은? 신분은? 왜 나팔소리를 듣고 나왔소.

에드가 나는 이름을 잃었소. 반역자의 이빨에 물어뜯기고, 벌레에게 파
먹혔기 때문이오. 하지만 내가 상대하고 싶은 자만큼 고귀한 신분인 건
분명하오.

알바니 상대하고 싶은 자가 누구냐?

에드가 글로스터 백작이라 칭하는 에드먼드죠. 그자가 어디 있소?

에드먼드 내가 바로 네가 찾는 그 사람이다. 용건부터 말하라.

에드가 칼을 뽑아라. 내 말이 너의 비위에 거슬렸다면 칼을 가지고 정
당하다는 걸 증명해보아라. 자, 덤벼라! 이것이야말로 내 명예와 맹세,
신분을 되찾는 길이다. 네놈이 아무리 힘이 세고 높은 지위에 있다 해도,
네놈은 신과 형제와 부친을 속였고, 여기 계신 공작님의 목숨까지 노렸
다. 자, 네놈이 이것을 부정한다면 이 칼이 네놈의 가슴을 갈라 거짓말쟁
이라는 사실을 증명해보이겠다.

에드먼드 현명한 판단을 위해서 우선 네놈 이름을 물어야겠지만, 네놈

목소리와 태도를 보니 품위가 있어보이는군. 따라서 굳이 기사도 규칙에 따라 서로 통성명을 하지 않은 채 네놈 도전에 응하겠다. 자, 덤벼라. 반역자의 오명을 네놈 머리에다 쏟아붓겠다. 이 칼로 네 심장을 찔러 오명을 그곳에 영원히 새겨두겠다. 나팔을 불어라! (나팔소리가 울리고 둘이 싸우다 에드먼드가 쓰러진다)

알바니   죽이면 안 돼.

고네릴   이건 음모예요. 에드먼드, 기사도 규칙에 따라 이름을 밝히지 않은 자와 싸울 필요는 없어요.

알바니   입 닥쳐! 그러지 않으면 이 편지로 당신의 입을 틀어막겠소. (에드가가 칼로 찌르려 하자 얼른 말린다) 잠깐만! 중지! (에드먼드에게) 이 악당아! 이 편지를 읽고 네 자신의 죄를 알라. (고네릴이 편지를 낚아채 찢으려 한다) 찢지 마. 그 편지 내용을 아는 모양이군.

고네릴   설사 알고 있다 하더라도 감히 누가 나를 규탄하겠어요?

알바니   천하에 극악무도한 계집! 이 편지를 안단 말이지?

고네릴   그걸 알면서나한테 왜 물어요? (퇴장)

알바니   저 여자를 뒤쫓아가 진정시켜라. (장교 퇴장, 에드먼드에게) 넌 이 편지 내용을 알고 있느냐?

에드먼드   나는 당신이 비난하고 있는 것보다 훨씬 더 많은 죄를 저질렀소. 때가 되면 다 밝혀질 것이오. 모든 것은 끝났소. 어쨌거나 나를 물리친 운 좋은 넌 누구냐? 네가 귀족이라면 내 용서하리라.

에드가   좋다. 이제 서로 용서하기로 하자. 내 혈통은 너보다 못하지 않다. 내가 너보다 우월하다면 넌 더 죄가 크겠지. 에드먼드야, 내 이름은 에드가, 네 아버지의 아들이다. 하느님이 얼마나 공정하신지 어둠침침한 곳에서 너를 만든 벌로 아버지는 양쪽 눈을 잃으셨다.

에드먼드   그렇군요. 인과응보의 바퀴가 돌고 돌아 저는 다시 밑바닥이 되었군요.

알바니   어딘지 모르게 자네의 거동에 당당하고 귀족적인 품위가 엿보였어. 자, 이리 와서 포옹해주게. (서로 포옹한다) 그런데 자네나 자네 부친을 미워한 적이 있다면 이 가슴을 다 찢어도 할 말이 없을걸세. 도대체 어디에 숨어 있었나? 자네 부친의 불운은 어떻게 알게 되었고?

에드가   제가 여태껏 돌봐드렸습니다. 간단히 말씀드리지요. 어찌 맨 정신으로 이러한 말을 입에 올릴 수 있겠습니까. 오, 목숨에 대한 끈질긴 애착이여! 죽음의 고통을 맛볼지라도 산다는 것은 죽는 것보다는 나은 일이니까요. 누더기 차림으로, 개조차 멸시할 그런 차림으로 하루하루를 연명하다가 두 눈을 잃어 피를 줄줄 흘리는 아버님을 만났습니다. 그리고 이곳에 오기 바로 전에 저는 비로소 아버님께 제 정체를 밝혔습니다. 이길 것이라고 확신하면서도 확실치 않아 아버님의 축복을 받고자 사실을 말씀드린 것입니다. 그런데 충격을 받은 아버님이 그만 돌아가셨습니다.

에드먼드   그토록 가슴 아픈 얘기가 있습니까? 나도 이제 선한 인간이되겠습니다. 형님, 계속 말씀하세요.

알바니   그만 하게. 더한다면 내 가슴이 찢어질 것이네.

에드가   더욱 기가 막힌 것은 제가 울고불고 아버지를 껴안고 슬퍼하자 어떤 사람이 다가왔습니다. 그리고 저를 부둥켜안고 흐느껴 우는 것이었습니다. 그러더니 리어왕과 자기 자신에 관해서 사람으로서 들어본 적이 없는 슬픈 이야기를 들려주었습니다. 그분 역시 얘기를 하는 중에 슬픔이 복받쳐 올라 목숨이 가물거리기 시작했습니다. 바로 그때 두 번째 나팔 소리가 울렸고, 난 그분을 거기에 둔 채 이리로 뛰어온 것입니다.

알바니 그런데 그 사람이 누구였나?

에드가 바로 추방된 켄트 백작이었습니다. 변장을 하고서 원수 같은 국왕 곁에 붙어다니며 노예처럼 봉사를 하고 있었던 것입니다.

시종 한 명이 피 묻은 단검을 들고 등장.

시 종 큰일났습니다!

알바니 무슨 일인지 어서 말하라.

에드가 그 피투성이 칼은 뭐냐?

시 종 가슴에 꽂힌 것을 방금 뽑은 것입니다. 그분이 돌아가셨습니다.

알바니 누가, 누가 돌아가셨단 말이냐? 빨리 말하라.

시 종 공작님, 공작님 부인 말씀이에요. 부인께서는 여동생을 독살했 노라고 자백하셨습니다.

에드먼드 내가 두 자매와 결혼하기로 약속했으니, 이제 세 사람이 동시에 죽는구나!

에드가 저기 켄트 백작이 오십니다.

알바니 살았든 죽었든 둘의 시체를 이리 내오거라. 천벌을 받았으니 전율이 일기는 하되 동정심은 일지 않는구나. (켄트 등장) 오, 이분인가? 결례가 되는 줄 압니다만 인사를 차릴 여유가 없구려.

켄 트 국왕이시며 주인 되시는 분께 하직인사를 여쭈러 왔습니다.

알바니 중대한 일을 잊고 있었군! 에드먼드, 국왕께선 어디 계시냐? 그리고 코델리아 왕비는? (이때 시종들이 고네릴과 리건의 시체를 가져온다)

켄트 백작, 저것이 보이오?

켄트 아니, 이것이 어찌된 일입니까?

에드먼드 저는 두 여자의 사랑을 받았죠. 바로 저 때문에 언니가 동생을 독살하고 자신은 자살했습니다.

알바니 사실이오. 시체를 덮어라.

에드먼드 숨이 차오는군. 난 여태껏 못된 짓만 해왔지만, 내 본성과 어울리지 않게 착한 일 한 가지만 하고 싶소. 급히 성으로 사람을 보내시오. 리어왕과 코델리아를 죽이라는 명령을 내렸소.

알바니 뛰어라, 뛰어!

에드가 누구에게로 가야 하지? 에드먼드, 누가 직책을 맡고 있나? 사형 집행 중지를 증명하는 증거를 보내야 해.

에드먼드 그렇소. 내 칼을 증표로 부대장에게 주시오.

알바니 있는 힘을 다해 뛰시오! (에드가 퇴장)

에드먼드 공의 부인과 내가 공모해 코델리아를 목 졸라 죽이라고 명령했소. 그리고 나중에 자살한 것처럼 꾸밀 생각이었소.

알바니 신들이여, 국왕과 코델리아를 지켜주소서! (에드먼드를 가리키면서) 이자를 잠시 데려가라. (에드먼드, 시종들에게 운반되어 퇴장)

죽은 코델리아를 팔에 안고 리어왕 등장. 에드가와 부대장 다시 등장.

리어왕 울어라, 울어라! 아, 너희는 목석으로 된 인간이냐! 내가 너희들 같은 눈과 혀를 가졌다면 하늘이 무너지도록 저주를 내렸을 것이다. 이 애는 영원히 갔다! 나는 죽은 것과 산 것은 구별할 수 있어. 내 딸은 흙처럼 죽었다. 거울을 다오. 내 딸의 입김이 거울을 흐리게 한다면 그건 살아 있다는 증거다.

켄 트 이것이 이 세상의 종말인가?

에드가 그렇지 않으면 그 무서운 종말의 그림자인가?

알바니 하늘이여, 무너져라. 땅이여, 꺼져라!

리어왕 (새털을 코델리아의 입술에 갖다대며 숨쉬고 있는지 아닌지 검사하려고 한다) 깃털이 움직였어! 살아 있구나!

켄 트 (무릎을 꿇으며) 오, 폐하!

리어왕 에이, 저리로 가! 천벌을 받을 놈들! 너희들은 모두 살인자며 역적들이야! 이 애를 살릴 수도 있었는데, 죽어버렸잖아! 코델리아야, 조금만 기다려라! 언제나 부드럽고 착하고 조용한 너를 누가 죽였단 말이냐? (켄트를 보고) 너는 누구냐?

켄 트 만약 운명의 여신이 사랑하고 미워한 두 사람이 있었다고 한다면, 바로 우리 두 사람이 그럴 것입니다.

리어왕 눈이 침침하군. 자네는 켄트가 아닌가?

켄 트 그렇습니다. 폐하의 신하 켄트이옵니다. 폐하가 불우하게 되신 때부터 저는 폐하를 떠나지 않고 쭉 따라다녔습니다.

리어왕 고맙구나.

장교 등장.

장 교 각하, 에드먼드님께서 돌아가셨습니다.

알바니 그런 것은 하찮은 일에 불과해. 여러분, 내 말을 들어주십시오.

나는 엄청난 불행을 겪게 된 국왕 폐하를 힘 자라는 데까지 도와드릴 작정이오. 나는 당장 사임하고 내 전권을 노왕께 넘겨드려 생존하시는 동안 다시 나랏일을 맡으시도록 하겠소. 그리고 (에드가와 켄트를 가리키며) 두 분께는 원래 작위를 되찾아드릴 것이며, 그 공적에 맞도록 특전을 베풀겠소. 아, 저길 보시오. 저기를!

리어왕　오, 불쌍한 내 딸을 목 졸라 죽이다니! 생명이 없어. 개나 말이나 쥐 같은 것도 생명이 있는데, 너는 어째서 입김조차 없느냐? 넌 다시 살아나지 못하겠지, 절대로, 절대로, 절대로! 제발 부탁하노니 이 단추를 풀어다오. 고맙다. 이 애를 봐라. (죽는다)

에드가　폐하, 폐하, 정신을 차리십시오!

켄 트　아, 가슴아, 터져버려라. 폐하를 가시도록 내버려둡시다! 이토록 쓰라린 세상이라는 형틀에 앉힌다면 더욱 분노하실 거요.

에드가　폐하께서 돌아가셨습니다.

켄 트　이렇게 견디신 것이 오히려 이상하오.

알바니　두 분의 유해를 모시고 나가거라. 마땅히 그분의 죽음을 거국적으로 애도해야겠소. (켄트와 에드가에게) 그대들, 내 마음의 두 벗은 이 나라를 통치하고 난국을 수습하는 데 힘써주기 바라오.

켄 트　저는 곧 여행을 떠날 몸입니다. 저 역시 주인께서 부르시니, 아니 따를 수가 없습니다.

알바니　이 가혹한 시대를 우리가 짊어지고 가야만 하오. 가장 나이 많으신 분께서 가장 큰 괴로움을 겪으시다니. 우리 같은 젊은이들은 이만큼 커다란 시련은 견딜 수도 없거니와 그만큼 오래 살지도 못할 것입니다. (장송곡이 울리는 가운데 일동 퇴장)

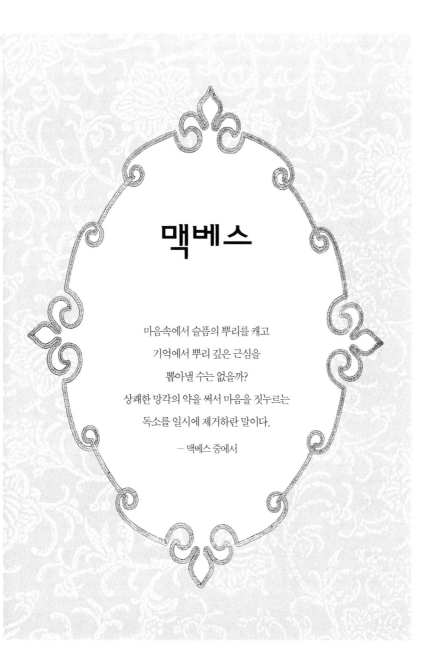

맥베스

마음속에서 슬픔의 뿌리를 캐고

기억에서 뿌리 깊은 근심을

뽑아낼 수는 없을까?

상쾌한 망각의 약을 써서 마음을 짓누르는

독소를 일시에 제거하란 말이다.

— 맥베스 중에서

1. 등장인물

맥베스 어느 날, 자신이 왕위에 오른다는 마녀의 예언을 듣고 왕을 죽여 왕이 되지만 또 다른 예언대로 왕위를 잃고 결국 맥더프의 칼에 찔려 비참한 최후를 맞음.

맥베스의 아내 남편을 왕위에 앉히기 위해 직접 왕을 죽이지만 결국 죄책감으로 밤마다 몽유병자처럼 떠돌며 괴로워하다가 자살함.

밴쿠오 맥베스의 동료로 예언에 겁이 난 맥베스에게 죽임을 당함.

던컨 스코틀랜드의 왕으로 승전 축하를 맥베스의 영지에서 하다가 맥베스 부부에게 죽임을 당함.

맥더프 어머니의 배를 갈라 태어난 자식으로 나중에 맥베스와 싸워 이김.

맬 컴, 도널베인 스코틀랜드의 왕자들

플리언스 밴쿠오의 아들

헤커트 마법의 여신

시워드 노섬벌랜드의 백작. 잉글랜드 장군

시워드 2세 시워드의 아들

레녹스, 로스, 멘티스, 앵거스, 케이드네스 스코틀랜드의 귀족

시튼 맥베스의 휘하 장교

소년 맥더프의 아들

맥더프 부인, 세 마녀, 밴쿠오의 유령, 그 밖의 시녀, 시종, 장교, 잉글랜드 왕의 시의, 문지기, 노인, 귀족들, 신사들, 장교들, 병사들, 암살자들, 사자, 유령

2. 줄거리

스코틀랜드의 장군 맥베스와 밴쿠오는 반군과의 싸움에서 승리해 돌아오던 중 세 마녀를 만난다. 마녀들은 맥베스에게 장차 왕이 될 것이라는 예언을 하고, 이 예언을 들은 맥베스는 왕권을 향한 야심에 사로잡힌다.

그래서 집으로 돌아온 그는 아내와 함께 선정을 베풀고 있는 던컨 왕을 살해할 계획을 세운다. 그러나 자신의 성에 온 왕을 보며 양심 때문에 갈등을 하던 맥베스는 아내의 호통에 못 이겨 결국 살해를 실행에 옮겨 왕의 자리에 오른다. 왕이 된 맥베스는 왕으로서의 권력을 누리기는커녕 죄책감과 장래에 대한 불안감으로 폭정을 일삼아 백성들의 미움을 산다.

더욱이 함께 예언을 들었던 밴쿠오를 그대로 살려둘 수가 없다. 왜냐하면 밴쿠오의 자손이 왕위에 오른다는 예언을 들었기 때문이다. 그래서 맥베스는 자객을 보내 밴쿠오와 그의 아들 플리언스를 죽이려 하지만, 밴쿠오만 죽이고 플리언스는 놓치고 만다.

그 후 맥베스는 죽은 밴쿠오의 환영을 보는 등 극도의 불안과 공포에 시달리다 마녀들을 찾아간다. 마녀들은 여자가 낳은 자는 결코 맥베스를 해칠 수 없으며, 버넘 숲이 던시네인 언덕에 오기 전에는 맥베스가 망하지 않는다고 예언한다.

한편 왕을 죽인 뒤 후유증으로 몽유병에 시달리던 그의 아내 맥베스 부인이 세상을 떠난다. 그리고 맬컴을 옹립한 잉글랜드 군이 진격해 들어오고 폭정에 휘둘리던 스코틀랜드 귀족들이 이에 합세한다. 그들은 버넘 숲에 있는 나뭇가지들을 꺾어 몸을 숨긴 채 던시네인 성으로 접근한다.

결국 그는 맥더프와 싸우게 되면서, 맥더프로부터 자신은 여자에게서 태어난 것이 아니라 어미의 배를 갈라 꺼낸 자라는 말을 듣는다. 절망에 빠진 맥베스는 결국 맥더프의 손에 죽게 되고 맬컴이 왕좌에 오른다.

제 1 막

제 1 장 스코틀랜드의 황야

천둥과 번개, 세 명의 마녀 등장.

마녀 1 우리 언제 다시 만날까? 천둥 번개가 칠 때, 아니면 장대비가 쏟아질 때?

마녀 2 이 소동이 끝나거나 싸움이 끝났을 때가 되지 않을까?

마녀 3 그렇다면 해가 지기 전이 되겠네.

마녀 1 어디서 만나지?

마녀 2 황야에서.

마녀 3 거기서 맥베스를 만나는 거야.

마녀 1 자, 우리가 간다, 늙은 고양이야!

마녀 2 두꺼비가 부르는군.

마녀 3 곧 간다니까!

일 동 아름다운 것은 추한 것, 추한 것은 아름다운 것이지. 안개 속을, 더러운 공기 속을 뚫고 날아가자. (퇴장)

제 2 장 포레스 부근의 진영

나팔소리 들리고, 던컨 왕, 맬컴, 도널베인, 레녹스가 시종들을 거느린 채
등장하고, 다른 한편에서는 장교가 피를 흘리며 등장.

던 컨 저 피투성이가 된 장교는 누군가? 저걸 보니 전쟁이 어떻게 돌
아가는지 알겠구나.

맬 컴 바로 저 장교가 포로가 될 뻔한 저를 구해주었습니다. 잘 왔네,
용감한 전우여! 어서 전시 상황을 국왕 폐하께 빠짐없이 고하게나.

장 교 전투는 승패를 가늠하기 어려울 정도로 막상막하였습니다. 역적
맥도널드는 모반을 꿈꿀 만큼 기세가 대단했습니다. 서쪽의 여러 섬에서
보병과 기병들을 끌어모아 대군을 이끌고 왔더군요. 그러나 명장 맥베스
장군께서 순식간에 적진을 뚫고 들어가 역적놈을 처단해버렸습니다.

던 컨 오, 과연 내 용감한 사촌이구나! 훌륭한 대장부야!

장 교 폐하, 하오나 마른하늘에 벼락이 치듯 우리의 기쁨이 채 사라지
기도 전에 불행이 닥쳐왔습니다. 여태껏 호시탐탐 기회를 엿보고 있던
교활한 노르웨이 왕이 공격해온 것입니다.

던 컨 그래서 맥베스 장군과 밴쿠오가 당황했단 말인가?

장 교 독수리가 참새에게, 사자가 토끼에게 습격을 받았을 때처럼 두
장군께서도 약간 당황하시긴 했죠. 하지만 두 장군은 금세 전열을 가다
듬어 두 개의 폭탄을 장전한 대포처럼 적군에게 두 배의 공격을 퍼부었

습니다. 전장은 참으로 끔찍했습니다. 오, 폐하! 외람되게도 이 상처를
더는 견딜 수가 없군요.

던 컨   그대의 보고에 깊은 감동을 받았다. 자, 어서 가서 상처를 치료받
도록 하라. (장교, 시종들의 부축을 받으며 퇴장) 거기 누구냐?

맬 컴   로스의 영주입니다.

로스 등장.

로 스   폐하의 만수무강을 비옵니다!

던 컨   오, 로스 영주, 어디서 오는 길인가?

로 스   파이프에서 오는 길입니다, 폐하. 노르웨이군의 깃발이 하늘을
얄보듯 휘날리며 아군의 간담을 서늘케 하는 곳에서 왔습니다. 노르웨이
왕은 몸소 대군을 이끌고 쳐들어와 아군을 공격했습니다. 폐하를 배반한
코더 영주까지 그놈들에게 붙었죠. 그러나 전쟁의 여신 벨로나의 남편처
럼 무적의 갑옷을 두르신 맥베스 장군이 혼신의 힘을 다해 싸운 끝에 승
리를 쟁취했습니다.

던 컨   참으로 다행한 일이로다!

로 스   노르웨이 왕 스위노는 화친을 청해왔습니다. 하지만 맥베스 장
군은 1만 달러의 배상금을 받아내기 전까지는 세인트 컴 섬에서 움직이
지 않을 것이며, 적군의 시체를 매장하는 일조차 허락하지 않을 방침이
라고 통보했습니다.

던 컨   코더 영주는 두 번 다시 나를 배반하지 못할 것이다. 그자를 즉각
사형에 처하고, 작위는 맥베스에게 내리도록 하라.

로 스 분부대로 거행하겠습니다.

던 컨 그 역적이 잃은 것을 훌륭한 맥베스가 차지했구나. (일동 퇴장)

제 3 장 포레스 부근의 황야

천둥이 치자 세 마녀가 등장.

마녀 1 너, 어디 갔다 왔니?

마녀 2 돼지를 죽이러.

마녀 3 너는?

마녀 1 뱃사공 아내가 행주치마에 밤을 가득 담아 쉬지 않고 먹기에 좀 달라고 했더니, '꺼져라, 마녀야!' 하고 고함을 치는 거야. 그래서 그년의 남편을 혼내줄 생각이야. 그년의 남편은 알레포에 가 있는 타이거 호의 선장이거든.

마녀 2 내가 바람을 줄게.

마녀 3 나도 줄게.

마녀 1 고마워. 그래서 가는 곳마다 바람을 불게 해서 정박하지 못하게 할 테야. 그년의 남편을 바짝 마른 풀처럼 마르게 할 거야. 낮이건 밤이건 7일 밤낮의 아홉 번, 그 아홉 배를 잠자지 못하게 할 거야. 그래서 피로에

지쳐 말라비틀어지게 할 거라고. (안에서 북소리가 들려온다)

마녀 3   북소리다! 맥베스가 온다. (노래와 춤을 멈추고 안개 속으로 숨는다)

맥베스와 뱅쿠오 등장. 뒤에 군대가 따르고 있지만 보이지 않는다.

뱅쿠오   포레스까진 얼마나 남았소? (안개가 서서히 걷힌다) 저건 뭐지? 말라 비틀어진 것들이 옷차림도 괴상하군. 사람 같지는 않은데, 그렇다고 짐승 같지도 않고. 내 말이 들리느냐? 너희는 살아 있는 것들이냐? 음, 내 말귀를 알아듣는 모양이군.

맥베스   대답해봐라. 너희들의 정체는 뭐냐?

마녀 1   맥베스 만세! 글래미스 영주께 축복을!

마녀 2   맥베스 만세! 코더 영주께 축복을!

마녀 3   맥베스 만세! 앞으로 왕이 되실 분이시여!

뱅쿠오   뭘 그렇게 놀라십니까? 아주 좋은 운세시군요. (마녀에게) 내 말에 대답하라. 너희는 도깨비냐, 아니면 지금 보이는 그대로냐? 내 존경하는 친구에게 너희는 현재 작위뿐만 아니라 미래의 왕이라는 칭호를 붙였다. 너희는 무슨 근거로 그러한 말을 하느냐? 게다가 나한테는 아무 말도 하지 않았다. 정말 너희에게 운명의 씨앗을 볼 수 있는 능력이 있단 말이냐? 만일 그렇다면 난 너희의 호의를 바라지도 두려워하지도 않을 테니 나에게도 말해보려무나.

마녀 일동   만세!

마녀 1   맥베스보단 못하지만 위대하신 분.

마녀 2   맥베스보단 못하지만 운수대통하신 분.

마녀 3 왕이 될 자손을 낳으실 분. 맥베스, 뱅쿠오, 두 분 만세!

마녀 1 뱅쿠오와 맥베스, 두 분 다 만세! (안개가 짙어지면서 마녀들의 모습이 차차 사라진다)

맥베스 게 섰거라! 좀 더 똑똑히 말하라. 부친께서 돌아가셨으니 내가 글래미스 영주가 되는 것은 당연한 일이다. 하지만 코더 영주가 버젓이 살아 있는데, 내가 어떻게 코더 영주가 된단 말이냐? 그리고 왕이 된다는 예언은 도저히 말이 안 되는 얘기다! 어찌하여 황당한 말로 우리를 현혹시키느냐? 어서 말하라, 명령이다! (마녀들이 안개 속으로 사라진다)

뱅쿠오 거품처럼 사라진 걸 보니 흙에도 거품이 있나보오. 저 요물들이 어디로 사라졌을까요?

맥베스 바람 속으로 사라졌소. 마치 입김처럼 말이오.

뱅쿠오 도깨비가 아니었소? 우리가 제대로 보긴 본 거요? 혹시 우리의 이성이 마비된 게 아닐까요?

맥베스 장군의 자손이 왕이 된다고 했소.

뱅쿠오 장군은 스스로 왕이 된다고 했지요.

맥베스 코더 영주가 된다고도 했지요.

뱅쿠오 그렇게 말했소. 그런데 저기 누가 오고 있군요.

로스와 앵거스 등장.

로 스 맥베스 장군, 폐하께서는 장군이 거둔 승전 소식을 듣고 크게 기뻐하셨소. 막강한 노르웨이 군사들을 무찌르셨다는 말에는 그저 입을 다물지 못하셨소.

앵거스　폐하께서는 장군을 어전으로 모셔오라 하셨습니다. 전공에 대한 포상은 따로 있을 것입니다.

로 스　그리고 친히 장군을 코더 영주에 새로 임명하셨습니다. 삼가 축하드립니다, 코더 영주님!

밴쿠오　오, 마녀들의 예언이 들어맞는군!

맥베스　모를 일이구려. 살아 있는 자의 작위를 내게 주시다니!

앵거스　옛 코더 영주가 아직 살아 있긴 합니다만, 대역죄로 인해 그 생명이 경각에 달려 있습니다. 본인 스스로도 죄를 자백했으니, 살아날 가망은 없지요.

맥베스　(방백) 글래미스 영주에 코더 영주라! 이제 가장 큰 것만 남아 있군. (로스와 앵거스에게) 수고들 했소. (밴쿠오에게 작은 소리로) 장군의 자손이 왕이 된다는 말도 이젠 믿어야 할 듯하오. 내게 코더 영주라고 했던 마녀들이 그렇게 예언했으니 말이오.

밴쿠오　(맥베스에게 작은 소리로) 그걸 믿으시면 코더 영주뿐만 아니라 왕관까지 바라게 될 거요. 악마의 사자들이 우리를 파멸로 이끌려고 일부러 그런 예언을 한 것은 아닌지 모르겠소. (로스와 앵거스에게 다가가며) 자, 잠깐 두 분께 할 말이 있소이다.

맥베스　(방백) 처음 두 가지는 맞았구나. 그럼 이제 찬란한 등극의 서막만 열릴 차례구나. (일행에게) 그대들에게 고맙소. (다시 방백) 이런 유혹이 나쁜 징조일 리가 없어. 만일 나쁜 징조라면 어째서 내게 성공의 단맛을 미리 보여주었겠는가? 나는 이제 코더의 영주야. 그런데 왜 이렇게 심장이 두근거리며 무서운 환영이 떠오르지? 정녕 좋은 징조라면 이럴 리가 없을 텐데.

뱅쿠오   (로스와 앵거스에게) 저것 좀 보시오. 내 친구의 망연자실한 모습을. 하긴 갑작스럽게 영예를 얻었으니 그럴 만도 하지. 하지만 새로 입은 어색한 옷도 결국 시간이 흐르면 몸에 익숙해지는 법이지.

맥베스   될 대로 되라지. 아무리 폭풍우가 치는 날씨라 하더라도 잔잔해질 때가 있는 법이니까.

뱅쿠오   장군, 이제 그만 가봅시다. 모두가 기다리고 있소.

맥베스   이거 미안하오. 뭔가 잊은 게 있어서 그걸 생각하느라고 잠시 넋을 빼놓고 있었나보오. (로스와 앵거스에게) 자, 어서들 갑시다. 두 분의 수고는 절대로 잊지 않겠소. (뱅쿠오에게) 오늘 우리에게 일어난 일은 다음에 시간이 날 때 흉금을 터놓고 얘기를 합시다.

뱅쿠오   (맥베스에게) 아, 그립시다.

맥베스   (뱅쿠오에게) 오늘은 이만 해둡시다. 자, 다들 가시오. (일동 퇴장)

제 4 장 포레스 궁전

나팔소리와 함께 던컨 왕, 맬컴, 도널베인, 레녹스, 시종들 등장.

던 컨   코더의 처형은 어떻게 됐나? 집행관은 돌아왔나?

맬 컴   폐하, 아직 돌아오지 않았습니다. 그러나 처형을 목격한 자의 말에 따르면, 코더는 자신의 죄를 자백하고 깊이 뉘우치면서 폐하의 용서를 빌었다고 합니다. 그는 임종을 오랫동안 연구한 사람처럼 아주 훌륭하게 죽음을 맞아들였다고 합니다. 소중한 생명을 마치 지푸라기 버리듯이 미련 없이 버렸다고 합니다.

던 컨 열 길 물 속은 알아도 한 길 사람 속은 모른다더니. 내가 그를 얼마나 신임했는데…….

맥베스, 밴쿠오, 로스 그리고 앵거스 등장.

던 컨 오, 맥베스! 내 훌륭한 내 동생, 어서 오게나. 내 그대의 공로에 보답지 못하고 있어서 마음이 무겁구려. 그대가 너무 앞서서 공로를 세우니 아무리 재빠르게 포상을 해주어도 그것을 따를 수가 없구려. 그대의 공적이 좀 작았더라면 내가 포상을 하기가 훨씬 쉬웠을 텐데! 그대가 받아야 할 보상은 내가 포상을 내린 것의 몇 갑절이나 되도.

맥베스 폐하, 소신이 충성을 하는 것은 당연한 의무이옵니다. 저에게 충성을 할 수 있도록 기회를 주신 것이 바로 포상이옵니다. 소신은 왕국의 신하로서 마땅히 해야 할 바를 수행한 것이며, 그것만으로도 충분히 폐하의 은총을 입은 바가 되었사옵니다. 그러니 소신의 충성을 받기만 하소서!

던 컨 무엇보다 무사히 돌아와서 매우 기쁘오. 자, 이제 그대에게 새로운 이름을 내렸으니 그것이 번영하도록 나도 힘쓰겠노라. (밴쿠오에게) 오, 밴쿠오! 그대의 공로도 맥베스에 못지 않도다. 자, 그대를 포옹하게 해다오. 이 가슴으로 그대를 힘껏 껴안고 싶소!

밴쿠오　이 모든 게 폐하의 것이옵니다.

던 컨　(눈물을 닦으면서) 오, 기쁨이 넘쳐흘러 눈물이 나는구나. 자, 여기 모인 왕자들과 친척들이여! 그대들에게 이 자리를 빌려 말하노라. 장차 장남인 맬컴이 내 왕위를 계승할 것이니라. 그리고 그의 이름을 앞으로 는 컴벌랜드 공이라 부를 것이다. 그러나 이 영예는 그에게만 돌아가는 게 아니라 공신들의 머리 위로 돌아가 별처럼 빛날 것이다. (맥베스에게) 이제 곧 장군의 인버네스 성으로 가세. 그대에게 또다시 폐를 끼쳐야 할 것 같네.

맥베스　폐하를 위해 쓰지 않는 휴식은 고통일 뿐입니다. 소신이 먼저 성으로 가서 폐하의 행차를 아내에게 알려 아내를 기쁘게 하겠습니다. 그럼 이만 소신은 물러가겠습니다.

던 컨　훌륭하도다, 코더 영주여!

맥베스　(방백) 컴벌랜드 공이라? 어이없는 장애물이 끼어들었군. 여기 서 주저앉느냐, 뛰어넘느냐가 문제로다. 오, 별들이여, 나의 검고 깊은 야 망은 비추지 말거라. 눈이여, 내 손이 무슨 일을 하든 눈을 감아다오. 해 치우고 나면 두려움으로 보고 싶지 않을지니! (퇴장)

던 컨　(밴쿠오에게) 맥베스에 대한 찬사는 아무리 늘어놓아도 질리지가 않구나. 자, 우리도 그를 뒤따라가자. 그가 나를 환영하기 위해 앞질러 갔으니, 과연 흠잡을 데 없는 인물이로다. (우렁찬 나팔소리, 일동 퇴장)

제 5 장 인버네스의 맥베스 성

맥베스 부인, 편지를 읽으면서 등장.

맥베스 부인   (편지를 읽는다)「마녀들을 만난 것은 전투를 끝내고 개선하는 날이었소. 나중에 생각해보니 마녀들은 인간의 지혜가 미치지 못하는 신비한 힘을 갖고 있는 것 같소. 내가 궁금해 더 물으려는데 이미 그들은 연기처럼 사라지고 없었소. 놀란 내가 얼이 빠져 서 있으려니, 왕의 사신이 와서 나를 '코더 영주'라고 부른 거요. 이는 마녀들이 내게 인사하고 예언했던 것과 똑같았소. 마녀들은 내게 '장차 왕이 되실 분 만세!'라고도 한 거요. 내가 가장 사랑하는 내 인생의 반려자인 당신에게 이 말을 해야 할 것 같아 이렇게 편지를 보내는 거요. 다만 이 일이 이루어질 때까지 가슴속 깊이 간직해두시오. 그럼 이만!」(방백) 당신은 글래미스 영주시고 또 코더 영주가 되었으니 그 다음엔 그렇게 되겠지요. 다만 걱정이 되는 건 당신의 성격이에요. 당신은 큰 인물이 되실 분답게 야심이 있지만, 그것을 성취해낼 만한 잔인함은 없어요. 무엇이든 손에 넣고 싶어하시지만 잘못될까 생각이 많으시죠. 하지만 당신도 결국에는 그 일을 하게 될 거예요. 제가 당신을 위해 기꺼이 몸을 바칠 테니까요. 당신의 머리에 왕관을 씌우는 데 방해되는 것이 있다면, 무엇이든 제 손으로 제거할 거예요.

사신 등장.

맥베스 부인　무슨 소식이 있습니까?

사 신　폐하께서 오늘밤 이곳으로 행차하십니다.

맥베스 부인　무슨 소립니까? 폐하께선 장군과 함께 계시잖습니까? 그런 일이 있다면, 장군께서 미리 연락하셨을 텐데?

사 신　죄송하오나 틀림없는 사실입니다. 영주님도 현재 이곳으로 오고 계십니다.

맥베스 부인　반가운 소식이군요. (사신 퇴장) 던컨 왕이 운명의 힘에 이끌려 이곳으로 오고 있도다. 자, 오너라, 악령들이여! 나의 심장과 혈관 속에 잔인함이 넘치도록 하게 하라. 추호도 연민의 정이 일어나지 않도록 하라. 자, 오너라, 살인의 앞잡이들이여! 내 품안으로 와서 내 달디단 젖을 쓰디쓴 담즙으로 바꾸어다오. 눈에 보이지 않게 인간의 악행을 부추기는 자들아, 오너라, 어둠의 세계여!

맥베스 등장.

맥베스 부인　글래미스 영주님! 코더 영주님! 아니, 이보다 더 위대한 호칭으로 불리실 훌륭한 분이여! 당신의 편지로 인해 저는 먼 미래 속을 날고 있는 듯합니다.

맥베스　오, 부인! 던컨 왕이 이곳으로 올 것이오.

맥베스 부인　그러면 언제 이곳을 떠난다고 합니까?

맥베스　내일이오, 왕의 예정대로라면!

맥베스 부인 오, 그가 내일의 태양을 볼 수 없기를. 영주님, 당신의 얼굴은 뭔가 수상한 내용이 담긴 한 권의 책 같군요. 세상을 속이려면 세상과 똑같은 표정을 지으세요. 왕을 맞이하기 위해서는 준비를 해야 해요. 오늘밤 일은 제게 맡겨주세요. 일이 잘되면 우리의 앞날은 막중한 권력과 위엄으로 이어지겠죠.

맥베스 그건 나중에 의논합시다.

맥베스 부인 그저 당신은 밝은 표정을 지으시면 돼요. 얼굴빛이 좋지 않으면 뭔가 공포가 있다는 표시예요. 모든 일은 저에게 맡겨주세요. (일동 퇴장)

제 6 장 같은 장소, 맥베스의 성 앞

오보에 소리와 횃불. 던컨 왕과 맬컴 왕자, 도널베인, 뱅쿠오, 레녹스, 맥더프, 로스, 앵거스, 그리고 시종들 등장.

던 컨 이 성은 아주 좋은 곳에 자리잡았군. 공기가 맑고 상쾌해서 사람의 살갗을 부드럽게 애무해주는군.

뱅쿠오 제비가 추녀 끝이나 서까래 옆 벽 등 사방에 둥지를 틀고 있군요. 제비가 둥지를 트는 곳은 어디나 공기가 좋은 곳이지요.

맥베스 부인 등장.

던 컨 호의도 지나치면 때로 폐가 되긴 하지만, 호의는 늘 좋은 것이지요. 그러니 호의를 베풀 기회를 드린 우리에게 부인께서도 신의 축복을 빌며 감사하는 마음을 가져야 할 것이오.

맥베스 부인 폐하께서 저희에게 베풀어주신 은총을 생각한다면, 저희들이 하는 수고야 정말 부끄럽고 하찮은 것이지요. 예전의 일은 말할 것도 없고, 이번에 또 새롭게 명예로운 칭호를 얹어주시니, 성은이 망극하고, 폐하의 만수무강을 빌 뿐이옵니다.

던 컨 코더 영주는 어디 있소? 워낙 승마의 명수인데다 사랑이 박차를 가하였는지 도저히 따라잡을 수가 없었소. 나를 장군에게 안내해주시오. 장군은 나의 보배요. 앞으로도 내 뜻은 변함이 없을 것이오. 자, 그럼 부탁하오, 부인. (모두 성 안으로 들어간다)

제 7 장 같은 장소, 맥베스 성 안

급사장과 하인들이 축제를 준비하고, 맥베스 등장.

맥베스 (독백) 한 번으로 끝낼 일이라면 빠를수록 좋겠지. 만일 왕을 암

살해 모든 일이 매듭된다면, 내세의 재앙 따위는 신경 쓸 필요가 뭐 있겠는가. 문제는 현세에서 심판을 받는다는 거야. 살인하는 법을 배운 사람은 반드시 가르쳐준 사람에게 되갚고 마는 법이거든. 공평한 정의의 신은 독배를 준비한 자의 입술에 독이 닿게 하지. 나를 믿고 온 왕인데, 어찌 그의 가슴을 향해 비수를 들겠는가. 더구나 온후하고 인자한 왕인 던컨 왕을 시해라도 하면 무수한 사람들의 원성을 살 거야.

맥베스 부인 등장.

맥베스 부인 던컨 왕의 식사가 끝나갑니다. 왜 자리를 뜨셨나요?

맥베스 나를 찾습디까?

맥베스 부인 찾는 것이 당연하잖아요?

맥베스 그 일은 없던 걸로 합시다. 더욱이 나는 폐하로부터 포상을 받았잖소. 이처럼 새롭고 눈부신 빛깔의 옷을 입었는데 함부로 내버릴 수는 없잖소?

맥베스 부인 그럼 평생토록 겁쟁이로 사실 건가요?

맥베스 제발 그만하시오! 사내 대장부가 할 만한 일이라면 무엇이든 하겠소. 하지만 도가 지나치면 그건 사내 대장부가 아니오.

맥베스 부인 그럼 이 계획을 제게 말씀하시던 때에는 짐승이었단 말인가요? 아뇨, 당신은 그때 아주 훌륭한 사내 대장부였어요. 당신이 훌륭한 대장부가 되기 위해서는 당신 자신을 이겨내야 해요.

맥베스 만일 실패한다면?

맥베스 부인 실패한다고요? 당신이 용기만 내신다면 실패란 있을 수 없어요. 던컨 왕은 오늘 여행을 해서 아주 깊이 잠에 곯아떨어질 거예요. 그가 잠들면 두 시종에게도 술을 주어 죽은 듯이 곯아떨어지게 만들어요. 죽은 듯이 자고 있는 그들에게 당신, 아니 내가 못할 짓이 뭐가 있겠어요? 상대는 던컨 한 사람이에요. 그리고 술에 만취한 두 호위병에게 우리가 저지른 대역죄를 덮어씌우면 돼요.

맥베스 당신은 사내아이만 낳을 거요! 두려움을 모르는 억센 성격은 사내아이를 만들어내는 데는 적격일 테니까. 이러면 어떻겠소? 자고 있는 두 호위병에게 피를 묻히고 칼도 그들의 것을 사용하는 거요. 그러면 그자들의 소행으로 보일 게 아니오?

맥베스 부인 누가 그걸 의심하겠어요? 우린 왕의 죽음을 슬퍼하면서 대성통곡을 해 사람들에게 알리면 될 텐데!

맥베스 좋소, 힘과 용기를 내어 이 무서운 계획을 실행에 옮겨봅시다. 자, 제자리로 돌아갑시다. 최대한 밝은 표정을 하고 모든 사람들을 속이는 거요. 마음속의 흉악한 음모는 가면으로 감추고 말이오. (퇴장)

제2막

제1장 맥베스 성 안의 뜰

뱅쿠오와 횃불을 든 아들 플리언스 등장.

뱅쿠오 밤이 얼마나 깊었느냐?

플리언스 달이 진 것 같은데, 시계 소리는 듣지 못했습니다.

뱅쿠오 달은 자정에 진다.

플리언스 그렇다면 자정은 이미 지난 것 같습니다.

뱅쿠오 얘야, 이 칼 좀 들고 있거라. (단도 혁대를 내밀며) 이것도 갖고 있거라. 납덩이처럼 무거운 졸음이 엄습해오지만 왠지 자고 싶지는 않구나. 잠이 들면 또다시 저주받을 망상이 스며들 터이니. (무슨 소리를 들은 그가 깜짝 놀라며 아들에게) 내 칼을 이리 다오. (맥베스와 횃불을 든 시종 등장) 게 누구냐?

맥베스 친구요.

뱅쿠오 맥베스, 아직 안 주무셨소? 폐하는 이미 잠자리에 드셨소. 얼마나 만족하셨는지 시종들에게까지 선물을 듬뿍 주셨다오. 그리고 이 다이아몬드는 장군의 부인께 드리는 거요. 마음에서 우러나오는 극진한 대접에 고마워하시면서 마지막까지 무척 만족하신 모양이오.

맥베스 별로 준비한 것도 없는데, 마음은 있었지만 시간이 부족해 만사가 흡족하지가 않았소. 그저 송구스러울 뿐이오.

밴쿠오 아주 훌륭했소. 아, 어젯밤 나는 그 마녀들의 꿈을 꾸었다오. 장군에 대한 그들의 예언은 맞는 부분이 있더군.

맥베스 난 깜빡 잊고 있었소. 언제 틈을 내서 그것에 관해 얘기 좀 나눕시다, 장군이 시간만 난다면.

밴쿠오 어설프게 명예를 얻으려다 오히려 모든 것을 잃는 일이 없다면 내 기꺼이 상의하지요.

맥베스 그럼 편히 쉬시오.

밴쿠오 고맙소. 장군께서도 편히 쉬시오. (밴쿠오와 플리언스 퇴장)

맥베스 (시종에게) 마님께 가서 술상이 준비됐으면 종을 치라고 여쭈어라. 그리고 넌 그만 가서 자고. (시종 퇴장) 지금 내 눈앞에 보이는 건 단검인가? 오, 내가 잡아야겠다! 하지만 단검을 눈앞에 두고서도 잡을 수가 없구나. (단검을 빼다) 어, 단검과 똑같구나. 내가 사용하려는 것과 똑같아. 너는 내가 가려는 길로 나를 인도하려 하느냐? (일어선다. 종소리가 들린다) 가자, 종소리가 나를 애타게 부르는구나. 던컨이여, 저 종소리를 듣지 마라. 저 종소리는 그대를 저승으로 불러들이는 조종(弔鐘)이다. (발소리를 죽이고 계단을 오르며 퇴장)

제 2 장 같은 장소

맥베스 부인이 술잔을 들고 등장.

맥베스 부인　이 술은 저들을 곯아떨어지게 하더니 날 대담하게 만드는구나. 내 맘이 이리 불붙는 걸 보니 말이야. 앗! 저 소리는? 올빼미로구나! 운명의 죽음을 알리는 야경꾼처럼 사형수에게 마지막 작별을 고하는가보다. 문이 열려 있고, 호위병들은 코를 골며 자는구나. 술에 약을 탔으니, 저들은 그저 숨쉬는 시체일 뿐이다.

맥베스　(안에서) 누구냐? 게 무슨 일이냐?

맥베스 부인　설마 저들이 깨어난 건 아닐 테지? 마음만 먹고 실행에 옮기지 않는다면 우리 신세는 끝장이다. 들어봐! 호위병의 단검을 준비해 두었으니 그이가 못 보았을 리는 없겠지. 잠든 얼굴이 내 아버지와 닮지만 않았어도 내가 해치웠을 텐데. (맥베스가 양손이 피투성이가 된 채 두 자루의 단검을 쥐고 비틀거리며 나온다) 여보!

맥베스　해치웠어. (피 묻은 손을 내민다) 한 녀석이 "신이여, 자비를 베푸소서!" 하자, 다른 녀석이 "아멘!"이라고 말했지. 그들은 마치 사형집행인의 손을 보기라도 한 듯 나를 쳐다보더군. 공포스러운 그들의 목소리에 나는 아무 말도 하지 못했소.

맥베스 부인　그런 일을 저지르고 나선 깊이 생각하면 안 돼요. 그러면 미치고 말아요.

맥베스 아아, 누군가가 외치는 소리를 들은 것 같기도 하오. "이젠 잠을 잘 수가 없다! 맥베스가 잠을 죽여버렸다." 그리고 집 안을 향해 그렇게 부르짖고 있었소. "이젠 잠을 잘 수가 없다! 글래미스가 잠을 죽였다. 그러므로 코더는 영원히 잠을 잘 수가 없다. 맥베스는 이제 잘 수가 없다!"

맥베스 부인 도대체 누가 그렇게 외쳤다는 거예요? 왜 부질없는 생각으로 소중한 용기를 낭비하고 있는 거예요? 어서 손을 씻으세요. 어째서 단검을 들고 오셨나요? 어서 살해 현장에 갖다두고 오세요. 그리고 호위병에게 피를 묻히고 오세요!

맥베스 나는 가지 않겠소. 아, 내가 무슨 짓을 했는지, 소름이 끼치오. 두 번 다시 그곳으로 가지 않을 거요.

맥베스 부인 나약한 양반! 그 칼을 이리 주세요. 잠에 빠진 자와 시체는 그저 그림에 지나지 않는다고요. 도깨비 그림을 보고 놀라는 건 어린아이나 할 일이에요. 호위병의 얼굴에다 피를 발라놓아야겠어요. 그래야 두 사람이 저지른 일처럼 보일 테니까요. (퇴장했다가 다시 등장) 제 손도 당신 손과 같은 빛깔이 되었군요. 그러나 심장은 당신처럼 약해지진 않았답니다. (문을 두드리는 소리) 누가 문을 두드리고 있군요. 어서 방으로 돌아가죠. 물로 씻으면 우리가 지금 한 일은 깨끗이 지워지고 말 거예요. 그러면 금세 해결될 일이에요! 평소 그렇게 침착하시던 분이 지금 어찌된 일이에요. (계속 문을 두드리는 소리) 들어보세요! 문을 두드리는 소리가 그치지 않네요. 어서 잠옷으로 갈아입으세요. 만일 누군가에게 불려 나가 우리가 깨어 있다는 걸 알면 곤란할 테니까요. 오, 제발 그렇게 멍청하게 서 계시면 안 돼요.

맥베스 내가 저지른 일을 떠올리지 않으려면 멍청하게 있는 수밖에 없다오. (문 두드리는 소리) 더 크게 소리를 내어 던컨을 깨울 수만 있다면, 그렇게 할 수만 있다면! (두 사람 퇴장)

제 3 장 같은 장소

안에서 문을 두드리는 소리가 점점 요란해지자 문지기가 등장.

문지기 참, 요란도 하구나. 지옥의 문지기였다면 열쇠를 돌리느라 정신이 없었겠군. (문 두드리는 소리) 두드려라, 두드려! 지옥의 문지기께서 납시었다. 도대체 너는 누구냐? 옳아, 넌 풍년이 들자 곡식 값 떨어질까봐 목매 죽은 농부로구나. 마침 잘 왔다! 손수건이나 잔뜩 준비해두어라. 여기서 진땀깨나 흘릴 테니까. (문 두드리는 소리) 두드려라, 두드려! 도대체 넌 누구냐? 아, 넌 이중계약으로 이득을 챙긴 사기꾼이로구나. 하느님의 이름을 팔아 장사를 한 놈이렷다! 네 혓바닥은 천당에서 안 통했나 보지! 어서 오너라, 이 지옥으로. (문을 연다) 제발, 이 문지기가 여기 있다는 걸 잊지 마시오.

문을 열자 맥더프와 레녹스가 등장.

맥더프 간밤에 늦게 잠자리에 들었나보구먼, 이렇게 늦잠을 자다니.

문지기 그렇습니다, 나리. 닭이 두 번째 울 때까지 술을 폈습죠. 그런데 나리, 술이라는 놈은 세 가지 자극을 주더군요.

맥더프 세 가지 자극이라니?

문지기 코가 빨개지고, 졸음이 오고, 오줌이 마렵다는 얘기지요. 성욕을 자극하기는 하지만 일은 끝내 치르지 못하지요. 성욕에 관한 한 마음만 잔뜩 부추기고는 힘을 빼는 아주 고약한 놈이지요.

맥더프 자네도 간밤에 술에 제압된 모양이구먼. 주인께서는 일어나셨는가?

맥베스, 잠옷 차림으로 등장.

맥베스 두 사람 다 편히 쉬셨소?

맥더프 폐하께서는 일어나셨습니까?

맥베스 아직 주무시고 계시오.

맥더프 어제 침소에 들기 전에 아침 일찍 깨우라는 분부가 계셨습니다. 까딱하면 늦을 뻔했어요. 이번에 정말 수고가 많으셨습니다. 물론 마음에서 진정 우러나서 하신 일이겠지만 말입니다. 특별히 명령을 받았으니 과감하게 깨워 드려야겠습니다. (혼자 안으로 들어간 맥더프가 황급히 뛰어나온다) 아, 무서운 일이다! 참변이야, 참변! 차마 입에 담을 수 없는 참변이야!

맥베스 · 레녹스 무슨 일이오?

맥더프 하늘이 무너질 일입니다. 천벌을 받을 살인마가 거룩한 신전을 부수고 생명을 약탈해 갔습니다!

맥베스 지금 뭐라고 말했소? 생명을 약탈했다고?

레녹스 폐하의 목숨 말입니까?

맥더프 폐하의 침소에 가보시오. 차마 눈뜨고는 볼 수 없는 광경이오. 나에게 묻지 말고 가서 직접 눈으로 확인하시오. (맥베스와 레녹스 퇴장) 경종을 울려라! 살인이다! 반란이다! 뱅쿠오 장군, 도널베인 전하! 맬컴 전하! 어서 잠을 떨쳐버리고 일어나서 세상의 종말을, 끔찍한 죽음의 광경을 보시오! 아아, 이 무서운 광경을 보시오. 경종을 울려라! (경종이 울린다)

맥베스 부인, 잠옷 차림으로 등장.

맥베스 부인 도대체 무슨 일이죠? 무슨 일로 이렇게 경종을 울려 온 성 안 사람들을 깨우는 거죠? 말씀해보세요. 어서요.

맥더프 아아, 고매하신 부인이여, 제가 어떻게 이런 말을 할 수 있겠습니까. 아마 제가 입을 열면 여자분들은 숨이 넘어갈 것입니다.

뱅쿠오, 잠옷 차림으로 등장.

맥더프 뱅쿠오, 뱅쿠오! 폐하께서 살해당하셨습니다!

맥베스 부인 오, 뭐라고요? 우리 집에서!

뱅쿠오 어디서건 그건 끔찍한 일이오. 맥더프, 제발 부탁이니 잘못 말한 거라고 하시오. 거짓말이라고 말해주시오.

맥베스, 레녹스, 그리고 로스 등장.

맥베스 아아, 내가 한 시간 전에만 죽었다면 차라리 행복했을 텐데. 이제 세상에 중요한 일이란 없구나. 명예도 덕망도 모두 사라졌도다.

맬컴과 도널베인이 당황한 모습으로 등장.

도널베인 무슨 일이오?

맥베스 아무것도 모르고 계시는군요. 왕자님의 귀중한 혈통의 원천이 말라버렸습니다. 그 뿌리가 끊기고 말았습니다.

맥더프 부왕께서 살해당하셨습니다.

맬 컴 뭐요? 누구에게?

레녹스 호위병의 짓인 듯합니다. 두 사람 다 손과 얼굴이 온통 피투성이었습니다. 그들의 단검에도 핏자국이 얼룩덜룩 묻어 있었고요. 그들은 넋빠진 얼굴로 서로를 바라보고만 있었습니다. 도저히 누군가의 호위를 맡을 만한 위인들로는 보이지 않았습니다.

맥베스 아, 얼마나 분한지 그들을 죽여버리고 말았습니다.

맥더프 어째서 그런 짓을 했소?

맥베스 차분하면서 동시에 대경실색하고 다정하면서 동시에 진노할 수 있으며, 충성심에 불타면서 동시에 무덤덤한 인간이 대체 어디 있겠소? 폐하에 대한 내 열정적인 충성심이 그만 분별력을 앞지르고 만 것입니다. 던컨 왕의 은빛 살결은 핏발이 돋아나 있었고, 깊은 상처는 파멸이 무참히 출입하는 것처럼 벌어져 있었습니다. 그리고 다른 쪽에는 살인마들이 악행의 증거인 피를 뒤집어쓰고 자신들의 무죄를 강변하려는 듯 멍한 표정을 연기하고 있었습니다. 충성심을 갖고 있는 자라면, 그 광경을 보고 어찌 참을 수가 있었겠습니까?

맥베스 부인 (비틀거리며) 누가 저를 좀 부축해주세요.

맥더프 부인을 돌보시오.

맬 컴 (도널베인에게 방백) 왜 우린 입을 다물고 있는 거지? 누구보다도 이 일을 두고 통탄해야 할 사람들이 아닌가.

도널베인 (맬컴에게 방백으로) 지금 상황에서 무슨 말을 하겠어요. 어떤 잔인한 운명이 우리들의 목줄을 노리고 있을지 모르는데 말이에요. 자, 얼른 가십시다. 지금은 눈물을 흘릴 때가 아닙니다.

맬 컴 깊은 슬픔에 흔들릴 때도 아니지.

맥베스 부인의 시녀들 등장.

밴쿠오 (시녀들에게) 부인을 돌보아드리거라. (맥베스 부인, 부축을 받으며 나간다) 어서 우리도 옷을 제대로 입은 후에 다시 모여 이 끔찍한 사건의 진상을 규명해봅시다.

맥더프 맞는 말씀이오.

일 동 옳은 말씀입니다.

맥베스 빨리 옷을 갈아입고 광장에서 만납시다.

일 동 그렇게 하겠습니다. (맬컴과 도널베인만 남고 모두 퇴장)

맬 컴 어쩔 셈이냐? 저들과는 같이 어울릴 수가 없구나. 마음에도 없는 슬픔을 크게 드러내는 일은 배반자들의 상투적인 수법 아니냐? 나는 이제 잉글랜드로 가야겠구나.

도널베인   전 아일랜드로 가겠어요. 그래야 서로에게 더 안전하겠죠. 우리가 여기 머문다면 다들 비수를 감춘 미소를 지을 겁니다. 혈연이 가까운 자일수록 더 위험하죠.

맬 컴   살육의 화살은 이미 시위를 떠나 공중을 날고 있으니, 그 과녁에서 벗어나는 것이 안전하지. 어서 말에 오르자. 한가하게 작별 인사할 시간이 없구나. 위험한 상황에선 몰래 탈출했다고 부끄러워할 필요가 없다. (두 사람 퇴장)

제 4 장 맥베스의 성 밖

로스와 노인, 맥더프 등장.

로 스   그 끔찍한 반역 행위를 저지른 자가 누구인지 판명되었습니까?

맥더프   맥베스가 죽인 그 두 놈이겠죠.

로 스   아아, 저런! 무엇 때문에 그런 짓을 했을까요?

맥더프   매수되었겠죠. 맬컴과 도널베인 두 왕자가 도망쳤소. 그러니 두 왕자한테 혐의가 돌아가겠지.

로 스   오, 천륜을 저버린 행동이군요. 야심 때문에 제 핏줄의 원천을 스스로 끊어버리다니! 그렇다면 왕위는 맥베스 장군께로 돌아가게 되었 구려.

맥더프 이미 그분은 대관식을 거행하러 스쿤으로 떠나셨습니다.

로 스 저도 스쿤으로 가겠습니다.

맥더프 그곳에서 모든 일이 잘 되기를 빕니다. 안녕히 가시오! (방백) 헌 옷이 새옷보다 낫다는 평이 나오면 곤란하지.

로 스 안녕히 계십시오, 노인장!

노 인 하느님의 축복이 두 분께 내리기를. (두 사람을 향해) 악도 선으로 원수도 친구로 여기는 사람에게도 축복이 있기를. (일동 퇴장)

제3막

제1장 포레스 궁정

밴쿠오 등장.

밴쿠오 글래미스 영주, 코더 영주, 그리고 왕위까지. 모두 마녀들이 예언한 대로 되었구나. 그것들을 차지하기 위해 네가 몹쓸 짓을 했겠지. 그렇다면 맥베스, 네 머리 위에 또 하나의 예언이 빛나고 있다는 걸 명심해라. 왕위는 네 후손에게 계승되지 않고, 바로 내 자손에게 넘겨질 거라는걸! 너한테 딱 맞아떨어졌듯이 내가 받은 신탁도 이루어지겠지. 쉿 조용히 하자.

나팔소리. 맥베스, 맥베스 부인, 레녹스, 로스, 귀족, 시종 등장.

맥베스 밴쿠오! 오늘밤 궁정에서 연회를 열 테니 참석해주시오.

밴쿠오 분부대로 따르겠습니다. 삼가 명령에 따르는 게 제 의무지요.

맥베스 듣자 하니 나의 두 친척이 잉글랜드와 아일랜드로 각각 망명했다는군. 그런데 자신들의 잔학무도함을 뉘우치기는커녕 해괴망측한 소문만 퍼뜨리고 다니는 모양이오. 이 일과 관련해 내일 의논을 해봅시다. 그 밖에도 국가의 중요한 일이 많소.

밴쿠오   그러지요, 폐하. 저는 시간이 촉박해서 이만 가겠습니다.(맥베스
와 시종 한 사람만 남고 모두 퇴장)

맥베스   여봐라, 내가 명한 대로 그자들을 대기시켜놓았느냐?

시 종   네 폐하! 궁성 문 밖에서 기다리고 있습니다.

맥베스   안으로 데려오너라. (시종 퇴장) 마음이 편치 않으니 왕의 자리가
그리 좋지만은 많구나. 밴쿠오에 대한 두려움이 내 몸을 칭칭 감아오고
있지 않은가. 왕자다운 품격에 대담무쌍한 기백, 저돌적인 용기는 누구도
따를 자가 없지. 내가 진실로 두려워하는 건 밴쿠오 한 명뿐이다. 운명의
신탁을 받던 그날, 마녀들은 그를 가리켜 '당신의 자손이 왕이 될 것'이라
고 예언을 하며 만세를 불렀지. 그들의 예언이 여태껏 맞는 걸로 보아 결
국 밴쿠오의 자손을 위해 내 영혼과 손에 던컨의 피를 묻힌 꼴이 되었구
나. 아, 결국 내가 그들을 위해 내 평화로운 잔에 원한의 독주를 따른 셈이
야. 소중한 영혼을 악마에게 넘겨준 거고. 이 무슨 사악하고 짓궂은 운명
이란 말인가! 좋다, 운명이여 오너라, 최후의 순간까지 싸워줄 테니!

시종이 자객 둘을 데리고 다시 등장.

맥베스   (시종에게) 다시 부를 때까지 문 밖에서 대기하고 있거라. (시종 퇴
장) 우리가 얘기를 나눈 것이 어제였던가? 그간 어떤 음모가 있었는지는
내가 얘기해준 그대로다. 자네들도 이런 꼴을 당하고 가만히 있을 거라
생각을 하지 않는다. 그 무자비한 놈 때문에 죽음보다 더한 고초를 겪고,
가족들 모두가 알거지가 되고 말았으니, 너희들 입장에서는 그놈의 후손
을 위해 기도를 올리기보다는 뭔가 앙갚음을 하고 싶어할 것이다.

자객 1 폐하, 무슨 일이든 시켜만 주십시오.

맥베스 내 너희에게 은밀히 부탁 하나를 하겠다. 놈을 없애다오. 이 일을 잘만 수행하면 너희들은 원수도 갚을 수 있고, 나의 신임과 총애도 얻을 수 있다. 짐은 그놈이 살아 있는 동안에는 병신이다. 그놈이 죽어야만 비로소 온전해지느니라.

자객 2 폐하, 저는 세상 사람들의 온갖 멸시 속에 살아왔습니다. 그러니 원한을 갚을 수만 있다면 물불을 가리지 않을 생각입니다.

자객 1 저도 목숨을 걸고 인생을 뜯어 고칠 각오가 되어 있습니다.

맥베스 너희들의 적은 밴쿠오라는 것을 명심하여라.

자객 1·2 잘 알고 있습니다.

맥베스 그는 단순한 적이 아니야. 호시탐탐 내 자리를 넘보면서 언제든 내 급소를 찌를 기회만을 찾고 있다.

자객 2 폐하, 폐하께서 명령을 내리신다면 어떤 일이든 목숨을 걸고 받들겠습니다.

자객 1 비록 우리들의 목숨을 잃는 한이 있어도 말입니다.

맥베스 너희들의 눈빛을 보니 신뢰가 가는구나. 늦어도 한 시간 전에 그놈을 기다릴 장소와 정확한 시간을 알려주겠다. 나는 혐의를 받아선 안 된다는 것을 명심하거라. 장애물이나 증거물을 남겨선 안 되니, 그의 아들 플리언스도 함께 없애도록 하라. 그럼 물러가서 마음을 굳게 먹고 기다리고 있거라.

자객 1·2 각오하고 있습니다. (자객들 퇴장)

맥베스 이제 일은 끝났다. 밴쿠오여, 오늘밤 그대의 영혼은 차가운 저승 바닥을 헤매게 되리라. (다른 곳으로 퇴장)

제 2 장 같은 장소, 다른 방

맥베스 부인이 시종 한 명을 데리고 등장.

맥베스 부인 모든 일이 허사로다. 허망할 뿐이로구나. 뜻은 이루었으나 마음에는 만족이 없으니! 살인을 하고 이렇게 불안하게 사느니 차라리 살해당하는 편이 낫겠다.

맥베스, 생각에 잠긴 얼굴로 등장.

맥베스 부인 폐하, 무슨 일인가요? 왜 날마다 쓸데없는 망상으로 괴로워하십니까? 왕은 이미 죽었습니다. 이제 그 일은 잊으세요.

맥베스 우리는 독사를 칼로 쳤지만 죽이는 데는 실패한 거요. 독사가 언제 다시 살아나 우리를 물지 걱정하고 있잖소. 이렇게 밤낮으로 불안의 외줄을 타고 악몽의 벼랑을 건널 바에야 차라리 죽은 던컨의 뒤를 따르는 것이 낫지 않겠소? 우리는 끝없는 고문에 시달리고 있는데, 그는 우리 덕에 평화롭게 쉬고 있소. 열병 같은 고통스러운 삶을 마치고 안식의 세계에서 쉬고 있잖소.

맥베스 부인 그만하면 됐어요. 자, 폐하! 이제 얼굴을 펴고 명랑하고 즐겁게 손님들을 맞으세요.

맥베스 그렇게 하리다. 당신도 뱅쿠오에게는 특히 경의를 표하도록 해요. 아직은 안심할 수 없으니, 국왕의 명예를 유지하기 위해서는 마음에도 없는 가면을 쓰고 속마음을 감추어야 한다오. 오늘밤 당신은 유쾌한 척하시오. 박쥐가 어둠 속에서 날아오고, 마녀들의 부름을 받은 딱정벌레가 소리를 낼 무렵 아주 끔찍하고 무시무시한 일이 일어날 테니.

맥베스 부인   어떤 일이 일어나는데요?

맥베스   당신은 그저 모른 척하고 있으시오. 그러다 일이 성사되면 찬사나 보내시오. 자, 오너라, 어두운 밤이여! 자비로운 한낮의 온유한 눈을 가려줄 너, 밤의 검은 손이여. 그대의 보이지 않는 손으로 나를 위협하는 그놈의 생명 증서를 갈가리 찢어 없애다오! 그런 얼굴을 하지 말고 침착하게 있어요. 어차피 악으로 시작된 일은 악으로 마무리를 지어야 하는 법이니까! 자, 함께 갑시다. (두 사람 퇴장)

제 3 장 같은 장소, 길가의 정원

세 자객이 등장해 얘기하는 중 뱅쿠오와 횃불을 든 플리언스 등장.

자객 1   횃불이다, 횃불이 보여!

자객 3   그놈이야.

자객 1   정신을 바짝 차려야 해.

밴쿠오   오늘밤에는 비가 올 듯하군.

자객 1   암, 오고말고! (자객 1이 횃불을 끄자 다른 자객들이 밴쿠오를 습격한다)

밴쿠오   아, 암살자들이다! 도망가라, 플리언스. 도망, 도망가! 너만은 살아서 반드시 복수를 해야 돼. 음, 분하다! (죽는다. 플리언스, 도망친다)

자객 3   누가 횃불을 끈 거야?

자객 1   왜 잘못되었나?

자객 3   한 놈밖에 못 죽였어. 아들놈이 도망쳤잖아.

자객 2   이런, 중요한 반토막을 놓치고 말았군.

자객 1   여하튼 가세. 가서 상황을 보고하세. (일동 퇴장)

제 4 장   궁전의 홀

맥베스, 맥베스 부인, 로스, 레녹스, 귀족들 그리고 시종들 등장.

맥베스   각자 자신의 자리를 알고 있을 테니까 앉으시오. 여기 오신 여러분 모두를 진심으로 환영하오.

귀족들   폐하, 황공하옵니다.

맥베스   나도 여러분과 함께 기꺼이 주인 역할을 하겠소. 안주인도 앉았으니 환영사를 부탁해봅시다.

맥베스 부인 저를 대신해 진심으로 환영한다고 인사해주세요.

이때 자객 1, 문 앞에 나타난다.

맥베스 보시오, 사람들이 당신에게 깊은 감사의 뜻을 보내고 있소. 양쪽의 인원수가 똑같으니 나는 한가운데 앉아야 할 모양이오. 마음껏 즐기시오. 곧 내가 술잔을 들고 한 바퀴 돌겠소. (작은 소리로 자객에게) 자네 얼굴에 피가 묻어 있군.

자객 1 밴쿠오의 피입니다.

맥베스 하긴 그놈의 몸 안에 남아 있는 것보다는 네 얼굴에 묻어 있는 게 낫지. 해치웠느냐?

자객 1 물론입죠. 목덜미를 겨냥해 푹 찔렀습니다.

맥베스 좋아, 훌륭하구나. 플리언스도 그렇게 해치웠겠지?

자객 1 송구스럽게도 폐하, 플리언스는 도망쳤습니다.

맥베스 (방백) 오, 이런! 나의 노여움이 다시 도지겠구나. 그놈만 해치웠더라면 완전무결했을 텐데. 나는 대리석처럼 안전하고, 바위처럼 단단하며, 공기처럼 자유로웠을 텐데. 아무튼 밴쿠오는 안심해도 될까?

자객 1 염려 마십시오. 머리를 스무 군데나 찔렀으니까요. 작은 상처 하나로도 숨이 멎었을 겁니다.

맥베스 수고했네. 아비 독사는 죽었구나. 새끼 독사가 살아 있다 해도 독을 가지려면 좀 시간이 걸릴 거야. 물러가 있거라. (자객 1 퇴장)

맥베스 부인 폐하, 초청을 하고 접대가 너무 소홀한 것 같아요. 모처럼 초청을 한 것이니 끝까지 환대의 뜻을 나타내야 해요.

맥베스 옳은 소리요! 자, 여러분! 마음껏 드시고 즐깁시다! 이 나라의 명문 귀족들이 모두 모였구려. 오, 그런데 뱅쿠오 장군이 빠졌군. 일부러 오지 않은 게 아니라면 혹시 재난을 당하지 않았나 걱정이오.

뱅쿠오의 유령이 나타나 맥베스의 좌석에 앉는다.

로 스 약속을 하고서도 나타나지 않은 거라면 마땅히 책망을 받아야 될 일이지요. 폐하, 어서 옥좌에 앉으셔서 저희들이 신하로서의 경의를 표할 수 있도록 해주십시오.

맥베스 자리가 꽉 찬 것 같군.

레녹스 여기 폐하의 좌석이 있습니다.

맥베스 어디?

레녹스 여깁니다, 폐하. 그런데 왜 그렇게 놀라십니까?

맥베스 (뱅쿠오의 유령에게) 누가 널 이렇게 만들었느냐?

귀족들 무슨 말씀인지요, 폐하?

맥베스 내가 그랬다고 하는 거냐? 피로 물든 네 머리카락을 나에게 흔들지 마라.

로 스 여러분, 일어납시다. 폐하께서 심기가 불편하신가봅니다.

맥베스 부인 여러분, 그냥 앉아 계세요. 폐하께서는 젊으셨을 때부터 간혹 이러십니다. 제발 앉으세요. 발작은 순간적이에요. 곧 괜찮아지실 겁니다. 오히려 지켜보고 있으면 발작이 오래 갑니다. 그러니 못 본 척 앉아서 음식을 즐기십시오. (왕에게 방백) 이러고도 당신이 사내 대장부예요?

맥베스 (작은 소리로) 그렇소. 나야말로 용감한 대장부지. 악마를 마주 하면서도 이렇게 똑바로 볼 수 있는 사내라오!

맥베스 부인 (작은 소리로) 그만 좀 해두세요! 그건 당신의 두려움이 그려낸 환영에 지나지 않아요. 공포 때문에 있지도 않은 걸 보시고 놀라시다니, 부끄러운 줄이나 아세요! 왜 그런 표정을 지으세요? 지금 이건 그냥 단순한 의자예요!

맥베스 (작은 소리로) 제발 저기를 보오, 저길! 저것도 그냥 단순한 의자라고 할 참이오? (밴쿠오 유령에게) 내가 눈 하나 깜짝할 줄 알고? 고개를 끄덕일 수 있으니, 말도 하겠구나. 우리가 묻은 것을 납골당과 무덤이 다시 되돌려 보낸다면, 유골은 까마귀의 밥이 되겠구나. (유령 사라진다)

맥베스 부인 (작은 소리로) 무슨 소리예요? 정말 창피해 죽겠어요!

맥베스 피는 지금껏 흘려왔고, 그 옛날 인간의 율법이 평화로운 세상을 평정하기 이전에도 흘려왔도다. 그 이후에도 살인자들은 끔찍한 참사를 저질렀지. 하나 지금껏은 뇌수가 터져 나오면 인간은 죽어 마땅했는데, 이제는 머리에 20군데나 치명상을 입고도 살아나 나를 의자에서 밀어내는구나. 살인보다 더 기괴한 일이로다.

맥베스 부인 여보, 모두들 기다리고 있어요. 저들을 보라고요!

맥베스 아, 깜박 잊었었군. 여러분, 놀라지 마시오. 짐에게는 괴이한 지병이 있다오. 짐을 아는 사람들은 이 일을 대수롭지 않게 여긴다오. 자, 여러분의 건강을 위해 건배합시다. 나도 자리에 앉겠소. 술을 주시오. 철철 넘치도록 주시오. 그리고 이 자리에 오지 못한 우리들의 친구 밴쿠오를 위해 건배합시다. 그가 여기 있었으면 좋았을 것을! 모두들 건배를 합시다.

귀족들 (건배한다) 폐하께 우리들의 충성을 맹세합니다. 그리고 우리 모두의 건강을 위해 건배!

유령, 다시 나타나 그의 자리에 앉는다.

맥베스 물러가라! 꺼져라! 땅속으로 들어가라! 네놈은 이미 골수가 빠지고 피는 싸늘하게 식었다. 보이지도 않는 눈동자를 번들거리면서 나를 노려보아 어쩔 셈이냐?

맥베스 부인 여러분, 이건 늘 있는 일입니다. 별일 아니지만, 모처럼의 흥을 깨뜨려 죄송합니다.

맥베스 자, 이 유령아, 썩 물러가라! 소름끼치는 유령아, 어서 꺼져라! (유령, 사라진다) 그래, 그렇게 사라져준다면 나는 제정신으로 돌아갈 것이다. 여러분, 제자리에 앉아주시오.

맥베스 부인 폐하께서 소란을 피우는 바람에 흥이 다 깨졌어요. 회합이고 뭐고 모두 엉망이 되어버렸습니다.

맥베스 그것이 한여름의 먹구름처럼 갑자기 나타나는데, 어찌 놀라지 않을 수가 있겠소? 나 자신도 뭐가 뭔지 모르겠소. 다른 사람들은 저런 것을 보고도 저토록 태연한데, 나만 떨고 있으니 말이오.

로 스 무엇을 보셨습니까, 폐하?

맥베스 부인 제발 아무것도 묻지 마십시오. 그러면 상태가 더 악화되실 테니까요. 이만 물러들 가시는 게 좋을 듯합니다.

레녹스 안녕히 계십시오. 하루 빨리 건강이 쾌유되시길 바랍니다.

맥베스 부인 여러분, 안녕히 가십시오! (귀족들과 시종들 퇴장)

맥베스 아무래도 피를 보고야 말 것 같소. 피는 피를 부른다고 하지 않소. 까치와 까마귀의 음성을 빌려 살인의 비밀을 밝혀낸다는 말도 있잖소. 지금 밤이 얼마나 깊었소?

맥베스 부인 밤인지 새벽인지 모르겠습니다.

맥베스 맥더프가 만찬회에 오라는 어명을 끝까지 거절한 것을 당신은 어떻게 생각하오?

맥베스 부인 사자를 분명히 보내셨나요?

맥베스 아니, 인편으로 들었소. 그리고 내일 아침 일찍 마녀들을 찾아가서 얘기를 들어봐야겠소. 비록 최악의 말을 듣게 되더라도, 두려울 게 없소. 나의 안위를 위한 일이라면 모두가 대의명분에 합당한 일이오. 한번 피를 본 이상 앞으로 전진하지 않을 수 없게 되었소. 뒤로 되돌아가는 것은 전진하는 것보다 더 어렵겠지. (두 사람 퇴장)

제 5 장 황 야

천둥 소리와 함께 마녀 셋 등장. 헤커트와 만난다.

마녀 1 웬일이세요, 화가 잔뜩 난 얼굴로?

헤커트 당연하지, 이 늙은 마녀들아! 어째서 너희들 멋대로 맥베스와 왕래하는 거지? 어째서 내 허락도 없이 그놈에게 천기를 누설하느냔 말이야! 자, 이제 너희는 지옥의 아케론 동굴로 가서 아침까지 나를 기다리거라. 그동안 나는 운명을 무시하고 죽음을 조롱한 놈, 오로지 욕망에 사로잡혀 지혜와 덕망을 잃은 놈에게 참혹한 파멸의 맛을 보여주리라. (안에서 노랫소리가 들린다. 오라 오라, 헤커트여…… 차차 구름이 짙어진다. 퇴장) 아, 들리느냐? 나의 정령들이 구름 위에 앉아서 나를 부르고 있다.

마녀 1 자, 서두르자. 곧 헤커트가 돌아올 테니까. (세 마녀 퇴장)

제 6 장 포레스 궁정

레녹스, 귀족 등장.

레녹스 그런데 문제는 맥베스가 호위병들을 죽였다는 것입니다. 술에 취해 널브러져 자고 있는 두 사람을 단번에 죽여버린 거예요. 만일 이들이 그 끔찍한 일을 저지르지 않았다면, 어떻게 되었을까요? 이러한 이유로 맥베스가 아주 교묘하게 일을 처리하고 있다는 걸 알 수 있어요. 혹시 맥더프가 어디 있는지 아십니까?

귀 족 왕의 장남 맬컴 왕자가 잉글랜드 왕 에드워드의 도움을 받아 잉글랜드 궁전에서 지내고 있답니다. 운명의 장난 속에서도 왕자는 그곳에서 많은 사람들의 존경을 받고 있다고 해요. 맥더프는 에드워드 왕의 도움을 받기 위해 그곳으로 출발했고요. 거기에서 노섬벌랜드 백작과 그의 용감한 아들 시워드의 도움을 받기만 한다면, 우리는 다시 마음놓고 밤잠을 잘 수 있겠지요. 그런데 이러한 소식에 맥베스가 분노해 전쟁 준비를 하고 있다고 합니다.

레녹스 맥베스는 맥더프에게 사신을 보냈나요?

귀 족 물론이죠. 그러나 맥더프는 단호하게 거절했다고 합니다. 결국 맥베스가 보낸 사자는 불쾌한 얼굴로 돌아왔다는군요.

레녹스 그런 일이 있었다면, 맥더프는 가능한 한 맥베스를 멀리하도록 주의해야겠군요. 거룩한 천사여, 잉글랜드 궁으로 날아가 맥더프보다 먼저 그의 소식을 전해다오. 이 저주받은 왕 밑에서 신음하는 이 나라에 축복이 되돌아올 수 있도록!

귀 족 저도 마찬가지로 기도를 드리겠습니다. (일동 퇴장)

제4막

제1장 동굴

천둥과 함께 세 마녀가 불길 속에서 차례로 등장.

마녀 1　얼룩고양이가 세 번 울었다.

마녀 2　고슴도치는 세 번하고 한 번 더 울었다.

마녀 3　괴조(여자의 얼굴에 새의 몸을 가진 괴물)도 '때가 왔다, 때가 왔어' 하며 계속 울고 있다.

마녀 1　가마솥 둘레를 빙빙 돌자꾸나. 썩은 내장을 집어넣어라. (가마솥 주위를 왼쪽으로 돈다) 차디찬 돌 밑에서 꼬박 한 달 동안 잠만 자며 독을 빚어내는 두꺼비놈부터 마법의 솥에 넣고 끓이자꾸나.

일 동　불어라, 불어나라, 고통과 수고로움이여. 불꽃이여, 타올라라. 끓어라, 가마솥아. (가마솥 안을 빗자루로 휘젓는다)

마녀 2　숲에서 잡은 뱀의 살토막도 끓여라, 삶아라. 도롱뇽의 눈알과 개구리 뒷발바닥, 박쥐의 날개와 삽살개의 혓바닥, 독사의 혓바닥과 독충의 침, 도마뱀의 다리와 올빼미의 날개들아, 무서운 재앙의 부적이 되어라. 끓어라, 넘쳐라, 지옥의 잡탕되어 펄펄 끓어라.

일 동　불어라, 불어나라, 고통과 수고로움이여! 불꽃이여, 타올라라.

끓어라, 가마솥아. (가마솥 안을 휘젓는다)

마녀 3 용의 비늘과 늑대의 이빨, 마녀의 미라와 식인 상어의 식도와 내장, 한밤에 캐낸 독이 든 당근, 신을 모독하는 유대인의 간, 염소 쓸개와 월식할 때 꺾은 소방목 나뭇가지, 터키인의 코, 타타르인의 입술, 창녀가 개천에다 낳아서 목 졸라 죽인 갓난애의 손가락, 호랑이 내장을 곁들여 가마솥 국에 맛을 더하라.

일 동 불어나라, 고통과 수고의 불꽃이여, 타올라라. 끓어라, 가마솥아. (가마솥 안을 휘젓는다)

마녀 2 자, 원숭이의 피를 부어 솥을 식혀라. 그러면 마술의 효력이 더욱 커지리라.

헤커트, 또 다른 마녀 셋과 함께 등장.

헤커트 오, 수고들 했다! 여기에서 얻은 것을 골고루 나누어주마. 가마솥 주위를 돌면서 춤추고 노래하라. 요정들처럼 원을 그리며 요리에 마술을 걸어라. (마녀들 노래하자 헤커트 퇴장)

마녀 2 엄지손가락이 쑤시는 걸 보니 흉악한 자가 이리로 오나 보다. (문 두드리는 소리) 동굴의 문을 열어주어라, 자물쇠야. (문이 열리자 맥베스가 보인다)

맥베스 어둠 속에 숨어 흉악한 짓을 일삼는 마녀들아, 지금 무슨 짓을 꾸미고 있느냐?

일 동 비밀스런 일이지요.

맥베스 너희들이 어디서 신통력을 얻었는지 모르지만, 정말 예언 능력이 있다면 말해다오. 만일 그것을 말함으로써 세상이 엉망진창이 된다 해도 난 듣고 싶다. 제발 부탁하건대 내 물음에 대답해다오!

마녀 1 우리한테 듣겠소, 아니면 우리 언니한테 듣겠소?

맥베스 빨리 언니를 데리고 오라. 제발 만나게 해다오.

마녀 1 부어라, 불 속에 새끼를 아홉 마리나 잡아먹은 암퇘지 피를 넣어라. 교수대에서 죽은 살인자가 흘린 땀과 기름을 집어 넣어라.

일 동 지옥에 있는 모든 마녀들아, 어서 모습을 드러내어라!

천둥 소리, 환영 1이 투구를 쓴 맥베스의 모습으로 가마솥에서 등장.

환영 1 맥베스, 맥베스, 맥베스여, 맥더프를 조심하라. 파이프의 영주를 조심하라. 이제 끝났으니 나를 보내다오. (가마솥 안으로 사라진다)

맥베스 누군지 모르지만 고맙구나. 그대는 내 불안함의 정체를 아는구나. 하지만 하나 더 부탁하자.

마녀 1 부탁할 필요는 없소. 또 하나가 나올 테니까.

천둥 소리와 함께 환영 2가 피투성이인 갓난애의 모습으로 등장.

환영 1 맥베스, 맥베스, 맥베스!

맥베스 귀가 셋 있으면, 귀 셋을 모두 곤두세우겠다.

환영 2 피를 무서워하지 말고 잔인하고 대담하게 마음껏 행동하라. 인간의 힘 따위는 코웃음쳐라. 여자의 뱃속에서 태어난 자로서 맥베스를 쓰러뜨릴 자는 누구도 없다. (사라진다)

맥베스 맥더프, 내가 너를 두려워할 줄 알았더냐? 그러나 운명에게서 확고한 증서를 받아두는 것도 좋겠지. 맥더프, 네 목숨은 이미 내 것이다. 이제 공포 따윈 내 사전에 없다. 벼락이 떨어져도 편안히 잠들겠다.

천둥과 함께 환영 3이 왕관을 쓴 갓난애의 모습으로 나타난다.

맥베스 저건 뭔가? 얼씨구, 왕자의 모습이로구나. 저토록 조그만 애가 멋진 왕관을 쓰고 제왕처럼 나타나다니.

일 동 귀만 기울일 뿐 말을 걸어선 안 돼요.

환영 3 사자처럼 용감하게 행동하라. 어느 누가 화를 내건 괴로워하건 반역을 꾀하건 결코 걱정할 필요가 없느니라. 맥베스는 결코 멸망하지 않으리라. 버넘 숲이 던시네인 언덕으로 옮겨지기 전에는.

맥베스 그런 일은 도저히 불가능한 일! 누가 숲을 움직일 수 있겠는가. 그리고 땅에 뿌리를 내린 나무에게 누가 명령할 수 있겠는가. 참으로 기분 좋은 예언이로구나! (그때 피리소리와 더불어 가마솥이 땅속으로 가라앉는다) 저 솥이 왜 가라앉느냐? 이 소리는 무엇이냐?

마녀 1·2·3 보여줘라.

일 동 그림자처럼 나타났다가 사라져라. 그의 눈에 보여주어 슬프게 하라!

여덟 왕의 그림자가 천천히 동굴을 가로지른다. 마지막 왕이 손에 거울을 들고 있고 그 뒤를 뱅쿠오의 유령이 따른다.

맥베스 (제일 앞에 선 왕을 보고) 넌 뱅쿠오의 유령과 똑같구나! 당장 꺼지거라! 네 왕관 때문에 내 눈이 멀겠다. (두 번째 왕을 보고) 그리고 다른 왕관을 쓴 놈, 아아, 네 머리카락과 왕관을 쓴 이마도 처음 보았던 놈과 비슷하구나. 세 번째도 닮았다. 이 몹쓸 마녀들아, 이런 것을 왜 보여주느냐? 또 오는구나. 이제 일곱 번째이냐? 이제 보지 않겠다. 어이쿠, 여덟 번째도 나타나는구나. 손에 거울을 들고 계속 비추고 있구나. 보주 두 개와 왕홀 세 개를 쥔 놈이 있구나. 아, 무서운 광경이로다! 그럼 사실이란 말인가. 피로 뒤범벅인 뱅쿠오가 저놈들을 가리키며 모두 자기 후손이라고 하는구나. (환영들이 사라진다) 이게 사실이냐?

마녀 1 틀림없는 사실이에요. 그런데 맥베스님, 뭘 그렇게 놀라세요. 자, 우리 모두 노래와 춤을 추어 이분을 위로해주자. 그래서 폐하께서 고맙다는 인사를 할 수 있도록 하자꾸나. (음악. 마녀들, 춤을 추다 사라진다)

맥베스 마녀들이 다 어디로 갔지? 사라졌구나. 이 무섭고 끔찍한 순간은 달력에서 완전히 지워져라. 밖에 누구 없느냐?

레녹스 등장.

레녹스 폐하, 무슨 일이십니까?

맥베스 마녀들을 못 보았느냐?

레녹스 못 보았습니다. 아무도 지나가지 않았습니다.

맥베스 오, 마녀들이 타고 다니는 바람아, 썩어버려라. 그래서 그들을 믿는 자는 모두 지옥에 떨어지거라. 이제부터 생각을 하면 즉시 실천에 옮겨야겠구나. 자, 그것을 증명하기 위해 생각을 모두 행동으로 옮기자.

그래서 맥더프의 성을 습격해 파이프를 빼앗고, 그자의 처자와 불행히도 피를 나눈 일가 친척들을 모조리 없애버리자. 이건 절대로 잠꼬대가 아니니라. 바보의 헛소리가 되지 않도록 실천에 옮겨야겠다. 아아, 이제 환영 따위는 보이지 않는구나! 자, 가자. 그놈들이 어디 있는지 나를 그곳으로 안내하라. (퇴장)

제 2 장 파이프, 맥더프 성의 한 방

맥더프 부인, 맥더프의 아들, 로스 등장.

맥더프 부인   제 남편이 도망을 치다뇨? 말도 안 됩니다. 아무 잘못도 없는데, 겁을 먹고 도망을 치면 바로 반역자가 되는 거잖아요.

로 스   하지만 그분이 겁을 먹었는지 아니면 지혜로운 판단으로 그런 건지 아직은 모르는 일입니다.

맥더프 부인   지혜로운 판단이라고요? 아내도 자식도 집도 땅도 모든 것을 버리고 자기 혼자 도망치는 것이 지혜로운 일이라고요? 그분은 저에게 애정이 없는 거예요. 인정머리라곤 눈곱만치도 없는 사람이에요. 새 중에서 가장 작은 굴뚝새조차도 자기 새끼를 보호하기 위해서는 올빼미와 싸우지요. 그런데 그분은 사랑은커녕 겁만 있는 사람이에요.

로　스　부인, 제발 진정하세요. 그분은 훌륭하고 지금의 형편을 누구보다 아파하시는 분이에요. 자세한 것은 지금 말씀드릴 수가 없지만, 어쨌든 무서운 세상이에요. 자기도 모르는 사이에 반역자가 되니까요. 자, 이제 저는 그만 물러가겠습니다. 머지않아 다시 찾아뵙겠습니다. 폭풍도 언덕을 넘을 때가 되면 가장 심해지지만 일단 넘어서기만 하면 잠잠해지는 법입니다. 그럼 안녕히 계세요. 도련님도 건강하시고요.(퇴장)

맥더프 부인　애야, 네 아버지는 돌아가셨다. 이제 어쩌겠느냐? 우리는 앞으로 어떻게 산단 말이냐?

소　년　새처럼 살죠, 엄마.

맥더프 부인　그럼 벌레와 파리를 잡아먹어야겠구나.

소　년　뭐든지 잡히면 먹고 살아야죠. 새들도 그러잖아요.

맥더프 부인　가여워라, 너처럼 어리면 그물이나 끈끈이나 올가미가 무섭지 않겠지?

소　년　무섭긴요? 가여운 어린 새에게 누가 그런 걸로 해코지하겠어요. 그리고 아버지는 돌아가신 게 아니에요.

맥더프 부인　아냐, 아버지는 돌아가셨어. 아버지 없이 어떻게 살지?

소　년　엄마는 어떻게 사실 생각인데요? 아버지가 안 계신데.

맥더프 부인　시장에 가면 남편은 스무 명도 더 살 수 있단다.

소　년　그럼 샀다가 또 파시게요?

맥더프 부인　아이구, 영리한 내 새끼. 넌 못하는 말도 없구나.

소　년　아버지가 정말 돌아가셨다면 엄마는 울 거예요? 아, 엄마가 울지 않는 걸 보니 바로 새아버지가 생기는군요.

맥더프 부인　오, 무슨 망측한 소리냐, 요것아!

사신 등장.

사 신 마님, 지금 마님에게 위험이 닥쳐오고 있습니다. 빨리 피하십시오. 비천한 말을 들어주신다면, 어디로든 아드님을 데리고 어서 피하십시오. 갑자기 놀라게 해드려서 죄송한데요, 지금 끔찍한 일이 닥쳐오고 있습니다. 그러니 어서 피하십시오. (퇴장)

맥더프 부인 어디로 피하란 말이냐? 나는 잘못을 저지른 적도 없는데. 맞아, 현실 세계는 나쁜 일이 칭찬을 받고, 좋은 일은 어리석은 수작으로 간주되는 곳이지. 아아, 이를 어쩐단 말이냐? 나쁜 일을 한 적이 없다고 여자의 입으로 변명을 해봤자 소용없는 일일 테고.

자객들 등장.

맥더프 부인 그런데 저 사람들은 누구지?

자 객 남편은 어디 있느냐?

맥더프 부인 너희 같은 더러운 놈들이 찾아낼 수 없는 곳에 계시다.

자 객 그놈은 반역자야.

소 년 거짓말이야, 이 악당놈아!

자 객 요놈 좀 보게! 요놈이 바로 역적의 씨로구나! (칼로 찌른다)

소 년 앗, 이놈이 사람을 잡네요. 엄마, 빨리 도망치세요. 어서 도망치라고요! (죽는다. 맥더프 부인이 '살인이야!'라고 외치면서 도망친다. 자객들, 그 뒤를 따른다)

제 3 장 잉글랜드, 에드워드 왕의 궁정 앞

맬컴과 맥더프 등장.

맬 컴   어디 우리 사람이 없는 데로 가서 실컷 울어봅시다.

맥더프   그보다는 차라리 애국지사가 되어 조국을 위해 칼을 듭시다. 새로운 아침이 올 때마다 새로운 과부가 생기고, 새로운 자식이 태어나며, 새로운 슬픔이 생기는 것 아니오? 그 울음소리가 하늘에 닿고 스코틀랜드의 고통에 동참해 똑같은 울음을 토해내고 있습니다.

맬 컴   경이 한 말이 사실인지도 모릅니다. 이름을 입에 올리기만 해도 혀가 짓무를 것 같은 폭군도 한때는 충직한 사람이라 생각해 충성을 다했지요. 경도 아마 그자에게 충성을 바쳤을 거요.

맥더프   저는 희망을 잃었습니다.

맬 컴   나는 그 말을 솔직히 못 믿겠소. 사랑의 원천인 처자식을 그런 위험한 곳에 버리고 이곳까지 온 경이 그런 말을 하다니. 하지만 장군, 내가 경을 의심한다고 해서 모욕한다고 생각지 마시기 바랍니다. 다만 내 자신을 지키고 싶어서입니다.

맥더프   아, 피를 흘려라. 가련한 조국이여! 폭군이여, 뿌리를 튼튼하게 내리거라. 정의로운 사람도 감히 두려워 대적하지 못하나니, 불의의 왕관을 계속해서 쓰고 있어라. 왕위는 네 것이니라! 부디 안녕히 계십시오, 왕자님. 비록 저 폭군의 수중에 있는 모든 영토를 받는다 해도, 아니 그 위에 풍요한 동방의 나라 전부를 얹어준다고 해도, 저는 왕자님께 의심받는 악인이 되고 싶지는 않습니다.

맬 컴 너무 노하지 마시오. 경을 의심해서 이런 것이 아닙니다. 저라고 조국이 폭군 아래서 신음하는 걸 생각지 않는 것이 아닙니다. 그러나 내가 저 폭군의 머리를 짓밟고 칼끝에 매단다 하더라도, 내 불행한 조국은 그 뒤에 오를 후계자로 말미암아 전보다 더한 고난을 겪게 될 것이오.

맥더프 후계자라니? 누구를 말씀하시는 겁니까?

맬 컴 바로 나 말이오. 내 안에는 악덕이란 악덕이 모두 심어져 있어 그것이 싹이 트면 걷잡을 수가 없을 거요. 불행한 국민들은 내 악덕을 보고 오히려 맥베스를 그리워할 거요.

맥더프 지옥의 악마들 중에서도 맥베스를 따를 자는 없을 것입니다.

맬 컴 하기야 그놈은 잔인하고 탐욕스럽고 음란하고 욕심이 많고 거짓말쟁이죠. 성질도 급하고 위선자에다 죄악이란 죄악은 모조리 지니고 있는, 썩은 냄새가 폴폴 풍기는 놈이지요. 그러나 욕정에 관해서라면, 나도 맥베스 못지 않다오. 유부녀, 남의 딸, 나이 든 여자든 어린 소녀든 가릴 것 없이 욕정을 채워도 내 욕정의 우물은 채워지지가 않소. 내 욕망은 만족을 방해하는 것들을 모조리 무찌르고 말지요. 그러니 나보다는 맥베스가 오히려 왕이 되는 게 적격이오.

맥더프 방종도 정도가 지나치면 폭군이 되어 실각하고 맙니다. 많은 폭군들이 그러했지요. 그러나 왕자님은 그리 걱정하실 필요가 없습니다. 자기 것을 스스로 누리는 데 무엇 때문에 두려움을 갖는단 말입니까? 얼마든지 사람들의 눈을 속이며 마음껏 즐겨도 상관없습니다. 왕이 되면 기꺼이 몸을 바칠 여자가 줄을 설 것입니다. 어쩌면 그 많은 여성들을 두루 편력하려면 아무리 탐욕스럽다 해도 모자랄 것입니다.

맬 컴 그뿐만이 아니오. 나는 매우 욕심이 많아서 왕이 되면 영지를 빼앗기 위해 귀족들을 죽이고 말 거요. 더욱이 나에게는 공정함이나 진실, 절제나 지조, 관용과 인내, 자비와 겸양, 경건과 억제, 용기와 지조 등은 눈곱만치도 없습니다. 오히려 그런 것 대신 죄악이란 죄악은 모조리 갖추고 있어서 남의 이목을 두려워하지 않고 몹쓸 짓만 할 겁니다. 만일 내가 왕권을 장악하게 된다면, 이 세상의 평화는 사라지고 지상의 조화는 깨져버릴 것입니다.

맥더프 아아, 스코틀랜드여! 스코틀랜드여!

맬 컴 정말 나 같은 인간도 나라를 다스릴 수 있겠소? 나는 내가 말한 대로의 인간이오.

맥더프 나라를 다스릴 만하냐고요? 당치 않은 소립니다. 왕자님은 살아 있을 자격도 없습니다. 아, 가련한 백성들이여! 언제 피로 물든 가짜 왕에게서 벗어날 수 있단 말인가! 당연히 왕위에 오르실 분은 스스로 죄인의 대열에 끼여 고귀한 혈통을 모독하고 있으니. 선왕께서는 그토록 성군이셨는데, 또 왕비님께서는 서 계신 시간보다도 무릎을 끓고 기도하는 시간이 더 많았던 분이셨는데, 어찌 이런 아드님을 낳았을까. 이제 저는 스코틀랜드와 영영 이별해야겠습니다. 아아, 가슴이여! 이제 마지막 희망도 사라졌구나!

맬 컴 맥더프 경, 참으로 고맙소. 경의 열의에 찬 한마디에 내 의혹은 눈 녹듯이 사라졌소. 나는 경의 충성과 정의로움을 믿소. 나를 함정에 빠뜨리려고 악마 같은 맥베스가 갖가지 흉계를 꾸미는 바람에 누구도 믿을 수가 없었소. 그러나 신께서 그대와 나를 맺어주셨소! 자, 나는 이제 경의 지시에 무조건 따르겠소. 앞에서 한 모든 나에 대한 험담은 이 자리에서 취소하겠소. 나는 여자를 알기는커녕 거짓 맹세를 한 적도 없으며, 내 것이 아닌 것에는 탐욕을 느낀 적도 없소. 내가 거짓말을 한 것은 오늘이 처음이오. 이 진실된 나를 경과 조국을 위해 바치겠소. 경이 오기 직전에 마침 시워드가 우리를 위해 1만 명의 정예부대를 이끌고 스코틀랜드로 출정할 준비를 마쳤소. 우리 이제 대의 명분에 조금도 손색이 없는 승리를 거두러 갑시다! 왜 말이 없으시오?

맥더프 희망과 절망이 한꺼번에 몰려와서 어쩔 줄 모르겠습니다.

시의 등장.

맬 컴 잠깐 기다리시오. (시의에게) 폐하께서 나오셨소?

시 의 그렇습니다. 치료를 받고 싶어하는 불쌍한 백성들이 저렇게 무조건 기다리고 있으니 할 수 없지요. 하늘의 영험함이 내려진 손이 닿기만 하면 아무리 불치의 병이라도 나으니 말입니다. (퇴장)

맥더프 무슨 병 말씀입니까?

맬 컴 소위 연주창이라는 거랍니다. 잉글랜드 왕이 병을 고치다니, 놀라운 일이지요. 나도 잉글랜드 왕이 병을 고치는 걸 여러 번 보았습니다. 어떻게 해서 그런 신통력이 생겼는지 비밀은 그분만이 알고 있겠죠. 여하튼 불치의 병에 걸려 온몸이 부풀어올라 의사들도 체념한 것을 폐하께서 환자의 목에 금화 한 닢을 걸고 기도를 하면 말끔히 치유가 된답니다. 이처럼 폐하께서 여러 기적을 행하고 있다는 것은 신의 축복을 받는 신성한 존재라는 증거죠.

로스 등장.

맥더프　조국은 어떻소?

로 스　아아, 차마 말씀을 드릴 수가 없습니다. 조국이라기보다는 차라리 무덤이라고 하는 게 낫습니다. 바보나 미친 사람이 아닌 한 웃는 사람을 찾아볼 수가 없습니다. 하늘을 찢는 탄식과 신음, 아우성에도 눈 하나 깜짝하지 않지요. 장례의 종소리가 들려도 누가 죽었는지 묻지도 않을 뿐만 아니라, 그저 선량한 사람이 아프지도 않는데 죽어갑니다. 모자에 꽂은 꽃이 시들 겨를도 없이 숨을 거두지요.

맥더프　오, 너무나 처절하고도 끔찍한 보고로다!

맬 컴　최근에는 어떠한 참사가 있었소?

로 스　1분마다 기막힌 사건이 일어나는데, 한 시간 전의 얘기를 한들 무슨 소용이 있겠습니까?

맥더프　내 아내와 아이들은 무사하던가?

로 스　내가 작별 인사를 하러 갔을 땐 모두 무사했습니다.

맥더프　무슨 소린가? 자, 하나도 빠짐없이 얘기하게.

로 스　제가 이리로 오면서 소문을 들으니, 수많은 사람들이 궐기했다고 합니다. 지나는 길에 폭군의 군사들이 이동하는 것을 목격했고요. 전하! 이제 원군을 보낼 때가 왔습니다. 전하께서 조국에 모습을 나타내시면 고통에서 벗어나기 위해 남녀노소 할 것 없이 구름처럼 모여들 것입니다.

맬 컴　이젠 안심해도 좋을 거요. 우리는 진군을 시작했소. 자애로운 잉글랜드 전하께서 용감무쌍한 시워드 장군과 함께 1만 명의 군대를 내어주셨소. 시워드 장군만큼 용감했던 이가 없었소.

로 스　아아, 저도 이와 같은 소식을 전할 수 있었으면 얼마나 좋을까. 제가 전해야 하는 소식은 인간이 여태껏 들어보지 못한 가장 비통한 소식이랍니다.

맥더프　으흠! 무슨 말이냐? 백성들과 관계된 일이냐? 아니면 나에 관한 일이냐?

로 스　맥더프 경에 관한 일입니다.

맥더프　나에 대한 일이라면 어서 말해보라.

로 스　제발 이 소식을 전하는 저를 탓하지 마십시오. 성이 습격을 받아 부인도 아이들도 무참하게 살해당했습니다.

맬 컴　오, 하느님! 맥더프 경, 실컷 우십시오. 모자로 얼굴을 가리지 말고 통곡하십시오. 울지 않으면 슬픔이 가슴에 가득 괴어 찢어지고 말 테니까요.

맥더프　내 어린것까지?

로 스　부인과 아이, 심지어 하인까지도 살해되었습니다.

맥더프　내가 머물러 있었다고 해도 그랬을까? 아내도 살해되었다고?

로 스　그렇습니다.

맬 컴　힘을 내시오. 우리가 복수라는 약을 만들어 무서운 고통의 독을 뿌리뽑아 버립시다.

맥더프　하긴 그놈에겐 자식이 없지. 아, 악귀로구나! 정말로 내 사랑스런 아이들과 아내를 일시에 죽였단 말이오?

맬 컴　사나이답게 참으시오.

맥더프　네, 그래야지요. 하지만 아무리 사나이라 해도 어찌 솟구치는 슬픔을 누를 수 있겠습니까? 제겐 그토록 소중한 가족들이었는데요. 오, 하느님! 어찌하여 빤히 보고 계시면서 그들의 편을 들어주셨습니까? 죄 많은 맥더프여! 이 모든 게 바로 너 때문이로구나. 네가 잘못을 저질러서 아무 죄도 없는 그들이 당한 거야. 하느님, 이제 그들에게 안식을 주소서!

맬 컴　그 슬픔을 숫돌로 삼아 칼을 가시오. 슬픔을 분노로 바꾸시오. 그리고 분노가 무디어지지 않도록 마음을 갈으시오.

맥더프　아! 여자들처럼 눈이 붓도록 울고, 허풍선이처럼 떠벌릴 수 있다면 얼마나 좋을까! 오, 하느님, 저에게서 휴식과 중단이라는 단어를 거둬들이소서. 하루라도 빨리 스코틀랜드의 악마를 만나게 해주십시오. 만일 이 칼이 닿는 곳에 그놈을 끌어낼 수 없다면, 하느님, 그놈을 용서해주소서.

맬 컴　참으로 장하시오. 자, 이제 잉글랜드 왕께로 갑시다. 하늘도 우리 편이 되어 돕고 있으니 기운을 내서 전진합시다. 아무리 긴 밤이라도 새벽은 오는 법이니. (일동 퇴장)

제 5 막

제 1 장 던시네인, 맥베스 성

시의와 시녀 등장.

시 의　이틀 밤을 꼬박 지켜보았지만, 당신이 말한 증세는 아직 나타나지 않았소. 왕비님께서 그렇게 걸어다니신 것이 언제부터였소?

시 녀　폐하께서 출정하신 이후부터입니다. 밤만 되면 잠결에 침대에서 일어나 잠옷을 걸치고는 자물쇠가 잠긴 벽장문을 열고 종이를 꺼내 몇 자 적으신 뒤 한참을 들여다본답니다. 그러고 나서 그것을 접어 꼭꼭 봉하신 뒤에 다시 침대로 돌아오시죠. 물론 잠에서 깨어나지 않은 상태에서 이러한 행동을 하시는 거예요.

시 의　정신착란 증세요. 그 밖에 무슨 말씀을 하시는 것을 들은 적은 없었소?

시 녀　그건 저 말씀드리기가 거북한데요.

시 의　나한테는 얘기해도 괜찮소. 아니, 당연히 얘기해야 하오.

시 녀　안 돼요. 아무리 의사 선생님이라 해도 그것만은 말씀드릴 수가 없어요. 아무도 제 말을 믿지 않을 테니까요.

맥베스 부인, 촛불을 들고 등장.

시 의 지금 무얼 하시는 걸까? 손을 문지르고 있는 이유가 뭐지?

시 녀 늘 저러세요. 손을 씻는 시늉을 15분 정도 하시지요.

맥베스 부인 아직도 여기 흔적이 있네.

시 의 쉿! 무슨 말씀을 하시는데, 우선 적어두어야겠군.

맥베스 부인 지워져 버려라, 이 망할 얼룩아! 저주받은 얼룩아, 지워져 버려! (종소리를 세듯이) 한 시, 두 시, 아아, 이제 단행할 시간이다. 지옥은 깜깜하기도 하구나. 여보, 그게 뭐예요? 장군인 주제에 겁을 내다뇨? 우리가 겁날 게 뭐 있어요? 하지만 그 늙은이에게 이렇게 피가 많으리라고는 생각도 못했지요.

시 의 (시녀에게) 저 소리를 들었소?

맥베스 부인 파이프 영주 맥더프에게는 아내가 있었지. 지금은 어디 있을까? 아, 아직도 손에서 피비린내가 나는군. 당신, 그러다 모든 일을 망치겠어요.

시 의 오, 저런! 알아서는 안 될 것을 알아버렸어.

맥베스 부인 아직도 피 냄새가 진동하는구나. 아라비아의 향수를 다 쏟는다 해도 이 손에 밴 냄새는 지워지지 않을 거야. 아, 아아!

시 의 땅이 꺼질 만큼 한숨을 내쉬는구나.

시 녀 선생님, 우리 왕비님을 빨리 고쳐주세요.

시 의 나는 이 병을 고칠 수가 없소.

맥베스 부인 어서 손을 씻고 잠옷으로 갈아입으세요. 그렇게 창백한 얼굴로 나를 쳐다보지 마시고요. 뱅쿠오는 오지 못할 거예요. 무덤에서 어떻게 나오겠어요.

시 의 그럼, 그분까지?

맥베스 부인 자, 주무세요. 누가 문을 두드리고 있어요. 어서, 어서 손을 이리 주세요. 어서 침실로 갑시다. (퇴장)

시 의 이제 침실로 가서 주무시나요?

시 녀 네, 곧 주무시지요.

시 의 추악한 소문이 나돌고 있소. 자연을 거역하면 반드시 그 대가를 치러야 하오. 독으로 병든 마음은 귀가 없는 베개에 대고라도 말하고 싶은 게 인간이오. 왕비님께서 지금 필요로 하는 사람은 의사가 아니라 성직자요. 신이시여, 우리들의 무력함을 용서해주소서. 상처를 입힐 만한 물건은 다 치워버리고 항상 지켜보시오. 그럼 잘 자요. (두 사람 퇴장)

제 2 장 던시네인 부근의 촌락

멘티스, 케이드네스, 앵거스, 레녹스, 병사들 등장.

멘티스 잉글랜드 군이 곧 도착할 것입니다. 지휘관은 맬컴 왕자님과 그의 숙부 시워드, 그리고 용감한 맥더프요. 사실 그들의 복수심으로 말할 것 같으면 땅속에 묻힌 선왕의 시체라도 벌떡 일어나 합세할 거요.

앵거스　버넘 숲 근처에서는 우리도 합세할 수 있을 것입니다. 지금 그쪽으로 가고 있으니까요.

케이드네스　도널베인 왕자님도 함께 있나요?

레녹스　아뇨. 제가 전투에 참가한 귀족들의 명단을 갖고 있는데, 거기엔 없었소. 많은 젊은이들은 있었는데, 왕자님은 없었소.

멘티스　맥베스는 어떻게 하고 있을까?

케이드네스　거대한 던시네인 성을 강화하고 있소. 대부분 그를 미치광이로 보고 있지만, 더러 원한을 사지 않은 사람들은 그가 용기에서 비롯된 분노로 치를 떤다고 합니다.

앵거스　비밀리에 저지른 숱한 살인의 핏자국을 자신도 느끼는 모양이군요. 시시각각 일어나고 있는 군인들의 봉기는 바로 놈을 배신하는 것 아니겠소. 하인들도 마지못해 명령에 복종할 뿐 충성심이라곤 티끌만큼도 없지요. 마치 난쟁이가 거인의 의상을 훔쳐 입은 꼴이지요. 아마 그는 왕의 칭호가 자기한테 맞지 않는다는 걸 실감하고 있을 겁니다.

멘티스　하기야 머리와 오장육부가 자신을 저주하고 있는 판이니 겁에 질려 발작을 일으키는 것도 무리는 아니지.

케이드네스　자, 출발합시다. 우리들의 충성을 진정한 군주 맬컴에게 보여줍시다. 병든 조국을 치료한 명의를 받아들이기 위해 나아갑시다. 그래서 왕자님과 함께 조국을 위해 마지막 피 한 방울까지 아끼지 맙시다.

레녹스　그럽시다. 우리의 피로 군주의 꽃을 이슬로 적시고 독초를 뽑아버립시다. 자, 그럼 버넘으로 진군합시다! (일동 진군하며 퇴장)

제 3 장 던시네인, 성 안의 한 방

맥베스, 시의, 시종들 등장.

맥베스 보고 따위는 더 이상 필요 없다. 도망갈 놈은 모조리 도망가도록 내버려두어라. 버넘 숲이 던시네인으로 옮겨오기 전에는 난 두려울 게 없다. 애송이 맬컴이 누구더냐? 여자의 뱃속에서 나온 인간이 아니냐? 인간의 운명을 훤히 꿰뚫는 정령들이 내게 말했다. "두려워 말라, 맥베스여. 여자에게서 태어난 자는 아무도 너를 대적할 자가 없노라." 배신자 영주 놈들아, 가서 잉글랜드 놈들과 놀아라. 그런다고 내가 어디 눈 하나 깜짝할 줄 아느냐?

시종 등장.

맥베스 이놈, 차라리 악마의 저주라도 받아 시꺼멓게 타버려라. 도대체 그 희멀건 낯짝은 뭐냐? 얼간이 같은 놈아, 그 겁먹은 얼굴이 뭐냐고?
시 종 저쪽에서 1만이 넘는…….
맥베스 거위 떼라도 몰려왔단 말이냐?
시 종 병사들이 몰려오고 있습니다, 폐하.
맥베스 에잇, 네놈의 면상을 벗겨서라도 피가 돌게 해야겠다. 이 간이 좁쌀 만한 놈아, 군대는 무슨 군대냐? 멍청한 놈, 썩 꺼져버려라. 네놈의 겁에 질린 얼굴을 보면 성한 사람도 질려버리겠다. 어느 나라 군대라더냐?

시 종 황송하오나 잉글랜드 군이옵니다.

맥베스 꼴도 보기 싫다, 냉큼 꺼지지 못해. (시종 퇴장) 여봐라, 시튼! 속이 뒤집힐 것 같구나. 시튼, 게 없느냐? 드디어 내 인생을 판가름할 싸움이 왔도다. 나는 이미 누렇게 뜬 낙엽처럼 살 만큼 살았다. 더욱이 노년의 벗이 될 명예나 존경, 친구 같은 건 나와 인연이 멀다. 아니, 뿌리 깊은 저주나 아첨, 공치사만이 붙어다니지. 시튼!

시튼 등장.

시 튼 부르셨습니까?

맥베스 새로운 소식은 없느냐?

시 튼 여태껏 보고한 것이 모두 사실로 확인되었습니다.

맥베스 그럼 싸워야지. 이 살덩이가 떨어져 나갈 때까지 싸우겠다. 갑옷을 다오. (시튼 퇴장) 시의, 환자의 상태는 어떻소?

시 의 비관할 정도는 아니지만, 망상에 사로잡혀 잠을 주무시지 못할 뿐입니다.

맥베스 그것을 고치라고 했잖소! 마음속에서 슬픔의 뿌리를 캐고 기억에서 뿌리 깊은 근심을 뽑아낼 수는 없는가? 상쾌한 망각의 약을 써서 마음을 짓누르는 독소를 일시에 제거하란 말이다.

시 의 그것은 환자 자신의 마음에 달린 일입니다.

시튼이 갑옷을 들고 등장. 시종이 맥베스에게 갑옷을 입힌다.

맥베스 자, 어서 갑옷을 입혀라. 시튼, 지휘봉을 다오. 여봐라, 빨리 옷을 입히라니까! 이보게 시의, 그대 힘으로 이 나라의 독을 씻어낸 후 건강한 나라로 만들 수만 있다면, 내 그대에게 메아리가 치도록 박수 갈채를 보낼 텐데. 갑옷을 벗겨라. 대황이나 완화제, 또 다른 설사약이라도 써서 잉글랜드 놈들을 이 땅에서 모조리 쓸어낼 수 없나? 그놈들의 소식은 들었겠지?

시 의 예, 폐하. 여러 가지 소문을 들었습니다.

맥베스 (시종에게) 갑옷을 들고 따라와! 그것이 죽음이든 파멸이든 버넘 숲이 던시네인으로 옮겨오지 않는 한 두려울 게 없다. (일동 퇴장)

제 4 장 버넘 숲 근처의 촌락

맬컴, 시워드와 그의 아들, 맥더프, 멘티스, 케이드네스, 앵거스, 레녹스, 로스 그리고 병사들이 뒤따라 등장.

맬 컴 여러분, 이제 우리가 집에 돌아갈 날도 멀지 않았소.

시워드 저 앞에 보이는 숲이 무슨 숲이오?

멘티스 버넘 숲이라고 합니다.

맬 컴 병사들은 나뭇가지를 잘라 위장하고 진군하라. 이것으로 우리의 군세를 숨기고 적의 눈을 속이도록 하라.

병사들 알겠습니다.

시워드 폭군 녀석은 무슨 속셈인지 던시네인의 성 안에 들어앉아 우리가 공격해 오기만을 기다리고 있나봅니다.

맬 컴 그럴 것입니다. 지위 고하를 막론하고 모두 도망갈 궁리만 할 테니까요. 지금은 누구 하나 스스로 그를 따르는 자가 없습니다.

맥더프 모든 것은 결과가 나와봐야 알 수 있습니다. 우리는 군인으로서 맡은 바 직분을 다하는 게 순서지요.

시워드 그렇소. 이제 우리의 존재를 적에게 확실히 알려줄 때가 온 것입니다. 불확실한 추측은 부질없는 희망만 갖게 할 뿐입니다. 그러니 진격해서 확실한 결과를 얻읍시다. 즉시 전투에 임합시다. (일동 퇴장)

제 5 장 던시네인 성 안

북과 군기를 앞세우고 맥베스, 시튼, 병사들 등장.

맥베스 적이 왔다고 소리치지 말고 군기를 바깥 성벽에 매달아라. 이

성은 난공불락, 내 사전에 실패란 없다. 언제까지나 거기에서 포위하고 있으라고 해라. 적들이 굶어 죽거나 병들어 죽을 때까지 이 성문은 절대로 열리지 않을 것이다. 반역자들이 나와 그들에게 가지만 않았어도 서로 얼굴을 맞대고 공격을 가해 잉글랜드 놈들을 쫓아버릴 수 있었을 텐데. (안에서 여자들의 비명소리) 저 소리는 무엇이냐?

시 튼 여자들의 울음소리 같습니다. (급히 퇴장)

맥베스 (독백) 나는 이제 공포의 소리를 잊었다. 한밤중에 비명소리를 듣고 온몸이 오싹하던 때도 있었다. 날카로운 소리를 들으면 머리카락이 쭈뼛거리며 선 적도 있었는데, 이제는 공포를 실컷 맛보았다. 어떤 무서움도 나를 놀라게 하지는 못한다.

시튼 등장.

시 튼 폐하, 왕비님께서 운명하셨습니다.

맥베스 인간은 언젠가는 죽게 마련이다. 왕비도 인간이니 비껴갈 수야 없겠지. 내일, 내일, 내일, 시간이 천천히 발을 끌면서 역사의 마지막 페이지에 도착할 때까지 걸어가는구나. 과거의 세월은 어리석은 우리들이 무덤으로 들어가는 데 소모되었다. 꺼져라! 눈 깜짝할 사이의 촛불이여! 인생은 비틀거리는 허황한 그림자일 뿐, 얼마 있으면 영영 잊혀지는 가련한 배우가 아니더냐. 자신이 할당받은 시간만큼 무대 위에서 서성거리지만 시간이 지나면 어디론가 사라져야 하지.

사신 등장.

사 신   황공하오나 폐하, 버넘 숲이 움직이는 것 같았습니다.

맥베스   거짓말이다!

사 신   거짓이 아니오니다. 4킬로미터쯤 되는 곳에서 숲이 움직여오고 있습니다. 만일 제 말이 거짓이라면 달게 벌을 받겠습니다.

맥베스   네놈의 말이 거짓이라면 네놈을 나무에다 매달아 굶겨 죽일 것이다. 하지만 그것이 사실이라면 나를 매달아도 괜찮다. 음, 내 결심이 흔들리는구나. 정말 마녀들의 말대로 되는 건가? "무서워 마라, 버넘 숲이 던시네인에 올 때까지는⋯⋯" 그런데 실제로 그렇게 되다니. 칼을 뽑아라! 자, 공격이다! 그게 사실이라면 도망칠 수도 숨을 수도 없다. 이제 태양을 쳐다보는 일도 지겹구나. 이 세상의 질서여, 산산이 부서져라! 큰 종을 울려라! 바람아 불어라! 파멸이여 오라! 그러나 갑옷만은 걸치고 죽겠다. (일동 급히 퇴장)

제 6 장 던시네인 성 앞 전장

맬컴, 시워드, 맥더프, 그리고 군사들, 손에 나뭇가지를 들고 등장.

맬 컴   이젠 다 왔다. 모두 나뭇가지를 버리고 모습을 드러내라. 숙부님은 사촌과 함께 제1진을 지휘해주십시오. 저는 맥더프 장군과 우리가 세웠던 작전대로 수행하겠습니다.

시워드　　알겠소. 오늘밤 폭군의 군대와 맞서면 우리 모두 목숨을 걸고 싸웁시다.

맥더프　　힘차게 나팔을 불어라. (나팔을 불며 진군하면서 퇴장)

제 7 장 전장의 다른 장소

맥베스 등장.

맥베스　　놈들이 나를 말뚝에 묶어놓았구나. 도망칠 수 없을 바에야 미친 곰처럼 싸우는 수밖에 도리가 없지. 도대체 여자 몸에서 태어나지 않은 자가 누구냐? 그런 놈만 아니라면 어떤 놈이라도 오너라!

시워드 2세 등장.

시워드 2세　　누구냐? 이름을 대라.

맥베스　　나는 맥베스다.

시워드 2세　　그 어떤 악마보다도 가증스런 이름이구나!

맥베스　　그리고 이보다 더 무서운 이름은 없겠지.

시워드 2세 닥쳐라! 이 흉악한 폭군아! 이 칼로 거짓말을 하는 네놈의 목숨을 끊어놓겠다. (둘이 싸운다. 시워드 2세, 살해된다)

맥베스 네놈도 여자의 뱃속에서 나온 놈이라 결코 내 상대가 되지는 못할 것이다. 어떤 칼, 어떤 무기를 휘두른다 해도 여자의 뱃속에서 나온 놈이라면 두려울 게 없다. (퇴장)

격렬히 싸우는 소리가 들리는 가운데 맥더프가 등장.

맥더프 싸움 소리가 분명히 들렸는데? 폭군아, 얼굴을 내밀어라! 이 칼로 네놈을 죽이지 않으면 평생 내 처자의 유령한테 시달릴 것이다. 네놈의 횡포로 인해 어쩔 수 없이 나온 저 불쌍한 백성들을 죽이고 싶지는 않다. 맥베스, 너만이 내 상대로다. 음, 저쪽이군. 저 소리를 들으니 강한 놈이 뛰나보구나. 운명의 신이여, 그놈을 만나게 해주소서! 내 소원은 그것뿐이오. (퇴장)

북과 나팔소리 들리고 맬컴과 시워드 등장.

시워드 이쪽입니다, 왕자 마마. 성은 쉽게 함락되었습니다. 폭군의 부하들은 두 패로 갈라졌고, 영주들도 분전하고 있습니다. 더 할 일도 없으니 이제 승리는 왕자님의 것입니다.

맬 컴 적병들은 모두 마지못해 싸우는데, 그것도 상당수는 우리 편이 되어 싸우더군요.

시워드 자, 성 안으로 들어가시지요. (일동 퇴장)

제 8장 전장의 다른 장소

맥베스 등장하자 맥더프가 그의 뒤를 쫓아 등장.

맥더프 기다려라, 지옥의 개야! 덤벼라!

맥베스 네놈만은 일부러 피해왔다. 돌아가라! 내 심장은 네놈의 가족들을 빨아먹은 피로 이미 흘러넘친다. 더 이상 네 피를 흘리고 싶지 않다.

맥더프 말해서 무엇하겠는가? 이 칼이 대신 말해줄 거다. 천하에 극악무도한 놈아! (둘이 싸운다. 북과 나팔소리 울린다)

맥베스 칼이 아무리 날카롭다 해도 공기를 상처줄 수 없듯이 너도 나를 해치지 못할 것이다. 그러니 헛수고하지 말고 다른 곳에 가서 싸워라. 나는 여자 몸에서 태어난 인간에게 절대로 패배하지 않는다.

맥더프 그까짓 마술도 이젠 끝장이다! 네놈이 극진히 모신 마녀한테 가서 이 맥더프가 어떻게 태어났는지 물어봐라. 어머님이 낳기 전에 배를 가르고 꺼냈다고 하겠지.

맥베스 그 가증스런 혀에 저주가 있을지어다. 그 말 한마디에 이 사나이의 용기가 꺾였도다. 이 협잡꾼 같은 마녀들아, 애매모호한 말로 사람을 혼란에 빠뜨리고 약속을 지키듯이 속삭이면서, 실제로는 그 희망을 깨뜨려버리는 이 마녀들아! 다시는 너희들을 믿지 않겠다. 맥더프, 너와 더 이상 싸우지 않겠다.

맥더프 비겁한 놈! 항복해서 세상의 웃음거리가 되어라. 네놈의 머리를 막대기에 매단 뒤 '희대의 폭군을 보라'고 써붙일 테니까.

맥베스 항복이라고? 천만에! 풋내기 맬컴의 발 앞에 꿇어 엎드려 땅을 핥으며 어중이떠중이들의 저주와 욕을 참으라고? 비록 버넘 숲이 던시 네인으로 온다 해도, 여자의 자궁에서 태어나지 않은 네놈이 왔다 해도 내 사전에는 항복이란 없다. 자, 덤벼라, 맥더프. 우리 둘 중 하나는 지옥 행이다. *(격투하던 중 맥베스가 살해된다)*

제 9 장 성 안

나팔소리와 함께 맬컴, 시워드, 로스, 영주들과 병사들 등장.

맬 컴 여기에 보이지 않는 동지들이 무사히 돌아와주면 좋으련만.

시워드 희생은 부득이한 일입니다. 그러나 대충 둘러보니 우리 쪽 손실은 별로 크지 않은 것 같습니다. 대승리입니다.

맬 컴 맥더프 장군과 내 사촌이 보이지 않습니다.

로 스 시워드 2세께서는 군인다운 최후를 마치셨습니다. 이제 겨우 성년이 된 나이로 한치의 양보도 없이 대장부답게 전사했습니다.

시워드 상처는 정면에 입었던가?

로 스 네, 이마를 크게 다치셨습니다.

시워드　아, 그렇습니까? 신이시여, 그 아이를 용사로 받아들여 주십시오. 비록 머리카락 수만큼 많은 자식이 있다 하더라도 이보다 더 나은 죽음을 기대할 수는 없소. 이제는 더 이상 슬퍼하지 않으렵니다.

맬 컴　무슨 소리요. 내가 대신 그를 애도하겠소.

시워드　이것으로 충분합니다. 군인으로서 훌륭한 최후를 마쳤다 하는데 더 이상 무엇을 바라겠습니까? 비록 인생을 짧게 살다 갔어도 최선을 다한 것입니다. 저기 반가운 소식이 오는가 봅니다.

맥더프가 맥베스의 머리를 칼끝에 꽂고 등장.

맥더프　국왕 만세! 보십시오, 왕위 찬탈자의 저주받은 머리를. 이제는 폐하의 시대가 왔습니다. 태평스런 시대가 돌아온 것입니다. 여러분, 우리 소리 높여 외칩시다. 스코틀랜드 왕 만세!

일 동　스코틀랜드 왕 만세! (팡파르 울린다)

맬 컴　이 모두가 여러분의 눈부신 활약 덕분이오. 시간이 흐르기 전에 충분히 조사해 여러분 각각의 공로에 따라 포상을 하겠소. 영주들과 친족들에게는 백작의 작위를 내릴 거요. 여러분은 스코틀랜드 왕한테 최초로 작위를 받는 명예로운 귀족이 될 거요. 자, 여러분 모두에게 다시 한 번 감사의 뜻을 전하오. 얼마 후에 스쿤에서 거행될 대관식에 한 사람도 빠짐없이 참석해주시오. (나팔소리, 일동 행진하며 퇴장)

셰익스피어
5대 희극

베니스의 상인

말괄량이 길들이기

한여름 밤의 꿈

뜻대로 하세요

십이야

SHAKESPEARE

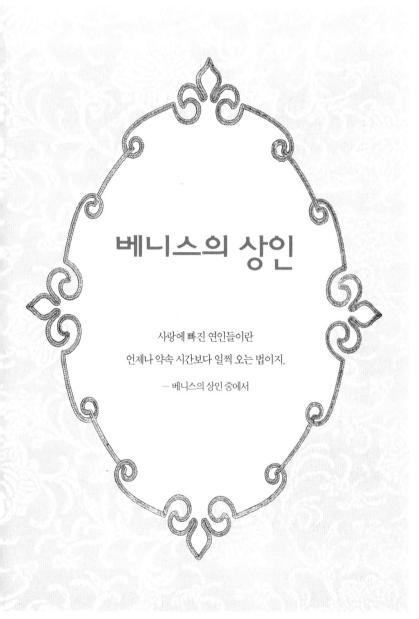

베니스의 상인

사랑에 빠진 연인들이란
언제나 약속 시간보다 일찍 오는 법이지.

— 베니스의 상인 중에서

1. 등장인물

안토니오　베니스의 상인으로 친구 바사니오에게 여비를 마련해주기 위해 샤일록에게 가슴살 1파운드를 걸고 돈을 빌렸다가 목숨을 잃게 되는 위기에 처하지만 포서의 기지로 위험에서 벗어난다.

바사니오　안토니오의 친구이자 포서의 청혼자. 안토니오의 배를 담보로 여비를 마련해 청혼에 성공한다.

포서　벨몬트의 부유한 집의 딸로 태어나 거대한 유산을 받는다. 아버지의 유지를 받들어 청혼자들을 시험한다. 재산뿐 아니라 미모와 지혜를 갖춰 나중에 위기에 처한 안토니오를 구한다.

샤일록　유대인 고리대금업자로 피도 눈물도 없는 악당이다. 결국 재판에도 지고 기독교로 개종할 것을 명령받는 비극적 인물이다.

제시카　샤일록의 딸로, 아버지와는 대조적으로 상냥한 처녀이다.

로렌조　제시카의 애인이자 안토니오의 친구

그레시아노, 살레리오, 솔라니오　안토니오의 친구들

네리사　포서의 하녀로 변장을 하고 법정에서 포서를 도와 안토니오의 목숨을 구한다.

튜벌　유대인 샤일록의 친구

론슬롯　어릿광대. 샤일록의 하인이었다가 바사니오의 하인이 된다.

고보 노인　론슬롯의 아버지

베니스의 공작, 모로코 왕, 아라곤 왕　포서의 청혼자들

레오나르도　바사니오의 하인

밸서저　하녀

베니스의 고관들, 법정의 관리들, 간수, 하인들, 시종들

2. 줄거리

고리대금업자 샤일록과 거상인 안토니오와 맺은 이상한 계약서! 돈을 빌려주는 대신 갚지 못하면 1파운드의 살 한 덩어리를 달라고 하는 계약을 하면서 이야기는 시작된다.

베니스의 상인 안토니오는 어느 날 친한 친구 바사니오로부터 돈을 빌려달라는 부탁을 받는다. 미모의 유산 상속녀인 포서가 벨몬트에 살고 있기 때문이다. 포서가 아버지의 뜻에 따라 구름처럼 몰려오는 구혼자들에게 금 · 은 · 납으로 된 상자들 중 하나에 자기 초상화를 넣어놓고 그중 한 개를 선택하게 함으로써 결혼 상대를 고르도록 한 것이다.

결국 안토니오는 바다에 떠 있는 배를 담보로 하여 유대인 고리대금업자인 샤일록으로부터 돈을 빌린다. 그리고 돈을 기한 내에 갚지 못할 경우엔 자기의 가슴살 1파운드를 베어주겠다는 증서를 써준다.

그러나 안토니오는 자신이 소유한 배가 선적물을 싣고 항해하다가 난파됨으로써, 모든 재산을 잃은 데다 빚을 못 갚아 살 1파운드를 떼어줘야 하는 위기에 처한다. 이 소식을 들은 바사니오는 서둘러 달려오지만 도울 길이 없다. 안토니오를 법정에 세운 샤일록은 안토니오의 살을 도려내기 위해 칼을 간다.

이때 남자로 변장한 포서가 법정의 재판관으로 출현해, 살은 주되 피는 한 방울도 흘려서는 안 된다고 선언함으로써 샤일록을 굴복시킨다.

이 작품에서 당시 런던 시민이 가지고 있던 반유대 감정이 어느 정도인지 샤일록이란 인물을 통해 엿볼 수가 있다.

제 1 막

제 1 장 베니스의 부두

안토니오와 살레리오, 솔라니오 등장.

안토니오　정말이지, 왜 이렇게 기분이 우울한지 난 모르겠네. 짜증이 나고 미칠 것만 같아. 어쩌다 우울증에 걸렸는지, 우울증이 어떻게 생겨먹었는지, 내가 어떻게 우울증에 빠져들었는지, 우울증이 어디서 왔는지를 난 도무지 알 수가 없네. 아무리 애를 써도 내가 왜 이러는지, 어쩌다가 이런 꼴이 됐는지 도무지 모르겠네.

살레리오　자네 마음이 바다 위에서 바람 따라 요동치는 파도 같아서 그렇겠지. 자네의 큰 배들은 바람을 잔뜩 받아 불룩해진 돛을 달고, 마치 바다의 귀족이나 부호 또는 바다의 수레처럼 날아가듯 바다 위를 질주하고 있을 거야. 그래서 연방 머리를 숙여 굽실거리는 작은 배들을 내려다보면서 스쳐 지나가는 거겠지.

솔라리오　하긴 그럴 테지. 여보게, 나 역시 그 많은 재산을 위험한 바다에 투자했다면 마음이 온통 거기에 가 있을 거야. 그뿐인가. 바람의 방향을 알아본답시고 계속 들풀을 뽑아 공중에 날리기도 하고, 부두나 정박지를 물색한답시고 해도를 샅샅이 뒤지며 호들갑을 떨었을 테지. 또 폭풍이 분다거나 내 사업에 조금이라도 불리한 일을 만날 때마다 틀림없이 자네처럼 우울증을 겪었을걸세.

살레리오 난 뜨거운 국물을 불어 식히느라 부는 내 입김에도 태풍을 떠올리고 오싹했을 거야. 태풍이 바다에서 일으킬 커다란 손해를 연상하고 말이야. 모래시계의 모래만 보아도 분명 모래톱이나 갯바닥을 떠올릴 테고, 화물을 잔뜩 실은 내 배가 모래바닥에 처박히면서 돛대를 늘어뜨린 채 제 무덤을 파는 광경을 연상할 거야. 예배당에서 웅장한 석조 건물을 보아도 위험한 암초를 연상할 게 분명해. 요컨대 아무리 많은 재산이라도 한순간에 몽땅 사라져서 알거지가 될 수 있다는 말일세. 생각만 해도 우울한데, 이런 일이 실제로 일어날지도 모른다고 생각하면 어찌 우울증에 빠지지 않을 수 있겠나? 설명하지 않아도 알겠네, 안토니오. 자넨 지금 배에 실은 화물 때문에 우울증에 걸린걸세.

안토니오 그런 건 아니네. 다행히 나는 내 물건 모두를 배 한 척에다 싣지도 않았고, 어느 한 곳과 거래하는 것도 아니네. 그리고 내 전 재산이 올 한 해의 운수에만 달려 있는 것도 아니니 내가 그것 때문에 우울증에 걸린 것은 아니야.

솔라니오 그럼 대체 무슨 일인가? 연애라도 하고 있는 건가?

안토니오 천만에! 그런 소리는 하지도 말게.

솔라니오 연애가 아니라고? 그렇다면 즐겁지 않으니 우울하다는 말이로군. 그리고 우울하지 않다면 당연히 즐겁게 웃을 테지. 두 얼굴을 가진 신 야누스를 두고 맹세하건대, 자연은 자고로 묘한 인간들을 만들어왔지. 두 눈을 새초롬히 뜬 채 실실거리는 사람이 있는가 하면, 슬픈 피리 소리를 듣고도 웃어대는 사람들도 있지. 식초라도 마신 듯 찌푸리는 사람들이 있는가 하면, 우스운 농담을 듣고도 여간해선 이를 드러내며 웃으려 들지 않는 사람들도 있지.

바사니오와 로렌조, 그레시아노 등장.

솔라니오　저기 자네의 가장 소중한 친구 바사니오가 오는군. 그레시아노랑 로렌조도 함께. 그럼 좋은 친구들이 왔으니 우린 이만 물러나겠네.

살레리오　자네 기분이 나아질 때까지 있으려 했는데 우리보다 더 좋은 친구들이 왔으니 우린 그만 가봐야겠네.

안토니오　자네들이야말로 나한텐 가장 소중한 친구들일세. 실은 마침 잘됐다 싶어 자리를 뜨려는 속셈이 아닌가?

살레리오　여보게들, 모두들 안녕하신가?

바사니오　친구들, 잘 있었나? 우리 언제 신나게 놀아보세나. 말해보게, 언제가 좋은지? 아니, 표정들이 왜 그런가? 지금 꼭 가야겠나?

살레리오　시간이 나면 그러세. (살레리오와 솔라니오 퇴장)

로렌조　바사니오 공, 안토니오 공을 만났으니 우린 여기서 물러나는 게 낫겠네. 하지만 식사 때 만나기로 한 장소를 잊지 말게.

바사니오　잊지 않겠네.

그레시아노　안토니오 공, 안색이 썩 좋지는 않구먼. 자네는 세상사를 너무 심각하게 받아들이는 경향이 있어. 세상사를 그렇게 고민한들 무슨 소용이 있나. 정말이지 얼굴이 몰라볼 만큼 변했네그려.

안토니오　그레시아노 공, 나는 세상사를 있는 그대로 받아들이고 있다네. 세상을 무대로 여긴다면 우리 모두는 각자의 역할을 맡아 연기를 하는 배우에 지나지 않지. 그런데 내가 맡은 역할이 하필 조금 슬픈 역이라네.

그레시아노 그렇다면 나는 어릿광대 역이나 맡아야겠군. 주름살이야 어차피 늙으면 생기는데, 웃으면서 살아야 되지 않겠나. 속을 태우는 한숨 소리로 심장의 피를 말리는 것보다는 즐겁게 술잔을 기울이며 간장을 후끈 데우는 게 낫겠지. 내 한마디 하자면 안토니오, 난 자네가 좋아. 그래서 하는 말이지만 세상에는 별의별 사람들이 다 있다네. 마치 썩은 물이 고인 웅덩이처럼 생기 없고 딱딱한 표정을 하고 있는 자들도 많지. 그런 자들은 일부러 할 말을 삼킨다네. 말이 없는 덕에 현명하다는 소리를 듣고 있는 자들이지. 하지만 막상 이런 자들이 입을 열면 사람들은 일찌감치 귀를 틀어막아야 할 걸세. 이 문제에 대해서는 할 말이 많지만 다음 기회에 해야겠네. 하지만 이처럼 우울한 침묵을 미끼로 세간의 평판을 하찮은 송사리 낚듯 낚으려 하지는 말게. 자, 로렌조! 우린 이만 가세나.

로렌조 자, 그럼 일단 헤어졌다가 식사 때 다시 만나세. 나야말로 졸지에 꿀 먹은 벙어리 현인처럼 침묵을 지키고 있었네그려. 도무지 그레시아노가 말할 틈을 주지 않으니 말이야.

그레시아노 그래, 2년만 나와 같이 다녀보게. 자신의 목소리도 잊어버리게 될걸세.

안토니오 잘 가게. 그럼 나도 이제부턴 말을 많이 해야겠네.

그레시아노 듣던 중 반가운 소리네. 입 다물고 있으면서 칭찬받는 것은 마른 황소 혓바닥이랑 팔릴 가능성이라곤 전혀 없는 노처녀뿐이니까!

(그레시아노와 로렌조, 웃으며 퇴장)

안토니오 지금 한 말이 다 무슨 뜻인가?

바사니오 뜻이 있을 리가 있나. 저 친구 허튼소리 하는 데야 베니스에서 첫손가락 꼽히는걸. 그중 이치에 닿는 말을 찾는다면, 두 포대의 왕겨 속에 섞인 밀알 두 알 정도라고나 할까. 또 막상 찾아낸들 수고한 대가에 미칠 수가 있겠나!

안토니오 그건 그렇고, 이제 말해보게, 어떤 여성인지. 자네가 남몰래 사랑의 순례자가 되어 찾겠다던 그 여인이 대체 누군가? 오늘 나한테 말해주겠다고 약속하지 않았던가?

바사니오 안토니오, 자네도 알고 있다시피 나는 가산을 탕진해버렸네. 분수에 맞지 않는 사치스런 생활을 했기 때문이지. 내가 지금 그 사치스러운 생활 수준을 낮추는 걸 갖고 불평하거나 그러는 건 아닐세. 물론 이 생활에서 미련 없이 빠져나올 생각이라네. 지금 가장 큰 문제는 그 빚더미로부터 어떻게 헤어날까 하는 것이네. 분수에 넘치는 생활 덕에 끌어안게 된 빚 말일세. 안토니오, 난 자네에게 물심 양면으로 빚을 지고 있어. 자네의 우정을 믿고 내 계획과 생각을 모두 털어놓을 생각이라네. 내 빚을 청산할 수 있는 계획을 털어놓아도 되겠나?

안토니오 여보게, 바사니오! 어서 말해보게. 그리고 언제 어디서나 그랬듯이, 자네의 계획이 불명예스러운 것만 아니라면, 안심하게나. 내 육체든 지갑이든 마지막 한 푼까지도 자네가 필요하다면 모두 아낌없이 내주겠네.

바사니오 학창 시절에 나는 내가 쏜 화살 하나를 찾지 못하면, 그것과 똑같은 방향으로 다른 화살을 쏘았네. 앞서 잃어버린 화살을 찾아내기 위해서였지. 이렇게 두 개의 화살을 다 잃어버릴지도 모르는 모험을 통해 두 개를 모두 찾은 적도 더러 있었지. 지금 새삼 그 시절 얘기를 꺼내는 건 내 말이 그때 일처럼 조금 유치하기 때문이야. 여태껏 난 자네에게 큰 빚을 져왔네. 분별없는 젊은이처럼 처신한 결과 빚을 낸 돈도 다 잃고 말았지. 하지만 자네가 처음 쏜 것과 같은 방향으로 또 한 개의 화살을 쏘아준다면, 난 신중하게 그 화살의 행방을 살피고 있다가 두 개의 화살을 모두 찾아오겠네. 혹 두 개를 못 찾는다면 나중에 모험 삼아 쏜 것만이라도 찾아오고, 첫 번째 것에 대해선 기꺼이 채무자로 남겠네.

안토니오　자네는 나를 누구보다 잘 알아. 그러면서 이렇게 빙빙 돌려 말하는 건 시간 낭비야. 자네를 위해서라면 난 뭐든지 할 생각인데 날 의심하다니, 그건 내 전 재산을 탕진하는 것보다 더한 모욕이라는 걸 명심하게. 자, 말해보게나. 내가 해줄 수 있는 일이 뭔지 말해주게나. 자, 어서.

바사니오　실은 벨몬트에 많은 유산을 상속받은 처녀가 있는데, 외모도 대단히 아름다운 미인이지. 게다가 더 놀라운 것은, 외모 이상으로 마음씨도 고운 여성이라는 점일세. 그녀가 말을 하지는 않았지만 언젠가는 내게 은근한 눈빛을 보낸 적도 있었어. 그녀의 이름은 포서야. 케이토의 딸이자 브루터스의 아내인 포서에 견주어도 조금도 손색이 없는 여인이지. 덕분에 그녀에 관한 소문이 세상 곳곳에 알려져 내로라 하는 청혼자들이 동서남북으로 바람 타고 그녀 주위로 몰려드나봐. 황금 양털 같은 그녀의 머리카락은 관자놀이에서 빛나고, 벨몬트는 수많은 청혼자들로 덮여 있다네. 오, 안토니오! 나에게도 그들과 견줄 수 있는 재력이 있다면, 틀림없이 청혼에 성공해서 행운을 차지할 수 있다는 예감이 들어.

안토니오　자네도 잘 알고 있다시피 나의 전 재산은 지금 바다 위에 떠 있네. 그래서 지금 내 수중에는 당장 쓸 수 있는 현금도 없고, 담보로 삼을 만한 물건도 없다네. 그러니 베니스에서 내 신용을 담보로 돈을 빌릴 수 있다면 구해보게. 벨몬트의 아름다운 포서를 찾아갈 비용을 마련하기 위해서라면 가능한 한 최선을 다해보게. 지금 당장 가서 알아보게. 나도 알아볼 테니. 난 자네가 돈을 마련하기 위해 내 신용을 담보로 하건 나를 담보로 하건, 그건 개의치 않겠네. (두 사람 퇴장)

제 2 장 벨몬트, 포셔 저택의 방

포셔와 하녀 네리사 등장.

포 셔 정말이지, 네리사. 내 이 작은 몸뚱이로 이토록 크고 넓은 세상을 감당하는 일도 이젠 지쳤어.

네리사 그러실 겁니다, 아가씨. 만일 아가씨께서 누리시는 행복이 불행과 맞먹는다면 그렇겠죠. 그러나 제가 알기로는 사람은 굶주려도 병이 나지만, 과식을 해도 병이 들지요. 그러니 알맞게 사는 게 가장 행복하게 사는 거죠. 무엇이든 과한 것보다는 분수를 지키는 게 중요합니다.

포 셔 훌륭한 격언이로구나. 적절한 비유고.

네리사 격언은 듣는 것보다는 따르는 것이 더 좋답니다.

포 셔 좋은 일을 실천하는 게 무엇이 좋은 건지 아는 것만큼 쉬운 일이라면 작은 성당을 큰 성당으로, 가난뱅이의 오두막을 제왕의 궁전으로 바꿀 수도 있겠지. 자신의 설교를 실천으로 옮기는 성직자도 훌륭한 분이고. 스무 명에게 착한 일을 하라고 가르치는 건 쉽지만 자신의 말을 실행하기는 힘든 법이야. 이성은 열정을 제어할 방도를 찾아내겠지만 뜨거운 열정은 차가운 계율을 뛰어넘는 법이니까. 청춘은 미친 토끼와 같아서 둔한 절름발이 지혜가 쳐놓은 그물을 뛰어넘는 법이거든. 하지만 내가 이론에 이렇게 강하다 해도 남편감을 고르는 일에는 전혀 도움이 되지 않아. 아, 선택이라는 낱말이여! 내가 원하는 사람을 선택할 수도, 싫은 사람을 거절할 수도 없다니. 내 처지가 너무 답답하지 않니?

네리사 아가씨의 아버님께서는 참으로 훌륭한 어른이셨지요. 성인들은 임종의 순간에 영감이 떠오른다고 하잖아요. 아마 아버님께서도 어떤 영감을 얻으셨기 때문에 금, 은, 납으로 세 개의 상자를 만들어 그들이 제비뽑기하도록 하신 거겠죠. 아마 아가씨를 진정으로 사랑하는 사람만이 올바른 상자를 선택할 수 있겠죠. 그런데 지금까지 청혼해오신 귀공자님들 가운데는 아가씨의 마음에 든 분이 없었나요?

포 셔 그럼 그들의 이름을 하나씩 대 봐. 이름을 대면 한 사람씩 평을 해볼게. 그리고 내 평을 듣고 내 마음을 맞혀봐.

네리사 먼저 나폴리의 공작님은요?

포 셔 글쎄, 그분은 말 얘기 빼고 나면 할 말이 없어. 입만 열면 말 얘기 뿐이었지. 말에 손수 편자를 박을 수 있는 것이 무슨 대단한 재주라도 되는 양 뽐내던 꼴이라니!

네리사 그럼 팰러타인 백작님은요?

포 셔 아, 그 사람. 늘 우거지상이었지. 마치 "내가 싫다면 어디 마음껏 골라 보시오"라고 말하는 것 같았어. 아무리 재미있는 얘기를 해도 웃지도 않고. 아마 나이가 더 들면 울상을 한 철학자가 되겠지. 그들 중 누군가와 결혼하느니 차라리 해골과 결혼하는 편이 낫겠어.

네리사 그럼 아가씨, 프랑스의 귀족 르 봉 경은 어때요?

포 셔 하느님께서 만들어놓으셨으니 그 사람도 남자로 불러야겠지. 나도 사람을 조롱하는 게 죄라는 건 알고 있어. 하지만 그 사람만은 어쩔 수 없구나. 그래도 나폴리 공작보다는 더 좋은 말을 갖고 있는 듯싶더라. 우울한 표정은 팰러타인 백작보다 한술 더 뜨고. 게다가 주체성이라곤 없는지 이 사람 저 사람 흉내만 내더구나. 티티새가 울어도 춤을 추고 자기 그림자와도 칼싸움을 할 수 있는 그런 위인이지! 그런 사람과 결혼하려들었다면 스무 번도 더 했겠다.

네리사 그럼 영국의 젊은 남작 폴콘브리지는요?

포 셔 아, 그 사람. 그 사람에게는 한 마디도 하지 않았다는 걸 너도 알잖아. 그는 라틴어도, 프랑스어도, 이탈리아어도 모른다는 건 법정에서 증언해도 될 만큼 자명한 일이잖니? 겉모습은 그림처럼 멀쩡하더라만 벙어리와 평생 살 수는 없지.

네리사 그럼 그분의 이웃나라 사람인 스코틀랜드 귀족은 어떻게 생각하시는데요?

포 셔 예수님 형님이지. 이웃을 사랑하는 박애정신만큼은 대단했어. 그 영국인에게 따귀를 한 대 맞고는 때가 되면 또 한 대 맞기 위해 다른 쪽 귀를 내밀겠노라고 맹세했다더군.

네리사 그럼 색소니 공작의 조카 되시는 그 젊은 독일 청년은요?

포 셔 멀쩡한 정신으로 있는 아침에도 싫지만, 술에 취해 있는 저녁에는 더 싫어지는 인간이야. 가장 좋을 때조차 인간 이하이니 최악의 경우에는 짐승이나 다름없겠지. 최악의 상황이 올지라도 그런 사람의 신세만은 지지 않기를 바랄 뿐이야.

네리사   그러나 만일 그분이 상자를 선택하러 와서 올바른 상자를 고른다면 어떡하죠? 그분을 거절하신다면 아가씨는 아버님의 유언을 거역하시는 셈이 되잖아요.

포 셔   그러니까 그런 최악의 일이 일어나지 않도록, 상자 위에 라인산 백포도주가 가득 담긴 술잔을 놓아둬. 그럼 술의 유혹을 못 이기고 그 상자를 선택할 테니까.

네리사   아가씨, 걱정하지 마세요. 지금 말씀하신 분들과는 결혼하지 않게 됐으니까요. 그분들 모두 고국으로 돌아가면 두 번 다시 청혼 문제로 아가씨를 괴롭히지 않겠다고 저에게 말했어요. 아버님 유언대로 상자를 선택하는 방법이 아니라 다른 방법으로 아가씨와 결혼할 수 있으면 또 모를까, 더 이상 치근대지는 않겠다고요.

포 셔   아무리 오래 살지라도 난 처녀 신 아르테미스(다이애나)처럼 순결을 지키다 죽을 거야. 아버님의 유언에 따라 남편감을 고르지 않는다면 말이다. 아무튼 고맙구나. 한 궤짝이나 되는 청혼자들이 현명한 판단을 해줘서. 그 가운데 없어서 서운한 인물은 없으니 말이다. 하느님께 그 사람들이 무사히 떠나도록 빌어야겠다.

네리사   그런데 아가씨, 혹시 기억나지는 않으세요? 아버님께서 살아 계실 때 몽페라르 후작 일행과 같이 이곳에 오셨던 분 말이에요. 학자이면서 군인이셨던 그 베니스 분 말이죠.

포 셔   오, 그래. 생각나고말고. 그분은 바사니오라는 이름이었지, 아마. 사람들이 그렇게 불렀던 것 같아.

네리사   바로 그분요. 제 부족한 두 눈으로 보아도 아름다운 아가씨의 배필로는 최고였어요.

포 셔 나도 기억나. 그분이라면 네가 칭찬할 만하지. (모두 퇴장)

제 3 장 샤일록의 집 앞에 있는 베니스의 광장

바사니오와 샤일록 등장.

샤일록 삼천 더컷이라 했겠다.

바사니오 그렇소. 석 달만 빌려주시오.

샤일록 으음, 석 달이라!

바사니오 아까도 말했듯이 보증은 안토니오가 설 것이오.

샤일록 으음, 보증은 안토니오 나리께서 서신다?

바사니오 날 좀 도와주겠소? 내 청을 들어주겠냔 말이오.

샤일록 삼천 더컷을 석 달만이라, 보증은 안토니오 나리께서 서시고.

바사니오 어떻게 하시겠소?

샤일록 안토니오 나리야 좋은 분이시죠.

바사니오 안토니오 공에 대해 무슨 나쁜 평이라도 들은 적이 있소?

샤일록 아니, 그럴 리가 없지요. 내가 좋은 분이라고 말씀드린 것은, 보증인으로는 재력이 괜찮다는 말이지요. 하지만 그분의 재산이란 게 확실치가 않아요. 바다에 떠 있다는 말씀이죠. 그분의 상선 한 척은 트리폴리스로, 또 한 척은 서인도로, 그리고 또 한 척은 멕시코로, 또 다른 한 척은 영국으로 가고 있는 중이라고 들었소. 그러니까 그분의 재산이란 건 세계 각지에 흩어져 있는 셈이죠. 그런데 배란 것은 그저 나무판때기에 불과하고, 선원들 역시 인간에 지나지 않죠. 게다가 물에는 물쥐와 도둑과 해적들이 득실거릴 뿐더러 파도와 태풍에다 곳곳에 암초의 위험이 도사리고 있다는 말씀입니다. 그건 그렇지만, 그분의 재력이야 충분하지요. 삼천 더컷이라, 그분의 보증을 받아들여도 괜찮을 것 같소.

바사니오　괜찮다면 우리 함께 식사라도 합시다.

샤일록　(방백) 그래, 돼지고기 냄새를 같이 맡으라고? 당신들의 예언자 나사렛 사람이 요술을 부려 악마를 그 몸속에 처넣어 사육했다는 그 돼지고기를 같이 먹으라고? 당신네들과 사고 팔고, 이야기도 하고 함께 걷기는 하겠지만, 같이 먹고 마시고 기도하는 것만은 어림없는 일이지. 지금 오시는 분이 누구시더라?

안토니오 등장.

바사니오　안토니오 공이로군.

샤일록　(방백) 영락없이 아첨만 할 줄 아는 세리의 상판대기군! 내가 저 놈을 미워하는 건 예수쟁이이기 때문이지. 게다가 겸손한 척 어수룩하게 행동하면서 이자를 받지 않고 돈을 빌려주는 통에 베니스의 고리대금 금리만 떨어졌으니 더욱 미울 수밖에. 어디 내 그물에 한번 걸리기만 해봐라, 내 해묵은 원한을 모조리 풀어버릴 테니까. 저놈은 하느님의 백성인

우리 유대인을 증오할 뿐만 아니라 상인들이 모인 곳에서 나와 내 사업, 그리고 내 정당한 돈벌이를 고리대금업이라고 비난했던 놈이라고! 내가 저놈을 용서한다는 건 내 종족에게 못할 일이지.

바사니오   이봐요, 샤일록! 듣고 있는 거요?

샤일록   지금 내 수중에 있는 돈을 계산해보고 있는 거요. 한데 생각나는 대로 헤아려 봐도 삼천 더컷이라는 거금을 당장 조달하기는 어려울 것 같소이다. 하지만 염려하시지는 마쇼. 우리 유대인 동포 가운데 튜벌이라는 부자가 있는데, 그가 내게 융통해줄 수 있을 테니. 그런데 잠깐, 기간이 몇 달이라고 하셨더라? (안토니오에게) 안녕하십니까, 나리! 방금 나리 얘기를 하고 있던 참이었습니다.

안토니오   샤일록, 나는 원칙적으로 이자를 받고 돈을 빌려주지도 않고, 이자를 주고 돈을 빌리지도 않는데, 이번만은 어쩔 수 없구려. 친구가 얼마나 필요하다고 했소?

샤일록   삼천 더컷이라 하셨소.

안토니오   기간은 석 달이오.

샤일록   참, 깜빡했네. 석 달이라고 말씀하셨지. 자, 그럼 나리께서 보증을 서주시지요. 그런데 듣자 하니, 나리께서는 이자를 받고 돈 거래를 하지 않으신다고 말씀하신 것 같은데…….

안토니오   그렇소. 그게 내 식이오.

샤일록   그런데 제 말씀 좀 들어보세요, 나리. 안토니오 나리, 거래소에서 돈놀이를 한답시고 저를 수없이 비난하셨지요. 제가 빌려준 돈과 이자를 싸잡아 말입니다. 그래도 전 어깨를 움츠리며 꾹 참아내곤 했지요. 인내는 우리 유대 민족의 미덕이니까요. 당신은 나를 두고 이교도라느니, 사람 잡는 개라느니 하면서 우리 웃옷에다 서슴없이 침을 뱉었지요. 내 돈을 내 마음대로 이용하는 걸 두고 말이죠. 그런데 지금 나리께서는 이 개새끼의 돈이 필요하시다고요? 거 참, 나리께서 내게 오셔서 "샤일록, 돈 좀 빌릴 수 있을까?" 물어보셨죠. 제 수염에 가래침을 뱉으며 문지방에서 낯선 들개를 걷어차듯 저를 발길질하던 나리께서 이젠 돈을 꿔달라고 하시니 제가 뭐라고 말씀드려야 할까요? 이렇게 말씀드리면 될까요? "개에게 무슨 돈이 있겠습니까? 그게 말이나 됩니까? 들개에게 삼천 더컷이란 거액을 빌려달라는 게?"

안토니오 앞으로도 나는 당신을 개새끼라고 부르고, 계속 침도 뱉을 거고, 발길질도 할 것이오. 그러니 친구에게 돈을 빌려준다는 식으로 생각하지는 마시오. 친구가 새끼도 치지 못하는 쇠붙이를 빌려주고 이자를 받아먹을 리가 있겠소? 차라리 원수에게 그 돈을 빌려주었다고 생각하시오. 그래야 계약을 어길 경우 좀 더 당당하게 위약금을 받아낼 수도 있지 않겠소?

샤일록 아니, 이보십시오. 왜 화부터 내시고 그럽니까? 저는 나리와 친구가 되고 싶기도 하고, 우정도 나누고 싶어서 여태껏 받은 모욕도 잊고서 이자를 한푼도 받지 않고 필요한 돈을 융통해 드리려고 하는데, 제 말은 끝까지 들어보시지도 않고 무시하시는군요. 제 호의를 이런 식으로 무시하시다니…….

바사니오 그게 호의라면 좋겠소만…….

샤일록 그럼 선심을 좀 쓰겠습니다. 자, 함께 공증인에게 가서 나리 한분의 서명이라도 좋으니 차용증서에 도장을 찍어주시지요. 그리고 농담삼아 말씀드리는 건데, 만일 나리께서 차용증서에 명시된 대로 지정된

날짜와 지정된 장소에서, 지정된 액수의 돈을 갚지 못하실 경우, 위약금으로 나리의 몸 어디에서든 내가 원하는 곳의 살을 1파운드만 주시는 게 어떻습니까?

안토니오 좋소. 그런 증서라면 서명하겠소. 그리고 사람들에게 유대인도 친절하더라고 널리 말해주겠소.

바사니오 안 되네. 나 때문에 그런 차용증서에 도장을 찍을 수는 없네. 차라리 가난하게 지내는 게 낫겠네.

안토니오 걱정 말게, 이 친구야! 내가 위약할 리가 있겠나. 두 달 안으로, 그러니까 이 차용증서에 기록된 만료일 한 달 전에, 증서에 명시된 금액의 세 배에 다시 세 곱을 한 큰돈이 들어온다네.

샤일록 오, 아버지 아브라함이시여! 기독교도들은 다 이런가요? 자기네들이 가혹한 짓을 일삼으니까, 다른 사람의 호의도 믿지 못하나봅니다. 자, 한마디만 합시다. 만일 증서에 명시된 약속날짜를 어겼다 해서, 제가 그 위약의 대가를 받아낸들 무슨 이득이 있겠소? 사람 몸에서 베어낸 1파운드의 인육이 무슨 쓸모가 있겠소? 양고기나 쇠고기나 염소 고기보다 쓸모가 없지요. 저는 그저 나리의 호의를 얻기 위해 우정을 베푸는 겁니다. 제발 제 호의를 오해 마십시오.

안토니오 좋소, 샤일록. 내 증서에 도장을 찍겠소.

샤일록 그럼 공중인 사무실에서 만납시다. (모두 퇴장)

제2막

제1장 벨몬트, 포셔 저택의 방

요란한 나팔소리. 모로코 영주와 수행원, 포셔, 네리사, 하인들 등장.

모로코 영주　내 얼굴색 때문에 나를 싫어하지는 마시오. 이 색깔은 작열하는 태양이 내게 입혀준 검은 옷이니까. 난 바로 그 태양의 이웃으로 태양 가까이에서 태어났소. 태양신 아폴론의 뜨거운 불길로도 고드름을 녹이지 못한다는 북쪽의 흰 얼굴을 가진 미남을 데려와 나와 비교해도 좋소. 당신의 사랑을 받기 위해서라면 그의 피와 내 피 중에서 누구 피가 더 붉고 뜨거운지 시험해봐도 좋소. 아가씨, 나의 신께 맹세하지만, 내 얼굴을 보고 용감한 자들도 공포에 떨었답니다. 사랑을 걸고 맹세할 수 있소. 우리나라 최고의 미인들도 내 얼굴에 반했다오. 당신의 마음을 훔칠 수 있다면 모를까, 내 얼굴색을 바꿀 생각은 추호도 없소. 나의 존경하는 여왕이시여!

포　셔　저는 배필을 선택할 때 보통 처녀들처럼 제 안목을 따를 수가 없답니다. 더구나 제 운명은 제비뽑기에 달려 있으니, 제 마음대로 배필을 선택할 권리가 없는 셈이지요. 아버지께서 그런 유언을 남기시지 않고 제 뜻을 좇도록 하셨다면, 고매하신 영주님이야말로 지금껏 제 사랑을 얻기 위해 여기까지 온 청혼자들 가운데 제일 훌륭하신 분이라 생각합니다.

모로코 영주 말씀만이라도 고맙소. 그럼 제발 상자가 있는 곳으로 날 안내해주시오. 내 운명을 시험해보리다. 터키의 황제 솔리먼을 세 번이나 물리쳤고, 페르시아의 사파이 왕도 베어버린 이 명검을 두고 맹세할 수 있소. 그 어떤 매서운 눈빛이라도 마주 보아 이길 것이고, 제아무리 담이 큰 놈이라도 기를 꺾어놓겠다는걸. 곰의 품속에서 젖을 빨아먹고 있는 곰새끼라도 어미 품에서 떼어놓을 수 있소. 으르렁거리며 표효하고 있는 사자조차 싸워 이길 것이오. 당신을 내 아내로 맞이할 수만 있다면 말이오. 헤라클레스와 그의 하인 라이커스가 만일 주사위를 던져 어느 쪽이 더 센지를 가르려고 한다면 헤라클레스 같은 천하장사라도 질 수가 있지요.

포 셔 모든 걸 운명에 맡길 수밖에 없지요. 아예 상자 고르는 일을 단념하시든가, 아니면 상자를 고르시기 전에 맹세해야 합니다. 상자를 잘못 고르실 경우 앞으로 어떤 여성에게도 청혼을 하지 않겠다고 말입니다. 그러니 잘 생각해보시기 바랍니다.

모로코 영주 이제 와서 그만둘 수는 없소. 자, 그러면 운명의 시험대로 나를 안내해주시오. (나팔소리, 모두 퇴장)

제 2 장 베니스의 거리

론슬롯, 고보와 함께 등장. 다른 쪽에서 바사니오와 레오나르도, 일행과 함께 등장.

바사니오 (하인에게) 그렇게 해도 좋아. 하지만 서두르게나. 늦어도 다섯 시까진 저녁식사 준비가 돼야 하니까. 이 편지는 꼭 전달하고, 새 옷도 맞춰 입도록. 그리고 그레시아노 나리께는 내가 속히 우리 집으로 오시길 바란다고 전하거라. (하인 퇴장)

론슬롯 (고보 등을 떠밀면서) 저분께 인사 드리세요, 아버지.

고 보 안녕하십니까, 나리. 나리께 하느님의 축복이 있기를 빕니다.

바사니오 고맙소, 나에게 무슨 용무라도 있소?

고 보 여기 제 자식놈이 있사온데, 워낙 변변치 못한 놈이라서…….

론슬롯 (앞으로 나선다) 변변치 못한 놈이라뇨, 아버지. 저는 부유한 유대인 댁 하인이옵니다. 자세한 건 제 아버지가 말씀드릴 겁니다만.

고 보 자식놈이 큰 포부를 갖고 있답니다. 말하자면 나리 밑에서 나리를 위해 일하겠다는 거죠.

론슬롯 정말 요점만 말씀드리자면 전 유대인을 섬기고 있지만, 저의 바람이란……, 아버지께서 설명하시겠지만…….

고 보 나리께 말씀드리긴 뭣합니다만, 지금 이 애와 그 댁 주인은 거의 한솥밥을 먹을 수 있는 상황이 안 돼놔서요.

론슬롯 정말 간단하게 말씀드리자면 사실 그 유대인 놈이 절 학대했고, 그래서 전 어쩔 수 없이…… 나이 많은 노인이기는 하지만 제 아버지가 자세히 말씀드리자면…….

고 보 저, 여기 나리께 드리려고 비둘기 요리 한 접시를 갖고 왔습니다. 제 청을 말씀드리자면…….

바사니오 한 사람씩 말하는 게 낫겠네. 뭘 원하는지?

론슬롯 나리를 모시고 싶습니다!

고 보 그것이 바로 요점입니다, 나리.

바사니오 청을 들어주마. 네 주인 샤일록과 오늘 얘길 했는데 널 추천하더군. 글쎄, 돈 많은 유대인 집을 나와서 나 같은 가난뱅이의 하인이 되는 게 뭐 그리 좋은 일이라고. 하지만 네가 좋다면 그렇게 해라.

론슬롯 샤일록과 나리께서는 '신의 은총은 보석' 이란 옛 속담을 공평하게 나눠 갖고 계신 것 같습니다요. 나리께선 '신의 은총' 을, 샤일록은 '보석' 을 듬뿍 갖고 있으니 말입니다.

바사니오 말재간이 보통이 아니구나. (고보에게) 자, 어르신도 아들과 함께 가시죠. (론슬롯에게) 자, 옛주인한테 가서 작별 인사를 한 다음 우리 집으로 오너라. (하인들에게) 이자에게 다른 하인들보다 더 많은 장식이 달린 옷을 입히게. 명심하거나! (바사니오를 빼고 모두 퇴장)

그레시아노 등장.

그레시아노 이봐, 바사니오 공! 내 자네에게 부탁이 있네.

바사니오 내 어찌 자네 청을 거절할 수 있겠나?

그레시아노 거절하지 말게. 나도 자네를 따라 벨몬트로 가야겠네.

바사니오 그럼, 그렇게 하게. 하지만 그레시아노, 자넨 너무 거친데다 무례하고 말도 함부로 하는 편이지. 그것이 자네의 개성이고, 우리 친구들에게는 큰 결점이 되는 것도 아니지만, 글쎄 자네를 잘 모르는 사람들은 자네의 행동이 지나치게 자유분방하다고 여길지도 모르겠네. 그러니 제발 부탁이니 좀 절제해주게. 천방지축 끓는 물처럼 급한 자네 성미에 절제란 차디찬 냉수를 몇 방울 떨어뜨려 좀 식히도록 노력해주게. 자네의 거친 행동 덕에 나까지 오해를 받고, 나아가 일을 망치게 될지도 모르니 말일세.

그레시아노 알겠네, 바사니오. 내 그렇게 하도록 하지. 행동은 점잖게, 말은 공손하게, 욕설은 꼭 필요할 때만 하겠네. 그리고 호주머니 속에는 항상 성경을 넣고 다니고, 근엄한 표정을 짓고 다니겠네.

바사니오 그래, 어디 한번 자네 행실을 지켜보지. (두 사람 퇴장)

제 3 장 베니스, 샤일록의 집 방

제시카와 론슬롯 등장.

제시카 막상 네가 우리 아버지 곁을 떠난다니 섭섭하구나. 우리 집이야 지옥이지만, 그래도 너같이 유쾌한 도깨비 같은 친구가 있어서 덜 따분

했는데. 하지만 잘 가거라. 아 참 론슬롯, 오늘 저녁식사 때 네 새 주인이 로렌조님을 초대하셨으니 그분에게 이 편지를 전하거라. 아무도 몰래 전해야 돼.

론슬롯　아가씨, 안녕히 계십시오! 저도 눈물 때문에 말문이 막히는군요. 이교도지만 너무나 어여쁘고 착하고 친절한 아가씨! 만일 어떤 기독교도가 술책을 써서 당신을 아내로 맞이한다 해도 이해할 수 있는 일이지요. 좌우지간 안녕히 계세요. (퇴장)

제시카　아, 이 얼마나 끔찍한 일인가. 내가 아버지의 자식임을 부끄러워하다니! 내 비록 핏줄은 아버지의 것을 이어받았을지 모르지만 그분의 성품까지 닮은 건 아니랍니다. 오, 로렌조님, 약속을 지켜주신다면 난이 번민에서 벗어나 기독교인으로 개종하여 당신의 사랑스런 아내가 되겠습니다. (퇴장)

제 4 장 베니스, 다른 거리

그레시아노, 로렌조, 살레리오, 솔라니오 등장.

로렌조　그러니까 저녁식사 도중에 슬그머니 빠져나와 우리 집에 가서 가장을 한 뒤 모두 다시 오기로 하자. 넉넉잡고 한 시간이면 돼.

그레시아노 난 아직 준비가 좀 덜 됐는데.

살레리오 누굴 횃불잡이로 할지 정하지도 않았잖아.

솔라니오 제대로 하지 못할 바에는 꼴만 우습게 될 테니, 차라리 집어치우는 게 나을지도 몰라.

로렌조 아직 시간이 네 시밖에 안 됐잖아. 준비할 시간이 두 시간이나 남았는걸. (편지를 든 론슬롯 등장) 론슬롯, 무슨 일인가?

론슬롯 (편지를 꺼내 로렌조에게 주며) 어서 편지를 뜯어보시지요. 자세한 내용이 적혀 있을 겁니다.

로렌조 눈에 익은 필체로군. 정말 아름다워. 글을 쓴 사람의 손이 이 편지지보다 더 희고 아름답지만.

그레시아노 연애편지로군. 틀림없어.

론슬롯 그럼 소인은 이만 물러가겠습니다, 나리.

로렌조 어딜 가려는가?

론슬롯 샤일록 나리께 오늘 밤 바사니오 나리가 베푸시는 만찬에 참석하시라는 말씀을 전하러 갑니다.

로렌조 잠깐, 거기 섰거라. 이걸 받게. (론슬롯에게 돈을 건네준다) 제시카 아가씨에게 내가 절대 실망시키지는 않을 것이라고 말씀드리게. 은밀히 전해야만 하네. (론슬롯 퇴장) 자, 이제 오늘 밤에 있을 가장무도회 준비를 시작하는 게 어떤가? 횃불잡이는 내가 구해보겠네. 그럼 한 시간쯤 후에 그레시아노 집에서 만나도록 하세.

솔라니오 좋아, 그렇게 하세. (살레리오와 솔라니오 퇴장)

그레시아노 그 편지는 아름답고 상냥한 제시카 아가씨에게서 온 것이 아닌가?

로렌조 그렇다네. 자네에게 모든 것을 털어놓겠네. 그녀가 적어 보낸 것이네. 어떻게 하면 아버지 집에서 자기를 빼낼 수 있는지, 얼마만큼의 금은보석을 가지고 나올 수 있는지, 그리고 가장무도회 복장으로는 어떤 시동의 옷을 마련해놨는지 말일세. 그래서 하는 말인데, 만일 그녀의 아버지인 유대 놈이 천당엘 가게 된다면, 그건 순전히 상냥한 딸 덕분이지. 그녀가 신앙이 없는 유대 놈의 자식이라는 이유 때문이라면 모를까, 어떤 불운도 감히 그녀의 앞길을 가로막지는 못할 거야. 자, 함께 가세. 가면서 이 편지를 읽어보게. 그리고 난 아름다운 제시카를 햇불잡이로 삼을까 하네. (두 사람 퇴장)

제 5 장 베니스, 샤일록의 집 앞

샤일록과 론슬롯, 제시카 등장.

샤일록 제시카, 난 오늘 초대 받은 저녁식사에 나가야 한다. 그리고 이건 열쇠 꾸러미니까 잘 간직하거라. 그런데 무엇 때문에 내가 가야 하지? 내가 좋아서 오라는 것도 아니고 단지 비위를 맞추려는 건데. 하지만 미워서라도 거기 가서 돈을 물 쓰듯 흥청망청 쓰는 예수쟁이들이 준비한 음식들을 실컷 먹어치워야겠다. 내 딸 제시카야, 집 잘 봐라.

난 정말 가고 싶지가 않구나. 어쩐지 편치 않을 것 같은 불길한 예감이 들거든.

론슬롯　어쨌든 가시지요, 나리. 그분들은 모든 계획을 함께 짜셨답니다. 나리께서 가면무도회를 꼭 보시라는 말씀은 아닙니다. 하지만 만일 보신다면, 지난 부활절 다음 월요일 아침 여섯 시에 제가 코피를 흘리며 법석을 떨었던 게 다 이유가 있어서라는 걸 아시게 될 겁니다. 오늘 오후가 그해 성회 수요일로부터 꼭 4년째 되는 해이죠.

샤일록　뭐, 가면무도회가 있다고? 잘 들었느냐, 제시카. 문을 몽땅 잠그고 있거라. 북소리가 들리든 몹쓸 피리소리가 들리든 아무리 밖에서 난리를 치더라도 구경을 한답시고 창문으로 얼굴을 내밀고 길거리를 내다보면 안 된다. 얼굴에 잔뜩 분을 처바른 광대 같은 예수쟁이 바보들의 상판대기를 구경하느라 한눈을 팔아선 안 된단 말이다. 우리 집의 귀란 귀는 다 틀어막아라. 이 창문 말이다. 그 천박한 바보들이 소란을 피우는 소리가 조용한 우리 집에 들어오지 못하도록 해야 한다. (론슬롯에게) 이봐라, 네놈은 먼저 가서 내가 그리 가겠다고 전하거라.

론슬롯　그럼 저는 먼저 갑니다요, 나리. (나가면서 제시카에게 소곤거린다) 아가씨, 아버님이 뭐라 하시든 신경 쓰지 마시고 창밖을 꼭 내다보세요. 아주 멋진 기독교인 청년이 한 사람 있는데, 유대인 아가씨 눈에 꼭 들 겁니다. (퇴장)

샤일록　저 바보 같은 놈, 저 바보가 지금 뭐라고 말했냐?

제시카　안녕히 계시라고 했을 뿐, 다른 소리는 없었어요.

샤일록　저 바보 같은 녀석, 성격은 좋은데 많이 처먹는 게 흠이지. 무슨 일을 시키든 달팽이같이 느려 터지고, 대낮에도 살쾡이처럼 잠만 자니,

꿀도 못 만드는 벌을 우리 집에다 놔두 셈이지. 그래서 내보내는 거야. 자, 제시카! 그만 들어가 봐라. 난 금방 돌아올 거다. 그리고 내가 일러준 대로 문단속 잘해라. '단단히 매어두면 모두가 마딘 법' 언제 어디서 들어도 좋은 속담이지. (퇴장)

제시카 아버지, 안녕히 다녀오세요. (혼잣말로) 누가 내 운명을 막지만 않는다면 이것으로 우리 부녀는 이별이에요. 나는 아버지를, 아버지는 딸을 잃는 거죠. (퇴장)

제 6 장 베니스, 샤일록의 집 앞

그레시아노와 살레리오 가면을 쓰고 등장.

그레시아노 이곳이 바로 로렌조가 우리더러 있으라던 그 처마 밑이야.
살레리오 한데 약속 시간이 지났네.
그레시아노 그 친구가 약속 시간을 어기다니, 정말 이상한 일이군. 사랑에 빠진 연인들이란 언제나 약속 시간보다 먼저 오는 법인데.
살레리오 비너스의 수레를 끄는 비둘기도 새로 맺은 사랑의 맹세를 지킬 때는 재빠르게 날지만, 이미 맺어진 사랑의 맹세를 지킬 때는 거북이 걸음이라더군!

그레시아노 그야 만고의 진리지. 잔칫집에 왔다가 갈 때도 왕성한 식욕을 가진 채 식탁에서 일어나는 사람이 있던가? 말도 길을 처음 떠날 때는 지루함을 참고 엄청난 속도로 달리지만, 같은 길을 돌아올 때는 열심히 달리는 법이 없지 않은가? 세상사가 다 그런 게 아닌가. 쫓아다닐 때는 활기찬 법이지만, 막상 손에 넣으면 시들해지는 거지. 만국기를 나부끼며 항구를 떠나는 배를 보게. 마치 젊은 귀공자 같지 않은가? 창녀 같은 바람의 애무를 받으면서 말일세. 그런데 항구로 돌아오는 배의 모습은 마치 탕아처럼 보이는 법이지. 창녀 같은 바람에 시달려 찢겨 앙상한 뼈대만 남은 채로 말일세.

로렌조 황급히 등장.

살레리오 마침 로렌조가 오는군. 이 얘기는 나중에 하세.

로렌조 친구들, 이렇게 오래 기다리게 해서 미안하네. 본의 아니게 자네들을 오래 기다리게 만들었지만, 나보다는 내 사랑을 탓하게. 자네들이 아내로 삼을 색시를 훔쳐낼 때는 나도 자네들만큼 오래 기다려줄 테니까. 자, 여기가 내 장인인 유대인의 집일세. 여보시오! 안에 누구 있소?

제시카 누구세요? 목소리는 익숙하지만, 누군지 분명히 밝혀야죠.

로렌조 나요, 그대의 연인 로렌조요.

제시카 정말 로렌조님이시죠? 정말 내 사랑이시죠? 제가 당신 말고 누구를 이토록 사랑하겠어요? 자, 여기 이 상자를 받으세요. 수고할 가치가 있는 물건이에요. *(상자를 던진다)* 밤이라 다행이에요. 당신이 제 모습을 보시지 못할 테니. 이렇게 변장한 모습을 보여드리고 싶지 않았어요. 하지만 사랑은 사람들을 장님으로 만든다는 말이 사실인가봐요. 연인들은 자신들이 저지르는 어리석은 짓들을 볼 수 없으니까요. 만일 볼 수 있다면 큐피드조차 얼굴을 붉히겠죠.

로렌조　어서 내려오시오. 그대가 내 횃불잡이가 되어주어야겠소.

제시카　뭐라고요? 이 부끄러운 제 모습이 잘 보이도록 횃불을 들라고요? 그러지 않아도 이런 차림이 우스운 판에 횃불까지 들고 남들에게 환히 보이도록 서 있으라고요? 내 사랑이여, 지금 저는 제 모습을 숨겨야 할 처지랍니다.

로렌조　그래서 아름다운 소년 복장으로 변장을 하고 숨어 있었군. 자, 어쨌든 얼른 내려와요. 비밀을 감싸주는 밤이 지나가기 전에. 바사니오의 만찬이 우릴 기다리고 있소.

제시카　문단속을 단단히 하고, 돈을 좀 더 챙겨 가지고 갈 테니까 잠깐만 더 기다리세요. (창문을 닫는다)

그레시아노　저 상냥한 아가씨는 정말 유대인 같지 않아.

로렌조　내가 그녀를 진심으로 사랑하지 않는다면 지금 천벌을 받아도 좋아. 내 판단이 맞다면 그녀는 현명한데다가 내 눈이 삐지 않았다면 정말 아름답고, 진실하지. (제시카가 안에서 나온다) 아니, 벌써 왔소? 자, 친구들, 이제 갑시다. 지금쯤 가면을 쓴 친구들이 목을 길게 빼고 우릴 기다리고 있을걸세. (모두 퇴장)

제 7 장 벨몬트, 포셔 저택의 방

요란한 나팔소리. 포셔, 모로코 영주 시종들 등장.

포 셔 자, 커튼을 젖히고 귀한 영주님께 세 개의 상자를 보여드려라. (하인이 상자를 보여준다) 자, 그럼 골라보시지요.

모로코 영주 첫 번째 상자는 금 상자로군. 가만, 상자 위에 이런 글귀가 적혀 있군. '나를 선택하는 자는 만인이 원하는 것을 얻으리라.' 두 번째는 은 상자고, 여기에도 이런 글귀가 적혀 있군. '나를 선택하는 자는 그 신분에 합당한 것을 얻으리라.' 세 번째 상자는 형편없는 납 상자로군. 이런, 글귀조차 퉁명스럽기 짝이 없군. '나를 선택하는 자는 전 재산을 걸고 모험을 해야 한다.' 한데 내가 상자를 제대로 선택했는지 어떻게 알 수 있단 말이오?

포 셔 영주님, 한 상자에만 저의 초상화가 들어 있습니다. 물론 그걸 고르시면 전 영주님의 것이 되지요.

모로코 영주 신이시여, 저의 판단력을 바르게 인도하소서! 어디 글귀를 다시 한 번 읽어 보자. 납으로 된 상자에는 뭐라고 적혀 있었지? '나를 선택하는 자는 전 재산을 걸고 모험을 해야 한다.' 무엇을 위해서? 납을 위해서? 납을 위해 모험을 하란 말인가? 이건 나를 협박하는 게로군. 내 전 재산을 걸면 대체 내게 뭘 주겠다는 거지? 황금 같은 마음을 가진 내가 하찮은 외양에 허리를 굽힐 수는 없는 법, 난 납덩어리 때문에 동전 한 닢이라도 거는 모험 따위는 하지 않겠어. 그럼 처녀 같은 은 상자에는 뭐라고 씌어 있었지? '나를 선택하는 자는 그 신분에 합당한 것을 얻으리라.' 그 신분에 합당한 것이라고? 모로코 영주여! 잠시 멈추고 그대의 가치를 헤아려보시오. 그대 자신의 평가에 의하면, 그대 가치는 차고도 넘치지. 그러나 아가씨를 얻을 수 있을 만한지는 알 수 없는 일. 하지만 내 가치를 의심하는 건 나 자신을 과소평가하는 것이지. 내 신분에 합당한 만큼이라! 옳지, 바로 이 여자다! 똑똑한 모로코의 영주여, 무엇을 망설이는가? 가문으로 보나 재산으로 보나 예의범절이나 교양으로 보나 내 신분에 합당한 여자가 바로 이 여자인 건 틀림없어. 하지만 무엇보다 사랑을 두고 볼 때 내가 가장 합당한 인물이지. 이제 그만 망설이고 이걸 선택해볼까? 어디 한 번 보자. 금으로 된 상자엔 뭐라고 새겨져 있었지? '나를 선택하는 자는 만인이 원하는 것을 얻으리라.' 옳지, 그것도 바로 이 여자다! 온 세상 사람들이 이 여자를 열망하고 있잖나. 나에게 열쇠를 주시오. 이걸 고르겠소. 이젠 행운을 빌 수밖에!

포 셔　자, 열쇠를 받으십시오. 제 초상화가 그 안에 들어 있으면 저는 당신 것이 되는 겁니다! (모로코 영주, 금 상자를 연다)

모로코 영주　오, 이런! 이게 대체 뭐냐? 더러운 해골바가지로구나. 텅 빈 눈구멍에 끼어 있는 두루마리를 보자꾸나. '반짝인다고 해서 모두 금은 아니다. 그대는 이렇게 말하는 것을 자주 들었을 터. 수많은 사람들이 내 모습에 홀려 생명을 팔았도다. 황금의 무덤 속엔 구더기가 우글대는 법. 그대가 용감한 만큼 현명했다면, 젊고 분별력이 있었다면 두루마리에 쓰인 이런 답은 받지 않았을 것을. 잘 가시오. 당신의 청혼은 끝났소.' 정말 차가운 소리군. 내 노력도 허사가 되었고, 그래, 잘 가라, 사랑의 열정이여. 이리 오너라, 싸늘한 현실이여. 포서 아가씨, 이제 작별을 해야겠소. 가슴이 너무 아파 긴 인사는 피하겠소. 그럼 패자는 말없이 사라집니다. (영주 시종들과 퇴장. 요란한 나팔소리)

포 서   점잖게 가버렸구나. 이제 커튼을 치자. 얼굴색이 검은 저런 남자들은 모두 저렇게 헛물만 켜고 돌아가면 좋으련만. (모두 퇴장)

제 8 장 베니스의 거리

살레리오와 솔라니오 등장.

솔라니오   글쎄, 여보게. 바사니오가 배를 타고 가는 걸 보았는데, 그레시아노도 바사니오와 함께 있었지만, 로렌조는 보이지 않았어.

살레리오   그 유대 놈이 고함을 쳐 공작님을 깨웠지. 공작님도 그놈과 함께 바사니오의 배를 찾으러 가셨어.

솔라니오   놈이 왔을 때는 이미 너무 늦었어. 배가 떠난 후니까. 공작님께서도 얘기를 듣고 진상을 아시게 됐지만. 게다가 안토니오도 공작님께 말씀을 드렸다네. 바사니오의 배를 같이 타고 가지는 않았다고.

살레리오   난 그 개 같은 유대 놈이 그렇게 화내는 건 난생 처음 봤네. 길거리에서 정신 없이, 그렇게 이상하게 소리를 지르며 성을 내는 꼴이란.

정말이지 그렇게 고함을 지르는 걸 본 적이 없네. "내 딸! 아, 내 돈! 오, 내 딸년이 예수쟁이와 도망을 치다니! 예수쟁이 놈이 내 돈을 챙기다니! 재판감이다! 법이다! 내 금화 두 주머니를! 내 딸년이 훔쳐가다니! 꽁꽁 묶어둔 그 돈자루를! 귀하고 값진 보석 두 개까지 훔쳐가다니! 재판이다! 내 딸년을 찾아주시오! 내 보석도 그년이 가지고 갔소! 내 돈!" 하고 소리를 질러댔지.

솔라니오   안토니오도 약속한 날짜에 돈을 갚아야 할 텐데. 안 그랬다간 무슨 봉변을 당할지도 모르는 판이야.

살레리오   그러고 보니 이제야 생각나는군. 어제 어떤 프랑스인을 만났는데, 그 사람 말이 프랑스와 영국 사이의 좁은 해협에서 짐을 잔뜩 실은 화물선이 난파당했다지 뭔가. 그 얘길 듣는 순간 안토니오가 떠오르더라고. 난 마음속으로 그의 배가 아니길 빌었네.

솔라니오   자네가 들은 그 얘길 안토니오에게 해주는 게 좋을 듯싶네. 그렇다고 불쑥 말해 충격을 주지는 말고.

살레리오   그렇게 마음 착한 친구는 아마 이 세상에 없을 거야. 난 바사니오와 안토니오가 작별하는 모습을 봤네. 바사니오가 될 수 있으면 빨리 돌아오겠다고 말하자 그는 이렇게 말했지. "그러지는 말게. 나 때문에 조급히 굴다가 일을 망치면 안 되니까. 때가 무르익을 때까지 기다리게. 유대인이 받아간 차용증서는 신경 쓰지도 말게. 사랑으로 가득 찬 마음에 부담이 돼선 안 되네. 자네는 청혼하는 일에만 전력을 기울이게." 이렇게 말하면서도 눈에 눈물이 고이자 고개를 옆으로 돌린 채 바사니오의 손을 꽉 잡더군.

솔라니오   아마 그 친구의 유일한 보람은 바사니오에게 우정을 베푸는 일일 거야. 자, 우리 함께 그를 찾아보세. 그리고 유쾌한 일을 찾아내서 우울증을 털어내도록 도와주세. (모두 퇴장)

제 9 장 벨몬트, 포셔 저택의 방

요란한 나팔소리. 아라곤 영주와 포셔, 네리사, 그리고 시종들 등장.

포 셔 보십시오, 영주님. 저기 상자가 있습니다. 제 초상화가 들어 있는 상자를 선택하시면, 우리의 결혼식이 즉시 거행될 겁니다. 하지만 잘못 선택하시는 경우엔, 아무 말씀도 마시고 당장 이곳을 떠나서야 합니다.

아라곤 영주 나는 조금 전 세 가지 조건을 지키겠노라고 맹세를 했소. 첫째는 내가 어떤 상자를 선택했는지 누구에게도 발설하지 않겠다는 것이고, 둘째는 내가 만일 상자 선택에 실패하면 두 번 다시 어떤 처녀에게도 청혼하지 않겠다는 것이오. 그리고 마지막으로는, 불행히도 잘못 선택할 경우, 당신에게 즉시 작별 인사를 하고 떠난다는 것입니다.

포 셔 보잘것없는 소녀를 위해 모험을 하는 청혼자들이라면 모두 다 하시는 맹세들이지요.

아라곤 영주 그런 각오는 충분히 되어 있소. 자, 행운의 여신이여, 내 소원을 이루어주소서! (달려가 상자들을 하나씩 살펴본다) 황금과 은, 그리고 보잘것없는 납 상자로군. '나를 선택하는 자는 전 재산을 걸고 모험을 해야 한다.' 모든 것을 걸고 모험을 하려면 모양새부터 그럴 듯해야 하는데, 넌 생김새부터 아름답지 못하구나. 그럼 금 상자에는 무엇이라고 씌어 있지? '나를 선택하는 자는 만인이 원하는 것을 얻으리라.' 만인이란 어리석은 대중들을 일컫는 말일 거야. 그들은 겉으로 드러난 모습만으로 사물을 판단할 뿐, 우둔한 두 눈으로는 속을 꿰뚫어볼 줄 모르지. 그래서 앞날을 미리 내다보지 못하고 제비처럼 언제나 비바람을 피할 수 없는 길목과 비바람 몰아치는 바깥벽에 집을 짓곤 하지. 따라서 난 우둔한 만인이 원하는 것을 택하진 않을 거야. 어중이떠중이처럼 함부로 날뛰고 싶지도 않고 얼빠진 대중과 같은 부류로 남고 싶지도 않기 때문이지. 그렇다면 이번에는 은 상자를 다시 볼까? 날 선택하는 자는 그 신분에 합당한 것을 얻으리라.' 바로 내가 듣고 싶은 말이지. 합당한 자격이 없는 어느 누가 요행으로 명예를 얻는단 말이지? 어느 누구도 자신에게 과분한 명예나 지위를 탐내선 안 되지. 아! 부정한 수단을 통해서는 지위나 계급이나 관직을 얻을 수 없고, 합당한 자질을 가진 자만이 명예를 얻을 수 있다면 좋을 텐데. 그런 비천한 사람들 중 높은 지위에 오를 사람이 몇이나 될까? 지금 앉아서 명령을 내리는 사람들 중 앞으로 명령을 받는 자로 전락할 사람은 몇이나 될까? 얼마나 많은 명문대가의 후손들이 보잘것없는 농사꾼으로 변신할 것인가? 얼마나 많은 인물들이 속세의 검불과 쓰레기 더미로부터 건져져서 휘황한 빛을 발하게 될 것인가? 자, 그럼 드디어 내 신분에 합당한 상자를 고르기로 할까? 열쇠를 이리 주시오. 당장 상자를 열어 내 운명을 알아보겠소. (은 상자를 열어보더니 깜짝 놀라 한 걸음 뒤로 물러선다)

포 셔 (방백) 그토록 뜸을 오래 들이시더니 고작 그걸 찾아내셨군요!

아라곤 영주 이게 뭐냐? 눈을 끔벅이는 멍청이 바보의 초상화가 두루마리를 내밀다니. 어쨌든 읽어는 보자. 비록 포서 아가씨와 딴판이기는 하지만. 나의 희망과, 나의 신분에 합당한 것과는 너무나 거리가 멀구나. '날 선택하는 자는 그 신분에 합당한 것을 얻으리라' 고? 그래, 내 신분에 합당한 것이 고작 이 바보의 머리통이란 말인가? 이게 내 분수에 합당한 것이라고? 내 가치에 합당한 것이 이것이라고?

포 셔 죄 짓는 자와 그것을 평가하는 사람은 그 입장도 분명히 다르고 결과도 완전히 반대지요.

아라곤 영주 (두루마리 종이를 펴본다) 뭐라고 씌어 있지? '일곱 번 불에 달군 은 상자여, 판단 또한 일곱 번 달궈야 올바른 선택이 가능한 것을. 세상에는 그림자에 입을 맞추는 자가 있으니, 이를 축복하는 자 또한 그림자뿐이니라. 이 세상에는 은으로 본성을 감싼 바보들이 있나니, 바로 이 은 상자가 그러하다. 그대가 어떤 여자와 잠자리를 함께 하든 그대는 영원히 바보가 될 것이다. 그러니 당장 떠나시오. 당신 일은 끝났소.' 일이 이렇게 됐으니 이곳에서 더 이상 망설일 필요가 없지. 빨리 떠나야겠다. 여기서 꾸물대다가는 더 바보가 될 것 같구나. 청혼하러 올 때는 바보 머리 하나로 왔는데, 돌아갈 때는 이렇게 바보 머리 두 개가 되었구나. 아름다운 아가씨, 그럼 안녕히! 내 맹세는 지키겠소. 앞으로 슬픔과 괴로움을 꾹 참고 살아가겠소. (시종들과 함께 퇴장)

포 셔 불나방이 불꽃 속으로 날아들어 몸만 태운 꼴이 되었구나. 똑똑한 체하는 바보들 같으니! 제 꾀에 제가 스스로 넘어가니 어리석은 지혜로구나.

네리사　교수대에 목을 매달거나 마누라에게 목을 매는 일을 운명이라더니, 옛말이 하나도 그른 게 없네요.

포 셔　자, 커튼을 다시 치자, 네리사.

하인 등장.

하 인　아가씨, 방금 젊은 베니스인이 말에서 내렸는데, 곧 그의 주인이 오실 거라는 걸 미리 알려드리려고 온 겁니다. 주인의 정중한 인사말을 담은 서한과 값진 선물도 가지고 왔습니다. 전 지금까지 사랑의 전령으로서 그처럼 잘 어울리는 이는 보지 못했습니다. 찬란한 여름이 가까이 오고 있음을 예고하는 화창한 4월의 날씨가 아무리 상쾌하다 할지라도 주인보다 앞서 온 이 전령보다 더 상쾌하지는 못할 것입니다. 키가 훤칠한 데다 미남이고 예의도 바르고…….

포 셔　그쯤 해둬라. 그렇게 침이 마르도록 칭찬하는 걸 보니 조금 있다가는 그 사람이 네 친척뻘이라는 말이 나오지나 않을까 걱정되는구나. 자, 네리사. 그렇게 빼어난 큐피드의 전령이 있다니, 나도 어서 만나 보고 싶구나.

네리사　그분이 바사니오님이라면 얼마나 좋을까요! (일동 퇴장)

제 3 막

제 1 장 베니스의 거리

솔라니오 와 살레리오 등장하고 한쪽에서 샤일록 등장.

솔라니오 이봐요, 샤일록! 상인들 사이에 무슨 소식이라도 있소?

샤일록 당신들이 누구보다, 누구보다 잘 알고 있잖소. 내 딸년이 달아났다는 것을 말이오.

살레리오 물론 잘 알고 있소. 당신 딸이 잘 날아가도록 날개를 달아준 재봉사를 잘 알고 있으니까.

솔라니오 샤일록, 당신도 그 새끼새가 날개가 돋고, 날개 돋친 새끼새란 언제든 어미 품을 떠나는 게 순리라는 걸 잘 알고 있었을 텐데.

샤일록 어쨌든 천벌을 받을 년이오.

살레리오 그렇게 될 수도 있겠죠, 악마가 재판관이 된다면.

샤일록 내 살과 피를 받은 피붙이가 날 배신하다니!

솔라니오 무슨 당치도 않은 말씀을! 늙어빠진 그 나이에 그런 게 배신이라는 거요?

샤일록 내 말은 내 딸년이, 그년이 내 살과 피란 말이오.

살레리오 영감의 살과 따님의 살은 검은 돌멩이와 흰 상아보다 더 큰 차이가 날 텐데. 피만 해도 영감 피와 따님의 피는 붉은 포도주와 백포도주보다 더 큰 차이가 날 텐데. 그건 그렇고, 영감! 안토니오가 바다에서 큰 손해를 입었다던가, 뭐 그런 소문은 못 들었소?

샤일록　아이고, 엎친 데 덮친다더니 또 밑지는 장사를 했군. 파산자, 방탕한 놈, 이젠 감히 거래소에 얼굴을 내밀지도 못하겠지. 거지 같은 놈, 언제나 거들먹거리면서 시장 바닥에 나타나곤 했지만, 그 차용증서나 잊지 말라지! 나더러 고리대금업자라고 손가락질했지만, 차용증서를 잘 들여다보라고! 그래, 예수쟁이의 호의랍시고 이자도 없이 돈을 빌려주곤 했지만, 이젠 차용증서를 들여다보라고그래!

살레리오　안토니오가 위약을 한다고, 설마 그 친구의 살을 떼어내겠다고 하지는 않겠지? 그 차용증서는 어떻게 할 거요?

샤일록　물고기를 낚는 미끼는 충분히 될 거요. 다른 데엔 아무 쓸모가 없더라도 내 복수심을 달래는 데는 도움이 되겠지. 그자는 내 사업을 방해해 큰 손해를 보게 했고, 내가 손해를 보면 좋아라 웃어댔고, 이익을 보면 경멸했소. 내 장사를 방해하고, 친구 사이를 이간질하고, 내 적들을 충동질했소. 그런데 그 이유가 뭔 줄 아시오? 내가 유대인이기 때문이오. 하지만 유대인은 눈도 없는 줄 아시오? 손도, 오장육부도, 사지도, 감각도, 희로애락도 없는 줄 아시오? 우리도 당신네 예수쟁이들처럼 같은 음식을 먹고, 같은 칼로 베이면 피가 나고, 병에 걸리면 같은 약을 먹어야 하고, 당신네들처럼 겨울에는 춥고, 여름에는 더운 것을 느끼죠. 우린 뭐 찔러도 피 한 방울도 안 나오는 그런 족속인 줄 아시오? 당신들이 간지럼을 태워도 우리 유대인들은 웃지도 않고, 독약을 먹어도 죽지 않을 줄 아시오? 당신들이 우리들에게 어떤 부당한 짓을 해도 우리가 복수하지 않을 것으로 아시오? 유대인이 당신들을 모욕하면 가만 있겠소? 당연히 복수를 하겠죠. 바로 그거요. 우리도 당했으면 당신네 예수쟁이들이 하는 것처럼 복수를 해야 할 게 아니오. 난 당신들이 내게 가르쳐준 악행을 그대로 실행할 것이고, 어떤 일이 있어도 내가 배운 이상으로 잘해낼 생각이오.

튜벌 등장.

솔라니오   유대인 족속이 또 하나 나타났군. 악마가 유대인 놈으로 둔갑해 맞서면 모를까, 저 두 놈을 당해낼 재간이 없어. (솔라니오와 살레리오 퇴장)

샤일록   오, 튜벌! 제노바에선 무슨 소식이라도 있는가? 그래, 내 딸년을 찾았나?

튜 벌   자네 딸 소문이 있는 곳에는 전부 가봤지만 허탕이었네.

샤일록   아이고, 난 망했구나! 우리 민족에게 이런 저주가 내린 적은 여태껏 없었는데, 내가 이런 저주를 받다니. 이천 더컷짜리 보석에다 다른 보석들을 줄줄이 갖고 가다니, 딸년이 차라리 내 발치에서 뒈져버리는 게 낫겠다! 귀에 그 보석만 달고 있다면 말이야. 오, 그년을 찾는답시고 내가 돈을 얼마나 썼는지 아나? 엎친 데 덮친 격이지! 그 도둑년이 큰돈을 가져갔는데도 모자라 그 도둑년을 잡으라고 또 큰돈을 써야 하다니. 그런데도 찾지도 못하고, 복수도 못하고, 세상의 불운이란 불운은 전부 내 어깨 위에 내려앉고, 세상의 한숨이란 한숨은 모두 내 입에서 나오고, 눈물이란 눈물도 모두 내 눈에서만 흐르는 꼴이 되다니……. (흐느낀다)

튜 벌   아냐, 불운한 건 지금 자네뿐만이 아냐. 제노바에서 들은 이야긴

데, 안토니오도······.

샤일록 뭐, 뭐라고? 불운하다고? 누가? 안토니오가?

튜벌 트리폴리스에서 돌아오던 상선이 난파당했다고 하더군.

샤일록 하느님, 고맙습니다! 정말 고맙습니다! 그게 사실인가?

튜벌 난파선에서 살아 돌아온 선원들한테서 들은 얘기야. 베니스로 오는 길에 안토니오의 채권자들과 동행했는데, 모두들 이젠 그 사람이 파산할 수밖에 없다고들 하더군.

샤일록 그것 참, 반가운 소식이 아닐 수 없군. 옳지, 이참에 그놈을 단단히 혼내주고 욕을 보여줘야겠다. 아무튼 반가운 소식이야. 그래, 어디 위약만 해봐라. 놈의 심장을 도려낼 테니. 그자만 베니스에서 사라져 버리면 난 이 바닥에서 마음대로 장사할 수 있거든. 그럼 가보게, 튜벌. 이따가 교회에서 만나세. (두 사람 퇴장)

제 2 장 벨몬트, 포셔 저택의 방

바사니오, 포셔, 그레시아노, 네리사 그리고 시종들 등장.

포셔 서두르지 마시고 조금 기다려 주세요. 혹 잘못 선택하신다면 우린 이대로 헤어져야 할 터이니, 참고 기다려주세요. 무언가 말할 수는 없지만 제겐 어떤 느낌이 와요. 사랑한다고 말하기는 어렵더라도, 당신을 놓치기는 싫군요. 저를 두고 모험하시기 전에 부디 이곳에 한두 달 머무셨으면 합니다. 저로서는 지금 상자에 관한 한 어떤 귀띔도 할 수는 없답니다. 그러면 맹세를 깨뜨리는 것이 되니까요. 그렇다고 그냥 내버려두어 잘못 선택하시게 된다면, 차라리 맹세를 깨뜨리는 죄를 짓는 게 나을지도 모르겠네요. 아, 당신 눈빛이 원망스럽군요. 저를 홀리는 그 눈빛에 제 마음은 그만 두 조각이 나고 말았으니까요. 시간에 무거운 추를 달아 걸음을 느리게 해놓고 잠시라도 운명의 순간을 지연시킬 수 있으면 좋을 텐데.

바사니오　어서 선택하게 해주시오. 이대로 있으니 마치 고문대 위에 올라 있는 것 같은 심정이라오.

포 셔　고문대라뇨? 바사니오님, 어서 고백해보세요. 당신의 사랑 속에 어떤 배신이 숨어 있는지.

바사니오　그런 건 없소. 그대의 사랑을 얻지 못하면 어쩌나, 하는 두렵고 불안한 마음 외에는 없소. 마치 차가운 눈과 뜨거운 불이 공존하기 어렵듯이 나의 사랑에도 거짓된 마음이 존재하기 어렵다오.

포 셔　그러나 고문대 위라서 하시는 말씀이 아닌가요? 고문대 위에선 마음에도 없는 말을 종종 하게 되니까요.

바사니오　먼저 나를 살려주겠다는 약속을 하면 내 진심을 고백하겠소.

포 셔　그럼 고백을 하시죠. 살려드릴 테니까요.

바사니오　고백합니다, 당신을 사랑한다는 것을. 이것이 내가 할 수 있는 고백의 전부입니다. 오, 행복한 고문이 아닌가. 날 고문하는 사람이 내가 구원받을 수 있는 해답을 가르쳐주다니. 자, 그건 그렇고, 내 운명을 결정하게 될 상자 앞으로 나를 안내해주시오.

포 셔　그러시다면 저쪽으로 가시지요! 저기 저 상자들 중 하나에 제 초상화가 들어 있으니까요. 저를 진심으로 사랑하신다면 찾아내시겠죠. 네리사, 그리고 나머지 사람들도 물러섰거라. 이분이 상자를 선택하시는 동안 음악을 연주하도록 해라. 혹 실패하시더라도 백조가 최후를 맞이하듯 음악을 들으며 가실 수 있도록. (모두 복도로 간다) 이제 그분이 가시는구나. 트로이 왕이 울면서 바다의 괴물에게 제물로 바쳤던 처녀를 구하기 위해 나섰던 젊은 율리시즈 못지않게 늠름한 모습으로. 아니, 그보다 더 깊은 사랑을 가슴에 품고 가시는구나. 난 바로 그 제물이나 다름없어. 저만치 떨어져 서 있는 저 여인들은 트로이의 여인들과 다름이 없지. 눈물로 얼룩진 얼굴로 그 용사가 벌인 모험의 결과를 보러 나온 트로이의 여인들 말이야. 가시지요, 헤라클레스님이시여! 그대가 살아남아야 저도 살아남을 수 있답니다. 싸우는 당신보다 그 모습을 지켜봐야 하는 제 마음이 한층 더 괴롭군요. (바사니오가 상자의 글귀를 읽으면서 생각에 잠긴 동안 음악이 흐른다)

바사니오　자고로 겉모습이 그럴 듯해도 속은 겉과 다를 수 있는 법, 그럼에도 세상 사람들은 늘 그럴 듯한 겉모습으로 모든 걸 판단하곤 하지. 아무리 썩어빠진 추악한 소송사건도 그럴 듯한 변론으로 포장하면 사악한 표면은 가려져 보이지 않게 마련이지. 종교도 마찬가지야. 성직자가 근엄한 표정으로 축복해주고 성경 말씀을 인용하여 정당화하면 아무리 저주받아 마땅한 죄라도 충분히 가려지지 않던가. 그 어떤 악덕도 그대로 드러나는 법이 없어. 늘 그럴 듯하게 포장해서 그 겉모습을 달리 보이게 하지 않던가? 이 세상엔 겁쟁이들이 좀 많은가. 그럼에도 모래로 쌓은 계단처럼 허술한 마음을 가진 자도, 하얀 간을 가진 겁쟁이들도 헤라클레스의 수염을 달고 허세를 부리지 않던가. 이런 자들은 단지 무섭게 보이려고 용감한 척 겉치레를 하는 법이지. 한마디로 그럴 듯한 겉모습이란 가장 현명한 사람마저 교활하게 함정에 몰아넣는 허울뿐인 진실인 게지. 그러니 마이더스 왕도 씹지 못하는 단단한 음식인 너 번쩍이는 황금이여, 나는 너를 원치 않는다. 또 창백한 낯짝을 하고 사람들 사이를 오가는 천한 은이여, 너 역시 나는 원치 않는다. 그러나 보잘것없는 납이여, 솔깃한 말로 뭔가를 말해주기보다는 오히려 사람들에게 겁을 주는 듯한 모습, 이 가식 없는 네 모습이 그 어떤 웅변보다 나를 감동시키는구나. 그래, 난 너를 기꺼이 택하겠다. 제발 좋은 결과가 나오기를! (하인이 열쇠를 내준다)

포 셔 (방백) 어머나, 정말 다른 감정은 다 사라져버렸네. 의심에 찬 생각도, 불안과 절망감과 공포와 질투심, 이 모든 감정들이 사라져버렸어. 이제 내게 남겨진 것은 사랑뿐. 아, 사랑이여! 하지만 진정해야지. 이 설레는 황홀한 마음을 좀 달래다오. 환희의 비를 조금만 뿌려 제발 도를 넘지 않도록 해다오. 기쁨이 지나치면 화를 불러들이는 법인데, 이 과분한 축복을 감당하기 어렵구나. 과하면 물리는 법이니, 제발 좀 덜어다오.

바사니오 (상자를 연다) 무엇이 들어 있을까? 아름다운 포셔의 초상화로구나! 신의 솜씨를 가진 화가가 아니라면 어찌 이리 똑같을 수가 있나? 이 눈들이 지금 움직이고 있는 건가? 아니면 내 눈동자가 움직이는 건가? 벌어진 입술 사이로 새어 나오는 감미로운 입김은 또 어떤가? 이 머리카락은 마치 거미가 쳐놓은 그물같이 섬세하군. 거미줄에 걸린 벌레들보다 더 단단하게 남자들 마음을 얽어매려고 황금 그물을 짜놓은 것 같군. 게다가 아름다운 두 눈은 또 어떤가? 그런데 화가가 어떻게 이걸 완성할 수 있었을까? 눈 하나를 그리고 나서 황홀함에 빠져 나머지는 못 그렸을 듯싶은데. 그러나 어떠한 초상화도 실물의 아름다움에는 미치지 못할 거야. 이 안에 두루마리 족자가 들어 있군. 아마 내 운명의 요약이겠지. '겉모습만으로 선택하지 않은 그대여, 행운이 따라 올바른 선택을 했도다. 그대에게 행운이 있으라. 그대는 이 같은 행운을 차지했으니, 만족하고 더이상 새것을 찾으려 하지 말라. 이걸 진정 지상의 행복이요, 하늘의 축복이라 여긴다면, 그대의 연인에게로 발걸음을 돌려서 사랑의 키스로 청혼을 하라.' 친절한 글이로구나. (포셔에게 다가간다) 아름다운 아가씨, 허락만해주신다면, 이 글귀대로 사랑을 주고받으러 왔습니다. 그런데 제 처지가상을 두고 경쟁한 사람과 같군요. 마치 경주에서 이긴 자가 박수갈채 소리에 넋을 잃고 정신이 혼미해져 칭찬하는 소리가 자신을 위한 것인지 아닌지 정신을 못 차리는 것과 같은 처지입니다. 당신이 확인을 해주고 인증할때까지는 내가 본 것이 사실인지, 아닌지 믿을 수가 없습니다.

포 셔 바사니오님, 저는 당신께서 보고 계신 그대로 그저 한 여자에 지나지 않습니다. 저 자신만을 위해서라면 지금의 이 모습보다 더 잘 보이고싶은 욕심 같은 건 가지지 않았을 겁니다. 그러나 당신을 위해서라면 지금보다 백 배나 더 훌륭한 여인이 되고 싶고, 천 배나 더 아름다운 여인이 되고 싶고, 만 배나 더 부유한 여인이 되고 싶습니다. 그러나 지금의 저는 저에게 있는 모든 것을 합쳐봤자 내놓을 만한 것이 별로 없는 존재랍니다. 간단히 말씀드리면 저는 교양도 없고, 교육도 받지 못했고, 세상물정도 모르는 여자랍니다. 그러나 다행스러운 건, 아직 나이가 젊으니 무엇이든 배울 수 있다는 겁니다. 게다가 제 성품이 온순하여 저의 주인이시고, 지배자이시며, 왕이신 당신의 가르침에 순종할 수 있다는 것입니다. 저 자신뿐아니라 제가 소유한 것 모두가 이제는 당신 것입니다. 즉 집과 하인들 그리고 이 몸까지도 저의 주인이신 당신의 것입니다. 이 모든 것을 반지와 함께 당신에게 드리겠습니다. 만일 이걸 버리시거나, 잃어버리시거나, 남에게 주신다면 그건 바로 당신의 사랑이 식어버린 증거로 생각하고 절대로 용서하지 않을 생각입니다.

바사니오　당신이 내가 할 말을 다 하시니 난 입이 있어도 할 말이 없소. 내 심장 속에 흐르는 피만이 내 마음을 전하고 있을 뿐이지요. 나의 이성은 마치 축제에 참석한 무리처럼 기뻐 날뛰고 있소. 마치 백성들의 신뢰를 받는 왕이 훌륭한 연설을 끝냈을 때 기뻐하는 군중들 사이에서 볼 수 있는 그런 혼란을 겪고 있는 거지요. 그러나 한 가지 분명한 것은 이 반지가 내 손가락에서 떠나는 날에는 내 생명도 다하는 날이라는 겁니다. 아! 그땐 이 바사니오가 죽었다고 단언해도 좋습니다.

네리사와 그레시아노 등장.

네리사　나리, 그리고 아가씨. 지금까지는 강 건너 불구경하듯 보고만 있었지만, 마침내 두 분의 소원이 이루어졌으니 진심으로 축하드립니다.

그레시아노　바사니오 공, 그리고 상냥한 아가씨, 정말 축하드립니다. 마음껏 이 기쁨을 누리십시오. 그리고 제 몫의 기쁨 또한 못지않다는 것을 알아주십시오. 왜냐하면 아가씨께서 저 친구와 백년해로의 가약을 맺으실 땐, 저 역시 동시에 결혼식을 올렸으면 하거든요.

바사니오　진심으로 그렇게 되기를 바라네. 자네에게 신붓감만 있다면 말이지.

그레시아노　고맙네, 바사니오. 바로 자네가 신붓감을 구해준 셈이네. (네리사의 손을 잡고) 내 눈도 자네 눈 못지않게 민첩하고 매섭지. 자네가 저

아가씨에게 정신이 팔려 있는 동안 난 이 아가씨에게 눈독을 들였거든. 자네가 사랑을 맹세할 때 나도 막간을 이용해 사랑을 맹세했다네. 자네의 운명이 저기 저 상자에 걸려 있었듯이, 내 운명도 묘하게 저 상자에 걸려 있었다네. 나도 여기서 나름대로 입천장이 마르도록 진땀을 뺐고, 사랑의 맹세를 거듭했으니까. 그리고 여기 이 미인으로부터 결국 내 사랑을 받아들이겠다는 약속을 받아냈다네. 자네가 포셔 아가씨를 차지한다는 조건으로 말일세.

포 셔 네리사, 그게 사실이냐?

네리사 네, 아가씨. 아가씨께서 허락만 하신다면요.

바사니오 우리 두 사람의 잔치가 자네들의 결혼 덕분에 더욱 빛나게 되겠군.

그레시아노 네리사, 우리 누가 먼저 아들을 낳나, 천 더컷을 걸고 내기를 할까?

네리사 어머, 그렇게 큰돈을 걸어요?

그레시아노 아냐, 그만둡시다. 이 내기에선 내가 질 것 같군. 내 것도 내 마음대로 걸지 못할 처지가 되었으니. 그런데 저기 오는 게 누구지? 로렌조와 그의 이교도 애인 아냐? 아니, 베니스에 살고 있는 내 옛 친구 살레리오도?

로렌조와 제시카 그리고 살레리오 등장.

바사니오 로렌조, 살레리오, 여기 온 걸 환영하네. 내가 자네들을 환영할 자격이 있는진 모르겠지만 어쨌든 어서 오게. (포셔에게) 부탁하오, 상냥한 포셔! 미안하지만 이 사람들을 환영해주시오. 내 절친한 고향 친구들이오.

포 셔 환영하고말고요, 서방님. 여러분! 진심으로 환영합니다.

로렌조 반갑게 맞아주셔서 감사합니다. 여기서 자넬 만날 줄은 꿈에도 생각 못했네. 살레리오를 길에서 만났더니, 하도 같이 오자고 성화를 부려서 여기까지 오게 됐네.

살레리오 바사니오, 사실이야. 하지만 그럴 이유가 있었네. 안토니오 공이 자네에게 안부를 전하더군. (바사니오에게 편지를 건넨다)

바사니오 편지를 뜯어보기 전에 대답부터 하게. 그래, 그 친구는 요즘 어떻게 지내나?

살레리오 마음이 편치 않아 그렇지, 잘 있다고 할 수도 있겠지. 마음이 편치 않으면 몸도 편치 않으니 문제지만, 뭐 편지에 자세한 소식이 적혀 있겠지. (바사니오의 편지를 뜯는다)

그레시아노 네리사, 저 낯선 손님을 접대 좀 해줘요. (네리사가 제시카에게 인사를 한다) 자, 살레리오. 우선 악수나 하세. 베니스에서 좋은 소식은 없었나? 우리 친구 안토니오 공은 어떻게 지내고 있는가? (방백) 우리들이 성공했다는 소식을 들으면 그 친구도 틀림없이 기뻐할 텐데. 우리 모두 황금 양털을 얻었으니 말이야.

살레리오 안토니오가 잃은 황금 양털을 자네들이라도 얻었다면 얼마나 좋겠나. (그레시아노와 한쪽으로 가서 이야기한다)

포 셔 아마 불길한 사연이 씌어 있나봐. 바사니오님의 얼굴이 저렇게 창백하게 변한 걸 보면. 친한 친구분이 돌아가시기라도 한 걸까? 그렇지 않고서야 저렇게 얼굴색이 변할 리가 없지. 미안하지만 바사니오님,

전 당신의 반쪽이니, 그 편지 내용의 절반 정도는 저도 알아야겠어요.

바사니오   오, 친절한 포셔. 이 편지지 위에 쓰인 글보다 더 침통한 사연이 어디 있겠소. 내가 처음 당신에게 사랑을 고백했을 때, 솔직하려고 애썼소. 내가 가진 재산이라곤 혈관 속을 흐르는 피 외엔 아무것도 없는 허울 좋은 신사라고. 난 진실을 말했던 거요. 하지만 사랑하는 포셔, 내가 한 푼도 없는 빈털터리라고 고백한 그 말조차도 사실은 허풍이었소. 재산이 아무것도 없는 처지보다 훨씬 더 비참한 상태라고 말했어야 했던 거요. 사실 나는 친구한테 빚을 졌고, 그 돈으로 이곳에 온 거요. 그 친구는 내가 필요한 비용을 조달하는 걸 도와주기 위해 그의 원수에게 저당을 잡히고 돈을 빌렸지. 이게 바로 그 친구의 편지요. 이 편지는 친구의 육신처럼, 여기 쓰인 글자 한 자 한 자가 상처 구멍이 되어 피를 토해내고 있소. 그런데 이게 사실인가, 살레리오? 안토니오의 배가 모두 난파되었단 말이지? 트리폴리스 것도, 멕시코 것도, 잉글랜드와 리스본, 바바리와 인도에서도 실패했다는 말인가? 단 한 척도 암초를 피하지 못했단 말이지?

살레리오   그래, 한 척도 없다네, 바사니오. 어디 그뿐인가. 안토니오의 수중에 유대인의 빚을 갚을 만한 현금이 있더라도 그놈이 약속 날짜가 조금 지난 걸 핑계로 받지 않으려 들걸세. 놈은 밤낮을 가리지 않고 공정한 재판을 열어달라고 공작 각하를 졸라대고 있어. 만일 요청을 거부한다면 베니스 시민의 상업적 자유의 보호 여부에 대한 의문을 제기할 거라고 떠들어댄다는 거야. 공작 각하는 물론 여러 권위 있는 고관들과 스무 명의 상인들까지도 나서서 놈을 설득하려고 애썼지만 그 누구도 위약의 대가니, 공정한 재판이니, 차용증서가 어떠니 하면서 떠들어대는 놈을 말릴 재간이 없었다네.

제시카　아버지와 함께 있을 때 저는 튜벌과 추스 씨에게 아버지가 맹세하시는 걸 들은 적이 있어요. 아마 안토니오님이 빌린 돈의 스무 배를 갚는다 해도 아버지는 거절할 거예요. 아버지가 필요로 하는 건 오직 안토니오님의 살덩이일 테니까요.

포 셔　곤경에 처한 분이 그럼 당신의 친구란 말씀인가요?

바사니오　그렇소. 나의 가장 절친한 친구라오. 고결한 천성에, 남을 돕는 일이라면 두 팔을 걷어붙이는 그런 사람이지. 그리고 그 누구보다 옛 로마인의 명예로운 정신을 간직하고 있는 사람이오.

포 셔　그분이 유대인에게 진 빚이 얼마인데요?

바사니오　나 때문에 삼천 더컷을 빌렸소.

포 셔　어머나, 겨우 그 정도인가요? 그럼 육천 더컷을 주고 그 차용증서를 말소시키세요. 육천 더컷의 두 배, 아니 그 세 배를 지불하셔도 좋아요! 바사니오님의 말씀대로 그렇게 훌륭한 친구분이라면 머리카락 한 올이라도 다쳐서는 안 되겠죠. 우선 같이 교회로 같이 가서 결혼식부터 올려요. 그리고 그 친구분을 찾아가세요. 그 정도의 하잘것없는 빚이라면 스무 배라도 갚아드릴 테니, 빚을 청산하고 그 진실한 친구분과 함께 이리로 오세요. 그건 그렇고, 친구분의 편지 내용을 저에게도 들려주세요.

바사니오　(읽는다) "바사니오, 내 배들은 모두 난파됐네. 채권자들은 갈수록 더 가혹해지고 내 형편은 말이 아닐세. 유대인에게 준 차용증서는 기한이 지나 내 목숨을 내놓지 않고는 도저히 갚을 길이 없을 것 같네. 그러면 부채는 다 청산이 되겠지. 죽기 전에 단 한 번이라도 자넬 볼 수만 있다면 자네와 나 사이의 부채는 청산되는 셈이네. 하지만 무리는 하지 말고 자네 형편대로 하게나. 우정에 끌려온다면 고맙지만, 그렇지 않다면 이 편지는 잊어버리게."

포 셔   아! 사랑하는 님이시여, 만사를 제쳐놓고 어서 친구 곁으로 가보세요!

바사니오   착한 그대가 떠나도 좋다고 허락을 해주었으니 서둘러 떠나도록 하겠소. 그리고 속히 돌아오겠소. 다시 돌아올 때까지 하룻밤이라도 헛되이 머물러 죄를 짓거나, 쉬느라고 시간을 끌어 우리의 재회를 지연시키는 일이 없도록 하겠소. (모두 퇴장)

제 3 장 베니스의 거리

샤일록, 솔라니오, 안토니오, 그리고 간수 등장.

샤일록   간수 양반, 이자를 잘 감시하게. 내게 자비니 뭐니 하는 그따위 말은 입에 담지도 말고. 이 사람은 이자도 받지 않고 돈을 거저 빌려주는 바보라니까. 간수 양반, 잘 지키라고.

안토니오   샤일록, 내 말 좀 들어보시오.

샤일록   난 증서에 씌어 있는 대로 따를 거요. 그러니 허튼소릴랑은 하지도 마시오. 당신은 나보고 이유도 없이 개새끼라고 불렀지. 그래, 난 개새끼니까 내 이빨을 조심하라고. 공작님께서도 법대로 처리하실 거야, 멍청한 간수 같으니라고! 자넨 왜 그리 멍청한가? 부탁한다고 이자의 외출을 허락하다니!

안토니오   제발 내 말 좀 들어보시오.

샤일록   당신 말을 들어야 할 까닭이 없어. 차용증서에 적힌 대로 할 테니까, 집어쳐. 내가 예수쟁이들의 중재에 넘어가서 고개를 끄덕이고 귀를 기울이며 대충 넘어갈 바보인 줄 아시오? 날 따라오지도 마시오. 더 말하기도 싫소. 그냥 차용증서에 쓴 대로 하자니까. (문을 닫아버린다)

솔라니오   세상에! 지금까지 인간과 함께 살아온 개 가운데 저렇게 몰인정하고 지독한 개는 처음 보는군.

안토니오   내버려두게. 놈을 쫓아다니면서 애원 따위는 하지도 않겠네. 저놈이 노리는 건 내 목숨이야. 난 그 이유를 잘 알고 있지. 내가 놈의 빚독촉에 시달려 온 사람들을 도와준 적이 가끔 있었거든. 그런 이유로 저놈이 날 철천지원수처럼 미워하는 거야.

솔라니오   어쨌든 난 확신하고 있네. 설마 공작님께서 이따위 터무니없는 차용증서를 인정하실 리가 있겠나?

안토니오   공작님이라고 법을 무시할 수는 없겠지. 이 베니스에선 외국인도 우리처럼 자유롭게 장사를 할 수 있는 권리가 있으니까. 만일 그런 걸 무시하면 이 나라엔 정의가 없다는 비난을 받게 되겠지. 이 나라의 무역과 경제적 번영이 다른 나라와 관련되어 있기 때문이지. 어쨌든 가세나. 고민하고 슬퍼한 덕에 살이 쏙 빠져 내일 그 잔인한 빚쟁이에게 떼어줄 살이 1파운드 정도라도 남아 있을 것 같지 않군. 자, 간수 양반, 이젠 갑시다. 바사니오가 돌아와 내가 빚 갚는 모습을 지켜봐 준다면 난 더 이상 바랄 게 없겠네. (모두 퇴장)

제 4 장 벨몬트, 포셔 저택의 방

포셔, 네리사, 로렌조, 제시카, 그리고 밸서저 등장

로렌조 부인, 면전에서 이런 말씀을 드리자니 쑥스럽긴 합니다만, 부인께선 진실한 우정에 대해 고귀하신 생각을 갖고 계십니다. 부군께서 여기를 떠나신 후 보여주신 태도를 보면 알 수 있는 일이죠. 하지만 부인께서 구해주시려는 분이 과연 어떤 인물인지, 얼마나 성실한 신사분이며, 부인의 부군에게 얼마나 소중한 친구인가를 아시게 된다면, 아마 평소의 선행과는 달리 이 일에서 더 큰 보람을 느끼시게 될 겁니다.

포 셔 저는 친절을 베풀고 후회한 적은 없답니다. 이번에도 마찬가지죠. 친구들이란 대화하면서 많은 시간을 보내고, 그 영혼이 우정의 굴레로 맺어져 있는 존재들이죠. 그래서 그 외양이나 태도, 기질이 서로 비슷해지죠. 아마 제 남편의 소중한 친구인 안토니오라는 분도 제 남편과 분명 닮은 점이 있을 거예요. 그렇다면 제가 비용을 아무리 많이 지불한다 해도 무슨 문제가 되겠어요? 제 영혼과 마찬가지인 남편과 닮은 분을 지옥같이 끔찍한 곳에서 구해내기 위해 쓰는데, 이까짓 돈이야 아무것도 아니죠. 말해놓고 보니 너무 제 자랑만 한 것 같네요. 제 자랑은 그만하고 딴 얘기를 할게요. 로렌조 씨, 부탁이 있는데 들어주시겠어요? 남편이 돌아오실 때까지 이 집의 관리를 맡아주셨으면 해요. 네리사의 남편과 제 남편이 돌아오실 때까지 네리사를 데리고 가서 수도원에 머물며 기도도 드리고 묵상도 하면서 지내기로 작정했답니다. 부탁이니 제 청을 거절하지는 말아주세요. 당신의 우정을 믿고 부득이 부탁드리는 겁니다.

로렌조　물론이죠. 기쁜 마음으로 부인의 뜻에 따르겠습니다.

포 셔　고마워요. 저희 집안 사람들에게는 이미 제 뜻을 알렸으니 바사니오님과 저 대신 당신과 제시카를 주인처럼 섬길 거예요. 그럼 다시 뵐때까지 안녕히 계세요.

로렌조　부디 행복한 시간을 보내시길!

제시카　평온한 시간을 보내시도록 기도드릴게요.

포 셔　감사합니다. 두 사람에게도 행운이 함께 하길 빌게요. (제시카와 로렌조 퇴장) 자, 벨서저. 너는 지금까지 충직하게 일해왔으니 앞으로도 변함없이 그래줬으면 좋겠어. 이 편지를 받아라. 그리고 패듀어까지 전속력으로 달려가서 내 사촌 오라버니인 벨라리오 박사에게 이 편지를 전하렴. 그리고 박사님이 주시는 서류와 의상을 빠짐없이 챙겨서 가능한 한 빨리 선착장으로 와줘. 베니스로 승객을 실어 나르는 그 선착장 말이다. 인사는 나중에 하고 빨리 가봐. 난 너보다 먼저 거기로 가 있을 거야.

밸서저　마님, 바람처럼 후딱 다녀오겠습니다. (퇴장)

포 셔　자, 네리사, 우린 남편들을 만나러 가자꾸나.

네리사　그분들이 단박에 우릴 알아볼 텐데요.

포 셔　그러니까 변장을 해야 한다. 우리가 남자 옷을 입으면 그분들은 틀림없이 우릴 남자로 알 거야. 난 당당한 모습으로 칼도 차고, 말할 땐 소년과 어른 사이의 변성기에 있는 남자애처럼 피리 소리 같은 목소리를 낼거야. 그리고 걸음걸이도 종종걸음 대신 대장부처럼 의젓하게 걸어야겠지. 그리고 청년처럼 허풍을 치면서 그럴 듯한 거짓말을 하는 거야. 지체 있는 숙녀들이 사랑을 고백했지만 거절했다, 그랬더니 그녀들이 상사병에 걸려 죽었다, 하지만 나 때문에 죽을 것까지는 없었다는 둥, 이런 거짓말을 스무 가지 정도 늘어놓으면 사람들은 내가 학교를 졸업한 지 1년은 넘었을 거라고 믿을 거야. 허풍쟁이들이 하는 거짓말쯤은 나도 천 가지 정도는 알고 있어. 그걸 한번 해보고 싶단다.

네리사   그럼 우리가 정말 남자가 되는 건가요?

포 셔   이런, 그따위 질문이 어디 있니? 누가 들으면 오해하기 좋겠다. 아무튼 떠나자. 자세한 얘기는 마차에 탄 뒤 해줄게. 마차가 정문에서 우리를 기다리고 있단다. 서둘러야겠다. 오늘 안으로 20마일을 달려야 하니까. (모두 퇴장)

제 5 장 벨몬트, 포셔의 저택 정원

론슬롯과 제시카 등장.

론슬롯   정말 그렇습니다. 명심하세요. 아버지의 죄는 자식들이 물려받는 법이라니까요. 그래서 드리는 말씀이지만, 전 아가씨가 늘 걱정된다고요. 아가씨에게만은 모든 걸 솔직하게 털어놨으니까 이런 말씀을 드리는 거예요. 그러니까, 제발 기운을 내세요. 아가씬 틀림없이 지옥에 떨어질 거라고요. 하지만 도움이 될 만한 희망이 딱 한 가지 있긴 한데, 그것도 별로 신통한 방법은 못 되지만······.

제시카　그 희망이란 게 뭔지 한번 말해봐라.

론슬롯　말하자면, 아가씨의 아버지가 아가씨를 낳지 않았다면, 아가씨는 유대인의 딸이 아닐지도 모른다는 희망이지요.

제시카　정말 엉뚱한 희망이로구나! 그럼 이번에는 우리 어머니의 죄를 내가 물려받을 차례네?

론슬롯　아닌 게 아니라, 전 아가씨가 아버지나 어머니가 지으신 죄 때문에 지옥에 떨어지지나 않을까 늘 걱정입니다. 암초를 가까스로 피해놓으니 태풍을 만나는 격이라고나 할까요? 어느 길을 가든 지옥으로 가게 돼 있는 거지요.

제시카　서방님이 날 구해주시겠지. 그이가 나를 기독교도로 만들어주셨으니.

론슬롯　그런 이유로 주인님은 비난을 받으셔도 싸요. 그러시지 않아도 예수쟁이들이 거리에 넘쳐나는 판인데. 사이좋게 의지하며 서로 돕고 살아가기도 힘들 만큼 많잖아요. 이런 식으로 예수쟁이들을 많이 만들어내면 돼지고기 값만 오르는 거죠, 뭐. 너도나도 돼지고기를 먹게 되는 날엔 아무리 많은 돈을 내더라도 돼지고기 한 조각 먹지 못하게 되는 때가 올지도 모르잖아요.

로렌조 등장.

제시카　지금 네가 한 말을 서방님에게 전해야겠다, 론슬롯. 마침 저기 오시네!

로렌조 론슬롯 이놈, 내가 질투라도 하면 어쩌려고 남의 아내를 이렇게 으슥한 곳으로 끌고 다니냐?

제시카 그런 걱정은 하시지도 마세요, 로렌조님. 론슬롯과 전 말다툼을 하고 있었으니까요. 노골적으로 이런 말을 하더라고요. 내가 유대인의 딸이라 천당에 갈 가능성이 전혀 없다고요. 당신도 마찬가지로 이 나라의 훌륭한 시민이 아니래요. 유대인을 기독교도로 개종시켜서 돼지고기 값만 잔뜩 올려놓았다나요.

로렌조 그런 일이라면 내가 더 잘 설명할 수 있지. 검둥이 계집의 배를 불룩하게 만든 자네보다는 내가 더 훌륭한 시민일 테니까. 그 무어인 계집이 네 아이를 가진 게지, 론슬롯?

론슬롯 그 무어인 계집애 배가 보통 이상으로 나왔다면 큰일인데요. 여자란 정숙해야 하는 법인데. 그런데 그 계집이 예사롭지 않은 일을 저질렀다면 정말 보기보다는 앙큼한 계집인가봅니다.

로렌조 어릿광대들은 다 저렇게 말재주가 좋다니까! 그러나 정말 지혜로운 사람들은 오히려 침묵을 지키는 법이지. 말 잘한다고 칭찬받는 건 아마 앵무새밖엔 없을걸. 이봐, 론슬롯! 안으로 들어가서 하인들에게 식사 준비를 하라고 이르게나! (모두 퇴장)

제 4 막

제 1 장 베니스의 법정

공작과 고관들, 안토니오, 바사니오, 그레시아노, 솔라니오와 살레리오,
그리고 그 밖의 사람들 등장.

공 작 안토니오는 여기 출두했는가?

안토니오 예, 여기 있습니다, 각하.

공 작 유감스럽게 됐소. 상대방은 목석같이 완강하고 비정한 인간이
오. 동정심도 없고 비인간적인데다 자비심이라고는 털끝만큼도 찾아볼
수 없는 짐승 같은 인간이지.

안토니오 공작 각하께서 그자의 가혹한 주장을 철회시키시려고 무척이
나 애써주셨다는 얘기를 들었습니다. 하지만 그자의 태도가 워낙 완강해
서 어떤 합법적인 수단으로도 그자의 손아귀에서 벗어날 길이 없게 됐
습니다. 그자의 분노에는 인내로 맞설 수밖에 없겠지요.

공 작 그 유대인을 법정으로 불러오도록 하라.

솔라니오 이미 법정 밖에서 대령하고 있습니다. 아니, 벌써 들어오고 있
습니다, 각하.

샤일록 등장.

공 작 길을 만들어줘라, 저자를 내 앞에 세워라. (군중들이 길을 비켜준다. 샤일록, 공작 앞으로 나와서 고개를 숙인다) 샤일록, 나는 지금 이렇게 생각하고 있소. 그대가 지금은 일부러 악의에 찬 주장을 굽히지 않지만 재판이 막바지에 이르면 이상하리만큼 잔인한 탈을 벗고 뜻밖의 자비와 동정을 베풀 것이라는 걸 믿고 싶소. 최근에 피의자가 입은 손실은 연민의 눈으로 볼 수밖에 없을 거요. 아무리 안토니오 같은 거상이라도 쓰러질 수밖에 없는 큰 손실을 입었으니, 그 딱한 처지가 불쌍하게 여겨질 게 아니오? 그러니 아무리 청동 같은 가슴과 목석 같은 심장을 지닌 사람도, 아니 무자비한 터키인이나 타타르인이라 해도 저 상인에게 동정심을 느끼지 않을 사람이 없을 거요. 여기 모인 사람들은 그대의 자비로운 답변을 기대하고 있소.

샤일록 소인의 생각은 이미 각하께 모두 말씀드렸습니다. 그리고 제 종족의 신성한 안식일을 걸고 맹세도 했습니다. 차용증서에 명시된 대로 원금과 위약금을 받겠다고요. 만일 공작님께서 이것을 거절하시면 각하가 다스리시는 이 나라의 법과 자유는 상처를 입을 것입니다. 각하께서는 저에게 물으실지도 모르겠습니다. 왜 삼천 더컷을 마다하고 한사코 썩은 살 한 덩어리를 달라고 고집하느냐고요. 그러나 전 대답하지 않겠습니다! 저의 타고난 기질 때문이라고 하면 답이 되겠습니까? 우리 집에 쥐새끼 한 마리가 나타나 말썽을 부리면 저는 기꺼이 1만 더컷을 내놓으며 그 쥐를 없애달라고 할 겁니다. 이만하면 답이 되는지 모르겠군요. 여전히 납득이 안 되십니까? 세상엔 입을 떡 벌린 통돼지구이가 싫다는 사람도 있고, 고양이만 보면 미쳐버리는 사람도 있는 법입니다. 가죽피리 소리만 들으면 소변이 마려워 참기 힘들다는 사람도 있죠. 감정의 주인인 기질이 사람을 좌지우지하기 때문입니다. 저도 그 이유를 말씀드리기는 어렵습니다만, 안토니오에게 쌓이고 쌓인 증오와 혐오의 감정 때문에 손해 보는 소송을 제기하게 됐다고 말씀드릴 수밖에 없군요. 이것이 저의 답변입니다.

바사니오　그게 무슨 답변이냐? 이 인정머리 없는 놈아! 그것으로 네 잔인한 행동이 용납될 줄 알았더냐!

샤일록　당신 마음에 드는 답변을 해야 할 의무가 내게 있었던가?

바사니오　미운 것은 모조리 죽여야 직성이 풀린단 말이오?

샤일록　미우면 죽이고 싶은 것이 인지상정 아니오? 당신이라면 같은 독사한테 두 번씩이나 물리고 싶소?

안토니오　바사니오, 상대는 유대인이라는 것을 잊지 말게. 차라리 바닷가에 서서 만조에 밀려오는 밀물더러 물러가라고 외치는 편이 나을 거야. 저 유대인의 얼어붙은 마음을 녹일 수 있다면 이 세상에서 안 될 일이 하나도 없을걸세. 그러니 제발 부탁이네. 더는 아무 말도 말고, 아무 일도 벌이지 말게. 될 수 있는 대로 간단하고 신속히 결말이 나도록 도와주게. 나에겐 판결이, 저 유대인에겐 뜻이 이루어지도록 내버려두게.

바사니오　자, 삼천 더컷 대신 여기 육천 더컷을 내지.

샤일록　그 육천 더컷이 여섯 개로 나뉘어지고, 나뉘어진 하나하나가 다시 일 더컷이 된다고 해도 나는 받아들일 생각이 없소. 나는 이 차용증서대로 받겠소.

공 작　인간에게 자비를 베풀지 않으면서 어찌 신의 자비를 바라는가?

샤일록 죄 지은 것도 없는데 판결을 두려워할 필요가 있겠습니까? 여러분들은 많은 노예들을 돈으로 사서 당나귀나 개나 노새처럼 취급하면서 천하고 고된 일에 마구 부려먹고 있지 않습니까? 왜요? 돈을 주고 노예들을 샀기 때문이죠. 어디 한번 말씀드려 볼까요? 노예들을 해방시켜 여러분들의 상속녀인 아드님이나 따님과 결혼시키는 건 또 어떻습니까? 왜 노예들에게 무거운 짐을 지우고 땀을 흘리도록 내버려두시죠? 저 역시 마찬가집니다. 제가 요구하는 살덩이 1파운드는 제가 비싼 대금을 치르고 산 것입니다. 그건 제 소유물이니 어떻게 해서든 받아내고야 말겠습니다. 공작님께서 제 요구를 거절하신다면 법이 무슨 소용입니까? 베니스의 법은 아무런 구속력도 없는 것이 되고 말 겁니다. 자, 이젠 판결을 내려주십시오. 저 사람의 살 1파운드는 제 것입니다. 그러니까 제가 떼어가도 되겠지요?

공 작 내 직권으로 이 법정을 폐정시킬 수도 있다. 그러나 이 사건을 판결하기 위해 모셔 온 석학 벨라리오 박사께서 오늘 여기에 오시기로 되어 있으니 그러지는 않겠다.

살레리오 각하, 문 밖에 사자 한 사람이 와 있습니다. 박사께서 보내신 편지를 갖고 패듀어에서 지금 막 도착했습니다.

공 작 그 편지를 이리 가져오너라. 그리고 사자도 불러들이고.

바사니오 기운을 내게, 안토니오! 이 사람아, 용기를 잃지 말라고. 저 유대 놈에게 내 살과 내 피, 내 뼈를 다 준다 해도 자네한테서는 피 한 방울 흘리게 할 수는 없어. (샤일록, 칼을 꺼내더니 갈기 시작한다)

안토니오 나는 양떼 가운데 병들고 거세된 숫양이나 다름없어. 죽어 마땅하네. 과일 중에서도 가장 약하고 설익은 것이 가장 먼저 땅에 떨어지는 법 아닌가? 그러니 날 그냥 이대로 내버려두게. 하지만 자네에겐 남겨진 일이 하나 있네. 바사니오, 자네는 오래도록 살아남아서 내 묘비명이나 써주게.

네리사, 법관 서기 복장을 하고 법정에 등장.

공 작 그대는 패듀어의 벨라리오 박사가 보내서 왔는가?

네리사 (절을 하며) 그렇습니다, 각하. 벨라리오 박사께서 안부를 전해달라고 하셨습니다. (편지 한 통을 꺼내 전한다)

공 작 벨라리오 박사가 보내신 이 편지에는 젊고 박식한 박사 한 분을 법정에 추천한다고 했는데, 그분이 어디 계신가?

네리사 네, 문 밖에서 공작 각하의 뜻이 어떠신지 몰라서, 입장을 허락하실지 아닐지 몰라서 대령하고 있습니다.

공 작 진심으로 환영하는 바이다. 자, 누가 가서 그분을 이곳으로 정중히 모셔오도록 하라. (시종 몇 사람이 공작에게 절을 한 다음 나간다) 그동안 벨라리오 박사의 편지를 이 법정에서 낭독하도록 하라.

서 기 (편지를 읽는다) 공작 각하, 부디 헤아려주십시오. 각하의 친서를 받았을 때 공교롭게도 소인은 와병 중에 있었습니다. 그러나 각하의 사자가 소인을 방문했을 때 마침 로마로부터 젊은 박사 한 분이 문병차 와 있었습니다. 그의 이름은 벨서저입니다. 소인은 박사에게 유대인과 상인 안토니오 간에 진행중인 소송 사건의 배경을 잘 설명해주었습니다. 우리는 함께 많은 문헌을 조사했고, 소인의 의견도 얘기해주었습니다. 다행히 미비한 점은 그가 보충해주었는데, 그의 해박한 지식은 소인이 아무리 잘 말씀드려도 부족합니다. 다행히 그가 소인의 간청을 받아들여 대신 그곳으로 가서 각하의 요청에 응하게 되었습니다. 모쪼록 잘 부탁 드립니다. 그가 젊다는 이유로 훌륭한 평가를 받는 데 지장이 없도록 충분히 배려해주셨으면 합니다. 아직 젊은데도 불구하고 그토록 노련한 판단력을 지니고 있는 사람을 소인은 여태껏 본 적이 없습니다. 각하께서 그를 환대해주시길 바라마지 않으며, 그 어떤 말로도 그의 뛰어난 실력을 제대로 칭찬할 수는 없으리라는 것을 소인은 확신합니다.

포셔, 법학 박사 복장으로 책을 들고 등장

공 작 석학 벨라리오 박사가 보내주신 편지의 내용은 방금 들으신 바와 같소. 아, 저기 그 젊은 박사가 오는군. 자, 먼저 악수나 합시다. 벨라리오 박사가 보내신 분이오?

포 셔 그렇습니다, 각하.

공 작 잘 오셨소. 자리에 앉아주시오. (시종이 포셔를 공작 옆으로 안내한다) 박사께서는 지금 이 법정에서 심의중인 소송 사건의 내용에 대해서는 들으셨겠죠?

포 셔 네, 상세하게 들었습니다. 어느 쪽이 상인이고, 어느 쪽이 유대인입니까?

공 작 안토니오와 샤일록, 두 사람 모두 앞으로 나오라. (두 사람 앞으로 나와서 공작에게 인사를 한다)

포 셔 그대가 샤일록인가?

샤일록 네, 맞습니다.

포 셔　제기한 소송이 이상하기는 하지만, 소송 절차에는 아무런 하자가 없으니 베니스의 법으로서는 당신을 비난할 수가 없소. (안토니오에게) 당신의 목숨이 원고의 손아귀에 들어 있다는 걸 알고 있소?

안토니오　네, 저 사람이 그렇게 말하고 있으니까요.

포 셔　이 증서를 인정하시오?

안토니오　인정합니다.

포 셔　그렇다면 유대인이 자비를 베푸는 것도 좋은데.

샤일록　제가 왜 자비를 베풀어야 합니까? 그 이유를 말씀해보세요.

포 셔　자비란 그 성격상 강요되는 것이 아니오. 하늘에서 땅으로 내리는 단비와 같은 것으로 일종의 축복이죠. 나아가 자비는 이중의 축복에 해당되니, 주는 자와 받는 자를 함께 축복하는 것이기 때문이오. 그러니 유대인이여, 그대가 요구하는 바는 정의이지만 정의만 내세우면 그 어느 누구도 구원받을 수 없다는 것을 명심하시오. 우리는 자비를 베풀어달라고 늘 기도를 드리며, 하느님은 우리 모두에게 서로 자비를 베풀 것을 가르쳐주시고 있소. 만일 그대가 자비 없는 정의만을 계속 고집한다면 이 엄정한 베니스의 법정은 부득이 저 상인에게 불리한 선고를 내리지 않을 수 없소.

샤일록　자신이 한 일은 자신이 책임져야겠지요! 저는 지금 법에 호소하고 있는 겁니다. 이 증서에 명시된 담보만을 요구하는 거라고요.

포 셔　이 사람은 그 차용금을 갚을 능력이 없는가?

바사니오　아닙니다. 저 사람 대신 제가 이 법정에서 돈을 갚겠습니다. 원금의 곱절을 갚겠습니다. 아니, 원금의 곱절이 부족하다면 열 배라도 내라면 내겠습니다. 제 손과 머리 그리고 제 심장을 담보로 하는 한이 있어도요. (무릎을 꿇고 양손을 펴든다) 이렇게 부탁드립니다. 박사님의 권한으로 이번 한 번만 법을 굽히시어, 이 잔혹한 악마의 의도를 꺾어주십시오. 그것은 큰 정의를 실현하기 위한 작은 잘못에 다름 아닙니다. 이 잔인한 악마의 뜻을 굽혀주십시오.

포 셔 그럴 수는 없소. 베니스의 어떤 권력도 이미 정해진 법을 바꿀 순 없소. 그러면 그게 하나의 선례로 기록되고, 비슷한 종류의 위법 행위가 수없이 반복되어 국가의 기강이 문란해질 거요.

샤일록 명판사 다니엘의 재현일세. 정말 다니엘 같으신 판사님이셔! 오, 젊고 현명하신 판사님, 존경하옵니다! (포셔의 법복에 입을 맞춘다)

포 셔 그 차용증서를 좀 봅시다.

샤일록 여기 있습니다. 존경하는 판사님, 여기, 여기 있습니다.

포 셔 샤일록, 원금의 세 배를 주겠다는데, 어떤가?

샤일록 그럼 하늘을 두고 한 맹세는 어떻게 되는 겁니까? 제 영혼을 두고 한 맹세는요? 맹세하고 또 맹세했는데도요? 천만에요. 안 됩니다. 베니스를 다 주신다 해도 안 됩니다.

포 셔 (증서를 읽으며) 약속 날짜를 넘겼으니 할 수 없군. 법적으로는 이 상인의 심장 가장 가까운 곳에서 살 1파운드를 잘라내겠다는 이 유대인의 주장이 잘못된 게 없어. 하지만 자비를 베푸시는 게 어떻소? 원금의 세 배를 받고 이 증서를 찢어버리는 게.

샤일록 증서의 내용대로 빚이 청산되고 나면 그렇게 하지요. 제가 보기에 박사님께선 참으로 훌륭한 재판관이십니다. 법학에도 해박하시지만, 법 해석도 지극히 공정하십니다. 전 바로 그런 법을 기대하는 겁니다. 박사님은 법을 수호하시는 훌륭한 대들보시니 제발 판결을 내려주십시오.

이 증서대로 판결을 내려주십시오.

안토니오 저도 바랍니다. 판결을 내려주십시오.

포 셔 그렇다면 할 수 없군. 피고는 가슴을 열고 저 사람의 칼을 받을 준비를 하시오.

샤일록 오, 젊은 양반이 어쩌면 저렇게 명철하실까!

포 셔 (안토니오에게) 이제 피고는 가슴을 내놓으시오.

샤일록 그렇습니다. 바로 저 가슴팍이에요. 증서에도 그렇게 씌어 있지요. 안 그렇습니까, 판사님? 심장에서 가장 가까운 곳, 바로 그렇게 명시돼 있습니다.

포 셔 좋소. 저울은 준비가 되어 있소? 살덩이를 달 저울 말이오.

샤일록 예, 여기 준비해왔습니다. (외투 밑에서 저울을 꺼낸다)

포 셔 샤일록, 당신 부담으로 의사를 불러오시오. 피고의 상처를 치료 못하면 출혈로 인해 생명이 위험할 테니.

샤일록 증서에 그렇게 씌어 있습니까? (증서를 자세히 살펴본다)

포 셔 그런 말은 증서에 없지만 그게 어쨌다는 거요? 그 정도의 자비는 베푸는 것이 좋을 텐데.

샤일록 그런 글귀는 없습니다. 증서에 없네요.

포 셔 안토니오, 무슨 할 말은 없는가?

안토니오 별로 없습니다. 각오는 돼 있으니까요. 악수나 하게, 바사니오. 잘 있게, 친구여. 자네 때문에 내가 이런 처지가 됐다고 슬퍼하지는 말게. 운명의 여신이 그 어느 때보다 친절을 베풀고 있으니. 흔히 파산한 가엾은 사람을 마음대로 죽지도 못하게 하고, 눈은 움푹 꺼지고 이마엔 굵은 주름살이 잡히고, 궁핍으로 찌든 노년을 겪게 만드는데 나로 하여금 비참한 고통을 질질 끄는 걸 면하게 해주었으니 말일세. (두 사람 포옹한다) 자네의 훌륭한 부인께 안부나 전해주게. 내가 최후를 맞이한 태도도 전해주고, 자넬 얼마나 좋아했는지도 말해주게. 또 바사니오가 얼마나 진정한 친구를 가졌던가도 말해주게. 자네가 친구를 잃는 걸 슬퍼만 해준다면 난 자네의 빚을 갚아준 걸 결코 후회하지 않겠네. 저 유대인이 심장에 칼을 깊숙이 찔러만 준다면 내 심장을 다 바쳐 빚을 갚게 될 테니 말일세.

바사니오　오, 안토니오, 결혼한 내 아내는 나에겐 생명처럼 소중하네. 하지만 내 생명도, 내 아내도, 전 세계도 나에게는 자네 생명보다 더 소중할 순 없어. 여기에 있는 이 사악한 악마로부터 자네만 구할 수 있다면 난 모든 걸 희생해도 좋아.

포 셔　만일 당신 부인이 옆에 있어서 이 얘기를 들었다면 아마 달갑지는 않았을걸요.

그레시아노　저도 아내가 있습니다. 물론 끔찍이 사랑한다고 할 수 있지만 저 들개 같은 유대 놈의 심보만 바꿀 수만 있다면 제 아내를 천당에라도 보내고 싶은 마음입니다.

네리사　그런 말은 아내가 듣지 않는 자리에서나 해야겠지요. 그렇지 않으면 가정불화감이네요.

샤일록　(방백) 예수쟁이 남편이란 다 별수 없어! 내 딸년을 예수쟁이에게 주느니 차라리 천하의 날도둑 바라바에게 주는 편이 더 나았을걸. (큰 소리로) 시간 낭비입니다. 빨리 판결을 내려주십시오.

포 셔　저 상인의 살 1파운드는 원고의 것이오. 본 법정이 그걸 인정하고, 법이 보장한다.

샤일록 과연 공정한 판사님이시다! 판결이 났다. 자, 각오하라. (칼을 빼들고 앞으로 나간다)

포 셔 잠깐 기다리시오. 아직 할 말이 남았으니. 이 증서에는 단 한 방울의 피도 원고에게 준다는 말이 없다. 여기에는 '살 1파운드'라고만 적혀 있으니 살을 1파운드만 잘라 가라. 단, 피를 단 한 방울이라도 흘린다면 그대의 토지를 비롯한 재산은 모두 베니스 법률에 따라 국고로 귀속될 것이니 명심하라.

그레시아노 오, 얼마나 공정하신 판사님이신가! 들었지, 이 유대 놈아? 오, 박식하신 판사님!

샤일록 이게 법이라고?

포 셔 법조문을 직접 읽어보시오. 원고는 정의를 요구했으니, 원고가 바라던 이상으로 엄정한 판결을 받게 될 것이오.

그레시아노 잘 봐라, 이 유대 놈아! 박식하신 판사님을.

샤일록 그러시다면 아까 그 제안을 받아들이겠습니다. 증서에 명시된 원금의 세 배를 받게 해주시고 저 기독교도는 석방시키십시오.

바사니오 여기, 돈 있다.

포 셔 잠깐! 유대인은 정의로운 재판을 요구했다. 증서에 적힌 것 외에는 아무것도 받을 수가 없다. 자, 어서 살을 잘라낼 준비를 하시오. 단 한 방울의 피도 흘려선 안 되며, 살을 잘라내되 더도 말고 덜도 말고 정확히 1파운드만 잘라내시오. 만일 그 이상 또는 그 이하의 살을 도려낸 결과, 그 무게가 1파운드에서 조금이라도 무겁거나 가벼워 저울이 머리카락 한 올만큼이라도 한쪽으로 기울 경우 그대는 사형에 처해질 것이고, 그대의 전 재산은 몰수당할 것이다.

그레시아노 다니엘 명판사가 재림하셨군. 유대 놈아, 이놈, 이단자 놈아! 네놈은 이제 꼼짝달싹 못하게 되었구나.

포 셔 유대인은 무엇을 주저하는가? (샤일록에게) 어서 위약의 대가를 받으시오.

샤일록 원금만 받으면 곧 물러가겠습니다.

포 셔 그대가 받을 수 있는 것은 오직 살 1파운드뿐이오.

샤일록 그럼 마음대로 하시오. 나는 더 이상 이런 소송을 진행하고 싶은 마음이 없으니까.

포 셔 잠깐만 기다리시오, 유대인! 그대에게 적용해야 할 법 조항이 하나 더 있으니까. 베니스의 법률이 정한 바는 아래와 같소. (법조문을 읽는다) 만일 외국인이 직접 또는 간접적으로 베니스 시민의 생명을 노렸다는 사실이 판명될 경우 가해자 재산의 절반은 생명을 빼앗길 뻔한 피해자에게 돌아가도록 되어 있고, 나머지 절반은 국고에 귀속되도록 되어 있소. 또한 가해자의 생명은 오로지 공작님의 재량에 달려 있고, 어느 누구도 이의를 제기할 수 없소. 말하자면, 지금 그대의 입장은 이 조문에 해당되오. 어서 무릎을 꿇고 엎드려 공작 각하의 자비를 구하시오.

공 작 우리 기독교인들의 정신이 너의 정신과 얼마나 다른가를 보여주겠다. 그대가 간청하기 전에 목숨만은 살려주겠다. 네 재산의 절반은 안토니오에게, 나머지 절반은 국가에 귀속될 것이다. 그러나 개선의 여지가 보인다면 벌금형 정도로 감할 수도 있다.

포 셔 국고에 귀속될 재산은 가능하지만, 안토니오의 몫은 다릅니다.

샤일록 아니오. 목숨이든 뭐든 다 가져가시오. 용서도 바라지 않소. 집을 받쳐주는 기둥을 빼간다면 집을 통째로 빼앗는 것과 뭐가 다르겠소?

내가 살아갈 이유인 재산을 빼앗아가면 그게 바로 내 목숨을 빼앗는 거나 다를 게 뭐 있소?

포 셔 안토니오, 그대는 이 사람에게 자비를 베풀 생각인가?

안토니오 존경하는 공작 각하, 그리고 이 법정에 계신 여러분, 감히 한 말씀 드리겠습니다. 국고에 귀속될 저 사람의 재산 절반을 돌려주시고 벌금도 면해주셨으면 합니다. 그리고 재산의 나머지 절반은 제게 맡겨주셨으면 합니다. 저 사람이 사망하면 최근 그의 딸을 훔쳐 결혼한 젊은 신사에게 양도해주고 싶기 때문입니다. 물론 전제 조건이 두 가지 있습니다. 첫째는 이 같은 은혜를 입었으니 유대인은 그 보답으로 당장에 기독교로 개종했으면 하는 것입니다. 둘째로는, 여기 이 법정에서 재산 양도증서를 작성하는 일입니다. 즉, 임종 시 유산 전부를 사위 로렌조와 딸 제시카에게 물려준다는 양도증서를 쓰는 것입니다.

공 작 좋아, 그렇게 하도록 합시다. 만일 거절하면 유대인한테 지금 방금 선언한 사면을 취소하겠소.

포 셔 그대는 어떤가, 유대인? 더 할 말이 있는가?

샤일록 없습니다.

포 셔 (네리사에게) 서기, 양도증서를 작성하도록 하라.

샤일록 부탁이 있습니다. 여길 떠날 수 있도록 허락하여주십시오. 몸이 좀 불편해서요. 양도증서는 집으로 보내주시면 거기서 서명하겠습니다.

(샤일록, 비틀거리며 퇴장)

공 작 박사님, 우리 집으로 가서 식사라도 함께 하시지요.

포 셔 호의는 감사합니다만, 용서를 바랍니다. 오늘 밤에 패듀어로 가야 해서요. 당장 이곳을 떠나야만 합니다.

공 작　그것 참 유감입니다. (단상에서 내려서며) 안토니오는 이분에게 감사드리시오. 이분이 아니었더라면 어쩔 뻔했소? (공작 및 고관들, 그리고 수행원들과 군중들 퇴장)

바사니오　훌륭하신 박사님, 저와 이 친구는 박사님의 지혜로운 판결 덕분에 처참한 죽음을 면하게 되었습니다. 유대인에게 갚으려던 삼천 더컷을 드리고자 하오니 받아주셨으면 합니다. 박사님의 수고에 대한 조그만 성의 표시입니다.

안토니오　이 큰 은혜를 어떻게 다 갚아야 할지 모르겠습니다. 평생 잊지 않겠습니다.

포 셔　마음이 흡족하시다면 그것으로 이미 보수를 충분히 받은 거나 다름없습니다. 당신들을 구한 것으로 만족하니까요. 그러니까 충분히 보수를 받은 셈이죠. 지금까지 전 그 이상의 보상을 바란 적도 없습니다. 바라건대 다음 기회에 만나게 되거든 저를 모른 체하지나 말아주세요. 자, 안녕히 계십시오. 이만 실례하겠습니다.

바사니오　박사님, 이러시지 말고 제발 제 호의를 받아주십시오. 성의 표시라고 생각하시고 제 작은 뜻을 받아주십시오.

포 셔　그렇게까지 말씀하시니 받아들이겠습니다. (안토니오에게) 그 장갑을 벗어주시면 당신을 만난 기념으로 간직하겠습니다. (바사니오에게) 우정의 표시로 그 반지 정도는 빼주실 수 있겠죠? 그 이상은 바라지도 않습니다. 설마 싫다고는 안 하시겠지요?

바사니오　이 반지 말씀입니까? 이건 싸구려 반지인데요! 이런 싸구려 반지를 부끄러워서 어떻게 드리지요?

포 셔　제가 받고 싶은 것은 그 반지뿐입니다. 그러고 보니 왠지 그 반지가 마음에 끌리네요.

바사니오　실은 값이 문제가 아니라 이 반지에는 사연이 좀 있어서 그렇습니다. 대신 베니스에서 제일 비싼 반지를 사서 드리겠습니다. 곧 광고를 내어 구해볼 테니, 이 반지만은, 부탁입니다. 정말 용서해주십시오!

포 셔　알겠습니다. 당신은 말로만 선심을 쓰시는 분이군요. 처음에는 무엇이든 요구하라고 하셔서 청했더니, 이제 와선 사람을 구걸하는 거지 꼴로 만들어버리는군요.

바사니오　박사님, 이 반지는 사실 제 집사람의 정표입니다. 아내는 이걸 제게 끼워주면서 맹세까지 시켰습니다. 이것을 절대로 팔거나 남에게 주어서도, 잃어버리지도 않겠다는 맹세지요.

포 셔　그건 뭔가를 남에게 주기 싫을 때 사람들이 구실삼아 하는 말이죠. 당신의 부인이 양식 있는 여자라면, 그리고 제가 그 반지를 받을 자격이 있다고 생각하신다면, 저에게 그걸 준다고 해서 당신을 원망하진 않을 겁니다. 자, 그러면 안녕히 계십시오! (네리사와 퇴장)

안토니오　여보게 바사니오, 그 반지를 박사님께 드리게. 자네 부인의 뜻을 무시하자는 건 아니지만, 저분의 수고와 내 우정을 고려하여 다시 생각해주면 고맙겠네.

바사니오　그레시아노, 빨리 뒤쫓아가서 이 반지를 박사님께 전해드리게. 그리고 가능하면 그분을 안토니오 집으로 모시고 오게. 어서! (그레시아노, 급히 퇴장) 가세, 자네 집으로 가세. 모두 내일 아침 일찍 벨몬트로 달려가세. 자, 안토니오, 가세. (모두 퇴장)

제 2 장 베니스의 거리

포셔와 네리사, 그레시아노 등장.

그레시아노 아, 박사님을 간신히 따라잡았군요. 실은 바사니오 공이 고민 끝에 이 반지를 박사님께 전해드리라고 내줬습니다. 그리고 저녁식사나 함께 하셨으면 하고 기다리고 있습니다.

포 셔 그럴 수가 없소. 하지만 반지는 고맙게 받겠습니다. 부탁이니 제 뜻을 잘 전해주십시오.

네리사 박사님, 잠깐만. (포셔에게 방백) 저도 제 남편을 한 번 시험해봐야겠어요. 영원히 빼지 않겠다고 맹세한 반지지만.

포 셔 (네리사에게 방백) 좋아. 틀림없이 뺏을 수 있을 거야. 아마 그분들은 반지를 건네준 상대가 남자라고 말하면서 거듭 맹세하겠지만, 그들을 무안하게 만들고 실컷 맹세하게 만들어놓자. 어쨌든 서둘러야겠다! 우리가 어디서 만날지 알고 있겠지?

네리사 (그레시아노에게) 그럼 가실까요? 샤일록의 집으로 저를 안내해주실 거죠? (모두 퇴장)

제 5 막

제 1 장 벨몬트, 포셔 저택 앞의 가로수 길

로렌조와 제시카 등장.

로렌조 달빛이 휘영청 밝기도 하구나. 바로 이런 밤이었을 거야. 산들바람이 나뭇가지에 살며시 키스하고는 소리 없이 스쳐가는 밤. 아마 이런 밤이었을 거야, 트로일러스 왕자가 성벽 위에 올라가 연인 크레시다가 잠들어 있는 그리스 군 진영을 향해 넋을 잃고 땅이 꺼져라 탄식하던 밤도 이랬을 거야.

제시카 바로 이런 밤이었겠죠. 티스베가 살금살금 이슬을 밟으며 님을 만나러 갔다가, 그를 만나기도 전에 사자 그림자를 보고 겁에 질려 정신없이 달아났던 때가.

로렌조 정말이지 바로 이런 밤이었을 거요. 제시카라는 처녀가 부유한 유대인 아버지 몰래 집을 빠져나와 방탕한 연인과 둘이서 베니스를 탈출하여 벨몬트까지 온 밤이.

제시카 바로 이런 밤이었겠죠. 로렌조라는 청년이 사랑하느니 어쩌구 하면서, 처녀의 마음을 훔치기 위해 마음에도 없는 진실한 사랑을 연거푸 맹세하던 밤이.

로렌조 정말이지 이런 밤이었을 거요. 아름다운 제시카가 귀여운 말괄량이처럼 연인의 험담을 아무리 많이 늘어놓아도 그 연인은 그녀를 용서했던 밤이.

제시카 이런 식으로 밤을 들먹이는 말장난에는 이길 자신이 있지만, 누가 이쪽으로 다가오고 있는 것 같아요. 사람 발소리가 들리는 것 같은데 누굴까요?

포셔와 네리사 등장.

로렌조 저 목소리, 저건 분명히 포셔 아가씨의 목소리야.

포 셔 내 목소리가 흉한가봐. 소경이 흉한 소리를 듣고 뻐꾸기를 알아내듯 금방 알아차리네.

로렌조 돌아오신 걸 환영합니다, 부인.

포 셔 우리 두 사람은 남편들 일이 잘되기를 빌러 기도원에 갔었지요. 기도의 효험이 빨리 나타났으면 좋겠는데. 그런데 두 분께서 돌아들 오셨어요?

로렌조 아직 도착은 안 했습니다. 그러나 심부름꾼 한 사람이 먼저 와서 곧 돌아오실 거라고 전했습니다.

포 셔 네리사, 집 안으로 들어가서 하인들에게 우리가 집을 비웠다는 사실을 발설하지 않도록 입단속을 시켜라. 로렌조, 그리고 제시카도 내색하지 말아요.

바사니오, 안토니오, 그레시아노 그리고 수행원들 등장.

바사니오　태양이 없다 해도 당신이 내 곁에 있어주니 나에겐 이곳이 지구의 저편처럼 밝은 대낮으로 보이는구려.

포 셔　밝은 건 좋지만, 경박하다는 소리는 듣고 싶지 않네요. 경박한 아내는 남편을 우울하게 만드는 경향이 있지요. 저 때문에 당신이 우울해지지 않도록 하느님께 기도하는 중이죠. 아무튼 무사히 돌아오셨으니 기뻐요.

바사니오　고맙소, 부인. 이젠 친구들을 환영해주시오. 이 사람이 바로 그분이오. 내가 정말 많은 신세를 지고 있는 안토니오 공이오.

포 셔　여러 면으로 신세를 지셨다는 말을 들었어요. 저희 남편 때문에 큰 변을 당할 뻔하셨다지요?

안토니오　그리 큰 변은 아닙니다. 이렇게 풀려 나왔으니까요.

포 셔　저희 집에 잘 오셨습니다. 빈말이 아닌 다른 방법으로 환영을 해야 할 테니 말로 하는 인사는 이만 간단히 해두겠습니다.

그레시아노　(네리사에게) 저 달에 맹세하지만 당신은 내게 너무 심했소. 나는 사실 그 반지를 판사님의 서기에게 주었다오. 제기랄, 반지를 받은 그 녀석이 고자라면 좋겠군. 여보, 사랑하는 당신이 그렇게까지 언짢아 할 걸 미리 알았더라면…….

포 셔　아니, 벌써 부부 싸움을 시작하셨나요? 무슨 일로 그러시죠?

그레시아노　금반지 하나 때문입니다죠. 저 사람이 내게 주었던 그 보잘것없는 반지 말씀입니다. 세상에…… 그런데 반지에 새겨져 있는 글귀가 뭔 줄 아십니까? '날 사랑하고, 버리지는 마세요' 라고요. 칼장사가 식칼에 새긴 글귀랑 뭐가 다르죠?

네리사　글귀는 왜 들먹이시죠? 보잘것없다는 말씀은 또 뭐고요? 제가 그 반지를 드렸을 때 당신은 맹세하셨잖아요. 죽을 때까지 그걸 꼭 끼고 있을 거라고, 그리고 무덤 속에도 같이 묻어달라고요. 나야 아무래도 좋지만, 당신의 열렬한 맹세를 위해서라면 그걸 서기 놈에게 줘버릴 게 아니라 소중히 간직했어야 했어요. 서기 놈에게 주다니! 아마 하느님은 모든 걸 아시겠죠.

그레시아노　그래, 내 이 손에 걸고 맹세를 하지. 젊은 청년에게 줬다니까. 아니, 청년이라기보다는 애송이 꼬마였어. 다 자라지도 않은 조그만 꼬마였다고. 글쎄, 박사님 서기 키는 당신보다 작더라니까요. 그런 녀석이 계집애처럼 재잘거리면서 재판정에서의 자기 노력에 대한 사례로 그 반지를 달라고 조르는데, 그걸 거절할 수가 없었다고!

포 셔　비난을 받으실 만하군요. 솔직히 말해서 부인한테서 받으신 첫 선물을 그렇게 남에게 가볍게 줘버리시다니. 맹세를 거듭하며 손가락에 끼신 거잖아요. 진실한 사랑의 정표로 손가락에 끼신 게 아니던가요? 저도 사실 남편에게 반지를 드릴 때 결코 빼지 않겠다는 맹세를 받았어요. 아마 온 세상의 보배를 다 준다 해도 남편은 그걸 남에게 줘버리지는 않았을 거예요. 그레시아노 씨, 네리사가 섭섭해하는 것도 당연한 일이에요. 만일 제가 그런 일을 겪었다면 머리가 돌아버렸을 거예요.

바사니오　(방백) 아이고, 차라리 이 왼손을 잘라버렸으면 좋겠네. 그러면 반지를 잃어버렸다고 둘러댈 수가 있을 텐데.

그레시아노　바사오니도 반지를 판사님께 드린걸요. 그분이 굳이 그걸 달라고 조르시는 통에 도무지 거절할 수가 없었지요.

포 셔　어떤 반지를 주신 거죠? 설마 제가 드린 그 반지를 드린 건 아니겠죠?

바사니오   잘못한 데다 거짓말까지 할 수 있다면 아니라고 잡아떼고 싶지만, 이 손가락을 좀 보시오. 그 반지는 사라져버렸소.

포 셔   당신의 마음에는 진실이라곤 없는 것 같군요. 나는 앞으로 당신과 잠자리를 함께 하지 않겠어요. 그 반지를 다시 볼 때까지는 말이죠.

네리사   저도요. 그 반지를 보기 전에는 함께 할 수 없어요.

바사니오   부인, 내가 그 반지를 누구에게 주었는지 당신이 알게 된다면, 그 반지 외에는 아무것도 받지 않으려 해서 내가 얼마나 망설이며 그걸 줬는지 당신이 알게 된다면, 당신의 노여움도 풀어질 거예요.

포 셔   마찬가지랍니다. 그 반지가 어떤 가치가 있는지, 그 반지를 드린 여자가 어떤 가치가 있는지 아셨더라면, 또 그걸 간직하는 게 당신 명예를 지키는 일이라는 걸 아셨더라면 감히 그걸 그렇게 순순히 내주지는 않았을 거예요. 있는 힘을 다해 그 반지를 지키려 하셨더라면, 굳이 억지로 달라고 할 몰상식한 사람이 어디 있겠어요?

바사니오   절대로 그렇지 않소, 부인. 내 명예, 아니, 내 영혼을 걸고 맹세하겠소. 그 반지를 가져간 사람은 여자가 아니라 법학박사요. 내가 주겠다는 삼천 더컷을 굳이 사양하고 그 반지만을 달라고 졸랐소. 물론 그의 청을 거절했더니, 그는 불쾌함을 감추지 못하고 가버렸소. 세상에 둘도 없는 내 귀한 친구의 목숨을 구해준 분이었지만 말이오. 만약에 당신이 그곳에 있었다면, 내게 먼저 반지를 달라고 간청해서 그 훌륭한 박사님께 갖다 드렸을 거요.

포 셔   그 박사라는 분을 절대로 우리 집 가까이 오시지 못하도록 하세요. 저를 위해 반드시 간직하겠다고 약속했고, 저도 소중히 여겼던 그 보석을 그분이 갖고 있는 이상, 당신처럼 인심 좋게 무엇이든 드릴지도 모르니까요. 내 몸, 아니 남편의 침대라도 드리면 어떡하죠? 그분하곤 어쩐지 마음이 통할 것 같네요. 아니, 분명 그렇게 될 거예요. 그러니 단 하룻밤이라도 집을 비워선 안 되겠죠. 눈이 백 개 달린 아르고스처럼 절 감시하셔야 될 테니까요. 만일 저를 혼자 내버려두시면, 아직도 순결한 제 정조를 두고 드리는 말씀이지만, 그 박사님과 한 침대 속에서 잘지도 모르겠네요.

네리사 저도 그 서기와 충분히 그렇게 될 수 있어요. 그러니 앞으로 조심하셔야 할걸요. 절 감시하지 않고 혼자 내버려두시면 어떻게 될지 몰라요.

그레시아노 그래, 마음 내키는 대로 하시오. 그러나 들키는 날에는 그 서기 놈 연장이 부러질 수도 있어.

안토니오 유감스럽게도 제가 싸움의 원인이 된 것 같군요.

포 셔 그건 아니에요. 당신을 환영하니까요.

바사니오 포셔, 어쩔 수 없어서 그랬으니, 내 잘못을 용서해주시오. 이 많은 친구들이 있는 앞에서 당신에게 맹세하겠소. 아니, 지금 내 모습이 비치는 당신의 아름다운 두 눈에 걸고 맹세하겠소.

포 셔 무슨 그런 말씀을! 내 눈동자가 둘이니, 아마 당신 모습이 두 군데 비치겠지요. 한 눈에 하나씩. 차라리 위선적인 당신을 걸고 맹세하시죠. 그럼 아주 믿음직한 맹세가 되겠군요.

안토니오 저는 한때 바사니오의 행복을 빌며 이 몸을 저당잡혔지요. 하지만 부인 남편의 반지를 가져가신 그분이 아니었더라면 전 벌써 죽었을 겁니다. 이번엔 다시 제 영혼을 담보로 맹세합니다. 남편께서 앞으로 다시는 맹세를 깨뜨리는 일이 없을 겁니다.

포 셔 그럼 당신께서 다시 보증인이 돼주세요. (손가락에서 반지를 뺀다)

이걸 저분에게 주시고, 저번 것보다 소중히 더 잘 간직하라고 말씀해주세요. (안토니오에게 반지를 건넨다)

안토니오 이 반지를 받게나 바사니오. 그리고 이 반지를 잘 간직하겠다고 맹세하게.

바사니오 아니, 이건 내가 박사님께 드렸던 그 반지가 아닌가!

포 셔 용서해줘요, 바사니오님. 이 반지는 그에게 받은 거예요. 이걸 받은 답례로 저는 박사와 동침했고요.

네리사 저도 용서해주세요, 그레시아노님. 저도 어젯밤 이 반지의 대가로, 아직 다 자라지도 않은 그 소년과 동침했어요.

그레시아노 이게 무슨 영문이람! 한여름에 신작로 고친 격이 됐으니. 고칠 필요도 없는 길을 말이야. 우리가 남편 구실을 하기도 전에 아내들이 먼저 바람난 셈이네.

포 셔 그런 점잖지 못한 말씀은 하지도 마세요. 모두들 놀라셨겠지요? 자, 여기 편지가 있으니 언제든지 틈이 나면 읽어보세요. 패듀어의 벨라리오 박사님으로부터 온 편지랍니다. 이걸 읽으시면 아시게 되겠지만 그 박사는 저 포서였고, 서기는 네리사였습니다. 여기 로렌조님이 증인이 되어주실 거예요. 저는 당신이 출발하신 직후에 출발해서 지금 막 돌아왔거든요. 안토니오님, 정말 잘 오셨습니다. 생각지도 못한 희소식이 있어요. 이 편지를 빨리 뜯어보세요. 그걸 읽으시면 당신의 배 세 척이 뜻밖에도 짐을 잔뜩 싣고 입항했다는 걸 아시게 될 거예요. 이 편지를 제가 어떻게 손에 넣게 됐는지는 묻지 마시고요.

안토니오 그저 말문이 막힐 뿐이군!

바사니오 당신이 그 박사였단 말이지? 그런데도 내가 당신을 몰라봤단 말이오?

안토니오   아름다운 부인이시여, 당신 덕에 나는 목숨과 재산을 건졌습니다. 이 편지를 보니 분명 내 상선이 무사히 항구에 정박했군요.

포 셔   그리고 로렌조님, 내 서기가 당신에게도 좋은 소식을 가지고 왔답니다.

네리사   그렇습니다. 사례금도 받지 않고 거저 드리죠. 자, 유대인 샤일록이 당신과 제시카에게 유산 전부를 양도한다는 특별 양도증서예요. 그 부유한 유대인이 사망을 하면, 유산을 전부 당신들에게 물려주겠다는 특별 양도증서죠.

로렌조   아리따운 두 분의 부인, 이건 굶주린 사람에게 하늘이 만나를 내려주시는 격이군요.

포 셔   벌써 동이 틀 때가 됐네요. 모두들 이번 일에 대해 궁금하신 게 많으실 거예요. 자, 일단 안으로 들어가시죠. 그리고 마음껏 저희 두 사람을 심문하세요. 거리낌 없이 시원하게 대답해드리죠.

그레시아노   그럽시다. 그럼 제가 먼저 질문을 드릴까요? 우선 네리사한테 물어봐야겠군요. 내일 밤까지 기다렸다가 잠자리에 들겠는지, 아니면 아직 두 시간 남짓 남았으니 지금 당장 잠자리에 들겠는지를요. 어쨌든 내일은 해가 좀 늦게 떴으면 좋겠군요. 제가 박사님의 서기를 끌어안고 있는 동안은 어두운 게 낫지 않겠어요? 그건 그렇고, 앞으로 평생 살아가는 동안 제가 네리사의 반지를 잘 간직할 수나 있을지, 정말 걱정스럽군요. (모두 퇴장)

말괄량이 길들이기

죽음이란 나이순으로 찾아오는 게 아니지요.

— 말괄량이 길들이기 중에서

1. 등장인물

서극

영주(領主) 무료한 일상에서 탈출하기 위해 곤드레만드레 취한 슬라이를 보고 가짜 영주 노릇을 시킨다.

크리스토퍼 슬라이 술에 취한 상태로 길거리에서 잠을 자다가 영주의 눈에 띄어 가짜 영주가 된다.

주막 여주인, 시동, 사냥꾼, 하인, 배우 등

본극

페트루치오 베로나의 신사로 호텐쇼의 친구이자 카타리나와 결혼해 카타리나의 나쁜 성격을 고쳐놓는다.

카타리나 밥티스타의 큰딸로 천방지축에다 안하무인이지만 자신보다 지독한 남편을 만나 변화된다.

비앙카 밥티스타의 작은딸로 예쁜 데다 성격도 좋다. 언니한테 갖은 구박을 받으면서도 많은 사람들의 사랑을 받고 있어서 구김살이 없다.

루센쇼 빈센쇼의 아들로 패듀어로 유학을 왔다가 첫눈에 비앙카를 보고 사랑하게 된다.

밥티스타 패듀어의 갑부

빈센쇼 피사의 거상

그레미오 패듀어의 유지로 비앙카에게 청혼을 하지만 루센쇼에 밀려 물러선다.

호텐쇼 비앙카를 사랑하지만 비앙카가 루센쇼와 키스하는 장면을 보고 충격을 받아 자신을 좋아하는 미망인과 결혼을 한다.

트래니오 루센쇼의 충복으로 루센쇼가 변장을 하고 비앙카의 가정교사가 되어 있는 동안 루센쇼로 살아간다.

비온델로 루센쇼의 하인

커티스 페트루치오의 별장 관리인

그루미오, 나다니엘, 필립, 니콜라스, 피터, 조셉 페트루치오의 하인들

교사, 재단사, 잡화상, 그 밖의 하인들

2. 줄거리

세월이 흘러도 관객들로부터 대단한 인기를 누리고 있는 〈말괄량이 길들이기〉는 셰익스피어의 초기 작품으로, 이후에 쓴 다른 희극들보다 예술성이 떨어진다는 평가를 받고 있다. 그런데도 왜 그토록 오랜 인기를 유지하고 있는 걸까? 한 개인이 겪어야 하는 사회적 갈등 및 타인과의 갈등을 과장되고 우스꽝스럽게 조명함으로써 각 인물이 결국 어떻게 자신의 진정한 내면을 찾아가는가를 역설적으로 보여주기 때문이 아닌가 싶다.

패듀어의 부호인 밥티스타의 큰딸 카타리나는 천방지축인 데다 성격이 매우 까다롭다. 반면에 동생인 비앙카는 성품이 온순하여 아버지의 사랑뿐만 아니라 뭇 남성들의 시선을 한몸에 받는다. 언니 카타리나는 이 때문에 성격이 더욱더 거칠어지고 난폭해진다.

문제는 아버지 밥티스타가 큰딸을 시집 보내야 작은딸을 시집 보낼 수 있다고 선언하면서 생겨난다. 비앙카를 좋아하던 호텐소와 그레미오는 서로 카타리나의 남편감 찾기에 바쁘다. 그러던 중에 호텐소의 친구인 페트루치오가 카

타리나와 관련된 말을 듣고 적극적으로 청혼을 한다. 페트루치오는 카타리나와 결혼한 뒤 그녀보다 더 난폭한 언동으로 그녀를 길들인다. 한편 비앙카를 사랑하는 피사의 거상 아들인 루센쇼는 가정교사로 변장하여 그 집으로 들어간다. 우여곡절 끝에 비앙카의 사랑을 얻어 결혼을 하게 되고, 호텐쇼 역시 자신을 좋아하는 어느 미망인과 결혼을 한다.

그런데 결혼을 하고 보니 남편에게 가장 순종을 하는 여자는 다름 아닌 카타리나가 아닌가. 페트루치오의 호된 아내 길들이기는 어떤 것이 선하고 어떤 것이 악한지, 상황에 따라 인간이 어떻게 변모하는지 현대를 살아가는 우리들에게 역설적으로 보여주고 있다.

서극

제 1 장 벌판의 어느 술집 앞

문이 열리며 주막 여주인에게 내쫓긴 슬라이가 걸어 나온다.

슬라이 이놈의 여편네, 두들겨 패야겠군.

여주인 형틀에 매달아도 시원치 않을 불한당 같으니라고!

슬라이 뭐가 어쩌고 어째? 슬라이 집안엔 불한당이란 없다. 족보를 뒤
져봐! 리처드 폐하와 함께 건너온 명문가란 말이다! 될 대로 되라지 뭐.

여주인 깨뜨린 술잔이나 보상해!

슬라이 천만에, 한푼도 못 줘. 이럴 땐 삼십육계 줄행랑이 최고지. 차디
찬 잠자리를 따뜻하게 녹여야지. (비틀거리다가 고꾸라진다)

여주인 흥, 어림없는 짓이야. 가서 파출소장을 불러와야겠어. (퇴장)

슬라이 파출소장이든 경찰서장이든 겁날 것 같은가. 법으로 할 테면 하
라고. 이 여편네야, 누가 눈 하나 깜짝할 줄 알아. 누구든 오라고! 내가
상대해줄 테니까. (잠이 들어 코를 골기 시작한다)

뿔피리 소리, 영주와 그의 부하 등장.

영 주 (슬라이를 보고) 이건 뭐냐? 죽은 거냐, 술에 취한 거냐? 숨은 쉬고 있나?

사냥꾼 2 아직 숨이 끊어진 건 아닙니다, 영주님. 그저 술에 곯아떨어진 것 같습니다.

영 주 허허, 자는 꼴을 보니 흉측한 괴물 같구나. 쿨쿨 자는 모습이 꼭 돼지처럼 보이는군. 여보게, 자네들 생각은 어떤가? 얼굴을 보아하니 징그러워보이는데, 이 주정뱅이에게 장난 좀 치는 게 어떤가? 녀석을 침실로 옮긴 뒤, 좋은 옷을 입히고, 반지도 끼워주고, 머리맡엔 성찬을 마련하고, 늠름한 시종들도 대기시켜놓는다면, 아마 이놈은 자신을 영주로 착각하게 될 거야.

사냥꾼 1 아마 그럴 것입니다.

사냥꾼 2 잠에서 깨면 자신이 딴 세상에 온 줄 알 것입니다.

영 주 그렇겠지. 마치 달콤한 꿈이나 허황된 공상 속에 잠겨 있는 것으로 알겠지. 그럼 이놈을 데려가 가장 화려한 방으로 옮긴 뒤 사방에 온통 음탕한 그림들을 걸어놓아라. 이자의 더러운 머리에는 향수를 뿌리고, 방 안을 향기롭게 하거라. 이자가 깨어나면 음악을 은은하게 틀어놓고, 무슨 말이라도 할라치면 공손하고도 나직한 목소리로 "말씀만 하소서" 이렇게 응대하란 말이다. 이렇게 해서 이자를 실성한 사람으로 믿게 만드는 거다. 다들 알아들었지? 조심해서 잘하도록. 잘만 한다면 틀림없이 볼 만한 오락거리가 될 것이야.

사냥꾼 1 예, 저희에게 이자를 맡겨만 주십시오. 최선을 다해 이자가 자기가 영주인 것처럼 착각하도록 만들겠습니다.

영 주 그럼 잠이 깨지 않도록 이자를 침대에 눕혀라. 잠에서 깨어나거든 내가 시킨 대로 하라. (슬라이를 운반해 간다. 트럼펫 소리) **여봐라, 저 트럼펫 소리는 뭐냐?** (하인이 달려나갔다가 돌아온다)

하 인 배우들입니다. 황공하옵게도 영주님 앞에서 연극을 공연해보이겠답니다.

영 주 이곳으로 들라 하라. (배우들 등장) 오, 어서들 오게나.

배우들 황공하옵니다.

영 주 오늘 밤은 내 집에서 숙박을 하겠나?

배우 1 그야 여부가 있겠습니까?

영 주 그렇게들 하게. 언젠가 농부의 맏아들 역할을 하는 걸 본 적이 있지. 자네가 귀부인에게 사랑을 호소하는 역이었어. 이름은 잊었지만 연기가 꽤 자연스러웠어. 실은 내가 무슨 계획 하나를 갖고 있는데, 자네들의 도움을 받았으면 하네. 오늘 밤 자네들의 연극을 어떤 영주님께 보여드릴 생각이거든. 그런데 염려스러운 건 그분이 생전 처음 연극을 보는 거라서 아마 기묘한 행동을 할지도 몰라. 그때 자네들이 폭소를 터뜨린다면 기분이 상하게 되겠지. 그 점이 걱정이란 말이야.

배우 2 걱정하지 마십시오. 저희들이 웃음을 억제하고 조심하겠습니다. 그분이 천하에 둘도 없는 어릿광대라도 말입니다.

영 주 여봐라, 이들을 식당으로 안내해 한 사람 한 사람 극진히 대접하라. (모두 퇴장)

제 2 장 영주 저택의 호화스런 침실

갑옷을 입은 슬라이가 자는 가운데 주위에 시종들이 의복, 세숫대야, 물병 등을 들고 서 있다. 영주 등장.

슬라이 (잠이 덜 깬 얼굴로) 제발 맥주나 한 잔 주시오.

하인 1 영주님, 백포도주를 드릴까요?

하인 2 나리, 설탕 조림 과일은 어떻습니까?

하인 3 영주님, 오늘은 어떤 옷을 입으시겠습니까?

슬라이 난 크리스토퍼 슬라이란 사람이오. 그러니 내 앞에서 영주님이니 나리니 그런 말은 하지 마시오! 내 생전 백포도주 따위 마신 적도 없소. 설탕 조림 과일을 주려거든 쇠고기 조림을 주시오. 어떤 옷을 입겠느냐고? 내 등이 웃옷이요, 내 다리가 바지고, 내 발이 구두요. 보시오, 이렇게 발가락이 구두 밖으로 비죽 나온걸.

영 주 오, 하느님! 우리 나리의 허황된 망상의 병을 속히 고쳐주소서! 그렇게도 훌륭한 혈통과 그렇게도 많은 영토를 지닌 고귀하신 분께 이렇게 흉악한 악령이 씌워지다니!

슬라이 아니, 지금 생사람을 잡을 작정이오? 난 버튼 히드에 사는 슬라이 영감의 자식 크리스토퍼 슬라이란 말이오. 원래는 행상이었는데 술공장에 취직했고, 그런데 지금은 집어치우고 땜장이 노릇을 하고 있소. (하인이 맥주를 가지고 등장) 나 원 참, 내가 미쳤다고? 천만의 말씀. 그러면

그 증거로……. (맥주를 마신다)

하인 3 오, 이러시니 마님께서도 슬퍼하고 계십니다.

하인 2 오, 이러시니 하인들도 몸둘 바를 모르고 있사옵니다.

영 주 오, 이러시니 일가 친척들도 겁을 먹고 발길을 끊은 것입니다. 영주님, 가문을 생각하시고 어서 예전으로 돌아와 이 비참한 악몽에서 깨어나십시오. 보소서, 이렇게 하인들도 영주님의 분부를 기다리며 대령하여 서 있지 않습니까! 음악을 들으시겠습니까? 아폴론 신의 음악을 들으시지요. (음악이 연주된다)

하인 1 사냥개들은 숨도 쉬지 않고 수사슴처럼 쏜살같이 달려나갈 것입니다. 얼마나 날쌘지 암사슴과는 비교도 되지 않지요.

하인 2 나리, 그림 감상을 하시면 어떻겠습니까? 아름다운 여신 아프로디테가 미소년 아도니스의 모습을 사초 그늘에 숨어서 훔쳐보고 있는 그림 말입니다. 그 여신의 뜨거운 입김에 사초잎이 마치 바람에 나부끼듯 흔들리고 있지요.

영 주 영주님은 저희들의 영주님이 틀림없사옵니다. 그리고 이 말세에서 천하일색인 아름다운 부인이 계시옵니다.

하인 1 영주님 때문에 흘리신 눈물이 꽃 같은 마님 얼굴에 폭포수가 되었지만 그 전에는 동서고금을 두고 유례없는 미인이셨지요. 아니, 지금도 어느 부인 못지 않게 아름다우시지만요.

슬라이 내가 정말 영주란 말인가? 정말 부인도 있고? 내가 꿈을 꾸는 게 아닐까? 그렇다면 여태까지가 꿈이었단 말인가. 분명 잠을 자고 있는 건 아닌데. 난 보고 듣고 말하고 있지 않나? 이 향긋한 냄새와 부드러운 침상……. 정말 내가 땜장이 크리스토퍼가 아니라 영주란 말이지! 그래, 마님을 모셔 오너라. 그리고 맥주도 더 가져오고.

하인 2 (대야를 내밀며) 영주님, 손을 씻으십시오. (슬라이가 손을 씻는다) 영주님께서 정신이 드셨다니 얼마나 기쁜지 모르겠습니다. 지난 열다섯 해 동안 꿈속에 계시다가 이제야 눈을 뜨셨습니다.

슬라이 열다섯 해라고? 참으로 길게도 잤구나. 그동안 한마디도 하지 않았고? (부인으로 변장한 시동이 시종을 거느리고 등장)

시 동 나리, 기분이 어떠세요?

슬라이 좋소, 아주 좋아! 기운이 안 날 리가 있나? 그런데 내 부인은? (맥주를 마신다)

시 동 여기 대령했습니다, 나리. 무슨 분부라도 하시겠습니까?

슬라이 당신이 내 부인이라고? 그럼 왜 나한테 서방님이라고 하지 않고 나리라고 하지? 시종들이 나리, 나리 하는 건 이해되지만, 난 당신의 남편이잖소?

시 동 나리는 저의 남편이며 주인이지요. 소첩은 나리께 순종해야 하는 부인이고요.

슬라이 부인, 듣자하니 내가 열다섯 해나 꿈을 꾸고 있었다는데, 그게 정말이오?

시 동 그렇사옵니다. 저에게는 그 세월이 30년처럼 길게 느껴졌지요. 그동안 저는 쭉 독수공방을 했답니다.

슬라이 그거 참 안됐구먼. 여봐라, 다들 물러가 우리 두 사람만 있게 하라. (하인들 퇴장) 부인, 자, 옷을 벗고 잠자리에 듭시다.

시 동 참으로 귀하신 영주님, 부탁하건대, 하룻밤이나 이틀밤만 참으시지요. 그것조차 안 되시겠다면 해가 질 때까지만이라도 참으소서. 의원께서 나리의 병환이 다시 도질 수도 있으니까 동침은 삼가라고 단단히 당부하셨습니다.

슬라이 음, 그렇다면 할 수 없지. 또다시 그런 악몽 속에 떨어지면 큰일이니, 피가 끓고 살이 달아오르지만 참을 수밖에 없구나.

하인 1 등장.

하인 1 영주님의 전속 배우들이 영주님께서 쾌유하셨다는 소식을 듣고서 유쾌한 희극을 보여드리려고 문안차 와 있습니다. 의원들도 찬성하셨습니다. 오랜 세월 동안 우울증으로 시달리셨으니, 연극을 보시면서 기분을 전환하신다면 온갖 해악은 물러가고 수명도 길어진다고 하시면서요.

슬라이 음, 그럼 희극을 시작하라. 자, 부인. 내 옆에 와서 시간이나 죽여봅시다. 우리가 이보다 어떻게 젊어지겠소. (시동 슬라이 곁에 앉는다)

나팔 소리, 〈말괄량이 길들이기〉가 시작된다.

제 1 막

제 1 장 패듀어의 광장

루센쇼와 그의 하인 트래니오 등장.

루센쇼   트래니오, 문화의 본고장인 이 패듀어를 꼭 한번 보고 싶었는데 내드디어 이태리의 낙원, 이 기름진 롬바르디아에 왔구나. 이건 다 아버지의 애정이 있었기 때문이지. 게다가 너처럼 믿음직한 시종을 딸려 보내주셨으니 이것이야말로 금상첨화가 아니고 무엇이겠느냐. 자, 여기서 좀 머물면서 천천히 학문과 교양을 쌓을 길을 찾아보자. 난 교양 있는 시민들로 이름이 나 있는 피사에서 태어났고, 아버지는 세계를 주름잡는 거상인 벤티보리오 가문의 빈센쇼가 아니더냐. 그 아들인 나도 사람들의 기대를 저버리지 않고 덕행을 쌓아 이 행운을 헛되게 하지 말아야지. 그러니 트래니오, 나는 덕으로 행복에 이르는 철학을 공부할 작정이다. 네 생각은 어떠냐?

트래니오   도련님, 제 생각도 마찬가지입니다. 숭고한 학문의 길로 들어서시겠다니, 저야 대환영이지요. 다만 도련님, 덕이나 수양을 하시는 것도 좋지만 제발 저 금욕주의자나 돌부처 같은 사람은 되지 마십시오. 엄격한 아리스토텔레스의 딱딱한 가르침에만 열중하시다가 오비드의 부드러운 시를 멀리하진 마십시오. 기분을 전환하기 위해선 음악이나 시가 좋고, 수사학이나 형이상학 같은 것도 때때로 해보셔도 좋겠죠. 하기 싫은 걸 하다 보면 소득도 없지요. 한마디로 말해 도련님이 하고 싶은 공부를 하십시오.

루센쇼   고맙다, 트래니오. 네 말이 옳고말고. 그런데 비온델로가 도착해 있다면, 우린 당장 숙소를 정하고 이곳 패듀어에서 사귈 수 있는 친구들을 모두 초청할 수 있었을 텐데. 가만 있자, 저 사람들은 누구지?

트래니오   도련님을 환영하는 행렬인가 봅니다.

밥티스타가 카타리나와 비앙카와 함께 등장. 그레미오와 호텐쇼가 그 뒤를 따른다. 루센쇼와 트래니오는 나무 그늘에 숨는다.

밥티스타   이제 그만 조르시오. 두 분께선 이미 내 결심을 알고 있잖소. 글쎄, 큰딸을 시집 보내기 전에는 작은딸을 절대로 줄 수가 없소. 만일 두 분 중에 카타리나를 좋아하는 분이 있다면, 직접 그 애와 담판을 지으시구려.

그레미오   담판이 아니라 재판을 해야겠지요. 호텐쇼 씨, 당신은 어느 쪽을 택하겠소?

카타리나   아버지, 제발 그만두세요. 더 이상 이런 작자들 앞에서 저를 웃음거리로 만들지 마세요.

호텐쇼   작자들이라뇨, 아가씨? 무슨 말버릇이 그렇소? 좀 더 상냥하게 굴지 않으면 당신은 평생 시집을 가지 못할 거요.

카타리나   누가 댁더러 그런 걱정해달래요? 난 결혼할 생각은 털끝만큼도 없어요. 만일 결혼을 한다면 당신을 확실히 손을 봐드리겠지만요. 세 발 달린 의자로 당신의 머리털을 빗겨주고, 당신의 그 얼굴은 생채기를 낸 피로 화장시켜드리고요.

호텐쇼 어이구, 하느님! 저를 이 마녀로부터 구해주소서!

그레미오 하느님, 저도요.

트래니오 쉬, 도련님! 이거, 볼 만한 구경거립니다요. 저 여잔 살짝 돌 았거나, 아니면 굉장한 말괄량이인가봅니다.

루센쇼 하지만 말없는 아가씨는 상냥하고 귀여운 규수로구나.

트래니오 예, 그런 것 같습니다. 음, 조용히 지켜보시지요.

밥티스타 그럼 두 분께 제 뜻이 분명하다는 걸 보여드리겠습니다. 애, 비앙카, 너는 안으로 들어가 있거라. 섭섭하게 생각하지 말아라. 내가 널 사랑하는 마음에는 변함이 없으니까. (비앙카의 머리를 쓰다듬는다)

카타리나 귀염둥이 아가씨! 그 이유를 알면 금방 눈물을 쏟을걸.

비앙카 언니, 언니만 행복하면 내가 불행해지더라도 상관없어. 아버님, 아버님 분부대로 따를게요. 난 책과 악기를 벗삼아 지내겠어요.

루센쇼 들었지, 트래니오. 미네르바의 여신이 말문을 여셨다.

호텐쇼 밥티스타 씨, 너무하십니다. 저희들의 호의 때문에 비앙카 아가 씨가 눈물을 흘리다니!

그레미오 밥티스타 씨, 이런 마녀 때문에 동생을 가두어놓는 건 무슨 경 우입니까? 게다가 언니가 한 독설에 대한 벌을 동생이 받게 하다뇨?

밥티스타 아무튼 두 분 양반, 저는 이미 결심했소. 비앙카, 안으로 들어 가거라. (비앙카 들어간다) 저 애는 무엇보다 악기와 시를 좋아하지요. 그래 서 미흡한 저 애를 가르쳐줄 가정교사를 구할 생각입니다. 혹시 두 분께서는 아시는 분이 있으면 소개해주셨으면 합니다. 능력 있는 분이라면 후하게 대접하지요. 딸애들 교육을 위해서라면 뭐든 아끼지 않을 생각입니다. 그럼 다음에 봅시다. 카타리나, 넌 여기 좀 있어라. 비앙카한테 할 얘기가 있으니. (퇴장)

카타리나 왜요, 내가 들으면 안 되나요? 내가 왜 일일이 각본대로 움직여야 하나요? 앞뒤 분간 못하는 어린애도 아닌데. (획 돌아선다)

그레미오 악마에게나 가버려. 저렇게 괴팍한 성품의 처녀를 누가 좋다고 붙잡겠어. (카타리나 안으로 들어가 문을 꽝 닫는다) 보아하니 이 집안도 화목하긴 글렀군. 호텐쇼, 이제 우리는 손가락이나 빨면서 기다릴 수밖에 없을 것 같구려. 우리 케이크는 설었으니 어쩔 수 없잖소. 그럼 안녕히 가시오. 이제 할 수 있는 일이라곤 사랑스러운 비앙카가 좋아하는 것을 가르쳐줄 수 있는 가정교사를 찾아내는 것밖에 없겠소.

호텐쇼 나도 찾아보지요, 그레미오 씨. 여태껏 경쟁자여서 아무 말도 하지 않았지만, 이렇게 된 이상 생각을 좀 달리해야겠습니다. 우리가 다시 비앙카 아가씨의 사랑을 차지하기 위한 행복한 경쟁자가 되려면 딱한 가지 방법밖에 없소.

그레미오 그게 무엇이오?

호텐쇼 비앙카의 언니에게 신랑감을 구해주는 거요.

그레미오 신랑감을? 에이, 악마겠지.

호텐쇼 아니, 신랑이오.

그레미오 아니오, 악마요. 호텐쇼 씨, 생각 좀 해봐요. 장인이 아무리 부자라 해도 지옥으로 장가 들려는 멍청한 녀석이 어디 있겠소?

호텐쇼 참, 그레미오 씨도! 당신이나 나는 그 말괄량이 성깔을 감당할 수 없어서 그렇지, 세상에는 그걸 능가하는 건달들도 있다오. 아무리 결점이 많아도 지참금만 많으면 장가 들려는 남자가 있을 거요.

그레미오   누구든지 그 말괄량이한테 구애를 해 침실로 데리고 가기만 한다면, 난 그에게 패듀어에서 가장 좋은 준마 한 필을 선물하겠소. 자, 갑시다. (두 사람 퇴장)

트래니오   도련님, 정말이세요? 사랑에 빠지시다니요?

루센쇼   오, 트래니오. 나도 설마 내게 그런 일이 일어나리라곤 생각지도 못했다. 멍하게 있는데 그만 사랑의 마력에 빠지고 말았구나. 카르타고의 여왕 다이도가 동생과 모든 비밀을 공유했듯이 너와 난 그런 사이다. 트래니오, 내가 그 얌전한 동생을 얻지 못하는 날엔 사랑으로 애태워 내 가슴은 까맣게 타버리고 말 거야. 트래니오, 제발 날 좀 도와다오.

트래니오   이젠 도련님을 책망할 단계를 넘었군요. 이왕 사랑의 포로가 되셨으니 별수 없죠. '몸값은 되도록 싸게 치르는 게 최고'지요.

루센쇼   오, 고맙구나. 자, 이제 본론을 말해다오.

트래니오   도련님, 사태는 이렇습니다. 그 아가씨의 언니는 오만방자한 말괄량이여서 아버지는 언니 쪽을 시집보낸 뒤 그 아가씨를 시집보낸다고 합니다. 그러기 전까진 그 아가씨는 꼭 갇혀 살 수밖에 없지요. 청혼자들한테 시달림을 받지 않기 위해서요.

루센쇼   트래니오, 참 지독한 아버지도 다 있구나! 맞아, 딸들을 교육하기 위해서 좋은 가정교사를 물색중이라고 했지?

트래니오   아, 도련님! 좋은 생각이 떠올랐습니다. 도련님이 가정교사가 되는 겁니다. 그런데 도련님 역할은 누가 하지요? 빈센쇼 씨 아들로서, 집을 얻고 책을 읽으며 친구들을 대접하는 등등 이런 역할은 누가 하지요?

루센쇼 걱정하지 마라. 내게 좋은 생각이 있으니. 우리는 아직 어디에도 얼굴을 내민 적이 없으니, 누가 하인이고 누가 주인인지 사람들은 분간할 수 없을 거다. 그러니까 트래니오, 네가 내 주인이 되어 집도 얻고, 주인 행세를 하고, 하인도 거느리거라. 자, 트래니오, 얼른 외투를 바꿔 입자꾸나. 비온델로가 도착하면, 네 하인 역을 하도록 시켜야겠다. 그러나 그 전에 먼저 그 녀석의 입을 봉해놓아야겠지. (모두 퇴장)

제 2 장 패듀어의 광장

페트루치오가 하인 그루미오를 팬다. 한쪽에서 호텐쇼 등장.

호텐쇼 무슨 일이지? 아니, 그루미오가 아닌가? 어이구, 오랜만이군. 베로나에서 잘 있었나?

페트루치오 호텐쇼, 자넨 싸움을 말리러 나왔나? 잘 만났다고 인사부터 해야 하지 않나?

호텐쇼 소생 집에 왕림하신 걸 진심으로 환영합니다, 페트루치오 나리. 그루미오, 일어나. 이 싸움은 내가 해결해주지.

그루미오 호텐쇼 나리, 주인님께서는 저보고 다짜고짜 두드리라시는

데, 어찌 하인이 주인님을 두드릴 수가 있겠습니까? 하지만 제가 차라리 실컷 두드렸다면, 이런 꼴은 당하지 않았을 텐데 말이죠.

페트루치오 멍청아, 꺼져버려. 아니면 입 닥치고 있든지!

호텐쇼 페트루치오, 참게나. 이거 주인과 종 사이에 그저 오해로는 봐줄 만하지 않은가. 그루미오는 오래 부린 믿음직하고 명랑한 하인이 아닌가. 어쨌든 여보게, 무슨 바람이 불어서 베로나를 떠나 이곳 패듀어에 왔는가?

페트루치오 그야 젊은이들을 세계로 흩어지게 하는 바람을 타고 왔지. 좁은 고향보다 넓은 세상에서 행운을 잡고 싶어 왔네. 실은 아버지 안토니오께서 돌아가셨거든. 그래서 정처없는 여행길에 뛰어들었는데, 아내를 얻고 돈도 번다면 더 좋을 게 없겠지. 지갑에는 돈이, 고향에는 유산이. 그래서 세상 구경을 하러 나온 거지.

호텐쇼 그렇다면 내 말 좀 들어보게. 심술 사나운 말괄량이가 있는데, 그녀를 아내로 삼으면 어떻겠나? 자넨 내 말이 달갑지 않을 테지만 그녀가 부자인 것만은 분명하네. 아주 큰 부자야. 물론 소중한 친구인 자네에게 그런 여자를 권하고 싶지는 않지만.

페트루치오 호텐쇼, 우리 사이에 빈말은 그만두세. 산더미 같은 재산이 있다면 됐네. 난 돈이면 되거든. 그녀가 저 폴로렌티어스의 애인처럼 박색이건, 마녀 시빌 같은 할망구건, 아니 소크라테스의 악처 크산티페를 뺨칠 정도로 고약한 말괄량이라 해도 상관없네. 찬밥 더운밥 가리지 않네. 적어도 내 애정은 사그라지지 않을 거야. 저 아드리아해의 성난 파도처럼 성격이 사나워도 말일세. 내가 이곳 패듀어에 온 건 부자 마누라를 얻기 위해서라네. 돈만 생긴다면 누구든 환영한다네.

그루미오 호텐쇼 나리, 지금 주인님이 하신 말씀은 모두 진심이랍니다. 돈만 생긴다면, 상대가 꼭두각시든 난쟁이든 이빨이 몽땅 빠진 할망구든 우리 주인님은 마누라로 삼을 겁니다. 돈만 있으면 뭐든 가리지 않을 겁니다.

호텐쇼 부친 이름은 밥티스타 미놀라야. 아주 호인이고 점잖은 신사지. 그녀 이름은 카타리나 미놀라이고, 그 지독한 독설은 패듀어에서도 유명하지.

페트루치오 딸은 모르지만, 아버지하고는 안면이 있네. 돌아가신 아버지하고 잘 아는 사이였지. 여보게 호텐쇼, 난 그녀를 만나보기 전에는 잠을 잘 수 없을 것 같네. 미안하지만 날 좀 그곳으로 안내해주게. 싫다면 자네와 여기서 작별할 수밖에 없겠네.

그루미오 나리, 우리 주인님이 변심하기 전에 얼른 안내 좀 해주시지요. 정말이지, 그 색시가 악당이니 뭐니 욕설을 퍼부어댄다 해도, 주인님 고함 소리 한번이면 쏙 들어갈 겁니다.

호텐쇼 좋아, 내가 같이 가겠네. 밥티스타 씨 집에는 내 보물이 있거든. 정말 내 목숨보다 소중한 보물, 그의 작은딸, 아름다운 비앙카가 내 보물이지. 그런데 그녀의 아버지는 날 얼씬도 못하게 해. 나뿐만 아니라 모든 청혼자들을 물리쳤다네. 나의 경쟁자가 모두 쫓겨난 셈이지. 글쎄, 방금 말한 큰딸 카타리나를 아내로 데려갈 사람이 없을 거라고 생각한 모양이야. 그래서 말괄량이 큰딸을 치우기 전에는 아무도 비앙카에게 접근할 수 없도록 한 거지.

그루미오 말괄량이 카타리나! 처녀의 별명치고는 고약하군요!

호텐쇼 페트루치오, 날 좀 도와주게나. 내가 수수한 옷으로 갈아입고 변장할 테니 나를 음악에 능숙한 가정교사로 추천해주게. 비앙카를 가르칠 음악교사를 찾고 있거든. 만일 그렇게만 해준다면, 난 마음놓고 비앙카를 만날 수 있을 뿐만 아니라 마주 앉아 사랑을 고백할 수 있을 게 아닌가.

그루미오　이건 음모라고 할 수는 없겠군. 그저 늙은이를 속이려고 젊은 이들이 지혜를 짜낸 것뿐이니까! (그레미오와 가정교사 캠비오로 변장한 루센쇼 등장) 주인님, 저길 보십시오. 누가 옵니다.

호텐쇼　쉿! 내 연적이군. 페트루치오, 잠시 비켜서 주게. 안녕하십니까, 그레미오 씨!

그레미오　아, 잘 만났소, 호텐쇼 씨! 지금 난 밥티스타 미놀라 씨 댁에 가는 중이라오. 마침 아름다운 비앙카의 가정교사로 이 청년이 딱 알맞을 것 같아서요. 학식이나 품행뿐만 아니라 시는 물론이고 좋은 책들을 많이 읽으신 분입니다.

호텐쇼　잘되었군요. 나도 어떤 신사를 만났는데, 우리의 연인을 가르칠 음악교사를 추천하겠다더군요. 그러니까 나도 저 사랑하는 비앙카를 위해서라면 조금도 뒤지고 싶은 마음이 없다 이겁니다.

그레미오　사랑하는 비앙카란 말은 행동으로 증명합시다.

그루미오　(방백) 돈지갑이 증명하겠지.

호텐쇼　그레미오 씨, 지금 우리가 사랑 싸움을 할 때는 아닌 것 같소. 당신이 솔직히 말씀해주신다면, 나도 좋은 소식을 말하리다. 여기 이분을 우연히 만났는데, 우리가 이분 요구에만 응해준다면, 그 말괄량이한테 청혼하시겠답니다. 그리고 지참금에 따라 당장 결혼할 수도 있다고 합니다.

그레미오　정말입니까? 그렇게만 해주신다면 얼마나 좋겠소. 하지만 호텐쇼 씨, 그 여자의 결점을 다 말씀드렸습니까?

페트루치오   물론입니다. 아주 진절머리나는 말괄량이라는 걸 들었습니다. 그까짓 것이라면 난 조금도 상관없습니다.

그레미오   그런데도 그런 여자를 아내로 맞이하겠다니 이상하군요. 제 눈에 안경이라지만, 정말 그 살쾡이한테 청혼을 하시겠습니까?

페트루치오   그 정도가 겁난다면 어떻게 여기까지 왔겠소? 아무리 큰 소리를 친다 해도 나한테는 소귀에 경 읽기가 될 거요. 난 왕년에 사자의 포효 소리뿐만 아니라, 광풍에 성난 파도가 멧돼지처럼 울부짖는 소리와 대지를 뒤흔드는 천둥소리를 들은 사람이오.

그루미오   우리 주인님은 원래 무서운 것이 없으시답니다.

루센쇼로 변장한 트래니오와 하인 비온델로 등장.

트래니오   여러분, 안녕하십니까? 실례지만 밥티스타 미놀라님 댁에 가려면 어느 길로 가야 하는지요?

비온델로   그분은 예쁜 두 따님을 두셨다죠, 주인 나리?

그레미오   설마 댁도 그 따님을 만나러 온 건 아니겠죠?

트래니오   아버지와 딸, 다 만나야겠죠. 그런데 무슨 일이시죠?

페트루치오   제발 그 말괄량이 쪽이 아니기를.

트래니오   난 원래 말괄량이는 딱 질색이오. 비온델로, 가자.

루센쇼   (방백) 제법인데, 트래니오.

호텐쇼   잠깐만 기다리시오. 지금 말씀하신 처녀한테 청혼하실 생각입니까?

트래니오 그렇다면 안 될 일이라도 있소?

그레미오 천만에요. 아무 말씀 하지 말고 돌아서는 게 좋을 거요.

트래니오 왜요? 그 이유 좀 들어봅시다.

그레미오 정 그러시다면 말씀해드리죠. 그 여잔 이 그레미오가 점찍어 났단 말이오.

호텐쇼 나 호텐쇼도 그 여자한테 침 발라놨소.

트래니오 자, 당신들이 신사라면 내 말 좀 들어보시오. 밥티스타 씨는 신사분이고 우리 부친과도 아는 사이요. 그런데 그분 따님이 그렇게 미인이라면, 청혼자는 얼마든지 나설 것이며 굳이 나 하나쯤 끼여든다 해도 상관없을 거요. 레다의 딸 헬레나에게는 천 명의 청혼자가 있었다는데, 아름다운 비앙카에게 한 명쯤 청혼자가 더 붙는 게 무슨 대수겠소. 이 사람이 루센쇼요. 파리스가 독점한다 해도 물러서지 않을 거요.

호텐쇼 실례지만 밥티스타 씨 따님을 만나보셨소?

트래니오 아직 보지는 않았지만, 듣자 하니 한쪽은 사납기로 유명하고, 또 한쪽은 아주 얌전하다던데요?

페트루치오 그렇소. 언니는 내 것이니까, 꿈도 꾸지 마시오. 하지만 당신이 원하는 그 작은딸 말인데, 아버지가 큰딸을 시집 보낼 때까지는 청혼자들을 얼씬도 못하게 한다는 거요. 큰딸을 결혼시키고 난 뒤에나 가능하니, 지금으로서는 가망이 없소.

트래니오 그렇다면 당신은 우리에게, 아니 내게 은인이나 마찬가지군요. 우선 당신이 철의 장막을 부숴 언니 쪽을 입수한 다음, 동생 쪽을 자유로이 풀어놔 주신다면, 행운이 누구 손 안에 떨어지든, 우리는 배은망덕할 사람들은 아니외다.

호텐쇼　그 말씀 잘하셨소. 당신도 청혼자로 나선 이상 당연히 그래야죠. 우리처럼 이분에게 은혜를 입을 테니까요.

트래니오　물론 은혜를 잊을 사람은 아닙니다. 그 증거로, 괜찮다면 오늘 오후에 애인의 건강을 축복하는 의미에서 주연을 열고 건배를 들 것을 제안합니다. 싸울 때는 당당하게 싸우되, 지금은 친구로서 먹고 마시기로 합시다.

그루미오 · 비온델로　이거 참 굉장한 제안이군.

호텐쇼　물론 참 좋은 제안이오, 그렇게 합시다. 여보게, 페트루치오! 자네 일은 모두 내게 맡겨두게. (모두 퇴장)

제2막

제1장 밥티스타의 집, 어느 방

회초리를 든 카타리나와 두 손이 묶인 비앙카가 있고, 밥티스타 등장.

밥티스타　다 큰 처녀가 이게 무슨 짓들이니? 별일 다 보겠구나. 비앙카, 울지 마라. (손을 풀어주면서) 들어가서 바느질이나 하렴. 언닌 상대하지 말고. 이 못된 것아. 마귀할멈처럼 가만 있는 애를 왜 그렇게 못살게 구니? 그 애가 너한테 무슨 짓을 했다고 그러니?

카타리나　그러니까 더 분통이 터져요. 한번 더 혼나야 돼, 이것아. (비앙카에게 달려든다)

밥티스타　(카타리나를 붙들면서) 이런, 내 앞에서까지? 비앙카, 넌 안으로 들어가 있거라. (비앙카 퇴장)

카타리나　아버진 늘 저 애만 감싸고 도시죠. 좋아요, 저 앤 아버지의 보배니까 어서 좋은 신랑을 얻어주시지요. 저 애 결혼식 날엔 난 노처녀답게 맨발로 춤을 출 테니까요. 그리고 처녀귀신이 되어 지옥으로 가는 거죠. 그러니 저한테 어떤 말씀도 하지 마세요. 그저 혼자 외롭게 울 테니까요. 누군가 분풀이할 수 있을 때까지요. (방을 뛰쳐나간다)

밥티스타　이게 무슨 놈의 팔자냐? 아니, 누가 오나보군?

그레미오, 교사로 변장한 루센쇼, 페트루치오, 음악교사 리치오로 변장한
호텐쇼, 루센쇼로 가장한 트라니오, 악기와 책을 든 비온델로 등장.

그레미오 안녕하십니까, 밥티스타 씨!

밥티스타 안녕하십니까, 그레미오 씨! (인사를 한다) 여러분, 잘 오셨습니다.

페트루치오 처음 뵙겠습니다. 아름답고 현숙한 카타리나라는 따님이 있으시다죠?

밥티스타 예, 카타리나라는 딸이 있습니다만.

페트루치오 밥티스타 씨. 저는 베로나에서 온 사람입니다. 소문에 미인에다 영특한 따님이 있으시다죠. (밥티스타가 당황한다) 게다가 상냥하고 행동거지가 조신하다는 소문을 들어온 터라 감히 실례를 무릅쓰고 이렇게 불청객으로 불쑥 찾아왔습니다. 그리고 이분을 소개하겠습니다. (호텐쇼를 소개한다) 음악과 수학에 출중한 분으로, 따님을 충분히 가르칠 수 있을 것으로 압니다. 부디 써주십시오. 이름은 리치오고 맨튜어 출신입니다.

밥티스타 잘 오셨소. 당신의 호의는 고맙긴 하지만 딸애 카타리나로 말하자면, 아무래도 당신이 당해내지 못하실 겁니다. 저도 한숨이 저절로 나옵니다.

페트루치오 그럼 따님을 결혼시키기 싫으시단 말씀입니까? 아니면 제가 마음에 안 드셔서 그러십니까?

밥티스타 오해하지 마시오. 다만 사실대로 말했을 뿐이오. 그런데 어디서 오셨소? 성함을 알고 싶습니다만.

페트루치오 제 이름은 페트루치오이며 부친은 안토니오입니다. 저의

아버지는 이탈리아에서 모르는 사람이 없는 줄로 압니다.

밥티스타 나도 그분을 잘 압니다. 오신 걸 환영합니다.

그레미오 말씀 중에 실례합니다만, 페트루치오! 이제 가엾은 저희에게도 얘기할 기회를 주시지요. 정말 우물가에 가서 숭늉 달라고 하실 분이군요.

페트루치오 오, 미안하오. 쇠뿔도 단김에 빼라는 말이 있어서!

그레미오 그야 그럴 테지요. 하지만 밥티스타 씨, 이 사람의 선물도 받아주시지요. 평소에 누구 못지 않게 어른께 많은 신세를 지고 있으니 저도 성의를 표하겠습니다. (루센쇼를 내세우면서) 이 젊은 학자는 프랑스에서 오랫동안 공부하신 분으로, 음악과 수학에 능통하며, 그리스어와 라틴어, 그 밖의 여러 언어에도 정통하지요. 이름은 캠비오로 부디 채용해주시지요.

밥티스타 뭐라 인사해야 좋을지 모르겠군요. 환영합니다, 캠비오 씨. (트래니오를 보고) 당신은 전혀 낯선 분인데, 실례지만 어떻게 오셨는지요?

트래니오 인사가 늦어서 미안합니다. 저는 이 도시에 처음입니다만, 댁의 따님인 어여쁘고 정숙한 비앙카에게 청혼하러 온 사람입니다. 큰따님을 먼저 출가시키겠다는 댁의 굳은 결심을 모르는 바 아닙니다만, 제가 이렇게 온 것은 먼저 저의 가문을 말씀드리고 저도 여러 청혼자들처럼 따님과 교제할 수 있는 기회를 가져볼까 해서 왔습니다. 우선 따님의 교육을 위해 변변찮은 악기와 책을 가지고 왔으니 받아주십시오. (비온델로가 류트와 책을 내민다)

밥티스타 루센쇼 씨라 하셨죠? 고향은 어디시오?

트래니오 피사입니다. 빈센쇼의 아들입니다.

밥티스타 피사의 명문가이군요. 진정으로 환영합니다. (호텐쇼를 보고) 그럼 당신은 류트를 들고, (루센쇼를 보고) 당신은 책을 들고 딸들한테 가보시오. 안에 누구 없느냐! (하인 등장) 이 두 분을 아가씨들께 안내해드려라. 가정교사들이니까, 실례를 저지르지 말라고 전하고. (호텐쇼, 루센쇼, 하인 퇴장) 우린 정원을 산책한 뒤 식사나 합시다. 내 집이나 다름없이 편히 쉬십시오.

페트루치오 밥티스타 씨, 저는 워낙 바쁜 몸이라 날마다 청혼하러 올 수는 없습니다. 아버님을 잘 아신다니 저에 대해서도 짐작이 가실 것입니다. 상속받은 토지와 재산을 없앤 것이 아니라 오히려 더 늘렸습니다. 그리고 한 말씀 묻겠습니다만, 만일 제가 따님의 사랑을 얻게 된다면, 지참금을 얼마나 주시겠습니까?

밥티스타 내가 죽으면 절반의 땅과 2만 크라운을 주겠소.

페트루치오 그럼 저는 따님이 과부가 될 경우엔 토지며 임대권을 전부 다 따님에게 양도하겠습니다. 자, 그럼 세부 항목을 결정하여 피차 계약서를 작성해 교환하시지요.

밥티스타 좋소. 하지만 우선 내 딸의 사랑을 얻는 일이 우선이오.

페트루치오 그거야말로 찐 호박에 이빨 자국 내는 겁니다. 장인 어른, 따님이 아무리 고집이 세다 하더라도 절 당해낼 수는 없을 겁니다. 맞불 작전을 펴면 됩니다. 작은 불꽃은 미풍으로 잘 타오르지만 강풍에는 꺼지고 말지요. 제가 강풍이라는 말씀입니다. 따님은 저한테 무릎을 꿇을 것입니다.

밥티스타 부디 성공하길 빌겠소. 하지만 각오만은 단단히 해두시오. 혹시 욕을 볼지도 모르니까!

페트루치오 물론이죠. 각오는 되어 있습니다. 태산에 미풍이 부는 것과 다르지 않지요. 끄떡없습니다.

밥티스타 자, 그럼 페트루치오 씨, 당신도 같이 들어가시지요. 아니면 케이트(카타리나의 애칭)를 이곳으로 보낼까요?

페트루치오 여기서 기다릴 테니 보내주시지요. (혼자 남고 모두 퇴장) 오기만 해봐라. 악담을 한다고? 그럼 나는 나이팅게일처럼 노래한다고 말해야지. 인상을 쓰면 이슬을 머금은 장미처럼 싱그럽다고 하고, 꿀 먹은 벙어리처럼 가만히 있으면 심금을 울리는 웅변이라고 하고, 냉큼 꺼지라고 하면 오히려 더 머물라고 한 것처럼 고맙다고 해야지. 청혼을 거절하면 언제 결혼식을 올릴 것인가 날짜를 물어보고. 마침내 오는구나. (카타리나 등장) 케이트 양, 이름을 그렇게 들은 것 같은데?

카타리나 듣긴 들은 것 같은데 잘못 들었군요. 사람들은 날 카타리나라고 부르죠.

페트루치오 그럴 리가요. 사람들은 모두 케이트라고 부르던데. 어떨 때는 여장부 케이트라고 부르고, 어떨 때는 말괄량이라고 부르더군. 그렇지만 이봐요, 케이트 양, 기독교 나라에선 가장 예쁜 케이트요, 여왕님이 납신 케이트 홀의 케이트이고, 과자같이 먹고 싶은 케이트 양, 내 말 좀 들어봐요. 사람들이 당신은 상냥하고 예쁘고 얌전하다고 자자하게 칭찬하더군요. 그러나 그 소문보다 실물이 더 낫다는 얘길 듣고, 당신을 아내로 맞으려고 이렇게 발걸음을 옮겼다오.

카타리나 옮겼다고요? 좋아요! 그럼 그렇게 옮겨온 그 발을 다시 옮기시죠. 단박에 난 당신이 옮기기 쉬운 가구 같은 사람이라는 걸 알았어요.

페트루치오 아니, 옮기기 쉬운 가구라고?

카타리나 접었다 폈다 할 수 있는 싸구려 의자 말예요.

페트루치오 그 말 참 잘했소. 그럼 이리 와서 걸터앉으시오.

카타리나 당나귀에나 걸터앉지. 당신이 바로 그 당나귀인가요?

페트루치오 착한 케이트 양! 당신은 가벼운 여자니까…….

카타리나 이래봬도 난 당신 같은 병신 당나귀는 아니에요.

페트루치오 케이트 양, 나도 당신에게 걸터앉을 생각은 없다오. 어떻게 그리 가냘픈 허리에…….

카타리나 이건 가냘픈 게 아니라 당신 같은 촌닭한테 안 잡히려고 날씬하고 벌처럼 재빠른 거죠.

페트루치오 벌이라, 벌이면 윙윙거려야지.

카타리나 윙윙 돌아가는 머리치곤 꽤 재치가 있군요.

페트루치오 이쪽은 잘 돌아가고 있으니 얻어맞지 않게 조심해요.

카타리나 당하지 않으려면 댁이나 조심하시지요.

페트루치오 어이구, 말벌처럼 잘도 쏘아대는구먼.

카타리나 내가 말벌이라고요? 그럼 조심해요, 침이 있으니.

페트루치오 그 침을 뽑아버리면 되지 뭐.

카타리나 아까부터 말꼬리를 물고늘어지는데, 썩 꺼져버려요.

페트루치오 말도 안 돼. 이리 와요, 케이트. (그녀를 안으며) 케이트, 난 신사니까…….

카타리나 이것 놔요. (페트루치오의 뺨을 친다)

페트루치오 한 대 더 쳐보시오, 다음엔 내 주먹이 나갈 차례니.

카타리나 여자를 치면 신사가 아니겠죠. 신사가 아니면 족보도 없는 법이고요.

페트루치오 족보? 좋아, 그럼 나를 당신 족보에 올려주시오.

카타리나 당신 족보는 뭐죠? 닭벼슬처럼 생겼나요?

페트루치오 벼슬 없는 수탉이지. 당신은 곧 내 암탉이 될 거요.

카타리나 그럼 당신은 소리만 빽빽 지르는 겁쟁이 수탉이겠군요.

페트루치오 제발 케이트, 얼굴을 찡그리지 말아요.

카타리나 신 능금을 보면 그래요.

페트루치오 아니, 신 능금이 어디 있어?

카타리나 자기 얼굴은 볼 수가 없는 법이죠.

페트루치오 보여주오. (그녀를 다시 안자 빠져나오려고 몸부림치며) 사실 내 힘은 당신에게 쓰기엔 너무 넘친다오.

카타리나 이거 놔요. 정말 화낼 거예요. (물어뜯고 할퀸다)

페트루치오 싫어. 당신은 참으로 상냥해. 거만하고 무뚝뚝하다는 소문은 새빨간 거짓말이었어. 알고 보니 당신은 싹싹하고 예절 바르고 말씨도 얌전하고. 얼굴도 봄에 피는 꽃처럼 예쁘고. 찡그릴 줄도 모르고, 앙칼진 계집애처럼 남을 멸시하거나 화낼 줄도 모르고. 오히려 청혼자들에게 상냥하고 부드럽게 대한단 말이야. (그녀를 놓으면서) 그런데 사람들은 왜 당신을 절름발이라고 하지? 왜 남의 험담을 마구 하는 걸까? 케이트는 피부도 개암나무 열매처럼 싱싱하고 맛은 그 알맹이보다 더 달콤하잖아! 자, 뒤뚱거리지 말고 걸어봐요.

카타리나 에잇, 누구에게 명령을 하는 거야?

페트루치오 그대 걸어가는 뒷모습은 달의 여신보다 더 아름답지. 오, 그대는 아르테미스, 아르테미스는 케이트여라. 아르테미스가 요염함을 지녔다면 케이트는 정절을 지녔도다.

카타리나 어디서 그런 능청을 배웠어요?

페트루치오 타고난 것이지.

카타리나 대단한 어머니시네요. 바보 아들을 만들었으니.

페트루치오 카타리나, 허튼 소리는 이제 그만 집어치웁시다. 당신은 나의 아내가 될 거요. 당신 아버지한테 허락을 받았지. 난 당신이 싫건 좋건 당신과 결혼할 거요. 지참금도 합의를 봤소. 태양 아래에 드러난 당신의 미모로 인해 나는 눈이 멀 지경이오. 저 태양을 두고 맹세하건대, 당신은 당신의 아름다움에 사로잡힌 나 외의 어떤 남자와도 결혼할 수가 없소. 나는 당신을 길들이기 위해서 태어난 사람이오. 살쾡이 케이트를 고양이처럼 양순한 케이트로 길들이는 게 내 임무요. (밥티스타, 그레미오, 트래니오 등장) 마침 아버지께서 오시는구려. 거절할 생각은 마시오. 난 당신을 아내로 꼭 맞이할 테니까.

밥티스타 아, 페트루치오 씨, 그래 딸애와는 이야기가 잘 되었소?

페트루치오 물론이지요. 소금이 상하는 걸 보았나요? 내 사전에 실패란 없습니다.

밥티스타 아니, 카타리나, 표정이 왜 그러느냐? 내 딸 카타리나의 얼굴이 왜 이렇게 뚱해 있지?

카타리나 제가 아버지 딸 맞나요? 참으로 딸에게 아버지 구실 한번 잘 하셨군요. 이런 미치광이한테 시집보내려고 하시다니! 도깨비 같은 성격에다 입은 얼마나 험한지……

페트루치오 장인 어른, 사실대로 말씀드리겠습니다. 많은 사람들이 케이트에 대해 전혀 잘못 알고 있어서요. 설사 따님이 고집쟁이라 하더라도 그건 겉과 속이 다른 하나의 정책일 뿐이지요. 따님은 성미가 못되지 않았습니다. 오히려 여름 새벽같이 상쾌하답니다. 게다가 참을성 많기로는 데카메론에 나오는 양처 그리셀다에 못지 않고, 정조 관념은 저 로마의 열녀 루크레티아에 버금가지요. 그래서 결국 저희 두 사람은 다음 일요일에 결혼식을 올리기로 합의를 봤습니다.

카타리나 일요일에 저는 당신이 교수형을 당하는 꼴을 보고 말겠어요.

페트루치오 (카타리나의 손목을 잡으며) 자, 케이트, 그럼 난 베니스로 돌아가서 결혼식날 입을 옷을 마련하겠소. 장인 어른은 피로연 준비와 손님들을 초청해주시지요. 다시 말하건대, 케이트는 멋진 신부가 될 거라 장담합니다.

밥티스타 글쎄, 나로선 뭐라고 말해야 할지 모르겠소만, 어쨌든 손을 주시오. 신의 축복을 빌어주리다. 약혼을 축하하오.

일 동 저희도 신의 축복을 빕니다. 우리가 증인이 되겠습니다.

페트루치오 장인 어른, 내 사랑, 그리고 여러분들, 안녕히 계십시오. 베니스에 가서 반지며, 예복 등 필요한 물건들을 마련해야겠습니다. 일요일이 바로 코앞이니까요. 케이트, 키스 안 해주겠어. 우린 일요일에 결혼하는 거요. (그가 키스하자 카타리나는 달아난다. 페트루치오도 퇴장)

그레미오 밥티스타 씨, 이제 작은따님 얘기를 해야겠습니다. 나로 말할 것 같으면 이웃인 데다가 첫 번째 청혼자이기도 하죠.

트래니오 나로 말하더라도 상상할 수 없을 정도로 비앙카를 사모합니다.

밥티스타 두 분 말씀 잘 알아들었습니다. 그래서 말인데 두 분 중에 내 딸에게 더 많은 유산을 남겨주는 사람에게 비앙카를 드리겠소. 그레미오 씨, 당신은 내 딸에게 무엇을 줄 수 있습니까?

그레미오 시내에 있는 내 집에는 은접시며, 황금으로 만든 패물이며 대야며 물병 등이 잔뜩 쌓여 있을 뿐만 아니라, 각종 비단과 금화가 가득 들어 있는 상아 궤짝이 있습니다. 그리고 옷장에는 화려한 무늬의 이불과 비싼 의복, 진주를 박은 터키 방석, 금실로 수놓은 비단이 가득하고, 양은 그릇, 놋그릇 등 필요한 모든 가재도구들이 산더미처럼 쌓여 있지요. 또한 농장에는 젖소 100마리와 살찐 황소 120마리가 서성거리고 있고요. 사실 전 늙었습니다. 그러니까 내일이라도 내가 죽으면 내 재산은 모두 따님 것이 되지요.

트래니오 그까짓 것으로 경쟁을 하려고 한다면 말도 안 되죠. 나는 외아들이고 상속자입니다. 만일 따님을 저한테 주신다면, 저는 피사에서 가장 비싸다는 집 네댓 채를 따님에게 주겠습니다. 물론 그 집들은 패듀어의 그레미오 씨 댁보다 훌륭한 집들이지요. 게다가 기름진 농토에서는 매년 2천 크라운의 소작료를 받는데, 그것도 따님한테 주겠습니다.

그레미오 (방백) 소작료가 2천 크라운이라! 내 토지를 전부 합쳐도 그 금액엔 어림없겠군. (소리를 높이며) 아무튼 난 마르세유 항구에 정박해 있는 상선까지 주겠소. 어때, 트래니오, 이제 당신도 할 말이 없지?

트래니오 그레미오 씨, 세상이 모두 아는 일이지만 우리 아버지는 대상선을 세 척 이상 갖고 있소. 게다가 중상선이 두 척, 소상선이 열두 척이오. 이것들은 물론 그녀의 것이 되겠지요. 다음엔 무엇을 제공하겠소?

그레미오 좋소, 난 두손 두발 다 들었소. 그러나 허락하신다면 내 재산과 더불어 이 몸까지 전부 따님에게 주겠습니다.

트래니오 그레미오 씨가 경쟁에 졌으니까 따님은 이제 제 것입니다.

밥티스타 솔직히 말해 당신의 제안이 훨씬 낫소이다. 그럼 당신 아버지의 승인을 받아오시오. 우리 애를 며느리로 삼겠다는 승인 말이오. 미안한 말이지만, 만일 당신이 아버지보다 먼저 죽는 경우 우리 애는 공중에 뜨는 게 아니겠소.

트래니오 잘 모르시는 말씀입니다. 우리 아버지는 이미 늙고 나는 이렇게 젊지 않습니까?

그레미오 죽음이란 나이순으로 찾아오는 건 아니지요.

밥티스타 그럼 두 분 이렇게 합시다. 다음 일요일에는 큰딸 카타리나가 결혼을 하니, 그 다음 일요일에 비앙카를 당신에게 드리겠습니다. 그 사이에 당신 부친의 승낙을 얻고 싶소. 만일 그렇게 안 된다면, 그레미오 씨에게 드리겠습니다. 그럼 이만 실례하겠습니다. (모두 퇴장)

제3막

제1장 밥티스타의 집, 비앙카의 방

호텐쇼와 비앙카, 루센쇼 등장.

루센쇼 이런 위인이 다 있나. 무릇 음악이 어떻게 생겼는지 통 모르나 보군. 음악이란 공부나 노동을 한 뒤에 피로를 풀기 위해 듣는 것이오. 그러니 내가 철학 강의를 하고 난 다음, 쉬는 시간에 당신이 음악을 가르치면 되는 거요.

호텐쇼 (일어서면서) 여보시오! 당신이 이런 식으로 나온다면, 나도 가만히 있지는 않겠소.

비앙카 (두 사람 사이를 가로막고 서서) 아, 두 분 선생님, 제발 싸우지들 마세요. 제 공부는 제가 선택할 테니까요. 그걸 놓고 싸운다면 저를 모욕하는 거예요. 게다가 저는 시간표에 얽매이는 건 딱 질색이에요. 그러니 두 분 다 이리 앉으세요. 선생님은 악기 조율을 마저 하고 계세요. 조율이 끝날 때쯤엔 이 선생님의 강의도 끝날 테니까요. (모두 퇴장)

제 2 장 광장

밥티스타, 그루미오, 트래니오, 루센쇼, 카타리나, 비앙카, 하인들, 그밖의 군중들 등장.

밥티스타 (트래니오에게) 루센쇼 씨, 오늘 카타리나의 결혼식인데 신랑인 페트루치오는 코빼기도 뵈지 않는구려. 곧 목사님이 오셔서 식을 올릴 시간인데, 이거 커다란 웃음거리가 되겠소이다. 루센쇼 씨, 이게 집안망신이 아니고 뭐겠소?

카타리나 망신을 당하는 건 저라고요. 마음에도 없는데 결혼을 강요당했단 말이에요. 그런 반미치광이 녀석, 제멋대로 청혼해놓고서는 결혼식을 올리는 날엔 그만 꽁무니 빼는 녀석. 제가 말씀드렸잖아요. 배 문지르며 등치는 놈이라고요. 호탕한 소리를 듣고 싶어 닥치는 대로 청혼해서 결혼 날짜를 받아놓고, 호들갑을 떨지만 정작 결혼할 생각은 눈곱만큼도 없는 녀석이란 말이에요. 그럼 세상 사람들은 나를 향해 뭐라고 하겠어요. "미치광이 페트루치오의 여편네가 저기 있다" 할 거 아니에요!

트래니오 진정하세요. 페트루치오 씨는 틀림없이 나타날 겁니다. 제가 알기로 그분은 참 착실한 사람이거든요. 약속을 어긴 것은 사고가 나서일 거예요. 그는 저돌적이지만 현명하며 성실한 분이에요.

카타리나 아이고, 내 팔자야! 그 인간을 만나지 않았다면 좋았을걸. (울면서 들어가자 비앙카와 신부의 들러리들이 퇴장)

밥티스타 할 말이 없구나. 이런 모욕을 당하고서 그 어떤 성인인들 가만히 있겠느냐? 말괄량이로 자란 성미 급한 너라면 더욱 그렇겠지!

페트루치오와 그루미오가 몹시 괴상한 차림으로 등장.

페트루치오 사람들이 뵈지 않는군. 거기 아무도 없느냐?

밥티스타 (쌀쌀맞게) 잘 왔네.

페트루치오 잘 오긴 온 건가요?

밥티스타 어쨌든 온 건 아닌가.

트래니오 좋은 복장으로 오시면 더 나았을 듯싶습니다.

페트루치오 옷 잘 입는 게 뭐 별건가요? 그런데 케이트는? 내 신부는 어디 있습니까, 장인 어른? 모두들 왜 이렇게 눈살을 찌푸리고 보고들 계십니까?

밥티스타 아니 여보게, 오늘은 자네 결혼식 날이 아닌가. 조금 전까지만 해도, 우린 자네가 나타나지 않을까봐 노심초사했다네. 그런데 그 꼴을 보니 기가 막히는구먼. 여보게, 그 옷일랑 얼른 벗어버리게. 신부에게 걸맞지도 않고 오늘 행사에는 어울리지 않아.

트래니오 무슨 사연이 있었길래 우리를 이렇게 기다리게 했고, 이런 복장을 하고 있는지 말씀해보시지요.

페트루치오 지루한 이야기는 그만두는 게 좋을 듯합니다. 약속대로 왔으니 된 거 아니오? 이렇게 된 이야기는 나중에 틈이 나면 모두 말씀드리지요. 케이트는 어디 있나요? 너무 늦지 않았습니까? 지금쯤은 교회에 가 있어야 할 시간인데요.

트래니오　아니, 그렇게 괴상망측한 차림새로 신부를 만나실 생각이오? 내 옷을 빌려드릴 테니 방으로 갑시다.

페트루치오　천만에요. 이대로 만나겠소.

밥티스타　설마 그런 모습으로 결혼식을 하려는 것은 아니겠지?

페트루치오　아뇨, 이대로 식을 올리겠습니다. 신부는 나하고 결혼하는 것이지, 내 의복하고 결혼하는 게 아니니까요. 지금은 쓸데없는 이야기로 시간을 끌 때가 아닌 듯합니다. 어서 신부한테 가서 사랑의 키스를 퍼부어 남편의 권리로 아내를 봉인해야겠습니다. (그루미오와 퇴장)

트래니오　저렇게 미치광이처럼 차려입은 이유가 분명히 있을 테지만, 아무튼 교회로 가기 전에 바꿔 입도록 설득해야겠습니다.

밥티스타　나도 같은 생각이오. 아무튼 뒤쫓아가 봅시다. (모두 퇴장)

악사들을 선두로 결혼식 행렬. 페트루치오와 카타리나, 비앙카, 밥티스타, 호텐쇼, 그루미오, 그레미오 등장.

페트루치오　여러분, 수고하셨습니다. 아마 오늘 저의 결혼을 축하하기 위해 여러 가지 음식을 마련해놓으신 모양입니다만, 나는 급한 볼일이 있어서 작별 인사를 드리겠습니다.

밥티스타　아니, 오늘 밤에 떠나겠다고?

페트루치오　해가 저물기 전에 떠나야 합니다. 이상하게 생각하진 마세요. 장인 어른도 제가 왜 그런지 아신다면, 어서 가보라고 권하실 겁니다. 친애하는 여러분, 정말 감사를 드립니다. 여러분 덕택에 이 세상에서 가장 참을성 있고 상냥하고 정숙한 여자를 아내로 맞게 되었으니까요.

그럼 장인 어른과 만찬을 함께 드시고, 떠나는 저의 앞날을 축복해주십시오. 이제 그만 가보겠습니다. 그럼 다들 안녕히 계십시오.

카타리나 제발 저를 사랑하신다면 가지 마세요.

페트루치오 그루미오, 말을 준비해라.

카타리나 그럼 당신 맘대로 해요. 저는 오늘 같이 가지 않을 거예요. 문은 열려 있으니 가보세요. 그 장화가 닳아빠질 때까지 실컷 돌아다녀 보시죠. 난 마음이 내킬 때까진 여길 떠나지 않을 작정이니까. 지금 하는 꼬락서니를 보니 안하무인일 게 안 봐도 뻔해요.

페트루치오 케이트, 진정하시오. 그렇게 화낼 일이 아니오.

카타리나 이래도 화를 내지 말라고요. 아버지는 상관 마세요. 흥, 누가 자기 마음대로 될 줄 알고. 여러분, 피로연 장소로 들어가세요. 이제 보니, 여자란 여간 강하지 않고선 바보 취급당하기 십상이네요.

페트루치오 케이트, 당신의 명령인데, 누가 피로연 장소로 안 들어가겠소. 여러분, 모두 피로연 장소로 들어가서 마음껏 즐기십시오. 즐거워서 미쳐버리든 죽어버리든 마음대로 즐기시지요. 그러나 내 귀여운 신부 케이트만은 내가 데리고 가야겠습니다. (카타리나를 보면서) 그렇게 두 발을 구르고 반항해도 소용없어. 아무리 발버둥쳐도, 이제 나는 당신의 주인이라고. (일동을 향해) 이 여자는 내 소유물이요, 집이요, 가구요, 밭이요, 말이요, 소요, 당나귀요, 나의 전부이자 내 것이란 말이오. 그러니 누구든지 감히 이 여자한테 손을 대었다가는 내 가만두지 않을 테니. 그루미오, 칼을 빼라. 우린 도둑 떼에 둘러싸여 있다. 네가 사나이라면 나와 아씨를 호위하라. 케이트, 백만대군이 몰려온다 해도 나는 당신을 지켜줄 것이오. (모두 퇴장)

제4막

제1장 페트루치오의 시골 별장

온통 진흙투성이인 페트루치오와 카타리나 등장.

페트루치오　나다니엘, 그레고리, 필립 모두 어디 있느냐?

하인들　(달려와서) 여기 있습니다, 주인님!

페트루치오　여기 있습니다, 주인님? 에잇, 이 멍텅구리 같은 자식들아! 말에서 내리는데 도와줄 놈이 하나도 없단 말이냐? 경의도 표하지 않고, 할 일도 안 하고, 내가 먼저 보낸 그 바보 녀석은 어디 있느냐?

그루미오　바보 녀석 여기 있습니다.

페트루치오　이 촌뜨기, 굼벵이 녀석아! 이놈들을 모두 데리고서 공원까지 마중을 나오라고 내가 이르지 않았느냐!

그루미오　글쎄, 주인님. 나다니엘의 코트는 미처 준비되지 않고, 가브리엘의 구두는 뒤축이 닳았고, 피터의 모자는 윤을 미처 내지 못했고, 월터의 칼은 녹슬어 칼집에서 빠지지 않았고, 게다가 애덤과 랄프와 그레고리 외에는 모두가 누더기에 거지꼴이라서요. 하지만 이렇게 다들 주인어른과 아씨를 맞으러 나오긴 했습니다.

페트루치오　듣기 싫다, 망할 녀석들아. 어서 가서 저녁식사를 가져와.

(하인들 서둘러 퇴장. 카타리나를 향해) 케이트, 이리 와서 앉아요. (난롯불 곁으로 케이트를 데리고 간다) 식사 가져와. 식사! (저녁식사 쟁반을 든 하인들 등장) 왜들 이렇게 꾸물거리는 거야? 자, 케이트, 마음을 즐겁게 가져요. (케이트 곁에 앉으면서) 이 녀석들아, 내 구두를 벗겨라! 뭘 꾸물거리고 있어? (하인이 무릎을 꿇고 구두를 벗긴다) 넌 내 발을 뽑아버릴 작정이냐? 똑바로 잘 벗기란 말야. (하인의 머리를 때린다) 케이트, 기운을 내요. 누가 물 좀 가져오너라, 물을! (하인이 물을 가지고 들어오지만 못 본 체하며) 내 슬리퍼는 어디 있냐? 대관절 물은 언제 가져오는 거야? (하인이 대야를 내민다) 자, 케이트, 이리 와서 손을 씻어요. (하인을 슬쩍 밀쳐 물을 쏟게 하면서) 이 빌어먹을 놈 보게. 물은 왜 엎질러? (하인을 때린다)

카타리나   제발 용서해주세요. 모르고 그랬잖아요.

페트루치오   이 빌어먹을 얼간이 같으니라고. 정신을 어디 두고 사는 거야? 자, 케이트, 여기 앉아요. 몹시 배고플 텐데. (케이트가 테이블에 앉는다) 감사의 기도를 올려주겠소, 케이트? 아니, 내가 올리지. 그런데 뭐야, 이건? 양고기인가?

하인 1   예.

페트루치오   잘 봐. 음식이 탔잖아! 이런 멍청한 녀석들. 요리사 녀석은 어디 있냐? 이렇게 탄 걸 나보고 먹으라고? 내가 싫어하는 것만 가져왔구나. 이 두더지 같은 놈들, 접시고 컵이고 뭐고 썩 가지고 나가, 모두! (하인들 머리에다 음식을 내던진다) 이 바보 같은 녀석들! 도대체 뭐가 불만이야? 그래, 내가 손 좀 봐주마. (하인들 쫓겨나간다)

카타리나   제발 화 좀 내지 마세요. 당신만 괜찮다면 제가 볼 땐 고기는 멀쩡한데요.

페트루치오   아냐, 케이트. 그 고기는 바싹 타버렸어. 의사 말이 그런 건 절대로 먹지 말라고 했소. 그런 걸 먹으면 간에도 좋지 않고, 화를 잘 낸다나. 그러니까 오늘 저녁은 그냥 넘겨야겠소. 안 그래도 우리는 화를 잘 내는 편이잖소. 그러니 저렇게 타버린 고기를 먹느니 굶는 게 낫지. 오늘 밤은 둘이서 단식을 하고, 첫날 밤을 치를 침실로 갑시다. (두 사람 퇴장)

제 2 장 패듀어의 광장

루센쇼와 비앙카, 나무 아래서 책을 읽고, 트래니오와 호텐쇼, 등장.

트래니오   리치오 씨, 그게 무슨 소리요? 비앙카 양이 루센쇼 외의 다른 남자를 사랑하다니? 겉으로만 내게 호의를 보인 척했다는 거요?

호텐쇼   내가 한 말을 믿지 못하시겠다면, 여기 숨어서 저쪽을 잘 좀 살펴보시오. (둘이 나무 뒤에 숨는다)

루센쇼   아가씨, 지금 읽은 것을 아시겠습니까?

비앙카   지금 뭘 읽어주셨지요?

루센쇼   내 전공인 사랑의기술입니다.

비앙카   그럼 그걸 가르쳐주세요!

루센쇼   좋아요. 진지하게 배우고자 하는 마음만 있으시다면 어렵지 않

아요! 내 마음을 읽는 재주만 있다면 말이죠. (두 사람 키스한다)

호텐쇼　어떻소, 이래도 내 말을 믿지 않겠소? 실로 가관이오. 이래도 비앙카에게 당신 외에 다른 남자가 없다고 할 수 있겠소?

트라니오　오, 더럽소. 정녕 믿지 못할 게 여자로군요, 리치오 씨!

호텐쇼　솔직히 고백하리다. 난 리치오도, 음악가도 아니오. 그건 가면이었소. 나 같은 신사를 버리고, 저런 천한 녀석에게 혹한 계집을 위해 더 이상 이런 가면을 쓰고 있을 수는 없소. 나는 실은 호텐쇼라는 사람이오.

트라니오　호텐쇼 씨, 당신이 비앙카를 무척 사모하고 계시다는 이야기는 전부터 듣고 있었소. 그리고 내 눈으로 저 여자의 경박함을 목격한 이상 나도 당신처럼 저 여자를 영원히 포기하겠소!

호텐쇼　저런, 또 키스를 하는군. 루센쇼 씨, 우리 악수합시다. 난 굳게 맹세하겠소. 앞으로 저 여자에게는 절대로 청혼하지 않겠다고. 그럴 만한 가치도 없는 여자한테 지금까지 괜한 열정을 바쳤구려.

트라니오　그렇다면 나도 맹세를 하겠습니다. 저 여자와는 절대로 결혼하지 않겠습니다. 설령 저쪽에서 애원해도 말이죠. 에이, 경박한 년!

호텐쇼　온 세상 남자가 저 여자를 버렸으면 좋겠소. 나는 지금 한 맹세를 지키기 위해 사흘 안에 돈 많은 미망인과 결혼하겠소. 그 미망인은 나를 쭉 연모해온 여자요. 내가 저 불쾌한 계집을 사랑해왔듯이 말이오. 여자는 미모보다 마음씨가 중요하죠. 그럼 이만 가보겠습니다. 내 맹세는 변함이 없습니다. (퇴장)

트라니오　비앙카 양, 축하합니다. 아가씨는 참으로 축복을 받으셨군요. 두 분의 정다운 모습을 보고, 나와 호텐쇼는 이제 당신에 대한 연정을 접기로 했습니다.

비앙카   어머, 농담은 그만둬요. 정말 두 분 다 저를 단념하셨나요?

루센쇼   드디어 리치오를 해치웠구먼.

트래니오   예, 그는 정력이 왕성한 미망인에게로 영영 날아갔습니다. 청혼한 뒤 바로 결혼을 하겠답니다.

비앙카   제발 잘되기를 빌겠어요.

비온델로 등장.

비온델로   주인어른, 주인어른, 찾아냈습니다! 상인인지 교사인지 잘 모르겠습니다만, 어쨌든 옷차림도 단정하고, 걸음걸이며 인상이며 꼭 빈센쇼 어르신과 닮은 노인 분을 찾아냈습니다.

루센쇼   자, 트래니오, 이젠 어쩔 셈인가?

트래니오   만일 그 노인이 쉽사리 제 청을 들어준다면, 빈센쇼 나리로 꾸며 부친 역할을 하도록 하겠습니다. 뒷일은 제게 맡기시고 아가씨를 모시고 먼저 들어가십시오. (트래니오만 남고 모두 퇴장. 교사 등장)

교 사   안녕하시오?

트래니오   안녕하십니까? 잘 오셨습니다. 어디로 가시는 길이죠? 아니면 목적지가 이곳인가요?

교 사   일단 여기 머물렀다가 한두 주일 후에는 다시 로마로 갈 생각이오. 죽지만 않는다면, 트리폴리까지도 가볼 생각이지요.

트래니오   고향이 어디신데요?

교 사   맨튜어요.

트래니오   맨튜어에서 일부러 패듀어에? 목숨이 아깝지도 않습니까?

교 사　목숨이요? 도대체 무슨 말인지?

트래니오　맨튜어 사람들이 패듀어로 오는 건 전쟁터에 뛰어드는 거나 마찬가집니다. 모르셨습니까? 맨튜어의 선박들은 모두 베니스에 억류당해 있습니다. 당신 나라의 공작과 이곳 공작 사이에 무슨 시비가 붙어 포고령이 내려진 모양인데, 그 포고령을 전혀 듣지 못하셨다니, 참 이상한 일이군요. 하기야 지금 막 오셨으니까 무리는 아니지요.

교 사　이거 정말 낭패로군. 난 피렌체에서 수표를 가지고 와서 이곳 사람에게 전해줘야 하거든요.

트래니오　아, 그렇습니까? 그럼 이렇게 하면 어떻겠습니까? 하지만 먼저 물어볼 말이 있는데, 혹시 피사에 가보신 적이 있습니까?

교 사　그럼요, 피사엔 가끔 가봤지요. 그곳 사람들은 모두 다 성실하다는 소문이 들리더군요.

트래니오　혹시 빈센쇼라는 분을 아십니까?

교 사　잘은 모르지만 소문은 들었습니다. 굉장한 호상이라고요.

트래니오　실은 그분이 저의 부친입니다. 솔직히 말해, 부친 얼굴과 댁의 얼굴이 비슷합니다. 사실 선생을 이러한 위험에서 구하려는 것도 바로 그 이유이지요. 선생이 저의 부친과 닮은 건 참으로 다행한 일입니다. 우리 집에서 묵도록 하십시오. 이곳에서 일을 다 보실 때까지 머무르셔도 좋습니다. 제 호의를 무시하지 않는다면, 부디 그렇게 해주시지요.

교 사　감사합니다. 평생의 은인으로 이 은혜를 잊지 않겠소이다.

트래니오　그럼 같이 가시지요. 그리고 한 가지 미리 말씀드릴 게 있습니다. 다들 우리 부친이 오시길 기다리는 중이랍니다. 나는 밥티스타라는 분의 따님과 결혼할 예정인데, 그 결혼에 보증을 하러 오시기로 되어 있거든요. 자세한 사정은 차차 말씀드리겠습니다. 아무튼 같이 가셔서 저의 부친처럼 복장을 갈아입으시지요. (모두 퇴장)

제 3 장 페트루치오의 시골 별장

카타리나와 그루미오 등장.

그루미오   안 됩니다, 마님. 그러다간 주인어른께서 경을 치고 맙니다.

카타리나   그인 날 굶겨 죽이려고 결혼했나봐. 우리 친정집에선 거지들도 애걸하면 동냥을 얻어가요. 친정집이 아니라 다른 곳에서도 마찬가지죠. 그런데 한 번도 애걸해 보지 않은, 아니 애걸할 필요조차 없었던 내가 배가 고파 죽을 지경이고, 게다가 잠도 자지 못해 머리는 빙빙 돌아요. 그런데 그인 줄곧 소리만 질러대고 있으니. 무엇보다 기가 막힌 건 그게 모두 애정 때문이라는 거예요. 글쎄, 내가 먹거나 자는 날엔 당장 죽을 병에라도 걸린다고 생각하는 것 같아요. 뭐든 상관없으니 제발 먹을 것 좀 갖다주세요!

그루미오   그러시다면 소족발은 어떻겠습니까?

카타리나   좋아. 어서 가져와.

그루미오   그건 좀 저급한 게 아닐까요? 불고기에 겨자를 바른 것은 어떻겠습니까?

카타리나 그건 내가 좋아하는 요리야.

그루미오 하지만 겨자가 좀 매울 텐데요.

카타리나 그럼 겨자는 빼고 불고기만 가져오면 되잖아.

그루미오 안 될 말씀입니다. 겨자를 뺄 순 없죠. 이 그루미오가 불고기 만은 가져올 순 없습니다.

카타리나 그럼 가져올 수 있는 것만 가져와 봐.

그루미오 그럼 소고긴 빼고 겨자만 가져오겠습니다.

카타리나 이 거짓말쟁이 같으니. (그루미오를 때린다) 음식 이름이나 먹이 려 들다니. 날 들볶는 데 재미를 붙인 이놈들, 절대로 가만두지 않을 테 다. 썩 꺼져버려!

페트루치오와 호텐쇼가 고기 접시를 들고 등장.

페트루치오 케이트, 아니 여보, 왜 그렇게 풀이 죽었소?

호텐쇼 부인, 안녕하십니까?

카타리나 지금 안녕한 걸로 보이나요?

페트루치오 케이트, 기운을 내보시오. 밝은 표정을 지어요. 이렇게 내가 손수 요리를 만들어가지고 왔잖소. (요리를 내려놓자 카타리나가 얼른 집는다) 이만하면 먼저 감사하다는 말 한마디쯤 해야 되는 것 아니오? (카타리나 가 먹는다) 이런, 한마디도 하지 않는군. 결국 헛수고만 한 셈이군. (요리 접 시를 뺏으며) 여봐라, 이 접시를 가져가라.

카타리나 제발 거기 놓아두세요.

페트루치오 아무리 맛없는 요리라도 먹기 전에 고맙다는 인사쯤은 하는 법이오. 안 그렇소?

카타리나   고마워요. (페트루치오, 접시를 내려놓는다)

호텐쇼   여보게, 페트루치오! 자네, 너무한 것 아닌가? 부인, 제가 도와
드리지요.

페트루치오   (호텐쇼에게 방백) 여보게, 날 생각한다면, 자넨 좀 가만 있어주
게. 그녀가 착해지면 얼마나 좋겠나. (큰소리로) 케이트, 어서 먹어요. 그러
고 나서 당신 친정에 가서 장인 어른을 뵙시다. 가장 좋은 옷으로 근사하
게 차려입고 가서 큰 잔치를 벌입시다. 비단 옷과 모자, 금가락지, 주름치
마와 스카프, 부채 호박팔찌, 화려하고 아름다운 옷 두 벌, 예쁜 옥구슬 등
장식품을 갖추고 말이오. (카타리나가 잠깐 얼굴을 든 사이에 페트루치오가 눈짓
을 하자, 그루미오가 얼른 요리 접시를 치운다) 저런, 벌써 다 먹었구려. 자, 재단
사가 기다리고 있소. 당신 몸매를 아주 멋있게 꾸미려고 말이오. (모두 퇴장)

제 4 장   패듀어의 광장

트래니오, 빈센쇼로 가장한 교사 등장.

트래니오   이 집이 그분 댁입니다. 좀 들렀다 가도 괜찮겠습니까?

교 사   그러려고 여기 온 게 아니냐! 밥티스타 씨가 박정한 위인이 아니

라면, 날 기억하고 있을 거야. 내 기억이 틀림없다면 한 20년 전 제노바에서 페가수스라는 여관에 같이 투숙했던 일이 있었지.

트래니오 됐습니다. 계속해서 그런 식으로 위엄 있게 하시면 됩니다.

교 사 염려 말게.

비온델로 등장

교 사 당신 하인이 오는데 잘 일러두는 게 좋겠군.

트래니오 그 점은 염려 마세요. 비온델로, 이분을 진짜 빈센쇼 나리처럼 대해야 해.

비온델로 네, 알았습니다.

트래니오 밥티스타 씨 댁에 전하라고 한 말은 잘 전했나?

비온델로 시키는 대로 아버님께서 오늘 패듀어에 오신다고 전했습니다.

트래니오 잘했다. 자, 이것으로 술이나 마셔. (밥티스타와 루센쇼 등장) 아, 밥티스타 씨가 오는군요. 침착하게 하셔야 해요. 밥티스타 씨, 마침 잘 만났습니다. (교사에게) 아버지, 이분이 제가 말씀드린 분입니다. 좀 도와주세요. 재산 관계도 말씀해주시고 비앙카와 짝이 될 수 있도록 말씀해주세요.

교 사 초면에 실례하겠습니다. 이번에 빚을 좀 받을 게 있어 패듀어까지 오게 됐는데, 자식놈의 말을 듣자하니, 댁의 따님과 사랑에 빠졌다는군요. 댁의 존함은 나도 익히 들었던 터라 자식놈이 따님을 사랑한다니 내버려둘 수가 없어서 결혼을 승낙했습니다. 그러니 만일 댁도 이의가 없으시다면, 곧 약정을 맺어 따님에게 줄 유산 건에 기꺼이 동의할 생각입니다. 명성이 자자하신 밥티스타 선생이니 굳이 더 알아볼 것도 없고 까다로운 조건을 내세울 필요도 없을 것 같습니다.

밥티스타　저도 한 말씀 드릴까 합니다. 솔직한 말씀을 들으니 참 고맙습니다. 사실 댁의 자제분인 로센쇼 군과 제 딸은 진실로 깊이 사랑하고 있는 것 같습니다. 둘이 애정을 꾸민 건 아닐 것입니다. 그러니까 아버지로서 우리 딸에게 충분한 유산을 주시겠다는 약속만 하신다면, 이 결혼은 성사된 거나 마찬가지입니다. 우리 애를 아드님에게 기꺼이 드리지요.

트래니오　감사합니다. 그럼 약혼식은 어디서 하는 것이 좋겠습니까? 피차간에 계약서도 교환해야 하는데, 어디가 좋겠습니까?

밥티스타　우리 집은 좀 곤란합니다. 하인들이 많고, 게다가 그레미오 영감쟁이가 항상 엿듣고 있어서 언제라도 방해할 것입니다.

트래니오　그러시다면 저의 숙소가 어떻겠습니까? 마침 아버지도 같이 묵고 계시니까요. 그럼 오늘 밤 그곳에서 몰래 일을 치르기로 하지요. 사람을 보내 따님을 오라고 하십시오. (루센쇼에게 눈짓을 한다) 내 하인을 보내 대서인도 곧 불러오겠습니다. 그런데 죄송스러운 건 어른께 변변하게 대접을 할 수가 없다는 점입니다.

밥티스타　그건 염려하지 마시오. (루센쇼에게) 이봐요, 캠비오 선생. 어서 집에 가서 비앙카한테 곧 나올 채비를 하라고 좀 전해주시오. 그리고 그간의 사정도 좀 말해주고. (루센쇼 퇴장. 그러나 트래니오의 눈짓으로 나무 뒤에 숨는다)

비온델로　(방백) 오, 하느님, 제발 일이 제대로 풀리게 해주십시오!

트래니오　하느님과 빈둥거리지만 말고, 어서 좀 갔다와. (비온델로에게 루센쇼가 있는 곳으로 가라고 눈짓을 한다) 밥티스타 씨, 이리 들어오시죠! 지금은 대접이 부실하겠지만, 나중에 피사에 오시면 후히 대접을 하겠습니다.

밥티스타 그럼 들어가 볼까요? (모두 퇴장)

제 5 장 패듀어로 이어진 큰 산길

페트루치오, 카타리나, 호텐쇼, 하인들 길가에서 쉬고 있다.

페트루치오 (일어서며) 자, 갑시다. 이제 당신 친정도 그리 멀지 않았소이다. 거 참, 달빛이 곱고 밝구먼!

카타리나 달이라고요? 해예요. 지금 이 시각에 달이라뇨?

페트루치오 아니오, 저건 달이오.

카타리나 아니에요, 저건 해예요.

페트루치오 내 이름을 걸고 단언하건대 저건 달이오. 적어도 당신 친정에 도착할 때까지는. 내가 그렇게 말하면 그런 거요. 아니라면 당신 친정에 가는 건 취소요. (하인에게) 여봐라, 그만 돌아가자. 아씨가 내 말에 일일이 딴지를 거는구나.

호텐쇼 (작은 목소리로 카타리나에게) 저 사람 말대로 달이라고 하세요. 안그러면 오늘 친정에 못 가요.

카타리나 제발 그냥 가요. 저게 달이든 태양이든 상관없으니까요. 촛불이라고 해도 그렇게 부를게요.

페트루치오   글쎄, 달이라니까!

카타리나   맞아요, 달이에요.

페트루치오   아니야, 당신은 거짓말쟁이야. 저건 고마운 해야.

카타리나   그렇다면 저건 해예요. 모든 건 당신 뜻대로 되는 거예요. 달은 당신 마음처럼 늘 변하지요. 저는 당신 뜻에 따를 생각이에요.

호텐쇼   (낮은 음성으로) 페트루치오, 이제 가세, 자네가 이겼네.

페트루치오   그럼, 계속 가보자꾸나. 잠깐, 누가 오는구나.

빈센쇼가 여행자 복장을 하고 등장

빈센쇼   난 빈센쇼라는 사람인데, 피사에 살고 있습니다. 아들을 보기 위해 지금 패듀어로 가고 있지요.

페트루치오   아드님 이름은?

빈센쇼   루센쇼라고 합니다.

페트루치오   정말 잘 만났습니다. 아드님은 더욱 기뻐할 것입니다. 차차 아시게 될 테지만, 내 처제와 영감님의 아드님이 지금쯤은 결혼식을 끝냈을 겁니다. 놀라지도 마시고, 슬퍼하지도 마십시오. 아드님의 상대는 훌륭한 여성이랍니다. 지참금도 많고, 집안도 좋고 평판도 훌륭합니다. 신사의 배필로서 훌륭한 품성을 가지고 있으니까요. 자, 어서 아드님을 만나러 가시죠. 아드님이 영감님을 보면, 무척 기뻐할 것입니다. (모두 퇴장)

제 5 막

제 1 장 패듀어의 광장

페트루치오, 카타리나, 빈센쇼, 그레미오, 하인들 등장.

페트루치오 어르신네, 바로 여깁니다. 우리 처가는 시장 쪽으로 좀 더 가야 합니다. 난 그만 실례하겠습니다.

빈센쇼 가시기 전에 들어가서 한잔 하시지요. 여기서라면 대접할 수가 있을 겁니다. 아마 그만한 음식은 있겠지요. (노크를 한다)

그레미오 (다가와서) 한참 바쁠 텐데 좀 더 세게 노크하시지요.

교 사 (창으로 얼굴을 내밀고) 누구요, 노크하는 분이? 문을 부술 작정이오?

빈센쇼 거기 루센쇼, 안에 있소?

교 사 있긴 있지만, 아무도 만나지 못합니다.

빈센쇼 내가 용돈 200파운드를 가지고 왔어도 말인가요?

교 사 그런 돈들은 당신이나 쓰시지. 내가 살아 있는 동안 그 애는 그런 돈이 필요 없으니까!

페트루치오 자, 보세요. 아드님은 패듀어에서 대단한 사랑을 받고 있습니다. (교사를 보고) 여보시오, 루센쇼에게 좀 전해주시오. 피사에서 아버지가 오셔서 지금 문 앞에서 기다리고 계시다고 말이오.

교 사　재밌군. 거짓말 마시오. 그 애 아버지는 지금 창밖을 내다보고 있 잖소.

빈센쇼　그럼 당신이 그 애 부친이란 말이오?

교 사　그렇소. 그 애 어미가 그렇다 하니, 그럴 수밖에!

페트루치오　(빈센쇼에게) 어찌된 영문이오? 이보쇼, 당신 너무 뻔뻔하잖 소. 남의 이름을 사칭하다니.

교 사　그자를 좀 잡아주시오. 그자가 아마 내 이름을 사칭해가지고 이 도시에서 사기라도 치고 있는 게 분명하오.

비온델로 등장.

비온델로　(혼잣말로) 두 분이 무사히 교회로 들어가셨으니, 제발 하느님 의 복을 받으십시오. 아니, 저분은 누구야? 주인어른 빈센쇼 나리가 아 니신가! 이젠 다 틀렸군, 틀렸어.

빈센쇼　(비온델로를 보고) 이놈, 이리 와! 이 죽일 놈 같으니!

비온델로　(그 옆을 지나가면서) 글쎄올시다, 실례하겠습니다.

빈센쇼　이 악당 같으니! 그래, 네가 날 잊었단 말이냐?

비온델로　잊었느냐고요? 천만에요. 잊을 리가 있겠습니까, 생전 본 적 도 없는 사람을.

빈센쇼　이 고얀 놈 좀 보게. 네 주인의 아버지인 나를 생전 보지 못한 분 이라고?

비온델로　제 주인의 아버님 말씀입니까? 예, 그야 잘 알고 있습니다.

저기 문으로 내다보고 계시는 바로 저분입죠.

빈센쇼　너, 정말 맞을래? (비온델로를 때린다)

비온델로　사람 살려! 미친 사람이 나를 죽이려고 하네.

교 사　얘야, 좀 도와줘라. (창문을 닫는다)

페트루치오　케이트, 우린 어떻게 되어가는지 여기서 지켜봅시다.

교사와 하인 등장. 밥티스타와 트래니오도 몽둥이를 들고 따른다.

트래니오　대관절 어떤 놈이 내 하인을 때리는 거야?

루센쇼　어떤 놈이냐고! 하, 이 망할 녀석 좀 보게. 비단 저고리에 벨벳 바지, 새빨간 외투에 모자라. 아이고, 내 신세야! 아들 녀석 유학 보내느라고 등이 휘었건만, 아들 녀석과 하인 놈은 돈을 탕진하고 있으니.

트래니오　도대체 이 사람은 누구지?

밥티스타　어찌된 거냐? 미친 사람 아니냐?

트래니오　여보시오, 옷차림으로 봐서 점잖은 분 같은데, 하시는 말씀은 꼭 미친 사람 같구려. 내가 진주와 금으로 도배를 하건 말건 당신이 무슨 상관이오? 난 아버지 덕택으로 이렇게 지내고 있는데 말이오.

빈센쇼　뭐, 내가 미친 사람 같다고! 이놈아, 네 아비는 베르가모에서 돛을 꿰매는 품팔이를 하고 있다. 그런 놈이 진주는 뭐고, 금은 또 뭐란 말이냐?

밥티스타　잘못 보신 거예요. 이 사람 이름을 아시나요?

빈센쇼　저 녀석 이름을 내가 왜 몰라! 세 살 때부터 길러온 놈인걸. 저 녀석 이름은 트래니오요.

교 사   어서 썩 물러가시오. 미친 노인 같으니라고! 이 사람은 내 외아들 루센쇼야. 이 빈센쇼의 상속자라고.

빈센쇼   네가 루센쇼라고? 그럼 네놈이 주인을 죽였구나! 자, 공작님의 이름으로 널 체포하겠다. 아, 내 아들, 내 아들 루센쇼는 어디 있느냐?

트래니오   누가 경관 좀 불러와요. (하인이 경관을 데리고 등장) 이 미친 사람을 감옥에 좀 넣어주시오. 장인 어른, 저 자를 재판받게 해주세요.

빈센쇼   날 감옥으로 보낸다고? 낯선 고장에 가면 흔히 이렇게 봉변을 당하지. 에이 지독한 녀석 같으니!

비온델로가 루센쇼와 비앙카를 데리고 등장.

비온델로   이제 다 틀렸어요. 저기 보세요, 아버님이……. 할 수 없죠. 그냥 모르는 체하시고, 남이라 잡아떼세요. 안 그러면 모든 것이 끝장이에요.

루센쇼   (무릎을 꿇고) 용서해주십시오, 아버지.

빈센쇼   내 아들아, 살아 있구나.

비앙카   (무릎을 꿇고) 용서해주세요, 아버님. (비온델로, 트래니오, 교사가 허겁지겁 도망친다)

밥티스타   도대체 이게 어찌된 일이야? 루센쇼는 어디 있고?

루센쇼   예, 여기 있습니다. 지금 따님과 결혼식을 마치고 온 제가 진짜 루센쇼입니다. 가짜들이 어르신의 눈을 속이고 있는 틈에요.

그레미오   오, 이럴 수가! 우리가 감쪽같이 속았다!

빈센쇼   어디 갔어, 고얀 놈 트래니오?

밥티스타   도대체 어찌된 영문인가? 이 사람은 캠비오 선생이 아닌가?

비앙카 루센쇼가 캠비오로 변장한 거예요.

루센쇼 사랑 때문이지요. 비앙카의 사랑을 얻기 위해 트래니오가 제 행세를 하고 다닌 겁니다. 그 덕분에 난 행복의 항구에 도착했고요. 모두 제가 시켜 저지른 짓이니 아버님, 절 용서해주십시오.

빈센쇼 그놈의 목을 비틀어야 해. 뭐, 날 감옥에 집어넣겠다고?

밥티스타 가만 있자, 그럼 자네는 내 승낙도 없이 내 딸과 결혼을 했단 말인가?

빈센쇼 염려 마십시오, 밥티스타 씨! 소원대로 될 것입니다. 우선 안에 들어가서 그 악당 녀석부터 혼을 내주고요. (안으로 들어간다)

밥티스타 나도 그냥 있을 순 없지. 이 음모의 원인을 조사해봐야지.

루센쇼 비앙카, 걱정하지 말아요. 모든 게 잘될 거야. (모두 퇴장)

제 2 장 루센쇼의 집

밥티스타, 빈센쇼, 그레미오, 교사, 비앙카, 페트루치오, 카타리나, 호텐쇼, 미망인 차례로 등장. 트래니오와 하인들이 음식을 들고 등장.

루센쇼 우리는 마침내 많은 우여곡절 끝에 이곳까지 오게 되었습니다. 불꽃 튀는 싸움도 끝났으니 지난날을 얘기하며 웃읍시다. 사랑스런 비앙카, 나의 아버지에게 잘하시오. 나도 당신 아버지한테 잘할 테니. 그리고 여기 오신 페트루치오 형님, 카타리나 처형, 호텐쇼와 아름다운 미망인, 그 외 여러분, 오늘은 마음껏 드시고 즐기십시오. 여러분 모두 앉아서 드십시오. 앞서 벌인 큰 잔치에서 못다 나눈 이야기를 실컷 해봅시다. (술과 과일, 음식이 나온다)

페트루치오 그래, 앉아서 먹고 먹고서 앉고 하는 것뿐이지.

밥티스타 여보게, 페트루치오! 이 호의는 패듀어가 베푸는 것일세.

페트루치오 압니다요, 패듀어에는 호의가 넘치지요.

호텐쇼 저희 내외를 위해서도, 그 말씀이 진실이기를 바랍니다.

페트루치오 호텐쇼, 자넨 미망인이 겁나나 보지?

미망인 천만에요, 제가 왜 겁을 먹어요?

페트루치오 생각이 깊으신 분께서 제 말뜻을 오해하셨군요. 난 호텐쇼가 댁을 무서워한다고 말했습니다.

미망인 현기증이 나는 사람은 바깥 세상이 돈다고 생각하죠.

페트루치오 빙빙 돌려서 말씀하시는 데 일가견이 있군요.

카타리나 잠깐만, 부인! 지금 그 말씀은 무슨 뜻이에요?

미망인 댁의 남편은 당신한테 애를 먹고 계시잖아요. 그래서 내 남편의 사정도 그러려니 하고 생각한다는 뜻입니다. 이제 아시겠어요?

카타리나 시시껄렁한 얘기군요.

미망인 그야 당신이 그렇죠.

카타리나 물론 그렇죠. 당신에 비하면 명함도 못 내밀죠.

페트루치오 케이트, 힘내라! 난 100마르크 걸겠어. 미망인은 케이트의 상대가 되지 못하지.

호텐쇼　미망인 이겨라! 길고 짧은 건 대봐야지.

페트루치오　맞아! 건투를 빌며, 건배!

밥티스타　그레미오 씨, 저 사람들 재치를 어떻게 생각하오?

그레미오　정말, 멋진 박치기 같군요.

비앙카　박치기라고요? 재치 있는 사람들이라면 박치기가 아니라 뿔로 들이받는다고 할 거예요.

빈센쇼　우리 며느리도 재치 문답에 눈을 뜬 건가?

비앙카　아뇨, 별로 재미가 없어서 눈을 감아야 할 것 같아요.

페트루치오　오, 그렇게는 곤란하지. 처제의 말을 내가 쏴줘야지.

비앙카　그럼 저는 형부가 맞힐 새가 되어야 하나요? 활시위나 제대로 당기세요. 여러분, 모두 잘 오셨어요. 저는 그만 실례하겠습니다. (인사하고 나가자 카타리나와 미망인이 그 뒤를 따라 퇴장)

페트루치오　트래니오, 저건 자네가 노린 사냥감 아니었나? 하기야 맞히진 못했지만. 자, 우리 맞힌 사람과 못 맞힌 사람 모두를 위해 건배.

트래니오　그거야 루센쇼 서방님이 절 사냥개같이 풀어놓았기 때문에 뛰어가서 주인을 위해 사냥을 해왔을 뿐이지요.

페트루치오　비유가 멋지긴 한데 좀 유치하군.

트래니오　하긴 페트루치오 서방님은 손수 사냥을 하셨지만, 사냥해 오신 그 사슴한테 물린 것처럼 보이던걸요.

밥티스타　페트루치오, 자네가 트래니오한테 역습을 당했군.

루센쇼　고맙다, 트래니오. 날 위해 멋지게 복수해줘서.

호텐쇼　이제 그만 손들게, 손을 들라고!

페트루치오　그래, 좀 아프군. 그러나 화살은 자네 두 사람을 정통으로 맞혔다는 걸 잊지 말게.

밥티스타 이봐, 농담이 아니라 자네는 세상에 둘도 없이 지독한 말괄량이를 아내로 얻은 걸 인정하게나.

페트루치오 장인 어른이 모르시는 소립니다. 우리 그럼 각자 자기 아내를 불러볼까요? 누가 가장 빨리 올까요? 가장 빨리 오는 아내가 가장 순종적인 아내일 거예요. 돈을 걸어서 빨리 오는 쪽이 갖기로 하면 어떨까요?

호텐쇼 좋아, 얼마씩 걸까?

루센쇼 100크라운으로 합시다.

호텐쇼 좋소!

페트루치오 나도 찬성이오. (루센쇼가 비앙카를 불렀으나 오지 않고 호텐쇼 역시 아내가 오히려 들어오라고 한다) 갈수록 태산이군. 이거 불쾌해서 참을 수 있나! 그루미오, 너 아씨께 가서 내 명령이니 좀 나오라고 그래라. (그루미오 퇴장)

호텐쇼 대답은 보나마나 뻔하지.

페트루치오 뭐?

호텐쇼 절대로 나오지 않을 걸세.

페트루치오 그렇게 되는 날엔 내 신세 족치고 모든 게 끝장이지. (카타리나 등장)

밥티스타 아니, 이게 어찌된 일이야? 카타리나잖아?

카타리나 무슨 일이에요? 무슨 일로 부르셨어요?

페트루치오 비앙카와 호텐쇼의 부인은 지금 어디 있소?

카타리나 난로 곁에서 이야기를 나누는 중이에요.

페트루치오 가서 좀 데리고 오시오. 만일 오지 않겠다고 하면, 때려서라도 끌고 와요. 자, 얼른 가서 끌고 와요. *(카타리나가 비앙카와 미망인을 데리고 등장)* 카타리나, 당신 모자는 장난감처럼 어쩐지 어울리지 않는구려. 그걸 벗어 발로 짓밟아버려요. *(카타리나가 그대로 따른다)*

미망인 어머나, 설마 이런 엉터리 수작을 보여주려고 불러낸 건 아니죠? 이런 바보짓은 처음 봐요.

비앙카 흥, 도대체 우릴 불러내서 뭘 하겠다는 거예요?

루센쇼 당신이 좀 더 미련하면 좋았을 것을. 당신이 너무 똑똑한 덕분에 난 100크라운이나 손해를 봤다오.

비앙카 미련한 건 당신이군요. 저를 미끼로 돈을 거시다니!

페트루치오 카타리나, 이 완고한 부인들을 교육 좀 시키시오. 아내 된 자는 남편에게 어떻게 해야 하는지.

미망인 절 어떻게 보고 그런 말을 하세요? 설교 따윈 필요 없어요.

페트루치오 자, 어서 시작하라니까. 저 부인부터.

미망인 누가 그런 말을 듣는대요?

카타리나 그럼 시작할게요. 우선 얼굴부터 환하게 펴세요. 깔보는 듯한 눈은 거두시고요. 그건 자기의 주인이며 지배자이며 군주인 남편한테 상처가 되는 짓이니까요. 결국 서리를 맞아 떨어지는 감꼭지처럼 자기 자신을 그렇게 만드는 거예요. 어느 모로 보나 화가 난 여자는 맑은 물에 돌을 던져 흙탕물이 된 것처럼 흉하고 불결해보이지요. 남편이 아무리 목이 마르다 해도 입을 대고 싶은 마음이 들까요? 남편은 우리의 생명이자 보호자이며 군주이세요. 남편은 오로지 아내를 위해 자나깨나 일을 하니까 우리가 집에서 안심하고 지낼 수 있는 거예요. 그런데도 남편은 아내의 사랑과 고운 얼굴과 순종밖에 바라는 게 없죠. 그렇게 보면 아내가 할 일은 참으로 하찮은 거죠. 하물며 아내가 고집을 부리고, 짜증을 내고, 남편의 의사를 거역한다면, 그게 배은망덕이 아니고 뭐겠어요? 그야말로 평화를 위해 무릎을 꿇어야 할 때 선전포고하는 격이죠. 저는 여자의 좁은 소견머리가 부끄럽기 그지없답니다. 그러니 아무 짝에도 쓸모없는 오만함을 버리세요. 어서 모자를 벗고 쓸데없는 자존심은 버려요. 난 남편이 원한다면 순종의 증거로 남편 앞에 엎드릴 수도 있어요.

페트루치오　암, 그래야 여자지! 자, 키스해주오, 케이트. 우린 자러 갑시다. 세 사람이 결혼했지만, 자네 두 사람은 낙제네. 내가 우승자야. 자, 그럼 이긴 자는 그만 물러갑니다. 여러분, 좋은 꿈 꾸십시오. (페트루치오와 카타리나 퇴장)

호텐쇼　행복한 꿈 꾸게. 지독한 말괄량이를 길들인 양반.

루센쇼　기적이야. 말괄량이를 저렇게 순한 여자로 길들이다니. (모두 퇴장)

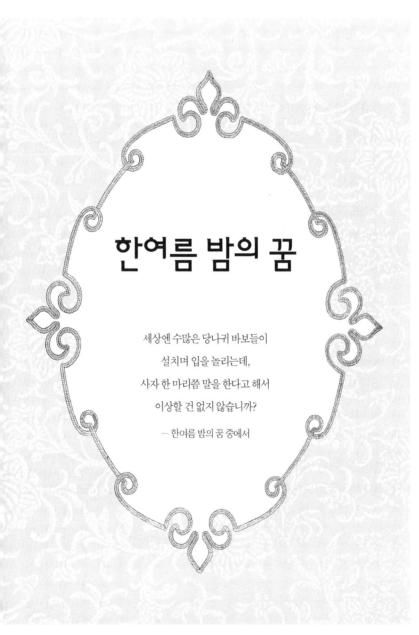

한여름 밤의 꿈

세상엔 수많은 당나귀 바보들이
설치며 입을 놀리는데,
사자 한 마리쯤 말을 한다고 해서
이상할 건 없지 않습니까?

— 한여름 밤의 꿈 중에서

1. 등장인물

시시어스 아테네의 공작으로 히폴리타와의 결혼을 앞두고 있다.

히폴리타 아마존의 여왕, 시시어스의 약혼녀

이지어스 허미아의 아버지로 디미트리어스와 딸을 강제로 결혼시키려고 한다.

라이샌더 허미아를 사랑하는 총각으로 꽃즙 덕에 뜻을 이룬다.

디미트리어스 허미아의 약혼자. 라이샌더에게 그녀를 뺏기지만 결국 꽃즙의 조화로 헬레나와 결혼한다.

허미아 이지어스의 딸. 부친의 뜻을 따라 디미트리어스와 정혼했음에도 라이샌더를 사랑하여 도망을 친다.

헬레나 디미트리어스를 짝사랑하는 처녀. 역시 꽃즙의 조화로 디미트리어스와 결혼에 성공한다.

필러스트레이트 시시어스의 축제준비위원장

오베론 숲을 지배하는 요정의 왕

타이테니아 요정의 여왕으로 오베론과 인간처럼 때때로 부부싸움을 벌인다.

요 정 타이테니아의 시녀

콩꽃, 거미줄, 겨자씨 요정들

퍽 로빈 굿펠로라고도 불리는 작은 요정으로 꽃즙을 잘못 떨어뜨려 소동을 일으키는 몹시 짓궂은 장난꾸러기이다.

퀸스 목수로 보톰 등과 어울려 공작의 결혼식을 축하하는 연극을 준비한다.

보톰 직조공   **플루트** 풀무 수선공

스너우트 땜장이   **스너그** 소목장이   **스타블링** 재봉사

요정의 왕과 왕비의 시중을 드는 다른 요정들, 시시어스와 히폴리타의 시중을 드는 시종들

2. 줄거리

이 작품은 사랑의 변덕스러움과 진실한 사랑의 승리를 그린 작품으로, 1600년에 발표했다. 특히 멘델스존은 이 작품을 읽고 특유의 환상적이며 괴이한 시적 여운에 감흥을 느껴 극음악 「한여름 밤의 꿈」을 작곡했을 정도로 셰익스피어의 어떤 작품들보다도 자주 공연되고 있다.

이 작품에는 요정과 귀족, 그리고 서민이 등장한다. 마을의 처녀 허미아는 아버지의 뜻에 따라 디미트리어스와 결혼을 해야 한다. 하지만 그녀가 사랑하는 사람은 라이샌더다. 결국 허미아는 라이샌더와 함께 아테네 근교의 숲으로 도망치고, 디미트리어스가 그녀의 뒤를 쫓아간다. 디미트리어스를 사랑하는 허미아의 친구 헬레나 역시 디미트리어스를 따라간다. 네 사람이 모인 이 숲은 요정들이 출몰하는 곳이다. 요정 퍽의 손에는 사랑의 묘약인 꽃즙이 쥐어져 있었는데, 이것은 눈을 떴을 때, 처음 눈에 띈 것을 사랑하게 만드는 힘을 갖고 있다.

요정 왕인 오베론은 퍽에게 인도 소년에게 빠져 있는 요정 여왕의 눈썹에 꽃즙을 바를 것을 명한다. 그런데 퍽이 실수로 라이샌더에게 바르자, 라이샌더는 헬레나에게 반해버린다. 한편 디미트리어스에게도 오베론이 꽃즙을 발랐는데, 잠을 깬 그는 헬레나를 사랑하게 된다.

그러자 이 사실을 알아챈 오베론은 다른 꽃의 즙을 발라 먼저 약의 효과를 없애서 원래 상태로 되돌려놓는다.

제 1 막

제 1 장 아테네, 시시어스의 궁전

시시어스와 히폴리타, 필러스트레이트와 시종들 등장.

시시어스 아름다운 히폴리타여, 이제 우리가 결혼식을 올릴 시각이 걸음을 재촉하여 코앞으로 다가왔소. 이지러지는 그믐달의 발걸음은 참으로 느리기만 하구려. 내 소망의 실현을 이토록 늦추고 있으니 말이오. 마치 유산 상속자의 재산이나 축내는 계모나 유산 상속권을 가진 미망인처럼 말이오.

히폴리타 나흘 낮이라 해도 한순간에 밤의 어둠 속으로 녹아들 것이고, 나흘 밤이라 해도 꿈결처럼 빨리 흘러갈 것입니다. 그러면 밤하늘이 막 잡아당겨 팽팽해진 은빛 활 같은 초승달이 우리의 결혼식이 치러질 그 밤을 지켜볼 것입니다.

시시어스 자, 필러스트레이트. 가서 아테네의 젊은이들을 유쾌하게 만들어주어라. 생기를 불어넣어 주어 흥에 겨운 어깨춤이 절로 나도록 하라. 울적한 기분일랑 장례식장으로 보내버리고, 안색이 창백한 자는 우리 결혼식에 부르지도 말라. (필러스트레이트 퇴장) 히폴리타, 나는 이 검으로 그대와 겨룬 끝에 청혼을 하여 그대의 사랑을 얻었으니 그대에게 거친 면만을 보여주었던 것 같소. 하지만 결혼식만은 성대하고 화려하면서 유쾌하게 치를 생각이오.

이지어스와 허미아, 라이샌더와 디미트리어스 등장

이지어스 시시어스 공작님께 만복이 깃드시기를!

시시어스 고맙소, 이지어스 공. 무슨 일로 오셨소?

이지어스 제 딸년 허미아가 속을 썩여서 고민 끝에 하소연이라도 할까 하고 이렇게 달려왔습니다. 디미트리어스, 앞으로 나오게. 고귀하신 공작 전하, 이 사람은 제가 딸년을 주겠노라고 허락한 사람입니다. 라이샌더, 자네도 앞으로 나오게. 자비로우신 공작 전하, 이자가 제 딸년을 유혹해서 그년의 마음을 사로잡은 사람입니다. 라이샌더, 너는 내 딸년에게 사랑의 시를 써서 선물로 주었지. 밤마다 내 딸의 창문 밖에서 제딴에는 달콤한 목소리로 사랑의 연가를 부르면서 그 애의 마음속에 네 모습을 심어놓은 거야. 네 머리카락으로 만든 팔찌며 반지, 값싼 물건과 장식품, 꽃다발과 자질구레한 과자 등으로 순진한 내 딸년의 마음을 훔쳐갔지. 공작님, 만일 제 딸년이 공작 전하 앞에서 제가 허락한 디미트리어스와 결혼하는 데 동의하지 않는다면 이 사람에게 아테네에서 예로부터 전해 내려오는 아비의 특권을 허락해주십시오. 딸년은 제 소유이오니 제가 처리하도록 말입니다. 즉, 아테네의 법률에 따라 제 딸년이 이 젊은이와 결혼하든가, 아니면 죽음을 택하든가 양자택일하도록 해주십시오.

시시어스 허미아, 너는 어떻게 생각하느냐? 아버지는 너에게 하느님과 같은 법이 아니냐? 너에게 아름다움을 주신 분이기 때문에 이처럼 아름다운 모습을 그대로 두든, 부숴버리든 모두 그분의 뜻에 달려 있다. 게다가 디미트리어스는 훌륭한 신사가 아니냐?

허미아　라이샌더 도련님도 그러하옵니다.

시시어스　물론 그렇겠지. 그러나 그는 네 부친의 승낙을 받지 못했으니 다른 쪽이 더 훌륭하다고 할 수밖에 없지 않느냐?

허미아　아버지께서도 제 마음의 눈으로 좀 보아주셨으면 하고 바랄 따름입니다. 감히 부탁하건대 공작님, 만일 디미트리어스 도련님과의 결혼을 거절한다면, 저에게 내려질 최악의 형벌이 어떤 것인지요?

시시어스　교수형을 당하든가, 아니면 세상 사람들과 영원히 등진 채로 살아가든가 둘 중 하나이다. 그러니 아름다운 허미아야, 네가 진실로 원하는 것이 무엇인지 잘 헤아려보고, 젊음에 사로잡힌 네 감정을 확인해보고, 네 격정까지 잘 살펴보렴. 만일 네가 네 부친이 정한 남자를 마다한다면, 네가 과연 수녀복을 걸치고 평생을 어둠침침한 수녀원에 갇힌 채, 수태도 못하는 쓸쓸한 독신녀로 살아갈 수 있을 것 같으냐? 물론 달의 여신을 찬양하는 무미건조한 찬송가를 부르면서 격정을 다스리며 일생을 살아가는 것도 하늘의 축복일 수 있겠지. 그러나 장미처럼 가시로 보호받으며 향기를 뿌리다가 도도히 홀로 시드는 것보다 더 큰 행복이 세속에 있느니라.

허미아　저는 순결한 처녀로서 저의 특권을 영혼이 원하지도 않는 그분의 속박에 내맡기기보다는 차라리 그렇게 자라서 그렇게 살다가 그렇게 죽겠습니다, 전하.

시시어스　다시 한 번 시간을 갖고 생각해보아라. 그리고 이번 초승달이 뜨면 나는 내가 사랑하는 히폴리타와 영원히 변치 않는 인생의 동반자가 되겠노라고 언약하는 백년가약을 맺을 것이다. 바로 그날 너도 네 아버지의 명을 따라 디미트리어스와 결혼하든가, 아니면 평생을 금욕하면서 처녀신 아르테미스의 제단에서 독신으로 살아가겠노라는 맹세를 하든가 양자택일을 해야 한다.

디미트리어스　사랑스런 허미아, 그만 고집을 피우고 내 뜻을 받아주시오. 그리고 라이샌더, 자네도 부당한 뜻을 거두고 내 권리를 인정해주게.

라이샌더　디미트리어스, 자네는 이 아가씨 부친의 총애를 받고 있으니 그분과 결혼하게나. 허미아의 총애는 내가 차지할 테니.

이지어스　이 고약한 놈아, 너 말 한번 잘했다. 저 사람을 총애하기 때문에 내 소유물을 저 사람에게 주려는 거다. 내 딸은 내 소유물이니까. 나는 내 딸에 대한 모든 권리를 디미트리어스한테 양도할까 한다.

라이샌더　공작 전하, 저로 말씀드릴 것 같으면 가문으로 보나 재산으로 보나 이자보다 뒤질 것이 전혀 없는 사람입니다. 게다가 저의 애정이 이자의 것보다는 더 간절한 편인 데다, 비록 장래성은 디미트리어스보다 다소 뒤질지 모르지만, 아름다운 허미아의 사랑을 받고 있지 않습니까? 제가 권리를 주장해서 안 될 이유라도 있습니까? 당사자 앞에서 말씀드리기는 거북합니다만, 디미트리어스는 네다의 딸 헬레나에게 구애해 그 여자의 영혼을 사로잡은 바 있습니다. 가련하고 어여쁜 헬레나는 결점투성이인 이자에게 홀딱 반한 나머지 넋을 잃고 이자를 신처럼 숭배하고 있지요.

시시어스　사실은 나도 소문을 들은 적이 있어서 디미트리어스와 그 문제로 얘기를 하려고 했는데, 내 사적인 일로 분주해 그것을 잊고 있었다. 허미아, 결혼은 아버지의 뜻에 따르거라. 그러지 않으면 아테네의 법률에 따라 교수형이냐, 독신이냐를 어쩔 수 없이 택해야 한다. 나로서도 어쩔 수 없구나. 자, 히폴리타, 이리 오시오. 기분이 어떻소, 내 사랑이여? 안색이 조금 어둡구려. 디미트리어스와 이지어스 공, 갑시다. 우리 결혼식 준비를 위해서 그대들이 맡아서 해줘야 할 일도 있고, 그대들과 긴히 의논할 일도 있으니.

이지어스 네, 기꺼이 가겠습니다. (라이샌더, 허미아만 남고 모두 퇴장)

허미아 아, 슬픈 일이네요! 남의 눈으로 사랑할 대상을 선택하다니.

라이샌더 아니면 비록 사랑하는 두 사람의 뜻이 잘 맞는다 하더라도 전쟁이나 질병, 죽음과 같은 것들이 두 사람의 사랑을 덮쳐서 석탄처럼 새까만 밤중에 번쩍 하면서 세상을 비추고는 사람들이 '저것 봐!' 하고 말할 사이도 없이 어둠 속으로 묻혀버리는 번갯불처럼 덧없는 것으로 만들어버리니! 이렇게 생동하는 빛을 발하는 아름다움이란 순식간에 덧없이 사라지게 마련이지.

허미아 진실한 사랑을 나누는 연인들이 언제나 그렇듯 쉽게 좌절해왔다면, 아마 운명이 정해놓은 규칙이라고 해야겠죠. 하지만 시련이 와도 인내하는 법을 배울 필요가 있습니다. 사랑에는 반드시 따라다니는 비관적인 생각과 꿈과 한숨, 희망과 눈물 같은 사랑의 동반자들처럼, 그것은 언제나 만나게 되는 좌절이 아닐까요.

라이샌더 맞는 말이오. 허미아, 하지만 내 말 좀 들어보시오. 내게는 날 끔찍이 아끼는 숙모 한 분이 살아 계시다오. 돈 많은 미망인으로 자식들은 하나도 없소. 아테네로부터 10킬로미터쯤 떨어져 있는 시골에 살고 계시는데, 나를 당신의 외아들처럼 생각해주고 계신다오. 아무리 가혹한 아테네의 법률일지라도 그곳까지는 따라오지 못할 거요. 당신이 날 진정으로 사랑한다면, 내일 밤 그대 아버지의 집을 몰래 빠져 나오시오. 그리고 마을에서 2킬로미터쯤 떨어진 그 숲 속에서 만납시다. 언젠가 내가 오월제 아침축제 때 헬레나와 함께 있던 그대를 만났던 그 숲 말이오. 거기서 내 그대를 기다리겠소.

허미아 오, 내 사랑! 라이샌더 도련님. 물론 가고말고요. 큐피드의 가장 강한 활과 황금화살 촉이 달린 가장 좋은 화살에 걸고, 비너스의 수레를 끄는 비둘기들의 청순함에 걸고, 당신께 굳게 맹세합니다. 당신이 지금 말씀하신 바로 그 장소에서 내일 당신을 만나뵐게요.

라이샌더 틀림없이 약속을 지켜주시오, 내 사랑. 아, 저기 헬레나가 오는구려. (헬레나 등장)

허미아 어여쁜 헬레나, 잘 있었니?

헬레나 내가 예쁘다고 했니? 다시는 어여쁘다는 말은 하지도 마! 디미트리어스가 사랑하는 사람은 바로 너잖니? 너는 얼마나 행복할까! 네 아름다움이 전염병처럼 나에게 옮겨지기만 한다면, 내가 이 자리를 뜨기 전에 네 목소리와 네 아름다운 눈이, 네 혀의 달콤한 선율이 나한테 옮겨지면 얼마나 좋겠니? 만일 내가 이 세상의 주인이라면, 디미트리어스를 제외한 나머지 모든 걸 너에게 넘겨줄 수도 있으련만.

허미아 걱정하지 마. 그는 두 번 다시 나를 만날 수 없을 테니까. 난 라이샌더님과 함께 이 아테네에서 벗어날 거야. 라이샌더님을 만나기 전만 해도 이 아테네가 내겐 천국이었는데. 아, 사랑하는 내 님에게 그 어떤 마력이 있는지는 모르겠지만, 이분을 만나고 나서는 천국이 지옥으로 변해버렸어!

라이샌더 헬레나, 아가씨에게만 비밀을 털어놓는 거요. 내일 밤 달의 여신 피비가 거울 같은 물 위에 자신의 은빛 얼굴을 비쳐보고, 풀잎들이 진주알 같은 이슬로 몸을 장식할 무렵, 우리는 이 아테네의 성문을 빠져나갈 계획이오. 사랑의 도피를 하는 연인들의 발자취를 숨기기에는 더없이 좋은 시간이잖소.

허미아　기억하지? 너와 내가 연한 자주색 앵초꽃을 침상으로 삼고 누워서 서로의 마음속에 숨겨놓은 예쁜 비밀을 털어놓곤 했던 그 숲 속 말야. 그곳에서 라이샌더 도련님과 나는 만나기로 했단다. 그리고 그 길로 아테네를 떠나 새로운 친구와 이웃들을 만날 거야. 물론 아테네에는 두 번 다시 돌아오지 않을 거야. 잘 있어, 헬레나. 우리 두 사람을 위해 기도해줘. 너도 디미트리어스와 좋은 짝을 이루길 바랄게! (모두 퇴장)

제 2 장 아테네, 퀸스의 오두막

목수 퀸스, 소목장이 스너그, 직조공 보톰, 풀무 수선공 플루트, 땜장이 스너우트, 재단사 스타블링 등장.

퀸 스　어디…… 우리 단원들이 다 모인 건가? 우리가 할 연극은 정말 슬픈 희극으로서 피라므스와 시스비의 처참하기 짝이 없는 죽음을 다룬 거라네.

보 톰 아주 멋진 연극이 될 거야. 자, 퀸스, 어서 두루말이를 보고 배역을 발표하라고.

퀸 스 그럼 먼저 호명부터 하겠네. 직조공 닉 보톰?

보 톰 여기 있네. 먼저 내 역할부터 말해주게.

퀸 스 닉 보톰, 자네는 피라므스 역을 맡도록 돼 있네.

보 톰 피라므스라면 어떤 역할이지? 애인 역인가, 폭군 역인가?

퀸 스 애인 역이네. 사랑 때문에 용감하게 죽음을 택하는 슬픈 역일세

보 톰 거, 내가 그 역만 제대로 해내면 울음바다가 되겠군. 관객들에게 눈을 조심해야 한다고 말해두게. 먼저 눈물의 폭풍을 일으킨 다음, 눈물의 바다에 빠지게 해줄 테니.

퀸 스 풀무 수선공 플루트? 자네는 시스비 역을 맡아줘야겠네.

플루트 시스비가 누구지? 방랑하는 기사인가?

퀸 스 아니, 피라므스가 사랑하는 여인일세.

플루트 안 돼. 여자 역은 정말 사양하겠네. 나를 좀 보라고, 턱수염이 돋아나기 시작했잖아.

퀸 스 전혀 상관없네. 가면을 쓰고 할 테니까, 될 수 있는 한 목소리만 가늘게 뽑으면 돼. 재단사 로빈 스타블링? 자네는 시스비의 어머니 역을 맡아줘야겠네. 그럼 다음은 톰 스너우트?

스너우트 여기 있네, 피터 퀸스.

퀸 스 자넨 피라므스의 아버지 역일세. 나는 시스비의 아버지 역이고. 소목장이 스너그, 자네는 사자 역을 맡아주게. 이것으로 배역은 다 정해진 거지?

스너그 사자 역도 대사가 있겠지? 써놓았다면 미리 주게. 난 외우는 데

는 워낙 느려서.

퀸 스 그거야 즉석에서 하면 되지. 그냥 으르렁대는 일밖에 더 있나?

보 톰 내가 사자 역을 하면 좋겠는데. 듣는 사람들 가슴이 시원해지도록 으르렁거리게.

퀸 스 맞아. 자네가 무섭게 으르렁거리면 공작님 부인이나 귀부인들이 기겁을 해서 비명을 지를 거야. 그렇게 되면 우리들은 교수형을 당하고도 남겠지.

일 동 그렇고말고. 우리는 교수형을 당하겠지, 전부 다.

보 톰 하긴 그렇지. 귀부인들이 기겁이라도 하는 날엔 우리들을 교수형시키겠다는 생각밖에 다른 분별력이 남아 있을 수가 없겠지.

퀸 스 자네가 지금 할 수 있는 건 피라므스 역말고는 없네. 피라므스는 얼굴부터 아주 잘생겼거든. 한창 때인 여름날에야 볼 수 있는 미남인 데다 멋쟁이이며 신사 중의 신사지. 그러니 자네가 부득이 피라므스 역을 맡아줘야겠네.

보 톰 좋아, 그럼 내가 그 역을 맡기로 하지.

퀸 스 자, 장인 여러분. 여기 여러분이 외워야 할 대사가 있소. 내가 제발 부탁하고, 간청하고, 소망하는 바는 여러분이 이걸 내일 밤까지 외워 오는 것이오. 그럼 내일 달밤에 마을에서 2킬로미터쯤 떨어진 떡갈나무 숲에서 연습을 해봅시다. 마을 한복판에서 하면 사람들이 몰려들 테고, 그렇게 되면 모처럼 준비한 우리 계획이 탄로나기 쉬우니까.

보 톰 좋아. 그곳이라면 더없이 음탕한 대사라도 용감하게 연습을 할 수 있지. 자, 그럼 수고들 하게. 우리 모두 한마디도 틀리지 않게 하자고! 잘 가게! (모두 퇴장)

제 2 막

제 1 장 아테네 근교의 숲

오베론이 떡과 시종들을 거느리고 등장, 다른 편에서는 타이테니아가 시중 드는 요정들과 등장.

오베론　오만한 타이테니아, 달밤에 잘 만났소이다.

타이테니아　아니, 시기심 많은 오베론이 웬일이세요? 애들아, 어서 가자. 저 양반과는 잠시라도 가까이 있고 싶지 않구나. 잠자리에 드는 일도 앞으론 없을 거야.

오베론　타이테니아, 창피하게 이러지 맙시다. 이 숲에는 얼마 동안이나 있을 생각이오?

타이테니아　시시어스 공작의 결혼식이 끝날 때까지요. 당신이 이것저것 꾹 참고 우리들과 함께 춤을 추고 달빛 속에서의 향연을 즐길 생각이 있다면 오셔도 괜찮아요. 그러나 그럴 생각이 없다면 지금 가버리세요. 당신이 가는 곳에 난 갈 생각이 없으니.

오베론　그 소년을 내게 넘겨준다면 나도 동행하겠소.

타이테니아　요정나라를 다 준다 해도 그렇게 할 수 없다고 했잖아요. 요정들아, 가자! 더 이상 지체했다간 또 싸우게 되겠다. (타이테니아와 그 일

행 퇴장)

오베론　그래, 갈 테면 가라지. 내 이 모욕의 앙갚음으로 이 숲에서 한 발짝도 못 벗어나게 만들어줄 것이니. 상냥한 나의 퍽아, 이리 오너라. 너도 기억하고 있겠지? 언젠가 내가 바닷가 바위에 앉아 있었는데, 돌고래 등을 타고 있던 인어 하나가 노래하는 것을 들었던 적이 있지? 그 노랫소리가 어찌나 달콤하고 아름답던지 거친 파도도 노래를 듣고 잠잠해지고, 별들도 어떤 것들은 매혹된 나머지 미친 듯이 제 궤도에서 뛰쳐나왔던 일을 말이야.

퍽　기억하고말고요.

오베론　그때 나는 활로 완전 무장을 한 큐피드가 싸늘한 달과 지구 사이에서 무엇을 나르고 있는지 보았단다. 그 녀석은 서쪽 왕좌에 자리잡고 있는 아름다운 처녀왕을 향해 정확하게 겨냥을 했고, 그 사랑의 활은 힘차게 떠났지. 수천, 수만의 젊은이들의 가슴이라도 꿰뚫을 기세였지. 그때 나는 큐피드의 화살이 떨어진 장소를 눈여겨 봐두었지. 서쪽 나라에서 피는 한 송이 작은 꽃 위에 떨어졌는데, 우유처럼 하얀 그 꽃은 금세 사랑의 상처로 자주색으로 물들더구나. 처녀들은 그 꽃을 '사랑에 취한 야생 비올라' 라고 부르지. 네가 그 꽃을 따와야겠다. 언젠가 내가 너한테 보여준 적이 있는 그 화초 말이다. 그 화초의 꽃즙을 잠자는 남자나 여자의 눈꺼풀에 떨어뜨리면, 잠을 깨는 순간 눈에 띄는 최초의 창조물을 미친 듯이 사랑하게 된단다. 그 화초를 따오되, 고래가 십리를 헤엄쳐 가기 전에 단숨에 달려갔다 돌아와야 한다.

퍽　40분이면 지구를 한 바퀴 돌지요. 냉큼 다녀오겠습니다.

오베론　그 꽃즙을 손에 넣기만 해봐라. 가져오자마자 타이테니아가 잠들기를 기다렸다가 그녀의 눈꺼풀에 한 방울 떨어뜨려야겠다. 그러면 그녀가 깨어나 최초로 보는 것을, 그것이 사자든, 곰이든, 늑대든, 황소든, 까불거리는 원숭이든 영혼의 밑바닥까지 홀딱 반해서 쫓아다니겠지. 그리고 이 마법을 그녀의 눈에서 풀어주기 전에 그 시동을 그 여자의 손에서 반드시 빼앗아야지. 그런데 누가 오는 걸까? 어디 저 사람들 이야기를 살짝 엿들어볼까?

디미트리어스가 등장하자 헬레나가 뒤따라 등장.

디미트리어스　제발 날 따라다니지 마시오. 나는 이제 더 이상 당신을 사랑하지 않는다고 그러지 않았소? 그런데 라이샌더와 아름다운 허미아는 어디 있는 거요? 내 그놈을 죽일 생각이지만, 그 아가씨는 나를 말려 죽이고 있소. 두 사람이 몰래 이 숲 속으로 도망쳤다고 당신이 말해서 내 여기까지 달려왔건만, 사랑하는 허미아가 보이지 않으니 미칠 것만 같군. 어쨌든 당신은 가시오. 더 이상 나를 따라다니지 말고.

헬레나　당신이 나를 끌어당기고 있어요. 차가운 자석 같은 도련님께서 말이죠. 그러나 당신에게 끌리는 내 마음은 단순한 쇠붙이가 아니랍니다. 제 가슴은 강철같이 진실한 사랑을 품고 있답니다. 그 자력을 거둬보셔요. 그러면 제가 도련님을 쫓아다닐 힘도 사라지고 말 거예요.

디미트리어스　내가 그대를 유혹하고 있다는 말이오? 내가 그대에게 친절한 말이라도 한마디 한 적이 있던가? 오히려 나는 분명히 말했소. 그대를 사랑하지도 않고, 사랑할 수도 없다고 말이오.

헬레나　바로 그런 이유 때문에 제가 그대를 사랑하고 있는 거예요. 저는 그대의 애완견 스파니엘과 다름없어서, 그대가 저를 때리면 때릴수록 더욱 그대를 따를 거예요. 제발 보잘것없는 계집애지만 그대 곁에 있도록 허락해주세요.

디미트리어스　그대는 처녀로서 지켜야 할 정숙함마저 잃은 것 같구려. 자기를 사랑해주지도 않는 사람의 손에 몸을 맡기려 하다니. 더구나 한밤중이라는 위험한 시각이 아니오? 장소 또한 으슥한 곳이라 누구라도 나쁜 마음을 일으킬 수가 있을 텐데. 당신은 지금 처녀성이라는 값진 보화를 갖고 있잖소?

헬레나　그대의 덕망이 저를 지켜주시겠죠. 왜냐하면 제가 그대의 얼굴을 볼 수 있는 동안은 캄캄한 밤이 아니거든요. 따라서 저는 지금 밤이라는 시각에 있는 것도 아니며, 또한 으슥한 곳에 있는 것도 아니죠. 당신은 저에게 이 세상 전부나 다름없으시고, 이 숲 속도 세상과 동떨어진 곳이 아니거든요. 온 세상이 이렇게 저를 지켜보고 있는데, 어떻게 혼자 있다고 말할 수 있겠어요?

디미트리어스　더 이상 그대와 입씨름할 틈이 없소. 자, 이젠 나를 보내주시오. 그리고 끝까지 따라다니려면 잊지 마시오. 숲 속에서 내가 그대에게 몹쓸 짓을 할지도 모르니.

헬레나　그래요. 신전에서도, 시내에서도, 그리고 들판에서도 저에게 몹쓸 짓을 하셨죠. 이젠 그만 하세요, 디미트리어스 도련님. 그 부당한 행동은 여성에게는 부끄러움을 안겨줄 뿐이죠. 여성들은 남성들이 그러듯이 사랑을 얻기 위해 싸울 수는 없어요. 여성들은 사랑을 받아야지, 사랑을 구하도록 되어 있지는 않거든요. (디미트리어스 퇴장) 그래도 저는 당신을 따라가겠어요. 그토록 사랑하는 이의 손에 죽을 수 있다면, 지옥의 고

통도 천국의 기쁨이 되겠죠. (퇴장)

오베론 오. 잘 가거라, 요정이여. 내 그대의 원을 들어주리라. 그대가 이 숲을 떠나기 전에 그대가 도망 다니고, 그가 그대 사랑을 얻느라 뒤쫓아 다니도록 해주겠소.

퍽, 다시 등장.

오베론 마침 잘 왔구나. 이 방랑자야. 그래, 그 꽃은 구해왔겠지?

퍽 예, 여기 가져왔습니다.

오베론 그것을 이리 다오. 타이테니아가 꽃 속에서 춤을 추며 놀다가 밤이면 꽃이불을 덮고 몇 시간 잠을 자는 언덕으로 가자. 그러면 나는 이 꽃즙을 그녀의 눈꺼풀에 떨어뜨려야겠다. 아마 그 순간 그녀는 온통 야릇한 환상에 사로잡힐 테지. 너도 이 꽃즙을 조금 가지고 가서 이 숲을 뒤져봐라. 아름다운 아테네 아가씨 한 사람이 자기를 싫어하는 젊은이에게 홀딱 반해 있을 테니, 그 남자의 눈꺼풀에 꽃즙을 몇 방울 떨어뜨려야 한다. 그러나 그가 눈을 뜨자마자 바로 그 아가씨를 보여주도록 주의하거라. 꼭 그렇게 해야 돼. 아마 남자는 금방 찾을 수 있을 거다. 아테네 옷을 입고 있으니 쉽게 알아볼 수 있겠지. 그녀가 남자를 사랑하는 것 이상으로 남자가 그녀를 사랑하게 되도록 일을 조심해서 잘 처리해야 해. 그리고 이 일이 끝나면 첫닭이 울기 전에 나에게 돌아오는 것을 잊어선 안 된다. (모두 퇴장)

제 2 장 숲의 다른 곳

타이테니아가 잠이 들자 오베론이 꽃즙을 들고 등장.

오베론　그대가 잠에서 깨어나 눈앞에 나타난 것은 무엇이 되든 (타이테니아의 눈꺼풀에 꽃즙을 떨어뜨린다) 그대의 진정한 애인으로 잘못 알고 그자에 대한 사랑으로 애태우게 될 것이로다. 그것이 시라소니든, 고양이든, 산돼지든, 곰이든, 표범이든, 털이 곤두선 멧돼지든 그대가 깨어났을 때 눈앞에 보이는 게 무엇이든 보는 순간 그대의 애인이 될 것이로다. 어떤 흉측한 것이 나타났을 때 잠에서 깨어나라. (오베론 퇴장하고 라이샌더와 허미아 등장)

라이샌더　어여쁜 내 사랑, 숲 속을 헤매느라 당신도 기진맥진했구려. 솔직히 말하자면 나도 어디가 어딘지 모르겠소. 여기서 좀 쉬도록 합시다. 그대만 괜찮다면 날이 밝을 때까지 여기서 잠시 눈을 붙입시다.

허미아　좋아요, 라이샌더님. 나는 이 언덕을 베개삼아 쉴 테니, 당신도 잠자리를 찾아 주무세요.

라이샌더　한 뼘의 잔디면 우리 두 사람의 베개로 충분할 거요. 몸은 둘이지만 마음도 잠자리도 하나지. 가슴은 둘이지만, 진실은 하나요.

허미아　안 돼요, 라이샌더 도련님. 저를 위해서, 아직은 떨어져 누우셔야 합니다. 그렇게 가까이 오지 마세요.

라이샌더　흑심 없는 내 말을 부디 이해해주시오. 연인 사이의 대화란 사랑으로 참뜻을 전달하는 법이라오. 내 마음과 당신의 마음이 이렇게 맺어져 있으니 마음이 하나라고 한 것뿐이오. 그러니 당신 곁에 내가 눕는 것을 두려워하지는 마시오. 절대로 허튼짓을 하거나 그러지는 않겠소.

허미아　아 참, 라이샌더님. 역시 말씀을 잘하시는군요. 당신이 허튼짓을 하실지도 모른다고 이 허미아가 말했다면, 저야말로 오만하고 태도가 불손한 여자라는 비난을 받아도 마땅하겠죠. 하지만 점잖으신 분이여, 우리의 사랑과 예절을 위해, 인간의 도리인 품위를 위해, 조금만 더 거리를 두고 누워주세요. 윤리적으로 정숙한 처녀와 예의 바른 총각에게 알맞다고 할 수 있는 만큼의 거리 말입니다. 그래요. 그만큼의 거리를 두고 자기로 해요.

라이샌더　그럼 나는 여기서 자겠소. 잠이여, 그대에게 모든 안식을 주기를!

허미아　그 소망의 절반은 소망하시는 분 눈에 깃들어 편히 잠드시기를! (두 사람, 잠이 든다)

퍽 등장.

퍽　숲 속을 아무리 샅샅이 뒤져도 이 사랑의 꽃즙이 사랑하는 마음을 불러일으키는 마력을 갖고 있는지 아닌지 눈꺼풀에 발라 시험해볼 수 있는 아테네 옷을 입은 사람을 찾아볼 수가 없군. 밤의 침묵만이 숲 속을 감돌 뿐이로구나. 그런데 이게 누구일까? 오베론 폐하께서 말씀하신 대로 아테네 사람의 옷을 입고 있잖아. 그럼 이자가 바로 그자렷다. 오베론 왕이 그 아테네 처녀를 능멸하고 있다고 말씀하신 그자 말이야. 그러고 보니 이 처녀는 눅눅하고 더러운 땅바닥에서 잠들어 있네. 딱한 것! 이 피도 눈물도 없는 녀석 곁에는 감히 눕지도 못했구나. (라이샌더의 눈꺼풀에 꽃즙을 바른다) 이 무지한 놈! 네 녀석의 눈꺼풀에 이 마술의 꽃즙을 발라주마. 이제 네 녀석이 잠에서 깨어나면 상사병에 걸린 나머지 잠도 못 자게 만들어줄 것이다. 내가 가면 그렇게 잠에서 깨어나거라. 나는 오베론 왕한테 가서 보고를 드리면 되겠구나. (퇴장)

디미트리어스와 헬레나, 뛰어서 등장.

헬레나　절 죽이셔도 좋으니 잠깐만요, 디미트리어스 도련님! 제발 기다려주세요.

디미트리어스　이렇게 귀찮게 따라다니지 말라고 했잖소. 저리 가시오.

헬레나　이 어둠 속에 저를 내버려두고 가실 거예요? 설마 그러지는 않겠죠?

디미트리어스　목숨이 아깝거든 따라오지 말고 거기 서시오. 나는 혼자 갈 테니. (퇴장)

헬레나　아아, 어리석게도 뒤를 쫓아 달리기만 했으니 숨이 차서 쓰러질 것만 같네. 간절히 기도하면 할수록 왜 내가 받는 은총은 적어지는 걸까? 허미아는 어디에 있든 행복할 텐데. 그렇게 매혹적인 눈을 타고 났으니 말이야. 그 애는 어쩌면 그렇게 눈빛이 영롱할까? 설마 짜디짠 눈물 덕은 아니겠지? 만일 그렇다면 눈물이야 내가 더 많이 흘렸을 텐데. 아니, 아니! 나는 곰처럼 흉하게 생긴 게 틀림없어. 나를 보면 짐승들도 도망가잖아. 그러니 이상할 것도 없지. 디미트리어스가 나를 보면 괴물이라도 만난 것처럼 도망치는 것도 그 때문이겠지. 대체 내 거울은 얼마나 사악하고 위선적이기에 나의 눈과 허미아의 별빛과 같은 눈을 비교해볼 수 있도록 해놓았담. 어, 이게 누구지? 라이샌더 도련님이잖아. 왜 땅위에 누워 계신 거지? 죽었나, 아니면 자는 걸까? 피도 흘리지 않고 상처도 없긴 하지만 라이샌더 도련님, 살아 계시다면 제발 일어나!

라이샌더 (잠에서 깨어나 벌떡 일어나며) 내 그대를 위해서라면 불 속이라도 뛰어들겠소! 수정처럼 투명하고 아름다운 헬레나 아가씨! 그대의 가슴을 뚫고 그 마음을 훤히 들여다볼 수 있다니! 이거야말로 대자연의 마법이 아니고 무엇일까. 그런데 디미트리어스는 어디 있지? 아, 얼마나 간악한 이름인가. 내 검에 죽기에는 더없이 좋은 이름이지.

헬레나 라이샌더 도련님, 제발 그런 말씀은 마세요. 그분이 도련님의 허미아를 사랑한다 해도 그게 도련님과 무슨 상관이죠? 그래도 허미아는 도련님을 사랑하고 있으니까 그것으로 만족하세요.

라이샌더 허미아로 만족하라고? 천만에! 나는 지금 이렇게 후회하고 있는데. 그녀와 함께 보냈던 그 지루했던 순간들은 생각만 해도 후회스러우니까. 허미아가 아니라 당신이오, 내가 사랑하는 여인은. 검은 까마귀를 하얀 비둘기와 바꾸려는 것은 누구에게나 당연한 일 아니오? 본디 남자의 욕망은 이성에 지배를 받는 법인데, 내 이성은 허미아보다는 아가씨가 훌륭한 처녀라고 속삭이고 있소. 자라나는 과정에 있는 것은 제철을 만나야 무르익는 법, 나 역시 풋내기라 지금까지는 이성적 판단을 충분히 내릴 만큼 무르익지 않았던 거요. 그러나 이제 인간으로서 분별력을 제대로 갖게 되어 이성이 내 욕망의 안내자가 되어 아가씨의 눈을 들여다보니, 비로소 읽을 수 있게 된 거요. 사랑의 책 속에 씌어 있는 사랑의 이야기들을.

헬레나 무엇 때문에 내가 이렇게 가혹한 수모를 당해야 하지? 대체 내가 무슨 짓을 했다고 이런 멸시를 받는 거지? 지금까지 디미트리어스님한테 따뜻한 눈길 한 번 받지 못한 것도 가슴 아픈데, 당신까지 저를 멸시하시다니요. 정말이지, 당신은 저를 모욕하고 계신 거예요. 그렇게 능멸하는 태도로 구애를 하시다니. 하지만 안녕히 계세요. 솔직히 말씀드리면, 저는 도련님을 정말로 진지한 신사로서의 자질을 갖춘 분이라고 생각했어요. 아, 슬픈 운명이로구나. 한 남자로부터는 버림받고, 그 때문에 또 다른 남자로부터 이렇게 조롱을 받게 됐으니. (퇴장)

라이샌더 저 아가씨가 허미아를 보지 못했으니 정말 다행이군. 허미아, 그대는 거기서 영원히 잠들어 다시는 내 곁에 가까이 오지 말기를! 단것을 너무 먹어서 물리게 되면 위에서 받아들이지 않고, 사람들이 등진 사교는 그 사교로 인해 증오를 받듯이 나의 포식이요, 나의 이단인 그대. 만인에게도 증오의 대상이지만, 무엇보다 나의 큰 증오의 대상이 아닐 수 없다. 그리고 나의 모든 능력이여! 내 사랑과 힘을 모두 바쳐서 헬레나를 숭배하고 그녀의 기사가 되도록 하라! (퇴장)

허미아 (잠에서 깨어나면서) 살려줘요, 라이샌더 도련님. 사람 살려요! 제 가슴에서 기어다니는 이 독사를 좀 떼어줘요! 아, 이런! 무서운 꿈이었네! 라이샌더님, 저를 좀 보세요. 무서워서 온몸이 부들부들 떨리네요. 뱀이 내 심장을 파먹는 줄 알았어요. 그런데도 당신은 앉아서 그저 웃고만 있지 뭐예요. 라이샌더님! 아니, 어딜 가셨을까? 라이샌더! 제 말이 안 들려요? 아, 제발 대답해보세요. 아무런 대꾸가 없네. 가까이에는 안 계시는 게 분명하구나. (퇴장)

제3막

제1장 숲 속

타이테니아는 계속 자고 있다. 퀸스, 보톰, 스너그, 플루트, 스너우트, 그리고 스타블링, 따로 혹은 두어 사람씩 등장.

보 톰 다들 모였는가?

퀸 스 그래, 어김없이 시간을 맞췄네. 그러고 보니 여기는 우리 연습장으로는 그만일세. 자, 무대를 풀밭으로 하고 분장실을 산사나무 덤불로 하세. 그리고 공작님 앞에서 하듯 열심히 해보세.

보 톰 피터 퀸스!

퀸 스 왜 불렀지, 보톰?

보 톰 이 피라므스와 시스비에 관한 희극에는 좀 문제가 있네. 첫 번째는 피라므스가 자살을 하려고 칼을 뽑아드는 장면인데, 귀부인들이 이 장면을 본다면 그냥 넘어가지 않을 것 같네. 자네들은 그 문제를 어떻게 생각하는가?

스타블링 그건 그래. 아마 기절초풍할 거야.

스너우트 그러고 보니 그럴 것 같군. 자살하는 그 장면만은 빼는 건 어떨까?

보 톰   그럴 필요까지는 없네. 모든 걸 잘 해결할 수 있으니까. 거기다 해설을 붙이면 되잖아. 칼은 뽑지만 피는 보지 않고, 피라므스도 정말로 죽는 것은 아니라고. 이게 좀 미흡하면 좀 더 안심시키기 위해 이런 말을 덧붙일까? 나 피라므스는 실은 피라므스가 아니라 직조공 보톰이라는 말을 하라고 하지. 그럼 그분들은 무서워하지 않을 거야.

퀸 스   좋아. 그럼 그런 내용을 해설로 붙이도록 하자.

스너우트   귀부인들께서 사자는 무서워하지 않을까?

스타블링   틀림없이 무서워할걸.

보 톰   잠깐, 그럼 이 문제도 심사숙고해 봐야겠군. 귀부인들 앞에 사자를 등장시킨다는 건 매우 위험한 발상이니까. 하느님, 우리를 보호해주소서! 이 세상에 살아 있는 사자만큼 사나운 맹금이 어디 있겠어. 우리는 이 문제를 한번 심각하게 생각해야 한다고.

스타블링   그럼 해설을 한 군데 더 붙여서 진짜 사자가 아니라는 말을 해줘야겠군.

보 톰   아니지. 그럴 게 아니라 이름을 말하는 게 어때? 사자의 목 밖으로 얼굴을 반쯤 내밀면서 말하면 되잖아. 정말로 자기 이름을 대고, 소목장이 스너그라고 솔직하게 정체를 밝히는 거지.

퀸 스   좋아, 그럼 그렇게 하자. 그래도 어려운 문제가 두 가지 남았는데, 첫 번째는 궁전의 홀에 어떻게 달빛을 끌어들이는가 하는 것이네. 잘 알고 있겠지만 피라므스와 시스비는 달밤에 만나잖아.

스너우트   우리가 연극을 하는 날 밤은 달이 뜨는 밤 아닌가?

보 톰   달력을 가져오게! 달력을 뒤지면 아마 달밤인지 아닌지 알 수 있을 거야. (퀸스가 그의 가방에서 달력을 꺼내 뒤적인다)

퀸 스　그날 밤엔 달이 뜨는군.

보 톰　그럼 연극할 때 그 넓은 홀의 창문을 활짝 열어두면 되겠군. 그러면 창문을 통해 달빛이 홀 안으로 흘러들어올 테니까.

퀸 스　그래도 좋지만, 누군가 가시덤불 한 다발과 등불을 들고 들어와서 달빛을 가리거나, 그 역을 맡은 사람이라고 밝혀도 되겠지. 그 다음으로 어려운 문제는 홀 안에 벽이 하나 있어야 한다는 거라네. 줄거리에 따르면 피라므스와 시스비는 벽 틈으로 얘기를 나누거든.

스너우트　그렇다고 벽을 쌓을 수는 없는 일이잖아? 자네는 어떻게 생각하나, 보톰?

보 톰　누구든, 어느 하나가 벽으로 분장해야지 뭐. 벽이라는 걸 나타내기 위해 온몸에 회반죽칠을 하거나 진흙이나 회반죽을 바르고 나오면 되잖아. 그런 다음 손가락을 이렇게 하고 서 있으면 되겠지. 피라므스와 시스비는 그 틈으로 속삭이면 되잖아?

퀸 스　아, 그렇게만 할 수 있다면 만사형통이네. 자, 자네들은 모두 다 자리에 앉아서 연습을 시작하게. 피라므스, 자네부터 해봐. 자네가 대사를 마치고 나면 저 덤불 속으로 몸을 숨기게. 자, 다들 자기 역할을 잊지 말도록. (퀸스, 스너그, 플루트, 스너우트 그리고 스타블링 퇴장하고 퍽 등장)

퍽　저놈들을 따라가야겠다. 녀석들을 빙빙 뺑뺑이를 돌려볼까? 늪 속으로, 숲 속으로, 가시덤불 속으로. 나는 때로 말도 되고, 사냥개가 되기도 하고, 머리 없는 곰이나 돼지나 도깨비불이 되어 힝힝 울기도 하고, 컹컹 짖어대기도 하고, 곰처럼 으르렁거리기도 하고, 꿀꿀거리기도 하고, 불꽃처럼 활활 타오르기도 하는 거야. (퇴장)

보 톰　다들 왜 도망가는 걸까? 이건 나를 놀라게 하려고 꾸민 자들의 술책임에 틀림없어.

스너우트와 퀸스 등장.

스너우트   보톰, 이보게! 웬일이야? 자네 모습이 바뀌었잖아? 자네 꼴이 왜 그래?

퀸 스   저런 변이 어디 있나, 보톰! 자네는 모습이 바뀌었네.

보 톰   네놈들의 술책을 알고 있지. 나를 얼간이 당나귀로 만들어 놀라게 할 생각이겠지. 어디 할 수 있으면 해보라지. 하지만 놈들이 무슨 수를 쓸지라도 난 여기서 노래나 해야겠다. 내가 겁내지 않는다는 것을 보여줘야 하니까. (노래한다)

타이테니아   (노랫소리에 깨어난다) 어떤 천사가 꽃침대에서 잠이 든 나를 깨우는 걸까? 부탁이에요, 친절하신 분이시여. 다시 한 번 그 노래를 들려주세요. 내 귀는 그대의 노래에 홀딱 빠져버렸고, 제 눈은 그대의 멋진 모습을 본 순간 황홀해졌답니다. 당신의 아름다운 미덕의 힘이 제 뜻과는 상관 없이 저를 감동시킨 바람에 첫눈에 그대에게 사랑을 느꼈다는 고백을 하지 않을 수 없게 됐어요.

보 톰   아가씨, 이성이 있으신 분이라면 절대 그런 말씀을 해선 안 되겠죠. 하긴 요즘 세상에 이성과 사랑은 그리 좋은 관계는 아닌 듯싶습니다만, 더욱 개탄스러운 것은 이 둘을 화해시키려 드는 성실한 이웃도 없다는 점이죠. 참으로 딱한 노릇이 아닐 수 없습니다. 나도 때로는 핵심을 찌르는 말 한마디쯤은 할 줄 알거든요.

타이테니아   당신은 멋지기도 하지만 지혜롭기도 하네요.

보 톰 무슨 말씀을! 하지만 지금 이 숲을 벗어날 수 있는 지혜만 있다면, 지혜롭다는 것을 인정할 듯싶습니다.

타이테니아 이 숲에서 빠져나가실 생각은 아예 하지도 마세요. 당신은 이곳에 오랫동안 머물러 계셔야 합니다. 원하든 원하지 않든 저로 말씀드릴 것 같으면, 평범한 지위의 요정은 아니랍니다. 여름이라는 계절이 저를 늘 따라다니며 복종을 하지요. 그러한 제가 당신을 사랑하오니, 저와 같이 있어주세요. 요정들에게 당신을 시중들라고 일러둘 테니까요. 그들은 깊은 바다에서 보물을 가져다 드리고 당신이 꽃밭에 누워 주무시면 자장가를 불러드릴 것입니다. 그리고 유한한 인간인 당신의 육체도 정화해, 공기처럼 육신이 없는 요정처럼 가볍게 만들어드릴게요. (모두 퇴장)

제 2 장 숲 속의 다른 언덕

오베론과 퍽 등장.

오베론 요 떠벌이야, 어떻게 됐느냐? 과연 재밌는 일이 일어났느냐?

퍽 여왕님께서 괴물에게 홀딱 빠졌습니다. 여왕님이 단잠을 주무시는데 시장 바닥에서 날품팔이를 하며 호구지책을 하는 한 무리의 어중이떠

중이들이 모여 떠들어대고 있었죠. 그 녀석들은 시시어스 공작 나리의 결혼식날 보여줄 연극을 연습하러 모인 거였죠. 그 무지막지하게 우둔하고 멍청한 녀석들 가운데서도 가장 우둔한 자가 마침 연극에서 피라므스 역을 맡았사온데, 그자가 무대에서 나오더니 나무 덤불 속으로 들어가는 것이었습니다. 저는 바로 그 순간을 이용해서 그 녀석 머리에 당나귀 머리통을 씌워줬습니다. 이윽고 시스비 역을 맡은 자가 그자의 이름을 부르자 그는 대사를 마무리하기 위해 연습장에 나타났습니다. 제가 꾸며놓은 이 어릿광대를 본 순간 그의 동료들은 살금살금 기어오는 사냥꾼의 기미를 알아챈 기러기 떼처럼, 또는 황갈색 머리를 한 갈가마귀 떼가 총소리에 놀라 이리저리 흩어지며 정신없이 하늘을 뒤덮으며 날아가듯, 그렇게 혼비백산하여 사방팔방으로 흩어졌습니다. 바로 그 순간 타이테니아 여왕님께서 깨어나 당나귀를 보신 순간 한눈에 그 당나귀에게 반해버리셨다, 이 말씀입니다.

오베론　잘했다. 내가 생각했던 것보다 더 잘했어. 그건 그렇고, 그 아테네 사람 눈꺼풀에도 발라주었겠지?

퍽　물론입죠. 그자가 잠들어 있는 틈을 이용해 발라주었죠. 그 일 역시 분부대로 마쳤사옵니다. 그리고 마침 그의 곁에는 아테네 여인이 있었습니다. 아마 그자가 잠에서 깨어나면 그 여인을 안 볼 수 없었겠죠.

디미트리어스와 허미아 등장.

오베론　몸을 숨겨야겠다. 저자가 바로 그 아테네 사람이다.

퍽　여자는 틀림없는데, 남자는 바뀐 것 같네요.

디미트리어스   당신을 이처럼 사랑하는 사람을 왜 비난하는 거요? 그렇게 가혹한 비난은 원수놈들에게나 하시오.

허미아   지금은 비난이나 하고 있지만, 앞으로는 좀 더 심하게 당신을 대해야 할 것 같군요. 나에게 저주받을 만한 짓을 저질렀으니까요. 만일 잠자는 라이샌더 도련님을 죽였다면, 기왕에 피를 보셨으니, 아예 나까지 죽여보세요. 한낮을 따라다니는 태양도 나에 대한 그분의 사랑처럼 끔찍하지는 않았어요. 그런 사람이 나를 내버려두고 혼자 갈 리가 없죠. 잠들어 있는 이 허미아를 두고 가다니? 그 얘기를 믿을 바에는 차라리 달이 이 단단한 대지를 뚫고 이 지구의 반대편으로 빠져나가 그 달의 형님인 태양을 불쾌하게 만들어주었다는 얘기를 믿는 게 낫겠지요. 당신이 그 사람을 죽이지 않았다면 누가 그를 죽였겠어요? 살인자의 모습은 유령처럼 음산하게 마련이죠.

디미트리어스   살인자의 모습이 유령 같다면, 나도 유령이나 다름없소. 당신의 그 잔인한 말이 내 가슴을 꿰뚫어놓았으니 말이오. 그런데도 살인인 당신 모습은 밝고 영롱하니 알 수가 없구려. 마치 밤하늘에서 제 궤도를 지키며 찬란하게 빛나는 금성처럼 말이오.

허미아   아니, 그게 라이샌더 도련님과 무슨 상관이죠? 그분은 어디에 계신 거죠? 제발 부탁이에요. 착한 디미트리어스님, 그분을 저에게 데려다주세요.

디미트리어스   그럴 바에야 차라리 그 녀석의 시체를 사냥개에게 던져주겠소.

허미아   개 같은 놈, 꺼져버려! 이 똥개야! 네놈이 나에게 처녀로서의 자제력을 잃게 만들었구나. 결국 네가 그분을 살해한 거지? 이제부터 네놈은 사람들 틈에 낄 자격도 없어. 아, 제발 한 번이라도 진실을 말해다오! 아마 자고 있을 때 죽였을 거야. 정말 장하구나! 벌레나 독사라면 그럴 수도 있겠지만. 그래, 독사가 한 짓이야. 너는 독사야. 아마 갈라진 혓바닥으로 날름대는 살무사도 너처럼 악랄한 짓은 하지도 않을 거야.

디미트리어스　아가씨는 지금 공연히 격분하는 거요. 난 라이샌더를 죽이지 않았소. 내가 알고 있는 한 말이오.

허미아　그러면 그분이 무사하시다고 말해주세요.

디미트리어스　만일 그렇게 말해준다면, 그 대가가 무엇일까?

허미아　다시는 나를 보지 못하게 되는 특권을 드리죠. 이제 저주스러운 당신과는 이별이에요. 다시는 내 앞에 나타나지 마세요. 그분이 살았든 죽었든. (퇴장)

디미트리어스　저토록 화를 내고 있으니 쫓아가봤자 아무 소용도 없겠군. 그렇다면 여기서 잠깐 쉬어 가야겠구나. 슬픔의 무게가 점점 더 무겁게 여겨지는 건 아마 잠이 모자라는 탓일 거야. 파산한 잠이 슬픔에 진 부채 때문이겠지. 자, 여기 잠시 머물면서 잠에게 구원을 청하면, 잠이 조금이나마 그 부채를 덜어줄지도 몰라. (그는 누워서 잠을 청한다)

오베론　대체 무슨 짓을 했는지 알겠느냐? 정말 어처구니없는 실수를 저질러서 진실한 연인의 눈에 사랑의 묘약을 발라주다니. 네 녀석의 실수로 인해 거짓된 연인의 마음이 참되게 바뀐 게 아니라, 참된 연인의 마음만 변했구나.

퍽　이젠 운명의 여신에게 맡길 수밖에요. 진실한 연인은 백만 명 중 한 명밖에 없으며, 맹세란 깨어지게 마련 아닙니까?

오베론　이 숲속을 바람보다 빨리 달려 다니며 아테네의 처녀 헬레나를 찾아내도록 하라. 그 처녀는 상사병에 걸린 나머지, 얼굴이 창백해져 있다. 싱싱해야 할 젊은이의 피가 사랑의 슬픔으로 말라버린 탓이니라. 환상을 일으켜서라도 그 처녀를 이곳에 데려오너라. 그 처녀가 올 때까지난 이 청년의 눈에 마법을 걸어놓을 생각이다.

퍽   가겠습니다요. 보시옵소서, 제가 가는 모습이 활을 떠난 타타르 인의 화살보다 더 빠르지 않습니까? (퇴장)

오베론   (디미트리어스의 눈꺼풀에 꽃즙을 바르며) 큐피드의 화살을 맞고서 이렇게 자주색 물이 든 꽃즙아, 이 청년의 눈동자 속으로 깊숙이 들어가 스며라. 이 청년이 잠에서 깨어나 자기 애인을 본 순간, 그 여인이 찬란히 빛나보이게 하라. 저 하늘에 떠서 빛나는 금성처럼 찬란히 빛나보이게 하라. 그리고 잠에서 깨어날 때 그대 옆에 그 처녀가 있거든, 그녀에게 상사병을 고쳐달라고 애원하도록 하라.

라이샌더와 헬레나 등장.

라이샌더   내가 무엇 때문에 아가씨를 조롱하려고 구애를 하겠소? 조롱과 모욕은 결코 진실한 눈물을 동반하지 않는 법이오. 하지만 내가 눈물까지 흘리며 맹세하는 모습을 좀 보시오. 눈물을 흘리며 하는 맹세는 본질적으로 진실되게 마련이오. 이 모든 것들이 어떻게 아가씨 눈에는 조롱으로 비치는 거요? 진실임을 증명해주는 이 신뢰의 징표들이 아가씨 눈에는 보이지도 않는 거요?

헬레나   도련님의 말솜씨는 갈수록 교묘해지고 있군요. 하나의 진실이다른 진실을 죽여버리니, 정말 사악하고도 성스러운 싸움이 아닐 수 없네요. 그런 맹세는 허미아한테나 가서 하세요. 그리고 허미아는 버릴 생각인가요? 두 가지 맹세를 저울에 달아보면 어떨까요? 아마 그 무게는 제로로 될걸요. 허미아한테 한 맹세와 나한테 한 맹세를 저울 양쪽에 올려놓으면, 무게가 평형을 이루겠죠. 다 꾸며낸 이야기니까요.

라이샌더 그 여자한테 맹세했을 때는 나에게 분별력이라곤 없었소.

헬레나 그 애를 버리려는 지금도 분별력이 없기는 마찬가지 같군요.

라이샌더 그녀 옆에는 디미트리어스가 있잖소. 그는 그 여자를 사랑하지, 당신을 사랑하는 게 아니오.

디미트리어스 (잠에서 깨어나며) 오, 헬레나! 나의 여신, 나의 요정이여! 완벽하고도 성스런 님이시여! 그대의 두 눈을 그 무엇에 비할 수 있으리. 수정도 그대의 영롱한 눈동자에 비한다면 진흙더미에 불과하고, 아름답게 무르익은 그대의 앵두 같은 입술은 언제나 나를 유혹하는구려! 그대가 손을 들어보이니, 동풍에 순백색으로 얼어붙은 저 토라스 산꼭대기의 눈도 까마귀 빛깔처럼 검게 보이는구려. 오, 제발 그대의 손에 입맞추게 해주시오.

헬레나 아! 분하고 기가 막힐 뿐이로구나! 이젠 두 사람이 작정을 하고 손을 잡았군요. 나를 조롱하는 걸로 재미를 보려고요. 당신들이 신사라면 이렇게까지 나를 모욕하지는 않을 거예요. 나를 미워하는 줄은 알고 있지만, 이젠 미워하는 것으로는 모자라서 나를 조롱하는 사람들과 손을 잡았군요. 당신네들은 겉모습만 대장부예요. 그렇지 않으면 엄연한 처녀를 이렇게 함부로 대하지는 않겠죠. 겉으로는 사랑의 맹세를 속삭이고 서약도 하고 온갖 찬사를 늘어놓으면서도 속으로는 나를 미워하고 있는 게 분명해. 점잖은 사람들이라면 처녀를 이렇게까지 모욕을 하고 인내심까지 쥐어짜면서 시험하지는 않을 거예요. 그것도 이렇게 즐겨 가면서.

라이샌더　디미트리어스, 그러지 말게. 자넨 비정한 사람이야. 자네는 허미아를 사랑하고 있고, 내가 그 사실을 알고 있다는 걸 자네도 알고 있잖아. 그러니 이 자리에서 내 진심을 다해서, 내 선의와 우정을 다 바쳐서, 허미아의 사랑 가운데 내 몫을 자네에게 양보하겠네. 그러니 자넨 헬레나의 사랑을 양보하게나. 나는 헬레나를 사랑하고 있고, 죽을 때까지 사랑할 거야.

헬레나　어떻게 나를 이렇게 조롱할 수 있담!

디미트리어스　라이샌더, 자네야말로 허미아를 차지하게. 나는 포기하겠네. 내가 한때 그녀를 사랑한 건 사실이지만, 이제는 그 사랑이 다 식어버렸네. 허미아에 대한 내 사랑은 그저 스쳐 지나가는 바람이었어. 이제는 영원히 살아갈 고향과도 같은 헬레나한테 돌아왔으니, 이곳에서 오랫동안 머물까 하네.

라이샌더　헬레나, 저 말은 진심이 아니라오.

디미트리어스　남의 진심을 그렇게 함부로 비방하지 말게. 잘 알지도 못하면서. 그러다가 큰코 다칠 수도 있네. 이보게, 저기 자네 애인이 오고 있잖나. 자네 애인이 저기 있단 말이네.

허미아 등장.

허미아　캄캄한 밤이 눈의 기능을 빼앗아가니 귀만 더욱 예민하게 밝아지는구나. 시각을 잃은 대신 청각이 두 배나 더 민감해졌으니 말이야. 라이샌더님, 당신을 찾아낸 건 제 두 눈이 아니랍니다. 다행히 저의 두 귀가 당신 목소리가 나는 곳으로 저를 이끌어주었답니다. 그런데 무엇 때문에 저를 그렇게 무정하게 버려두고 가버리셨나요?

라이샌더　사랑이 내 등을 떠미는데, 어떻게 가만 있을 수 있겠소?

허미아　어떤 사랑이 도련님을 제 곁에서 떠밀었죠?

라이샌더　바로 이 헬레나를 향한 사랑이오. 아름다운 헬레나, 그대는 저 밤하늘에서 반짝이는 별빛보다 더 휘황찬란하게 밤을 비추어주고 있소. 허미아, 그대가 싫어져서 내가 떠났는데 왜 날 쫓아왔소?

허미아　마음에도 없는 말씀을 하고 계시네요. 그건 있을 수 없는 일이에요.

헬레나　아니, 어쩌면 이럴 수가 다 있을까. 저 애도 한통속이로구나! 이제야 알겠어. 세 사람이 짜고 이런 가증스러운 장난을 꾸민 게 틀림없어. 이 못된 계집애야! 허미아, 인정머리라곤 눈곱만큼도 없는 계집애! 네가 꾸몄구나. 네가 이자들과 짜고 이런 고약스런 장난을 꾸며 나를 놀리다니. 우리 둘이 나누었던 그 모든 은밀한 얘기들, 자매처럼 살아가자던 그 군은 맹세들, 너무 빨리 지나간다는 이유로 시간을 원망하며 보냈던 그 순간들을 너는 모두 잊었단 말이니? 학창시절의 우정, 어린시절의 그 천진난만했던 일들도 모조리 잊었단 말이니?

허미아　나야말로 몸 둘 바를 모르겠다. 네가 그렇게 화를 내는 이유도 모르겠고. 나는 너를 조롱하는 게 아냐. 네가 나를 조롱하는 거야.

헬레나　그럼 네가 시킨 일이 아니라는 거야? 라이샌더님이 조롱 삼아서 내 뒤를 따라다니면서 눈이 빛난다느니 얼굴이 예쁘다느니 하면서 찬사를 보낸 것 말이야. 게다가 너의 또 다른 애인인 디미트리어스님까지

나를 보고 여신이니, 요정이니, 보배니, 천사니 하면서 생전 안 하던 소리를 늘어놓은 것도 다 네가 시킨 일이지? 조금 전만 해도 나를 헌신짝 취급하던 사람이 어떻게 그럴 수가 있니? 나를 미워하는 사람의 입에서 어떻게 그런 말이 나올 수 있냐고!

허미아   도무지 네 말을 이해할 수 없구나. 헬레나, 솔직히 나는 네가 무슨 말을 하는지 모르겠어.

헬레나   그야 그럴 테지. 그렇게 천진한 표정을 내 앞에서 지어보이다가, 내가 돌아서면 혀를 쑥 내밀고 눈짓을 서로 주고받으면서 나를 조롱해봐라. 이런 장난은 잘만 한다면 역사에 남겨질걸. 너에게 티끌만큼의 동정심이나 예절이나 인간적인 호의가 남아 있다면, 나를 이렇게까지 비참한 웃음거리로 만들지는 않았을 텐데. 어쨌든 잘 있어라. 나에게도 잘못이 없는 건 아니니까. 내가 죽든지 없어지면 일은 해결되겠지.

라이샌더   잠깐 헬레나, 기다려요. 그리고 내 말을 좀 들어봐요. 내 사랑, 내 생명, 내 영혼, 아름다운 헬레나!

헬레나   기가 막히는군!

허미아   제발 저 애를 놀리지 말아주세요.

디미트리어스   허미아의 부탁을 안 들어주면, 내가 강제로라도 그렇게 만들어주지.

라이샌더   어림없는 소리! 네가 아무리 협박해도 소용없는 일이야. 네 협박은 아가씨의 부드러운 부탁보다 힘이 없어. 헬레나, 그대를 사랑하오. 내 목숨을 걸고 당신을 사랑하오. 내가 아가씨를 사랑하지 않는다는 저자의 말이 거짓임을 증명하기 위해, 아가씨를 위해서라면 버려도 좋을 이 목숨을 걸고 맹세하오.

디미트리어스 나는 저 녀석이 할 수 있는 것보다 더 사랑하오.

헬레나 두 분께 부탁드릴게요. 절 조롱하시는 것이야 어쩔 수 없지만, 저 애가 저를 해치지 못하도록 해주세요. 저는 천성이 모질지가 못해서 싸움 같은 것은 하지도 못해요. 전형적인 처녀라 겁이 많답니다. 저 애가 나를 따라다니지도 못하게 도와주세요.

라이샌더 걱정 마시오, 헬레나. 저 여자는 당신을 해치지 못할 테니까.

헬레나 그런 말씀 마세요. 저 애는 화가 나면 얼마나 거칠고 표독스러워진다고요. 학창시절에도 악바리로 통했죠. 몸집은 작지만 성깔은 보통이 아니에요.

허미아 또 그 소리! 그저 작다거나 낮다는 말밖엔 넌 할 줄 모르니? 저 애가 나를 이토록 능멸하는데 보고만 계실 건가요? 저년을 좀 붙잡아주세요.

라이샌더 비켜라, 이 난쟁이야. 키가 도토리만한 걸 보면 키가 안 크는 비법이라도 있나보지? 이 콩알, 덩굴풀아.

디미트리어스 우습군! 헬레나를 위해주는 척하면서 대단한 허풍을 떨고 있지만, 그녀가 좋아할 것 같나? 저 아가씨는 내버려둬. 입도 벙긋하지 말라고. 애써 저 아가씨를 사랑하는 체하지 말라니까. 앞으로 헬레나에게 사랑이 어쩌고저쩌고, 그런 식으로 계속 그렇게 떠들어대면 가만 있지 않겠다.

라이샌더 좋아, 이제야 솔직하게 나오시는군. 용기가 있으면 날 따라와. 너와 나, 둘 중에서 누가 헬레나에 대해 더 많은 권리를 갖고 있는지 칼로 담판을 짓자.

디미트리어스 따라오라고? 따라오긴. 너와 함께 어깨를 나란히 하고

갈 테다. (라이샌더와 디미트리어스 퇴장)

허미아 어이가 없군. 이 모든 소동은 다 창부 같은 너 때문에 벌어졌으니 도망칠 생각은 하지도 마.

헬레나 나는 아직도 너를 믿지 못하겠어. 그리고 나는 너의 그 험한 욕설을 들으면서 여기 있지도 않겠어. 네 손이 싸울 때는 나보다 빠르지만, 달아나려고 들면 내 다리가 더 길다는 걸 몰라?

허미아 기가 막혀서 말도 안 나오는군. (헬레나와 허미아 퇴장)

오베론과 퍽, 앞으로 나온다.

오베론 모두 네 녀석이 실수한 탓에 이런 일들이 벌어졌구나. 네 녀석은 실수를 밥 먹듯 하든가, 그렇지 않으면 고의로 장난을 치든가 둘 중의 하나이니 말썽은 말썽이로구나.

퍽 오베론 왕이시여, 믿어주소서. 이번만은 정말 실수였습니다. 저에게 말씀하시지 않으셨던가요? 아테네 복장을 한 사람을 찾아야 한다고요. 때문에 아테네인의 눈꺼풀에 꽃즙을 발라주었다는 점에 대해서는 어디까지나 당당하오며, 이 문제에 관한 한 저는 무죄입니다. 하온데 이런 일이 벌어진 것도 저는 기쁘기만 한걸요. 아옹다옹하면서 법석을 피워대는 모습이 아주 재미있잖습니까?

오베론 저 철없는 것하고는! 너도 보다시피 지금 두 연인이 결투를 할 장소를 찾고 있지 않으냐. 그러니 퍽, 어서 가서 어두운 밤의 장막을 펼쳐라. 저 별이 반짝이는 하늘도, 황천처럼 캄캄하고 낮게 드리워진 안개로 뒤덮이도록 하라. 그리고 이 꽃즙을 라이샌더의 눈꺼풀에 발라주어라.

그러면 꽃즙의 효과로 말미암아 빚어졌던 그 모든 착오가 그 눈에서 제거되고 그의 눈은 정상적인 시력을 찾게 될 것이다. 그런 다음 그들이 눈을 뜨게 되면 이 모든 헛소동이 한바탕 꿈이요, 아무 의미도 없는 환영임을 알게 될 것이다. 그 사이 나는 나의 여왕에게로 돌아가서 그 인도 소년을 내게 달라고 빌어야겠다. 그러고 나서 나는 마법에 걸린 그 여자의 눈을 괴물에게서 해방시켜줄까 한다. 그러면 모든 일이 제대로 수습이 되겠지.

퍽 왕이시여! 이번 일은 서둘러야 할 것 같습니다. 이미 밤의 여신을 태운 수레를 끄는 날렵한 용들이 전속력으로 구름을 헤치고 갔거든요. 저기 저 건너에 새벽의 여신 오로라가 보이잖습니까. 저것이 가까이 오면 여기저기서 배회하던 유령들이 무리를 지어 묘지의 거처로 돌아가거든요.

오베론 어쨌든 서둘러라. 꾸물거리지 말고! 날이 밝기 전에 이 일을 마무리지어야 하느니라. (퇴장)

퍽 산 위로, 산골짜기로, 요리조리 그들을 끌고 다니리. 산 위로, 산골짜기로 그들을 끌고 다니리. 나는 시골에서도, 도시에서도 두려움의 대상인 꼬마 요정! 끌고 다녀라, 산 위로, 산골짜기로. 옳지, 벌써 저기 한 놈이 오고 있구나.

라이샌더 등장.

라이샌더 건방진 디미트리어스, 어디 있느냐? 어디 대답해봐라.

퍽 여기다, 악당아. 자, 칼을 뽑아 들고 기다리고 있는 중이다. 대체 어디 있는 거냐?

라이샌더 그래, 내가 네놈 있는 곳으로 가지.

퍽 그러면 어서 따라오너라. (퍽의 목소리를 듣고 라이샌더 퇴장한다. 다른 쪽
에서 디미트리어스 등장)

디미트리어스 라이샌더, 이놈아! 이 도망이나 치는 놈! 이 비겁한 놈
아, 그렇게 달아만 날 거냐? 말해라. 덤불 속이냐, 아니면 어디냐?

퍽 겁쟁이라니, 너 말 한번 잘했다. 별을 향해 큰소리치고 덤불을 상대
로 결투를 하자고 하면서, 이리 오지도 못하고. 이리 오라니까. 이 겁쟁
이야. 네놈이야말로 몽둥이 찜질감이다. 네놈을 상대로 칼을 빼봤자 나
만 수치스럽지.

디미트리어스 그래, 지금 거기 있는 거냐?

퍽 날 따라오너라, 여기선 승부를 겨룰 수 없으니까. (디미트리어스, 퍽의
목소리를 듣고 퇴장하자 라이샌더 등장)

라이샌더 저놈은 나보다 앞장서서 계속 도전해 오지만 부르는 곳으로
따라가 보면 어느새 자취를 감춰버린단 말이야. 요 악당놈이 나보다 걸
음이 훨씬 빠른가보지? 아무리 빨리 따라가도 놈은 나보다 빨리 도망치
니. 어, 어둡고 울퉁불퉁한 길로 빠져들었네. 에라, 모르겠다. 여기서 잠
시 쉬었다 가자. (눕는다) 그대 찬란한 낮이여, 어서 오너라. 그대가 조금이
라도 내 눈앞을 밝혀준다면 내 반드시 디미트리어스를 찾아내서 복수를
하리라. (잠든다)

퍽과 디미트리어스 등장.

퍽   여기다, 나 여기 있다.

디미트리어스   이놈이 이젠 나를 놀리기까지 하는구먼. 어디 해만 떠봐라. 네놈 얼굴이 눈에 보이기만 하면 혼쭐을 내줄 테니. 도망칠 테면 도망쳐보라지. 지금은 피로가 갑자기 몰려오니 싸늘한 땅이지만 잠자리 삼아 눈을 좀 붙여야겠다. 날이 밝으면 손봐 줄 테니, 단단히 각오하고 있거라. (잠이 든다)

헬레나 등장.

헬레나   아, 길고도 지루한 밤이여, 너의 시간을 좀 단축해다오! 동녘 햇살아, 나에게 위안의 빛을 던져다오. 밝은 빛을 받으면서 아테네로 돌아갈 수 있도록 도와다오. 불쌍한 나와 함께 있는 걸 꺼리는 이 사람들과 헤어질 수 있도록. 잠이여, 슬픔의 눈을 감겨주는 잠이여! 살며시 나를 찾아와 모든 것을 잊고 잠들게 해다오. (누워서 잠든다)

퍽   아직도 세 사람뿐인가? 한 사람 더 와야 하는데. 두 종류의 인간이 둘씩이면 모두 네 사람이 되는군. 오, 저기 오는구나. 분노와 슬픔에 젖어 있는 모습이 정말 안됐구나. 큐피드는 심술쟁이가 틀림없어. 이렇게 가련한 여인을 미치게 만들어놓다니!

허미아 등장.

허미아   이렇게 지친 적도 없지만, 이렇게 슬픈 적도 내 일찍이 없었어. 찔레 가시에 찔리고 이슬에 흠뻑 젖어 더 이상 기어갈 수도 없고, 걸어갈 수도 없네. 내 두 다리가 내 뜻을 따르지 못하고 있구나. 아, 날이 밝을 때까지 여기서 누웠다 가야지. 하느님, 만일 결투가 벌어진다면 라이샌더 님을 지켜주세요. (누워서 잔다)

퍽 가여운 연인이여, 땅 위에서 곤히 잠들라. 네 눈꺼풀에 사랑의 묘약을 발라주리니……. (라이샌더의 눈에 꽃즙을 떨어뜨린다) 그대가 잠에서 깨어나는 순간 그대는 맛볼 수 있으리니, 진정한 즐거움을 얻으려면 옛 연인과 눈을 맞추라. 그리하면 불행해질 사람이 하나도 없으리니, 성경에도 있듯이 가이사의 것은 가이사에게로, 그녀는 그에게로, 그래서 온 세상에 기쁨이 넘치기를……. 남자는 자기 암말을 되찾고, 모든 일이 원만히 해결되리라. (퇴장)

제 4 막

제 1 장 숲 속

라이샌더와 디미트리어스, 헬레나 그리고 허미아가 자고 있는 가운데 타이테니아와 보톰이 등장. 오베론은 눈에 띄지 않도록 등장.

타이테니아　이리 오셔서 여기 이 꽃침대 위에 앉으세요. 그러면 저는 당신의 귀여운 뺨을 쓰다듬어드리고, 그대의 윤기 있고 부드러운 머리에 사향장미를 꽂아드리고, 멋지고 커다란 귀에 입맞춰드리겠어요. 내 생의 기쁨이 되시는 분이시여!

보 톰　먼저 부탁부터 합시다. 잠이 막 쏟아지는 판이니 아무도 나를 방해하지 않았으면 좋겠소.

타이테니아　그러세요. 제가 그대를 포근하게 안아드릴게요. 이렇게 담쟁이덩굴이 인동덩굴과 얽히듯이, 난 그대와 둘이서 이렇게 얽혀 살고 싶어요. 아, 정말 그대에게 홀딱 반해버렸다고요! (두 사람, 잠들자 퍽 등장)

오베론　(앞으로 나오며) 이리 오너라, 퍽아. 너도 저 멋진 광경을 보았느냐? 이젠 이 여인의 어리석음이 참으로 측은하다는 생각이 드는구나. 조금 전 숲 뒤편에서 우리 둘은 싸움을 했단다. 그녀가 이 멍청이에게 바칠 꽃을 찾아다니기에 내가 좀 꾸짖었다고 토라지지 않겠니? 아예 넋이 나갔는지 이 녀석의 털북숭이 관자놀이에 향기로운 화관을 씌워놓았더구나. 그때 난 진주처럼 찬란하게 광채를 빛내던 이슬방울이 이젠 예쁘고 작은 꽃들의 눈 속에 맺혀 있는 걸 보았어. 마치 자신들의 처지를 한탄해서 눈물을 흘리기라도 하듯……. 어쨌거나 내가 이 여인을 마구 책망했더니, 그녀는 얌전한 어조로 내게 진정하라고 간청하더구나. 그래서 이 여인에게 훔쳐온 그 아이를 달라고 요구했더니, 그녀는 즉석에서 나에게 주겠노라고 하고는, 요정을 시켜서 요정나라에 있는 내 궁전으로 그 소년을 보내주었단다. 이제 그 아이를 수중에 넣었으니, 마법을 풀어주어야겠다. 그러니 퍽아, 너도 저 촌뜨기의 목에서 당나귀 대가리를 벗겨주도록 해라. 그래서 저놈이 잠에서 깨어나면, 이 모든 일이 꿈속에서 벌어진 어처구니없는 한바탕의 소동이라 여기고, 모두 함께 아테네로 돌아가도록 해주어라. 우선 내가 타이테니아부터 풀어줘야겠구나. (꽃즙을 짜서 타이테니아의 눈꺼풀에 떨어뜨린다) 그대, 옛날 모습으로 보이리니……. 큐피드의 화살보다 아르테미스의 꽃봉오리에 더욱 큰 효험과 축복이 있으리로다. 자, 내 사랑 타이테니아여! 이젠 잠에서 깨어나시오. 나의 아름다운 여왕이여.

타이테니아 (잠에서 깨어나며) 오베론! 정말로 희한한 꿈을 꾸었어요! 제가 당나귀에게 홀딱 빠져 있었지 뭐예요?

오베론 저기 당신의 연인이 누워 있잖소?

타이테니아 어떻게 이런 일이 일어날 수 있는 거죠? 오, 지금은 저자의 얼굴을 보기도 싫은데.

오베론 잠깐 조용하시오. 퍽아, 그 머리탈을 벗겨주어라. 타이테니아, 악사들을 불러 음악을 연주하도록 하오. 이 다섯 사람의 감각을 마비시켜 죽은 듯이 자게 합시다.

타이테니아 여봐라! 음악을 연주하라. 잠을 부르는 음악을!

퍽 (보통의 머리에서 당나귀 머리탈을 벗기면서) 이제 네 녀석이 깨어나면 그 바보 같은 눈으로 세상을 다시 볼 것이다.

오베론 점점 크게 음악을 울려라! 이리 오시오, 나의 여왕이여. 우리 손에 손을 잡고 춤을 춥시다. 이들이 잠들어 있는 땅이 울리도록. (오베론과 타이테니아, 춤을 추기 시작한다) 우리 이제 화해를 했으니 새출발을 합시다. 내일 자정에는 시시어스 공작님의 결혼식에서 축하하는 의미로 즐겁게 춤을 추며 앞날의 번영을 빌어줍시다. 저기 저 두 쌍의 연인들도 시시어스 공작님과 함께 온통 즐거운 분위기에서 결혼식을 성대하게 치르도록 만들어줍시다.

퍽 요정의 임금님, 가만히 들어보세요. 아침을 알려주는 종달새가 울고 있네요.

오베론 그러면 여왕이여, 우리는 침묵 속에서 쉬지 않고 춤을 추어 밤의 어둠을 몰아냅시다. 우리는 저 하늘에서 흐르고 있는 달보다 더 빠른 속도로 지구를 한 바퀴 돌 수가 있소.

타이테니아 그러기로 해요. 그전에 좀 말해주세요. 어떻게 여기서 잠들어 있는 저를 찾아내셨는지. 왜 또 저 인간들은 이곳에 누워서 꿈꾸고 있는지를. (세 사람 퇴장. 네 명의 연인들과 보통은 여전히 누워서 자고 있다)

뿔피리 소리. 시시어스, 히폴리타, 이지어스와 시종들 등장.

시시어스 그런데 저들은 대체 무슨 요정들일까?

이지어스 공작님, 여기 잠들어 있는 것은 제 여식이옵니다. 그리고 이쪽은 라이샌더, 이쪽은 디미트리어스이고, 이쪽이 허미아랍니다. 늙은 네다의 딸 헬레나도 여기 있고요. 저는 이 아이들이 무슨 이유로 이곳에서 함께 잠들어 있는지 정말 모르겠습니다.

시시어스　아마 오월제에 참석하려고 이렇게 일찍 이 숲에 왔나보구려. 그리고 우리 결혼식에 관한 소문을 어디서 듣고 축하해주기 위해 왔을지도 모르지. 그건 그렇고, 이지어스. 오늘이 바로 그 날이 아닌가? 허미아가 신랑을 선택하여 결정하기로 한 날 말이오.

이지어스　그러하옵니다, 공작님.

시시어스　사냥꾼들에게 가서 뿔피리를 불어 저 네 사람을 깨워라. (뿔피리 소리 들리고 네 연인들은 잠에서 깨어나 벌떡 일어난다) **여봐라**, 잠은 잘 잤느냐? 발렌타인 데이는 벌써 지나갔는데, 이 숲 속의 새들은 이제야 연인을 찾았단 말이냐?

라이샌더　용서하십시오, 공작님. (연인들, 무릎을 꿇는다)

시시어스　내가 알기로는 너희 두 사람은 연적인데, 언제 화해를 했느냐? 불신이나 증오심 따위는 가져보지도 않은 듯, 그렇게 미워하던 사람 곁에 나란히 누워 잠을 자다니?

라이샌더　전하, 저도 꿈인지 생시인지 얼떨떨하지만 말씀을 드리겠습니다. 제가 어떻게 이곳까지 오게 됐는지, 맹세코 저는 알 수 없습니다. 하지만 곰곰이 생각해보니 허미아와 함께 이곳에 왔던 것 같습니다. 아테네에서 달아나기 위해서죠.

이지어스　그만 하면 충분합니다, 공작님. 그만 하면 충분한 증거가 되지 않겠습니까? 저는 이자의 머리에 법률의 심판을 내려주실 것을 이렇게 청원하는 바입니다. 두 사람이 몰래 달아나려고 했기 때문입니다.

디미트리어스　공작님, 실은 저 두 사람이 몰래 달아나기 위해 이 숲 속에서 서로 만날 계획을 세웠다는 걸 저는 아름다운 헬레나에게서 전해 들었습니다. 그래서 격분한 결과 여기까지 그들을 따라온 겁니다. 헬레나 아가씨는 저에 대한 사랑에 이끌려 저를 뒤따라온 것이고요. 하오나 공작 전하, 어떤 힘 때문인지는 저도 모르겠습니다만, 하여튼 어떤 힘이 허미아에 대한 저의 사랑을 눈처럼 녹여버렸습니다. 마치 어린 시절 홀딱 빠져 있던 귀중한 장난감이, 지금은 보잘것없는 추억에 지나지 않는다는 걸 깨닫듯이 말입니다. 그제야 저는 저의 눈이 보고자 하고, 즐거움을 찾고자 하는 대상이 오직 헬레나 아가씨뿐이라는 걸 깨달았습니다. 제 가슴속 깊숙이 숨어 있어 그동안 몰랐던 거지요. 헬레나 아가씨는 제가 허미아 아가씨를 만나기 전까지는 약혼한 사이였습니다. 마치 병에 걸렸을 때는 싫어하던 음식도 건강해져서 입맛을 되찾으면 다시 찾게 되듯이, 저는 그녀를 평생 사랑하고, 죽을 때까지 동경하면서, 언제까지나 성실히 남편으로서 그녀에게 충실할 작정입니다.

시시어스　아름다운 연인들이여, 너희들을 만난 게 참 반갑구나. 그러나 이 이야기는 좀더 천천히, 상세히 들어보기로 합시다. 이지어스, 나는 그대의 간청을 묵살할 수밖에 없을 것 같소. 잠시 후 나는 이 두 쌍의 연인들을 신전으로 인도해서 우리와 함께 백년가약을 맺도록 해야겠소. 벌써 아침나절도 제법 지났으니 사냥은 미루기로 하고, 모두 함께 아테네로 돌아갑시다. 세 쌍의 연인들이 엄숙하게 결혼식을 올리고 잔치를 열어 서로 축하해줍시다. 갑시다, 히폴리타. (시시어스, 히폴리타, 이지어스, 시종들 퇴장)

디미트리어스　주위에 있는 것들이 모두 희미해보이는구나. 마치 멀리 떨어져 있는 저 산들이 구름 속으로 사라지듯이.

허미아 마치 주위에 있는 것들을 따로따로 본 것처럼 모든 것이 이중으로 보이네요.

헬레나 나도 그래요. 보석처럼 디미트리어스님을 찾아냈지만, 길에서 주운 것처럼 내 것 같기도 하고, 내 것이 아닌 것 같기도 하고말이야.

디미트리어스 분명 우리가 깨어 있는 것이지? 아직도 우리는 잠든 채 꿈을 꾸는 기분이야. 정말로 공작님은 여기 계셨던 거야? 그리고 우리더러 따라오라고 하신 거야?

허미아 그래요. 우리 아버지도 옆에 계셨어요.

헬레나 그리고 히폴리타님도 계셨고요.

라이샌더 그분은 우리한테 신전으로 따라오라고 하셨어.

디미트리어스 그렇다면 우리가 깨어 있는 거로구나. 일단 공작님 뒤를 따라갑시다. 가면서 우리 꿈 얘기를 마저 털어놓읍시다. (모두 퇴장)

제 2 장 아테네, 퀸스의 오두막

퀸스, 플루트, 스너우트, 스너그, 스타블링 등장. 한쪽에서 보톰 등장.

보 톰 이 친구들, 다들 어디 있나? 모두 어디 있느냐니까!

퀸 스 보톰! 야, 정말 이게 누군가! 이렇게 반가울 수가 있나. 아, 참으로 기쁜 날이로구나.

보 톰 여보게, 장인 여러분. 내가 희한한 얘기를 하나 알고 있지, 하지만 어떤 얘기냐고 꼬치꼬치 묻지는 말게. 그걸 내가 여기서 모조리 얘기한다면 나는 순종 아테네 사람이 아닐 테니까. 그래도 언젠가는 이 일을 빠짐없이 털어놓겠네.

퀸 스 어디, 그럼 말해보게.

보 톰 아니, 지금은 한마디도 안 돼. 내가 해줄 수 있는 말은 공작님께서 식사를 마치셨다는 것뿐이네. 이 친구들아, 무대 의상을 어서 입도록 하게. 수염은 단단한 실로 만들어 달고, 신발에는 새 리본을 달아야 하네. 그런 다음 모두 궁전에서 만나도록 하세. 각자 맡은 역할을 잊지 말고 잘 기억해두도록 하게. 간단히 말하자면, 우린 연극을 공연할 수 있게 되었단 말일세. 물론 시스비는 깨끗한 리넨 옷을 입어야 하고, 사자 역을 맡은 친구는 손톱을 깎지 말게. 사자의 발에는 발톱이 튀어나와 있어야 보기 좋지 않겠나? 그리고 친애하는 배우 여러분, 오늘만은 양파나 마늘은 먹지 않도록. 우리는 향긋한 입김을 뿜어내야 하니까 말일세. 그러면 분명히 우리 연극은 멋진 희극이라는 칭찬을 받게 되리라는 것을 믿어 의심치 않겠네. 자, 그럼 여기서 이만 줄이겠네. 자, 가세나! *(모두 퇴장)*

제5막

제1장 아테네, 시시어스의 궁전

시시어스, 히폴리타, 귀족들과 시종들 등장. 그 가운데 필러스 트레이트가 끼여 있다.

히폴리타 시시어스 공작님, 이 연인들의 이야기는 너무 신기해서 잘 믿어지지 않는군요.

시시어스 정말 사실이라고 믿기 어려울 만큼 신기하기 그지없구려. 옛날 동화 같은 이야기 아니오? 그뿐 아니라 이 요정 이야기도 그냥 받아들이기에는 너무 허황되잖소? 연인들과 광인들이란 머릿속이 뒤죽박죽 마구 들끓고 있는 데다 엉뚱한 환상으로 가득 차 있어서 냉철한 이성으로 이해하기에는 벅찬 무언가를 잔뜩 만들어내게 마련이니, 광인과 연인 그리고 시인은 상상력 덩어리라고 할 수밖에 없소. 광인은 광대한 지옥이 수용하기 어려울 정도로 큰 악마들을 보게 마련이고, 역시 못지않은 광기를 갖고 있는 연인은 거무튀튀한 이집트 여인의 얼굴에서 절세미녀 헬레나의 아름다움을 발견하기도 하고, 멋진 광기에 사로잡힌 시인은 천상에서 지상을, 지상에서 천상까지 한눈에 바라보며 진기한 형상을 구상해내고선 황홀함에 젖은 채 시상을 떠올리곤 한다오. 강력한 상상력은 너무도 교묘한 마력을 지니고 있는 법이어서 시인이 어떤 즐거움을 맛보고 싶다고 생각하면 바로 그 즐거움을 가져다줄 어떤 형상을 생각해낸단 말이오.

히폴리타　하지만 어젯밤에 일어났던 이야기를 모두 들어보니, 그 연인들의 마음이 다 같이 비슷하게 움직였다니, 거기엔 허황된 환상 이상의 그 어떤 것이 있어 앞뒤가 꼭 들어맞게 작용했다고밖에 할 수 없어요. 물론 그렇다고는 해도 참으로 신기하고 놀라운 얘기죠.

시시어스　음, 문제의 연인들이 오는구려. 모두 기쁨과 행복이 넘치는 모습이군! 젊은 친구들이여, 그대들에게 기쁨과 사랑의 신선한 나날들이 계속되기를!

라이샌더, 디미트리어스, 허미아, 헬레나 등장.

라이샌더　공작님의 발걸음과 식탁과 침실에 저희 것보다 더 풍성한 행운이 깃들기를 빌겠습니다.

시시어스　자, 이제 시작해보게. 어떤 춤과 가면극이 준비돼 있는지. 저녁식사가 끝나고 디저트를 먹는 이 시각으로부터 침실에 들기까지, 그 사이의 기나긴 시간을 메우기 위해 무슨 여흥을 마련했는가? 우리의 여흥을 담당한 관리는 지금 어디 있는가? 연극은 없는가? 고문과도 같이 지루하고 따분한 시간을 메워주는 것은 무엇인가? 필러스트레이트를 이리 불러와라.

필러스트레이트　(앞으로 나선다) 여기 대령했습니다, 공작 전하.

시시어스　어디 말해봐라. 오늘 저녁 시간을 단축시켜줄 여흥이 준비돼 있는지. 가면극이나 음악이나, 뭐 재미있는 오락거리라도 있느냐? 어떻게 이 지루한 시간을 메울 생각인가?

필러스트레이트　전하께서 명령만 내려 주십시오. (프로그램을 넘겨준다)

시시어스　'반인반마의 괴물 켄토로스와의 싸움, 하프 반주에 맞춘 아테네 환관의 노래' 라, 이 노래는 듣고 싶지 않구나. 내 친척 헤라클레스의 무용담은 이미 히폴리타에게 들려주었으니까. '주신 바카스 숭배자들의 난동, 트라키아의 가수 오르페우스를 폭행한 이야기' 라, 이건 너무 고리타분한 작품이잖아. 지난번 내가 테베를 정복하고 돌아왔을 때 이미 보았던 연극이지. '젊은 피라므스와 그 연인 시스비의 지루하고도 간결한 비극적 희극' 이라. 비극적인 희극이라고? 지루하고도 간결하다고? 그렇다면 어둠 속의 불꽃, 뜨거운 얼음, 뭐 이런 식의 말장난 아닌가! 이 같은 부조화를 어떻게 조화시키지?

필러스트레이트　이 연극으로 말씀드리자면 전하, 대사라곤 열 마디밖에 안 되는 작품이라, 제가 아는 한 가장 짧은 연극입니다. 그런데 열 마디밖에 안 되는 이 연극도 대사가 너무 늘어지는 바람에, 전하가 보시기에 아주 지루해하실 연극이 되어버렸습니다. 왜냐하면 이 연극 속에는 적절한 대사는 한마디도 없을 뿐더러 배역도 엉망이기 때문입니다. 그러니 비극적이라 할 수도 있겠죠.

시시어스　이 연극을 공연할 사람들은 어떤 패거리들이냐?

필러스트레이트　이곳 아테네 시장 바닥에서 날품팔이를 하는 직공들입니다. 손에 못이 박인 건 물론 지금까지 머리라곤 쓴 적이 거의 없다시피 한 자들이온데, 이제까지 써본 적도 없는 기억력을 총동원하여 대사를 암기했을 겁니다. 공작님의 결혼식에 대비해 이 연극을 준비한 거지요.

시시어스   좋아, 그럼 이 연극을 보도록 하자.

필러스트레이트   그건 아니 되옵니다. 공작님이 보실 만한 연극이 못 되옵니다. 저도 한 번 보았습니다만, 정말 형편없는 연극입니다. 그저 공작님을 즐겁게 해드리기 위해 최선을 다해 매우 어렵게 대사를 암기했으니, 그들의 장한 뜻을 가상히 여기시어 즐거이 봐주신다면 몰라도……

시시어스   네가 그러니까 더욱 보고 싶구나. 순박하고 충성스러운 마음으로 준비한 연극이 잘못 될 수가 있겠느냐? 가서 그들을 불러들여라. 자, 부인들도 자리를 잡고 앉으시오. (필러스트레이트 퇴장)

히폴리타   전 어쩐지 보고 싶지 않네요. 안간힘을 써가며 무리를 해서 공연을 하려다가 실패하여 고통을 겪는 걸 어떻게 보겠습니까?

시시어스   그런 일은 없을 테니까 염려 마시오, 부인.

히폴리타   필러스트레이트의 말에 의하면 형편없다지 않습니까?

시시어스   아무리 형편없는 연극일지라도 고맙게 봐주면 다행한 일이 될 것 아니오? 이들이 비록 실수를 한다 할지라도 즐겁게 봐주는 건 좋은 일이오. 비천한 이들이 충성심을 갖고 하는 것이 재미가 없다 해도 마음이 고귀한 사람이라면 그 노력을 높이 사주는 법이지. 언젠가 내가 대학자들의 초청으로 어딘가에 간 적이 있는데, 한 위대한 학자가 준비해둔 환영사로서 나를 환영해주려고 했었소. 그런데 그는 몸이 떨리고 얼굴이 창백해지는 바람에 중간에 환영사를 그만두어야 했다오. 연습에 연습을 했는데도 겁에 질려 소리가 입 밖으로 나오지 않았지. 그러나 침묵 속에서도 나는 그의 환영사를 들을 수 있었소. 두려움과 조심스러움 가운데 주어진 의무를 다하려는 그 공손한 태도 속에서 나는 나불거리는 세 치 혀가 토해내는 대담하고 오만한 웅변보다 더 많은 것을 읽어낼 수 있었소. 나의 살아온 경험으로 볼 때, 말이 적을수록 많은 뜻을 전한다는 걸 알 수 있었소.

나팔수를 앞세우고 퀸스, 피라므스와 시스비 그리고 담벼락과 달, 사자 등장.

해 설　여러분! 이 무언극을 보시고 혹 의문이 생길는지 모르겠습니다만, 진실이 밝혀질 때까지는 그 의문을 계속 가슴속에 품고 계십시오. 자, 이 사람은 피라므스이고 이 아름다운 아가씨는 시스비입니다. 자갈회반죽을 온몸에 처덕처덕 바르고 있는 이 사람은 담벼락인데, 사랑하는 연인들을 갈라놓았던 그 고약스런 담벼락입니다. 가련한 연인들은 이 담벼락 틈으로 사랑을 속삭일 수밖에 없었습니다. 이 점에 대해서는 의문을 가질 것도 없습니다. 또한 가시덤불을 둘러메고 등잔불과 개를 데리고 있는 이 사람은 달빛으로 분장한 것입니다. 왜냐하면 두 연인은 부끄러운 줄도 모르고 달빛을 받으며 나이나스의 무덤에서 만나, 거기서 사랑을 고백하게 되어 있기 때문입니다. 보기만 해도 무시무시한 이 짐승은 사자이온데, 저 진실한 시스비가 밀회 장소에 다다르기 직전 밤의 어둠을 틈타 먼저 나타나 그녀를 위협해 혼비백산해 달아나도록 합니다. 달아나면서 그 아가씨는 망토를 떨어뜨렸는데, 이 고약한 사자가 피묻은 입으로 그걸 갖고 물고늘어진 것입니다. 이윽고 훤칠하게 잘생긴 미남 청년 피라므스가 그곳에 나타나 피묻은 망토를 보고는 진실한 시스비는 죽었다고 생각하게 되는 거죠. 그래서 굶주린 원한의 칼을 뽑아 피가 끓고 있는 제 가슴을 힘껏 찔렀습니다. 그러자 뽕나무 그늘에서 기다리고 있던 시스비는 이 장면을 보고 달려와서 피라므스의 가슴에 박힌 칼을 뽑아 들고 스스로 목숨을 끊습니다. 나머지는 달빛과 사자와 담벼락과 연인들이 무대에 직접 등장해서 자세하게 말씀 올리겠습니다. (해설, 피라므스, 시스비, 사자, 달빛 퇴장)

시시어스 저 사자가 정말 말을 하는 거냐?

디미트리어스 세상엔 수많은 당나귀 바보들이 설치며 입을 놀리는데, 사자 한 마리쯤 말을 한다고 해서 이상할 건 없잖습니까?

보 톰 나리들, 폐막사를 보시겠습니까, 아니면 우리 단원들이 추는 농부 춤 버고마스크를 보시겠습니까?

시시어스 폐막사는 듣고 싶지도 않으니 그냥 춤이나 추거라. (퀸스, 스너그, 스너우트 그리고 스타블링 등장하여 그중 두 사람이 남아 버고마스크를 춘다. 그런 다음 플루트, 보톰을 포함해서 장인들 모두 퇴장한다) 자, 깊은 밤을 알리는 종의 무쇠추가 이제 막 열두 점을 쳤소. 연인들이여, 어서 신방으로 가보시오. 이제 요정들의 시간이 되었소. 내일 아침에는 모두들 늦잠이나 자지 않을까 걱정스럽소. 오늘 밤 이렇게 늦도록 잠자리에 들지 않았으니 말이오. 비록 조잡하고 한심한 연극이었지만, 밤의 지루함을 덜어내기에는 손색이 없었소. 자, 친구들이여! 이젠 잠자리에 들도록 합시다. 앞으로 2주일 동안 밤마다 잔치를 벌이고 새로운 여흥을 즐겨봅시다. (모두 퇴장)

제 2 장 숲 속

퍽 등장.

퍽 굶주린 사자가 으르렁거리고, 늑대가 달을 보고 짖어대는 시각입니다. 고된 일로 기진맥진했던 농부들은 깊은 잠에 빠진 채 꿈길이 구만리이고, 활활 타다 남은 장작은 벌겋게 남은 빛을 발하고 있습니다. 처량하게 누워 있는 환자라면 부엉이 울음소리에 수의를 준비해야겠다는 생각을 하겠지요. 지금은 밤이기 때문입니다. 무덤들은 제각기 아가리를 크게 벌려 그 안에 갇혀 있던 망령들을 토해내어 무덤 주변에서 배회하게 만드는 그런 시각이지요. 그리고 세 가지 모습으로 변신하는 마법의 여신 헤커트 일행과 나란히 태양의 얼굴을 피해 꿈과도 같은 어둠 속을 노니는 우리 요정들이 희희낙락할 시각이니, 생쥐 한 마리도 이 신성한 저택 주변에서 얼씬거려서는 안 될 것입니다. 내 빗자루와 함께 먼저 여기에 온 이유는 먼지 수북한 궁전 뒷마당을 쓸기 위함이니…….

오베론, 타이테니아, 시종들을 모두 데리고 등장.

오베론 온 세상을 하늘거리는 불빛으로 밝혀주어라. 졸 듯이 꺼져가는 모닥불 주변에서 꼬마 요정, 큰 요정 가리지 말고 모두들 나와 덤불 속을 뚫고 나온 새처럼 경쾌하게 춤추고 노래하라. 나를 따라서 신나게 노래도 부르고, 발걸음도 가볍게 춤을 추어라.

타이테니아　먼저 당신이 노래를 불러보세요. 한마디를 부르시고 나면 우리도 손에 손을 잡고 요정답게 우아한 태도로 노래를 부르며 이 댁을 축복해드리죠. (오베론이 선창을 하면 요정들이 춤추고 노래 부른다)

오베론　요정들아, 동이 틀 때까지 이 댁 구석구석을 누비면서 돌아다녀라. 타이테니아, 우리는 가장 귀하신 분의 신방으로 가서 그 두 분을 축복해줍시다. 거기서 태어날 후손에게도 영원한 행복을 누릴 것을 빌어줍시다. 또한 세 쌍의 신랑 신부, 모두 백년해로하기를 바랍시다. 대자연의 장난으로 생겨나는 그 어떤 결함도 후손들에게는 나타나지 않도록 빌어줍시다. 앞으로 태어날 아이들 몸에는 사마귀, 언청이 그리고 그 어떤 흉터도 없기를……. 세상 사람들이 불길하다고 꺼리는 그 어떤 표시도 그들의 아이들에게서는 찾아볼 수 없기를 기원합시다. 요정들아, 깨끗한 들판에서 거둬온 신성한 이슬을 이 궁전의 방이란 방은 모조리 찾아다니며 구석구석 쏟아놓아라. 감미로운 평화가 깃들도록 축복의 이슬을 그들에게 쏟아놓아라. 어서 뛰어가거라. 머뭇거리지 말고, 동트기 전에 나와 만나자. (모두 퇴장)

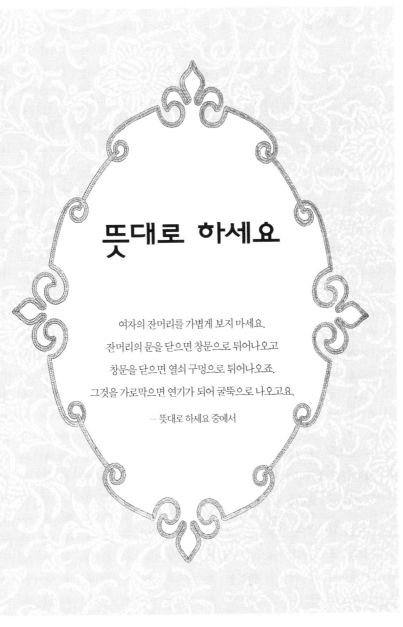

뜻대로 하세요

여자의 잔머리를 가볍게 보지 마세요.

잔머리의 문을 닫으면 창문으로 튀어나오고

창문을 닫으면 열쇠 구멍으로 튀어나오죠.

그것을 가로막으면 연기가 되어 굴뚝으로 나오고요.

— 뜻대로 하세요 중에서

1. 등장인물

로잘린드   추방당한 노공작의 딸로 씨름대회에서 올란도를 보고 첫눈에 반한다. 나중에 남장한 채 숲에서 살아가다가 올란도를 만나 결혼을 한다.

실리아   프레드릭의 외동딸로 사촌언니 로잘린드를 자신의 목숨보다 더 사랑해 아버지가 로잘린드를 쫓아내자 따라 나선다.

올리버   로랜드 드 보이스 경의 아들로 막내인 올란도에게 자격지심이 있다. 결국 동생 올란도에게 유산을 주지 않은 채 내쫓는다.

올란도   형에게 유산을 달라고 했다가 빈털터리로 쫓겨난다. 충복 애덤의 돈으로 우여곡절 끝에 아덴 숲에 다다르게 되고, 거기서 꿈에도 그리던 로잘린드를 만난다.

제이크스 드 보이스   로랜드 드 보이스 경의 둘째아들

프레드릭 공작   노공작의 동생으로 형의 영토와 권력을 빼앗는다.

노공작   동생한테 쫓겨나 아덴 숲에 머무르면서 사냥과 연회를 하며 살아간다.

애덤   올리버의 하인. 올란도를 훨씬 더 좋아해 올란도가 궁지에 빠지자 자신의 전 재산을 올란도에게 주어 같이 올리버의 집에서 도망친다.

터취스턴   어릿광대

데니스   올리버의 하인

애미언스, 제이퀴스   추방당한 공작을 섬기는 귀족들

코린, 실비어스   목동들   **르보**   프레드릭의 신하

찰스   프레드릭의 씨름꾼   **피비**   양치기 처녀

오드리   시골 처녀   **윌리엄**   오드리를 사랑하는 시골 청년

올리버 마텍스트 목사

시종들

2. 줄거리

권력과 영토를 놓고 혈육간의 분쟁을 벌이는 이 작품은 T. 로지의 소설《로 잘린드》(1590)를 취재해 만든 작품이다. 프레드릭 공작은 자신의 형을 내쫓고 권력을 찬탈한다. 이때 공작의 딸 실리아는 사촌언니 로잘린드와 헤어져서는 살 수 없다며 공작에게 애원을 해 로잘린드는 궁에 머무르게 된다.

한편 마을 청년 올란도는 형인 올리버의 미움을 받으며 하루하루 짐승처럼 살아간다. 사람들이 올리버보다 올란도를 더 좋아하기 때문이다. 그러던 어느 날 공작이 주최한 씨름대회에서 찰스를 이기게 되고, 이 모습을 본 로잘린드는 올란도에게 첫눈에 반해 사랑에 빠진다.

그러나 씨름대회에서 상대를 이긴 것이 화근이 되어 형에게 쫓겨난 올란도 는 아덴의 숲으로 향하게 되고, 동시에 로잘린드도 프레드릭의 엄명으로 궁에 서 빠져나와, 사촌동생 실리아와 함께 아버지가 살고 있는 아덴의 숲으로 향한 다. 남장으로 변장을 한 로잘린드는 그곳에서 목장을 사서 실리아와 살게 된 다. 그런데 하루는 날마다 연서를 써서 붙이는 올란도를 보지만, 남장을 한 처 지여서 알은체를 하지 못한다.

올란도를 사랑하는 로잘린드는 상사병에 걸린 올란도를 상대로 한 가지 꾀 를 내어 날마다 자신에게 사랑을 고백하도록 한다. 그러는 가운데 올란도가 자 신의 형인 올리버를 구하기 위해 암사자와 격투를 벌이다 사고를 당하게 되고, 그 사실을 안 로잘린드는 드디어 자신의 정체를 밝히고 결혼에 이른다. 한편 올란도의 형 올리버는 동생을 살해하려다가 오히려 동생에게 구조되어 마음을 바꾸어 실리아와 결혼을 하게 되고, 프레드릭 공작 역시 자신의 죄를 뉘우치고 형에게 권력을 되돌려준다.

제 1 막

제 1 장 올리버의 집 정원

올란도와 애덤 등장.

올란도 (칼싸움) 애덤, 내 말 좀 들어보게나. 아버님께서는 비록 적은 돈이지만 1천 크라운을 내 몫으로 주시고 세상을 떠나셨지. 자네 말대로 큰형에게 축복을 내리시며 나를 정성껏 돌보라고 당부하시는 것도 잊지 않으셨고. 그런데 내 불행은 거기서부터 시작된 거야. 작은형 제이크스는 대학도 다녔을 뿐만 아니라 들리는 소문에 따르면 유산도 듬뿍 받았다고 해. 내 신세와는 영 딴판이지. 형이라는 자는 나를 시골구석에 처박아두고 뼈대 있는 가문의 자손들이 받는 교육은커녕 빈둥거리게 방치하니 말이야. 내가 외양간에 갇힌 소와 다를 게 뭔가. 아니 오히려 형네 말들보다 못한 팔자야. 말들은 윤기가 번지르르 흐를 만큼 잘 먹이고 비싼 돈을 주고 조련사까지 고용하고 있는데, 동생인 나는 고작 세끼 밥을 얻어먹는 것뿐이라고. 그야말로 쓰레기통을 뒤져 먹고 사는 짐승들이나 다를 바가 없지. 게다가 형님은 내 앞으로 남겨진 유산까지 빼앗아갈 태세야. 머슴들하고 함께 밥을 먹으라고 하질 않나. 나를 무식하게 만들어 훌륭한 성품을 없애려는 속셈인 거야. 애덤, 내 말이 무슨 뜻인지 알겠나?

(올리버 등장)

올리버 야, 여기서 뭘 하는 거야?

올란도 뭘 하긴요. 도대체 뭘 배운 게 있어야 뭣이라도 하죠.

올리버 못된 짓이야 배우지 않아도 할 수 있지.

올란도 그러게요. 형님을 도우려고 하느님이 만드신 이 못난 동생의 신세를 더욱 망치고 있는 중이죠. 이렇게 빈둥거리면서 말이죠.

올리버 게으름뱅이 같은 녀석, 저리 가서 일이나 해.

올란도 형님네 돼지나 치면서 감자나 먹으며 살까요? 제가 무슨 못된 짓을 했다고 이렇게 짐승처럼 살아야 하죠?

올리버 이 녀석아, 여기가 감히 어딘 줄 알고?

올란도 어디긴요? 형님네 마당이죠.

올리버 감히 누구 앞에서 함부로 지껄여! (때린다)

올란도 이러지 마세요. 형님은 힘 가지고는 저를 못 당할걸요! (형의 목을 잡는다)

올리버 이 나쁜 놈! 감히 나한테 손을 대다니!

올란도 나쁜 놈이라뇨. 저는 로랜드 드 보이스 경의 막내아들이에요. 그분이 나쁜 놈을 낳았다고 말하는 자는 나쁜 놈보다 몇 배나 더 나쁜 놈이죠. 내 친형만 아니었다면 이 손으로 목을 누르고, 그따위 악담을 내뱉은 혓바닥을 지금 당장 뽑아버렸을 거예요.

애 덤 (앞으로 나오며) 나리, 제발 참으세요. 돌아가신 아버님을 생각해서라도 의좋게 지내셔야죠.

올리버 (몸부림을 치면서) 이거 놓지 못해!

올란도 못 놔요. 분통이 터져도 제 말부터 들으세요. 아버지는 형님께 저를 교육시키라고 유언하셨지요. 그런데 형님은 저를 농사꾼으로 길렀습니다. 신사다운 품격과는 아주 담을 쌓았지요. 하지만 저의 몸에서 아버지의 성품이 자라고 있으니 더 이상 참을 수가 없어요. 그러니 저한테 교육을 시켜주시거나 아니면 유언장대로 서푼어치밖에 되지 않는 유산을 주세요. 그걸로 팔자를 고칠 테니까요. (형을 놔준다)

올리버 그걸로 뭘 하려고? 다 털어먹고 거지노릇이나 하려고? 하여튼 너하고 싸우고 싶지 않으니 안으로 들어가서 말하자. 유언대로 네 몫을 줄 테니 저리 가자.

올란도 제 몫을 제대로 받기만 하면 더는 괴롭히지 않을게요. (올란도와 애덤 퇴장하고 찰스 등장)

찰 스 안녕하십니까, 각하.

올리버 어서 오게, 찰스. 궁궐에 무슨 새 소식이라도 있는가?

찰 스 새 소식은 없고요, 묵은 소식뿐이죠. 새 공작님이 형님 공작을 추방했답니다. 그래서 형님 공작과 신하들 몇 명이 귀양살이를 떠났다고 합니다. 새 공작님은 그분들의 토지와 수입으로 더욱 부유해졌으므로 그분들의 귀양을 기꺼이 허락했답니다.

올리버 그럼 공작님의 따님 로잘린드 아가씨도 부친과 함께 귀양을 갔단 말인가?

찰 스 아닙니다. 새 공작님의 따님과 로잘린드 아가씨는 요람에서부터 함께 자란지라 로잘린드 아가씨가 귀양을 가면 함께 따라가든지 죽겠다고 아우성을 쳐서 남아 있게 되었죠. 그래서 로잘린드 아가씨는 궁궐에 남아 친딸 못지 않게 삼촌의 사랑을 받고 있답니다. 아무튼 그렇게 사이가 좋은 자매는 처음 봅니다요.

올리버　형님 공작님은 어디로 가셨다고 하더냐?

찰 스　소문에 따르면 아덴 숲 속으로 가셨다고 합니다. 그곳에서 많은 부하들을 거느리고 옛날의 로빈후드처럼 살고 있답니다. 젊은 신사들이 날마다 떼지어 몰려와 근심걱정 없이 살고 있으니 무릉도원이 따로 없답니다.

올리버　그건 그렇고, 자네는 내일 새 공작님 앞에서 씨름을 하기로 했다며?

찰 스　네, 마침 그 말씀을 드리려고 왔습니다. 은밀히 들은 이야기입니다만, 각하의 동생 올란도 씨도 신분을 감추고 저와 한판 승부를 겨룬다는 소리를 들었습니다. 하지만 내일 저는 제 명예를 걸고 출전할 생각입니다. 대단한 실력이 아니면, 저와 맞설 경우 팔다리가 온전히 남아나지 못할 것입니다. 각하를 생각해서라도 아직 젊고 연약한 각하의 동생 분을 패대기치고 싶지 않습니다만, 대회에 참석하신다면 어쩔 수가 없겠지요. 그래서 말씀드리러 온 것입니다. 그러니 각하께서 동생 분의 출전을 말리시든가, 아니면 그분이 천방지축으로 나서다가 당하는 치욕은 자업자득이지 제 본의는 아니라는 걸 알았으면 해서 말입니다.

올리버　고맙군, 찰스. 그 녀석은 야심이 많고 질투심이 강해 이 형에게까지 간악한 음모를 꾸미고 있다네. 이런 판국이니 자네 마음대로 하게. 그 녀석의 목이라도 부러진다면 내 원이 없겠네. 하지만 그 녀석을 섣불리 건드렸다간 큰코다칠 수도 있어. 그 녀석은 힘으로 자네를 이기지 못하면 비열한 술책이라도 써서 자네의 목숨을 빼앗을 때까지 물고늘어지겠지. 그 녀석의 간악 무도함을 생각하면 내가 눈물이 다 날 지경이네. 젊은 녀석치고 그토록 악랄한 녀석은 세상에 둘도 없을 걸세. 차마 동생이라 입에 담을 수는 없지만 그걸 자네가 들으면 놀라 자빠질걸세.

찰 스 각하를 찾아뵙기를 참으로 잘한 것 같습니다. 내일 동생분이 씨름판에 나오면 혼쭐을 내야겠군요. 만일 제 발로 걸어나간다면 다시는 씨름판에 나오지 못할 것입니다. 안녕히 계십시오, 각하.

올리버 잘 가게, 착한 찰스. (찰스 퇴장) 이젠 그 애송이 놈을 부추겨야겠군. 그자식이 씨름에서 지면 정말 춤이라도 추겠군. 왠지 주는 것 없이 미운 놈이란 말이야. 그놈은 학교 문턱에도 가지 않았건만 유식할 뿐 아니라 품위 있고 신사다워. 게다가 마음씨까지 착해서 사람들로부터 사랑을 독차지하고 있지. 그놈을 잘 아는 내 하인 놈들도 그 녀석에게 홀딱 빠져 있으니, 명색이 주인인 내 평판만 점점 더 나빠지게 해. 그러나 이젠 그것도 얼마 남지 않았지. 이 씨름꾼이 해치울 테니. 얼른 그놈을 선동해서 씨름판에나 가게 해야겠군. 자, 어서 이 일을 시작해야지. (안으로 들어간다)

제 2 장 공작 궁궐 앞 잔디밭

로잘린드와 실리아 등장.

실리아 오, 로잘린드 언니, 제발 부탁이니 얼굴 좀 펴봐.

로잘린드 실리아, 나는 지금 최고로 명랑한 척하는 거야. 더 이상 어떻게 즐거운 척하니? 추방된 아버지 생각을 잊을 수만 있다면 얼굴은 얼마든지 펼 수 있겠지.

실리아　그렇구나. 내가 언니를 사랑하는 만큼 언니는 날 사랑하지 않는 거야. 나는 큰아버지가 우리 아버지를 추방했다 해도, 언니가 내 곁에 있으면 아마 큰아버지를 친아버지처럼 사랑했을 거야. 언니 사랑이 내 사랑만큼 깊다면 그렇게 할 수 있을 텐데.

로잘린드　알았어. 나도 모든 걸 잊고 너와 함께 즐길게.

실리아　그래, 언니도 알다시피 사실 우리 아버지에게는 나 하나뿐이잖아. 그렇다고 앞으로 더 생기지도 않을 테고. 그러니 아버지가 돌아가시면 틀림없이 언니가 이 집의 상속자가 될 거야. 나는 아버지가 큰아버지한테서 강제로 빼앗은 모든 것을 언니한테 되돌려줄 생각이니까, 내 이름을 걸고 약속할게. 꼭 그렇게 할 거야. 만일 이 약속을 어긴다면 난 짐승이야. 자, 그러니까 사랑스런 언니, 이제 장미꽃처럼 화사하게 웃어봐.

로잘린드　좋아, 그러자꾸나. 우리 즐거운 놀이라도 생각해보자. 뭐가 있을까? 그래, 연애하는 건 어때?

실리아　그게 좋겠네. 심심풀이로 한다면 괜찮겠어. 하지만 진정으로 남자를 사랑해서는 안 돼.

로잘린드　그럼 우리 어떤 놀이를 하지?

실리아　이건 어떨까? 이렇게 우두커니 앉아서 운명의 여신을 비웃는 것 말이야. 운명의 여신이 수레바퀴에서 손을 떼게 하는 거야. 그럼 인간에게 공평하게 베풀겠지.

로잘린드　그렇게 된다면 얼마나 좋겠니? 행운의 선물은 늘 엉뚱한 곳으로 가잖아. 특히 인심 좋고 맹목적인 여신이 여자들에게 베푸는 은총은 어처구니 없는 경우가 많거든.

실리아 정말 그래. 아름다우면 정조가 부족하고, 정조가 곧으면 미모가 따르지 않고.

로잘린드 하지만 그건 운명의 여신이 하는 일이 아니라 자연의 여신이 하는 일이지. 운명의 여신은 이 세상의 행복과 불행을 다스릴 뿐이지 자연이 창조하는 미모와는 관계가 없어.

터취스턴 등장.

실리아 정말 그럴까? 자연이 미인을 만든다 해도 그 미인이 운명 때문에 불에 타버리게 되는 것도 있잖아. 자연이 우리들에게 운명을 조롱할 만큼 지혜를 주었지만 (터취스턴을 보고) 우리들 토론을 방해하기 위해 저 바보를 우리한테 보낸 건 운명이 아닐까?

로잘린드 하긴 운명의 힘이 자연의 힘보다 강한지도 몰라. 운명이란 것이 자연이 준 지혜를 방해하고 있으니 말이야.

실리아 그렇지 않으면 우리들의 지혜가 너무 보잘것없어서 운명의 여신들을 논할 힘이 없으니까 지혜를 좀 더 날카롭게 닦으라고 저 바보를 우리에게 보내준 게 아닐까? 바보를 보면 지혜로워져야겠다고 생각하잖아. 이봐요, 지혜로운 양반, 어딜 어슬렁거리며 가나요?

터취스턴 아가씨, 아버지께서 아가씨를 부르십니다.

실리아 저기 르 보 씨가 오시네.

르 보 등장.

로잘린드 새 소식을 입에 가득 물고 오는군.

실리아 제비가 새끼들에게 먹이를 주듯 우리들에게 소식을 먹이겠지.

로잘린드 우린 소식만으로도 배가 부르지.

실리아 잘됐지 뭐. 덕분에 우리도 장터에서 잘 팔릴 테니까. 르 보 씨, 안녕하세요? 무슨 새 소식이라도 있나요?

르 보 아름다운 공주님, 흥겨운 놀이가 있었는데 놓치셨군요.

실리아 흥겨운 놀이라뇨?

르 보 뭐랄까, 뭐라 말씀드려야 알 수 있을까?

로잘린드 그야 지혜로 안 되면 운명이 시키는 대로 해보시지요.

터취스턴 (조롱 투로) 아니면 운명을 하늘에 맡기시고요.

실리아 신경 쓰지 마세요. 그냥 내뱉은 말이니까.

르 보 공주님들한텐 못 당한다니까. 아주 흥겨운 씨름을 놓치셨다는 말을 하려던 참이에요.

로잘린드 그럼 그 광경을 설명해주시면 되잖아요.

르 보 그러면 되겠군요. 지금 첫판을 말씀드릴 테니까 혹시 마음에 드시면 끝판을 보시면 되죠. 진짜 씨름은 이제부터 시작하니까요. 그것도 두 분이 계시는 바로 이곳에서 시합을 하실 테니까요.

로잘린드 실리아, 우리 씨름 구경하는 건 어때?

르 보 보고 싶지 않으셔도 보게 될 것입니다. 바로 여기에서 다음 씨름판이 열리거든요. 이제 곧 시작할 겁니다.

실리아 정말 저기 오고 있네. 그럼 여기 있다가 구경해야겠네.

프레드릭 공작, 귀족들, 올란도, 찰스, 시종들 등장.

프레드릭 자, 준비되었으면 시작하라. 저 젊은이는 아무리 타일러도 듣지 않으니, 그야말로 사자 입에 손을 집어넣은 격이지.

로잘린드 저기 있는 저 사람 말인가요?

르 보 예, 바로 저 사람이에요.

실리아 어머나, 생각보다 훨씬 더 젊어보이네요. 하지만 잘해낼 것 같기도 한데.

프레드릭 웬일이냐? 설마 씨름 구경하려고 나온 건 아니겠지?

로잘린드 맞아요. 숙부님께서 허락해주세요.

프레드릭 너희들이 보기에는 재미 없을 거야. 저 젊은이를 상대하려는 자가 천하장사라서 말이다. 그래서 젊은이를 설득했건만 들은 척도 하지 않는구나. 너희들이 설득하면 혹시 들을지도 모르니, 한번 말해보겠니?

실리아 르 보 씨가 좀 불러주세요.

프레드릭 내가 자리를 비켜줄 테니 말해보럼. (자리를 뜬다)

르 보 이봐, 도전자 양반, 공주님들께서 부르시네.

올란도 (앞으로 나서며) 의무감과 존경심으로 분부 받들겠습니다.

로잘린드 당신이 저 천하장사 찰스에게 도전하셨나요?

올란도 아닙니다, 아름다운 공주님. 저자가 누구에게나 도전하는 것입니다. 저는 다만 다른 사람과 마찬가지로 저자와 맞붙어 제 힘을 가늠해보고 싶을 뿐입니다.

실리아 젊은 양반, 너무 자신을 과신하는 건 아닌가요? 저 사람이 얼마나 대단한 힘을 가졌는지 직접 눈으로 보지 않았나요? 잠깐만 생각해도 지금 당신이 얼마나 무모한 모험을 하는지 알 거예요. 제발 부탁하노니 기권하세요. 이건 순전히 당신을 위해서 하는 말이에요 이런 무모한 짓은 하지 말았으면 해요.

로잘린드 실리아 말이 맞아요. 기권한다고 해서 당신의 명예가 손상되는 건 아니죠. 지금이라도 저희들이 공작님께 간곡히 말씀드려 이 시합을 중지하도록 할게요.

올란도 공주님, 이런 말밖에 못하는 저를 용서하십시오. 이처럼 아름다운 공주님들의 뜻을 거역하면 중죄인이 된다는 걸 모르는 것도 아닙니다. 하지만 두 분의 따뜻한 눈길과 마음을 느끼며 한 번 싸워보겠습니다. 만일 제가 저자한테 패한다 하더라도 명예라고는 눈곱만큼도 없는 사나이가 수치를 당하는 것뿐이며, 설령 죽는다 해도 죽고 싶어 안달하는 사나이가 한 명 죽는 것뿐입니다. 게다가 슬퍼해줄 친구가 없으니 친구들에게 폐를 끼치는 것도 아니고, 무일푼의 빈털터리라 이 세상에 해를 끼칠 리도 없습니다.

로잘린드 보잘것없는 힘이나마 제 힘을 보내드릴게요.

실리아 나도요.

로잘린드 그럼 다시 뵐게요. 당신을 얕잡아본 이 눈이 틀렸기를 바랄게요.

실리아 당신의 소원이 이루어지길.

찰 스 (큰 소리로) 어디 있지, 조상의 무덤에 고이 잠들고 싶어하는 청년이?

올란도 여기 있소이다. 내 소원은 더 높은 데 있소이다.

프레드릭 승부는 단 한 판으로 결정된다.

찰 스 좋습니다. 한 번으로도 귀찮은 일일 뿐만 아니라 완강히 말리신 각하의 뜻을 생각해 두 번 싸우는 일은 없도록 하겠습니다.

올란도 김칫국부터 마시는군. 길고 짧은 것은 대봐야 하지 않겠느냐.

로잘린드 헤라클레스여, 저 젊은이가 이기도록 도와주소서.

실리아 내가 투명인간이라면 저 힘센 놈의 다리를 붙잡고 놓지 않을 텐데. (씨름이 시작된다. 올란도가 유리한 고지를 점령한다)

로잘린드 오, 저 친구, 잘 싸우네!

실리아 내 눈이 번갯불이라면 누가 쓰러질지 금방 알 텐데. (고함소리가 우렁차게 들리더니 찰스가 땅바닥에 널브러진다)

프레드릭 그만하라, 이제 그만하라.

올란도 공작님, 저는 이제 몸을 푸는 중입니다.

프레드릭 찰스, 자네는 어떤가?

르 보 공작님, 완전히 간 것 같습니다.

프레드릭 저리 떠메고 나가 살펴보라. (사람들이 찰스를 떠메고 나간다) 음, 젊은이, 자네 이름은 뭔가?

올란도 저는 올란도라고 합니다. 로랜드 보이스 경의 막내아들이죠.

프레드릭 다른 사람의 아들이면 좋았을걸. 하필 그 사람의 아들이라니. 자네 부친은 매우 후덕한 사람으로 소문이 자자하지만 나와는 평생 원수로 지냈지. 자네가 다른 가문의 후손이었다면 이 일로 난 무척 흐뭇했을 것이네. 하지만 여기서 작별해야겠네. 용감한 젊은이, 자네 부친이 다른 사람이었다면 얼마나 좋았을까! (프레드릭 공작, 귀족들, 시종들, 르 보 퇴장)

실리아 언니, 아버진 저렇게밖에 말할 수 없었을까?

올란도　저는 로랜드 경의 막내아들이라는 것을 자랑스럽게 생각합니다. 설령 이름을 바꾸면 프레드릭 공작님의 상속자가 된다 해도 절대로 이 이름을 바꾸지는 않을 것입니다.

로잘린드　우리 아버진 로랜드 경을 자신의 영혼처럼 사랑했어. 세상 사람들도 아버지처럼 생각했지. 만일 그분의 아드님이라는 걸 처음부터 알았다면 이런 모험을 눈물을 뿌려서라도 못하게 했을 거야.

실리아　언니, 우리 저 사람한테 가서 격려해주면 어떨까? 아버지의 심술에 이제 진절머리가 난다니까. (올란도에게) 이봐요, 정말 멋지게 해내더군요. 약속하신 것보다 훨씬 더 잘 싸우더라고요. 씨름처럼 사랑의 약속도 그렇게 지킨다면, 당신의 연인은 참으로 행복할 거예요.

로잘린드　(목걸이를 풀어준다) 이봐요, 제 성의를 받아주세요. 운명의 여신에게 버림받지만 않았다면 더욱 좋은 선물을 드릴 텐데……. 실리아, 가자꾸나. (돌아서서 간다)

실리아　(언니를 따라가면서) 알았어. 그럼 안녕히 가세요.

올란도　(독백) 왜 나는 감사하다는 말도 못하지? 이제 교양은 송두리째 사라지고 몸만 남은 허수아비란 말인가? 생명이 없는 인형에 불과한 건가?

로잘린드　그 사람이 우릴 부르고 있어. 오, 운명의 여신은 내 자존심마저 가져가 버렸나봐. 어쨌거나 무슨 일인지 물어봐야겠어. (돌아선다) 혹시 절 부르셨나요? 오늘 정말 대단했어요. 당신이 때려눕힌 사람은 그 자뿐만이 아니었어요. (두 사람이 서로 바라본다)

실리아　(소매를 잡아당기며) 언니, 이제 그만 가요.

로잘린드　알았어. 안녕히 계세요. (로잘린드와 실리아 퇴장)

올란도 (독백) 가슴이 타올라 혓바닥이 숯덩어리가 되었나. 한마디도 말을 못하다니, 그녀는 내 말을 기다렸는데, 이 얼간이. (퇴장)

제 3 장 공작 궁궐의 한 방

실리아와 로잘린드 등장.

실리아 언니, 제발 말 좀 해봐. 큐피드에게 간청해서라도 벙어리가 된 언니를 고쳐놔야겠네.

로잘린드 쓸데없는 말이나 할 텐데, 뭘.

실리아 그렇지 않아. 언니의 말이 정말 절실하다고! 제발 입에 곰팡이가 피기 전에 말 좀 해봐. 내 귀가 막힐 정도로 해보란 말야.

로잘린드 그러다가 우리 둘이 자리보전하고 누우면 어떡하니? 한쪽은 귀가 막혀 꼼짝 못하고, 한쪽은 할 말이 없어서 그렇고.

실리아 큰아버지 때문에 그래?

로잘린드 아니. 군이 말한다면 내 아이 아빠 될 사람 때문이라고 해야겠지. 아, 왜 날마다 가시덤불을 쓰고 있는 기분일까.

실리아 언니, 가시덤불을 쓴 게 아니라 풀숲에 가다 보면 들러붙는 도깨비바늘이 달라붙은 거 아냐?

로잘린드　옷에 붙은 것이라면 털어내면 그만이지만 마음에 박힌 가시는 어쩔 수가 없잖아.

실리아　그런 건 기침 한번 크게 해서 털어버려.

로잘린드　오, 그렇게 못해.

실리아　그렇게 우스꽝스럽게 애태우지 말고 진지하게 이야기해봐. 그런데 어떻게 그토록 빨리 로랜드 경의 막내아들을 열렬히 사랑할 수 있어?

로잘린드　우리 아버님도 그분의 아버님을 매우 좋아하셨어.

실리아　그러니까 언니도 그 막내아들을 열렬히 사랑한다는 거야? 그런 식의 논리라면 난 그분을 미워해야겠네. 우리 아빠가 그분의 아버님을 미워했으니까 말이야. 하지만 나는 그분을 미워하지 않아.

로잘린드　오, 안 돼. 나를 위해서라도 절대로 미워하지 마.

프레드릭 공작, 귀족들과 등장.

로잘린드　어머나, 숙부님이 오신다.

실리아　노기가 등등하시네.

프레드릭　로잘린드, 빨리 짐 챙겨 이곳을 떠나거라.

로잘린드　숙부님, 지금 저한테 하신 말씀이에요?

프레드릭　그래. 앞으로 열흘 안에 30킬로미터 밖으로 떠나거라. 그렇지 않으면 너는 목숨을 부지하기 어려울 것이다.

로잘린드　부탁이에요, 숙부님. 여길 떠나더라도 제 죄가 무엇인지 알고 싶어요. 저는 제 꿈과 제 자신을 잘 알아요. 만일 이게 꿈이거나 제가 실성했다면 몰라도 여태껏 저는 숙부님을 거역한 적이 한 번도 없어요.

프레드릭　반역자들은 늘 그렇게 말하지. 반역자들의 변명을 들어보면 하나같이 죄지은 적이 없다고 하지. 어쨌든 나는 너를 믿지 않아. 더 이상 무엇이 필요해.

로잘린드　숙부님이 저를 의심한다고 제가 반역자일 수는 없어요. 제발 의심스러운 부분만이라도 말씀해주세요.

프레드릭　네가 네 아버지의 딸이라는 사실만으로도 충분해.

로잘린드　숙부님이 아버지의 영토를 찬탈했을 때나 추방했을 때 모두 저는 제 아버지의 딸이었습니다. 숙부님, 반역 행위는 유전되는 것이 아닙니다. 게다가 저의 아버지는 반역자가 아니었고요. 설사 제가 궁색하다 해서 반역하리라는 오해는 절대로 하지 마세요.

실리아　아버지, 저도 한 말씀만 드릴게요.

프레드릭　실리아, 저 애가 여기 있는 건 다 너 때문이야. 그렇지 않았으면 지금쯤 제 아버지와 함께 귀양살이를 하고 있겠지.

실리아　그건 꼭 저 때문만은 아니었죠. 아버지가 호의와 동정심을 베풀었기 때문이죠. 그땐 제가 너무 어려서 언니의 인품을 몰랐던 거예요. 하지만 지금은 알아요. 언니가 반역자라면 저도 반역자예요. 우리들은 한시도 떨어진 적이 없으니까요. 우리 두 사람은 같이 자고 함께 일어나 공부하고 놀이와 식사를 같이 할 뿐 아니라 어디를 가거나 비너스의 꽃수레를 끄는 두 마리의 백조처럼 항상 같이 있었습니다.

프레드릭　넌 저 애의 속마음을 몰라. 저 애가 얼마나 교활한지. 단정한 외모와 인내심으로 사람들의 호감과 동정심을 한몸에 받고 있지만. 이 어리석은 것아, 저 애만 없었더라도 네 재능과 미덕이 훨씬 더 빛났을 거야. 그러니 잠자코 이 아버지 말을 들어. 내 선고가 내려지면 취소가 불가능하다는 것쯤은 알고 있겠지? 저 애를 추방한다. (공작과 귀족들 퇴장)

실리아 오, 가여운 언니! 어디로 가야 하지? 아버지를 바꿔야 할까봐. 우리 아버지를 드릴 테니 제발 나보다 더 슬퍼하지 마.

로잘린드 좋아, 어디로 가지?

실리아 큰아버님을 찾아 아덴 숲으로 가면 어떨까?

로잘린드 맙소사, 너무 위험해. 처녀의 몸으로 그곳까지 갈 수는 없어. 미인은 황금보다도 더 도둑들의 침을 흘리게 한단 말이야.

실리아 남루한 옷차림을 하고 얼굴에 흙칠을 하면 돼. 언니도 그렇게 해. 그렇게 꾸미면 도둑들한테 당하지 않고 무사히 찾아갈 수 있을 거야.

로잘린드 이렇게 하면 어떨까? 내가 키가 크니까 남장을 하는 것이? 허리춤엔 멋진 단검을 차고, 손에는 산돼지 사냥용 창을 들고 말이야. 그러면 속으론 겁을 먹고 있어도 겉모습은 늠름한 사나이로 보일 테니까. 세상의 많은 남자들도 실제로는 겁쟁이들이지만 용감한 척 허세를 부려서 세상을 지배한다고.

실리아 언니가 남자로 변장하면 이름은?

로잘린드 제우스의 시동 가니메데가 어떨까? 그럼 너는?

실리아 난 내 신세와 관련이 있는 것이라면 좋겠는데……. 음, 외톨이라는 뜻에서 엘리나가 어떨까?

로잘린드 그것도 좋겠다. 그런데 네 아버지의 어릿광대를 꾀어내 같이 가는 게 어때? 우리 여행에 많은 위안이 될 텐데.

실리아 아마 나와 함께라면 이 세상 끝까지 따라올 거야. 그 바보를 꾀어내는 건 나한테 맡겨. 자, 우리 가서 보석을 챙기자. 내가 도망간 줄 알면 나를 뒤쫓아올 테니, 가장 안전한 방법을 생각해내 도망쳐야 돼. 우리는 추방당하는 것이 아니라 자유를 찾아서 떠나는 거야. (두 사람 퇴장)

제 2 막

제 1 장 아덴의 숲

노공작, 애미언스와 세 명의 귀족들이 사냥꾼 복장으로 등장.

노공작　여보게들 귀양살이가 어떤가? 이런 생활도 차차 익숙해지니 저 궁궐에서 지내는 것보다 한결 낫지 않은가? 이 숲이 서로 험담만 일삼는 궁궐보다 위태롭지도 않고, 계절의 변화를 직접 피부로 느낄 수 있잖은가 말이오. 엄동설한의 차가운 바람이 사납게 휘몰아쳐 살을 저미는 듯하고 온몸이 오그라들 정도로 춥다 해도 나는 웃으며 이렇게 말할 수 있지. "이건 신하들의 아부가 아니라 오히려 충정이다." 역경이야말로 우리 인간에게 뭔가를 깨닫게 해준다. 옴두꺼비처럼 흉측하고 독을 뿜어내지만 머리에는 귀한 보석이 있지 않소? 이렇게 속세를 떠나 산 속에서 살다 보니 나무들의 말을 듣고 흘러가는 개울물을 책으로 삼고 발에 차이는 돌멩이에서도 신의 가르침을 듣지 않소? 그래서 나는 이 생활에서 벗어나고 싶지가 않소.

애미언스　공작님이야말로 무엇이 행복인지 깨달은 분이십니다. 냉혹하고 무정한 운명을 이처럼 고요하고 멋진 인생으로 바꾸어놓으셨으니 말입니다.

노공작   자, 그럼 사슴 사냥이나 나가볼까? 그런데 저 멍청한 얼룩사슴은 하필이면 제 영토에서 그 통통하게 살진 엉덩이에 화살을 맞아야 하다니……. 참으로 애석한 일이야.

귀족 1   실은 그렇습니다, 우울증에 걸린 제이퀴스도 그래서 한탄한답니다. 사슴 사냥을 하시는 공작님이야말로 공작님을 추방한 아우님보다 더 지독하다고요. 오늘도 저와 애미언스 경은 몰래 그 친구 뒤를 밟았죠. 그 친구는 개울가에 해묵은 뿌리를 묻은 상수리나무 아래 벌렁 드러눕더군요. 마침 그때 사냥꾼의 화살에 맞은 수사슴이 다리를 절룩거리며 왔습니다. 얼마나 신음소리를 크게 내는지 사슴의 가죽이 찢어질 것만 같았습니다. 차마 눈뜨고 볼 수 없을 정도로 주먹만한 눈물 방울을 주르륵 흘리면서 말이죠. 그 멍청한 사슴이 울적한 제이퀴스의 눈길을 받으며, 세차게 흐르는 개울가에 서서 얼마나 많은 눈물을 흘려대는지 시냇물이 불어날 지경이었죠.

노공작   제이퀴스는 뭐라고 하더냐? 그 사슴을 보며 현자나 되는 것처럼 지껄이지 않더냐?

귀족 1   그랬습니다요. 청산유수와 같이 비유를 늘어놓더군요. 부질없이 개울물에 눈물을 보태는 사슴을 보며, "불쌍한 것!" 이렇게 말을 꺼내더니, "너도 세상의 속물들처럼 유산을 분배하나보구나. 지금도 넘쳐나는데 네 몫까지 얹어주다니." 그러고는 다른 사슴들로부터 외톨이가 된 걸 보고는 "당연한 일이야. 불행해지면 친구도 멀어진다"고 하더군요. 잠시 후에 포식한 사슴들이 떼를 지어 수사슴 곁을 본 척 만 척하며 무심하게 지나가자 제이퀴스가 버럭 소리를 질렀습니다. "썩 꺼져라, 살지고 기름진 것들아! 세상 인심이 그럴진대 너희들이라고 다르겠느냐. 저 불쌍한 것을 돌아볼 필요가 없겠지." 이렇듯 제이퀴스는 나라며 궁궐이며 도시에 이르기까지 독설을 퍼부어댔지요. 그것만으로는 성이 차지 않았는지 우리들의 생활까지도 비방하더군요. 폭군보다 더한 자들이라서 연약한 사슴을 위협하고 죽이면서 그들의 보금자리를 침범했다는 거죠.

노공작　그래, 그가 아직도 거기에 있는가?

귀족 2　예, 그럴 겁니다요. 흐느껴 우는 사슴을 보며 울며 비방하는 걸 보고 우리는 그냥 돌아왔습니다.

노공작　그곳으로 갈 테니 안내하거라. 우울증에 빠진 그 친구와 얘기하는 것이 즐겁다. 그 친구는 매우 뼈 있는 이야기를 하지.

귀족 2　예, 제가 안내하겠습니다. (모두 퇴장)

제 2 장　올리버의 집 근처 정원

올란도와 애덤이 다른 곳에서 등장.

올란도　누구냐?

애 덤　어이구, 막내도련님이시군요. 어지신 도련님, 로랜드 경을 쏙 빼닮은 도련님, 아니 무슨 일로 이런 곳까지 오셨어요? 어쩌면 사람들이 도련님을 그렇게 좋아하는지. 친절하신 데다 힘까지 세시고 용감하신지……. 오, 도련님! 어쩌자고 변덕이 죽 끓는 공작의 힘센 씨름꾼을 패대기치셨어요? 도련님, 그것도 모르세요? 사람에 따라선 미덕이 도리어 원수가 된다는 것 말이에요. 도련님의 경우가 그래요. 도련님의 미덕은 오히려 웃으며 뺨을 치는 배신자랍니다. 오, 무슨 놈의 세상이 이렇게 요지경 속이람. 미덕을 지닌 사람이 도리어 화가 되는 세상이니.

올란도 도대체 무슨 말인가?

애 덤 오, 불행한 도련님. 이 집 문턱에 들어설 생각은 아예 마세요. 이 지붕 아래에는 도련님의 미덕을 증오하는 적이 살고 있습니다. 도련님의 형님이, 아냐, 형님이 아니라 아드님이, 아냐, 아드님도 아니지. 절대로 아드님이라고 입에 담지 않을 거요. 하마터면 돌아가신 어르신을 욕되게 할 뻔했네. 어쨌거나 그 양반이 도련님에 대한 칭찬이 자자하자 오늘 밤 도련님 방에 불을 지를 계획이랍니다. 만일 이 일도 실패하면 다른 방법을 써서 도련님을 요절낼 작정입죠. 그 양반이 흉계를 꾸미는 걸 이 귀로 똑똑히 들었습니다요. 여기는 사람이 살 곳이 못 돼요. 도살장이란 말이에요. 어서 피하는 게 상책이에요.

올란도 그럼 애덤, 나는 어디로 가지?

애 덤 이 집만 아니라면 어디든 상관없어요.

올란도 그럼 내가 떠돌아다니며 거지 노릇을 하란 말이냐? 아니면 대로상에서 칼을 휘둘러 비열한 강도짓이라도 하란 말이냐? 뾰족한 수가 없으니 그럴 수밖에 없겠지. 하지만 어찌 되든 그 짓만은 못해. 그럴 바에야 차라리 형의 흉계에 내 몸을 맡기는 게 낫지.

애 덤 그래선 안 되죠. 저한테 500크라운이 있습니다. 아버님 밑에서 밤낮으로 일해 품삯으로 받은 돈이지요. 자, 몽땅 드릴 테니 저를 하인으로 일하게 해주십쇼.

올란도   오, 정말 고맙구려! 정말 영감님은 흔히 볼 수 있는 분은 아니오. 땀도 출세를 위해서가 아니면 흘리지 않는 세상에 이런 분이 계시다니. 그러나 가여운 영감님, 당신은 이미 썩은 나무를 가꾸려고 하는 셈이오. 아무리 구슬땀을 흘려 키운다 해도 꽃 한 송이 피어날 수 없는 몹쓸 나무라오. 그래도 좋다면 함께 떠납시다.

애 덤   좋습니다, 도련님. 제가 이 세상을 하직할 때까지 정성과 충성을 다 바치겠습니다. (두 사람 퇴장)

제 3 장 아덴의 숲

변장한 로잘린드와 실리아, 터취스턴 등장.

로잘린드   오, 제우스 신이시여! 저는 더 이상 갈 수가 없습니다!

터취스턴   다리만 아프지 않다면 제우스고 뭐이고 상관하지 않을 텐데.

로잘린드   오, 남자 체면이고 뭐고 가릴 것 없이 여자처럼 펑펑 울었으면 좋겠네. 하지만 조끼와 바지를 입은 몸으로 치마를 입은 허약한 여인 앞에선 용기 있게 행동해야 해. 엘리나, 힘을 내.

실리아   제발, 더 이상 못 가겠어.

터취스턴 하지만 저로서는 공주님을 업고 괴로움을 당하는 것보다는 괴로워하는 공주님을 보는 것이 차라리 낫지요. 업어다 드릴 수도 있습니다만, 뭐 생기는 게 없을 것 아뇨. 보나마나 공주님 지갑은 한겨울일 텐데 말이죠.

로잘린드 오, 여기가 바로 아덴의 숲이구나.

터취스턴 그렇습니다. 저도 지금 아덴의 숲 속에 있는걸요. 저는 전보다 더 바보가 되었나봐요. 집에 죽치고 있었다면 이런 생고생은 하지 않았을 텐데 말이죠. 하지만 뿌리가 뽑혀 바람에 불려다니는 나그네들은 고생도 참아야 한다고 했지요.

로잘린드 그래, 참아. 가만, 저기 누가 오네. 젊은이와 노인이 아주 심각한 얘기를 나누고 있네.

코린과 실비어스 등장.

코 린 그 따위 짓을 하니 여자한테 괄시를 받는 거야.

실비어스 제가 얼마나 그 여자를 사랑하는지 영감님은 모를 거예요!

코 린 그걸 왜 몰라. 누구 왕년에 사랑 안 해 본 사람 있나.

실비어스 나이 든 영감님께서 알 턱이 있을 리가요. 물론 젊은 시절엔 사랑에 빠져 베개를 껴안고 한숨을 지으며 밤을 새운 적이야 있겠지만요. 정말이지 사랑 때문에 어리석은 짓을 저질렀단 말이죠?

코 린 하도 많아서 다 기억할 수도 없어.

실비어스 그것이 바로 영감님이 진실한 사랑을 한 적이 없다는 증거예요! 사랑 때문에 저지른 건 하찮은 바보짓이라도 그걸 일일이 기억하지 못한다면 그건 진실로 사랑하지 않았던 거죠. 저처럼 남이 듣기 싫어하든 말든 자나깨나 애인을 자랑한 적이 없다면 영감님은 사랑을 한 게 아니에요. 지금 저처럼 불타는 연정을 참지 못해 친구들을 버리고 뛰쳐나온 적이 없다면 영감님은 사랑을 못해 본 거예요. 오, 피비, 피비, 피비!
(얼굴을 손으로 감싸고 퇴장)

로잘린드 오, 가여워라! 네 상처에 귀 기울이다 보니 상처를 건드리고 말았구나.

터취스턴 저 역시 그래요. 아직도 잊을 수 없는걸요. 제가 어떤 여자에게 반했을 때 칼로 돌을 쳐대며 만일 한밤중에 제인 스마일에게 접근하는 녀석이 있으면 본때를 보여주겠다고 으르렁댔죠. 그리고 아직도 생각납니다만, 그녀의 빨래 방망이에다 키스도 하고, 어떤 때는 그녀의 고운 손으로 짠 젖소의 젖꼭지에도 키스를 했지요. 완두깍지를 그녀라고 가정한 뒤 콩알 두 개를 꺼냈다가 다시 넣으며 슬픈 목소리로 이렇게 말하기도 했죠. "나를 위해 이것을 몸에 지녀요"라고. 정말로 사랑에 빠지면 사람들은 자기도 모르게 미친 짓을 하나봐요. 세상 만사가 덧없는 것처럼 사랑을 하면 바보가 되나봐요.

로잘린드 생각보다 말을 재치 있게 하는걸.

터취스턴 물론이죠. 제 머리를 정강이로 박살내기 전까지는 본디 지닌 재치가 어디로 가겠습니까?

로잘린드 아아, 저 양치기의 불타는 정열은 어찌 그리 나와 똑같을까.

터취스턴 저 역시 그래요. 이제는 꺼져 재만 남았습니다만.

실리아 어떻게 해도 좋으니 저 사람에게 가서 먹을 것을 팔라고 해. 배고파 죽을 지경이야.

터취스턴 여보슈, 시골 양반!

코 린 젊은 양반님네들 안녕하슈?

로잘린드 실은 부탁 좀 드리겠습니다. 혹시 이 한적한 곳에 저희들이 쉬어 갈 수 있는 집이 있을까요? 돈도 드릴 수 있고, 뭔가를 도와드릴 수도 있으니, 좀 쉬면서 식사나 할까 싶군요. 여기 있는 아가씨가 너무 지쳐서 한 발짝도 옮길 수 없답니다.

코 린 젊은 양반, 참으로 딱하게 됐구먼요. 제 욕심 때문이 아니라 제가 아가씨한테 도움을 줄 수 있을 만큼 부자라면 얼마나 좋겠소. 하지만 저는 돌보는 양의 터럭 하나도 마음대로 할 수 없는 양치기 머슴이지요. 주인이란 작자는 남에게 친절을 베풀어 천당 갈 생각은 털끝만치도 없는 천하의 수전노이고요. 게다가 주인은 양떼와 양우리, 목장을 모두 팔려고 내놓은 형편이에요. 더구나 지금은 주인이 집에 없다 보니 요기할 만한 것이라곤 전혀 없습죠. 어쨌거나 가봅시다. 저야 충심으로 환영합니다만.

로잘린드 주인댁 양떼와 목장을 사겠다는 사람이 나왔습니까?

코 린 조금 전에 여기 있었던 젊은이죠. 그런데 사고 싶은 의향이 전혀 없는 것 같더군요.

로잘린드 그러면 내 부탁 하나만 합시다. 믿고 살 수 있는 거라면, 양우리와 목장, 양떼들을 영감님이 사주십시오. 돈은 우리가 낼 테니.

실리아 영감님의 임금도 넉넉히 드리죠. 나는 이곳이 좋아. 이런 곳이라면 즐겁게 지낼 수 있을 것 같아.

코 린 어쨌든 파는 건 분명합니다. 함께 가서 얘기를 들어보신 후에도 이곳 생활이 마음에 드신다면 저야 기꺼이 여러분의 충직한 양치기가 되

겠소. 쇠뿔도 단김에 뺀다고, 돈을 주시면 즉시 사도록 하지요. (모두 퇴장)

제 4 장 숲 속

올란도와 애덤 등장.

애 덤 도련님, 이젠 한 발짝도 더 걸을 수가 없습니다. 배고파 죽을 지경이에요. (쓰러진다) 전 여길 제 묏자리로 정해야겠어요. 그럼 안녕히 계세요, 도련님.

올란도 애덤, 도대체 왜 이래요? 정말 기진했단 말이오? 오, 나를 위해서라도 좀 더 살아야 해요. 조금만 참고 기운을 내봐요. 이처럼 깊숙한 산 속에서 맹수라도 튀어나오면, 내가 그놈의 밥이 되든지 아니면 내가 그놈을 때려잡아 영감을 먹일 테니 제발…… 영감이 죽는다는 건 기진해서가 아니라 심약해져서요. (애덤을 일으켜 나무에 기대어놓는다) 나를 위해서라도 힘을 내줘요! 눈앞에 저승사자가 와 있더라도 물리칠 수 있어요. 내 먹을 것을 가지고 금방 돌아올 테니 제발 정신을 차려요. 만일 먹을 것을 갖고 오지 않으면 죽어도 좋지만, 내가 오기 전에 죽으면 영감이 내 수고를 조롱하는 꼴밖에 안 돼요. (애덤 미소를 짓는다) 자, 이제 기운이 나나보군. 내 금방 돌아올게. 오 여긴 바람받이군. (두 팔로 껴안으며) 좀 더 아늑한 곳으로 데려다 주리다. 이 황량한 숲 속에 무슨 생물이든 살고 있는 한 영감을 굶겨 죽이지는 않을 거요. 자, 착한 애덤, 기운을 내요. (두 사람 퇴장)

제 5 장 숲 속

노공작, 애미언스, 귀족들 등장.

노공작 그 친구, 짐승으로 둔갑했나보군. 그 친구의 코빼기도 찾아볼 수가 없으니.

귀 족 공작님, 방금 여기서 노래를 듣고 갔습니다. 몹시 기분이 좋아보이던걸요.

노공작 불평 불만으로 가득 찬 그가 조용히 노래를 듣다니, 내일은 해가 서쪽에서 뜨겠구먼. 그 친구를 찾아보게. 찾거든 할 얘기가 있다고 전하게.

제이퀴스 숲 사이로 등장.

귀 족 호랑이도 제 말하면 온다더니, 양반은 못 됩니다.

노공작   자네, 어찌된 일인가? 자네를 만나려고 친구들이 안절부절 못하니 말일세. 그런데 자넨 오늘 기분이 좋아보이는군!

제이퀴스   (웃음을 터뜨리면서) 바보, 바보를 보았습니다! 숲에서 얼룩옷을 입은 바보를 만났죠. 참 세상은 요지경 속입니다. 그 친구는 땅바닥에 벌러덩 드러누워 햇볕을 쬐면서 운명의 여신을 저주하더군요. 얼룩옷을 입은 바보가 말입니다. 제가 가까이 다가가 "안녕하십니까, 바보 양반" 하고 넌지시 말을 걸었더니, "그렇게 부르지 마시오. 운명의 여신이 나를 돌볼 때까지는 나를 바보라고 부르지 마시오"라고 대꾸하더군요. 그러고 나서 호주머니에서 해시계를 꺼내더니 초점없는 눈으로 바라보며 아주 똘똘하게 말하는 거였어요. "열 시군. 이것만으로도 세상이 돌아간다는 걸 알 수 있소. 한 시간 전에는 아홉 시였으니까 한 시간 후는 열한 시가 될 거요. 이처럼 우리는 시시각각으로 썩어가는 거지. 그것이 바로 문제요." 그 얼룩옷을 입은 바보가 시간에 관한 교훈을 늘어놓을 때 갑자기 제 허파에서 수탉이 울 듯 웃음이 터지기 시작했습니다. 그래서 우린 그 친구의 해시계로 시간을 재면서 한 시간 내내 웃었습니다. 오, 바보치곤 존경할 만했죠. 단 얼룩옷 한 벌뿐이었지만 귀티가 흘렀죠.

노공작   그 바보는 도대체 어떻게 생겼던가?

제이퀴스   오, 참으로 존경할 만한 바보는 궁궐에도 있었답니다. 그래서 젊고 아름다운 귀부인들을 보면 금세 알아볼 수 있다나요. 그 친구 머리는 항해를 마친 뒤 먹다 남은 비스킷처럼 바싹 말랐지만, 속은 진기한 얘기로 꽉 차 있더군요. 아아, 저도 그런 바보가 되어봤으면! 얼룩옷을 입어봤으면.

노공작   소원이라면 내 한 벌 맞춰주지.

제이퀴스 그 옷이야말로 제가 바라던 것입니다. 그리고 공작님께서도 여태껏 절 현자로 과대 평가하셨는데, 그것만은 공작님 머릿속에서 싹 지워주십시오. 그래야 그 옷을 입고 거침없는 바람처럼 마음 내키는 대로 말을 할 수 있을 테니까요. 바보에게 공박당한 현자는 아파도 안 아픈 척하는 것처럼요. 아픈 척하면 바보가 더욱 공격할 테니까요. 저에게 얼룩옷을 입혀주십시오. 그런 특권을 주세요. 그렇게만 해주신다면 전염병으로 썩어가는 이 세상의 병균을 낱낱이 밝혀보겠습니다.

노공작 허튼 소리 말게. 난 자네 속셈을 알고 있어.

제이퀴스 맹세컨대 착한 일만을 하고 싶습니다.

노공작 남을 정죄하는 것이 죄 중에서도 가장 지독한 죄네. 본디 자네도 짐승의 본능 못지않게 음란하게 살아왔지 않느냐? 온갖 음탕하고 방탕한 행동으로 인해 진물나고 곪아터진 상처를 이제 이 세상에 털어놓겠다는 거냐?

제이퀴스 제가 이 세상의 오만을 비난한다고 해서 특정한 개인을 비난하는 일은 아니잖습니까? 어떤 점에서 제 독설이 누구를 해쳤단 말씀인가요? 제 독설로 인해 상처를 입은 사람이 있나요? 만일 상처를 입었다면 자신이 나쁘다는 증거입니다. 그렇지 않으면 제 독설은 아무에게도 상처를 주지 않고 갈매기처럼 허공을 날아다닐 겁니다. 누가 오고 있군요.

칼을 뽑아 든 올란도 등장.

올란도 꼼짝 마라. 그만 먹어!

제이퀴스   아니, 먹긴 누가 먹고 있냐? 이 수탉 같은 녀석!

노공작   감히 누구 앞이라고 무엄하게 구는 거냐. 궁색해서 그런 건가, 아니면 예의범절에 어두운 비천한 상놈인가?

올란도   궁색해서 그렇다. 굶다 보니 예의범절이고 체면이고 가릴 처지가 아니다. 나도 도회지에서 자라나 예의범절을 알아. 이봐, 거기 꼼짝 마. 그 과일에 손을 댔다간 죽을 줄 알아.

제이퀴스   (건포도를 한 움큼 집어들며) 말로는 안 통할 친구군. 그러니 나야 죽을 수밖에 없군.

노공작   원하는 게 뭐냐? 오는 말이 고와야 가는 말도 고운 법, 공손히 간청하면 우리가 도와줄 게 아닌가.

올란도   굶어죽기 직전이다. 먹을 것을 다오.

노공작   그럼 먹여줄 테니 식탁으로 가자.

올란도   그렇게 친절하게 말씀하시니 몸둘 바를 모르겠습니다. 제 무례함을 용서해주십시오. 여기엔 모두 야만인들만 사는 줄로 알고 거친 말과 난폭한 행동을 했습니다. 여러분은 누구신지, 왜 이처럼 황량하고 인기적이 드문 곳에서 이렇게 유유자적하시고 계신지 모르겠습니다. 보아하니 한때 행복한 세월을 보내셨고, 교회 종소리에 이끌려 교회에 다니신 적이 있고, 귀족들 잔치에 초대받아 가기도 하셨고, 옷깃에 눈물을 적신 적이 있다면, 동정을 주고받는 것도 아시리라 생각합니다. 말랑말랑한 호의야말로 대단한 힘이 되지요. 이러한 뜻에서 부끄러운 마음으로 칼을 집어넣겠습니다.

노공작   사실 네 말대로 우리는 호화로운 생활도 했고, 교회에 나가기도 했고, 훌륭한 사람들의 연회에도 초대를 받았고, 연민의 눈물도 흘리며 살았다. 그러니 마음 푹 놓고 필요한 만큼 요기를 하라.

올란도　그럼 잠시만 음식을 이대로 놔두십시오. 사실은 새끼사슴처럼 제가 먹이를 구해가지고 오기를 기다리는 노인이 있습니다. 그 노인은 오로지 나에 대한 충성심으로 무거운 다리를 끌고 여기까지 험난한 길을 왔습니다. 그 노인이 먹기 전에 먹을 수는 없습니다.

노공작　그럼 어서 가서 그자를 데려오게. 우린 손도 대지 않을 테니.

올란도　감사합니다. 어르신네의 친절에 신의 축복이 있기를! (퇴장)

노공작　보다시피 우리만 불행한 것은 아니다. 이 넓디넓은 세계라는 무대에선 우리들이 연기하는 장면보다 훨씬 더 비참한 연극이 벌어지고 있지.

제이퀴스　이 세상은 하나의 무대요, 모든 인간은 제각각 맡은 역할을 위해 등장했다가 퇴장해버리는 배우에 지나지 않죠. 그리고 살아 생전에 여러 가지 역할을 하는 데, 연령에 따라 7막으로 나눌 수 있죠. 제1막은 아기역을 맡아 유모 품에 안겨 울어대며 보채고 있죠. 제2막은 개구쟁이 아동기로 아침 햇살을 받으며 가방을 들고 달팽이처럼 마지못해 학교로 가죠. 제3막은 사랑하는 연인들이 서로를 그리워하며 강철도 녹이는 용광로처럼 한숨을 지으며 애인을 향해 세레나데를 부르지요. 제4막은 군대에 가는 시기로 이상한 표어나 명예욕에 불타올라 걸핏하면 눈에 핏발을 세우고 대포 아가리 속으로라도 달려들려고 하죠. 제5막은 법관으로 뇌물을 받아먹어 뱃살이 두둑해지고 눈초리는 날카롭고 현명한 격언과 진부한 말들을 능란하게 늘어놓으며 자기 역을 훌륭하게 해내죠. 제6막은 수척한 늙은이가 나오는데 콧등에는 돋보기가 걸쳐져 있고, 허리에는 돈주머니를 차고, 젊었을 때 해질세라 아껴둔 긴 양말은 정강이가 말라

빠져 헐렁하고, 사내다웠던 굵은 목소리는 애들 목소리처럼 가늘게 변해 삑삑 소리를 내죠. 마지막으로 제7막은 파란만장한 인생살이를 끝맺는 장면으로, 제2의 유년기랄까, 이도 다 빠지고 오로지 망각의 시간이라 할 수 있으며, 눈은 침침하고 입맛도 없고 세상만사가 모두 허무할 뿐이죠.

올란도가 애덤을 업고 다시 등장.

노공작   어서 오시오. 그 노인을 내려놓으시오. 먹을 것을 드릴 테니.

올란도   노인을 대신해서 감사합니다.

애 덤   제가 마땅히 인사드려야 하는데 기운이 없어 감사의 말조차 할 수 없군요.

노공작   자, 어서 들구려. 지금은 심히 괴로울 테니 여러 가지 사정을 묻지는 않겠소. 자, 여봐라, 풍악을 울려라. (애이언스가 노래하는 가운데 모두 퇴장)

제 3 막

제 1 장 궁 전

프레드릭 공작, 올리버, 귀족들 등장.

프레드릭 아니, 그 이후론 본 적이 없다고? 어리석은 소리 하지 마라. 내가 인정머리가 없었다면 그놈 대신 너에게 한풀이를 했을 것이다. 그러니, 잘 들어라. 당장 네 동생을 찾아 대령하라. 그놈이 어디 있든, 죽었든 살았든 간에 1년 안으로 찾아오라. 그러지 못하는 날엔 너는 이곳에서 살 생각을 아예 하지 말아라. 내가 네 토지와 재산을 모조리 몰수할 것이다. 네 동생의 입을 통해 너의 혐의가 풀릴 때까지 말이다.

올리버 오, 공작님께서 제 마음을 헤아려주십시오. 소생은 여태껏 동생 놈을 한 번도 사랑한 적이 없습니다.

공 작 보자보자 하니 괘씸한 놈이구나. 이놈을 당장 밖으로 끌어내라. 담당관은 가서 이놈의 토지와 가옥을 몰수하라. 그리고 이놈을 당장 추방하라. (모두 퇴장)

제 2 장 숲 속

올란도가 종이쪽지를 들고 등장.

올란도   내 노래여, 나뭇가지에 매달려서라도 내 사랑을 증언해다오. 그 대 세 개의 관을 쓴 밤의 여왕 달님이여, 파리한 창공에서 맑은 눈길로 지 켜봐주소서. 내 운명을 지배하는 여신이자 사냥꾼인 아름다운 여인 을……. 오, 로잘린드! 이 나무 껍질을 종이로 생각하고 내 사랑을 새겨 넣으리라. 이 숲에 사는 수많은 사람들이 그대의 미덕을 알아볼 수 있도 록. 오, 달려라, 달려! 올란도야, 그녀의 이름을 모든 나뭇잎에 적어라. 이루 말로 다 표현할 수 없는 그녀의 미덕을. (코린과 터취스턴 등장)

코 린   영감님, 양치기 생활은 마음에 드시나요?

터취스턴   매우 좋아. 즐거운 생활이면서도 보잘것없는 생활이기도 하 지. 이런 생활이 외롭다는 건 좋지만 너무 고독해서 재미가 없지. 전원 생활이라는 점에서는 무척 마음에 들지만 궁궐 생활이 아니라서 지루하 고, 검소한 생활이라는 점에선 좋지만 풍족하지 못하니 허기가 져서 탈 이지. 자넨 이 생활에 무슨 철학이라도 갖고 있나?

코 린   소생이 알고 있는 거라곤 사람이란 병이 들수록 아프다는 겁니 다. 돈 없고 힘 없고 백 없는 사람은 좋은 친구 셋을 두기도 어렵다는 거 죠. 비의 속성은 적시는 데 있고, 불의 속성은 태운다는 데 있다는 것쯤은 압니다. 목장이 좋으면 양이 살찌고, 밤이 어두운 것은 태양이 없기 때문이죠. 교육을 제대로 받지 못했든 돌대가리이든 지혜롭지 못한 자는 가문이 변변치 않거나 좋은 씨가 아니기 때문이죠.

터취스턴 자네야말로 타고난 이야기꾼이군.

코 린 저기 가니메데 도련님이 오십니다요. 소인의 새 주인의 오라버니이십니다.

로잘린드, 종이쪽지를 읽으면서 등장.

인도의 온 나라를 찾아봐도 로잘린드같이 귀중한 보배는 없나니
그녀의 미덕은 바람을 타고 온 세상에 떨치네.
오묘하게 그린 그림도 로잘린드에 비하면 추악할 뿐이니…….
오로지 로잘린드의 고운 모습만을 가슴에 영원히 간직하리.

터취스턴 이런 식으로 운을 맞춘다면 나도 8년간은 할 수 있겠네요. 먹고 자는 시간을 빼놓아야겠지만 말이에요. 왠지 노란 버터 장사 아낙들의 걸음걸이 같군요.

로잘린드 저리 가, 바보야.

수사슴이 암사슴 그리면 어서어서 찾아라 로잘린드
고양이도 짝을 찾아 사랑하면 못할 리 없으리 로잘린드
겨울옷도 안을 댄다면 따뜻이 입어요 야윈 로잘린드
벼를 베어 단으로 묶으면 마차에 실으세 로잘린드
알맹이가 달고 껍질이 쓰면 그런 알맹이는 바로 로잘린드

어여쁜 장미꽃을 찾은 사람은 사랑의 가시 만나리라 로잘린드.

터취스턴 이건 말 달리듯 마구 뛰는 엉터리 노래죠. 어쩌다 그따위 몹쓸 병에 걸리셨소?

로잘린드 쉬, 팔푼이. 그건 나무 위에 걸려 있었던 거라고.

터취스턴 젠장, 고약한 열매가 여는 나무군.

로잘린드 그 나무를 너와 접붙였다가 다시 모과나무에 접붙여야겠어. 그럼 이 고장에서 가장 일찍 열매를 맺을 것이 아닌가. 그렇게 되면 너는 반도 채 익기 전에 썩어 떨어질 게다. 그게 바로 모과나무의 특징이거든.

터취스턴 멋진 말씀입니다. 과연 그 말씀이 옳은지 그른지 이 숲이 판단하게 하십시다요. (실리아가 종이쪽지를 들고 읽으며 등장)

로잘린드 쉿! 내 동생이 무언가 읽으면서 오고 있어. 숨자.

실리아 (읽는다)

이곳이 이토록 쓸쓸한 것은 사람이 살지 않아서인가?
아니다, 나무마다 우리의 혀를 달아 말을 토해놓도록 할까?
나그네 길을 가는 사람의 목숨 덧없어
기껏 한 뼘 길이의 수명이라고 영혼의 맹세도 깨어지더라고!
예쁜 나뭇가지마다 말끝마다 나는 쓰리라.
나의 말 마디마디마다 로잘린드의 이름 적어놓고
읽는 사람 모두에게 가르쳐주자.
신들의 정성이 깃든 로잘린드는
용모와 눈동자, 심성이 빼어나게 태어났도다.

이 모든 건 하느님의 은총이니,

이 목숨이 있는 한 그녀의 종으로 살리라.

로잘린드　오, 친절도 하셔라! "여러분, 잠깐만 참으세요"라는 말도 하지 않은 채 이 길고도 지루한 사랑의 설교로 사람들을 괴롭히다니.

실리아　(깜짝 놀라며) 어머, 너무해요! 몰래 숨어서 엿듣다니 나빠요. 양치기 양반도 저리 가요. 너, 어릿광대도 저리 가고.

터치스턴　어이, 양치기 친구! 명장은 후퇴할 때를 아는 법, 어서 빨리 줄행랑치는 게 최선책이다. (코린과 터치스턴 퇴장)

실리아　언니, 그 시 들었지?

로잘린드　응, 전부 다 들었어. 그런데 어떤 구절은 너무 장난스럽더라.

실리아　그게 문제가 아냐. 언니 이름이 나무와 줄기마다 새겨져 있는 걸 보고도 놀라지 않았어?

로잘린드　네가 오기 전에 이미 놀랄 건 다 놀랐다. 아 참, 이것이 종려나무에 걸려 있었어. 피타고라스 시대 이후로 내가 시의 주인공이 된 건 이번이 처음이지. 그 시대에 난 아일랜드의 생쥐였는지도 몰라. 지금은 기억이 없지만.

실리아　누가 이런 장난을 했을까? 아마 언니가 걸고 있던 목걸이를 건 사람일 거야. 어머나, 언니 얼굴 좀 봐.

로잘린드　애는, 그 사람이 누군데?

실리아　오, 하느님! 산과 산도 지진이 나면 서로 만나거늘, 친구와 친구가 만나는 게 왜 이토록 어려울까요? 정말 몰라?

로잘린드　정말이야. 제발 누군지 가르쳐줘.

실리아 어쩌면 이런 일이! 도저히 있을 수 없는 일이야. 기가 막혀 말이 안 나오네. 왜 그분 있잖아, 찰스의 다리와 언니의 마음을 순식간에 고꾸라뜨린 분, 올란도라는 분 말이야.

로잘린드 너, 정말 날 놀릴래! 농담은 그만하고 진실을 말해봐.

실리아 정말이야. 그분이야.

로잘린드 올란도?

실리아 그래.

로잘린드 오, 어쩌면 좋아! 이 바지와 조끼를 어쩌지? 네가 그분을 봤을 때 뭘 하고 있었니? 표정은 어땠어? 어떤 복장이었어? 여긴 왜 왔는데? 내 얘기를 물었어? 어디 계시대? 헤어질 때 아무 말도 안 했어? 언제 만난다는 말 같은 것? 말해줘, 얼른.

실리아 언니 물음에 대답하려면 거의 가르간튜어의 입을 빌려야겠네. 그러지 않고서는 어떻게 요 조그마한 입으로 한꺼번에 다 말해?

로잘린드 그분은 내가 남장하고 있는 걸 알고 있니? 씨름하던 날처럼 원기 왕성하던?

실리아 사랑하는 사람의 물음에 답하느니 바닷가 모래알을 세는 게 낫겠어. 어쨌거나 내가 어떻게 그분을 만났는지 얘기할게. 그분은 땅에 떨어진 도토리처럼 나무 아래 앉아 있었어. 몸을 쭉 뻗고 마치 부상당한 기사처럼 누워 있었어.

로잘린드 보기에 딱한 광경이지만 배경에는 딱 어울리는 모습이구나.

실리아 언니, 제발 그 입 좀 다물어봐. 그분의 옷차림은 사냥꾼······.

로잘린드 어머나, 이제 내 심장을 쏘려고 왔나보다.

실리아 그렇게 장단을 넣으면 말 안 한다. 쉿, 그분이 여기로 오네.

로잘린드　그분이야. 우리 숨어서 지켜보자. (실리아와 로잘린드 나무 뒤로 숨는다)

올란도와 제이퀴스 등장

제이퀴스　만나 봬서 반가웠소. 사실은 혼자 있고 싶었지요.

올란도　동감입니다. 저도 예의상 당신을 뵈어 기쁘다고 감사를 올리는 겁니다.

제이퀴스　안녕히 가시오. 우리 되도록 가끔 만납시다.

올란도　아니, 서로 모른 척하고 지내는 게 좋겠군요.

제이퀴스　제발 부탁이오. 앞으로는 나무 껍질에 연서를 새겨 나무를 괴롭히지 마십시오.

올란도　나 역시 부탁하건대 제 시를 엉터리로 읽어 왜곡시키지 말아주셨으면 합니다.

제이퀴스　로잘린드가 애인 이름이오?

올란도　예.

제이퀴스　그 이름이 마음에 들지 않소.

올란도　당신 마음에 들자고 지은 이름은 아닐 테니까요.

제이퀴스　그 애인 되는 분 키는 얼마나 되오?

올란도　이 뜨거운 가슴에 와 닿을 정도죠.

제이퀴스　대답이 재미있군요. 대장간 아낙네들과 사귄 적이 있나보오. 반지에 새긴 글귀를 많이 알고 있으니 말이오.

올란도　아뇨, 저는 벽걸이에 새긴 글귀를 외워 대답했죠. 당신 질문도 거기서 나온 듯해서 말이죠.

제이퀴스 대단히 재치 있군요. 당신 대답은 발빠른 아틀란타 신의 뒤축으로 만들었나보오. 상사병 선생, 안녕히. (인사를 한다)

올란도 가신다니 반갑군요. (인사를 한다) 안녕히 가세요, 우울증 양반.

제이퀴스 퇴장하고 로잘린드와 실리아 등장.

로잘린드 (실리아에게 방백) 건방진 하인처럼 말을 걸어 저분을 놀려줘야지. 여보세요, 사냥꾼 아저씨!

올란도 왜 그러시죠?

로잘린드 지금 몇 시죠?

올란도 오늘이 며칠이냐고 물으셔야죠. 숲 속에는 시계가 없으니까.

로잘린드 그렇다면 이 숲에는 진정한 연인도 없겠네요. 그런 사람이 있다면 1분마다 한숨짓고 한 시간마다 신음을 터뜨릴 테니 시간의 느린 발걸음을 시계처럼 정확히 측정할 수 있을 텐데요.

올란도 어째서 빠른 걸음걸이라고 하지 않습니까? 그게 더 적절한 표현일 것 같은데요.

로잘린드 그렇지 않습니다. 제 말 좀 들어보시지요. 시간의 걸음걸이는 사람에 따라 다르답니다. 시간은 사람에 따라 느릿느릿 기어가거나 종종 걸음이거나 달리거나 아니면 완전히 서 있는 법이랍니다.

올란도 느리게 기어갈 땐 어떤 경우인가요?

로잘린드 네, 약혼식을 올린 처녀의 시간입니다. 비록 결혼할 날까지 일주일이 남았다고 하더라도 그 속도가 얼마나 느린 지 7년처럼 긴 세월이

느껴지죠.

올란도 종종걸음으로 갈 땐 어느 경우요?

로잘린드 라틴어를 모르는 신부와 중풍을 앓아보지 못한 부자의 경우가 그렇죠. 신부는 공부할 것이 없으니 쉽게 잠이 들고 부자는 고통을 모르기 때문에 즐거울 수밖에 없지요. 신부는 부질없이 밤을 새면서 학문에 몰두할 필요가 없고, 부자는 가난의 고통을 알 턱이 없으니까요.

올란도 마구 달리는 경우는요?

로잘린드 교수대로 끌려가는 강도의 경우죠. 아무리 천천히 가려 해도 눈 깜짝할 사이거든요.

올란도 그럼 완전히 서 있는 경우는요?

로잘린드 휴정 기간의 변호사가 그렇죠. 다시 개정할 때까지 잠만 잘 테니 시간이 흐른다는 걸 알 턱이 없지요.

올란도 그건 그렇고, 잘생긴 젊은이께선 어디에서 사시오?

로잘린드 이 양치기 누이동생과 이 숲 언저리에서 살지요.

올란도 이곳 태생이오?

로잘린드 저기 있는 토끼처럼 저도 태어난 곳에서 산답니다.

올란도 당신 말씨는 매우 세련되어서 시골 티가 전혀 나지 않는구려.

로잘린드 흔히들 그렇게 말해요. 실은 늙은 아저씨한테서 말과 교양을 익혔지요. 그분은 젊었을 적에 도시에서 살았거든요. 아저씨는 거기서 연애를 한 경험이 있어서 저에게 절대로 연애만은 하지 말라고 하셨어요. 여자와 연애를 하면 여자한테 붙어다니는 흉측한 죄에 물든다는 거지요. 그래서 난 여자로 태어나지 않은 것을 하느님께 감사한답니다.

올란도 여자한테 붙어다니는 죄악 가운데서 기억나는 것이 있소?

로잘린드 뚜렷이 기억나는 것은 없습니다. 반푼짜리 동전처럼 모두 비슷비슷했지요. 말하자면 도토리 키 재기 같은 것이었죠.

올란도 그중에서 몇 가지만 얘기해주시오.

로잘린드 싫어요. 상사병에 걸리지도 않은 사람에게까지 함부로 처방전을 줄 수는 없지요. 요즘 어떤 사나이가 이 숲 속을 쏘다니며 나무 껍질마다 '로잘린드'라는 이름을 새기며 나무를 못살게 굴고 있답니다. 온통 연서와 시로 이 숲을 도배질하고 다니죠. 그 연애박사를 만나기만 하면 처방전을 줄 생각이에요. 분명 상사병에 걸린 듯하니까요.

올란도 그 사람이 바로 나올시다. 제발 내게 처방전을 주시오.

로잘린드 당신한테서는 아저씨로부터 들은 상사병 증세가 전혀 보이지 않는걸요. 저는 상사병 환자를 알아보는 법을 알고 있답니다. 아저씨가 가르쳐주었거든요. 당신은 사랑의 새장 속에 갇힌 사람 같지 않아요.

올란도 상사병 증세가 어떤 거랍디까?

로잘린드 두 볼이 푹 패이고 눈이 쑥 들어간다는데 당신은 그렇지 않아요. 남과 말하는 것도 싫어하고, 수염도 깎지 않는다는데 당신은 그렇지 않아요. 그리고 양말대님은 풀어 헤쳐져야 하고, 모자끈은 풀려 있어야 하며, 소매단추와 구두끈이 풀려져 있어야 하는데 당신의 옷차림은 빈틈없이 단정하고 말쑥해요. 당신은 남을 사랑하는 것처럼 보이지 않고 자신을 사랑하는 사람처럼 보여요.

올란도 젊은이, 어떻게 하면 내가 사랑에 빠졌다는 걸 믿겠소?

로잘린드 나더러 믿으라고요! 당신의 연인한테 믿으라고 하는 편이 더 쉽겠지요. 그 연인은 이미 말로 믿는다고 하기 전에 믿고 있을 거예요. 그래서 여자들은 본의 아니게 양심을 속이지요. 그런데 정말 당신이 나무마다 연서를 걸어놓은 분인가요? 로잘린드를 찬미하는 시를요.

올란도 맹세코 젊은이여, 로잘린드의 백옥처럼 흰 손가락에 걸고 맹세하건대 그 사람이 바로 나요.

로잘린드 정말 당신은 시의 구절대로 그녀를 열렬히 사랑하나요?

올란도 시나 노래로 내 사랑을 다 표현할 수 없지요.

로잘린드 사랑은 광기일 뿐이에요. 그러니 미친 사람을 다루듯 캄캄한 광에 가두고 매질을 해야겠죠. 그러나 이 치료법도 통하지 않는 것은 매질하는 사람까지 사랑에 빠져버리기 때문이죠. 그래서 폭풍 같은 사랑은 충고로 고칠 수 있다고 봐요.

올란도 그런 방식으로 치료한 적이 있습니까?

로잘린드 네, 있습니다. 나를 그의 애인으로 가정한 뒤 날마다 그 사람으로 하여금 구애하도록 했지요. 난 변덕쟁이라서 순간순간 슬픈 표정이나 따스한 표정을 지었어요. 그리고 연모의 정을 보이거나 쌀쌀맞게 대하고 공상에 잠겨보기도 하고, 경박하게 굴기도 하고, 눈물을 쏟다가도 박장대소하기도 했고요. 바로 이러한 처방을 통해 당신의 간장을 건강한 양의 심장처럼 깨끗하게 씻어내 상사병을 치료해드릴 수도 있어요.

올란도 젊은이, 그런 방식으로 날 치료할 수는 없을 거요.

로잘린드 아뇨, 치료할 수 있습니다. 만약 저를 로잘린드라 부르신다면, 그리고 날마다 오두막으로 사랑을 고백하러 오신다면.

올란도 그렇다면 그렇게 하겠소. 오두막이 어디 있소?

로잘린드 함께 갑시다. 집을 보여드릴게요. 그리고 당신이 어디에 살고 계신지 알려주세요.

올란도 그럽시다, 젊은이.

로잘린드   아니, 저를 로잘린드라고 부르세요. 자, 지금 가지요. (일동 퇴장)

제 3 장 숲 속

터취스턴과 오드리 등장. 약간 떨어져서 제이퀴스 등장.

터취스턴   빨리 와, 오드리. 염소는 내가 끌어다줄 테니까. 오드리, 나 괜찮지? 순박한 내 용모가 마음에 들지?

오드리   아이고, 용모라뇨?

터취스턴   내가 너와 네 양들과 함께 있는 것은 정직한 시인 오비드가 야만스런 고스족과 함께 있는 꼴이야.

제이퀴스   (방백) 뭘 알긴 알지만 엉뚱하게 아는군. 제우스 신이 초가집에 사는 꼴이야!

터취스턴   자기 시를 남들이 이해하지 못하거나 자신의 재치가 받아들여지지 않으면 싸구려 여인숙에서 비싼 호텔 방값을 치르는 것 이상으로 심한 상처를 받지. 오, 하느님이 너를 시인으로 만들어주었으면 얼마나 좋았을까.

오드리   시인이 뭔가요? 언행이 정직하다는 뜻인가요?

터취스턴   천만에! 가장 진실한 시란 가장 허황된 거야. 연인들은 그러한 시에 취하고 맹세를 하지. 다 허황된 일이거늘.

오드리 그런데도 제가 시인이기를 바라세요?

터취스턴 두말 하면 잔소리지. 네가 시인이라면 네 맹세가 거짓말일 수도 있다는 희망을 가질 수 있잖아.

오드리 정직하면 안 되나요?

터취스턴 안 돼. 네가 못났다면 모르지만 정직과 미모가 합쳐지면 설탕물에 꿀을 탄 격이야.

오드리 못생겼으니 정직한 마음이라도 달라고 하느님께 빌지요.

터취스턴 매춘부에게 정숙함을 주는 것은 더러운 접시에 싱싱한 고기를 담는 꼴이야.

오드리 저는 매춘부가 아니에요. 하느님 덕분에 못생기긴 했어도요.

터취스턴 그렇군. 못생긴 걸 다행으로 여기고 하느님께 감사해야겠군. 매춘부가 되는 건 언제든 가능하니까. 그건 그렇고, 난 어떤 일이 있어도 너와 결혼할 거야. 그래서 이웃에 사는 올리버 마텍스트 목사님께 부탁했더니 오셔서 우리를 부부로 만들어주시겠대.

제이퀴스 (방백) 그 결혼식 좀 보고 싶네.

오드리 하느님, 우리에게 기쁨을 내려주세요.

터취스턴 아멘. 겁쟁이라면 감히 엄두도 못 낼 거야. 이곳은 교회도 없고 온통 나무뿐이잖아. 하객들이라곤 뿔 돋힌 짐승들뿐이고. 하지만 어때? 용기를 내야 해. 뿔이란 보기엔 흉측하지만 필요한 물건이잖아. 아흔아홉 가진 놈이 하나를 가진 놈의 것을 뺏는다는 말도 있잖아. 그런 놈의 이마에 뿔이 난 건 보이지 않지. 여편네가 시집 올 때도 뿔을 가지고 오지. (올리버 마텍스트 목사 등장) 목사님, 잘 오셨습니다. 이 나무 아래서 주례를 서주시겠습니까, 아니면 교회로 갈까요?

올리버 목사 신부를 넘겨줄 사람은 없나요?

터취스턴 선물을 받듯이 신부를 받고 싶지는 않은데요.

올리버 목사 넘겨줄 부친이 없으면 결혼은 성립될 수 없습니다.

제이퀴스 (앞으로 나서며) 식을 올리시오. 내가 부친 역을 할 테니.

터취스턴 뉘신지는 모르지만 참 잘 오셨습니다. 일전에 뵌 건 신의 은총이었고, 지금 뵙는 건 소생의 기쁨이군요. 모자는 그대로 쓰시지요.

제이퀴스 자네, 결혼하고 싶은 모양이지?

터취스턴 소는 멍에를, 말은 재갈을, 고양이는 방울을 달고 있듯이 사람에게는 욕정이 그림자처럼 따라다니죠. 비둘기가 짝지어 입을 맞추듯 사람도 짝을 지어 부부가 되지요.

제이퀴스 양반집 자손 같은데 거렁뱅이처럼 이 숲에서 식을 올릴 작정이오? 교회에 가서 결혼이 무엇인지 잘 아는 목사님에게 부탁해요. 이 양반은 널빤지 붙이듯 당신들을 붙여놓을 뿐 나중에는 생나무가 마르며 오그라져서 뒤틀릴 게 분명해보이니까.

터취스턴 (방백) 나도 마음이 내키지는 않지만 다른 목사보다 이 양반이 주례를 서는 게 나을 것 같아. 이 양반은 정식 결혼을 시켜주지 않을 테니 나중에 아내가 마음에 안 들 때 떳떳할 것 같단 말야.

제이퀴스 나와 같이 가서 상담해봅시다. (모두 퇴장)

제 4 장 숲 속의 다른 곳

실비어스가 피비를 따라 등장.

실비어스 (무릎을 꿇고) 아름다운 피비, 제발 나를 무시하지 마. 나를 사랑하지 않아도 좋으니 말만이라도 따뜻하게 해줘. 사람 죽이는 데 이골이 난 망나니라도 도끼를 내려칠 때에는 용서를 구한다고 하잖아. 그런데 넌 그 망나니보다 더 잔인해지려는 거야?

로잘린드, 실리아, 코린 등장.

피 비 난 네 목을 치는 망나니가 되고 싶지 않아. 너한테 고통을 주고 싶지 않아서 이러는 거야. 내 눈에 살기가 보여? 참 재밌는 말이구나. 내 꽃잎처럼 부드러운 눈동자가 살기니 백정이니 폭군처럼 보인다니! 정말 그렇다면 있는 힘을 다해 너를 쏘아볼 거야. 내 눈에 그런 힘이 있다면 너를 죽일 수도 있겠지. 자, 어디 그럼 죽는 척이라도 해봐. 그렇지 않으면 내 눈에 살기가 있다는 따위의 거짓말을 지껄이지 마. 내 눈이 상처를 입었다면 어디 보여줘. 바늘 끝이 지나가도 상처는 남는 법이야. 내가 널 쏘아본다고 해서 상처가 났다면 어디 보여달란 말이야.

실비어스 피비, 만일 네가 젊은이의 싱싱한 뺨에 매력을 느껴 사랑을 느낀다면 그 싸늘한 눈빛만으로도 상처를 입는다는 걸 깨닫게 될 거야. 그건 결코 눈에 보이지는 않지만.

피 비　그럼 그때까진 오지 마. 그때가 되어 날 실컷 비웃어도 좋아. 동정은 싫어. 나도 널 동정하지 않을 거야.

로잘린드　(앞으로 나와 피비를 보며) 무슨 일인가? 도대체 너는 어찌하여 저 사나이를 멸시하느냐? 저 가여운 사나이를 능멸하고도 태연하다니. 네 얼굴은 결코 아름답지가 않다. 솔직히 어두운 침실이 아니라면 네 침대에 갈 마음이 전혀 일지 않는 외모를 가지고 왜 이렇게 거만하게 구느냐. 이봐, 양치기 자네! 자네는 왜 저런 여자 꽁무니를 따라다니는가. 탄식과 눈물을 뿌릴 정도로 어여쁜 여자도 아닌데 말이야. 저 여자보단 당신이 몇 백배 멋지게 생겼소. 이봐요, 아가씨! 분수를 알고 살아요. 이 남자의 사랑을 얻은 걸 무릎을 꿇고서라도 하느님께 감사 기도를 드려야 한단 말이오. (피비가 로잘린드에게 무릎을 꿇는다) 내 아가씨한테 친구로서 말하는 거요. 좋다고 할 때 아무 말 없이 따라가시오. 아가씨는 어느 시장에 내놔도 좋다고 할 사람이 없으니. 이 사람에게 용서를 구하고 아내가 되어주겠다고 해요. 못생긴 주제에 다른 사람을 깔보다니, 천하에 몹쓸 사람이구려. 이봐요, 청년! 이 여자를 데리고 가요. 나는 이만 가겠소.

피 비　제발 1년 내내 꾸중을 해도 좋으니 제 곁에만 있어주세요. 이 남자의 사랑보다 당신의 꾸지람이 더 좋답니다.

로잘린드　이 남자는 너의 못난 얼굴에 반했고, 저 여자는 내 노여움에 반했나보군. 사실 그렇다면 이 여자가 당신을 쏘아보듯이 나도 저 여자에게 독설을 퍼부어야겠군. (피비에게) 왜 그렇게 나를 뚫어지게 바라보지?

피 비　당신이 좋기 때문이죠.

로잘린드　나를 절대로 좋아해선 안 돼. 난 술자리에서 하는 맹세보다 더 믿지 못할 사람이니까. 더구나 난 아가씨를 좋아하지 않아. 애야, 그만 가자. 자, 양떼를 보러 가자꾸나. (로잘린드와 실리아, 코린 퇴장)

피 비 돌아가신 시인께서 하신 말을 이제야 알겠어. "사랑하는 자여, 첫 눈에 반하지 않은 자는 누구인가?"

실비어스 아름다운 피비, 날 좀 동정해줘.

피 비 정말 미안해.

실비어스 동정이 있는 곳에 구원이 있거든. 내 사랑을 동정해준다면, 그래서 나를 사랑한다면 너의 미안함과 나의 아픔이 사라질 거야.

피 비 사랑해줄게, 친구로서.

실비어스 너를 갖고 싶어.

피 비 실비어스, 지금까지는 네가 너무 미웠어. 날마다 사랑 이야기를 하는 네가 솔직히 귀찮았어. 하지만 참고 친구가 되어줄게. 앞으론 부탁도 많이 할 거야. 하지만 부탁을 받는 것 이상으로 보답을 바라지는 마.

(모두 퇴장)

제4막

제1장 숲 속

로잘린드, 실리아, 제이퀴스 등장.

제이퀴스 여보게 젊은이, 우리 좀 더 가깝게 지냅시다.

로잘린드 들리는 말에 따르면 당신은 우울증에 걸렸다죠?

제이퀴스 그건 그렇소만 낄낄대는 것보다 우울한 쪽을 더 좋아하지.

로잘린드 어느 쪽이든 지나치면 모자람만 못하며 주정뱅이보다 더 욕을 얻어먹게 되죠.

제이퀴스 슬픔 속에 빠져 침묵하는 것도 나쁠 건 없소.

로잘린드 아예 말뚝이 되는 것도 괜찮은 일이죠.

제이퀴스 내 우울증은 학자의 우울증과는 다르오. 변덕쟁이 음악가나 오만한 신하, 야심찬 군인의 우울증과도 다르오. 또한 권모술수에 능한 법률가나 까다롭기 그지없는 귀부인, 아니면 연인들의 우울증과도 다르오. 그것은 이 모든 것을 합친 내 자신만의 우울증이오. 진실로 내 인생의 여정을 돌이켜보면 어느 순간 여지없이 생기는 야릇한 우울증에 빠지고 만다오.

로잘린드 인생의 여정이라! 당신이 우울해하는 것도 무리가 아니군요. 당신은 자신의 땅을 팔고 남의 땅을 구경하러 나온 사람 같군요. 실컷 보기는 했는데 손에 쥔 것이 없으니 눈요기만 했을 뿐 손은 텅 빈 꼴이거든요.

제이퀴스 그 덕분에 경험은 풍부하게 얻었소.

로잘린드 그 경험이 당신을 우울하게 만들고요. 저 같으면 그러한 경험을 얻으니 차라리 어릿광대라도 하나 얻어 웃으며 즐겁게 지내겠어요.

올란도 등장.

올란도 안녕하세요, 사랑하는 로잘린드. (로잘린드가 모른 척한다)

제이퀴스 난 실례하겠소. 당신이 장단에 맞춰서 말하는 걸 듣고 싶지 않으니까. (돌아선다)

로잘린드 안녕히 가세요, 나그네 양반. 해괴망측한 옷차림에 혀 짧은 얘기나 실컷 지껄이세요. 제 나라의 미덕을 얕보고 자기가 태어난 고향에 대해 험담이나 늘어놓으세요. 그리고 못생긴 얼굴을 만드신 하느님을 원망도 해보고요. 그러지 않으면 당신이 베니스에서 곤돌라를 탔다 해도 믿지 않을래요. (제이퀴스 퇴장) 아, 웬일이세요, 올란도! 그동안 어디를 돌아다니다 왔죠? 그러면서 무슨 애인이라고! 이런 식으로 하려면 다시는 내 앞에 얼씬거리지 말아요.

올란도 사랑하는 로잘린드, 약속 시간보다 겨우 한 시간밖에 늦지 않았는데 뭘 그래요?

로잘린드 사랑의 약속을 한 시간이나 어기다뇨! 사랑의 일 분을 천분의 일로 나누어 그 한 토막이라도 어기는 남자라면 큐피드의 화살이 심장에서 벗어난 사람일 거예요.

올란도　용서하시오, 사랑하는 로잘린드.

로잘린드　못해요. 그렇게 시간을 어긴다면 다시는 내 눈앞에 나타나지 마세요. 차라리 달팽이를 애인으로 삼는 게 낫겠어요.

올란도　달팽이를?

로잘린드　그래요, 달팽이요. 걸음은 느리지만 머리에 집을 이고 오잖아요. 당신이 그만한 결혼 선물을 준비할 수 있어요? 그뿐인가요, 그는 자신의 운명까지 들고 와요.

올란도　운명까지라니?

로잘린드　뿔 말이에요. 당신과 같은 사람 때문에 바람이 난 부인에게 생긴 뿔요. 달팽이는 재산을 가지고 올 뿐만 아니라 자기 부인의 부정에 선수를 쳐서 미리 뿔을 달고 오지요.

올란도　정숙한 여인은 남편에게 뿔을 나게 하지 않소. 나의 로잘린드는 정숙한 여인이오.

로잘린드　내가 당신의 로잘린드란 말이에요. (올란도의 목을 감는다)

실리아　이분은 그렇게 부르는 것을 좋아하시나봐요. 이분의 로잘린드는 당신보다 훨씬 더 아름답겠죠.

로잘린드　자, 어서 청혼을 하세요. 나는 기분이 들떠 있어서 당장 승낙할 것 같으니까. 내가 정말로 당신이 사랑하는 로잘린드라면 어떤 말부터 할 것 같아요?

올란도　말하기 전에 키스부터 하겠소.

로잘린드　아뇨, 말부터 하는 게 좋아요. 키스는 할 말이 없어졌을 때 하세요. 웅변가들은 말문이 막히면 침을 뱉는다고 하잖아요. 사랑하는 사람이야 그런 일이 없겠지만 키스로 대처하는 것이 상책이죠.

올란도 키스를 거부당하면?

로잘린드 아마 키스해달라고 애원하게 될 테니, 자연히 새로운 화젯거리가 생기게 되죠.

올란도 사랑하는 여자 앞에서 말문이 막히는 남자가 있을까?

로잘린드 만일 내가 당신의 애인이라면 말문이 막히면 좋아할 거예요. 당신이 말을 많이 한다면 나는 슬기로운 여자가 아닐 테니까요.

올란도 아니, 사랑을 고백하는 말까지 못한다면?

로잘린드 글쎄요, 그럴 수도 있겠지요. 자, 난 당신의 로잘린드예요.

올란도 그렇게 부르기만 해도 마음이 조금 풀리오. 어쨌든 로잘린드 얘기를 하고 있으니까.

로잘린드 그녀를 대신해 말하는데 난 당신의 아내가 될 수 없어요.

올란도 그렇다면 당사자로서 말하지만 난 죽을 거요.

로잘린드 그건 아니 됩니다. 죽는 건 제발 다른 사람을 시켜 대신 죽게 하세요. 이 세상이 시작된 지 육천 년이 되지만 사랑 때문에 당사자가 죽은 경우는 한 사람도 없습니다. 트로일로스는 그리스의 장군 아킬레스에게 머리통이 깨져 숨졌습니다. 그러나 훗날 연인들에게 사랑 때문에 죽은 것으로 추앙받게 되죠. 리엔더도 무더운 여름밤만 아니었더라면 히어로가 수녀가 되건 말건 오래오래 살았을 거예요. 리엔더가 죽은 건 헬레스폰트에 헤엄치러 갔다가 쥐가 나서 물에 빠져 죽은 거예요. 그걸 당대의 어리석은 역사가들이 '세스투스의 히어로'를 위해 헤엄쳐 가던 도중 일어난 사건으로 처리했던 거죠. 다시 말하면 모두가 어이없는 거짓말이죠. 남자들은 계속 죽고 또 죽었습니다. 그러나 사랑 때문에 죽은 사람은 한 사람도 없어요.

올란도   나의 로잘린드는 당신처럼 그렇게 생각하지 않았으면 좋겠소. 왜냐하면 나는 그녀가 찌푸리기만 해도 죽을 거요.

로잘린드   이 손에 걸고 맹세하지만 그녀가 찌푸린다고 해도 파리 한 마리 안 죽을 거예요. (바짝 다가오면서) 좋아요. 자, 이젠 내가 당신의 상냥한 로잘린드가 되어 드릴 테니 원하는 대로 말해보세요.

올란도   사랑해주시오, 로잘린드.

로잘린드   물론 사랑하고말고요.

올란도   날 당신의 남편으로 맞아주겠소?

로잘린드   당신 같은 분이라면 스무 명도 마다하지 않을 거예요.

올란도   스무 명이라고?

로잘린드   좋은 것은 많을수록 좋지 않나요? (일어나면서) 얘, 실리아. 네가 목사가 되어 우리의 결혼을 집전해다오. 자, 올란도, 손을 이리 주세요. 실리아, 시작해.

올란도   우리 둘을 결혼시켜주시오.

실리아   뭐라고 해야 할지…….

로잘린드   이렇게 하면 돼. "그대 올란도는…….

실리아   좋아. "그대 올란도는 로잘린드를 아내로 맞이하겠는가?"

올란도   예.

로잘린드   좋아요, 그런데 언제요?

올란도   지금 당장. 동생이 주례만 선다면.

로잘린드   그렇다면 이렇게 말하세요. "나는 그대 로잘린드를 아내로 맞이하겠노라."

올란도   나는 그대 로잘린드를 아내로 맞이하겠노라.

로잘린드   올란도, 내게 그럴 권한이 있는지 따져봐야 하지만 그만두겠어요. 대신 저도 당신을 남편으로 맞이하겠어요. 신부가 주례보다 앞서 말을 했군요. 여자란 생각이 행동보다 앞선다는 말이 맞군요.

올란도   사람의 생각이란 다 그렇죠. 날개가 있으니까.

로잘린드   로잘린드와 결혼한 후 얼마나 사시겠어요?

올란도   언제까지나 영원히.

로잘린드   영원히라는 말 대신 하루만이라고 말하세요. 남자란 사랑을 속삭일 때는 꽃피는 춘삼월이다가도 결혼하는 순간부터 엄동설한이 된답니다. 여자 역시 처녀일 땐 오월이지만 결혼하고 나면 변덕스런 날씨가 되죠. 저는요, 바바리산 숫비둘기보다 질투심이 강하고, 비 오기 전의 앵무새보다 더 심하게 바가지를 긁을 거예요. 원숭이보다 더 새것을 밝히고 아무것도 아닌 일에도 아르테미스 상의 분수처럼 공연히 눈물을 쏟아낼 거예요. 당신이 기분 좋아 날뛸 때를 노려서요. 또한 당신이 졸려서 자고 싶을 때에는 하이에나처럼 미친 듯이 웃어댈 거예요.

올란도   과연 나의 로잘린드가 그럴까?

로잘린드   내 목숨을 걸고 맹세하지만 물론이죠. 틀림없어요.

올란도   아, 그러나 그녀는 총명하오.

로잘린드   총명하기 때문에 그럴 수 있어요. 여자는 영특할수록 종잡을 수가 없어요. 여자의 잔머리를 가볍게 보지 마세요. 잔머리의 문을 닫으면 창문으로 튀어나오고, 창문을 닫으면 열쇠 구멍으로 튀어나오죠. 그것을 막으면 연기가 되어 굴뚝으로 나오고요.

올란도   아 참, 로잘린드! 두 시간 동안만 당신 곁을 떠나 있겠소.

로잘린드   맙소사, 두 시간 동안이나 떨어져 지내다니.

올란도   공작님이 식사에 초대했소. 두 시까지는 틀림없이 돌아오리다.

로잘린드   좋아요, 가세요. 당신이 어떤 사람인지 알고 있었어요. 모두들 그럴 거라고 하더군요. 나도 짐작은 했지만 감언이설에 그만 넘어간 거예요. 버림받았으니 죽어버리면 그만이죠. 두 시라고요?

올란도   그렇소, 사랑하는 로잘린드.

로잘린드   나의 진심과 진정을 하느님 앞에 두고, 아니 모든 훌륭한 것을 걸고 맹세하건대, 만일 당신이 1분이라도 늦게 도착한다면 당신을 엉터리 거짓말쟁이 연인으로 생각할 거예요. 당신은 로잘린드라는 여자를 사랑할 자격이 없는 사람으로 생각할 거예요. 그러니까 알아서 하세요.

올란도   내 꼭 지키리다. 당신이 나의 진정한 로잘린드인 것처럼 생각하고 약속을 지키리다. 그럼 갔다오리다.

로잘린드   그래요. 시간이 지나면 죄가 밝혀지는 법이죠. 안녕히 가세요.

(모두 퇴장)

제 2 장 다시 숲 속

로잘린드   어쩜 이럴 수가? 벌써 두 시가 지났는데 올란도는 코빼기도 볼 수가 없구나.

실리아　틀림없이 사랑 때문에 활을 메고 숲에 들어갔다가 잠이 들었을 거야. 저기 누가 오네. (실비어스 등장)

실비어스　젊은 양반, 내 사랑스러운 피비가 이걸 전하랍니다. (로잘린드에게 편지를 건네주며) 내용이 뭔지 모르지만 이것을 쓸 때의 성난 표정으로 봐서 심상찮은 내용인 것 같습니다요. 하지만 용서하세요. 저야 심부름한 죄밖에 없으니까요.

로잘린드　세상에, 인내의 여신이 봐도 펄펄 뛸 내용이구나. 이걸 참을 수 있다면 세상에 못 참을 일이 없을 거다. 당신 애인이 날 보고 뭐라고 했는 줄 알아요? 못생긴 데다 버릇도 없고 오만하다느니 하면서 남자가 불사조처럼 귀하다 해도 나 같은 사람은 사랑할 수 없다고 하는군. 내 참기가 막혀서. 누가 저를 탐낼 줄 알고. 어쩌자고 이런 편지를 보냈을까? 음, 맞아. 이건 자네가 조작한 것 아닌가?

실비어스　천만에요. 전 편지 내용을 전혀 모릅니다요. 피비가 썼는데요.

로잘린드　바보, 숙맥 같으니. 사랑 때문에 머리가 어떻게 됐나보군. 그녀의 손은 쇠가죽처럼 꺼칠꺼칠하고 바윗빛이었지. 난 처음엔 장갑을 끼고 있는 줄 알았어. 부엌데기 손. 하긴 그건 상관없어. 이 편지는 그녀가 쓴 것이 아냐. 남자의 머리에 떠오른 생각을 남자가 쓴 거야.

실비어스　분명히 피비가 썼습니다요.

로잘린드　그렇다면 왜 이렇게 글씨체가 엉망이야. 꼭 싸움을 걸어오는 사람 같잖아. 기독교도에게 달려드는 터키인처럼 말이야. 여자의 머리에서 어떻게 이런 말이 나온담. 에티오피아인 같은 문구야. 하긴 속은 더 시커멓겠지. 뭐라고 썼는지 읽어줄까?

실비어스　부탁이니 제발 읽어주세요. 피비의 매정함에 대해선 신물이

납니다만.

로잘린드 정말 피비다운 방자한 말이네. (읽는다) "이처럼 여자의 마음을 태우시는 이유는 신이 목동으로 둔갑해서인가요?" 어떻게 이런 악담을 할 수 있을까?

실비어스 그걸 악담이라고 보시나요?

로잘린드 (읽는다) "어찌하여 자비심을 버리시고 여자의 마음에 칼을 들이대시나요? 저는 뭇 남자들이 마음을 사려고 했지만 상처 하나 입은 적이 없답니다." 날 아예 짐승으로 여기는군. "당신의 차가운 눈빛까지도 내 가슴에 사랑을 심어주었는데, 당신께서 부드러운 눈길로 봐주신다면 내 가슴은 어찌 되겠습니까? 당신에게 욕을 먹으면서도 사모해온 이 몸, 다정한 말로 구애해주신다면 이 마음은 기쁨으로 어쩔 줄 모를 것입니다. 이 사랑의 편지를 전하는 사람은 사랑을 알지 못하오니 당신께서도 당신의 마음을 단단히 봉해서 보내주시옵소서. 젊고 인자하신 당신께 저의 모든 것을 보냅니다. 저의 사랑을 거절하신다면 제 앞에는 죽음밖에 없습니다."

실비어스 어떻게 그게 욕설이라고 하십니까?

실리아 오, 양치기가 불쌍하구나!

로잘린드 이자를 동정하는 거니? 안 돼. 이자는 동정받을 자격조차 없어. 이런 싸가지 없는 여자를 사랑하다니. 자신을 가지고 노는 여자를 사랑하다니. 도저히 용서하지 못할 여자야. 자, 가서 전해. 나를 진정 사랑하거든 나 대신 널 사랑하라고 명령한다고. 만일 싫다고 하면 나는 두 번다시 그 여자를 보지 않을 거야. 네가 그 여자를 진정 사랑한다면 아무 말하지 말고 빨리 가. 누가 오나 보다. (실비어스 퇴장)

올리버 등장.

올리버　안녕하세요. 이 숲 어딘가에 올리브 나무에 둘러싸인 양치기 오두막이 있다는데, 아십니까?

실리아　서쪽으로 가면 골짜기가 있어요. 그리고 실개천 버드나무 길을 따라가면 오른쪽에 오두막이 있습니다. 그러나 이 시각에는 오두막만 있지 사람은 없을 겁니다.

올리버　이제 보니 당신네야말로 내가 찾는 사람들이오. "청년은 얼굴이 희어 여자같이 생겼고 거동은 사냥꾼처럼 어른스럽고, 처녀는 키가 작고 피부가 검은 편"이라고 하던데요. 당신들이 바로 내가 찾는 집주인이 아니오?

실리아　자랑은 아니지만 그렇게 물으시니 아니라고 할 수 없네요.

올리버　올란도가 당신네들에게 안부를 전해 달라고 합디다. 그리고 로잘린드라는 젊은이에게 이 손수건을 전해달라고 덧붙이면서요. 당신이 그 사람입니까?

로잘린드　예, 그렇지만 도대체 어찌된 영문인가요?

올리버　부끄러운 일입니다. 내가 누구인지, 어떻게, 무엇 때문에, 그리고 어디서 이 손수건이 피로 물들었는지 아신다면 말입니다.

실리아　어서 말씀해주세요.

올리버　올란도는 당신들과 헤어진 후 이 숲 속을 헤매면서 쓰고 달콤한 사랑의 환상에 젖어 있었습니다. 그런데 아뿔싸, 이게 웬일입니까! 문득 옆을 보았는데, 오랜 세월에 부대껴 온 도토리나무 아래 누더기 차림의 털북숭이가 된 사나이가 벌렁 드러누워 자고 있었죠. 그 사람 목에는 번

들번들한 시퍼런 구렁이가 감겨 있었고요. 마침 그 징그러운 구렁이 놈의 대가리가 자는 사람의 입을 향해 다가서고 있었죠. 그 순간 올란도가 나타나자 구렁이는 칭칭 휘감은 몸을 풀고 덤불 속으로 들어갔습니다. 그런데 숲 속에는 굶주린 암사자가 머리를 땅바닥에 붙이고 살쾡이처럼 눈을 번쩍이며 그 사나이를 노려보고 있었지요. 사자는 죽은 것을 건드리지 않는 습성이 있지 않습니까? 이것을 본 올란도가 그 사나이에게 접근했습니다. 가보았더니 형님이었어요. 자기 맏형이더라 이겁니다.

실리아 올란도한테 맏형이란 자는 피도 눈물도 없는 냉혈한이라고 들었는데요.

올리버 그랬을 거요. 나도 그렇게 알고 있으니까.

로잘린드 아무리 그렇다 해도 올란도는 왜 형님을 굶주린 사자밥이 되도록 내버려두었을까요?

올리버 두 번이나 등을 돌려 그렇게 하려고 했습니다. 그러나 복수심보다 더 강한 핏줄은 형에게 복수할 수 있는 기회를 빼앗아갔습니다. 올란도는 사자한테 뛰어들어 단번에 쓰러뜨렸지요. 그 소동 때문에 나는 불행한 잠으로부터 깨어났고요.

실리아 그럼 당신이 그분의 형님이세요?

로잘린드 당신이 올란도가 목숨을 건져준 형님이라고요?

실리아 그분을 여러 차례 죽이려고 했던 사람이 당신이었나요?

올리버 그랬습니다만 지금은 아니오. 과거의 내가 어떤 인간이었는지 아무리 질타한다 해도 난 할 말이 없소. 이제 난 새로 태어났소.

로잘린드 한데 그 피투성이 손수건은요?

올리버 우리는 서로 얼싸안고 눈물을 흘리며 자초지종을 얘기했습니다. 내가 이 거친 땅에 오게 된 사연을 말했죠. 동생은 나를 어진 공작님한테 안내했습니다. 공작님께서는 내게 새 옷과 음식을 주시고는 서로 우애 있게 지내라고 당부하셨지요. 우리는 대접을 받은 후 동굴로 갔죠. 그런데 동생이 옷을 벗자 팔 언저리에서 피가 흐르고 있었어요. 사자한테 팔을 물려 살점이 뜯겨 나간 상태였어요. 피가 마구 흐르는 가운데 동생은 기절하며 로잘린드라고 외치더군요. 서둘러 상처를 치료하고 붕대를 감았더니 동생은 금세 기력을 되찾았습니다. 그러자마자 동생은 나를 보고 당신들을 찾아가라고 하더군요. 그래서 이곳까지 온 것입니다. 올란도가 약속을 어긴 이유를 말씀드리고 용서를 빌기 위해 왔습니다. 동생은 이 피로 물든 손수건을 당신에게 넘겨주라고 부탁했어요. (로잘린드가 기절한다)

실리아   왜 그래요. 가니메데, 가니메데 오라버니!

올리버   피를 보면 대부분 기절하죠.

실리아   그게 아니에요. 깊은 까닭이 있어요. 오라버니! 가니메데!

올리버   이제야 정신이 드나보네.

로잘린드   집에 가고 싶다.

실리아   알았어요. 미안하지만 오라버니 팔 좀 잡아주세요.

올리버   기운을 내시오, 젊은이. 사나이답게 기백이 있어야지.

로잘린드   옳으신 말씀이에요. 아, 보세요. 누가 보아도 연극이라고 하겠어요. 부탁이에요. 제발 당신 동생에게 가거든 연극을 잘하더라고 전해주세요. 하하하! (일동 퇴장)

제5막

제1장 숲 속

터취스턴과 오드리, 윌리엄 등장.

윌리엄 나리, 안녕하세요.

터취스턴 안녕하슈. 점잖은 양반, 제발 모자를 쓰게. 몇 살이나 됐소?

윌리엄 스물다섯입니다, 나리.

터취스턴 한창 좋은 나이군. 이름이 윌리엄인가?

윌리엄 예, 윌리엄입니다.

터취스턴 멋진 이름이야. 이곳 숲에서 태어났는가?

윌리엄 예, 하느님 덕분이지요.

터취스턴 자네 말솜씨가 보통이 아니군. 그러고 보니 이 말이 생각나는군. "어리석은 자는 자신이 현자인 줄 알고 현자는 자신이 어리석은 자인 줄 안다." (이 말에 윌리엄은 어이가 없어 입을 딱 벌린다) 어떤 철학자는 포도가 먹고 싶어 입을 딱 벌리고 포도를 넣었다지 뭔가? 입은 벌리기 위해 생긴 거야. 이 처녀가 좋은가?

윌리엄 죽을 지경이죠.

터취스턴 그럼 나와 악수하세. 자네 글은 아는가?

윌리엄 모릅니다.

터취스턴 그렇다면 한 가지 가르쳐주겠네. 가진 것은 갖는 것이오. 이를테면 술을 컵에서 유리잔에 따르면 유리잔에 가득 차는 반면 컵은 텅 비게 마련이지. 그러니까 그자는 그 사람이라는 거야.

윌리엄 그 사람이 누군데요?

터취스턴 이 여자와 결혼해야 하는 남자 말이야. 쉽게 말하면 이 여자와의 교제를 포기하라는 거야. 이 여자는 나와 결혼하기로 했거든. 그러니 이 촌닭아, 이 여자를 포기하지 않으면 자넨 파멸이야. 알기 쉽게 말해서 내가 너를 독살하든가 몽둥이 찜질을 하든가 칼침을 놓든가 하겠다는 거야. 백오십 가지 방법으로 네놈을 때려잡을 수도 있다는 말이지. 그러니어서 뺑소니나 치는 게 상책이야.

오드리 그렇게 하세요, 윌리엄.

윌리엄 안녕히 계십쇼, 나리. (퇴장)

제 2 장 숲 속의 다른 곳

올란도와 올리버 등장.

올란도 어떻게 그런 일이? 거의 알지도 못하는 여자를 좋아한다니. 첫

눈에 반해 청혼을 하신다니. 청혼하자마자 그녀가 수락했다고요? 형님은 기어이 그녀를 차지하겠다는 거예요?

올리버   결코 경솔하게 행동한 게 아냐. 그녀가 가난하다는 것도, 그녀를 잘 알지 못한다는 것도, 내 청혼이 성급했고 그녀의 승낙이 갑작스러웠던 것도 알아. 하지만 난 엘리나를 사랑해. 그녀도 나를 사랑하고. 그러니 우리 둘이 일심동체가 되는 일에 동의해다오. 우린 서로 결혼해도 좋다는 의견에 동의했단다. 이 일은 너에게도 나쁠 게 없어. 나는 아버지의 재산, 즉 로랜드 경의 모든 재산을 너에게 양도하고 여기서 양치기나 하면서 여생을 보낼 생각이거든.

올란도   좋아요. 내일 결혼식을 올리세요. 공작님과 그분을 추종하는 귀족들을 초대할 테니까요. 형님은 엘리나한테 가서 준비시켜주세요. 오, 나의 로잘린드가 오네요.

로잘린드 등장.

로잘린드   오, 사랑하는 올란도. 당신의 가슴을 붕대로 동여맨 것을 보니 가슴이 쓰리군요.

올란도   붕대는 팔에 감겼소.

로잘린드   난 당신 심장이 사자 발톱에 부상당한 줄 알았어요.

올란도   가슴에 상처를 입은 것은 사실이오. 어떤 여인의 눈길에 상처를 입었지요.

로잘린드   형님이 전하던가요? 당신의 손수건을 보고 내가 기절하는 흉내를 내더라고.

올란도　그보다 더 놀라운 이야기도 들었지요.

로잘린드　아, 뭘 말씀하는지 알겠어요. 그건 사실이에요. 그처럼 갑작스런 일이 또 어디 있겠어요. 두 마리의 숫양 싸움이나 시저의 '왔노라, 보았노라, 이겼노라' 라는 말처럼 당신 형님과 내 여동생은 서로 만나자마자 뜨거운 사랑에 빠졌어요. 눈길을 주고받기 무섭게 사랑에 빠졌고, 사랑에 빠지기가 무섭게 땅이 꺼져라 한숨을 쉬게 되었지요. 그 한숨의 근원을 알기가 무섭게 해결책이 생각났고요. 두 사람은 열에 들떠 서로 결혼의 제단을 만들어놓고 당장이라도 뛰어오를 기세예요. 그렇게 안 되면 일단 일부터 저지를 거예요. 지금 그들은 무쇠처럼 달아올랐어요. 한 몸이 되려고요. 몽둥이찜으로는 어떻게 갈라놓을 수가 없어요.

올란도　내일이면 두 사람은 결혼할 거요. 난 공작님을 결혼식에 초청할 생각입니다. 아, 다른 사람의 행복을 바라보기나 해야 하니 정말 못 견디겠군요. 내일 소원을 성취한 형을 보면 볼수록 가슴이 미어질 겁니다.

로잘린드　그럼 난 내일 당신을 위해 로잘린드 역할을 할 수 없다는 말인가요?

올란도　이제 난 상상만으로는 살아갈 수가 없어요.

로잘린드　그렇다면 나도 더 이상 부질없는 얘기로 당신을 괴롭히지 않을게요. 하지만 이것만은 알고 계세요. 절대로 농담이 아니에요. 나는 당신이 분별력 있는 사람이라는 걸 알아요. 그렇다고 당신한테 칭찬받으려고 이런 말 하는 것도 아니고요. 다만 당신이 나를 믿어주셨다면 만족해요. 그것도 당신에게 좋은 일을 하기 위해서예요. 그러니 날 믿어주세요. 나는 세 살 때부터 마술사의 지도를 받아 신통력이 있답니다. 그분의 술법은 심원한 것으로, 절대로 악마의 법은 아니에요. 당신이 여태껏 표현한 것처럼 진실로 로잘린드를 사랑한다면 당신 형님이 엘리나와 결혼식을 올릴 때 당신도 로잘린드와 결혼할 수 있도록 해드리죠. 당신이 진정으로 원한다면 당신 눈앞에 데려다놓을 수가 있어요. 헛것이 아니라 진짜 로잘린드를 말이에요.

올란도 진담이오?

로잘린드 물론이에요. 제 목숨을 걸고 맹세할게요. 비록 마술사이긴 하지만 저 역시 목숨은 소중하답니다. 내일 결혼하고 싶으시면 단정한 옷을 입고 친구를 초대하세요. 원하신다면 로잘린드하고요. 제게 반한 여자와 그 여자한테 반한 남자가 오는군요.

제 3 장 숲 속

노공작, 애미언스, 제이퀴스, 올란도, 올리버, 그리고 실리아 등장.

노공작 올란도, 자넨 그 젊은이의 말이 이루어지리라 믿는가?

올란도 반반이죠. 부질없는 희망이라고 생각하면 두렵고, 그러면서도 또 바라는 사람들처럼 말입니다.

로잘린드, 실비어스, 피비 등장.

로잘린드   잠깐만 기다려주십시오. 한 가지 확실히 해둘 게 있습니다. (공작에게) 공작님께서는 만일 제가 로잘린드를 데려오면 올란도에게 즉시 주겠다는 말씀을 하셨죠?

노공작   그렇다마다. 내가 여러 왕국을 갖고 있어 딸에게 모두 주는 한이 있더라도 그렇게 할 거야.

로잘린드   당신도 내가 그녀를 데려오면 아내로 맞는다고 하셨죠?

올란도   그랬소. 내가 모든 왕국의 왕이 된다 하더라도 그녀와 결혼할 것이오.

로잘린드   피비, 내가 결혼하고 싶어한다면 나랑 결혼한다고 했지요?

피 비   그랬어요. 한 시간 후에 죽는 한이 있더라도요.

로잘린드   피비, 나와 결혼할 생각이 없어진다면 충실한 양치기와 결혼한다고 했지?

피 비   그랬어요.

로잘린드   피비가 원한다면 당신도 그녀를 아내로 맞이한다고?

실비어스   설령 그 길이 죽음의 길이라도 갈 것입니다.

로잘린드   나는 이 모든 일을 원만하게 처리하겠다고 여러분 앞에서 약속했습니다. 공작님께선 올란도에게 따님을 주겠다는 약속을 지키시고, 올란도 당신은 로잘린드를 아내로 맞이하겠다는 약속을 지키십시오. 피비, 당신은 나와의 결혼이 여의치 않으면 실비어스와 결혼한다는 약속을 지키고, 실비어스 당신은 피비를 아내로 맞이하겠다는 약속을 지키십시오. 저는 이 모든 문제를 해결하기 위해 잠깐 다녀와야겠습니다. (로잘린드와 실리아 퇴장)

노공작   저 청년은 내 딸과 정말 닮았어.

올란도   저도 저 청년을 처음 보았을 때 그런 생각을 했습니다. 혹시 따님의 형제가 아닌가 했지요. 하지만 저 청년은 이 숲 속 태생인 것 같습니다. 그의 아저씨로부터 마술을 배워 이 숲에서 은밀히 지내고 있는 듯합니다.

터취스턴, 오드리 등장.

제이퀴스   틀림없이 노아의 대홍수가 다시 올 모양이오. 저렇게 동물들이 쌍쌍으로 오고 있으니 말이오. 여기 오는 한 쌍은 아주 진귀한 짐승으로 어느 나라 말로든 바보라고 하지요.

터취스턴   문안 인사 드리옵니다, 여러분!

제이퀴스   공작님, 환영한다고 말하세요. 숲에서 가끔 만난 사람으로 얼룩옷을 입은 꼴이 머리 끝부터 발끝까지 얼간이입니다. 본인은 궁궐에도 드나들었다고 우쭐댑니다만.

터취스턴   믿지 못하겠다면 얼마든지 시험해보십시오. 소인은 궁궐에서 춤도 추고, 귀부인들의 비위를 맞추고, 친구들을 속이기도 하고, 외상빚으로 양복점을 세 집이나 파산시키기도 했죠. 네 번이나 싸움질을 해 결투까지 갈 뻔한 적도 한 번 있고요.

제이퀴스   결투 없이 어떻게 처리했지?

터취스턴   실은 결투를 하려고 보니 우리 싸움이 제7조에 문제가 있다는 걸 알았지요.

제이퀴스   제7조에 문제가 있었다? 공작님, 재미있는 녀석인데요.

노공작   재미있어. 썩 마음에 드는구면.

터취스턴 항상 그래주셨으면 감사하겠습니다. 실은 제가 이곳에 끼어든 이유는 촌사람들의 혼례식에 껴서 서약도 하고 파혼도 하고 싶어서죠. 결혼이 두 사람을 맺어주고 정열이 두 사람을 갈라놓는다 해도요. (오드리에게 손짓한다) 얼굴은 못생겼지만 그래도 제것입니다. 아무도 거들떠보지 않는 계집과 결혼하려는 건 제 마음이 변덕스럽기 때문이죠. 진주가 더러운 조개 껍데기 속에 있는 것처럼 정숙이라는 보물은 구두쇠처럼 못생긴 여자한테 있는 법이죠.

노공작 참으로 단순하고 재치 있게 말을 하는군.

터취스턴 바보가 쏘는 화살은 빠르다는 말도 있지 않습니까?

제이퀴스 그건 그렇고 제7조에 관해 말해보게나.

터취스턴 일곱 번이나 치고 받은 거짓말 때문이죠. 오드리, 자세를 제대로 가져야지. 저는 어떤 궁인의 수염이 마음에 안 든다고 했습니다. 그랬더니 그는 자기 마음에는 드니까 상관없다고 하더군요. 그래서 저는 다시 한 번 보기 싫다고 말했죠. 그 역시 자기가 좋아서 그렇게 깎았다는 거예요. 이건 온건한 대답이라는 거지요. 만일 제가 그때 또다시 모양이 흉하다고 했으면 그는 눈이 형편없이 낮다고 했을 거예요. 그럼 그 대답은 불온한 대답이 되겠지요. 그리고 또다시 모양이 흉하다고 하면 그는 저더러 진실을 말하지 않는다고 하겠지요. 그렇게 되면 이제 간접적인 도발에서 직접적인 도발이 되겠지요.

제이퀴스 그럼 당신은 몇 번이나 그 사람의 수염 깎은 모양이 흉하다고 했소?

터취스턴 사실 간접적인 도발 이상으로 갈 생각은 못했지요. 우리는 결국 서로 칼을 빼들기까지 했지만 사용하지는 않고 헤어졌어요.

제이퀴스 그럼 거짓말의 등급을 말해보시오.

터취스턴 당신네들이 예법에 따라 말하듯이 우리도 나름의 방식이 있답니다. 첫 번째는 의례적인 대답, 두 번째는 온건한 대답, 세 번째는 불순한 대답, 네 번째는 의협심에 따른 대답, 다섯 번째는 공격적인 대답, 여섯 번째는 간접적인 도발, 일곱 번째는 직접적인 도발이 바로 그것이지요. 이 경우에 '만일에'라는 말이 붙으면 무사 통과입니다. 전에 이런 일도 있었어요. 판사 일곱 명이 붙었어도 해결하지 못한 사건을 결투장에 마주서게 되자 그중 한 명이 "만일에 당신이 이렇게 하면 나는 이렇게 하겠소"라고 했지요. 그 뒤로 그 둘은 의형제를 맺었고요. '만일에'만 있으면 모든 문제가 해결됩니다.

제이퀴스 정말 재미있는 작자가 아닙니까? 말만 잘하는 게 아니라 다른 것도 잘해요. 그렇지만 바보 얼간이임에는 분명해요.

노공작 모르는 소리. 겉으론 바보인 척하면서 마음놓고 사람들의 마음을 꿰뚫는 얘기를 쏟아놓는군.

결혼의 신 하이멘, 로잘린드, 실리아 등장. 음악이 깔린다.

하이멘 (노래한다) 땅 위의 것들이 화합하면 기쁨은 하늘에 닿으리. 공작이여, 따님을 맞으시라. 결혼의 신 하이멘이 하늘에서 공주를 데려오니 공주의 손을 젊은이의 손에 얹게 하라. 이미 서로의 마음은 하나가 되었으니.

로잘린드 (공작에게) 이 몸을 드립니다. 전 아버님의 딸이니까요. (올란도에게) 이 몸을 드립니다. 저는 당신의 아내니까요.

노공작   이 눈에 진실이 보인다면 너는 틀림없이 나의 딸이로다.

올란도   이 눈에 진실이 보인다면 그대는 나의 로잘린드요.

피 비   이 눈에 비치는 모습이 환상이 아니라면 내 사랑이여, 안녕.

로잘린드   (공작에게) 제 앞에 계신 분이 아버지가 아니시라면 저에게는 아버지가 안 계십니다. (올란도에게) 당신이 그이가 아니라면 저에게는 남편이 없습니다. (피비에게) 그대가 여자인 이상 그대와 결혼할 수가 없어요.

하이멘   자, 조용히 하시오! 자, 혼란을 막기 위해 이제 이상한 일에 매듭을 지어야겠소. 서로가 진실로 맺어지길 바란다면 여기 여덟 분은 하이멘의 이름으로 손을 잡으시오. (올란도와 로잘린드에게) 그대들은 어떠한 시련이 닥쳐도 영원히 하나일지어다. (올리버와 실리아에게) 그대들은 마음과 마음이 하나로다. (피비에게) 그대는 이 남자의 사랑에 따르라. (터취스턴과 오드리에게) 그대가 남편으로 삼는다면, 그 또한 아내로 삼으리. 그대들은 서로 궁금증이 없어질 때까지 묻고 대답하거라. 우리들 축가를 들으며 쌓였던 회포와 기이한 사연을 서로 말해보거라. (노래한다)

결혼은 위대한 헤라의 영광이로다.
검은머리 파뿌리 될 때까지 맺은 언약이여
행복한 가정의 웃음소리 거리마다 넘치는 것은
하이멘의 은총이로다.
찬양하라, 그 이름을 드높이 찬양하라.
모든 마을의 수호신 하이멘의 이름을!

노공작   오, 실리아로구나. 어서 오너라. 친딸 못지않게 반갑구나.

피 비 (실비어스에게) 저는 당신의 것이라는 걸 약속드릴게요. 당신의 진정한 사랑이 우리를 하나로 만들었어요.

제이크스 드 보이스 등장.

제이크스 드 보이스 실례합니다. 한두 마디 말씀드릴 게 있습니다. 저는 돌아가신 로랜드 경의 차남으로, 이 아름다운 모임에 기쁜 소식을 전하러 왔습니다. 프레드릭 공작은 이 숲에 유력한 인사들이 모인다는 소식을 듣고 스스로 강력한 군사를 이끌고 진격중이셨습니다. 그 목적이 그의 형님을 사로잡아 처형하자는 것이었지요. 그런데 이곳에 막 들어섰을 무렵 도사를 만났는데, 그 자리에서 마음을 바꾸어 속세를 버리고자 하셨답니다. 따라서 공작의 지위를 추방된 형님께 반환하고, 또한 다른 유배된 자의 영토도 모조리 반환한다는 전갈입니다. 이 일이 사실임을 제 목숨을 걸고 맹세합니다.

노공작 잘 왔소. 그대는 두 형제들의 결혼식에 훌륭한 선물을 가져왔구려. 한 사람에게는 몰수당한 땅을, 또 한 사람에게는 전 영토를, 즉 공작의 광활한 영토를 말이오. 자, 그럼 우선 이 숲에서 즐겁게 시작되어 행복하게 맺은 사랑의 열매를 거둡시다. 그런 다음에 나와 함께 괴로운 나날을 견뎌준 동료들 하나하나와 지위에 합당하게 같이 기쁨을 나눌 작정이오. 그러니 지금은 우리 모두 축제의 즐거움에 흠뻑 빠져봅시다. 자, 풍악을 울려라! 신랑 신부는 짝을 지어 즐거운 춤을 추어라.

제이퀴스 공작님, 잠깐 제가 한마디만 여쭙겠습니다. (음악이 멈추자 제이크스에게) 그러니까 프레드릭 공작이 수도 생활을 하기 위해 호화로운 궁정 생활을 버렸다는 말씀입니까?

제이크스 드 보이스 그렇소.

제이퀴스 그분한테 가겠소. 개심한 사람한테는 배울 게 많소. (공작에게) 공작님께서는 옛 영화를 찾으셨으니 전 이만 떠날 때가 된 것 같습니다. 이 모든 게 인내와 인덕의 결실이지요. (올란도에게) 당신의 신실한 사랑이 마침내 사랑을 얻었군요. (올리버에게) 당신은 사랑과 영토, 좋은 사람들을 만났군요. (실비어스에게) 결국 순정으로 사랑을 얻었군요. (터취스턴에게) 당신은 부부간의 입씨름으로 재밌는 나날을 보내게 되겠죠. 하지만 사랑의 항해는 두 달치 식량이 전부라는 걸 잊지 마시기를 바랍니다. 자, 여러분 이제부터 재밌게 축제를 즐기시죠. 저는 워낙 춤에 치읓자도 모르는 문외한이랍니다.

노공작 가지 마시오, 제이퀴스. 잠깐만.

제이퀴스 이제 축제는 끝났어요. 혹시라도 제게 볼일이 있으시면 공작님께서 버리신 그 동굴로 오시지요. (퇴장)

노공작 좋소. 자, 그럼 우리는 즐거운 마음으로 결혼식을 올립시다. 모든 일이 행복하게 끝날 것이오. (음악에 따라 사람들 춤을 추기 시작한다)

SHAKESPEARE

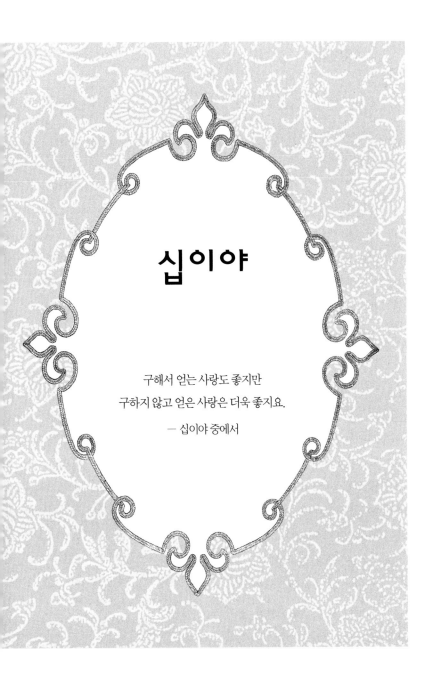

십이야

구해서 얻는 사랑도 좋지만
구하지 않고 얻은 사랑은 더욱 좋지요.

— 십이야 중에서

1. 등장인물

오시노 일리리아의 공작으로, 올리비아한테 청혼을 했다가 거절을 당하고 바이올라와 결혼을 한다.

올리비아 토비 벨치 경의 조카딸로 오빠를 잃은 슬픔에 결혼을 하지 않기로 마음먹지만 세자리오로 변장한 바이올라를 보고 첫눈에 반해 구애를 한다.

바이올라 세바스찬의 쌍둥이 여동생으로 일리리아의 해안에서 조난을 당한 후 세자리오라는 남자로 변장을 한다. 후에 오시노 공작과 결혼을 한다.

세바스찬 바이올라의 쌍둥이 오빠로, 조난을 당했다가 안토니오의 구조로 살아난다. 나중에 올리비아와 결혼을 한다.

안토니오 해군 선장으로 오시노 공작과 원한 관계에 있다.

선장 바이올라의 친구로 난파선에서 바이올라를 구출한다.

발렌타인, 큐리오 오시노 공작의 시종

토비 벨치 경 올리비아의 삼촌으로 주정뱅이에다 체통머리가 없어 사사건건 문제를 일으킨다.

앤드류 에이규치크 경 토비 벨치 경의 친구로 올리비아에게 청혼을 하지만 퇴짜를 당한다.

말볼리오 올리비아의 집사로 마리아의 거짓된 연서에 놀아나 우스꽝스런 행동을 서슴지 않는다.

페이비언 올리비아의 시종

페스테 광대. 올리비아의 하인

마리아 올리비아의 시녀

귀족들, 목사, 시종, 선원, 관리, 악사, 하인 등

2. 줄거리

셰익스피어의 대표적인 희극인 〈십이야〉는 1601년 1월 6일 이탈리아의 오시노 공작을 환영하기 위하여 엘리자베스 여왕 궁정에서 초연된 것으로 추측되고 있다. 〈십이야〉는 크리스마스로부터 12일째에 해당하는 1월 6일을 의미하는데, 이 희극은 이탈리아의 설화를 토대로 만들어진 것이다.

메살린에 사는 세바스찬과 바이올라는 일란성 쌍둥이 남매이다. 둘은 옷을 따로 입지 않는 한 구별이 힘들 정도로 똑같이 생겼다. 어느 날 세바스찬과 바이올라는 항해를 하던 중 폭풍을 만나 배가 난파되면서 일리리아 해안 근처에서 헤어진다. 성난 파도에 휩쓸려 내동댕이쳐지는 오빠를 바라보며 겨우 목숨만 부지한 채 일리리아 바닷가에 상륙한 바이올라는 세자리오로 변장을 하고 오시노 공작의 시종으로 들어간다.

오시노 공작은 올리비아를 지극히 연모하여 청혼을 하지만 번번이 거절당한다. 오빠의 죽음으로 슬퍼하던 올리비아는 7년간 아무도 만나지 않겠다고 선언했기 때문이다. 그런데도 공작은 사랑하는 올리비아에게 바이올라를 보내 계속 청혼을 한다. 그러나 올리비아는 변장한 바이올라를 보는 순간 불같은 사랑에 빠져들고 만다.

한편 산더미 같은 파도에 휩쓸려 익사한 줄로만 알았던 바이올라의 오빠 세바스찬은 선장 안토니오의 도움을 받아 구사일생으로 목숨을 건져 일리리아에 온다. 이를 알 리가 없는 올리비아는 바이올라의 쌍둥이 오빠인 세바스찬이 나타나자 그를 바이올라로 착각하고 성급하게 결혼식을 올린다.

제1막

제1장 공작의 저택

오시노 공작, 큐리오, 귀족들 등장. 악사들이 대기하고 있다.

오시노 음악이 사랑을 살찌우는 양식이라면 계속해다오. 질리도록 들어 싫증이 나버리면 사랑의 식욕 역시 사라지고 말 것 아니냐. 다시 한 번들려다오. 아스라이 사라지는 선율, 귓가에 감미롭게 들린다. 흡사 제비꽃 피는 언덕 위의 미풍이 몰래 꽃향기를 훔쳐 싣고 오는 것 같다. 됐다! 이제 그만 싫다. 아까처럼 감미롭지 않아. 아, 사랑의 정령이여! 너는 어찌 그리도 잽싼 변신의 명수이더냐. 바다처럼 무엇이든 다 받아들이며, 그 품속에 만들어가면 제아무리 가치 있고 훌륭한 것도 눈 깜짝할 사이에 헐값이 돼버리고 마는구나. 사랑이란 얼마나 변덕스러운 것이기에 그다지도 천차만별이란 말인가.

큐리오 사냥하러 가지 않으시겠습니까?

오시노 공작 사냥? 무엇을 잡으려고?

큐리오 사슴(hart)이죠.

오시노 암, 그거라면 내 마음이 벌써 하고 있다. 내 고귀한 이 가슴이 말이야. 오, 나의 두 눈이 올리비아를 맨 처음 보았을 때 대기는 정화되고 천지의 독기가 사라지는 것 같았지. 바로 그때부터 나는 사슴으로 변신이 되었다. 그러고는 욕정이 사납고 포악한 사냥개처럼 나를 사정없이 몰아치고 있구나. (발렌타인 등장) 그래, 뭐라고 하더냐, 그녀는?

발렌타인 죄송합니다, 공작님. 직접 뵙지는 못했고, 시녀를 통해 받은 회답은 이렇습니다. 아가씨께서는 앞으로 일곱 해 동안 하늘에까지도 얼굴을 가릴 결심이랍니다. 나들이하실 때는 마치 수녀처럼 두건으로 얼굴을 가리고, 하루에 한 번씩은 거처하시는 방에 짜디짠 눈물을 구석구석 빠짐없이 뿌리겠노라고 합니다. 이것도 모두 돌아가신 오라버니를 너무나 사랑한 나머지 슬픈 추억을 마음 속에 영원히 간직하기 위해서랍니다.

오시노 아, 오라버니에게 진 사랑의 빚조차 갚으려 하다니, 얼마나 갸륵한 마음씨란 말인가. 큐피드의 황금 화살이 그의 가슴을 꿰뚫어 그 안에 있는 모든 감정을 소멸시킨다면, 그녀의 뇌수와 심장, 모든 사랑의 옥좌란 옥좌를 사랑이라는 왕이 차지하고 그녀의 전부를 채운다면. 자, 나를 안내해다오, 아름다운 꽃밭으로. 푸른 나뭇가지로 덮여야 사랑의 정념도 풍성해지는 것이니. (모두 퇴장)

제 2 장 바닷가

바이올라, 선장, 선원들 등장.

바이올라 여기가 어디예요?

선 장 일리리아라는 곳입니다, 아가씨.

바이올라 일리리아에 와서 대체 어떡하자는 거죠? 오라버니는 하늘나라에 갔을 거야. 아니 아마도 익사하지 않았을지도 몰라. 여러분들 생각은 어떠세요?

선 장 아가씨가 구조된 것만도 운이 좋았어요.

바이올라 아, 가엾은 오빠! 다행히 살아 있을지도 몰라요.

선 장 맞아요. 목숨을 건졌으니 희망을 가져요. 우리 배가 난파하여 아가씨와 몇몇 사람이 겨우 살아났습니다만 우리가 표류하는 보트에 매달려 있을 때 오빠께서는 위험 속에서도 용의주도하게, 그러니까 용기와 희망이 그렇게 시킨 것이겠지만, 바다 위를 떠내려가는 튼튼한 돛대에 몸을 잡아 매고, 돌고래 등에 탄 아리온처럼 거친 파도를 타고 멀어져가는 모습을 이 두 눈으로 똑똑히 보았으니까요.

바이올라 정말 반가운 소식이네요. 사례로 이 돈을 받으세요. 제가 죽지 않고 살아난 걸 보면 오빠도 살아 있을 것 같은 희망이 생기는군요. 선장님은 이 나라를 잘 아세요?

선 장 예, 잘 알죠. 내가 태어나서 자란 곳이 여기서 세 시간도 안 걸리니까요.

바이올라　이곳 영주님은 누구신가요?

선 장　가문이며 인품이 나무랄 데 없이 훌륭한 공작이지요.

바이올라　그분의 성함은요?

선 장　오시노.

바이올라　오시노! 아버님으로부터 성함을 들은 일이 있어요. 그땐 독신이라고 들었는데.

선 장　아직은 그래요, 최근까지는. 내가 이곳을 떠난 게 한 달 전인데, 그때는 한참 소문이 파다했지요. 알다시피 아랫것들은 높은 분들 일을 입에서 나오는 대로 주워섬기기를 좋아하거든요. 공작께서 올리비아 아가씨에게 청혼했다던가 했어요.

바이올라　어떤 아가씨였죠?

선 장　한 1년 전에 세상을 떠난 백작의 따님인데 정숙한 분이었죠. 그후 오빠가 후견인을 자처했는데, 그 오빠마저 또 얼마 안 있어 돌아가셨지 뭡니까. 소문에 따르면 아가씨는 오빠를 그리워한 나머지 남자와 교제는 물론이고 아예 얼굴조차 쳐다보지 않기로 맹세했답니다.

바이올라　아, 영주님 같은 분이라면 제가 모시고 싶군요. 그래서 때가 될 때까지 제 신분을 감추고 싶어요.

선 장　그건 좀 힘들 것 같은데요. 누구의 부탁도 듣지 않는 분이니까. 공작님의 부탁조차도 듣지 않아요.

바이올라　보아하니 선장님은 좋은 분 같으세요. 하긴 세상에는 외양은 그럴 듯해도 속은 부패한 사람들이 더러 있지만, 선장님은 진실한 모습에 선한 마음씨를 가진 분이라고 믿어요. 정말 부탁드려요. 보답은 얼마든지 하겠어요. 뜻한 바가 있어 여자라는 것을 숨기고 변장하겠으니 도와주세요. 공작님을 모시고 싶어요. 저를 시종으로 그분께 천거해주세요. 수고가 헛되지 않도록 할게요. 이래봬도 저는 노래에도 제법 재능이 있고, 여러 가지 음악으로 얘기를 나눌 수도 있으니 공작님 시중을 드릴 만하지 않겠어요. 나머지는 그때그때 눈치껏 해드리겠어요. 그저 아무에게도 말씀 마시고 제 부탁대로 해주세요.

선 장 당신은 내시가 되시오. 나는 벙어리 역을 맡겠소. 이 혀를 놀려 비밀을 떠벌리면 이놈의 눈을 멀게 해도 좋소.

바이올라 감사해요. 이제 안내해주세요. (모두 퇴장)

제 3 장 올리비아의 저택

토비 벨치 경과 마리아 등장.

토비 벨치 경 도대체 조카가 왜 저러지? 오라비가 죽었다고 저토록 상심만 하고 있다니. 근심은 목숨을 갉아먹는단 말이다.

마리아 토비 경, 밤에는 제발 좀 더 일찍 돌아오세요. 밤에 너무 늦는다고 아가씨가 아주 성화를 내신다니까요.

토비 벨치 경 뭐, 무슨 참견이야. 내버려두라고 해.

마리아 그야 그렇지만 체면은 차리셔야죠.

토비 벨치 경 체면을 차려라? 이 이상 좋은 옷이 어디 있어. 이 옷은 여유가 있으니 술을 마시기에는 안성맞춤이지. 이 장화만 해도 그래. 안 그렇다는 놈 있으면 나와봐. 제 장화 끈에 목을 매라지.

마리아 그렇게 술을 마구 마시면 몸이 견뎌낼 수 있나요? 어제도 아가씨께서 그렇게 말씀하셨어요. 언젠가 밤에 청혼하겠다고 아가씨에게 데려온 그 얼치기 기사 말씀도 하시고요.

토비 벨치 경 누구라고? 앤드류 에이규치크 경 말이야?

마리아 네, 맞아요.

토비 벨치 경 그 사람은 이 일리리아에서 사나이 중의 사나이야.

마리아 그게 어떻다는 거예요.

토비 벨치 경 그 뭐냐, 연수입이 무려 삼천 더컷이란 말이다.

마리아 그럼 뭘 해요. 아무리 돈이 많아도 그걸 갖고 1년도 버티지 못할 바보에다 방탕한 사람인걸.

토비 벨치 경 알지도 못하면서 무슨 소리야. 그 사람은 비올라를 연주할 줄도 알고 서너 개 나라 말을 한 자도 틀리지 않고 유창하게 말한단 말이야. 아무튼 출중한 재능을 타고난 사람이야.

마리아 그렇겠지요. 바보에다가 싸움하는 데는 못 말리죠. 다행히 타고난 겁쟁이어서 건달 기질을 눌러야 했으니 망정이지 그렇지 않았으면 벌써 저승길로 갔을 거라고 알 만한 사람들 사이에는 말이 많아요.

토비 벨치 경 천만에, 그런 헛소리를 지껄이는 녀석들이 악당들이지. 도대체 누구야? 그런 말 하고 다니는 놈들이.

마리아 그뿐이면 정말이지 좋겠요. 매일 밤 나리와 어울려 다닌다고 하던데요?

토비 벨치 경   나야 조카딸의 건강을 기원하며 마시는 거지. 조카딸을 위해서라면 목구멍에 넘치게 술이 넘어가지. 이 일리리아에서 술이 동이 나지 않는 한 술을 마실 거야. 조카딸을 위해 그 정도도 못한다면 비겁한 놈이지. 머리가 팽이처럼 팽팽 돌 때까지 퍼 마시지 못하면 아무것도 아니라고. 이것 봐! 그 벌레 씹은 듯한 얼굴 좀 펴라고! 저기 앤드류 에이규치크 경이 오잖아. (앤드류 경 등장)

앤드류 경   토비 벨치 경! 안녕하신가?

토비 벨치 경   반갑네, 앤드류 경!

앤드류 경   안녕하시오, 왈가닥 아가씨?

마리아   나리도 안녕하셔요?

토비 벨치 경   인사해, 앤드류 경, 인사를 말이야.

마리아   전 그만 실례하겠어요. (퇴장)

앤드류 경   정말 내일은 고향으로 내려갈 거야. 토비 경 조카따님이 날 만나주지도 않을 거고, 만나봤댔자 싫은 소리를 들을 건 뻔한 노릇이니까. 바로 요 근방에 사는 공작이 청혼을 했다면서?

토비 벨치 경   공작은 싫대. 신분이나 연령, 지식 그 어떤 것도 저보다 윗사람하고는 결혼하지 않겠다는 거야. 그렇게 다짐하는 걸 이 두 귀로 똑똑히 들었어. 이봐, 아직도 기회는 있단 말이야.

앤드류 경   그럼 한 달만 더 있어볼까? 정말 난 요상한 취향을 갖고 있어. 가끔 가면무용을 추거나 부어라 마셔라 술타령에 빠져 정신이 없거든.

토비 벨치 경   그런 풍류를 즐기고 있는 줄 몰랐군.

앤드류 경 이 일리리아에서는 누구에게도 지지 않을걸. 나보다 지체가 높은 사람을 빼놓으면 말이야. 하기야 꾼들에 견주면 아무래도 딸리겠지만.

토비 벨치 경 그런 재주를 왜 감춰뒀어? 왜 장막을 쳐 가려두었느냐고?

앤드류 경 그럼 우리 한바탕 신나게 놀아볼까? (모두 퇴장)

제 4 장 오시노 공작의 저택

발렌타인과 남장한 바이올라 등장.

발렌타인 세자리오, 공작님의 총애가 지금처럼 계속된다면 아마 자네는 반드시 출세할 것이네. 여기 온 지 고작 사흘밖에 안 됐는데도 벌써 수십 년 지기 같거든.

바이올라 공작님의 총애를 조건으로 말씀하시는 건 그분이 변덕스럽다거나 제가 게을러질까봐 걱정하시는 것 같아요. 공작님은 변덕이 심한 분이신가요?

발렌타인 아니, 절대 그렇지 않아.

바이올라 아무튼 감사합니다. 공작님이 오시네요.

오시노 공작, 큐리오, 시종들 등장

오시노 누구 세자리오를 못 보았느냐?

바이올라 공작님, 여기 대령하였습니다.

오시노 그대들은 잠시 물러가 있게. 세자리오, 너는 모든 것을 잘 알고 있을 거다. 내 마음속의 비밀들을 송두리째 다 보여주었으니까. 그러니 네가 아가씨한테 갔다오너라. 거절을 하든 말든 문 앞에 오연하게 서서 직접 뵙기 전까지는 발이 땅에 붙어서 움직일 수 없다고 버티는 거다.

바이올라 하지만 공작님, 아가씨께서는 깊은 시름에 빠져 있다고들 하는데, 어지간해선 만나줄 것 같지 않습니다.

오시노 빈손으로 소득 없이 돌아올 거면 시끌벅적하게 소란이라도 피워. 예의고 체면이고 차릴 것 없다.

바이올라 만약 만나 뵐 수 있으면 그땐 뭐라고 말씀 드릴까요?

오시노 오! 그때는 내 불같은 사랑의 열정을 털어놓고 이 가슴 속에 맺힌 진심을 아가씨에게 호소해다오. 내 사랑의 고뇌를 대신 전해주는 것은 네가 적격이다. 쓸데없이 점잔만 빼는 심부름꾼보다도 너 같은 젊은 이의 얘기를 아가씨는 더 잘 들어줄 것이다.

바이올라 저는 그렇게 생각하지 않는데요.

오시노 아니야, 틀림없어. 달의 여신 아르테미스의 입술도 네 입술만큼 부드럽고 붉지 못해. 너의 작은 목청은 마치 처녀의 목소리와도 같이 높고 고운 소리를 내고 있단 말이야. 아무튼 너는 하나에서 열까지 여자를 쏙 닮았어. 너야말로 애초에 이 일에는 안성맞춤이야.

바이올라 혼신의 힘을 다해 청혼해보겠습니다. (방백) 그렇지만 거북스

러운 일이다! 누구에게 청혼을 하든지 그의 아내가 되고 싶은 사람은 나 자신이니까. (모두 퇴장)

제 5 장 올리비아의 집

마리아와 광대 등장.

마리아 글쎄, 어딜 쏘다녔는지 말해봐. 안 그러면 너를 감싸주려고 털 하나 들어갈 만큼도 입을 열지 않을 테니 말이야. 네 멋대로 집을 비웠으 니 아가씨께서는 널 교수형에 처하시겠지.

광 대 목을 매달아보라지 뭐. 그럼 빛을 두려워하지 않아도 되니까.

마리아 그건 또 무슨 소리야?

광 대 나 원! 눈을 감으면 빛이 보이지 않는데 겁날 게 없잖아!

마리아 별 싱거운 대답도 다 있군. "빛을 두려워하지 않는다"는 격언이 어디서 나왔는지 얘기해주지.

광 대 제발 그러세요, 마리아 아줌마!

마리아 전쟁에서 나온 말이야. 너 같은 멍청이가 그런 말을 쓰다니, 뻔 뻔하구나.

광 대 오, 신이시여! 지혜 있는 자에게는 지혜를 주시고, 바보에게는 재주를 부리게 해주십시오.

마리아　아무튼 너는 오랫동안 집을 비웠으니까 교수형 아니면 여기서 쫓겨날 거야. 쫓겨나나 교수형이나 너에겐 매한가지겠지만.

광 대　교수형 덕분에 넌덜머리나는 결혼을 모면한 사람이 얼마나 많은데. 그런데 이왕 쫓겨날 거면 여름이면 좋겠는데.

마리아　그래도 준비는 돼 있나보네.

광 대　그렇지도 않아. 준비야 두 가지지.

마리아　아가씨께서 나오신다. 잘못했다고 손이 발이 되도록 싹싹 비는 게 네 신상에 좋을 거다. (퇴장)

광 대　기지여, 나에게 부디 근사한 광대 노릇을 시켜주오. 지혜가 있다고 뽐내는 작자들이 멍청이인 경우가 더 많더군. 난 지혜라곤 없는 멍청이니까 오히려 똑똑한 인간으로 통할는지도 몰라.

올리비아와 말볼리오 등장.

광 대　아가씨, 안녕하신지요?

올리비아　저 멍청이를 끌어내!

광 대　어이, 뭐하는 거야? 아가씨를 끌어내라는데.

올리비아　이봐, 넌 이제 별 볼일 없는 광대일 뿐이야. 이젠 쓸모가 없어. 더군다나 버릇까지 형편없단 말이야.

광 대　그 두 가지 허물이야 술과 충고로 고칠 수 있지요. 별 볼일 없는 멍청이에겐 술을 먹여보세요. 생기가 돌 게 아니겠어요. 그리고 버릇이 형편없는 건 고치라고 하면 되지요. 고치기만 하면 버릇이 좋아질 것이고. 그래도 못 고치면 옷 수선쟁이에게 맡겨보세요. 여기저길 수선한 누더기야말로 광대가 걸치고 있는 옷이지요. 미덕도 흠이 간 것은 죄악으로 누더기가 돼 있고, 죄악도 고친 것은 미덕으로 누더기가 돼 있는 것이랍니다. 아가씨께서 광대를 끌어내라고 했는데, 뭐 하고들 있나? 아가씨를 저리 데려가란 말이다.

올리비아 이봐, 널 데려가라고 한 거야.

광 대 어? 이거 보통 실수가 아니네! 아가씨, 제가 비록 누더기 광대옷을 입고 있긴 하지만 머릿속까지 누더기는 아닙니다요. 아가씨, 당신은 왜 그리 슬퍼하지요?

올리비아 이 멍청이, 오라버니가 돌아가셨기 때문이지.

광 대 아가씨, 그럼 오라버니의 영혼은 지옥에 있을 거예요.

올리비아 이 멍청아, 오라버니의 영혼은 천당에 가 있어.

광 대 그러니까 아주 멍청이죠. 오라버니의 영혼이 천당에 가 있는데 왜 슬퍼하느냐 말이야. 이보게들, 이 멍청이를 데리고 가, 어서.

올리비아 말볼리오, 이 멍청이를 어떻게 생각해? 상태가 조금 나아진 건가?

말볼리오 예, 아마도 죽음의 고통을 당할 때까지는 조금씩 나아질 것입니다. 나이를 먹으면 총명한 사람도 노망이 들지만 멍청이는 더욱 상명청이가 되는 법이니까요.

올리비아 말볼리오, 그대도 잘난 체하는 게 병이야. 그러니 무얼 먹어도 입에 맞는 게 없지. 너그럽고 결백하며 자유로운 기질을 가진 사람은 당신이 대포알이라고 생각하는 것도 새 총알 정도로밖에 여기지 않아. 세상이 이미 다 알고 있는 광대가 험담을 한다 해도 그건 악의가 있다고 할 수 없어. 마치 저명한 인사가 아무리 남을 비난한다 하더라도 악의적인 험담이 안 되는 것처럼 말이야.

광 대　자, 헤르메스 신이여, 아가씨에게 거짓말하는 솜씨를 허락하소서. 멍청이를 찬양하고 있으니!

마리아 다시 등장.

마리아　아가씨, 문밖에서 웬 젊은 신사분이 꼭 만나 뵙고 드릴 말씀이 있다고 하는데요.

올리비아　오시노 공작이 보낸 사람인가?

마리아　잘 모르겠어요. 꽤 미남 청년인데 수행원들도 제법 되네요.

올리비아　누가 응대하고 있지?

마리아　삼촌이신 토비 경이십니다, 아가씨.

올리비아　그 양반이면 그냥 들어오시라고 해. 정신 나간 소리밖에 더 하겠어? (마리아 퇴장) 말볼리오, 가봐요. 공작이 보낸 사람이면 아파서 누워 있다든가, 집에 없다든가, 뭐든 적당히 둘러대고 돌려보내요. (말볼리오 퇴장) 자, 보았지. 네 광대짓도 이젠 식상해. 모두 싫어하잖아.

광 대　아가씨는 방금 저를 변호해주셨지요. 마치 맏아들이 바보나 된 것처럼. 신이여, 제발 머리를 채워주소서! 왜냐고요? 마침 머리가 빈 친척이 하나 들어오고 있잖아요.

토비 벨치 경 등장.

올리비아 아이, 짜증나! 또 고주망태시군. 문밖에 찾아온 사람은 누구예요, 아저씨?

토비 벨치 경 신사다.

올리비아 신사라니요! 어떤 신사인데요? 그나저나 아저씨, 도대체 어떻게 된 거예요? 이른 아침부터 곤드레만드레잖아요.

토비 벨치 경 뭐 곤드레만드레! 곤드레만드레하는 자는 바로 대문에 있어.

올리비아 그러니까 그게 누구냐고요?

토비 벨치 경 그게 악마라면 어때? 상관없다고. 나에게 신앙을 달라 이거야. 젠장, 될 대로 되라지. (퇴장)

올리비아 이봐, 멍청이. 술주정뱅이는 뭘 닮았지?

광 대 익사한 놈, 바보 멍청이, 그리고 미치광이를 닮았지요. 얼큰할 때 한 잔 하면 바보 멍청이가 되고, 두 잔을 하면 미치광이, 석 잔을 넘으면 물귀신이 되거든요.

올리비아 그럼 가서 검시관을 불러와. 아저씨를 검사해야겠어. 아저씨는 세 번째 단계로 만취한 물귀신이네. 가서 돌봐줘.

광 대 아가씨, 아직은 미치광이 정도예요. 그러니까 바보 멍청이가 미치광이를 돌봐주는 거네요. (퇴장)

말볼리오 다시 등장.

말볼리오 아가씨, 문 앞에 와 있는 젊은이가 꼭 아가씨를 만나 뵙고 가겠다는군요. 편찮으시다고 했더니 그건 다 알고 왔으니까 꼭 뵙고 말씀을 드리겠답니다. 지금 주무시고 계신다니까 그것도 다 알고 왔으니 뵙게 해달라고 버티고 있습니다. 아가씨, 뭐라고 할까요? 아무리 안 된다고 거절을 해도 막무가내군요.

올리비아　만날 수 없다고 전해요.

말볼리오　그렇게도 말해봤어요. 그랬더니 관청의 기둥이 되든지 걸상 다리가 되는 한이 있더라도 직접 만나 뵙지 않고는 안 가겠답니다.

올리비아　인품은 어때? 나이는 몇 살이나 돼보이고?

말볼리오　글쎄, 성인이라고 하기에는 나이가 좀 모자라고, 또 아이라고 할 만큼 어리지도 않아요. 알이 생길까 말까 정도인 풋콩 또는 붉은 빛이 살짝 도는 풋사과라고나 할까, 어른과 아이의 중간 정도예요. 얼굴은 퍽 잘생겼고 입심이 아주 야문데, 어찌 보면 어머니 젖을 뗐을까 말까 하는 생각이 드는군요.

올리비아　이리로 안내해요. 그리고 시녀를 불러주고.

말볼리오　이봐, 아가씨께서 부르셔. (퇴장)

바이올라 수행들과 함께 등장.

바이올라　어느 분이 이 댁의 고명하신 아가씨인지요?

올리비아　나에게 말해요, 대신 대답을 해줄 테니. 용건이 뭐지요?

바이올라　더없이 빛나고 비교할 데 없는 아름다움을 간직하신 분, 제발 간청합니다. 당신께서 바로 이 댁의 아가씨인가요? 한 번도 뵌 적이 없어서요. 모처럼의 대사를 헛되게 하고 싶지는 않습니다. 멋지게 만든 말이기도 하지만 암기하느라 꽤나 힘이 들었으니까요. 아름다운 아가씨,

저를 너무 경멸하지 마세요. 저는 조금만 냉정한 대접을 받아도 주눅이 들고 만답니다.

올리비아 어디서 오셨나요?

바이올라 먼저 당신이 이 댁의 아가씨이신지 말씀해주세요. 저는 뵌 적이 없어서요. 그래야 제가 준비해온 대사를 계속할 수 있으니까요. 당신이 이 댁의 아가씨이십니까?

올리비아 그래요. 내가 나 자신을 빼앗아가는 것이 아니라면요.

바이올라 아니에요. 틀림없이 이 댁 아가씨가 맞다면 당신께선 자신을 빼앗아간 것입니다. 왜냐하면 아가씨께서는 당연히 내어줄 것을 이제까지 연기하고 있기 때문입니다. 지금 말씀드린 것은 제가 받은 지시 밖의 일입니다.

올리비아 어서 용건부터 말해요. 그 칭찬의 말일랑 그만두고.

바이올라 큰일났네요. 그걸 외우느라고 얼마나 고생을 했는데요. 게다가 매우 시적이고.

올리비아 그렇다면 꾸며댄 거짓일 테니 그만 집어치워요. 당신 얘기를 듣고 싶어서가 아니라 당신이 문 앞에서 무례하게 버티고 있다기에 도대체 어떤 작자인지 보려고 부른 거예요. 미치지 않았다면 빨리 돌아가요. 제정신이라면 간단히 말해요. 난 지금 그따위 허접한 말 따위나 상대할 심정이 아니니까요.

바이올라 아가씨에게만 드려야 할 이야기입니다. 저는 선전포고를 하러 온 것도 아니고 항복을 재촉하러 온 것도 아닙니다. 제 손은 올리브 가지를 쥐고 있고, 드릴 말씀도 내용도 지극히 평화로운 것입니다.

올리비아 모두들 잠시 자리를 비켜줘. 그 평화로운 말씀 한번 들어보게. (마리아와 수행들 퇴장) 자, 그 말씀을 들어볼까요?

바이올라 이 세상에서 가장 아름다운 여인이여!

올리비아 아주 기분 좋은 교리이네. 얼마나 더 늘여 뺄 셈이지? 대체 본문은 어디 있어요?

바이올라 오시노 공작님의 가슴속에요.

올리비아 그분의 가슴속이라! 가슴속 제 몇 장이죠?

바이올라 그 방식을 따르자면 그분 가슴속 제1장이지요.

올리비아 아! 그거라면 벌써 읽었어요. 그건 이단의 가르침이에요. 또 할 이야기가 있어요?

바이올라 아가씨, 얼굴을 보여주세요.

올리비아 제 얼굴과 담판이라도 지으라는 명령이라도 받고 왔어요? 본문에서 벗어났군요. 하지만 좋아요. 커튼을 걷고 제 얼굴을 보여드리죠. 자, 보세요. (베일을 벗는다) 지금은 이 정도인데. 어때요, 괜찮은가요?

바이올라 굉장합니다, 하느님이 모든 것을 만드셨다면.

올리비아 바래지 않게 물들여놓아서 비바람에도 잘 견뎌낼 거예요.

바이올라 참으로 오묘한 기예로 붉고 흰 빛깔을 조합하여 이뤄낸 아름다움이군요. 조화의 극치예요. 아가씨, 당신이야말로 세상에 둘도 없는 잔인한 분입니다. 그런 아름다움을 모조리 무덤까지 끌고 가서 이 세상에 단 한 장의 사본도 남겨놓지 않는다면요.

올리비아 무슨 말씀을! 난 그런 잔인한 여자는 아니에요. 내 아름다움을 명세서로 만들어 남겨놓을 거예요. 단 하나도 빼지 않고 명세서를 만들어 유언장에다 붙여놓을 거예요. 이렇게 말예요. 첫 번째 상당히 붉은 입술 두 개. 두 번째 회색 눈 두 개. 세 번째 목 한 개, 턱 한 개 등등. 그런데 나를 찬미하러 여기에 당신을 보낸 건가요?

바이올라   당신이 어떤 사람인지 이제야 알겠어요. 아가씨는 도도하기 짝이 없으시군요. 그러나 아가씨가 악마라 해도 아름다운 것만은 분명합니다. 저의 주인은 당신을 사랑하십니다. 아가씨가 아무리 절세의 미의 왕관을 썼다 해도 그 사랑에는 응답하지 않을 수 없을 것입니다.

올리비아   공작님께서는 내 마음을 이미 알고 계세요. 나는 그분을 사랑할 수 없어요. 물론 그분은 명망이 높고 훌륭한 분이에요. 영지도 넓고 청렴하며 흠 잡을 데 없는 젊은 분으로 알고 있어요. 세상의 평판도 좋고 활달한 성미에 관대한 성품, 학식과 용기, 체격이나 태도도 출중한 분이시죠. 그렇지만 나는 그분을 사랑할 수 없어요. 이런 대답은 이미 오래전에 드렸어요.

바이올라   만약 제가 저의 주인같이 사랑의 열정에 불타 고통 속에 빠지고 생명을 바치듯 한다면 어찌 그런 거절의 말씀이 귀에 들어오겠습니까? 아마도 무슨 소리인지 이해하려고도 하지 않을 것입니다.

올리비아   그럼 당신이라면 어떻게 하겠어요?

바이올라   당신의 집 문 앞에 버드나무 가지로 엮은 오두막집을 지어놓고 저택 안의 내 영혼에 하소연할 것입니다. 버림받은 진실한 사랑의 슬픔을 가사로 지어 깊은 한밤중에 소리쳐 노래하고, 언덕을 향해 아가씨의 이름을 불러 메아리를 울리게 할 겁니다. 그러면 아가씨께서는 이 몸을 측은히 여겨주시지 않는 한 이 세상에서 잠시라도 편히 쉬지 못하게될 것입니다.

올리비아   당신이라면 그렇게 하고도 남겠네요. 당신은 어떤 신분의 사람인가요?

바이올라　지금의 처지보다야 훨씬 높죠. 하지만 현재도 나쁘지는 않습니다. 태생은 신사니까요.

올리비아　돌아가서 주인께 전해주세요. 나는 그분을 사랑할 수 없으니다시는 사람을 보내지 말라고요. 단, 당신의 주인이 내 말을 어떻게 받아들이셨는지 알려주러 온다면 그것은 별도의 문제예요. 안녕히 가세요. 수고 많았어요. 자, 이 돈은 받아두세요.

바이올라　저는 수고비를 받고 심부름을 온 게 아닙니다. 그 돈은 도로 넣어두세요. 보답을 받을 사람은 저의 주인이지 제가 아닙니다. 원컨대 앞으로 당신이 사랑할 때 사랑의 신이 상대방의 가슴을 정녕 차돌같이 만들어주시고, 아가씨의 불타는 사랑의 열정은 저의 주인처럼 무참히 냉대받게 해주시기를! 안녕히 계십시오, 아름답고 냉혹한 분이여. (퇴장)

올리비아　"당신은 어떤 신분의 사람인가요?" "그야 지금의 처지보다야 훨씬 높죠. 하지만 현재도 나쁘지는 않습니다. 태생은 신사니까요"라고 했겠다. 그래, 틀림없는 신사야. 그 말씨, 얼굴, 체격, 거동, 마음 씀씀이로 볼 때 지체 높은 집안의 사람이 틀림없어. 안 되지! 조급하게 행동해서는 안 돼. 주인과 저 사람을 바꾸어놓다니, 내가 정상이 아니지. 갑자기 상사병에 걸려버렸어. 아마 그 젊은이의 아름다운 모습이 나도 모르는 사이에 내 마음속에 스며든 거야. 어쩔 수 없지, 될 대로 되라고 하는 수밖에는. 이봐, 말볼리오!

말볼리오 등장.

말볼리오　아가씨, 부르셨습니까?

올리비아　아까 그 시건방진 심부름꾼인, 공작의 시종을 뒤쫓아가요. 내게 물어보지도 않고 반지를 두고 갔어. 이런 건 받고 싶지 않다고 말해. 그리고 주인에게 가서 괜히 인심을 써서 쓸데없는 희망을 갖게 하지 말라고 단단히 말해줘. 난 그 사람이 싫으니까. 그리고 만일 그 젊은이가 내일 다시 여기 오면 그 이유를 말해줄 거라고 해요. 자, 어서 서둘러요, 말볼리오.

말볼리오　예, 시키는 대로 하겠습니다. (두 사람 퇴장)

제2막

제 1 장 바닷가

안토니오와 세바스찬 등장.

안토니오   더는 머물지 않겠다는 겁니까? 내가 동행하면 안 되겠어요?

세바스찬   죄송하지만 이해해주세요. 내 운명엔 불길한 별이 따라다니니 혹시 나의 불운이 당신의 운명에까지 미칠지 모릅니다. 그러니 여기서 헤어집시다. 내 불행은 나 혼자서 감당하게 해주시오. 내가 당신께 폐를 끼치게 된다면 그건 호의를 베푼 당신에 대한 도리가 아닐 것이오.

안토니오   정 그러면 행선지라도 알려주시오.

세바스찬   아니오. 사실은 이곳저곳 정처 없이 떠돌아다니는 방랑의 길이랍니다. 그런데 당신은 매우 겸손한 사람이라 내가 숨겨두고 싶은 것을 굳이 캐묻지 않으니, 나로서는 도리어 솔직하게 말씀드리는 것이 예의일 것 같습니다. 안토니오 씨, 제 이름을 로데리고라고 말씀드렸지만 사실 원래 이름은 세바스찬입니다. 나의 부친은 메살린의 세바스찬이지요. 아버지는 저와 누이동생을 두고 돌아가셨어요. 우리 둘은 같은 시각에 세상에 나온 쌍둥이랍니다. 바라기는 죽는 것도 한날 한시에 했으면 했지요. 그 소망을 당신이 바꿔버린 셈이 됐어요. 당신이 험난한 파도에서 나를 구해준 그 몇 시간 전에 누이동생은 바닷물에 빠져 죽었답니다.

안토니오   아, 정말 안됐군요.

세바스찬   누이는 나와 많이 닮았다고 합니다만 미인이라고 말하는 사람들이 많았어요. 칭찬을 곧이곧대로 믿지는 않습니다만 이것만은 자신 있게 말할 수 있어요. 아무리 시기심이 많은 사람도 아름답다고 말할 수밖에 없는 고운 마음씨를 지녔답니다. 그 사랑스런 동생이 바닷물에 빠져 죽었어요. 그런데 그걸 생각할수록 눈물의 바다 속에 누이를 밀어넣는 것 같군요.

안토니오   죄송합니다. 결례가 많았습니다.

세바스찬   천만에, 무슨 그런 말씀을. 안토니오! 나야말로 심려를 끼친 걸 용서해주시오.

안토니오   저의 우정을 생각해서라도 제가 모시도록 해주십시오. (퇴장)

제 2 장 거리

바이올라 등장하고 뒤따라 말볼리오 등장.

말볼리오   조금 전에 올리비아 아가씨 댁에 오셨던 분이지요?

바이올라   예, 그런데요. 보통 걸음으로 여기까지 걸어왔지요.

말볼리오   아가씨께서 이 반지를 돌려드리랍니다. 아까 갖고 갔더라면 제가 이런 수고를 안 해도 됐을 텐데. 그리고 우리 아가씨가 이후로 공작님의 청을 받을 생각은 전혀 없으니 꼭 그 말을 전하라고 누차 당부하셨소. 또 당신 주인의 용무로는 두 번 다시 찾아오지 말라고 하셨소. 하지만 공작께서 그 말을 어떻게 들었는지 알리려고 당신이 오겠다면 그것은 관계치 않겠다고 하십디다. 자, 이것은 받아 가시오.

바이올라   그 반지는 아가씨가 나한테 받으신 거요. 난 받을 수 없어요.

말볼리오   왜 이러쇼? 당신이 멋대로 아가씨에게 내던진 것 아뇨. 당신이 한 것처럼 똑같이 내던져주라고 했소. 허리를 굽혀 주울 만한 가치가 있다면 바로 당신 눈앞에 있으니 줍든지, 그게 싫으면 아무나 줍는 사람이 임자지, 뭐. (퇴장)

바이올라   반지를 두고 온 적이 없는데 아가씨가 정말 무슨 뜻으로 그럴까? 내 외모에 반해버렸다면 이거 큰일이잖아! 그래 내 얼굴만 줄곧 쳐다보고 있었어. 넋을 놓고 바라보다가 혀가 제대로 움직이지 않는 듯 알아듣지도 못할 말을 더듬거렸어. 분명히 날 좋아하는 것 같아. 불타는 열정으로 교활하게도 내 마음을 유인하려고 저 무례한 심부름꾼을 보낸 거야. 공작님의 반지를 안 받겠다니! 공작님은 아무것도 주지 않는데 말이야. 틀림없이 나를 겨누고 한 거야. 그렇다면 정말 가엾은 아가씨, 차라리 꿈을 사랑하는 게 나을 거예요. 공작님께서는 아가씨를 죽을 만큼 사랑하고 있고, 남장한 여자인 나는 공작님을 좋아하고 있고, 아가씨는 잘못 알고 나를 좋아하게 됐으니 장차 이 일을 어떻게 하면 좋을까? 아, 난감하네! 가엾은 올리비아 아가씨는 헛되이 한숨만 짓고 있어야 하다니! 오, 시간이여, 이 복잡하게 뒤얽혀버린 사건을 해결해다오. 난 도저

히 얽힌 매듭을 풀 힘이 없구나. (퇴장)

제 3 장 올리비아의 집

토비 벨치 경과 앤드류 경 등장.

토비 벨치 경 이쪽으로 오게, 앤드류 경. 자정이 넘도록 잠자리에 안 들었으니 일찍 기상한 것이나 다름없군. "아침 일찍 일어나는 자가 장수한다"는 말을 알고 있지?

앤드류 경 아니, 전혀 들어본 적이 없네. 밤늦게까지 잠자리에 들지 않으면 그거야 밤늦게까지 자지 않은 게 아닐까?

토비 벨치 경 결론이 틀렸네. 그런 식의 말은 빈 술병 같아 정말 싫단 말씀이야. 자정이 지나서까지 깨어 있다가 잠자리에 들면 그게 일찍 자는 거지. 그러니까 자정이 지나서 잠자리에 들면 일찍 잠자리에 드는 거다 이거야. 무릇 인간의 생명이란 땅, 물, 불, 바람의 네 가지 원소로 돼 있나니.

앤드류 경 음, 다들 그렇게들 말하는 데, 난 말이야! 먹고 마시는 것으로 돼 있다고 생각해.

토비 벨치 경 학자가 따로 없네그려. 그러면 먹고 마셔보자고. 어이, 마리아! 여기 술, 술 가져와! (광대와 마리아 등장)

마리아　아니, 무슨 북새통이람? 어디 두고 보셔요! 아가씨께서 말볼리오 집사를 불러 당신들을 밖으로 내쫓을 테니까.

토비 벨치 경　아가씨는 뙤놈, 우리는 지체 높은 관리, 말볼리오는 천하 병신이야. 우리들 세 사람은 유쾌한 단짝들, 난 이래 뵈도 아가씨의 친척이란 말씀이야. 피가 통하고 있다고. 아가씨가 뭐 어떻단 말인가! (노래한다) 옛날 바빌론에 한 사나이 있었네, 아가씨 아가씨!

광 대　제기랄, 나리 양반의 멍청이 짓이 놀랄 노자군.

앤드류 경　그렇고말고, 신명만 나면 끝내주지. 나도 못지 않지. 솜씨야 저 친구가 좀 낫지만, 그 대신 난 자연스럽단 말이야.

토비 벨치 경　(노래한다) 마침 때는 동지섣달하고도 십이야라…….

마리아　제발 좀 조용히 해요!

말볼리오 등장.

말볼리오　어째 다 머리가 돈 것 같군요? 분별이고 체면이고 염치고 다 어디다 팔아먹었답니까? 오밤중에 땜장이처럼 소란을 피우다니 말이오. 아가씨의 저택을 선술집으로 만들 셈이오? 아무런 가책도 없이 집이 떠나가라고 고래고래 소리를 질러대며 야단법석이라니. 토비 경, 솔직히 말씀드리죠. 아가씨께서 저보고 전하라고 하셨는데 친척이니까 모시고 있지만 이런 문란한 행태에는 넌덜머리가 난다고 하셨어요. 그러니까 앞으로 그런 주책없는 난잡한 행실을 삼간다면 모르지만 그렇지 않다면 지체 없이 작별을 하시겠다고 합니다.

토비 벨치 경　정든 님아, 부디 안녕! 너를 두고 나는 간다.

마리아　그만둬요, 토비 경.

말볼리오　마리아 아가씨, 아가씨의 총애를 대수롭지 않게 생각하는 게 아니라면 이런 무례한 짓에 동참하지 말아요. 알겠소? 틀림없이 아가씨 귀에 들어가고 말 테니. (퇴장)

마리아　빨리 가서 당나귀처럼 귀나 흔들고 있으라지.

앤드류 경　저 녀석에게 결투를 신청하고, 고의로 바람맞히는 식으로 골려주는 것도 재미있겠어. 시장기가 돌 때 한잔 척 걸치는 맛 못지 않을걸.

토비 벨치 경　그래, 해보라고. 도전장은 내가 써줄게. 아니면 몹시 분개하고 있다고 구두로 전달해도 좋아.

마리아　토비 경, 오늘 밤은 좀 참으세요. 오늘 아가씨께서는 공작님 댁의 젊은이가 왔다 간 후로 안절부절 못하고 계세요. 말볼리오 집사 일은 제가 무슨 수를 써서라도 웃음거리로 만들 거예요. 그 정도도 못하면 혼자 잠자리에도 들어가지 못하는 못난이라고 골려도 좋아요. 지켜보세요.

토비 벨치 경　어이, 좀 얘기해 봐. 어떻게 한다는 거야?

마리아　그는 말만 청교도이지 이것도 저것도 아니에요. 그때그때 유리한 대로 알랑거리는 기회주의자인 데다가 그럴 듯한 말을 기억해놓았다가 그럴 듯하게 지껄여대죠. 잘난 체하며 뻐기는 작태는 꼴불견이지요. 자기를 한 번 보기만 하면 누구나 자기에게 반한다고 철석같이 믿고 있어요. 그런 약점을 이용하면 망신살이 톡톡히 뻗치게 할 수 있어요.

토비 벨치 경　그럼 어떻게 해야 하지?

마리아　잘 다니는 길목에다 이름이 없는 연애편지를 떨어뜨려 둘 거예요. 편지에 수염의 색깔이며, 다리 모양, 걸음걸이, 눈매, 이마 그리고 안색 같은 것을 써놓아 그것이 자기에게 보낸 것이 틀림없다고 믿게 하는 거예요. 저는 아가씨와 아주 비슷하게 글씨를 쓸 수 있어요. 오래 전에 쓴 것을 보면 제 글씨인지 아가씨의 글씨인지 서로 구별을 못할 정도니까요.

토비 벨치 경 근사해! 이제 감 잡았어.

앤드류 경 나도 냄새를 맡았어.

토비 벨치 경 떨어뜨린 연애편지를 보고는 내 조카딸이 보낸 편진 줄 알겠지. 그래서 자기를 사랑하는 줄 알게 된다 이거지?

마리아 바로 그게 제가 노린 거예요.

앤드류 경 아 참, 기막히군!

마리아 최고의 구경거리가 될 거예요. 두고 보세요. 제 약발이 잘 들을 테니까. 두 분과 저 광대는 숨어서 구경만 하면 돼요. 그 편지를 주워 어떻게 하는지 똑똑히 보셔요. 오늘 밤은 편히 주무시고 꿈에서라도 이 일을 지켜보시기를. 그럼 안녕히. (모두 퇴장)

제 4 장 공작의 저택

오시노 공작, 바이올라, 큐리오, 그 외 사람들 등장.

오시노 음악을 들려다오. 아, 다들 안녕하오? 자, 세자리오, 그 노래를 불러봐. 지난밤에 불렀던 고풍스런 노래를 말이다. 그 노래 덕분에 사랑의 괴로움을 한결 덜은 것 같다. 요즘같이 눈이 어지럽게 급변하는 세태에 영합해 이리저리 꿰어 맞춘 가사나 경박한 곡조보다는 훨씬 좋았어. 자, 일절만이도 좋아.

큐리오　죄송하오나 그 노래를 부른 자가 여기 없습니다.

오시노　누구였더라?

큐리오　어릿광대 페스테입니다. 올리비아 아가씨 선친께서 매우 총애하던 광대입니다. 이 저택 근처 어딘가에 있을 겁니다.

오시노　찾아오너라. 그동안 음악을 연주해다오. (큐리오 퇴장, 음악) 이리 오라. 네가 만일 사랑 때문에 고통받게 되거든 날 기억해다오. 진실한 사랑을 하는 자는 모두 나와 피장파장이니까. 사랑하는 사람의 모습은 언제나 마음속에 깊이 각인돼 있지만 그 외의 것들은 무엇이건 간에 흐리멍덩해지는 거다. 어때? 이 곡이 듣기 좋으냐?

바이올라　사랑의 신의 옥좌에서 울려 퍼지는 소리 같습니다.

오시노　썩 그럴 듯한 말이군. 넌 아직 어리지만 틀림없이 사랑하는 누구에겐가 눈길을 준 적이 있는 것 같구나. 그렇지 않나?

바이올라　예, 덕분에 좀 있었죠. 공작님 같은 사람이었죠.

오시노　그럼 사랑에 빠질 정도는 아니군. 그래 나이는 몇인가?

바이올라　공작님과 같은 연배입니다.

오시노　나이가 너무 많군. 여자는 자기보다 연하인 남편을 만나야 돼. 그래야 부부 사이가 좋고, 항상 남편의 마음을 붙잡아둘 수 있지. 왜냐하면 남자란 아무리 호의적으로 봐주어도 여자보다는 마음이 둥둥 떠 있고 변하기도 쉽지. 아주 쉽게 정이 드는가 하면 언제 그랬냐는 듯이 식어버리는 것이 남자야.

바이올라 공작님 말씀이 정말 옳습니다.

오시노 그러니 너도 연하의 애인을 만들도록 해라. 그렇지 않으면 너의 사랑도 오래 가지 못할 거다. 자고로 여자란 장미꽃과 같아서 한번 확 피고 나면 곧바로 지고 마는 것이니까. 세자리오, 한 번만 더 그 냉정한 아가씨에게 가다오. 가거든 이렇게 전해다오. 내 사랑은 이 세상에서 가장 고귀해서 이 더러운 땅덩일랑은 전혀 관심이 없다고, 운명이 그녀에게 갖다준 재산은 그 운명처럼 헛되게 본다고, 내 영혼이 끌린 것은 자연이 오묘하게 빚어놓은 기적 같은 보석 중의 보석, 절세의 아름다움이라고 전해다오.

바이올라 그래도 사랑할 수 없다고 하면 어떡하죠, 공작님?

오시노 그런 응답을 들을 수는 없어.

바이올라 그러나 어쩔 수 없죠. 어떤 여자가 공작님께서 올리비아 아가씨를 사랑하여 괴로워하듯 공작님을 사랑한다고 생각해보세요. 그러면 공작님은 물론 사랑할 수 없노라고 말씀하시겠죠? 그러면 그 여자로서도 어쩔 수 없는 일 아니겠어요?

오시노 네가 얘기한 여자가 내게 품은 사랑을 내가 올리비아에게 품은 사랑과는 비교조차 하지 마라.

바이올라 저는 여자의 사랑이 어떤 것인지 너무나 잘 알고 있죠. 여자들도 우리 남자들처럼 진실하답니다. 제 아버지에겐 딸이 하나 있었는데 어떤 남자를 사랑했답니다. 마치 제가 여자라면 공작님을 열렬히 사랑했을 것같이 말입니다.

오시노 그래, 그녀의 사랑은 어떻게 됐느냐?

바이올라 공작님, 그녀는 백치였어요. 끓어오르는 사랑을 가슴속에 감춘 채로 꽃봉오리를 벌레가 갉아먹어버리듯이 상사병이 분홍빛의 두 볼을 수척하게, 몸은 야위고 슬픔에 잠겨 흡사 돌을 쪼아 만든 인내의 석상처럼 비탄에 빠진 채 웃음을 띠고 있었지요.

오시노 그래서 네 누이는 그 사랑 때문에 죽었느냐?

바이올라 아버지에게는 이제 저 외에는 아들도 딸도 없습니다. 아직은 저도 모르겠습니다만. 그럼 아가씨에게 갔다올까요?

오시노 그래, 그게 중요한 일이지. 서둘러라. 이 보석을 전하고, 내 사랑은 물러날 곳도 없고 거절도 받아들일 수 없다고 여쭤라. (퇴장)

제 5 장 올리비아의 정원

토비 벨치 경, 앤드류 경, 마리아, 페이비언 등장.

토비 벨치 경 어! 작은 악당이 납신다. 그래, 어떤가 아가씨?

마리아 자, 모두 회양목 그늘에 숨으세요. 말볼리오가 이리로 오고 있어요. 저 사람이 아까부터 양지에서 반 시간 이상 자기 그림자를 보고 절하는 연습을 반복하고 있어요. 잘 지켜보세요. 이 편지를 보고 나면 생각에 빠져 얼간이 같은 낯짝이 되고 말 거예요. 자, 어서 몸을 숨겨요. 재미한 번 끝내줄 거예요. (편지를 땅바닥에 던지면서) 너는 꼼짝 말고 있거라. 저

기 송어가 나타났네. 이걸 근질여서 낚아야지. (퇴장)

말볼리오 등장.

말볼리오　모든 게 팔자소관이야. 마리아가 언젠가 아가씨께서 날 좋아하신다고 말한 적이 있었지. 아가씨도 비슷한 말씀을 한 적이 있어. 만약 당신이 사랑을 한다면 이 말볼리오 같은 사람이어야 한다고 말이야. 게다가 아가씨를 모시고 있는 사람 중에 누구보다도 날 살갑게 대해주신단 말이야. 대체 이걸 어떻게 받아들여야 하지?

토비 벨치 경　에이, 저런 건방진 자식!

페이비언　쉿! 조용히 하세요. 헛된 생각에 빠진 꼬락서니가 희한한 칠면조 같군. 깃을 잔뜩 추켜세우고 거드름을 피우고 있는 꼴이라니!

말볼리오　말볼리오 백작이라!

토비 벨치 경　저런, 불한당 같은 놈!

앤드류 경　총으로 확 쏴버릴까 보다!

말볼리오　전례가 없는 것도 아니지. 스트레치 백작의 아가씨는 의상실의 시종과 결혼했잖아.

앤드류 경　저런, 뻔뻔한 놈!

페이비언　조용히 해요. 저놈 이젠 푹 빠져버렸군. 우쭐해가지고 기고만장하군.

말볼리오　결혼하고 석 달만 지나면 백작 자리에 앉게 된다. 저놈을 계속 살려둬야 하나?

토비 벨치 경　에잇, 석궁이 있으면 놈의 눈깔에다 쏴버릴 텐데.

말볼리오   아니, 이게 뭐지? (편지를 줍는다)

페이비언   자, 누런 도요새가 덫에 걸려들고 있네.

토비 벨치 경   쉿, 조용히 해! 익살의 요정이여, 제발 저놈이 큰 소리로 읽게 해주기를!

말볼리오   이건 분명히 아가씨의 필적이야. 이 C자, U자, T자가 모두 아가씨가 쓴 글씨야. 대문자 P도 꼭 이렇게 쓰거든. 이건 의심할 필요도 없이 아가씨가 쓴 글씨가 분명해.

앤드류 경   그녀의 C자, U자, T자가 그래서 어떻다고?

말볼리오   (읽는다) "이름 모를 사랑하는 이에게, 제 진정한 마음을 담아서" 아가씨 말투 그대로군! 밀랍이여 떨어져라. 가만 있자! 봉인도 언제나 사용하는 루크레스의 초상이군. 분명해, 아가씨의 것이. 누구에게 보낸 것일까?

페이비언   이젠 됐어. 완전히 걸려들었어.

말볼리오   (읽는다) "신만이 알고 있네, 나의 사랑." 그게 과연 누구일까? "입술이여 움직이지 말라. 그 누구도 알아서는 안 되니까." 그 누구도 알아서는 안 되니까라니. 그 다음은? 운율이 달라졌군! "누구도 알아서는 안 된다." 만약 그게 말볼리오, 너라면?

토비 벨치 경   이런 목을 매달아 죽일 더러운 놈 같으니라고!

말볼리오   (읽는다) "내가 사모하는 이는 내가 부리는 자니. 침묵하는 심정이여, 루크레스의 칼처럼 유혈도 없이 이 가슴을 찌르는구나. M. O. A. I. 이것이 내 생명을 좌지우지하네."

페이비언   시시한 수수께끼군!

토비 벨치 경   그 계집 잔꾀가 상당하구먼.

말볼리오　"M. O. A. I. 이것이 내 생명을 좌지우지하네." 아냐, 가만 보자. 글쎄 말이야, 음⋯⋯.

페이비언　아주 지독한 독약을 묻혀놓았군!

토비 벨치 경　그 독약을 매가 잽싸게 낚아채는군!

말볼리오　"내가 사모하는 이는 내가 부리는 자니." 그래 맞아, 아가씨가 날 부리고 있잖아. 나는 그분을 모시고 있고, 그분은 내 주인 아가씨다. 이거야 바보가 아닌 이상 다 아는 사실이지. 이건 하등 문제가 없어. 그런데 끝이 문제인데, 이 알파벳들이 무슨 뜻일까? 뭔가 나와 공통점이 있을지도 모르지. 자, 보자! M. O. A. I.⋯⋯.

토비 벨치 경　O든 A든 맞혀보라고. 이제 냄새조차 맡을 수 없나보네.

페이비언　여우 냄새라도 맡으면 똥개가 짖어대기는 할 거요.

말볼리오　'M', 말볼리오. M은 그래, 내 이름 첫자다. 그런데 그 뒤가 들어맞지 않아. 아무래도 입증이 잘 안 돼. 'A' 자가 와야 되는데 'O' 자가 있으니 말이야.

페이비언　마지막 'O' 자가 문제로군.

토비 벨치 경　아, 그래. 내가 몽둥이로 내리칠까? 그러면 'O' 하고 비명을 지를 테니까 말이야!

말볼리오　그 다음엔 'I' 가 온단 말이야.

페이비언　'아이' 고라고 해. 눈깔이 뒤통수에도 달렸다면 목전의 행운보다 뒤통수를 갈기는 창피가 더 먼저 보일 거다.

말볼리오　'M. O. A. I.' 이 수수께끼는 풀기가 쉽지 않네. 그렇지만 좀 무리해서 맞춰본다면 못 풀 것도 없지. 모두 내 이름 속에 들어 있는 글자들이니까 말이야. 가만, 다음에는 긴 글이 있군. (읽는다)

"이 글이 당신 손에 들어가거든 사려 깊게 행동해주시기 바라요. 비록 내 운명의 별이 당신 위에 있지만 잘난 사람이라고 두려워 마세요. 사람이란 처음부터 잘 타고 태어날 수도 있고, 노력하여 높은 신분을 가질 수도 있고, 또는 남이 밀어줘서 높은 신분을 성취하는 경우도 있는 법입니다. 운명이 당신께 두 손을 벌리고 있으니, 그대의 열정으로 포옹하세요. 장차 신분을 생각하여 거기에 익숙해지도록 낡은 허물을 벗듯 미천함을 털어버리고 새롭게 보이도록 하세요. 저의 친척에게는 냉정하게 대하고, 하인들에게는 거만하게 대하며, 입을 열어 말할 때는 국가에 대해 논의하며, 보통 사람들과는 다른 풍모를 갖추도록 하세요. 이런 권유는 모두 당신을 사모하기 때문이에요. 당신의 그 노란 양말을 격찬하고 열십자의 대님을 보고 싶어 하는 사람이 누구인지 언제라도 기억해주세요. 당신이 결심하기만 하면 다 돼요. 그러나 만일 원치 않는다면 당신은 항상 집사로 남을 것이고, 하인 부류로 그칠 것이며, 다시는 행운의 신의 손을 붙잡지 못할 것입니다. 그럼 안녕히. 당신과 신분을 바꾸기를 소원하는, 운 좋은 불행한 여인 올림."

한낮의 들판이라 해도 이보다 더 명백할 수는 없다. 이건 너무나 분명한 사실이야. 자부심을 갖자. 정치에 관한 책을 읽고 토비 경을 괴롭혀주고, 별 볼일 없는 놈들과는 손을 끊고 아가씨가 원하는 사람이 돼야만 한다. 이젠 상상에 빠져서 바보가 되는 일은 없을 거다. 이모저모 생각을 해봐도 아가씨가 내게 반한 것은 불을 보듯 뻔하다. 하기는 요사이에도 아가씨께서 내 노란 양말을 칭찬하셨고, 십자 대님도 멋있다고 하셨지. 그게 모두 내게 반한 명백한 증거야. 노란 양말을 신고 십자 대님을 매야겠다.

그것도 당장에. 신이여, 내 운명의 별이여! 찬양을 받을지어다! 여기 또 추신이 있구나. (읽는다)

> "제가 누군지는 어림짐작할 수 있을 것입니다. 만약 제 사랑을 받아주신다면 그대 얼굴에 미소를 지어주세요. 그대의 미소는 당신에게 너무 잘 어울려요. 그러므로 제 앞에서는 언제나 얼굴에 미소를 지어주세요."

신이여, 감사합니다! 자, 미소를 지어야지. 아가씨가 원한다면 무슨 짓인들 못하리. (퇴장)

페이비언　왕으로부터 수천 파운드의 연금을 받을 수 있다 해도 이 재미와 바꿀 생각은 없어요.

토비 벨치 경　이런 묘안을 짜냈으니 이 계집에게 장가가도 좋아.

앤드류 경　나도 그렇게 생각해.

페이비언　저기 바보잡기의 명수가 나타나셨군. (모두 퇴장)

제 3 막

제 1 장 올리비아의 정원

바이올라와 작은 북을 든 광대 등장.

바이올라 안녕하신가 친구, 그대의 음악도? 그대는 북으로 먹고사나?

광 대 천만에요. 교회에 빌붙어서 살고 있습죠.

바이올라 그럼 성직자인가?

광 대 천만의 말씀이에요. 나는 내 집에서 살고 있는데, 집이 바로 교회 옆에 있으니 빌붙어 살고 있는 셈이라는 거지요.

바이올라 그럼 거지가 왕 곁에서 살고 있으면 왕이 거지에게 빌붙어서 사는 셈이겠네? 그리고 자네의 북을 교회 옆에 놓으면 교회가 북의 덕을 보는 셈이고 말이야.

광 대 말씀 한번 제대로 했네요. 요즘 세상이 그래요. 머리 좀 돌아가는 친구에게 걸리면 같은 말도 장갑처럼 된단 말이에요. 마치 안팎을 간단히 뒤집어 끼는 것처럼 홱 말이 바뀌어버리죠.

바이올라 정말 그렇네. 말을 갖고 농탕을 치기로 하면 변덕스럽기 짝이 없어지지. 그래, 자넨 세상에서 근심 걱정 없는 사람 같군.

광 대 천만에요. 저라고 왜 걱정거리가 없겠어요? 톡 까놓고 얘기하자면 당신에겐 내가 조심할 것이 없다는 거지요.

바이올라 그건 그렇고, 올리비아 아가씨는 안에 계신가?

광 대 안에 계세요. 안에 들어가서 당신이 어디서 왔노라고 말씀드리지요. 당신이 누구며, 왜 왔는지 당연히 내가 알 바가 아니니까요. '수수방관'이라고나 할까. 이 말도 참 닳아빠졌군. (퇴장)

바이올라 저 친구는 영리하니까 바보 노릇을 할 수 있는 거야. 바보짓을 잘하자면 갖가지 잔꾀가 필요한 법이지. 익살을 떨려면 상대방의 기분이나 사람됨, 그리고 때를 잘 분별할 수 있어야 하거든. 그리고 사나운 매처럼 눈앞에 있는 새를 놓치지 않고 낚아챌 수 있어야 돼. 이것은 영리한 인간을 부리는 재간 이상으로 어려운 일이지. 저 친구는 마침 바보 짓을 해보이지만, 영리한 사람이 바보짓을 하게 되면 지혜의 타락이라고 해야겠지.

올리비아와 마리아 등장.

바이올라 세상에서 가장 아름답고 훌륭하신 숙녀여, 하늘이 향기 나는 비를 당신 위에 뿌려주시기를!

올리비아 마리아, 잠깐 물러나 있어라. (마리아 퇴장) 자, 그 손을.

바이올라 어떤 명령이라도 따르겠습니다, 아가씨.

올리비아 이름이?

바이올라 아가씨의 종 세자리오라 합니다, 아름다운 공주님.

올리비아 나의 종이라니! 굽실대는 게 인사처럼 된 후로는 세상이 재미가 없어졌어요. 당신은 오시노 공작의 하인이 아닌가요?

바이올라　공작님은 아가씨의 것이죠. 그러니 그분의 것은 당연히 아가씨의 것입니다. 아가씨 하인의 하인인 저는 곧 아가씨의 하인이고요.

올리비아　공작님에 대해서는 아무 생각이 없어요. 공작님도 내 일은 그렇게 깊이 생각하지 말고 하얀 백지로 두었으면 좋겠어요.

바이올라　아가씨, 제가 여기 온 것은 아가씨가 공작님께 호의를 보이시라고 간청드리기 위해서입니다.

올리비아　제발 부탁이에요. 더는 그분 말씀을 입에 담지 말아요. 하지만 다른 분의 부탁이라면 얼마든지 듣겠어요. 하늘에서 들려오는 음악보다도 더 기쁘게 듣겠어요.

바이올라　아가씨……

올리비아　제발, 제발요. 요전에 당신이 제 마음을 쏙 빼놓고 간 다음 당신을 뒤쫓아가서 반지를 보내드렸었죠. 나나 우리 집 집사, 당신께까지 그건 잘못된 일이었어요. 당신이 아무리 비난해도 할 수 없지요. 파렴치하게 꼼수를 써서 당신 것도 아닌 반지를 억지로 떠맡겼으니 말이에요. 내 명예를 말뚝에 칭칭 묶고 잔혹한 마음이 생각해낼 수 있는 가혹한 욕을 퍼붓고 싶었겠지요? 통찰력이 있는 분이니 아시겠지만 얼굴은 가릴 수 있지만 마음속의 비밀은 감출 수 없어요. 뭐라고 말 좀 해주세요.

바이올라　동정합니다.

올리비아　그 동정이 사랑의 첫 단계예요.

바이올라　그렇지 않아요. 흔히 원수를 동정하는 수도 있답니다.

올리비아　그럼 어쩔 수 없군요. 웃고 넘길 수밖에. 아, 세상엔 비천한 자가 잘났다고 으스댄단 말이야! 어차피 먹이가 될 바에는 늑대보다는 사자 앞에 넘어지는 것이 훨씬 낫지. *(시계 치는 소리)* 쓸데없이 시간을 허비한다고 시계가 나를 꾸짖고 있네. 젊은 양반, 걱정할 것 없어요. 내가 그 만둘 테니까. 하지만 지혜와 젊음이 수확을 할 때가 오면 당신의 아내가 될 사람은 품위 있는 남자를 거둬들이게 될 테죠. 자, 나가는 길은 저기 서쪽이에요.

바이올라　그럼 뱃머리를 서쪽으로! 아가씨께 신의 은총과 평안이 항상 함께 하시기를! 그럼 안녕히 계십시오, 아가씨. 이제 다시는 주인님의 눈물을 하소연하러 오지는 않을 겁니다.

올리비아　아니, 다시 오세요. 지금은 싫지만 당신 애길 듣고 그분을 좋아하는 마음이 생길지도 모르니까요. (퇴장)

제 2 장 올리비아의 집

토비 벨치 경, 앤드류 경과 페이비언 등장.

앤드류 경　에이 젠장, 이젠 더 이상 여기 있지 않겠어.

토비 벨치 경　어이 독설쟁이, 이유가 뭐야?

페이비언　이유를 말씀해야 할 것 아니에요, 앤드류 경?

앤드류 경　내 꼴이 이게 뭐야. 자네 조카딸은 그 공작의 심부름꾼에게 만 유별나게 호의적으로 대하잖아. 정원에서 이 눈으로 다 보았다니까.

토비 벨치 경　그때 조카딸이 자네가 있는 걸 보았나? 말해보게.

앤드류 경　아, 그야 보았고말고.

페이비언　그게 바로 아가씨께서 나리를 사랑하시는 좋은 증거죠.

앤드류 경　아니, 뭐라고! 자넨 나를 바보로 만들 셈인가?

페이비언　아뇨, 그게 사실인 걸 판단력과 이성에 걸고 합리적으로 증명해 드릴게요.

토비 벨치 경　판단력과 이성은 노아가 배를 타기 전부터도 법정에서 증인 노릇을 해왔다고.

페이비언　아가씨께서 나리가 보는 앞에서 그 젊은이에게 교태를 보인 것은 나리를 안절부절 못하게 하여 잠자고 있는 용기를 깨우고, 가슴에 불을 지르고 간장에 유황을 쏟아부어 화를 돋우려는 거예요. 그때 아가씨에게 다가가서 인사를 하고는 화폐 공장에서 이제 금방 나온 돈처럼 쌈박한 익살로 그 젊은 녀석의 주둥이를 꽉 막아버려야 했다고요. 아가씨는 그걸 고대하고 있었는데 그만 실망스럽게 돼버렸네요. 이젠 별 뾰족한 수가 없어요. 아가씨의 관심을 되찾으려면 용기든 술책이든 할 수 있는 모든 것을 동원하여 칭찬을 받도록 하는 수밖에요.

앤드류 경　어느 한쪽을 고르라면 난 용기를 택할 거야. 술책은 싫다고. 간사한 술책을 쓰느니 차라리 청교도가 되겠다.

토비 벨치 경　그럼 용기를 바탕으로 삼아 행운을 잡아보는 거야. 공작의 젊은 녀석에게 결투를 신청해서 몸뚱이에 열한 군데 정도 상처를 입히라고. 그럼 내 조카딸도 자네를 인정하게 될 거야. 세상의 평판만큼 사내가 여자의 마음을 사로잡는 데 강력한 중매쟁이가 없다는 걸 잘 알아두라고.

페이비언　그 길밖에는 다른 방법이 없어요, 앤드류 경.

앤드류 경　그럼 누가 그자에게 도전장을 갖다주겠나?

토비 벨치 경　자, 일단 기사답게 힘찬 필체로 쓰게. 분노를 담아 짧게. 재치야 크게 상관없지만 웅변조로 독창성이 있어야 해. 그리고 잉크가 다할 때까지 욕을 퍼부어대는 거야.

앤드류 경　어디서 볼까?

토비 벨치 경　자네 방으로 찾아갈게. (모두 퇴장)

제 3 장 거리

세바스찬과 안토니오 등장.

세바스찬　이렇게까지 폐를 끼치고 싶진 않았지만 수고를 기쁨으로 알겠다 하니 더 이상 할 말이 없습니다.

안토니오　당신이 떠나고 뒤에 남아 있을 수가 없었어요. 함께 하고 싶은 욕구가 줄로 간 강철 박차처럼 날 몰아친 것입니다. 꼭 보고 싶어서만 온 것은 아닙니다. 아무리 긴 여행이라 해도 마땅히 같이 했을 것이지만, 낯선 고장이므로 여행 중에 혹여 안 좋은 일이 생기면 어쩌나 걱정이 돼 뒤쫓아온 거예요. 안내자도 친구도 없는 이방인에게는 종종 난폭하고 무례한 변괴가 생기거든요.

세바스찬　친절한 안토니오, 감사하다는 말밖에는 더 할 말이 없군요. 정말 고맙습니다. 이렇게 극진한 친절을 서푼 가치도 없는 몇 마디 인사말로 때워버리는 일이 세상에는 흔하지요. 그러나 내 재산이 내가 감사하는 것만큼 충분하다면 제대로 된 보답을 할 수 있을 겁니다. 자, 이젠 무얼 하죠? 이 고장의 명승지라도 구경하러 다닐까요?

안토니오　구경은 내일 하지요. 숙소를 정하는 게 우선인 것 같습니다.

세바스찬　난 별로 피곤하지도 않고 저녁 때까지는 시간이 많아요. 그러지 말고 이 도시의 명물을 구경하는 게 어때요?

안토니오　죄송하지만 나는 이곳 거리를 자유롭게 다닐 수 없답니다. 전에 이곳 공작의 함대와 붙었답니다. 그때 이름이 알려졌기 때문에 만일 여기서 붙잡히면 절대 무사히 넘어갈 것 같지 않습니다.

세바스찬　공작의 부하들을 많이 죽인 모양이군요.

안토니오　그런 유혈사태가 있었던 것은 아닙니다. 하긴 그때 돌아가는 분위기로 봐서는 끔찍한 피비린내나는 참사가 벌어질 수도 있었지만 말입니다. 우리가 전리품을 돌려주기만 하면 해결될 일이었어요. 하지만 나 혼자 반대하면서 버텼죠. 그러니까 내가 여기서 붙잡히는 날에는 곤욕을 치를 게 불을 보듯 빤하다는 겁니다.

세바스찬　그렇다면 내놓고 길거리를 활보해서는 절대 안 되겠네요.

안토니오　참 난감합니다. 자, 이 지갑을 받아두세요. 이 도시 남쪽 교외에 코끼리라는 이름의 여관이 있는데 거기가 가장 나을 겁니다. 저녁식사를 시켜놓을 테니까 그동안 시내라도 구경하면서 견문이라도 넓히세요. 난 거기서 당신을 기다리고 있겠습니다.

세바스찬 이 지갑은 뭡니까?

안토니오 우연찮게 맘에 드는 물건이 눈에 띄면 사고 싶어질 수도 있잖아요? 당신이 지니고 있는 돈을 그런 하찮은 물건을 사는 데 써서는 안될 것 같아서요.

세바스찬 내가 그럼 지갑을 맡아두는 걸로 하지요. 한 시간쯤 있다 다시 만납시다. (모두 퇴장)

제 4 장 올리비아의 정원

올리비아와 마리아 등장.

올리비아 (방백) 뒤쫓아가서 데리고 오라고 보냈는데, 오면 어떻게 접대를 하나? 무엇을 주는 게 좋을까? 젊은이의 마음을 얻으려면 애원을 하는 것보다 선물을 주는 것이 효과가 확실하다지 뭐야. 어머, 목소리가 왜 이리 커졌담? 말볼리오는 어디 있지? 사람이 차분하고 정중해서 나에게는 하인으로서 더할 나위가 없어. 말볼리오, 어디 있는 거야?

마리아 지금 오고 있어요, 아가씨. 그런데 하는 품새가 좀 요상하네요. 이건 완전히 귀신에 홀린 사람 같아요.

올리비아 아니, 무슨 일인데? 헛소리라도 하나?

마리아 아니오, 아가씨. 그냥 히죽이 웃기만 해요. 오거든 아가씨 곁에 호위병이라도 두는 게 낫겠어요. 제정신이 아닌 것 같아요.

올리비아 어서 이리 불러와. (마리아 퇴장) 나도 그자처럼 미친 것 아니야? 슬픔에 미치거나 즐거움에 미치거나 미친 건 마찬가지지.

마리아, 말볼리오와 등장.

올리비아 아니 어떻게 된 거예요, 말볼리오?

말볼리오 아이, 아가씨, 호호.

올리비아 뭐가 그렇게 우스워요? 난 심각한 일로 불렀는데.

말볼리오 심각한 얘기라고요? 저도 심각해질 수 있어요. 이렇게 십자 대님을 하면 피가 잘 통하지 않거든요. 하지만 괜찮습니다. 어느 한 분의 눈만 즐겁게 해드릴 수 있다면 만족하니까요. "한 사람이 즐거우면 모두 다 즐겁다"라는 노래도 있지 않습니까?

올리비아 아이, 왜 그래요? 대체 무슨 일이 있었어요?

말볼리오 제 마음은 시커멓지 않습니다. 다리는 노란색이지만요. 그것이 확실하게 제 손에 들어 왔습니다. 명령대로 바로 실행하고 있습니다. 그 멋진 로마식 필체야 피차 다 알고 있으니까요.

올리비아 말볼리오, 그만 잠자리에 드는 게 어때요?

말볼리오 잠자리라! 아, 사랑하는 이여, 내가 그대 곁으로 가리다.

올리비아 안 됐군! 왜 저렇게 느끼하게 웃으면서 손에 자꾸만 입을 맞추지?

마리아 어떻게 된 거예요, 말볼리오?

말볼리오   네 따위가 왜 물어? 하기는 나이팅게일이 갈가마귀에게 대답하는 일도 있으니까.

마리아   아가씨 앞에 이렇게 엉뚱하고 뻔뻔스런 모습으로 나타날 수 있어요?

말볼리오   "신분이 높다고 두려워 마세요." 아주 잘 쓰셨어요.

올리비아   말볼리오, 그건 무슨 말이에요?

말볼리오   "사람이란 처음부터 잘 타고 태어날 수도 있고."

올리비아   뭐라고요?

말볼리오   "노력하여 높은 신분을 가질 수도 있고."

올리비아   대체 무슨 소리예요?

말볼리오   "또는 남이 밀어줘서 높은 신분을 성취하는 경우도 있는 법."

올리비아   제발 정신 좀 차려요!

말볼리오   "당신의 그 노란 양말을 격찬하는 걸 잊지 마세요."

올리비아   당신의 노란 양말?

말볼리오   "당신이 결심하기만 하면 행운이 눈앞에 있어요."

올리비아   내가 어떻게 한다고?

말볼리오   "만일 원치 않는다면 당신은 항상 하인 부류로 그칠 거예요."

올리비아   한여름에 더위를 먹어 완전히 돌아버렸군.

하인 등장.

하 인   아가씨, 오시노 공작님네 젊은 양반이 돌아왔는데요. 사정사정하여 겨우 모시고 왔습니다. 지금 아가씨의 말씀을 기다리고 있습니다.

올리비아 지금 가겠다. (하인 퇴장) 마리아, 이분을 잘 돌봐다오. 토비 아저씨는 어디 계셔? 집안 사람들은 이분을 특별히 잘 보살펴드려. 내 재산의 반이 없어지는 한이 있더라도 이분이 잘못되는 일이 있어서는 안 돼. (올리비아와 마리아 퇴장)

말볼리오 오호라! 이제야 날 알아보았나? 토비 경에게 나를 돌봐주라고 했겠다? 편지에 쓴 것과 일치하는군그래. 아가씨께서 일부러 그를 부른 것은 나에게 그 사람을 냉정하게 대하라는 것일 거야. 편지에도 그렇게 씌어 있었잖아. "낡은 허물을 벗듯 미천함을 털어버리고", "친척들에게는 냉정하게 대하고, 하인들에게는 오연하게 대하며, 입을 열어 말할 때는 국가에 대해 논의하며, 보통 사람들과는 다른 풍모를 갖추도록 하세요."라고 하셨지. 그러고는 어떤 태도를 취해야 할지도 말씀하셨지. 근엄한 얼굴, 위엄 있는 행동, 점잖은 말투, 보통 사람과는 다른 복장 등등을 말이야. 아가씨는 영락없이 내 것이다. 그게 다 신의 가호이지. 하느님 감사합니다! 아까 들어가실 때 "이분을 잘 돌봐다오"라고 하셨다. 말볼리오라거나 내 신분대로 "이 사람"이라고 부르지 않고 "이분"이라고 했다고. 그래 모든 것이 한결같이 다 일치해. 조금도 망설일 필요가 없어. 이제 내 희망찬 미래를 방해하는 건 아무것도 없어. 이게 다 내 힘이 아니고 하느님이 하신 일이다. 하느님, 감사합니다.

마리아, 토비 벨치 경과 페이비언과 함께 등장.

토비 벨치 경 어디 있는 거야, 이 친구가? 지옥의 마귀란 마귀가 모두 모여 한 덩이가 돼 그놈을 홀렸다고 해도 내가 얘기를 할 거다.

페이비언　여기 있어요. 대체 어떻게 된 거예요? 어떻게 된 거냐고요?

말볼리오　저리 꺼져. 너희들에겐 일 없어. 혼자 있게 꺼지라고.

마리아　거 봐요. 마귀가 몸 안에서 공허한 소리를 주절거리고 있어요! 제가 말씀드린 대로 아니에요? 토비 경, 아가씨께서 저 사람을 잘 돌봐 주라고 하셨어요.

말볼리오　하, 하! 아가씨가 그러셨단 말이야?

토비 벨치 경　자, 자, 제발 조용히. 이럴 땐 곱게 다뤄야 돼. 나한테 맡기라고. 어때, 말볼리오! 지금 기분은 괜찮아? 이 친구야! 마귀에게 져서는 안 되네. 마귀는 인류의 적이라고.

말볼리오　무슨 말을 하는지 알고나 하는 소린가?

마리아　그것 보라니까요. 마귀를 욕하니까 욱 하잖아요. 하느님, 그가 제발 마귀의 꾐에 빠지지 않게 해주세요!

말볼리오　뭐야?

토비 벨치 경　자, 이리 와서 나하고 놀자. 이봐! 점잖은 체신에 악마와 장난을 쳐서는 안 되지. 더러운 마귀는 목을 매달아야지!

마리아　기도를 하게 하세요, 토비 경. 기도를 말예요.

말볼리오　기도를 하라고? 말괄량이 같으니라고!

마리아　그것 보세요, 하느님의 말씀은 아예 들리지도 않나봐요.

말볼리오　에잇, 다들 목이나 매고 뒈져버려라! 이 게으르고 천박한 것들아, 난 너희들 같은 나부랭이들과는 차원이 달라. 두고 보면 알게 될 거다. (퇴장)

토비 벨치 경　저 녀석은 우리의 계략에 완전히 걸려들었군.

마리아　지금 뒤쫓아가 보세요. 벼르고 별러서 짜낸 계략인데, 속이 드러나 허탕을 치면 안 되잖아요.

페이비언 이러다간 정말 미치광이를 만들겠는데요.

마리아 그럼 집안이 좀 조용해지겠죠.

토비 벨치 경 자, 저자를 어두운 방에 밀어넣고 꼼짝 못하게 묶어둬야겠어. 조카딸도 저 친구가 정신이 나갔다고 믿고 있으니까 말이야. 그래 놓으면 우리는 재미를 즐기는 거고, 저 친구는 속죄하는 것이 되는 거지. 재미에도 지치고 저놈이 안쓰럽다는 생각이 들면, 이 계략을 심판에 부쳐 미친놈을 발견한 너에게 왕관을 씌워주겠다. 아, 저기, 저것 좀 봐!

앤드류 경 등장.

페이비언 오월제를 위한 흥밋거리가 또 있군요.

앤드류 경 이게 도전장이다. 읽어봐. 식초와 후추를 듬뿍 쳐 양념을 했지.

페이비언 그럼 아주 자극적이겠네요?

앤드류 경 아무렴, 그렇고말고. 자 읽어보라니까.

토비 벨치 경 이리 주게. (읽는다) "애송이 녀석아! 네가 어떤 놈인지 모르지만 하여튼 너는 야비한 녀석이다."

페이비언 좋아요, 씩씩하고요.

토비 벨치 경 (읽는다) "내가 이렇게 말한다고 이상하게 여기거나 놀랄 건 전혀 없다. 어차피 난 그 이유를 너에게 말하지 않을 테니까."

페이비언 잘 썼어요. 이유를 써두면 법에 걸릴 일은 없지요.

토비 벨치 경 (읽는다) "너는 올리비아 아가씨를 찾아왔다. 그리고 아가씨는 내가 보고 있는 데서 너에게 친절하게 해주었다. 하지만 너는 속속

들이 거짓말쟁이이다. 그렇지만 그 일로 결투를 요구하는 것은 아니다. 내가 집으로 돌아가는 길목을 지킬 거다. 네가 만일 거기서 운이 좋아 날 죽인다면⋯⋯."

페이비언 멋집니다.

토비 벨치 경 (읽는다) "너는 악한이나 불한당처럼 나를 죽일 것이다."

페이비언 법을 피하듯 역시 바람을 절묘하게 피하셨네요. 좋아요.

토비 벨치 경 (읽는다) "잘 있거라. 하느님! 우리 둘 중 한 영혼에만 은총을 베풀어주소서! 신은 나에게 은총을 내려줄는지도 모르지만, 나는 너를 이길 것이다. 그러므로 조심해야 할 거다. 너의 태도 여하에 따라 친구가 될 수도 있고, 불구대천의 원수도 될 수 있는 앤드류 에이규치크." 이 도전장을 보고도 잠자코 있다면 그놈은 제 다리로 걷지도 못하는 놈일세. 이 도전장은 내가 전달할 거다.

마리아 마침 잘 됐어요. 그 사람이 지금 아가씨와 뭔가 얘기를 나누고 있는데, 곧 떠날 거예요.

토비 벨치 경 가보게, 앤드류 경. 척후병처럼 정원 모퉁이에서 그놈을 지켜보고 있으라고. 그러다 그자가 나타나자마자 전광석화처럼 칼을 뽑으면서 우레 같은 큰 소리로 마구 호통을 치란 말이야. 실제로 결투보다도 쉿소리 나는 목소리로 험상궂게 욕을 퍼붓는 것으로 명성을 떨치는 일이 심심찮게 있다는 걸 알아두라고. 자, 가봐!

앤드류 경 알았네. 욕을 퍼붓는 일쯤은 내게 맡겨둬. (퇴장)

올리비아, 바이올라와 함께 다시 등장.

페이비언 아, 그자가 조카따님과 같이 오네요. 작별할 때까지 그냥 두었다가 곧 뒤쫓아가세요.

토비 벨치 경 그동안에 오금이 저릴 만한 문구라도 쥐어짜봐야겠다.

(토비 벨치 경, 페이비언, 마리아 퇴장)

올리비아 목석같이 냉정한 분에게 명예도 신중함도 잊어버리고 너무 속을 다 털어놓았나봐요. 내 잘못을 자책하고 있지만 워낙 억누를 수가 없다보니 아무리 질책을 해도 소용이 없군요.

바이올라 아가씨의 그 참을 수 없는 열정의 고통이나 제 주인님의 비탄이나 다 마찬가지입니다.

올리비아 자, 이 보석을 나를 위해 몸에 지녀주세요. 내 초상이 들어 있어요. 제발 거절하지 말아줘요. 이건 입이 없으니까 당신을 귀찮게 굴지도 않을 거예요. 내일도 꼭 다시 와주세요. 명예를 더럽히는 일이 아니라면 당신이 요구하는 것은 그 무엇이든 거절하지 않겠어요.

바이올라 제 바람은 오직 한 가지, 주인님을 진정으로 사랑해주시라는 것입니다.

올리비아 내 명예는 어떡하고, 당신에게 이미 바친 사랑을 그분에게 주어요?

바이올라 제게 주신 것은 없었던 것으로 하죠.

올리비아 자, 내일 다시 오세요. 안녕히 가세요. 당신 같은 악마가 유혹을 한다면 내 영혼은 지옥까지라도 쫓아갈 텐데. (퇴장)

토비 벨치 경과 페이비언 다시 등장.

토비 벨치 경　어이 젊은이, 안녕하쇼?

바이올라　안녕하세요?

토비 벨치 경　가능하면 미리 방비를 해두는 것이 좋겠소. 당신이 무슨 잘못을 저질렀는지 모르지만, 정원 모퉁이에서 호시탐탐 당신을 벼르고 있는 사람이 있소. 상대는 원한에 사무쳐 피에 굶주린 사냥개처럼 험악한 상판을 하고 있소. 게다가 잽싸고 칼 쓰는 기술이 범상치 않으며, 성미가 불같이 사나운 자요.

바이올라　사람을 잘못 보신 것 같습니다. 저에게는 싸움을 걸어올 만한 사람이 없습니다. 전 다른 사람에게 추호도 원한을 살 만한 행동거지를 한 적이 없습니다.

토비 벨치 경　아니, 현실적으로는 그렇지 않아요. 그러니 조금이라도 목숨이 아깝거든 신속하게 방어 태세를 취하라고. 상대는 젊고 힘이 장사인 데다 검술이 상당한 친구란 말이오. 더욱이 분기탱천하여 이를 갈고 있다오.

바이올라　대관절 어떤 사람인데요?

토비 벨치 경　기사요. 무공을 세워 받은 것은 아니고 융단 위에서 받은 작위이기는 하지만, 일단 싸움이 붙었다 하면 귀신도 요절을 내버릴 놈이오. 이미 세 놈이나 혼령을 저승에 보내버렸다오. 그런데 이번 일에는 더욱 노기가 충천하여 상대를 박살내 무덤으로 보내지 않고는 화가 풀리지 않을 것 같다고 날뛰고 있단 말이오. 당신을 죽이느냐 자신이 죽느냐가 있을 뿐이오.

바이올라　그럼, 이 댁에 도로 들어가 아가씨께 도움을 부탁해야겠군요. 저는 싸움꾼이 아니거든요. 세상에는 고의로 싸움을 걸고 자신의 용기를 시험해보는 인간들이 있다는 말을 들은 적이 있는데, 그 사람도 그런 기벽을 가진 이상한 사람인가봅니다.

토비 벨치 경　그게 아니오. 그자가 화를 내는 건 그럴 만한 이유가 있기 때문이오. 그러니 그자가 요구하는 대로 의연하게 응하시오. 영 자신이 없다면 내가 상대를 해드리지. 그래도 그자와 담판을 짓는 것이 훨씬 안전할 거요. 그러니까 가서 그 사람과 맞붙든가 아니면 여기서 당신 칼을 빼시오. 그게 싫거든 앞으로 철물을 차고 다니지 않겠다고 맹세라도 하시오.

바이올라　정말 괴상하고 야만적인 얘기를 들은 것 같습니다. 제발 부탁입니다. 그 기사에게 제가 무슨 결례를 했는지 알아봐주실 수 없겠어요? 제가 부주의하여 뭔가 결례를 했는지는 몰라도 일부러 그러지는 않았습니다.

토비 벨치 경　그럼 내가 알아보지. (모두 퇴장)

토비 벨치 경과 앤드류 경 등장.

토비 벨치 경　이 사람아, 그자는 엄청 대단한 놈이야. 그런 놈은 정말 처음 봤다네. 내가 칼집을 낀 채로 한 번 겨뤄보았는데 찌르는 폼이 얼마나 민첩한지 도저히 피하고 말고 할 겨를이 없더구먼. 아무튼 칼솜씨가 비상한 건 이 발이 땅을 딛고 있는 것처럼 확실해. 페르시아 왕의 호위 무사였다지, 아마.

앤드류 경　염병할! 나 그만둘 거야.

토비 벨치 경　그자가 가만히 있지 않을걸. 페이비언이 저쪽에서 붙잡아두고 있지만 진땀깨나 흘리고 있을 거야.

앤드류 경   빌어먹을! 그자가 그렇게 용감하고 칼솜씨가 끝내주는 줄 미리 알았다면 그놈이 죽을 때까지 도전장을 보내지 않는 건데. 이번 일은 없었던 것으로 해달라고 가서 말해봐. 대신 내 회색 말 캐필렛을 준다고 해.

토비 벨치 경   가서 말은 해봄세. 겉으로라도 그럴 듯하게 보이게 여기 똑바로 서 있게. 피차 목숨이 지옥에 떨어지는 일 없이 결말을 내야지. (방백) 자, 자네를 올라타듯이 자네 말도 한번 타봐야겠다.

페이비언과 바이올라 다시 등장.

토비 벨치 경   (페이비언에게) 싸움을 말리는 대가로 말을 손에 넣게 됐어. 그 젊은 친구를 엄청 대단한 놈이라고 믿게 했지.

페이비언   그 사람도 엄청 떨고 있지 뭐예요. 곰한테 쫓기는 사람처럼 숨을 헐떡이고 얼굴은 새파랗게 질려 있어요.

토비 벨치 경   (바이올라에게) 이거 별 수가 없네. 일단 맹세한 이상 안 싸울 수는 없다는 게요. 딴은 그 사람도 싸움의 원인을 찬찬히 생각해보니까 크게 소란 피울 일은 아니라고 합디다. 그러니 저 사람 체면치레를 위해서 칼을 빼쇼. 상처는 내지 않겠다고 하니까.

바이올라   (방백) 하느님, 저를 지켜주세요! 자칫 잘못하면 남자가 아닌 것이 들통날 것 같아요.

페이비언   그가 사납게 몰아치면 뒤로 물러서요.

토비 벨치 경   자, 앤드류 경, 이젠 뾰족한 수가 없네. 저 신사는 명예를 지키기 위해서도 자네와 반드시 결투를 해야겠다는 거야. 결투의 규칙을 회피할 수는 없다고 하네. 그렇지만 자네를 상처내지는 않겠다고 내게 신사로서 용사로서 약속을 했네. 자, 시작하게.

앤드류 경   신이시여, 그자가 맹세를 지키도록 해주소서!

바이올라   이건 정말 내 본심이 아닌데. (칼을 뺀다)

안토니오 등장.

안토니오   칼을 치우시오! 이 젊은 분에게 잘못이 있었다면 내가 대신 벌을 받겠소. 만일 댁에게 잘못을 했다면 내가 대신 상대하겠소.

토비 벨치 경   여보쇼, 당신은 대체 누구요?

안토니오   난 저분을 위해서라면 물불을 가리지 않는 사람이오. 저분이 당신들에게 뭐라고 했는지 모르지만 나는 그 이상의 일도 해치우고 말 거요.

토비 벨치 경   좋아, 그렇게 간섭하고 싶다면 내가 상대하마. (칼을 뺀다)

관리들 등장.

페이비언   토비 경, 제발 참으세요! 저기 관리들이 와요.

관리 1   이 사람이다, 공무를 집행해.

관리 2   안토니오, 오시노 공작의 고발로 체포한다.

안토니오   사람을 잘못 봤소.

관리 1   틀림없어. 지금은 선원 모자를 쓰고 있지 않지만 난 당신 얼굴을 잘 알고 있어. 연행해. 이자도 내가 얼굴을 똑똑히 알고 있다는 걸 잘 알고 있다.

안토니오   할 수 없군. (바이올라에게) 당신을 찾다가 이렇게 됐네요. 이젠 도리 없이 죗값을 치러야죠. 내 처지가 급하게 됐으니 아까 맡긴 지갑을 돌려줄 수 있겠소? 제 신세가 이렇게 된 것보다 당신을 돕지 못하는 것이 안타까울 뿐이오. 몹시 놀랐을 텐데, 너무 염려하지 말아요.

바이올라   아니, 무슨 돈이오? 이렇게 제게 친절을 베풀어주시고, 더욱이 지금 이런 곤경에 빠진 것을 보니 딱하군요. 가진 게 많지 않지만 조금이나마 나눠드리죠. 자, 이게 절반입니다.

안토니오   지금 나를 모른다고 잡아떼는 거요? 내가 지금까지 당신에게 베푼 친절이 성에 차지 않는다는 게요? 이런 비참한 처지에 빠진 사람을 시험하지 마시오. 이제까지 내가 베푼 친절을 들먹이면서 당신을 신랄하게 비난하는 사람이 될지도 모르니까.

바이올라   저로서는 모두 금시초문이에요. 난 당신의 목소리도 들은 적이 없고 얼굴도 전혀 몰라요. 나도 배은망덕이라는 것을 거짓말, 허영심, 수다, 음주벽! 그 밖에 인간의 나약한 심성을 타락시키는 그 어떤 악덕보다도 증오하는 사람이에요.

안토니오   오, 세상에! 이럴 수가 있나!

관리 2   가자. 이제 그만 가자고.

안토니오   몇 마디만 더 하겠소. 여기 이 젊은이가 거의 죽게 된 것을 내가 사력을 다해 구해주었소. 성심을 다해서 보살폈지요. 풍채가 왠지 심상치 않은 인물처럼 보였기 때문에 헌신적으로 돌봤던 거요.

관리 1   그게 우리와 무슨 관계가 있나? 시간 없어. 어서 가잔 말이야!

안토니오 오, 내가 숭배한 우상이 이리도 비열할 줄이야! 세바스찬, 너는 그 풍채 좋은 얼굴을 치욕으로 물들였구나. 사실 마음이 없다면 사람이란 어떤 결점도 없는 것이지. 몰인정한 자야말로 불구자인 것이다. 미덕은 아름다운 것이지만 아름다움의 가면을 쓴 해악도 있다. 그건 악마가 겉만 요란하게 치장해놓은 속이 텅 빈 가방일 뿐이지.

관리 1 이 사람 맛이 갔군. 데리고 가! 빨리 가자고.

안토니오 자, 데려가시오. (안토니오, 관리들과 함께 퇴장)

바이올라 저렇게 격노해서 퍼붓는 것을 보니 확신이 있어서 하는 말 같아. 도저히 사실이라고 믿을 수가 없어. 아, 내 상상이 그대로 들어맞는다면, 그리운 오빠와 나를 잘못 본 거라면 얼마나 좋을까! (모두 퇴장)

제 4 막

제 1 장 올리비아의 집 앞

세바스찬과 광대 앤드류 경, 토비 벨치 경, 페이비언 등장.

앤드류 경 야, 이놈아! 잘 만났다. 어디 맛 좀 봐라.

세바스찬 뭐? 너도 얻어터져 봐라, 이놈아. 여기 있는 놈들은 모두 돌아버렸군.

토비 벨치 경 그만둬. 안 그러면 네 칼을 집 너머로 던져버릴 거야.

광 대 당장 달려가 아가씨에게 알려야지. (퇴장)

토비 벨치 경 자, 이제 그만들 해!

앤드류 경 아냐, 내버려둬. 저자를 혼내줄 다른 방법이 있어. 이 일리리아에도 법이 있으니까 폭행죄로 고소할 거야. 먼저 주먹을 내민 것은 나지만, 그게 뭔 상관이야.

세바스찬 이 손 놔.

토비 벨치 경 아니, 못 놔. 이봐, 젊은 친구! 칼을 치워. 그만하면 할 만큼 했잖나. 어서 버려.

세바스찬 이 손 치워. 자, 어떡할 건데? 또 한바탕 대거리를 하고 싶으면 칼을 뽑아라.

토비 벨치 경 뭐, 뭐가 어째! 좋아, 네놈의 파렴치한 피를 한두 됫박 흘리게 해주겠다.

올리비아 등장.

올리비아 그만둬요, 아저씨! 목숨이 아깝거든 그만두세요.

토비 벨치 경 올리비아!

올리비아 왜 늘 그 모양이에요? 아무리 염치가 없어도 그렇지. 예의는 어디 있어요? 산 속이나 야만인이 사는 동굴에서 살면 딱이에요. 내 눈 앞에서 없어져요. 화내지 말아요, 세자리오님. (토비 경에게) 불한당은 꺼지라니까요. (토비 벨치 경, 앤드류 경, 페이비언 퇴장) 이토록 무례하고 부당하게 당신을 욕보인 것을 제발 격정을 누르고 깊은 지혜로 이해해주세요. 제 집으로 함께 가요. 지금까지 저 불한당이 얼마나 무모하기 짝이 없는 못된 짓을 저질렀는지 들으시면 이번 일도 웃고 넘길 수 있을 거예요. 제발 같이 가세요. 거절하지 말아요.

세바스찬 (방백) 이건 대관절 무슨 일이람? 강물이 거꾸로 흐르고 있나? 아니면 내가 정신이 돌았나? 그것도 아니면 꿈을 꾸고 있단 말인가? 환상이여, 내 의식을 망각의 강 속에 잠기게 해다오. 이것이 꿈이라면 계속 잠들어 있게 해다오!

올리비아 자, 이리 오세요. 아무쪼록 제가 하자는 대로 따라주세요.

세바스찬 그럽시다, 아가씨. (모두 퇴장)

제 2 장 올리비아의 집

토비 벨치 경과 마리아, 광대 등장.

토비 벨치 경 안녕하세요, 목사님? 토파스 목사님, 저 사람한테 가보십시다.

광 대 오! 이 감옥에 평화를!

토비 벨치 경 녀석! 흉내 한번 그럴 듯하군.

말볼리오 (안에서) 거기 누구시오?

광 대 토파스 목사다. 미치광이 말볼리오를 만나보러 왔다.

말볼리오 목사님, 목사님, 토파스 목사님! 아가씨에게 좀 가주십시오!

광 대 닥쳐라. 과대망상중 마귀새끼야! 왜 이자를 이렇게 괴롭히느냐? 어째 아가씨밖에는 할 말이 없느냐?

토비 벨치 경 잘한다, 목사!

말볼리오 토파스 목사님, 세상에 이런 변이 어디 있습니까? 목사님, 제가 미쳤다고 생각지 마세요. 그들이 나를 이런 소름끼치는 암흑 속에 던져놓았답니다.

광 대 저런, 뻔뻔한 마귀야! 그래도 나는 너를 이렇게 부드러운 말투로 부르지 않느냐? 비록 네가 마귀지만 나는 예절을 중시하는 점잖은 사람이다. 방이 어둡다는 것이냐?

말볼리오 지옥 같습니다요, 토파스 목사님.

광 대 미친 자야! 너는 잘못 알고 있다. 이 세상에 무지 이외에는 암흑이 없느니라. 안개 속에서 길을 잃고 헤매는 이집트 사람들처럼 너는 무지에 싸여 있느니라.

말볼리오 무지는 지옥같이 어둡다고 하지만, 이 방은 무지에 못지않게 깜깜합니다. 그리고 저같이 능욕을 당한 자는 없습니다. 저는 목사님처럼 미치지 않았습니다. 이치에 맞는 질문으로 저를 시험해보세요.

광 대 그럼 야생 조류에 관한 피타고라스 설은 뭐지?

말볼리오 우리 할머니의 영혼이 새에 살고 있을지도 모른다고 했지요.

광 대 그 설에 대해 어떻게 생각하나?

말볼리오 영혼은 고귀한 것이라고 생각하기 때문에 그의 설에는 절대 찬성하지 않습니다.

광 대 그럼 잘 있게. 언제까지나 어둠 속에 남아 있도록. 네가 피타고라스의 설에 찬성하지 않는다면 나는 너의 정신이 온전하다고 인정할 수 없다. 그리고 누른도요를 죽이지 않도록 조심해라. 할머니의 영혼을 앗아갈지도 모르니까. 그럼 잘 있게.

말볼리오 토파스 목사님! 토파스 목사님!

토비 벨치 경 끝내주는군. 우리 토파스 목사!

광 대 그럼요. 무슨 일이든 척척, 그 정도야 식은 죽 먹기지요.

마리아 그 수염과 가운은 없어도 될 뻔했어요. 저쪽에서는 아무것도 보이지 않으니까. (모두 퇴장)

제 3 장 올리비아의 정원

세바스찬과 올리비아, 목사 등장.

올리비아　제가 이렇게 서두른다고 나무라지 마세요. 당신 말씀이 진심이라면 목사님과 함께 교회로 가요. 교회의 목사님 앞에서, 그리고 그 성스러운 지붕 아래서 영원토록 변치 않을 사랑을 제게 맹세해주세요. 저의 질투심 많고 불안한 영혼이 안심할 수 있게 말예요. 이 맹세는 당신이 세상에 밝혀도 좋다고 하실 때까지 목사님께서도 비밀로 해주실 거예요. 그때가 되면 제 신분에 어울리는 결혼식을 올려요. 어떠세요?

세바스찬　당신과 같이 목사님께 가겠습니다. 진실을 맹세하고 죽을 때까지 지키겠어요.

올리비아　목사님, 우리를 인도해주세요. 하늘도 빛을 비추어 저의 모든 일을 굽어 살피소서! (모두 퇴장)

제 5 막

제 1 장 올리비아의 집 앞

오시노 공작, 바이올라, 큐리오, 시종들 등장하고 한쪽에서 광대와 페이비언 등장.

오시노 자네들은 올리비아 아가씨 댁 사람들이지?

광 대 그렇습니다. 저희야 아가씨의 장식에 불과한 존재들이지요.

오시노 자네를 잘 알고 있지. 요즘 어떻게 지내나?

광 대 솔직히 말씀드리면 원수 덕분에 잘 나가고, 친구 때문에 손해를 보고 있습니다.

오시노 그 반대겠지. 친구 덕에 잘 되는 것 아닌가?

광 대 아니에요, 나빠진다니까요.

오시노 어떻게 그럴 수가 있지?

광 대 그게 말입니다, 친구들은 저를 추켜세우고 나서 바보로 만드는데, 적들은 처음부터 저를 대놓고 바보라고 한단 말입니다. 그래서 적 때문에 저 자신을 알게 되니 덕을 보는 것이고, 친구놈들 덕으로는 속는 것밖에 없죠. 결론은 마치 입맞춤 같은 거지요. 네 번의 부정은 두 번의 긍정이 되지 않습니까? 그러니 친구들 덕에 손해를 보고, 적들 때문에 잘

된다는 말씀입니다.

오시노   그것 참 재미있는 얘기군.

광 대   이번만은 양심일랑 호주머니에 속에 넣어두시고 인정에 따르심이 어떨지요?

오시노   그래, 죄를 짓자. 표리부동한 언행을 하지. 여기 있다, 한 개 더.

광 대   하나, 둘, 셋, 아주 재미있는 놀이죠. 옛말에도 세 번째 것이 다 물어넣는다는 속담이 있습죠. 그리고 춤출 때도 삼박자가 그만이고, 성 베넷의 종소리도 짐작하시겠지만 하나, 둘, 셋이죠.

오시노   그런 꿍꿍이로는 내 호주머니를 더 이상 털지 못해. 네 아가씨에게 내가 보러 왔다고 전하고, 이리로 모시고 나온다면 하사금을 줄지도 모르겠다.

광 대   그럼 제가 돌아올 때까지 그 하사금은 재워놓으세요. 자, 다녀오겠습니다. 하지만 제가 바라는 것이 모두 탐욕스런 죄 때문이라고는 생각지 말아주세요. 자, 그럼 저한테 베풀 하사금은 곧 돌아와서 깨울 때까지 잠시 눈을 붙이게 해두세요. (퇴장)

바이올라   저분이에요. 저를 구해준 분이세요.

안토니오와 관리들 등장.

오시노   저자의 얼굴을 똑똑히 기억하고 있다. 전번에 만났을 때는 화약연기를 뒤집어쓰고 불과 대장간의 신 헤파이스토스처럼 시커먼 얼굴이었지. 변변찮은 작은 배의 선장이었지. 구색이 초라한 형편없는 배를 조종하며 우리 함대에서 가장 크고 훌륭한 배를 산산이 부숴버렸어. 우리는 그 훌륭한 전술에 미움이고 손실이고를 다 잊고 입에 침이 마르도록 · 칭찬을 했었다. 그런데 무슨 일인가?

관리 1 공작님, 이놈이 바로 안토니오입니다. 크레타 섬에서 짐을 싣고 돌아오는 피닉스 호를 약탈했고, 타이거 호를 습격하여 공작님의 젊은 조카 타이터스 님의 한쪽 다리를 잃게 한 장본인이 바로 이자입니다. 그런데 이 거리에 뻔뻔하게 나타나서 후안무치하게 싸움질을 하는 것을 보고 체포해 왔습니다.

바이올라 이분이 친절하게도 저를 위해 칼을 빼셨어요. 그런데 마지막에는 제게 이상한 말을 하는 거예요. 아무래도 정신이 나간 사람이라고밖에는 생각이 안 돼요.

오시노 야, 악명 높은 해적아! 바다의 강도 놈아! 얼마나 어리석고 대담하기에 네가 벌인 피비린내나는 전투로 철천지원수가 된 적의 수중에 잡히게 됐느냐?

안토니오 오시노 공작, 내게 씌운 누명은 사실이 아니니 수긍할 수 없소이다. 이 안토니오가 오시노 공작의 적인 것은 전적으로 인정하지만, 나는 결코 해적도 아니고 강도도 아니올시다. 단지 내가 여기까지 오게 된 것은 마귀에게 홀린 탓이오. 지금 당신 옆에 있는 후안무치한 저 젊은이가 바로 거친 바다 거품이 끓어오르는 파도 속에 삼키우는 순간에 내가 건져준 사람이외다. 도저히 살 수 있을 것 같지 않았으나 갖은 노력으로 소생할 수 있었소. 내 진정한 마음을 다 쏟아 저 사람을 살려냈지요. 저 사람을 진정으로 아꼈기 때문에 위험을 무릅쓰고 사지에 뛰어든 것이오. 그리고 그가 곤경에 처한 것을 보고는 그를 지키려고 칼을 뺐던 것이오. 그런데 내가 붙잡히니까 저자는 자기도 위험 속에 휘말릴까봐 뻔뻔하게 낯을 바꾸면서 애당초 날 알지도 못하는 사람이라고 시치미를 뗐소. 그러니 눈 깜짝할 사이에 우리 둘 사이가 20년은 멀어져버렸소이다. 더욱이 내가 반 시간 전에 쓰라고 맡긴 돈지갑조차도 모른다고 부인을 합디다.

바이올라　이게 어떻게 된 일이람?

오시노　그는 언제 이곳에 왔느냐?

안토니오　오늘 왔습니다, 공작님. 지난 석 달 동안 낮이나 밤이나 한시도 떨어져 있지 않고 같이 지내 왔습니다.

올리비아와 시종들 등장.

오시노　저기 백작 댁 아가씨가 오는군. 선녀가 땅 위를 걷는 것 같구나! 이, 이 사람! 넌 정신 나간 소리를 지껄이고 있어. 이 젊은이는 석 달 동안이나 내 시중을 들어왔다. 허나 그 얘긴 조만간 다시 하기로 하자. 이 자를 저리로 데려가라.

올리비아　무슨 일이라도? 공작님, 제가 사랑을 바칠 수 없다고 한 일 말고 해드릴 수 있는 일이 있겠습니까? 세자리오, 당신은 나와 약속을 해 놓고 어겼어요.

바이올라　아가씨!

오시노　올리비아 아가씨…….

올리비아　뭐라고 좀 대답을 해봐요, 세자리오? (공작에게) 공작님, 잠깐만요.

바이올라　제 주인님께서 말씀하고 계십니다. 저는 조용히 있겠습니다.

올리비아 늘 하시는 그 말씀이시라면 제 귀로 듣기에는 따분하고 역겨워요. 음악이 끝난 뒤의 울부짖는 소리 같아요.

오시노 언제까지 그렇게 매정하게 대할 거요?

올리비아 계속 그럴 거예요, 공작님.

오시노 정말 외고집, 당신은 무정한 여인이오. 나는 은혜도 모르고 냉혹하기 그지없는 제단에 충직한 내 영혼을 던져 헌신적인 기도를 바쳐왔소. 이제 나는 어떡하라는 거요?

올리비아 공작님이 할 수 있는 일이라면 무엇이든 하세요.

오시노 무엇이든 할 마음이 있다면 죽음이 목전인 이집트의 도둑처럼 사랑하는 사람을 죽일지도 모르지. 때로는 잔혹한 질투에도 고귀한 향기가 따르는 법이오. 그러나 내 말을 들어보오. 그대는 나의 진심을 헌신짝 버리듯 하고 거들떠보지도 않았소. 또 당연히 내가 차지해야 할 당신의 사랑에서 나를 몰아낸 도구가 무엇인지도 대충은 알고 있소. 그러니 당신은 언제까지나 대리석처럼 차가운 폭군으로 남으시오. 하지만 당신이 총애하는 이 젊은이를 당신뿐 아니라 나도 하늘에 맹세코 사랑하고 아끼고 있소. 그러나 그의 주인의 원한 속에 왕관을 쓰고 앉아 있는 그를 당신의 그 잔인한 눈 안에서 빼내고 말 것이오. 자, 나와 같이 가자. 지금 난 해야 할 일이 있다. 내가 아끼는 새끼 양을 제물로 삼아 흰 비둘기 속에 깃들인 까마귀 심장의 원한을 풀어야겠다.

바이올라 마음을 편안하게 해드릴 수만 있다면 무엇인들 못하겠어요. 천번만번이라도 기쁘게 제물이 되겠습니다.

올리비아 어딜 가세요, 세자리오?

바이올라 사랑하는 분을 따라가요. 제 이 두 눈, 제 생명, 미래의 아내를 사랑하는 것, 그 모든 것 이상으로 사랑하는 분이랍니다. 하느님, 만약 이 마음이 거짓이라면 사랑을 더럽힌 죄로 저를 벌하소서!

올리비아 아, 야속하다! 이렇게 속다니!

바이올라 대체 누가 아가씨를 속였단 말입니까? 누가 해를 끼쳤단 말인가요?

올리비아 자기 자신조차 잊었어요? 바로 조금 전 일이잖아요? 목사님을 모셔 와.

오시노 (바이올라에게) 자, 가자!

올리비아 가긴 어디로 가요? 세자리오, 기다려요, 나의 남편.

오시노 남편이라!

올리비아 예, 남편이죠. 아니라고 부인은 못할 거예요.

오시노 이봐, 저 여자의 남편이라고?

바이올라 아뇨, 절대 아닙니다, 주인님.

올리비아 오! 비겁한 사람. 자기의 정당함을 질식시켜버리는군요. 세자리오, 겁낼 것 없어요. 행운을 붙잡아요. 당신이 알고 있는 그대로의 당신이 되세요. 그러면 당신이 두려워하는 사람과 대등한 신분이 되는 거예요. (목사 등장) 목사님, 잘 오셨어요. 목사님께서 사실대로 말씀해주세요. 좀 전까지 때가 이를 때까지 비밀로 해달라고 부탁드렸습니다만 지금 사정이 여의치 않게 됐으니 목사님께서 이 젊은이와 저 사이에 있었던 일을 말씀해주셔야겠습니다.

목 사 예, 두 분은 영원히 변치 않을 백년가약을 맺었습니다. 서로 손을 맞잡고 신성한 입맞춤으로 사랑을 증명했고 반지를 교환함으로써 맹세했습니다. 그리고 이 의식은 성직자의 직분으로 제가 입회하여 집행하고 확인했습니다. 제 시계를 보니 그때부터 지금까지 불과 두 시간밖에 지나지 않았습니다.

오시노   에이, 나쁜 녀석! 날 속이다니! 머리가 반백이 될쯤에는 무엇이 될꼬? 그렇게 교활하게 행동하다간 네놈이 던진 그물에 네 스스로 걸려들 것이다. 가거라. 나하고는 이제 끝이다. 이후로 절대로 나와 마주치지 않도록 해라.

바이올라   주인님, 그런 일은 절대…….

올리비아   아! 그만, 맹세하지 말아요. 뭐가 그렇게 두려우세요? 최소한의 신념이라도 지켜야죠.

앤드류 경 등장.

앤드류 경   큰일 났어요. 어서 의사를 불러! 빨리! 토비 벨치 경에게 의사를 보내요.

올리비아   대체 무슨 일이에요?

앤드류 경   그놈이 내 머리빡을 박살냈어요. 토비 벨치 경의 골통도 피투성이이고. 제발 좀 도와줘요! 이럴 줄 알았으면 40파운드를 버리더라도 차라리 집에 있는 건데.

올리비아   누가 이렇게 했어요, 앤드류 경?

앤드류 경   공작의 시종 세자리오란 놈이오. 겁쟁이라고 해서 덤볐더니 악마처럼 드세고 강한 놈이었소.

오시노   내 시종 세자리오라고?

앤드류 경   아이쿠, 여기 와 있군! 너 이 녀석, 왜 아무런 이유도 없이 내 머리를 깨부수냐? 내가 그런 짓을 한 것은 토비 벨치 경이 시켜서 한 거라고.

바이올라 그 얘기를 어째서 나한테 하는 거요? 난 결코 당신을 해치지 않았어요. 당신이 막무가내로 칼을 빼들고 나에게 달려들지 않았습니까? 그럼에도 나는 좋게 말하고 털끝만큼도 해치지 않았잖소.

앤드류 경 이렇게 대가리가 피투성이가 되었는데 해친 것이 아니라니, 그게 말이나 되는 소린가? (토비 벨치 경과 광대 등장)

앤드류 경 저 봐, 토비 경이 다리를 절뚝거리며 오고 있잖아. 저 친구가 더 자세히 말해줄 거다. 술만 취하지 않았더라면 넌 정말 혼쭐이 났을 거다.

오시노 대관절 어떻게 된 일이오?

토비 벨치 경 이러고저러고 할 것도 없어요. 저치한테 당했어요.

앤드류 경 내가 도와줄게, 토비 경. 같이 붕대를 감자고.

올리비아 침대로 옮겨서 상처를 돌봐드리도록 해. (광대, 페이비언, 토비 벨치 경, 그리고 앤드류 경 퇴장)

세바스찬 등장.

세바스찬 죄송합니다, 아가씨. 제가 친척분에게 상처를 입혔습니다. 그렇지만 피를 나눈 형제간이라 해도 신체의 안전을 도모하려니 어쩔 도리가 없었습니다. 낯선 눈길로 저를 보시네요. 제가 한 짓 때문에 기분이 상하셨군요. 사랑하는 이여! 방금 전에 당신과 나 사이에 맺은 맹세를 봐서라도 용서해주오.

오시노 한 얼굴, 한 목소리, 한 복장, 그런데 사람은 둘이라! 이 무슨 일인가? 있으면서도 있지 않은 자연의 조화란 말인가!

세바스찬 안토니오! 오, 친애하는 안토니오가 아니오! 당신을 잃어버리고 난 후 이 몇 시간 동안 나는 마치 고문을 당하는 것처럼 고통스러웠다오.

안토니오 당신이 세바스찬이오?

세바스찬 뭐, 이상하오, 안토니오?

안토니오 어떻게 당신이 둘로 나눠졌단 말이오? 사과 하나를 두 쪽으로 갈라놓아도 이렇게 똑같을 수는 없을 게요. 어느 쪽이 세바스찬이오?

올리비아 정말 신기하네!

세바스찬 거기 서 있는 사람도 나인가? 나는 남자 형제라곤 전혀 없소. 여기저기 동시에 출몰하는 신통력을 타고난 것도 아니오. 다만 누이가 하나 있었는데 눈먼 파도가 삼켜버리고 말았소. (바이올라에게) 아무쪼록 당신이 나와 무슨 혈연관계가 있는지 말해주시오. 태어난 곳은 어디요? 이름은 뭐며, 양친은 어떻게 됩니까?

바이올라 저는 메살린에서 태어났고, 아버지의 성함은 세바스찬, 오라버니도 같은 세바스찬이었어요. 지금 그런 복장으로 바다의 무덤으로 가버렸어요. 만일 혼령이 똑같은 모습과 복장을 할 수 있다면 당신은 우리를 놀라게 하려고 여기 온 거라고 할 수밖에요.

세바스찬 내가 바로 그 혼령이오. 그러나 난 어머니 뱃속에서부터 물려받은 애초의 몸뚱이 그대로요. 당신이 여자라면 나머지는 모두 같으니까, 당신 뺨에 눈물을 흘리면서 말할 거요. "바이올라야! 꿈이냐 생시냐? 물에 빠져 죽은 줄 알았던 네가 살아오다니!"라고.

바이올라　아버지는 이마에 사마귀가 있어요.

세바스찬　우리 아버지도 그래.

바이올라　그리고 바이올라가 태어난 지 13년 만에 돌아가셨어요.

세바스찬　오! 그 일은 아직도 기억 속에 생생하다. 맞아, 아버지는 누이가 꼭 열세 살이 되던 날 운명하셨어.

바이올라　우리 둘의 행복을 훼방하는 것이 사내를 가장한 남장 때문이라면 저를 포옹하는 건 조금만 기다려주세요. 장소와 때와 운명이 하나에서 열까지 일치하여 제가 바이올라라는 게 밝혀질 때까지. 그것을 확실히 하기 위해 이 도시에 있는 한 선장에게 안내해드리죠. 거기에 제가 입었던 여자 옷이 있어요. 그 댁의 따뜻한 도움으로 목숨을 건지고 공작님의 시중을 들게 되었답니다. 그 이후 제 운명에 일어난 모든 일은 공작님과 아가씨 사이에서 일어났지요.

세바스찬　(올리비아에게) 하마터면 당신은 처녀와 혼인할 뻔했네요. 그렇다고 절대 속은 것은 아닙니다. 처녀이자 남자인 사람과 약혼했으니까요.

오시노　놀랄 것 없어요. 이분은 훌륭한 가문의 남자요. 이게 사실이면 거울이 진실을 비쳐준 것이오. 나도 이 행복한 난파선에 끼어들어야겠소. (바이올라에게) 이봐, 자네가 몇 번이나 되풀이해서 나에게 말하지 않았나? 나를 좋아하는 만큼 어떤 여자도 사랑하지 않는다고 말이야.

바이올라　그 되풀이한 모든 말씀에 걸고 다시 맹세하겠습니다. 모든 맹세를 마음의 진실로서 간직할 것입니다. 흡사 낮과 밤을 가르는 저 태양이 영원히 타오르는 불꽃을 간직하듯이.

오시노　내게 손을 주오. 당신이 여자로 돌아온 모습을 보고 싶소.

바이올라   저를 처음 이 바닷가로 데리고 온 선장이 제 옷을 보관하고 있습니다. 하지만 지금 어떤 소송에 연루되어 감금되어 있습니다. 아가씨의 시종인 말볼리오의 고발 때문입니다.

올리비아   속히 풀어주도록 하겠어요. 말볼리오를 이리 데려와요. 아! 이제 생각이 나네, 딱하게도 아주 실성했다고 하던데.

페이비언, 말볼리오, 광대 등장.

오시노   이 사람이 그 미친 사람인가?

올리비아   맞아요, 공작님. 말볼리오, 대체 어떻게 된 거예요?

말볼리오   아가씨, 제게 잘못하셨어요. 정말 너무하십니다.

올리비아   말볼리오, 내가 그런 게 아니야.

말볼리오   아니에요. 아가씨가 하셨어요. 이 편지를 한 번 읽어보세요. 이게 아가씨 손으로 쓴 것이 아니라고는 못하실 겁니다. 어디 필체건 글귀건 이것과 다르게 써보세요. 이것이 아가씨의 봉인이 아니고 아가씨가 지은 글귀가 아니라고 하시겠어요? 절대 그렇게 말씀할 수 없을걸요. 그러니 점잖은 체면에 다 대답해주세요. 왜 다른 사람들에게는 그렇게 명확한 호의를 보여주시면서, 저에게 웃음을 지어라, 십자 대님을 매라, 노란 양말을 신어라, 토비 경과 아랫것들에게 근엄한 표정을 지으라고 시키셨습니까? 그래서 저는 기대에 차 순종했을 뿐인데 왜 저를 캄캄한 방에 가두고 목사를 찾아오게 하시고, 세상에서 가장 멍청한 얼간이로 만들어 조롱한 까닭은 무엇인지 말씀해주세요.

올리비아   아이, 말볼리오! 이 편지는 내가 쓴 게 아니야. 필체가 아주 많이 닮은 건 인정하지만 이건 분명히 마리아가 쓴 거야. 맞아, 이제야 생각이 나는데, 당신이 실성했다고 맨 먼저 말해준 게 마리아였어. 그때 당신이 히죽히죽 웃으며 편지에 쓰인 그대로 이상야릇한 옷차림을 하고 오지 않았어요? 부디 참아요. 장난이 너무 심해서 모두 속아넘어간 거야.

페이비언 아가씨, 제가 한 말씀 드리겠습니다. 저도 아까부터 경탄하고 있습니다만 이 경사스러운 순간을 싸움이나 말다툼으로 얼룩지게 할 수는 없습니다. 그런 불상사가 없도록 이 일의 전말을 솔직히 털어놓겠습니다. 여기 말볼리오 집사에게 이런 간계를 꾸민 것은 저와 토비 경입니다. 한데 우리가 왜 그런 모의를 했는가 하면, 그가 너무 완고하고 무례한 부분이 있었기 때문입니다. 그 편지는 토비 경의 간청으로 마리아가 썼습니다. 그 보상이라고 할까요. 토비 경은 마리아와 결혼했지요.

올리비아 아이, 정말 안됐어. 얼마나 골탕을 먹었을까?

광 대 허이! "사람이란 처음부터 잘 타고 태어날 수도 있고, 노력하여 높은 신분을 가질 수도 있고, 또는 남이 밀어줘서 높은 신분을 성취하는 경우도 있는 법"이라고 했는데, 나도 이 연극에 끼어들어 토파스 목사 역할을 했지.

말볼리오 두고 보자. 너희 패거리들 전부에게 톡톡히 보복을 해줄 테다! (퇴장)

올리비아 정말로 지독한 곤욕을 치렀군요.

오시노 뒤따라가서 진정시키고 사이좋게 지내도록 해야 해. 선장에 관한 건 그나마 듣지도 못했군. 그 얘기도 이제야 알게 됐군. 길일을 택하거든 우리들 사랑하는 영혼의 엄숙한 결혼식을 올리기로 합시다. 그때까지 아름다운 누이동생을 이곳에 있게 해줘요. 세자리오, 이리 와요. 당신이 남자 차림으로 있는 동안은 그렇게 부르겠소. 그러나 옷을 바꿔 입고 나타날 때에는 오시노의 아내요, 사랑의 여왕이 되는 거라오. (모두 퇴장)

셰익스피어 연보

1564년	4월 26일 출생. 영국 스트랫퍼드어폰에이번에서 아버지 존 셰익스피어와 어머니 메리 아든의 장남으로 출생함.
1568년	아버지가 에이번의 시장으로 선출됨.
1577년	가세가 기울어져 학업을 포기함.
1582년	8세 연상인 앤 해서웨이와 결혼함.
1583년	장녀 수잔나 출생함.
1585년	쌍둥이인 아들 햄릿과 딸 주디스 출생함.
1590~1591년	〈헨리 6세 2부·3부〉
1591~1592년	〈헨리 6세 1부〉
1592~1593년	〈리처드 3세〉·〈실수의 희극〉
1592년	페스트로 런던 극장이 폐쇄됨. 본격적인 활동 시작함.
1593~1594년	〈티투스 안드로니쿠스〉·〈말괄량이 길들이기〉
1594~1595년	〈베로나의 두 신사〉·〈사랑의 헛수고〉·〈로미오와 줄리엣〉
1595~1596년	〈리처드 2세〉·〈한여름밤의 꿈〉
1596~1597년	〈존왕〉·〈베니스의 상인〉
1597~1598년	〈헨리 4세 1부·2부〉
1597년	스트랫퍼드어폰에이번에다 호화저택인 뉴플레이스를 사들임.

1598~1599년	〈헛소동〉·〈헨리 5세〉
1599~1600년	〈줄리어스 시저〉·〈뜻대로 하세요〉·〈십이야(十二夜)〉
1599년	글로브 극장 신축함.
1600~1601년	〈햄릿〉·〈윈저의 즐거운 아낙네들〉
1601~1602년	〈트로일루스와 크레시다〉
1601년	아버지 존 사망함.
1602~1603년	〈끝이 좋으면 다 좋다〉
1602년	부동산에 관심을 갖고 스트랫퍼드어폰에이번의 땅을 사 들임.
1603년	3월 24일, 엘리자베스 여왕 서거. 전염병으로 글로브 극장 폐관함.
1604~1605년	〈법에는 법으로〉·〈오셀로〉
1604년	글로브 극장 개관함.
1605~1606년	〈리어왕〉·〈맥베스〉
1606~1607년	〈안토니와 클레오파트라〉
1607~1608년	〈코리올라누스〉·〈아테네의 타이몬〉
1607년	장녀 수잔나 결혼함.

1608~1610년	〈페리클레스〉·〈심벨린〉
1608~1591년	어머니 메리 사망함.
1610~1611년	〈겨울 이야기〉
1611~1612년	〈폭풍우〉
1612~1613년	〈헨리 8세〉
1612년	동생 길버트 사망함.
1613년	동생 리처드 사망함. 화재로 글로브 극장이 불에 탐.
1614년	6월 글로브 극장 재개함.
1616년	4월 23일 사망함.
	스트랫퍼드어폰에이번의 트리니티 교회에 묻힘.